담론과 표현의 일본학

담론과 표현의 일본학

초 판 인 쇄 2017년 11월 29일
초 판 발 행 2017년 12월 09일
저　　　자 이창수·노희진·韓正美·이재훈·다사카 마사노리·손지연·고영란·박신영·
이지연·松本 眞輔·韓京子·東ヶ崎 祐一·박정자·송경주·김은숙·양정순·
佐藤 揚子·西野 惠利子·Kadyrlyeyev V.·안대수·정영아
발 행 인 윤석현
발 행 처 제이앤씨
책 임 편 집 최인노
등 록 번 호 제7-220호

우 편 주 소 서울시 도봉구 우이천로 353 성주빌딩 3층
대 표 전 화 02) 992 / 3253
전　　　송 02) 991 / 1285
홈 페 이 지 http://www.jncbms.co.kr
전 자 우 편 jncbook@hanmail.net

ⓒ 이창수 외 2017 Printed in KOREA.

ISBN 979-11-5917-087-4 93830　　　　　　　　　　　　　　정가 48,000원

담론과 표현의 일본학

이 창 수 엮음

Publishing Company

이번 "담론과 표현의 일본학"출간은 경희대학교 일본어학과 또는 경희대 대학원 일어일문학과(현 동양어문학과)에서 미노와 요시쓰구(箕輪吉次)교수님과 인연을 맺고 그 후 꾸준하게 자신의 학문분야에서 견실하게 연구 활동을 이어 온 연구원들의 옥고를 모은 결과물이다. 일본어와 일본문학 그리고 일본학 분야에서 연구자들은 타 학문과의 중층적, 융합적 관계를 모색하며 다양한 주제와 분야에 주목해 왔다. 이러한 연구의 축적을 통해 일본에 관한 인문학적 영역에서 형성되는 관점과 담론을 중심으로 국내외 관련 학회에서 왕성하게 논의하고 그 과정에서 얻은 일본 연구의 시각을 통합적으로 제시하였다.

오늘날 인문학적 관점에서 일본 연구는 안팎으로 미래 전망에 대한 심각한 물음에 직면하고 있다. 한국 내에서는 학회 차원에서 인문학 분야를 중심으로 다양한 학문분야로 경계를 넘나들며 일본과 관련된 다면적 연구가 전개되고 있다. 30년전 까지 만해도 우리에게 일본 연구는 큰 지적 호기심의 대상이었고 일본의 언어 및 문학의 연구 붐도 크게 부각된 적도 있었다. 당시 문명사적 관점에서 일본 연구는 비서구적 모델로 묘사되면서 일본이질론 및 일본특수성의 경향을 보이기도 했고 예측 가능한 방향 설정도 없이 양적 성장을 바탕으로 큰 전환의 정점을 예견한 목소리도 동시에 존재하고 있었다.

변화와 인식의 메울 수 없는 간격은 언제나 일본 연구의 새로운 방법론을 요구해 왔고 연구패러다임의 변화와 수정이 요망되기도 했다. 때마침 그 시기에 경희대 대학원에 일어일문학과도 개설되어 내부적으로는 교육중심에서 연구중심으로 방향을 전환해 나갔다. 물론 그 선두에는 미노와 교수님이 서 계셨고 그 지도와 연구 열정은 후학들에게 새로운 자극제를 부여했다. 그 후 한국사회에서 일본 연구는 양적인 성장과 함께 역사와 기록, 기억과 서사 그리고 해석과 의미의 영역에서 방법론적 전환을 겪으면서 양과 질에서 적지 않은 성과를 쌓아왔다.

경희대 일본 연구원들은 일본의 언어 문학에 대한 지엽적이고 편향된 연구를 지양하면서 복합적이고 다층적인 문화연구를 지향하고 있다. 동시에 일본에 다양한 시대의 다양한 기제들을 중첩시키며 인식의 폭을 넓혀가고 있다. 이러한 존재 조건들을 비판적으로 이해하며 자신의 연구영역을 늘여가고 있다.

이 책은 경희대에서 미노와 교수님과 오랫동안 인연을 맺고 일본 연구에 매진하고 있는 국내외 연구진들의 논문 19편과 탈초 해제 편을 포함해 총 21편이 4부로 구성되어 있다.

제1부 '역사와 기록'에서는 시기적으로는 상대에서 현대에 이르는 문헌을 실증주의적 관점에서 고찰한 것으로 고대 한자문화의 일본적 전개과정에서 활약한 한국계 이주민, <平家物語> 속의 忠度와 歌, <增鏡>에 나타난 石清水八幡宮의 양상, 관백승습고지대차왜 대례 과정, 기해사행과 호코지, <해행총재>에 수록된 일본 지명 연구 등 역사와 기록에 나타난 세부 주제의 의미를 조명했다.

제2부 '기억과 서사'에서는 역시 고전에서 근현대에 이르는 일본

문학 작품을 대상으로 경계와 확장성에 새로운 담론을 제시한 것이다. <古事記>와 <日本書紀>의 바다와 미소기, 니치라(日羅) 도래 설화로 본 성덕태자 전승, 지카마쓰(近松)의 조루리(浄瑠璃)에 나타난 대만의 현상과 일본문제, 근현대 한국과 일본의 경계에서 고민하는 재일 조선인/ 뉴커머 작가론, 한일 현대문학에 나타난 한일화합 문제를 담아내고 있다.

제 3부 '해석과 의미'에서는 언어학적 분석과 고찰을 중심으로 한자 표기, <朝鮮物語>에 보이는 조선어의 고찰, <첩해신어>의 한글음주 표기, 한일대조 언어분석, 온라인 일본어교육 및 근세 일본어와 러시아어와의 표현비교 등을 세밀하게 분석하여 그 의미를 고찰한 것이다.

제 4부는 두 편의 귀중한 사료를 공들여 탈초 및 해제 자료를 수록하였다.

본 연구서는 언어와 문화라는 인문학적 기반 위에 서있으면서도 지역적으로 일본에만 머물지 않고 한일 양국의 연구시각을 넘어 동아시아, 나아가 극동아시아로 영역을 확장시켜 나가면서 연구의 관점을 종합적으로 고찰한다는 점에서 의미를 지닌다. 이러한 개별적 연구의 확장성을 통해 한일의 학문적 소통을 확대할 뿐 만 아니라 향후 타 지역과 다양한 학문분야와의 융합연구로 발전할 수 있는 가능성에도 기여하고자 한다.

한국 사회에서 일본 연구는 여전히 그 필요성과 중요성을 아무리 강조해도 지나침이 없다. 다행히 최근에는 문제의식의 참신함에서나 학문적 훈련의 견고함이 우수한 연구 인력이 양적, 질적으로 증가하고 있어 무척 고무적이다. 이번에 세상에 나온 우리들의 연구서는 냉정하게 보면 다양한 접근을 통한 개별논문의 집합으로 보이지만 일본의 언어, 문학, 문화의 인문학적 연구에서 다루고 있어 이 분야에 관심 있는 후학들에게는 좋은 참고자료가 될 것이다. 아무쪼록 이 책이 한국에서 일본 연구에 하나의 이정표가 되길 바라며 끝으로 이 책이 완성되기까지 담당 집필자들이 많은 수고를 아끼지 않았다. 편저자로서 깊은 감사의 뜻을 표하는 바이다.

무엇보다도 이 책의 원점이 된 경희대 미노와 교수님께 감사드린다. 30년간 경희대 일본어학과의 교수로 재직하면서 <일본학논집>의 기획을 발안하고 추진하신 미노와 교수님은 견실한 연구 활동을 통해 2013년 2월 정년퇴임 후에도 탁월한 연구업적을 인정받아 5년간 정년연장을 받으시고 2018년 2월 경희대 및 한국 내에서의 연구와 교육 활동을 마무리하신다. 그러나 그가 남긴 족적은 후학들의 교학상장(敎學相長)과 학문적 열정의 원천적 밑거름으로 언제나 자리매김 될 것이다. 본서 편자들과 함께 미노와 교수님의 건승을 기원한다.

기획단계에서 모든 진행은 이재훈 선생님이 담당했다. 아울러 바쁜 와중에서도 본서 제작 의도에 흔쾌히 동의하고 기꺼이 옥고를 보내 준 필자들께도 편저자로서 깊은 감사를 드린다. 마지막으로 출판을 맡아주신 제이앤씨 윤석현 사장님과 편집부 여러분께도 감사의 말을 전하고 싶다.

2017년 늦은 가을
경희대학교 외국어대학 일본어학과 교수 이창수

목 차

9

제3부　해석과 의미　329

11

제1부

역사와 기록

담론과 표현의 일본학

제1장

상대 한자(漢字)문화의 일본적 전개와 한국계 이주민[*]

┃李昌秀

1. 들어가며

　일본의 고대문화는 중국과 한반도를 중심으로 한 동아시아 문명의 소통수단이었던 한자 문화의 유입을 통해 비약적인 발전을 구가했다는 것은 주지의 사실이다. 그러한 문자 문화의 축적과 활용의 산물이 8세기 초에 성립된 현존하는 최고(最古)문헌인 『고사기(古事記)』와 『일본서기(日本書紀)』라 할 수 있다. 이들 문헌은 주지하다시피 모두 한자를 기본표기 수단으로 하여 한문 문장으로 기술되어 있는 것은 물론 내용 면에서도 고대 한반도 및 중국에서 편찬된 한적

＊ 이 글은 졸고 「고대 일본의 문자문화 전개와 한국계 이주민에 관한 연구」(『아태연구』21(1), 2014)의 내용을 수정 및 보완하여 새롭게 정리한 글이다.

15

(漢籍) 문헌들을 직접적으로 인용하거나 또는 그를 활용한 표현 방식이 여러 곳에서 확인되고 있다. 더군다나 두 문헌의 편찬 경위를 살펴보면 이들 문헌이 공식 편찬되기 이전에 이미 천황가를 포함한 유력 호족세력들은 자가 전승을 문헌 형태로 보유하고 있었고 이를 후세에 남기려 했던 사실도 전하고 있다. 이들은 고대 통일국가 건설을 지향하면서 율령체제를 받아들여 천황 중심의 중앙집권체제 마련을 목적에 두었고 국정 운영의 핵심도 천황가의 존귀에 맞춰 자신들은 이를 지탱하는 기반세력이었다는 것을 문헌을 통해 알리고자 했던 것으로 보인다. 게다가 황실의 주요 호족들은 당시 한자문화를 기반으로 고대 왕권국가 확립에 필요한 지식을 지속적으로 축적시켜 나감과 동시에 어느 한 시기에는 내부적으로 급속하게 확산시켜 나가기도 했다. 이렇듯 상대 일본에서 문자문화의 도입과 내부적 전개가 의미하는 것은 궁극적으로 고대 국가의 기본이념을 바로잡고 치세의 기초를 다지며 동아시아문명권의 일원으로 거듭나려는 고도의 정신세계의 표현이었다. 그리고 그 국가적 사업은 고대 이전부터 한반도와 긴밀한 관계를 갖고 바다를 넘나드는 교류의 현장에서 한자를 자유롭게 활용하고 한적 문헌의 이해와 습득 능력이 뛰어난 한국계 지식인들의 활약이 없었다면 불가능한 사업이기도 했다. 일본의 상대 문헌을 대표하는『고사기』와『일본서기』에는 이처럼 일본이 고대화가 진행되기 이전부터 일본열도에 문자문화를 전파하고 그 문화를 정착시킨 이른바 '도래인(渡來人)'또는 '귀화인(歸化人)'으로 불리던 한국계 이주민들과 그의 후손의 활약상을 그린 기사가 곳곳에서 발견된다. 그리고 그 후손들 중에는 문자 도입이후 조정 내에서 문필전문가를 넘어 고대 왕권국가의 기틀을 세우고 문

화 사업에도 크게 기여한 자들도 적지 않았다. 따라서『고사기』와 『일본서기』는 일본열도에 문자 문화를 전하고 긴 역사과정을 통해 이를 활용하고 변용시키며 동아시아 문화의 전달자로 활약한 한국 계 이주민 출신의 지식인들이 만들어낸 상상력의 창조물이라는 성 격도 동시에 존재한다. 본고에서는 이러한 점에 주목하여 일본의 고 대 국가의 성립 이전 그리고 고대화 과정에서 한자문화 유입과정을 문헌 성립 이전의 발굴 문자의 연구 성과와 상대 문헌에 나타난 문자 문화와 관련된 기록을 중심으로 그 과정에서 나타난 고대 일본의 지 식 수준과 그 문자문화의 전개과정에 나타난 한국계 이주민들의 활 약상을 더듬어보고자 한다.

2. 발굴문자와 한자문화권

일본이 내부적으로는 열도 내의 여러 세력을 통합하여 고대국가 의 기틀을 마련하고 대외적으로는 동아시아 문명사회의 일원으로써 이를 대내외에 선포한 시기는 대략 7세기 전후로 보는 것이 통설이 다. '일본(日本)'이라는 국호를 새로 정하고 이를 대외적으로 공표한 시기도『삼국사기(三國史記)』와『구당서(舊唐書)』의 기록에 따르면 7세기 후반에 해당한다. 따라서 이 시기는 고대 일본이 그 이전 단계 에 비해 한 단계 높은 사회 발전의 척도에 도달한 상황을 대외적으로 표방함과 동시에 대내적으로는 선진적인 지식과 높은 문자 문화의 이해력을 갖고 있는 지식인 집단이 성장하여 체계적인 국가 관리시 스템 하에서 물질적, 정신적 진보의 총화를 이루었다는 의미가 담겨져 있다. 또한 문화가 한 단계 진보하면 급격한 사회변화 과정을 동반하게 되고 자연에 대한 인식도 변화하여 이를 추상적으로 활용하고 개조하는 능력이 신앙, 도덕, 문학, 그리고 예술이라는 고차원적인 형태로 나타난다. 문자와 문헌은 이처럼 지적능력을 작동시키는 기본요소이자 촉매제라 할 수 있다. 따라서 문자문화는 단순히 어휘를 만들고 문체를 발달시킬 뿐 만 아니라 고대 통일국가를 성립시키는 데 정치적, 사상적 동력으로까지 승화시킬 수 있는 매체수단인 것이다.

그렇다면 일본열도의 사람들이 문자 문화를 처음 접촉한 시기는 언제부터였을까? 동아시아문명권의 소통수단이자 권역 내에서 공통 표기문자였던 한자가 일본에 전래되기 이전에 일본 내 고유의 문사가 존재하고 있었는지에 대해서는 부정적인 견해가 지배적이다. 문헌상으로 보면 13세기경에 편찬된 우라베 가네카타(卜部兼方)가 저술한 『샤쿠니혼기(釋日本紀)』에 "오진(応神)천황 때 백제에서 한자가 전래되기 이전인 신대(神代)에 고유 문자인 '화자(和字)'가 있었다"는 기록이 있지만 실상 그 '화자'라는 문자가 어떤 것인지에 대해서는 아무런 설명이 없다. 이를 흔히 일본에서는 '신대문자(神代文字)'라 부르는데 막상 이를 입증할 수 있는 나라(奈良)시대 이전 자료는 전혀 발견된 사실이 없으며 오히려 18세기이후인 에도(江戸)시대가 되어서야 출현하기 때문에 이 문자는 모두 후세에 조작된 것으로 보는 것이 지배적이다. 게다가 언어학자 오키모리 타쿠야(沖森卓也, 2009)는 이를 이른바 '히후미(日文)'라고 칭하면서 이러한 신대문자는 당시 조선(朝鮮)의 한글 기호를 변용시켜 만든 조작물이라는 사실을 밝힌 바 있어 한자가 전래되기 이전에 일본 열도에 문자 문화는 사실상 없었다고 보는 것이 타당할 것이다.

앞서 소개한 우라베 가네카타가 일본에 한자가 전래된 시기를 '오진(応神)천황' 시대로 설정한 것은 말할 것도 없이 『고사기』와 『일본서기』의 기사를 근거로 삼은 것이다. 다만 5세기 이전에 해당하는 오진천황기록에 대해서는 근대 이후 『일본서기』의 편찬 당시의 기년법 조작설이 제기된 바 있고 이후 면밀한 문헌 비판적 입장에서 볼 때 역사적 사실로 인정받기 어렵다는 평가가 지배적이다. 따라서 상기 기사에 보이는 왕인박사에 의한 한자 문화 전래 기사도 역사적 사실로 받아들이기 어렵다는 논리가 동시에 성립한다. 그러나 그것이 역사적 사실이 아닌 허구적 전승의 성격이 강하다 하더라도 일본의 문자문화 즉 한자를 통한 소통문화 및 한문 활용능력의 도입과정이 고대 한반도를 통해 전래된 것을 상징적으로 표현한 점에 대해서는 좀 더 관심을 기울일 필요가 있다.

특히 『일본서기』 오진(応神)천황기에는 재위 14년에 해당하는 '시세(是歲)' 기사 중, 하타(秦)씨 조상으로 등장하는 '유쓰기노기미(弓月君)'를 시작으로 같은 15년 8월 기사의 '아지키노후히토(阿知岐史)'의 시조로 나오는 '아직기(阿直岐)', 같은 16년 2월 기사의 '가와치노아야(西文)씨'의 시조 '왕인(王仁)', 그리고 같은 20년 9월 기사에 보이는 '야마토 아야노아타이(倭漢直)'의 조상 '아치사주(阿知使主)'가 일본으로 건너갔다는 기사가 어느 한 시기에 집중적으로 기술되어 있다는 점은 흥미롭다. 특히 백제를 비롯한 고대 한반도에서 문자의 활용능력과 높은 학식을 지닌 사람들이 이처럼 집단적으로 그리고 지속적으로 일본열도에 이주했다는 기록은 타 기사에서는 거의 찾아볼 수 없는 매우 이례적인 것이다. 어떤 특별한 사건이 있었던 것도 아닌데 유독 오진천황 시대에만 그것도 어느 한 시기에 집중적으로 한국계 이주민들의 조상이 도일(渡日)했다는 것은 구성상으로도 무언가 숨은 의도가 있는 것처럼 보인다. 이에 대해서 호소노 준코(細野順子, 1995)는『일본서기』편찬 당시 고대 귀족들의 인식이 반영된 결과로 보고 있다. 다시 말해 앞에 소개한 기사들은 당시 궁중의 편찬자들이 보유한 원 자료를 각색하여 어떤 정치적 의도를 갖고 이를 오진천황 시대의 사건인 것처럼 윤색했다는 것이다. 게다가 기사의 내용을 좀 더 자세히 살펴보면 문필 능력과 관계가 깊은 한국계 이주민들의 후손들이 고대 왕도의 중심지역인 기나이(畿內)지역에서 단순히 문자의 활용과 관련된 서기 업무만 전담한 것이 아니라 치수, 토지개발, 의복제작 등에 관련된 기술과 지식을 갖고 궁극적으로는 고대 왕권국가 형성에 공헌했다는 점을 강조하고 있는 기술적 의도가 들어있다. 이것은 높은 문자 문화의 이해력을 갖고 있는 지식인 집단이 단순히 어휘를 만들고 문체를 발달시키는 역할에만 머물지 않고 고대 국가의 기틀을 마련하기 위한 물질적 진보 과정에 적지 않은 기여가 있었다는 점을 전하려는 의도적인 표현으로 볼 수 있지 않을까?

특히 고대 중앙 조정에서 문장 작성 및 기록을 전담하고 이를 세습해 왔던 '야마토노아야(東文)씨'와 '가와치노아야(西文)씨'가 비슷한 시기에 처음으로 함께 등장한다는 점이 주목된다. 이는 고대 일본문화 발전이 문자 문화의 도입과 그를 활용할 수 있는 지식의 토대 위에 있었다는 것을 반증한다. 문자는 자연발생적으로 도입되고 자연적으로 확산되는 것이 아니라 "문자가 기능하는 장은 언제나 정치 문제가 관여되어 있다"고 말한 고노시 다카미쓰(神野志隆光, 2007)의 견해에서도 알 수 있듯이 고대 국가 형성과정에 필수적인 전제 조건이 바로 문자를 활용한 문서의 유통과 기록 작성 문화에 있다는 점은 새삼 강조할 필요가 없다.

일찍이 니시지마 사다오(西嶋定生, 1983)는 동아시아 문화권을 구성하는 공통요소 중 하나로 '한자문화권'을 꼽은 바 있다. 그의 주장에 따르면 "고대 동아시아 세계는 역사적으로 압도적인 힘을 가진 중국을 중심으로 '책봉(冊封)'이라는 국제 정치 관계가 성립했고 책봉체제는 중화사상, 왕화사상을 정당화하기 위해 상호 소통수단을 한자로 공유한 문화세계였으며 한자문화는 책봉체제를 통해 한반도의 고대국가, 일본, 베트남지역으로 전파되어 중국 왕조와 주변국과의 외교관계 속에서 수용과 확산과정을 거듭했다"고 주장했다. 이러한 니시지마의 견해를 발전적으로 수용한 고노시(神野志隆光, 2007)도 "중국에서 비롯된 고대 동아시아의 선진 문화는 한자를 기반으로 하면서 공통 문장어인 한문을 응용한 교양이 바탕이 되어 가치관을 공유하는 문화세계였다"고 한 층 강조하면서 그 문화가 일본으로 연장되는 과정에는 "반드시 한반도를 경유해야 가능했다"는 점을 힘주어 말하고 있다. 이처럼 고대 일본의 동아시아 문화 수용과 전파 그리고 내부적 전개과정에는 한국계 이주민들의 활약상의 흔적이 곳곳에 스며들어 있다는 것을 간과해서는 안 될 것이다.

3. 초기 발굴 문자에 나타난 한자문화

고대 일본에서 가장 오래된 문자 자료는 '발굴 문자'이다. '발굴문자'는 다른 말로 '출토사료'라고 한다. 출토 사료 연구의 권위자인

21

사토 마코토(佐藤信, 2002)의 설명에 따르면 발굴문자란 보통 종이에 기록한 문헌사료와는 달리 고고학적 발굴조사과정에서 지하에서 출토된 문자자료를 의미한다. 예들 들어 목간(木簡), 금석문, 기와, 토기 등에 새겨진 묵서(墨書) 등이 이에 해당되며 이들 발굴문자는 주로 문헌성립 이전에 그 지역의 문자사용에 관한 실상을 엿볼 수 있는 사료로서의 중요한 가치가 있을 뿐 만 아니라 고대 문자 문화의 질적, 양적 연구에도 매우 중요한 의미가 있다.

지금까지 일본열도에서 발굴된 자료 중 처음으로 문자사용의 흔적을 입증할 수 있을 만한 발굴 문자는 두 가지이다. 고대 사학자 우에다 마사아키(上田正昭, 1997)의 연구보고에 따르면 하나는 기타규슈(北九州)지역에서 발굴된 옹관묘 내의 청동거울(銅鏡)에 새겨진 문자이다. 한(漢)나라 시대에 제작된 것으로 추정되는 청동거울 표면에 『초사(招辭)』계열의 시구와 길상구가 새겨져 있었다. 두 번째는 쓰시마(対馬), 후쿠오카(福岡), 야마구치(山口), 오사카(大阪), 교토(京都) 등지에서 발견된 중국의 신(新)나라 시대 만들어진 것으로 추정되는 동전에서 '화천(貨泉)'이라는 문자의 발견이다. 그 다음으로 꼽을 수 있는 것이 서기 57년 중국 후한(後漢)왕조 때 제작되어 당시 규슈(九州)지방의 노국왕(奴國王)에게 하사된 것으로 전해지는 금도장(金印)에 새겨진 문자이다. 거기에 '한왜노국왕(漢委奴國王)'이라는 5문자의 발견이 시기적으로 볼 때 세 번째의 발굴문자에 해당한다. 이들 발굴 문자의 사례만 본다면 일본열도의 사람들이 한자 문화를 처음 접한 시기는 일본 역사의 시기구분 상 '야요이(弥生)시대(B.C 3세기~A.D 3세기)'라 할 수 있다. 그 중 세 번째 사례에 해당하는 금도장이 갖는 의미는 매우 크다. 그 이유는 만일 금도장이 후

한(後漢) 왕조에게 받은 하사품이었다고 하면 당시 왜(倭)의 노국은 한나라의 지배체제 하에서 제후국의 지위를 인정받았다는 징표로 볼 수 있기 때문이다. 원래 '인수(印綬)제도'는 진시황제가 마련한 제도로 알려져 있다. 인장은 일종의 직제 임명증서에 해당되는 것으로 인장을 중국 황제로부터 수여받는다는 것은 어느 한 지역을 실효적으로 지배하는 제후로 인정받았다는 정치적 의미가 담겨져 있다. 그래서 인장을 받기 위해서는 그에 앞서 한문으로 작성된 상표문을 제출하는 것이 통상적인 의례였다. 고대 동아시아 정치 및 외교체제가 기본적으로 문서주의라고 할 때 문서의 교환이 없으면 왕으로 인정받기 어려웠다. 그렇다면 금도장을 받기 전에 왜의 노국왕이 사전에 중국 황제에게 상표문을 보냈다는 것인데 그를 위해서는 상표문의 문장을 작성할 수 있는 문장가가 당시 노국에도 존재하고 있었다는 전제가 있어야 한다. 물론 이시카와 구요(石川九楊, 2008)의 주장처럼 당시 노국왕이 중국 황제에게 한문으로 상표문을 작성한 후 전달했다고 주장하는 긍정적 견해도 있다. 그러나 실제로 일본의 역사학계나 고고학계에서는 이를 쉽게 인정하고 있지 않다. 그 이유는 첫째 당시 일본열도 내부에서 문자사용을 입증할 수 있는 자료가 이 금도장을 제외하고는 아직까지 발견된 사례가 전무하다는 점, 두 번째로 앞서 언급한 니시지마 사다오(西嶋定生, 2000)의 같은 연구보고에서도 밝힌 바 있듯이 당시 일본 열도에서 제작된 청동거울 중 문자가 새겨진 경우는 한경(漢鏡)을 모방해서 만든 청동거울인데 거기에 새겨진 명문(銘文)을 자세히 보면 한자를 거꾸로 새겨 놓고 있었다는 것이다. 따라서 니시지마는 이것은 한자를 문자로 인식했다기보다는 문양으로 인식했다는 것을 말해주는 중요한 단서라 주장한다. 따라서 당시 왜인은 문자를 접하긴 했지만 그것은 어디까지나 수동적 입장에서 수용된 산물로 보는 것이 타당하다. 다시 말해 외교관계에서 쌍방 소통이 가능할 정도로 한문에 관한 역량을 보유했거나 일본열도 내부의 통용수단으로써 문자 문화를 공유했다고 보기는 어려울 것이다.

한편 3세기경의 일본열도 상황을 기록하고 있는 고대 중국문헌인 『삼국지(三國志)』「위지동이전(魏志東夷傳) 왜인조(倭人條)」(약칭「위지왜인전(魏志倭人伝)」)에는 야요이 시대 후기에 해당하는 약 3세기경의 '야마타이국(邪馬壹國)'에 관한 기사를 비교적 상세하게 기술하고 있는데 거기에도 문자 문화를 엿볼 수 있는 기사가 두 차례 등장한다. 하나는 '경초(景初) 3년(239년경) 12월' 기사로 "위(魏)나라의 명제(明帝)가 야마타이국 '히미코(卑弥呼)' 여왕에게 '친위왜왕히미코(親魏倭王卑弥呼)'라는 조서(詔書)를 보냈다"는 기록이다. 그리고 두 번째는 이듬해인 '정시(正始) 원년(240년경)'에 "위나라 사신이 조서 및 인수를 지참하고 왜국에 찾아가 여왕을 직접 만나 조서와 각종 하사품을 전달하자 왜왕은 사신을 통해 상표를 올리며 조은에 답례했다"는 기사가 보인다.[1] 여기에 '상표(上表)'라는 표기와 함께 이를 왜왕이 직접 건넨 것이 아니라 사신을 통해 전달했다는 점에 주목할 필요가 있다. 즉 왜의 여왕이 바친 상표문이라는 것은 어찌 보면 당시 일본인이 작성했다고 해석하기 보다는 외교 과정에서 상표문 작성을 담당한 문장전문가가 있었다는 추론이 가능하기 때문이

---

1 「太守弓遵遺建忠校尉梯儁等、奉詔書印綬詣倭國、拜假倭王、幷齎詔賜金・帛・錦・罽・刀・鏡・采物。倭王因使上表答謝恩詔。」『魏志倭人伝』,青空文庫 (http://www.aozora.gr.jp/cards/001477/files/50926_41514.html, 검색일: 2017.9.20.)

다. 그런데 우에다 마사아키 (上田正昭, 1997)는 만일 그러한 인물이 있었다고 한다면 그는 한반도와의 교류 및 소통이 가능한 한국계 이주민 중 한 사람이었을 것으로 단언하고 있다. 그 이유는 앞서 언급한 발굴 문자의 사례에서 보는 것처럼 당시 일본열도 내에서는 외국과 쌍방 소통을 위한 문자문화가 성숙했다고 볼 수 있는 근거가 일본 내에서는 아직 발견된 사례가 없다는 점, 그리고 당시 중국대륙과의 교류 과정에는 반드시 한반도를 경유해야 가능했기 때문이다. 따라서 설령 일본이 당시 책봉 체제 하에 동아시아 문명권에 편입되었다고 해도 그것은 어디까지나 외교관계라는 제한된 장에서 사용된 것으로 보는 것이 타당하며 사회의 성숙과 관계없이 당시 왜인들은 한자와 한문을 외부에 있었던 특수기호로 인식했을 가능성이 높다고 말할 수 있다.

4. 철검 명문을 통해 본 한문 문화

일본열도에서 발굴된 문자 중 단순히 몇몇 문자 또는 단순한 글자 조합의 차원이 아닌 다양한 한자의 조합인 한문(漢文)으로 구성되어 그 의미를 전달하려 했던 가장 이른 사례는 5세기에 출토된 유물의 발굴문자에서 찾아볼 수 있다. 대표적인 사료로 꼽을 수 있는 것은 첫 번째 지바(千葉)현 이나리다이(稲荷台)고분에서 출토된 철검명문[2]이고, 두 번째는 사이타마(埼玉)현 이나리야마(稲荷山)고분에서

---

2 1976년에 직경 약 27미터, 2단 축성으로 보이는 원분형태의 이나리 제1호분에서 발굴된 3자루의 철검 중 하나로 1978년 일본 국립역사민속박물관에서 실시

출토된 철검에 상감된 명문[3], 그리고 세 번째로 구마모토(熊本)현 에타후나야마(江田船山)고분에서 발굴된 철도의 상감명문[4]이다.

이들 철제 도검 등에 새겨진 명문이 일본 역사 및 문화사에서 차지하는 의의는 매우 크다. 고고학연구자 모리시타 쇼지(森下章司, 2009)의 설명에 따르면 그 이유는 비슷한 시기에 순수하게 일본열도에서 발견된 발굴문자 중 단순히 몇몇 한자 또는 단순한 조합이 아니라 적게는 12자에서 많게는 115자에 이르는 다수의 한자로 구성된 자료라는 점, 그리고 문헌 성립이전의 일본열도 내 초기단계의 한문 사용례와 당시 정치 및 사회 상황을 엿볼 수 있는 희소가치가 있는 자료이기 때문이다. 먼저 첫 번째의 철검은 대략 5세기중엽에서 후반에 축조된 고분에서 발견된 것으로 발굴 당시 철검에는 '왕사(王賜)'라는 문자가 새겨져 있어 '왕사명 철검'이라 부르기도 한다. 다만 다른 철검과는 달리 이 철검의 명문 중에는 연호(年號)와 간지(干支)의 표기가 없다는 점이 특징이다. 이에 대해 사토 나가토(佐藤長門,

---

한 X선 조사를 통해 은상감문자가 확인되었다. <앞면 : 「王賜□□敬□(安)」、뒷면 : 「此廷□□□□」>

3 1968년에 사이타마(埼玉)현 이나리야마(稲荷山)고분(길이 120m의 전방후원분)에서 무구, 마구, 신수경, 곡옥과 함께 출토된 철검으로 길이 약 73.5cm의 앞면과 뒷면에 모두 115자의 상감명문이 확인되었다.<앞면 : 「辛亥年七月中記乎獲居臣上祖名意富比塊其児多加利足尼其児名弖已加利獲居其児名多加披次獲居其児名多沙鬼獲居其児名半弖比」뒷면 : 「其児名加差披余其児名乎獲居臣世々為杖刀人首奉事来至今獲加多支鹵大王寺在斯鬼宮時吾左治天下令作此百練利刀記吾奉事根原也」>

4 에타후나야마(江田船山)고분(길이 62m의 전방후원분)에서 출토된 칼은 후원부의 석관에서 금동제 관모와 이식(耳飾), 신수경과 다양한 무구, 마구와 동시에 출토된 14자루의 대도 중 하나이다. 길이는 약 90cm 정도로 발굴당시 은상감문 75자가 확인되었다. <「治天下獲□□□鹵大王世奉事典曹人名无利弖八月中用大鉄釜并四尺廷刀八十練九十振三寸上好刊刀服此刀者長寿子孫洋々得□恩也不失其所統作刀者名伊太和書者張安也」> 또한 문자 외에도 말, 꽃, 어류, 조류무늬가 상감되어 있었다.

2004)는 이 철검은 어느 특정인을 대상으로 제작했다기보다는 범용하사품의 일종으로 설명하고 있다. 다만 '왕사'라는 명문이 뒷부분의 문장보다 2글자 올려 쓴 것을 보면 귀인에 대한 서법 형식을 취한 것으로 추정된다.

두 번째와 세 번째의 경우는 첫 번째의 철검과 달리 글자 수가 비약적으로 증가했다는 점에 특징이 있다. 그 중에서도 두 번째의 이 나리야마 철검 명문은 사토 마코토(佐藤信, 2002)의 지적에서도 알 수 있듯이 당시 왜(倭)의 중앙권력과 그와 연계되어 있는 지방 호족 세력과의 관계성을 엿볼 수 있을 뿐만아니라 당시 야마토조정의 세력 범위를 가늠할 수 있는 매우 가치가 있는 자료라는 점에서 발굴당시부터 학계의 큰 주목을 받았다.

그런데 이 철검의 명문을 자세히 보면 '신해년(辛亥年) 7월중(七月中)'이라는 특이한 표기법이 눈에 띈다. '신해년 7월'은 제작시기로 볼 수 있지만 바로 뒤에 '중(中)'이라는 글자는 무엇을 의미하는 것일까? 명문의 주요 내용은 '오와케(乎獲居)'라는 이름의 어느 지역 수장이 '와카타케루대왕(獲加多支鹵大王)'이 통치하던 시절에 무관(武官)으로 보필했다는 것이 요지이다. 그런데 여기서 '와카타케루'라는 대왕은 일본 학계에서는『고사기』및『일본서기』의 인대권(人代卷) 제24대 '유랴쿠(雄略)천황'에 해당하는 인물이며 이 자가 바로 중국의『송서(宋書)』에 등장하는 '왜왕무(倭王武)'에 대응하는 인물이라는 것이다. 따라서 그때까지 전승 상의 인물로 추정되던 유랴쿠 천황이 이 철검명문의 발견으로 인해 역사적인 실제 인물로 부활한 것이다.

그런데 이 철검명문 발견 당시부터 표기법에 의구심을 품은 일본의 한문학계의 권위자 시라카와 시즈카(白川静, 2003)의 해석이 흥미롭다. 그의 주장에 따르면 먼저 이 명문은 순수 한문식 문장으로 볼 수 없다는 점을 전제하고 특히 지명과 인명에 음가나의 표기가 있다는 점, 또한 문장 중에 등장하는 '오비코'라는 이름이『일본서기』에 간헐적으로 인용되어 있는 백제기록에서나 볼 수 있는 '나카히코' '사치히코' 등의 인명 표기방식과 흡사하다는 점을 들어 이 명문은 당시 일본인이 아닌 한문 해독능력을 보유하고 일본어를 한문으로 옮겨 쓸 수 있는 백제인이 작성한 것이라 주장했다. 그리고 당시 일본인은 문자를 배우지 않았다고 단언하기도 했다. 이들의 견해에 따라 역사적인 입장을 배제하고 문자문화의 관점에서 보면 이 철검 명문은 한눈 활용 능력과 더불어 철검 제작과 상감기술을 일본에 전하며 물질적 진보에 기여한 한국계 이주민의 활약상을 재발견 할 수 있다는 점에서 더더욱 중요한 가치가 있는 자료임에 틀림없다.

한편 앞서도 언급했듯이 이 철검명문에 나오는 와카타케루대왕이 유랴쿠천황에 해당하며 중국의『송서(宋書)』이만전(夷蛮伝) 왜국조에 보이는 '왜왕무(倭王武)'와 동일 인물이라는 것은 이미 학계에서도 상식이나 다름없다. 그런데『송서』에는 그가 보냈다는 상표문도 함께 전하고 있어 그 내용에도 관심을 가질 필요가 있다. 이 상표문을 면밀하게 분석한 우치다 기요시(内田清, 1996)는 '왜왕무'가 보낸 상표문의 내용 중에는 중국의 사서인『진서(晋書)』에도 유사어구가 많은 점, 그리고 472년 백제왕 '경(慶)'이 북위에 보낸 상표문의 내용과 거의 흡사하다는 점을 밝히면서 결론을 통해 같은 시기 양국의 상표문은 동일한 백제관인 또는 망명 백제인이 기초했을 가능성을 제기한 바 있다. 마치 이러한 내용을 뒷받침 하듯『일본서기』유랴쿠

천황기 8년 2월 기사와 2년 10월 기사에는 대왕 측근에서 기록을 담당한 인물이 등장한다. 그런데 흥미로운 것은 이들이 모두 야마토의 다케치(武市)지역 내에 거주하는 한국계 이주민들로 묘사되어 있다는 점이다. 게다가 같은 12년 4월 기사에서는 이들을 오(吳)나라에 출사시켰다는 기사가 있다. 즉 이들은 당시 대외교섭을 위해 천황의 측근에서 문서작성 및 관리를 담당하며 보필했던 '후히토(史)'들이었고 그 '후히토'라는 직책을 한국계 이주민이 맡은 것이다. 이 기사 내용을 토대로 일찍이 이시모타 쇼(石母田正, 1962)도 5세기경 일본 열도 내에서 문자사용은 한국계이주민들의 전업으로 설명한 바 있지만 그는 어디까지나 문서 기록, 재정, 외교에 필요한 문필이라는 실무적 기능을 담당한 하급 전문가 집단이라는 인식에 머문 경향이 강했다. 그런데 다나카 후미오(田中史生, 2005)의 견해에 따르면 상표문에 나타난 문장 자체만 보면 "최근까지 발견된 한자나 기록 유물을 총동원해도 이 같은 수려한 문장은 볼 수 없다"고 평가하면서도 "왜왕권의 우수한 문장기술을 나타낸 것"이라는 이시모다의 견해를 계승하고 있지만 앞서 언급한 우에다 마사아키(上田正昭, 1993)는 구체적으로 상표문의 작성자를 한국계 이주민이라 보는 데 주저하지 않는다. 한문학의 권위자 시라카와 시즈카(白川静)도 일본열도에 문자의 도입에서 나라시대까지 문자 문화의 발생 및 전개과정에서 볼 때 한국계 이주민의 역할은 높게 평가해야 한다고 하면서 그것은 백제인이 작성한 것임에 틀림없다고 단언하고 있다는 점은 우리에게도 시사하는 바가 크다.

또한 세 번째의 도검 명문에 대한 해석은 지면관계상 별론으로 치더라도 표기 문자 중에 '치천하(治天下)...대왕세(大王世)', '8월중

(八月中)', '서자 장안야(書者 張安也)'라는 서법에 주목할 필요가 있다. 즉 앞의 두 철검 명문과 달리 이 철도의 명문에는 실제 작성자가 표기되어 있다는 점에 특색이 있다. 특히 '장안(張安)'이란 성명은 당시 일본인의 씨명구조에 맞지 않는 형식이다. 따라서 중국 또는 한반도계 출신의 성(姓)으로 쉽게 추정할 수 있다. 앞서 언급한 다나카 후미오(田中史生, 2005)는 특히 '장(張)'이라는 성씨가 백제의 대중 외교와 관련된 사신의 씨성에 종종 등장한다는 점을 밝히고 이 자는 같은 계보의 한국계 이주민일 것으로 판단하고 있다. 게다가 제작시기 뒤에 '중(中)'이라고 새겨놓은 서법은 앞서 첫 번째 철검명문에도 동일한 사례가 발견된 바 있다. 이러한 서법형식은 고구려나 신라의 용례에도 쉽게 볼 수 있으며 일본에서는 철검 명문 외에도 호류지(法隆寺)의 석가여래상 광배 명문에도 '3월중(三月中)'이라는 유사한 표기법이 발견되었다. 이 불상은 한반도에서 건너가 일본에 정착한 고대 한국계 이주민의 후손인 구라쓰쿠리노 도리(鞍作止利)가 제작한 것으로 알려져 있는데 '月+中'이라는 서법 역시 고대 한반도에서 습관적으로 사용하던 표기방식으로 볼 수 있다. 또한 『일본서기』에 인용된 백제사료의 기사에도 '月+中'이라는 표기방식은 권9, 권10에도 발견되고 있다. 이러한 점에서 미루어 볼 때 세 번째 철도 및 명문 역시 한국계 이주민이 제작하고 작성한 것으로 보는 것이 유력하다. 이처럼 철제 도검 명문은 당시 일본열도 내의 문자 이해도 및 한문 활용 능력을 어느 정도 가늠할 수 있는 중요한 자료임에 틀림없다. 하지만 이 시기에 한문을 활용한 문헌자료가 아직까지 발견되고 있지 않기 때문에 이들 명문들의 전사를 알 수 없다는 한계도 동시에 존재한다. 따라서 일본 학계에서는 그

때까지 일본열도 내에는 진보된 한자문화가 있었다는 견해와 당시 발굴문자의 성과를 바탕으로 당시 일본열도 내부에서는 문자문화가 충분히 성숙되지 못했다는 점에서 외부 도입설이 엇갈리며 현재까지 논란이 진행되고 있다. 그렇지만 발굴된 철검에서 알 수 있듯이 당시 철검의 상감기법은 한반도의 기술이 일본보다 앞서 있었고 일본의 도검에 보이는 상감명문도 한반도와 직, 간접적인 관련성이 보인다는 점에 주목할 필요가 있다. 모리시타 쇼지(森下章司, 2009)의 견해를 빌리자면 금속제품 외에도 당시 일본에서 문자의 사용례를 알 수 있는 자료가 거의 불명한 상태에서 한반도에서 일본으로 유입된 금석문의 전파는 일본 내 문자 문화의 사회적 수용에 중요한 자극제였음에 틀림없다. 발굴된 철검 명문에 보이는 발굴 문자는 시기적으로 약 5세기경에 문자문화가 제한적이긴 하나 지방으로 전파되었다는 것을 말해주고 있다. 또한 문헌상으로 보면『일본서기』유랴쿠천황기에 한국계 이주민의 도일(渡日)기사가 빈번하게 등장하는 것은 당시 일본이 한반도를 넘는 동아시아 문명의 수용을 위해 활발한 대외교류를 통해 본격적으로 동아시아문화권에 편입되었다는 것을 설명하려는 의도적 기술을 의미한다. 야마오 유키히사(山尾幸久, 1983)는 이 시기를 '이주민의 시대'라고 부를 만큼 많은 한국계 이주민들이 일본열도로 이동하고 이주했다는 점을 강조하고 있다. 그러나 양적으로 많은 이동이 있었던 만큼 이들의 구체적인 활약상을 발굴함으로써 이들이 동아시아 문명을 운반하면서 일본의 고대 문화 형성과 발전에 끼친 영향관계도 함께 평가해야 할 것이다.

5. 한자문화의 내부화와 후히토(史)

발굴문자의 성과를 통해 일본열도 내부의 소통수단으로 고대 이전 일본의 한자 및 한문을 활용한 문자문화의 전개를 가늠할 수 있는 뚜렷한 흔적은 전술한 바대로 아직 밝혀진 바가 없다. 반면 대외적인 교류관계 또는 한국계 이주민과의 관계 속에서 드러나는 경우는 적지 않다는 점을 알 수 있다. 그러한 흐름은 6세기에 들어서도 크게 달라지지 않는다. 6세기의 것으로 추정되는 발굴문자 자료가 매우 제한적이라는 점 역시 이를 반증하고 있다. 그러나 일본의 학계에서는 한자 및 한문문화의 체계적 도입과정 이후 일본열도 전체가 한문을 중심으로 한 서기(書記) 언어가 보급되고 그와 더불어 학문 지식의 보급도 급속하게 전개된 시기를 6세기로 보는 경향이 강하다. 가장 큰 이유는 그 시기에 해당하는 『일본서기』 게이타이(継体)천황기 이후의 문헌 기록에 대해서는 상대적으로 신뢰하고 있기 때문이다. 그런데 게이타이 천황기에도 앞서 언급한 오진천황기나 유랴쿠천황기와 마찬가지로 한국계 이주민들의 활약상에 관한 기록을 쉽게 찾아 볼 수 있다. 먼저 게이타이천황의 즉위 전기에 해당하는 기사를 보면 "…(게이타이)천황은 성인이 되어 선비들을 사랑하고 현자를 예우하고자 하는 의지가 잘 통했다.…(…天皇壯大、愛士禮賢、意豁如也.…)"라는 기록이 있는데 그 중에서도 '意豁如也'라는 한자문구가 주목을 끈다. 이 문구는 중국의 『사기(史記)』「고조기(高祖紀)」와 『예문유취(芸文類聚)』「제왕부(帝王部)」에도 같은 표현이 있다는 것은 이미 문헌학 연구자에 의해 밝혀진 사실이다. 일찍이 고지마 노리유키(小島憲之, 1962)는 게이타이천황기를 고대 중국 문헌과 면밀하게 비교 분석한 결과, 예를 들어 재위 24년 2월 기사에 실린 장문의 조칙(詔勅)은 『예문유취』에 나온 내용을 바탕으로 작문된 것이라는 사실을 밝혔다. 또한 전체적으로 게이타이천황기에 인용되었거나 윤색 자료로 활용된 중국의 문헌은 『사기』, 『한서(漢書)』를 비롯하여 총 14종에 달한다고 주장했다. 게다가 기술 방식으로 보면 기사의 작성자는 고도의 한문 능력과 문필력을 보유한 자라는 점도 거듭 강조했다. 이러한 인용 및 기술방식은 물론 게이타이 천황기에만 국한된 것이 아니다. 고대 사학자 사카모토 타로(坂本太郎, 1988)도 『일본서기』가 최종 편찬되기까지 활용된 자료로 내부적으로는 「제기(帝紀)」와 「구사(旧辞)」를 비롯한 각 씨족들이 보유하던 조상 전승, 지방전승, 정부기록, 개인수기(「伊吉連博德」, 「安斗宿禰智德日記」), 사원(寺院)의 연기(緣起) 등과 같은 자료가 있었고 외부자료로는 백제계 문헌으로 「백제기(百濟紀)」, 「백제본기(百濟本紀)」, 「백제신찬(百濟新撰)」의 인용이 있었으며 중국문헌으로는 「위지왜인전(魏志倭人伝)」을 비롯한 수많은 한적(漢籍)문헌을 인용했거나 참고자료로 활용했다는 것을 밝힌 바 있다. 이러한 다양한 원전이 활용되었다는 것은 문헌으로 편찬하는 과정에서 방대한 내외 문헌을 해독하고 응용할 수 있는 뛰어난 문장력을 보유한 지식인 계층이 존재했다는 것을 의미한다. 특히 백제관련 문헌은 문헌명이 있기는 하지만 실체가 없기 때문에 실재성에 대한 논란이 있는 것도 사실이다. 그러나 상대 문헌 찬록과정에 백제계 이주민 출신 지식인들의 활약이 적지 않았다는 것은 충분히 짐작하고도 남는다. 실제로 『일본서기』 게이타이천황기 7년 6월의 기사에는 백제에서 유학을 받아들이는 내용이 있어 흥미롭다. 좀 더 자세히 살펴보면 "백제가 두 명의 장군을 보내면서 오경(五経)박사 '단양이(段楊爾)'를 동반 파견했다"는 기사가 있는데[5] 실제로 이와나미(岩波)판 『일본서기』의 주석에도 이기사의 내용을 문화 수입의 면에서 비약적인 사건으로 평가하고 있다. 그 이유는 백제의 영토 확장과 관련된 기사 이후에 곧바로 오경박사의 파견기사가 이어진다는 점에서 마치 댓가성 파견이라는 성격으로 볼 수 있기 때문이다. 또한 3년 후인 게이타이 10년 9월에도 "오경박사 아야(漢) 고안무(高安茂)를 보내 단양이와 교체시켰다"는 기사,[6] 그리고 『일본서기』 긴메이(欽明)천황기 15년 2월에 "백제가 오경박사 왕유귀(王柳貴)를 마정안(馬丁安)으로 대체했다"는 기록과 함께 "승려 담혜(曇慧) 일행을 승려 도심(道深)을 포함한 7인과 교체했다"는 기사가 잇따르면서 "별도로 역(易)박사·역(曆)박사·의(医)박사·약사(薬師)·음악인 들을 동반 파견했다"는 기사[7]가 뒤를 잇고 있다. 오바야시 가즈아키(大橋一章, 1997)는 당시 일본인 중에 문자즉 한자를 이해하는 자는 극히 일부였으나 6세기 초 백제가 일본에서 오경박사가 보낸 것을 계기로 조정 내 지식인층의 한적 독해력은 한층 촉진되었으 것으로 평가하고 있다. 마치 그 영향의 연장선상인 것처럼 그 후 『일본서기』 긴메이천황기 13년에는 일본 고대사의 획

5　日本古典文學大系68(1975), 『日本書紀』下, 岩波書店, pp.29, 「◎七年夏六月、百濟遣姐彌文貴將軍·州利卽爾將軍、副穗積臣押山、【百濟本記云、委意斯移麻岐彌。】貢五經博士段楊爾。」

6　앞의 책, pp.33~35, 「○秋九月、(前略)別貢五經博士漢高安茂、請代博士段楊爾。依請代之。」

7　앞의 책, p.109, 「○二月、百濟遣下部杆率將軍三貴·上部奈率物部烏等、乞救兵。仍貢德率東城子莫古、代前番奈率東城子言。五經博士王柳貴、代固德馬丁安。僧曇慧等九人、代僧道深等七人。別奉勅、貢易博士施德王道良·曆博士固德王保孫·醫博士奈率王有悛陀·採藥師施德潘量豐·固德丁有陀·樂人施德三斤·季德己麻次·季德進奴·對德進陀。皆依請代之。」

기적인 사건의 하나인 백제로부터 일본에 불교가 공전되는 과정을 설명하는 기사가 이어지고 있다. 게이타이 천황과 긴메이 천황 재위 시기를 6세기경이라 할 때 이 시기에는 일본열도에 유학, 불교, 의학 등이 이입되면서 많은 학자, 승려 등도 한문을 비롯한 한자 문화의 전파를 위해 도일하여 여러 분야에서 활약했다는 것을 전하려는 의도가 담겨져 있다고 볼 수 있다. 게다가 『고사기』 및 『일본서기』에 공통으로 소개된 계보기사에는 게이타이 천황이 오진천황의 5세손이라는 점을 애써 강조하고 있다. 문자 문화의 기원을 말하고자 했던 오진천황기의 후손이라는 점을 거듭 강조함으로써 그 문화적 유업이 게이타이천황에게 의도적으로 승계시키려는 느낌을 지울 수 없다.

한편 『일본서기』 비다쓰(敏達)천황 원년 5월 기사에는 당시 문자 문화를 이해하는데 흥미로운 내용을 전하고 있다. (비다쓰)천황이 고구려 사신이 머물고 있는 상락관(相樂館)에 왕자와 신하들을 파견하여 고구려에서 보낸 물품을 점검한 후 이를 왕도로 운반하도록 지시했다. 그런데 그 물품에는 고구려에서 보낸 별도의 문서가 함께 첨부되어 있었지만 신하들은 이를 읽지 못했다. 그래서 문장전문가인 후히토(史)들에게 해독을 의뢰했으나 3일이 지나도록 해독하지 못했다고 한다. 그러나 '후네노 후비토(船史)'의 조상 '왕진이(王辰爾)'가 나타나 그 문서를 능숙하게 해독하자 천황은 왕진이를 극진히 대우하고 이후 천황의 곁에 둔 반면 문서를 해독하지 못한 신하들과 후히토들은 크게 질책받았다는 내용이다.[8] 이 기사는 표면적으로

---

8 앞의 책, pp.133~135, 「○五月壬寅朔、天皇問皇子與大臣曰、高麗使人、今何在。
   大臣奉對曰、在於相樂館。(中略)乃遣群臣相樂館、檢錄所獻調物、令送京師。○

보면 중앙 조정에서 탁월한 지혜를 발휘한 '후네노후비토' 가문의 활약상과 공헌도를 전하려는 의도가 나타나 있지만 그 이면에는 중앙 조정에서 대외 교류 및 외교 시 문서해독 능력과 문자 및 문헌 활용 능력을 발휘하며 문필 업무를 전담한 '후히토(史)'의 활약상이 내포되어 있다. 가토 겐키치(加藤謙吉 1995)의 연구결과에 따르면 이들 후히토는 거의 대부분 '한국계이주민 집단'으로 구성되어 자손대대로 세습하며 조정에 봉사하는 씨족이었다고 설명한다. 또한 기사에 등장하는 '왕진이(王辰爾)'는 한시집(漢詩集)『가이후소(懷風藻)』의 서문에도 등장한다. 서문의 내용을 잠시 살펴보면 "오진천황 시절에 왕인(王仁)이 몽매를 밝혔고 비다쓰천황 시절에 왕진이는 교학의 기반을 마련하여 마침내 세상 사람들은 공자 학풍을 접하며 유학을 촉진시켰다."는 기록이 있다. 헤이안(平安) 시대 초기까지 그에 대한 지식수준과 학문발전을 위한 명성이 높게 평가되고 있었다는 것을 알 수 있다. 한편『쇼쿠니혼기(続日本紀)』에는 왕진이의 계보 기사도 소개하고 있는데 "고조부는 백제의 귀수왕(貴須王)의 손자 진손왕(辰孫王)이며 오진천황시대에 일본에 건너갔다"고 전하고 있다. 왕진이의 출자가 한국계 이주민 계보라는 사실을 분명히 한 것이다. 그렇다면 왕진이는 백제계 이주민으로서 고대 중앙 조정에 진출하여 한자 및 한문 활용 능력이 뛰어난 지식인으로 활약하며 당시 일본열도 내에서 문자문화의 내부화를 선도한 상징적 인물이었다고 평가할 수 있다. 나아가 그의 활약상은 단지 개인을 넘어 조정 내 문

丙辰、天皇、執高麗表疎、授於大臣。召聚諸史、令讀解之。是時、諸史、於三日內、皆不能讀。爰有船史祖王辰爾、能奉讀釋。由是、天皇與大臣俱爲讚美曰、勤乎辰爾。懿哉辰爾。汝若不愛於學、誰能讀解。宜從今始、近侍殿中。旣而、詔東西諸史曰、汝等所習之業、何故不就。汝等雖衆、不及辰爾。(下略)」

장 전문가였던 후히토들의 지식수준과 함께 일본열도 내 문자 문화
의 내부전개를 촉진시킨 과정을 엿볼 수 있는 상징적 단서라 말할 수
있다.

6. 문자문화권의 확산과 한국계이주민

고대 일본에서 한자와 한문을 중심으로 한 문자 문화가 전국적으
로 확산되어 지방에서도 그 문화가 수용되고 그에 따른 국가 행정과
문화 사업이 본격적으로 전개된 시기는 7세기 후반이후로 보는 것
이 정설이다. 그 시기는 일본이 동아시아문화권의 법적 시스템인 율
령제도를 도입하여 중앙과 지방을 유기적으로 연결하며 중앙집권국
가의 기틀을 마련한 시기였으며 그것은 율령에 따른 관료제의 원활
한 운영을 위해 문서주의를 도입함으로써 가능해졌다고 볼 수 있다.
그러한 시대적 흐름에 따라 한자 문화도 중앙 관리뿐 만 아니라 지방
호족에게도 중앙 조정과 소통하기 위한 필수적인 매체수단으로 자
리매김했던 것으로 추정된다. 율령제도 자체가 한자와 고도의 한문
을 활용한 문서주의를 바탕으로 한 시스템이었기 때문에 그 제도의
효율적인 운영을 위해서는 중앙과 지방의 관인 및 하급관리들은 한
자 표기와 한문의 이해능력 및 그와 관련된 지식 습득을 축적해야 가
능한 사업이었다. 먼저 일본의 목간학회(木簡学会, 2010)에서 조사
한 발굴문자의 성과에 따르면 고대문화의 출발점이라 할 수 있는 아
스카(飛鳥)지역에서는 7세기 후반 것으로 추정되는 목간이 7,800점
이나 출토되는 등 일본에서 발견된 고대 목간의 대부분이 7세기후

반부터 9세기초에 집중되고 있다는 점이 이러한 사실을 잘 말해주고 있다. 발굴된 목간은 출토 지점에 따라 '왕도(王都)목간'과 '지방(地方)목간'으로 구분할 수 있는데 이를 다시 세부적으로 보면 '왕도목간'은 주로 나니와(難波), 아스카(飛鳥), 후지와라궁(藤原宮), 헤이죠쿄(平城京) 등 상대 왕도에 해당하는 지역에 집중되어 있다. 반면 '지방목간'은 규슈(九州), 서일본지역, 시코쿠(四國)지방 등 도호쿠(東北)지방을 제외한 거의 전 지역에서 지방관청, 군가(郡家), 역가(驛家)로 추정되는 유적에서 다량 출토되고 있다. 당시 중앙과 지방에서 문자가 새겨진 목간을 유통시키면서 행정기구의 운영이 왕성하게 이루어졌다는 것을 알 수 있다. 사토 마코토(佐藤信, 2006)는 이러한 점을 단순히 목간에 새겨진 한자문화의 경우에만 국한해서 설명하지 않는다. 그에 따르면 시기적으로 7세기 후반은 일본이 불교, 유교, 율령법제, 기술체계와 문물 등 동아시아의 선진문화를 적극적으로 수용하던 시기였다는 점에 주목하고 이러한 문화가 율령 시스템을 통해 전국적으로 단기간에 급속하게 확산될 수 있었던 것은 그 이전시대부터 한자와 한문 활용 지식과 응용력을 보유하고 있던 한국계 이주민의 역할이 있었기에 가능했다는 점을 새삼 강조하고 하고 있다.

　시야를 넓혀보면 7세기 후반은 고대 동아시아의 국제 관계가 최대 격동기를 맞는 시기였다. 수나라의 멸망에 이은 당나라의 등장, 한반도 삼국의 전쟁으로 인한 대량의 유민 발생 등 그 여파는 일본까지 영향을 미쳤고 특히 고구려, 백제의 왕족과 귀족을 포함한 지식계층의 사람들이 집단적으로 일본에 이주하고 정착하는 계기도 이때 마련되었다. 그리고 이들 중에는 당시 한문지식과 역량이 뛰어난 지식인 및 승려들도 대거 포함되어 있었을 것이다. 실제로『일본서기』에는 7세기 초 수나라에 파견되어 고구려와 백제에서 불교와 유교를 배운 후 일본에 귀국하여 중앙 조정에서 활약한 '다카무코노후히토(高向史)[9]'라는 인물을 비중있게 소개하고 있다. 이 자는『일본서기』스이코(推古)천황 16년 9월 기사에서는 '다카무코 아야히토 겐리(高向漢人玄理)'라는 이름으로 등장하고 있는데[10] 히라노 구니오(平野邦雄, 1993)의 설명에 따르면 아야히토(漢人)란 백제계 이주민을 의미하는 호칭이므로 이 자 역시 백제계 후손으로 보아도 무방할 것이다. 또 이 인물은 일본에 귀국 후 다이카(大化)원년에 '국박사(国博士)'의 지위까지 오른다. '국박사'란 당시 중앙 조정에 직속 배치되어 중앙 정치에 관여한 박사로 보는 견해(東野治之, 1996)가 있는가 하면 고대 조정에서 국정 일반의 자문기관장으로 추정하는 견해(坂本太郎, 1988)도 있고 중국에서 후한(後漢)시대 이후 경학중심의 학술교수에 해당하는 지위를 칭하는 것으로 게이타이(継体)천황 때 백제가 일본에 파견한 오경(五經)박사의 별칭으로 보는 견해(井上光貞, 1985)등 학자마다 성격에 대한 해석은 약간씩 다르지만 조정 내에서 한문 교양의 학식과 덕망을 갖추고 중앙 조정 내에서 고위급 정치 자문역할이라는 점에서는 공통된 의견이라고 보아도 큰 무

---

9 '다카무코 겐리(高向玄理)'또는 '구로마로(黑麻呂)'라는 이름으로 등장하여 쇼토쿠(聖德)태자의 명을 받아 수나라에 사신으로 파견되었다가 조메이(舒明)천황 12년에 일본으로 귀국한다.

10 『日本書紀』下, 앞의 책, p.193, 「○辛巳、唐客裴世清罷歸。則復以小野妹子臣爲大使。吉士雄成爲小使。福利爲通事。副于唐客而遣之。爰天皇聘唐帝。其辭曰、東天皇敬白西皇帝。使人鴻臚寺掌客裴世清等至、久憶方解。季秋薄冷。尊何如。想清念。此卽如常。今遣大禮蘇因高·大禮乎那利等往。謹白不具。是時、遣於唐國學生倭漢直福因·奈羅譯語惠明·高向漢人玄理·新漢人大圀、學問僧新漢人日文·南淵漢人請安·志賀漢人慧隱·新漢人廣濟等、幷八人也。」

리가 없을 것이다. 당시 일본은 중국 및 한반도의 선진 문화를 수입하기 위해 그 어느 때 보다도 박차를 가하던 시기였다. 그 때문에 고도의 한문 활용 능력을 바탕으로 학식과 덕망이 뛰어난 자를 '국박사'로 임명하여 이들에게 내정은 물론 외교에 관한 자문 역할도 기대했던 것으로 보인다. 이들의 활약으로 인해 일본은 그 어느 때보다도 빠른 속도로 호족 연합적인 불안정한 상태에서 벗어나 동아시아 문명권의 일원이 되어 중앙집권적 율령 국가로 거듭날 수 있었던 것이다.

한편 '국박사'라는 용어 외에 상대 문헌에는 '박사(博士)'라는 용어가 모두 18차례 등장하는데 나오키 고지로(直木孝次郎, 2005)는 이들 역시 모두 백제계 이주민들이었다는 견해를 밝히고 있다. 이러한 사실에서 비추어 볼 때 고대 일본의 중앙 조정에서 문자 해독능력과 한문 활용 능력은 서기업무라는 실무 차원에서만 기능했다고 보기 어렵다. 오히려 그들의 역량은 중앙 조정의 상층부에서 정치적 자문을 위한 축적된 교양지식을 의미하며 나아가 고도의 정신문화 세계의 형성에 영향을 미치는 사상의 근간이었다고 보는 데 이견이 없을 것이다. 또한 그 역할을 수행한 사람들 대부분이 한국계 이주민 또는 그 후예들의 몫이었다는 점도 거듭 상기할 필요가 있다. 문화적인 면에서도 한국계 이주민들의 활동이 두드러진 시기는 다이카(大化)개신 전후로 볼 수 있는데 이는 왕도의 중심부에서 한자 문화를 바탕으로 한 고대 동아시아 문명의 급속한 내부화를 자극했다는 것을 의미한다. 그리고 그 과정에는 지속적으로 광범위한 분야에서 선진 문명과 지식을 운반해 온 한국계 이주민 또는 그 후손들의 활약상이 절대적인 영향을 주었다는 것도 잊어서는 안 될 것이다.

문자문화 확산의 지방전파 과정에도 한국계 이주민들의 활약은 두드러졌다.『일본서기』비타쓰(敏達)천황 13년 9월 기사는 그러한 내용을 엿볼 수 있는 기사로 볼 수 있다. 내용에 따르면 "백제에서 녹심(鹿深)이라는 자와 사에키 무라지(佐伯連)가 각각 불상 1구씩 가져왔다"는 기사에 곧바로 이어지는 '시세(是歲)'에 "소가 우마코(蘇我馬子)가 불상 2구를 구라베(鞍部)라는 마을의 수장인 사마달(司馬達)과 이케베 아타이(池邊直) 히다(氷田)라는 자로 하여금 전국을 다니며 수행하는 자를 찾도록 했는데 마침 하리마(播磨国)에서 환속한 고구려 출신 혜변(惠便)이라는 승려를 찾아 우마코에 보고했더니 우마코가 기뻐하며 이 승려를 스승으로 삼았다.[11]는 내용이 있다. 한 사회가 문자를 기록하고 활용하는 서기(書記)능력을 갖추면 그 문자를 조합시켜 정보를 기록하고 축적시키는 문화를 자연스럽게 형성하며 서기문화의 발달을 촉진시켜 문자의 해독과 응용능력을 지닌 지식층을 형성한다. 이들이 중앙과 지방의 정부를 중심으로 활약하는 지배층, 승려, 학자 들이다. 당시 한반도에서 일본으로 건너간 승려들은 이미 경전연구를 통해 한문 해독 능력은 물론 한역된 불교 경전을 비롯한 한문 지식을 몸에 익힌 지식인들이었다. 그리고 이들은 수행승으로 일본열도 각지를 돌아다니며 불교의 가르침을 설파하면서 자연스럽게 지방에도 한자 문화를 전파하는 역할도 동시에 수행했다고 볼 수 있다.

한편 고대 일본에서 당나라로 파견한 견당사(遣唐使)의 파견 기록을 보면 이상하게도 669년에서 702년까지 약 30년간의 공백 기간이 발생한다. 그런데 도치기(栃木)현 오타와라(大田原)시에 700년에 건

---

11 앞의 책, p.148,「○秋九月、從百濟來鹿深臣、【闕名字。】有彌勒石像一軀。佐伯連、【闕名字。】有佛像一軀。◎是歲、蘇我馬子宿禰、請其佛像二軀、乃遣鞍部村主司馬達等・池邊直氷田、使於四方、訪覓脩行者。於是、唯於播磨國、得僧還俗者。名高麗惠便。大臣乃以爲師。」

립된 것으로 추정되는 '나스고쿠소비(那須國造碑)'의 비문 중에 '영창(永昌) 원년(689년)'이라는 원호가 새겨져 있다. '영창'이라는 연호는 당나라 측천무후(則天武后)시대 8개월이라는 매우 짧은 기간에만 사용된 연호였고 공교롭게도 그 시기는 견당사 공백 기간에 속한다. 이 연호가 일본의 당시 변방지역의 비명에 등장한 것이다. 이에 대해 사토 마코토(佐藤信, 2002)는 그 연호의 정보는 견당사로부터 직접 얻은 정보가 아니라 당시 신라와 교류를 통해 얻은 새로운 연호가 일본에 전해진 것으로 설명하지만 그 보다는 오히려 신라에서 일본에 건너가 지방에 정주한 신라계 이주민 또는 수행승의 정보를 바탕으로 석비가 제작되고 비문을 작성한 것이라 볼 수 있지 않을까?

7. 맺으며

일본의 고대 문화가 한자문화 도입 후 빠른 시간에 동아시아 문명을 공유할 수 있었던 이유는 두 가지의 전제조건이 있었기에 가능했다. 하나는 한반도 및 중국과 가까운 지리적으로 환경에 위치하고 있었다는 점이고 두 번째 그로 인해 고대이전 부터 동아시아 문화권과 중단 없는 인적, 물적 교류를 통한 수용과 퇴적과정이 반복되었다는 점을 들 수 있다. 일본 고대 문화학자 사이토 다다시(斎藤忠, 1981)의 견해에서 보듯이 고대 일본 문화는 "한국문화의 흔적을 빼면 공허한 것이기 때문에 '교류'라는 말 보다는 '영향'이라는 말이 더 적절하다"는 말처럼 구석기시대부터 나라시대까지 한반도에서 받은 문화적 영향은 절대적인 것이었다.

상대 일본 문헌에 등장하는 '도래(渡来)' 또는 '귀화(帰化)'로 표기되어 있는 사람들은 그 원향이 대부분 고대 한반도를 근거지로 둔 이주민들이었다고 보아도 지장이 없을 것이다. 그러나 2차 대전 이전까지만 해도 일본 학계에서는 상대 외부지역에서 일본열도에 이주하여 정착한 사람들을 이른바 『일본서기』에서만 볼 수 있는 '귀화인'이라는 차별적 용어로 표현하며 이들을 속인주의적 관점에서 일본인과 인종이 다른 외계인 또는 이방인이라는 인식이 지배적이었다. 또한 이들이 고대 일본 문화 형성과정에 기여한 외래문화 전달자라는 역할은 인정하면서도 그 구체적인 내역이나 규모에 대해서는 애써 외면하는 경향이 강했다. 그러나 전후 세키 아키라(関晃, 1996)는 이들이 바로 현 일본인의 직계 조상이라는 파격적 선언과 함께 그들이 가져간 문화도 일본 문화의 지류가 아닌 본류로 인정해야 한다는 논지를 피력하며 한국계 이주민에 대한 인식을 크게 전환시켰다.

또한 우에다 마사아키(上田正昭, 1993)의 연구에 따르면 일본열도에 건너가 정착한 이주민들의 물결은 시기적으로 기원전 2세기, 5세기 전후, 5세기 후반에서 6세기 초, 그리고 7세기 후반이라는 4회에 걸쳐 집중되었다는 견해를 밝힌 바 있다. 그런데 이들 4시기는 개별적 이동이 아닌 집단적 이주라는 특징도 있지만 발굴 문자의 성과와 문헌상의 기록으로 비추어 볼 때 일본 열도에서 한자 문화의 전파와 내부 확산과정도 대체로 중첩된다는 점은 시사하는 바가 크다. 이러한 사실에서 보면 상대 문헌이 성립되는 8세기 초까지는 적어도 한국계 이주민들이 일본에 한자 문화의 전파와 내부 확산 과정에 불가분 관계가 있었다는 것을 인정해야 할 것이다. 이러한 사항을 좀 더 구체적으로 살펴보고자 본고에서는 상대 일본의 발굴 문자 사례와 문헌 속에 나타난 한자 문화 도입 및 내부적 전개과정과 관련된 기사의 내용을 비교 검토하여 한국계 이주민의 활약상에 대해 살펴보았다.

상대 발굴 문자의 사례를 통해 알 수 있었던 것은 고대 이전 일본열도 내부의 소통수단으로 일본의 한자 및 한문을 활용한 문자문화의 전개를 가늠할 수 있는 뚜렷한 흔적은 아직까지 뚜렷하게 밝혀진 바가 없다. 따라서 적어도 6세기까지는 당시 일본열도 내에서 대내외적으로 쌍방 소통을 위한 문자문화는 충분히 성숙했다고 보기 어려울 것이다. 반면 대외 교류 과정에는 한국계 이주민과의 관계 속에서 드러나는 경우가 적지 않다는 점에서 한반도의 경유과정이 전제조건이었을 개연성이 크다. 따라서 설령 일본이 당시 동아시아 문명권에 편입되었다고 해도 그것은 어디까지나 외교관계라는 제한된 범위에서 활용된 것으로 보는 것이 타당하며 당시 사회의 성숙과 관계없이 왜인들은 한자와 한문을 외부에 있었던 특수기호로 인식했다고 볼 수 있다.

한편 일본의 상대 문헌을 대표하는 『고사기』와 『일본서기』는 상대 일본 지식인들의 한자 어휘와 한문 활용 능력, 그리고 문학적 상상력을 담은 정신문화의 세계를 엿볼 수 있는 최초의 자료라는 점에서 의의가 있다. 또한 양 문헌의 성립과정을 보면 표면상으로는 천황가의 존엄성을 그리고자 한 정치적 의도가 드러나 있다하더라도 그 속에는 당시 중국 및 한국에서 전래된 고문헌을 비롯하여 중앙과 지방 호족들의 전승자료, 그리고 편찬에 관여한 문장가들의 풍부한 교양지식이 반영되어 있다는 점도 함께 고려해야 할 것이다. 그것은 상대에서 고대에 이르기까지 지속적으로 문자 문화를 전달하고 내부적 확산에 힘쓴 한국계 이주민과 그 후손들의 활약상을 재발견하는 논거이기도 하다. 그리고 당시 한자 문화의 전달자로써 활약한 한국계 이주민들과 그 후손들은 단순히 중앙 조정에 기용되어 문서 기록, 조세 징수, 또는 외교문서의 취급 등 실무적인 현장에서만이 아니라 중앙과 지방에서 뛰어난 한문 지식과 교양을 바탕으로 정치 자문과 외교자문 그리고 행정문서 작성 등에 관한 역할을 수행해 나 갔다. 그들의 활약에 힘입어 일본은 고대 동아시아 문화권의 일원이 되는 초석을 마련할 수 있었고 이노우에 마로(井上滿郞, 1999)의 표 현대로 "만일 이 시기의 한국계 이주민의 활약이 없었다면 고대 일 본의 역사와 문화의 진전은 100년 단위로 늦어졌을 것"이라는 주장 은 결코 지나친 평가라 할 수 없다. 물론 이들은 8세기 이후 언어, 풍 속 모두 고유 일본인과 구별하기 어려울 만큼 빠르게 일본인화 된 과 정도 인정하지 않을 수 없다. 그러나 설사 그렇다고 해도 상대 일본 의 한자 문화와 그 내부적 전개 및 확산, 그리고 고도화 과정에는 중 앙과 지방에서 활약한 한국계 이주민의 역할이 깊이 각인되어 있다 는 사실을 결코 저평가해서는 안 될 것이다.

| 참고문헌 |

日本古典文學大系67(1974)『日本書紀』上, 岩波書店
日本古典文學大系68(1975)『日本書紀』下, 岩波書店
日本古典文學大系1(1980)『古事記·祝詞』, 岩波書店
青木和夫 外3人(1992)『続日本紀5(新日本古典文学大系16)』, 岩波書店
小島憲之校注(1964)『懐風藻·文華秀麗集·本朝文粹(日本古典文学大系69)』, 岩波書店
石母田正(1962)「古代史概説」『岩波講座·日本歴史1』, 岩波書店
小島憲之(1962)『上代日本文学と中国文学(上)-出典論を中心とする比較文学的考察』, 塙書房
和辻哲郎(1972)『新稿·日本古代文化』, 岩波書店
岡正雄(1972)「日本文化成立の諸条件」『日本民俗大系2』, 平凡社

今井啓一(1974)『帰化人』, 綜芸舎
斎藤忠(1981)『古代朝鮮文化と日本』, 東京大学出版会
西嶋定生(1983)『中国古代国家と東アジア世界』, 東京大学出版会
水野祐(1985)『日本神話を見直す』, 学生社
井上光貞(1985)『古代世界の再発見(井上光貞著作集 第6巻)』, 岩波書店
坂本太郎(1988)『大化改新(坂本太郎著作 集6巻)』, 吉川弘文館
坂本太郎(1988)『六国史(坂本太郎著作集 第三巻)』, 吉川弘文館
山尾幸久(1989)『古代の日朝関係』, 塙書房
平野邦雄(1993)『帰化人と古代国家』, 吉川弘文館
上田正昭(1993)『帰化人-古代国家の成立をめぐって』(中公新書70), 中央公論社
細野順子(1995)「奈良時代にむかえて-渡来人の波、その断面」『文学芸術(第19号)』, 共立
　　女子大学文学芸術研究所
加藤謙吉(1995)「史姓の成立とフミヒト制」『日本古代の社会と政治』, 吉川弘文館
内田清(1996)「百済・倭の上表文の原典について」『東アジアの古代文化』86号, 大和書房.
東野治之(1996)『長屋王家木簡の研究』, 塙書房
関晃(1996)『古代の帰化人(関晃著作集 第三巻)』, 吉川弘文館
上田正昭(1997)「漢字文化の受容と展開」『古代日本と渡来の文化』, 学生社
大橋一章(1997)『飛鳥の文明開化(歴史ライブラリー12)』, 吉川弘文館
加藤謙吉(1998)『秦氏とその民』, 白水社
井上満郎(1999)『古代の日本と渡来人-古代史にみる国際関係』, 明石書店
西嶋定生(2000)『古代東アジア世界と日本』, 岩波書店
佐藤信(2002)『出土史料の古代史』, 東京大学出版会
白川静(2003)『桂東雑記Ⅰ』, 平凡社
佐藤長門(2004)「有銘刀剣の下賜・顕彰」『文字と古代日本1』, 吉川弘文館
田中史生(2005)『倭国と渡来人-交錯する「内」と「外」』, 吉川弘文館
直木孝次郎(2005)『日本古代氏族と国家』, 吉川弘文館
佐藤信(2006)「漢字文化の受容と学習」『文字と古代日本5』, 吉川弘文館
神野志隆光(2007)『漢字テキストとしての古事記』, 東京大学出版会
平野邦雄(2007)『帰化人と古代国家』, 吉川弘文館
石川九楊(2008)『中国文化百華(第一巻)・漢字の文明　仮名の文化』, 農産漁村文化協会
松岡正剛(2008)『白川静・漢字の世界』, 平凡社
森下章司(2009)「金石文の伝播と古代日本」『漢字文化三千年』, 臨川書店
沖森卓也(2009)『日本古代の文字と表記』, 吉川弘文館
木簡学会(2010)『木簡から古代がみえる(岩波新書1256)』, 岩波書店

제2장

『平家物語』의 忠度와 歌[*]

―忠度에게 있어서 歌의 의미―

ǀ 노 희 진

1. 서론

『헤이케모노가타리(平家物語)』가 『호겐모노가타리(保元物語)』와 『헤이지모노가타리(平治物語)』와 다른 점은 인간 개개인의 죽음에 깊은 감동과 다이라씨(平氏)일족의 몰락을 일관되게 서술하고 있는 점과 다른 한편으로는 용감무쌍한 전쟁묘사는 물론이고 화려한 갑옷과 무기에 관한 묘사에도 작가의 노력을 엿볼 수 있다는 점이다.[1] 이러한 묘사와 서술을 통해 『헤이케모노가타리』는 새로운 인간상을 제시하고 있으며, 제시된 인간상은 중세문학의 새로운 장르로 군기모

---

* 이 논문은 日本言語文化 第40輯에 게재된 논문을 수정, 가필한 것임
1 日本古典文学全集29(1973)『平家物語』上. 小学館 15版 p.26

노가타리(軍記物語)를 자리 잡게 하는 역할을 하였다.

군기모노가타리이지만 『헤이케모노가타리』 속 등장인물들의 인간적인 면에 많은 독자는 매료되었고, 현재도 그 향수 층을 두텁게 확보하고 있다. 독자들이 좋아하는 여러 등장인물 중 다다노리(忠度)에 대한 묘사는 다른 장군들의 모습과는 사뭇 다르다. 문무(文武)를 겸비한 다다노리는 시대의 격변기를 살았고 겐페이(源平)의 난 속에서 생을 마친다.

『헤이케모노가타리』 전편 중 다다노리의 등장은 7곳으로 그가 이야기의 중심이 되는 권5 「富士川」·권7 「忠度都落」·권9 「忠度最期」를 중심으로 살펴봄과 동시에 『헤이케모노가타리』 속 등장인물들의 와카와 그 빈도수를 비교함으로써 다이라 씨(平氏) 측인 다다노리에게 와카가 어떤 의미였는지에 대해 고찰하려 한다.

2. 선행연구

헤이케(平家) 일족의 멸망을 글만 좋아하고 무사로서의 실전 능력이 떨어졌기 때문에 멸족했다고 말하는 사람도 많다. 하지만, 야스노 히로유키(安野博之)는 「教科書で『平家物語』はどう読まれてきたか : 「忠度都落」を例に」,[2]에서 그 이유를 헤이케 일족의 갑작스러운 영화는 대중들에게 공감과 존경을 잃었으며, 급격한 개혁보수 사상과 대중 개개인을 하나로 통일시키지 못한 것에 기인한다고 기술하고 있다.

---

2 安野博之(2008) 慶應義塾大学文学会芸文研究 藝文研究 (95), pp.290-301

시다 이타루(信太周)³·하루타 아키라(春田宣)⁴·오노 요시노리(小野
美典)⁵ 등은 엔교본(延慶本)·나가토본(長門本)·시부갓센조본(四部合
戰狀本)·가쿠이치본(覚一本)·겐페이세이수이기(『源平盛衰期』)등의
「忠度都落」와 「忠度最期」내용을 중심으로 서로의 차이를 고찰하고
있다.

그 밖에도 가인(歌人) 다다노리에 대한 연구로 사쿠라이 요우코(櫻
井陽子)의 「忠度辞世の和歌「行き暮れて」再考—平家物語の本文の再検討
から」⁶가 있으며, 노(能)『忠度』에 대한 연구로는 김충영의 「『忠度」에
그려진 주인공의 執念」과 이와기 겐타로(岩城賢太郎)의 謠曲「忠度」
論：「文武二道」の武人シテ忠度の造型⁷ 등이 있다. 노(能)『다다노리』
는 제아미(世阿彌)가 각색한 작품으로 다다노리의 와카에 대한 집념
은 원화인『헤이케모노가타리』와 별 차이는 없다. 하지만 수라노(修
羅能)로 만들어졌기 때문에 前場과 後場의 와카에 대한 집념의 양상
은 다소 차이가 난다고 서술하고 있다. 그 밖에도 국어 교재로서의
『헤이케모노가타리』, 더 나아가서 교과서에 「忠度都落」와 「忠度最期」
가 등장하게 된 이유에 대한 고찰⁸ 등이 있다.

3　信太周(2001)「『平家物語』の享受—忠度最期談を読む」文林 (35), pp.71-91
4　春田宣(1995)「『平家物語』諸本の描写についての一考察—薩摩守忠度の場合を主と
　　して」国学院雑誌 96(8·9), pp.1-12
5　小野美典(1987)「『平家物語』「忠度都落」考—四部本·延慶本·覚一本の表現から」」
　　山口国文 (10), pp.40-55
6　櫻井陽子(2006)「忠度辞世の和歌「行き暮れて」再考—平家物語の本文の再検討から」
　　国語と国文学 83(12), pp.31-44
7　岩城賢太郎(2000)「謠曲「忠度」論：「文武二道」の武人シテ忠度の造型」筑波大学平
　　家部論集8, pp.12-25
8　浜畑圭吾·下西忠·鈴木徳男(2015)「後期中等教育における国語教材の研究(1)『平
　　家物語』「忠度の都落ち」の理解を深める視点から」高野山大学論叢 50, pp.51-66

기연구된 다다노리의 와카 혹은 문무를 겸비한 무사로서의 모습에 대한 고찰에서는 여러 이본(異本) 간의 차이와 내용의 유무에 대한 연구가 주를 이루고 있으며, 노(能)『다다노리』의 경우는 극문학 속 주인공으로서의 모습에 초점을 두고 고찰이 이루어졌다.

이번 고찰에서는 헤이안 시대의 무사인 다다노리에게 있어서 우타(歌)란 어떤 의미였기에 현재의 관점에서는 용납 받지 못할 행동을 했으며 그 이유가 무엇 때문이었는지에 대해 고찰하려 한다.

3. 『헤이케모노가타리』의 향수

『헤이케모노가타리』를 읽다 보면 이야기의 중심은 항상 다이라씨(平氏)에게 집중되어 있다. 서론에서 언급한 바와 같이 기요모리(清盛)를 비롯한 전쟁에서 승리한 무장들의 이야기보다는 패자를 중심으로 한 이야기의 묘사가 많다는 것 또한『헤이케모노가타리』의 특이한 점이다. 그뿐만 아니라 다양한 측면에서 후세의 작품에도 영향을 미치고 있다. 특히 권7의「忠度都落」와 권9의「忠度最期」의 이야기는 요교쿠(謡曲), 교켄(狂言), 고와카마이교쿠(幸若舞曲), 오토기조시(お伽草子), 조루리(浄瑠璃), 가부키(歌舞伎) 등의 작품 속 소재로 등장하고 있다. 다이라노 다다노리(平忠度)는 텐요(天養) 원년(1144)에 태어나 겐랴쿠(元暦) 원년(1184)에 사망하였고, 사츠마노가미(薩摩守)와 정4품 下의 벼슬을 지낸 문무를 겸비한 무인이자 문인으로 알려졌다. 다이라노 다다모리(平忠盛)의 여섯 번째 아들이자 기요모리의 동생으로 무예도 뛰어났다. 권1의「鱸」[9]에서 다다모리와 그의 부인이 된 여인(후일 다다노리의 모친)과 나눈 와카(和歌)는 아들인 다다노리의 재능을 짐작케 하는 부분이다.

본 고찰의 본문으로 인용하는 岩波書店 『平家物語』는 가쿠이치본(覚一本)을 저본(底本)으로 하며, 위의 언급한 내용은 다른 제본(諸本)에는 없는 내용이다. 그래서 이 부분은 허구라고 주장하기도 한다.[10] 또한 후지와라 슌제(藤原俊成)를 스승으로 모시고 와카(和歌)를 사사 받았으며, 다른 한편으로는 전쟁터로 나가는 대장군으로서의 모습[11]도 작품 속에 묘사되고 있다. 이러한 다다노리의 모습을 무예에도 가도에도 뛰어난 인물 「武芸にも歌道にも達者な人物」로 묘사하고 있다. 다이라 씨가 전쟁에 패해 교토를 떠날 때도 정적(政敵)이 되어버린 와카의 스승인 슌제의 집까지 죽음을 불사하고 찾아가 자신의 와카를 전한 후, 교토를 떠나는 모습은 가인(歌人)으로서의 모습을 유감없이 보여주는 대목이라 하겠다. 그러나 이치노다니전쟁

---

9 『平家物語』卷1「鱸」중 忠盛가 읊은 시(歌)가 다음과 같이 등장한다. "아카시 해변에는 새벽녘까지 떠있는 달도 대낮처럼 밝게 빛나고 그저 해안가로 부는 바람에 파도가 밀려오는 것이 보였습니다. 「有明の月もあかしの浦風に浪ばかりこそよるとみえしか」" 밀려오다(寄る)가 밤을 뜻하는 夜의 掛詞이다. 이 와카는 『金葉集』에 수록되어있다. 다다모리가 궁중 안의 사랑하는 뇨보 처소에 들렸으나 뇨보를 만나지 못하고 돌아오는 길에 달이 그려진 부채를 떨어뜨리고 갔다. 궁중 안에서는 그 부채의 주인을 찾기 위해 의견이 분분해지자 뇨보는 다음의 와카를 읊는다. "궁중 안에서 단지 누군지 모르는 이가 흘린 달 (부채)이 어디서 나왔냐고 찾지만 웬만해서는 그것을 말하지 않으리라 생각합니다. 「雲井よりただもりきたる月なれば朧げにてはいはじとぞおもふ」" 라는 와카를 지어 다다모리가 한층 더 사랑하게 되었다고 한다.

10 伊沢恵里(1985) 「覚一本平家物語の忠度像」-その歌人的造形- p33 上田女子短期大学 学海創刊号, pp.33-38

11 大将軍には小松権亮小將維盛、副将軍には薩摩守忠....(中略)今の平氏の大将軍維盛・忠度も、定めてかやうの事をば存知せられたりけん。あはれなりし事共なり。古典文学全集32(1959) 『平家物語』上 巻5「富士川」岩波書店 1刷 pp.366-368

(一ノ谷合戰)에서 패배한 이후의 장면에서는 문인으로서의 모습과는 대조적으로 무사로서의 용맹함[12]이 강조되어 적과 용감하게 싸우는 장군의 모습으로 묘사되고 있다. 권7과 권9의 후반부는 교토를 떠나 후퇴하는 다이라 씨 측의 비극적인 운명을 개별적이고도 집중적으로 서술하여, 다다노리라는 인물에 집중함으로서 문무를 모두 겸비한 인물로 이야기의 긴장감을 고조시키고 있다.

다다노리의 등장은 모두 7곳으로 권1「鱸」, 권4「橋合戰」「三井寺炎上」, 권5「富士川」, 권7「北国下向」「忠度都落」, 권9「忠度最期」이며, 그 중 권5「富士川」와 권7의「忠度都落」·권9「忠度最期」는 다다노리가 중심인물로 등장하고 있다.

3.1. 『헤이케모노가타리』속 다다노리

(1) 권5의「富士川」

다다노리가 수년 전부터 황녀의 딸인 뇨보(女房)의 처소를 드나들었다. 어느 날 여인을 찾아갔으나 다른 사람이 있어 기다림에 지쳐 화가 나 돌아온 후, 그 뇨보로 부터 와카 한 수를 전해 받는다. 아즈마지(東路)의 풀잎을 가르며 동국의 전쟁터로 향해 가신 당신의 소매보다 남은 저의 소매가 이슬에 더 젖었습니다 "あづま路の草葉を分けむ袖よりも立たぬ袂の露ぞこぼるる"[13]라는 와카를 보내오자, 다다노리는 다음과 같이 답가를 보내, 헤어지는 이 길을 걸으며 어찌 슬퍼하리오! 지금 넘고 있는 이곳은 모두 겐지를 토벌하러 갔던 선조들의

---

12 「熊野育ち早技の大力にておはしければ」구마노출신인 다다노리는 힘이 세고 빠른 기술의 소유자 古典文学全集33(1959)『平家物語』下卷9「忠度最期」, 岩波書店 1刷 p.216
13 古典文学全集32(1959)『平家物語』卷5「富士川」岩波書店 1刷 p.368

그 시절이 생각이 나는 군요 "別れ路を なにか嘆かむ 越えて行く 関も昔
の 跡と思へば"[14]라고 답하였다. 실제로 이곳은 다이라씨의 정적인 마
사카도(将門)를 토벌하러 갔던 길이고 승리하여 돌아왔던 그 길이
다. 여인과 헤어짐을 아쉬워하거나 슬퍼하는 나약한 인간의 모습이
라기보다는 다이라 씨의 선조인 사다모리(貞盛)가 정적(正嫡)인 마
사카도를 토벌하여 승리한 곳이기에 여인과의 이별을 슬퍼하기 보
다는 선조의 일을 떠올리는 무사로서의 모습을 보여주고 있다고 하
겠다. 여인과 헤어져 교토를 떠나는 다다노리의 모습은 사랑 때문에
연민하기보다는 무인으로서의 면면을 엿볼 수 있는 대목이다. 또한
전쟁터로 나가는 장군이 잊지 말아야 할 3가지에 대해 다음과 같이
기술하고 있다.

예로부터 정적을 물리치기 위해 전쟁터로 출정할 때 장군이 명심해
야 할 3 가지가 있다. 천황으로부터 임무를 명받으면 집을 잊어야 하
고, 집을 나서면 처자식을 잊어야 하며, 전쟁터에서 적과 싸울 때 자
신의 안위를 생각해서는 안 된다. 그러한 까닭에 전쟁에 임하는 다이
라 씨의 대장군 고레모리(維盛)·다다노리(忠度)도 반드시 준비했을
것이다.[15]

위의 내용처럼 전쟁터로 나가는 대장군의 모습과 마음가짐을 통

---

14 앞의 책 p.368
15 いにしえ、朝敵をほろぼさんとて都をいづる将軍は三の存知あり、節刀をたまはる日家
    をわすれ、家をいづるとて妻子をわすれ、戦場にして敵にたゝかふ時、身をわする。
    されば、今の平氏の大将軍維盛・忠度も、定めてかやうの事をば存知せられたりけ
    ん。あはれなりし事共なり. 앞의 책 p.368

해 다다노리의 무사로서의 모습을 기술하고 있다.

(2) 권7의 「忠度都落」

전쟁에서 패한 다이라 씨 일족의 교토 퇴각에도 불구하고 가도(歌道)의 스승인 후지와라 슌제의 저택을 찾아가 문도 열어주지 않는 스승의 집 담 안으로 평소 즐겨지었던 와카집『다이라노 다다노리 아손슈(平忠度朝臣集)』두루마리를 던져 넣는다. 그리고 전쟁이 끝나 나라가 평안해지고 칙찬집(勅撰集)을 편찬하게 되면 이 제자의 와카도 검토해 달라고 부탁한다. 여러 가지 정치적 상황을 고려하여 자신의 이름을 남길 수 없더라도 작자미상(詠み人知らず)의 형태여도 좋으니 자신의 와카를 실어달라고 부탁한 것이다. 후일 스승인 슌제는 칙찬집의 편찬자로 참여하게 되고 제자인 다다노리의 와카를 고향의 꽃(故郷の花)이라는 제목과 작자미상의 형태로『센자이슈(千載集)』春上 66에 "옛 오우미구니(近江国)와 시가(滋賀)의 옛 도읍은 황폐해졌지만 옛 나가라산의 산벚꽃은 그대로 구나「さざ浪や志賀の都はあれにしをむかしながらの山ざくらかな」"를 싣게 된다. 이 와카는『다이라노 다다노리 아손슈(平忠度朝臣集)』15번의 와카이기도 하다.

이 부분은 語り本계와 増補계별로 차이가 있다. 스승인 슌제와 다다노리와의 대화가 야시로본(屋代本)에서는 이와 같이 잊을 수 없는 것을 놓고 가시니 결코 소홀히 하지 않겠노라 "かヽル忘形見ヲ給り置候ヌレハ、努々疎略ヲ存マシク候"며 칙찬집에 실어줄 것을 약속한다. 가쿠이치본(覚一本)에서는 분명히 사츠마노가미 기뻐했다 "薩摩守悦"라고 기술될 정도로 다다노리의 안도감을 읽을 수 있다. 하지만, 나가토본(長門本)·엔교본(延慶本)에서는 다다노리가 와카집을 슌제의

집 담장 안으로 던져 넣지만, 스승인 슌제는 아무런 답도 하지 않는다. 단지 자신의 와카집 두루마리를 스승의 집 담장 안에 넣은 것만으로도 만족하며 이승에 대한 어떠한 미련도 없다는 듯 다시 전쟁터로 발길을 옮긴다. 제본(諸本)마다 상이한 부분이 존재하지만 변함없는 것은 다다노리의 와카에 대한 집념이라 할 수 있다.

(3) 권9 「忠度最期」

다다노리의 모습은 이치노다니 전쟁에서의 용맹하고 뛰어난 무사의 모습으로 묘사되고 있지만, 그가 죽은 후 그의 몸에서 나온 와카[16]를 보고 무사가 아닌 가인으로서의 모습을 다시 한 번 보여주고 있다. 하지만 이 와카는 『센자이슈(千載集)』에서도 『다이라노 다다노리 아손슈(平忠度朝臣集)』에서도 찾을 수 없다. 아마도 전쟁 중 자신의 처지를 생각하며 죽기 전에 지은 것이라 어디에도 그 흔적이 없는 것이라 생각된다. 이 와카를 김충영은 「『忠度』에 그려진 주인공의 執念」[17]에서 다음과 같이 설명하고 있다.

무사로서의 길에 지쳐(=가다 저물어)
걸음을 문인으로서의 삶(=벚나무 밑 그늘)에 의탁하니,
주인 격인 和歌(=벚꽃)가 나를 반겨주는 구나.

---

16 「行き暮れて木のしたかげを宿とせば花やこよひのあるじならまし」 가다 저물어 벚나무 아래 그늘에 숙소를 정하니 벚꽃이야 말로 오늘밤의 주인이 되겠구나. 古典文学全集33 (1959) 『平家物語』下 卷9「忠度最期」 岩波書店 1刷 p.217
17 김충영(2011) 「『忠度』에 그려진 주인공의 執念」『일본학보』86, 한국일본학회 p.263)

물론 위의 내용은 『헤이케모노가타리』권9에 해당하는 내용이지만, 김충영의 경우 노(能)『忠度』의 작품해석에서 위와 같은 해석을 하였다.

이 부분 또한 제본(諸本)마다 조금씩 상이하다. 야시로본(屋代本)에서는 이치노다니전쟁과 로쿠야타, 그리고 다다노리에 관한 내용은 없다. 이치노다니전쟁에서 패한 후 로쿠야타(六弥太)에 의해 다다노리의 마지막 모습이 발견되는 것은 가쿠이치본(覚一本)·나가도본(長門本)이다. 성쇠기(盛衰期)에서는 「旅宿花」라는 제목으로 와카를 소개한 후 간단히 다다노리를 소개하고 있으며, 엔교본(延慶本)에는 이 와카에 대한 언급은 없다. 가쿠이치본(覚一本)의 경우 「忠度最期」는 풍부한 서정성과 가인으로서의 다다노리에 대한 묘사로 가득하다. 다른 제본(諸本)에 비해 가쿠이치본(覚一本)은 온전히 다다노리의 이야기가 중심이며 무사로서의 미련 없는 모습이 가인으로서의 다다노리를 더욱 부각시키게 하는 부분이라 생각된다.

권7의 "옛 오우미구니(近江国)와 시가(滋賀)의 옛 도읍은 황폐해졌지만 옛 나가라산의 산벚꽃은 그대로 구나「さざ浪や志賀の都はあれにしをむかしながらの山ざくらかな」", 권9의 "가다 저물어 벚나무 아래 그늘에 숙소를 정하니 벚꽃이야 말로 오늘밤의 주인이 되겠구나「行き暮れて木のしたかげを宿とせば花やこよひのあるじならまし」" 이외에도 가론(歌論)『고라이후테쇼(古来風躰抄)』下2에 뛰어난 와카로 "고향의 꽃을 그리는 마음을 읊은 노래(故郷花とういふ心を詠める)"라는 제목으로 "옛 오우미구니(近江国)와 시가(滋賀)의 옛 도읍은 황폐해졌지만 옛 나가라산의 산벚꽃은 그대로 구나「さざ浪や志賀の都はあれにしをむかしながらの山ざくらかな」"가 작자미상으로 수록되어 있다. 이

밖에도 다다노리의 와카가 수록된 칙찬와카집(勅撰和歌集)를 살펴
보면 『센자이슈(千載集)』·『신초쿠센와카슈(新勅撰和歌集)』·『쿄쿠요와
카슈(玉葉和歌集)』등에 11수, 개인시집인 『다이라노 다다노리 아손
슈(平忠度朝臣集)』에 117수가 있다. 이 정도라면 어느 정도 경지에
오른 가인이라고 말할 수 있을 것이다.

『헤이케모노가타리』속 다다노리의 등장 총 7곳[18] 가운데 4곳[19]에
서 가인으로서의 모습이 강조되고 있다. 또한 지금의 가치관으론
무사라면 전쟁터에 나가 적과 용맹하게 싸우고 승리를 거둬 그 이름
을 드높이는 것이 명예로운 무사의 길이라 여기는 것이 당연할지 모
른다. 하지만 다다노리의 경우 가인으로서의 명예를 더 소중하고 크
게 생각하는 인물로 묘사되고 있다는 점이 특이한 부분이다. 이러한
다다노리에 대한 묘사 및 평가는 『헤이케모노가타리』 안에서도 찾
아 볼 수 있다.

> 이윽고 큰 칼이 목을 베어 그 목을 들고 외치기를 "오늘 이 나라의
> 뛰어난 명장 사츠마노가미의 목을 무사시노쿠니의 이노마타도의 오
> 카베로쿠야타 다다즈미가 거두었다"라고 외치자 적군도 아군도 모
> 두 "아! 슬프구나. 무예에도 가도에도 뛰어난 대장군이셨는데(생
> 략)"라며 모두 갑옷의 소매를 적시었다.[20]

---

18 권1「鱸」, 권4「橋合戰」「三井寺炎上」, 권5「富士川」, 권7「北国下向」「忠度都落」, 권9
  「忠度最期」 모두 7번의 이야기에 등장
19 권1「鱸」, 권5「富士川」, 권7「忠度都落」, 권9「忠度最期」
20 太刀のさきにつらぬき、たかくさしあげ、大音声をあげて、「この日来平家の御方にきこ
  えさせひつる薩摩守殿をば、岡部の六野忠純がうち棒のたるぞや」と名のりければ、敵
  もみかたも是を聞いて、「あないとほし、武芸にも歌道にも達者にておはしつる人をあツ
  たら大将軍を」とて、涙をながし袖をぬらさぬはなかりけり。古典文学全集33 (1959)『平

　이와 같이 전쟁터에서 적장의 목을 거두었으나 그 적장의 죽음을 애도하며 문무에 뛰어난 장군이었다고 평하는 대목 또한 일반적이지는 않다. 당연히 무장으로서의 모습이라면 그의 뛰어난 무예와 승리담, 장군으로서의 자질과 전쟁터에서 장렬한 최후를 맞이하는 것이 가장 큰 덕목일 것이다. 하지만 권9의 「忠度最期」에서는 그렇지 않다. 이것은 『헤이케모노가타리』안에 존재하는 무사상과 단가(와카)의 의미가 오늘날 우리가 생각하는 그것과는 다른 모습이라는 것을 짐작케 한다. 아카마 에쓰코의 『古今和歌集』と『枕草子』─「桜」の描写の比較から─에서 『고킨와카슈(古今和歌集)』에 대해 권위적인 존재라고 다음과 같이 기술하고 있다. "국풍 문화가 꽃피었던 헤이안시대 문학의 중심은 단가(와카)이며, 칙찬와카집(勅撰和歌集)이 차례차례로 편찬되어 갔다. 첫 번째 칙찬와카집은 권위적인 존재였던 『고킨와카슈』"[21] 즉, 헤이안시대의 와카는 현재 우리가 생각하는 단순한 시(詩)의 의미보다 더 큰 의미를 갖고 있었던 것이다. 현대인들이 생각하는 일반적인 무사상으로 보기 어려운 다다노리의 행동과 그에 대한 평판은 그의 죽음 앞에서 찾아 볼 수 있었다. 다이라 씨(平氏)와 미나모토 씨(源氏) 모두 다다노리의 죽음과 문무를 모두 겸한 그의 인품에 긍정적이었다. 그렇다면 다이라씨 뿐만 아니라 미나모토 씨 측의 등장인물들도 와카를 즐겼는지 살펴볼 필요가 있다.

家物語』下 巻9「忠度最期」岩波書店 1刷 p.217
21　国風文化が花開いた平安時代、文学の中心は和歌であり、勅撰和歌集が次々と編纂されていった。最初の勅撰和歌集として権威的存在だった『古今和歌集』。。。省略 p266。赤間 恵都子(2017)『古今和歌集』と『枕草子』─「桜」の描写の比較から─, 十文字学園女子大学紀要 47, pp.259-266

3.2. 다이라씨측과 미나모토씨측의 와카

가쿠이치본(覚一本)『헤이케모노가타리』에는 모두 117수의 와카가 등장한다. 모치히토왕(以仁王)의 레이지(令旨)[22]를 기준으로 하여 다이라 씨와 미나모토 씨의 와카를 비교해 보았다. 레이지(令旨)이전에는 총 23수 중 다이라 씨의 와카는 11수, 미나모토 씨의 와카는 요리마사의 와카 1수에 불과했다. 이후에는 총 94수 중 10수를 제외한 대부분의 와카가 다이라 씨의 와카였다. 그 중 빈도수가 많은 등장인물을 살펴보면 다이라노 다다노리 4수, 다이라노 야스요리(平康頼-康頼入道) 4수, 미나모토노 요리마사 5수, 다이라노 시게히라(平重衡) 5수, 엔교본(延慶本)에서는 각각 7수, 4수, 9수, 4수가 수록되어 있다. 가쿠이치본(覚一本)속 와카의 빈도수가 많은 4인의 비율을 <표 1>로 정리해 보면 다음과 같다.

〈표 1〉

등장인물	平忠度	源頼政	平康頼	平重衡
覚一本 (117수)	3.4% 4수	4.3% 5수	3.4% 4수	4.3% 5수
延慶本 (296수)	2.4% 7수	3.0% 9수	1.4% 4수	1.4% 4수

위 <표1>로 알 수 있듯이 미나모토노 요리마사는 문무를 겸비한 다다노리에 버금가는 등장인물임을 알 수 있다. 미나모토노 요리마

22　지쇼(治承) 4년(1180)에 다카쿠라 천황(高倉天皇)의 형이었던 모치히토왕(以仁王)과 미나모토노 요리마사(源頼政)가 다이라씨(平氏)를 물리치기 위해 거병을 계획하고 여러 지방의 미나모토씨(源氏)와 큰 사원과 신사들에게 봉기를 재촉하는 명을 내린 사건.

사는 초지(長治) 원년(1104년)에 태어나 지쇼(治承) 4년(1180년) 77세에 모치히도 왕의 레이지에 의한 다이라씨 토벌에서 패배한 후, 모치히도 왕을 나라(奈良)로 피신시키지만 자신은 토벌대에 밀려 우지(宇治)의 보도인(平等院)에서 자결한다. 요리마사 또한 문무를 겸비한 인물로 그의 5대조 할아버지는 오에야마(大江山) 슈덴도시(酒顚童子) 퇴치로 유명한 미나모토노 요리미츠(源賴光)이고, 그의 3대조 할아버지는 요리츠나(賴綱)이다. 또한 그의 아버지 나카마사(仲政)는 무도에 뛰어난 인물이라기보다는 가인(歌人)으로서 명성이 높았다. 『헤이케모노가타리』권4의 「鵺」에 와카에 대한 이야기가 있다. 요리마사는 젊은 시절 여러 전쟁터에 나갔으나 이렇다 할 무공을 세우지 못하여 텐조비토(殿上人)가 되지 못한 안타까움을 나이 들어 와카[23]로 읊었는데 그 와카 덕분에 덴조비토가 되었고, 그 후 또 다른 한 수의 와카[24]로 산미(三位)에 오르게 되었다는 이야기다. 전쟁터의 무공보다 와카 한 수의 힘을 느낄 수 있는 대목이다. 또한 가모노쵸메이(鴨長明)의 가론서(歌論書) 『무묘쇼(無名抄)』에서 슌에(俊惠)는 요리마사에 대한 평을 다음과 같이 평하였다. "지금 이 세상에서 요리마사야말로 진정한 멋진 분이다(今の世には賴政こそいみじき上手なれ) 요리미사경은 매우 바른 가선(歌仙)이다. 마음 저 깊은 곳에서 와

---

23 人しれず大内山の山守は木隠れてのみ月を見るかな 오우치산의 야마카미인 오우치슈고(大内守護)의 임무를 맡은 나는 나무 뒤에 숨어 달을 보듯 미카도 또한 남몰래 뒤에서 아무도 모르게 뵐 뿐 다른 방법이 없습니다.(古典文学全集32(1959) 『平家物語』上 권4의「鵺」岩波書店 1刷, p.324

24 のぼるべきたよりなき身は木のもとにしゐをひろひて世をわたるかな 정삼품의 벼슬에 오를 길이 없는 나는 메밀잣나무(시이노키-四位를 연상하게 하는 발음) 의 열매를 줍다 일생을 마치게 되는 것일까요?のぼるべきたよりない身は木の下で、しいを拾って世を渡る(앞의 책, p.324)

카만 생각하시고 언제나 그것을 잊지 않으려 노력하며, 한 번의 새의 지저귐과 솔솔 부는 바람은 물론, 꽃이 지고 잎이 떨어지는 것과 달의 뜨고 짐과 비와 구름이 내릴 때도, 한시도 잠자코 있지 않고 일상의 모든 것과 주변 환경을 언제나 생각하는 것이다. 이것은 진정 멋진 와카를 만들 수 있고, 이것이야말로 와카의 도리(道理)를 이룬 것이라고 확실히 말할 수 있다."[25]고 평하였다. 이밖에도 『시카슈(詞花集)』1수[26], 『센자이슈(千載集)』14수, 『신고킨와카슈(新古今和歌集)』4수, 『후가슈(風雅集)』14수가 있으며, 개인 와카집으로 『미나모토 산미 요리마사슈(源三位頼政集)』가 있다. 더욱이 요리마사는 겐지(源氏) 측에서 보면 특이한 인물이다. 시대적으로는 모치히토 왕의 레이지 이전에 활약했던 인물이며, 레이지에 의해 각지의 미나모토 노 씨가 거병한 후의 등장인물로는 가시와라 헤이지 가게타카(梶原平次景高)이외에는 없다. 겐페이전쟁(源平合戰)이후 『헤이케모노가타리』의 겐지 측 무장(武将)들은 와카와는 무연하게 등장하고 있다.

3.3. 『헤이케모노가타리』향수(享受)와 변화

『헤이케모노가타리』이후의 다다노리가 어떤 모습으로 묘사되고 있는지 살펴보면 내용을 파악한 8작품 중 6작품은 권7의 「忠度都落」를 소재로 한 『俊成忠度』『現在忠度』『薩摩守忠度』『千載集』『須磨都源平

25　鴨長明『無名抄』속 俊恵의 評이다. 「頼政卿はいみじかりし歌仙也. 心の底まで歌になりかへりて, 常にこれを忘れず心にかけつつ, 鳥の一声鳴き, 風のそそと吹くにも, まして花の散り, 葉の落ち, 月の出入り, 雨雲などの降るにつけても, 立居起き臥しに, 風情をめぐらずといふことなし. 真に秀歌の出で来る, 理(ことわり)とぞ覚え侍りし」「源三位頼政集」群書類従246(第14輯)・校註国歌大系14・私家集大成2・新編国歌大観3

26　題不知17, 16　みやま木のそのこずいともみえざりしさくらははなにあらはれにけり

躑躅』『一谷嫩軍記』이다. 그 외에 권9의 「忠度最期」를 소재로 한 노(能) 『忠度』, 권7과 권9의 다다노리와는 전혀 관계가 없는『薩摩守』가 있다. 위의 작품을 장르별로 나누어보면, 요교쿠(謠曲)에『忠度』『俊成忠度』『現在忠度』, 교겐(狂言)에『薩摩守』, 조루리(浄瑠璃)에『薩摩守忠度』『千載集』『須磨源平躑躅』『一谷嫩軍記』등이다. 에도(江戶)중기부터 明治(메이지)·大正(다이쇼)·昭和(쇼와)시대에는 가인으로서의 다다노리를 소재로 한 작품은 거의 찾아 볼 수 없다. 이러한 까닭은 시대의 변화가 그 원인일 것이다. 에도시대 초기에는 과거의 우아함과 미야비(雅)를 추구했지만, 시대의 변화에 따라 실용적이고 단순한 오락을 선호하게 되어 간다. 경제적인 안정과 융성은 문화의 주된 향수 층을 확대시켜 상류계급으로부터 서민층에 이르기까지 향수 층을 확장시켰다. 이러한 변화는 와카에도 영향을 주어 우아한 다다노리를 소재로 한 새로운 작품이 감소하게 되는 이유 중 하나일 것이다. 같은 에도시대이지만 단시형문학(短詩型文學) 중에서도 속어(俗語)사용을 전제로 한 하이카이(俳諧)·센류(川柳)는 그것을 창작하는 것도 이해하는 것도 대다수의 사람들에게 손쉬운 일이었지만, 노(能)나 교겐(狂言)을 창작하고 감상하기 위해서는 상당한 지식과 교양이 요구된 것 또한 사실이다. 에도시대의 단가(短歌) 용어는 명치(明治) 시대의 마사오카 시키(正岡子規)에 의한 단가 혁명운동이 일어나기 전까지는 실생활에서 사용하는 언어와 작품 속 언어가 달랐다.

즉 에도시대에도 이미 고어(古語)가 된 우아한 고전어(雅語)를 읽고 즐기고 이해하고 감상하기 위해서 매우 높은 수준의 지식이 요구되었기 때문에 그것을 감상할 수 있는 사람은 매우 한정적인 소수였다. 다시 말하면 문화전체를 감상하는 독자층은 확대되었지만, 단가 (短歌)를 감상하고 즐기는 층은 조루리(浄瑠璃), 가부키(歌舞伎), 구사조시(草双子) 등을 즐기고 감상하는 층보다 상대적으로 적었다. 많은 사람들은 특별한 절차 없이 이해할 수 있는 것을 좋아하고 그런 세계를 갈망하는 시대로 변화해 갔다. 즉 같은 슬픔을 감상하더라도 귀족적인 비애보다는 이해하기 쉬운 서민적인 슬픔으로 변화해 간 것이다.

또 다른 한편으로는 용장(勇将)이나 비장(悲将)을 원하는 시대적 풍조가 생겨나게 되고 이러한 풍조는 우아한 다다노리를 소재로 한 작품을 서서히 사라져가게 했다. 하지만 제아미(世阿彌)시대의 노가쿠(能楽)에서는 다다노리가 상당히 중요한 위치를 차지하고 있다. 왜냐하면 에도시대 작가들이 부담스러워했던 다다노리의 우아하고 고풍스런 모습에 제아미는 매력을 느꼈기 때문일 것이다. 다시 말하자면 노가쿠에서는 다다노리의 우아함과 고풍스러움에 초점을 맞춰 많은 요교쿠(謡曲)가 만들어졌지만, 시대의 요구에 따라 점점 사라져가게 된 것이다.

4. 나가며

다다노리는 문무를 겸비한 인물이지만 『헤이케모노가타리』의 많은 이본(異本)들에서 그 차이가 조금씩 보이고 있다는 것을 확인하였다. 특히 가쿠이치본(覚一本)의 경우는 『헤이케모노가타리』의 편자가 이야기의 드라마틱한 구성을 극대화하기 위해 의도를 갖고 다다노리를 표현한 것은 아닐까? 라는 생각을 해본다.

　쫓겨 가는 신세이지만 죽음을 불사하고 다시 교토로 돌아와 스승인 슌제에게 자신의 와카집을 맡기고 떠나는 장면에서는 이제 곧 죽을 운명임을 직감한 문인 즉 헤이안시대의 문인으로서는 어쩌면 당연한 행동이었을지 모른다. 그렇기 때문에 문무를 겸비한 인물로 아주 매력적인 캐릭터라 할 수 있을 것이다. 하지만 지금의 무사상으로는 바람직하다고는 할 수 없다. 그러나 와카집을 슌제에게 맡기고 죽음을 각오 한 듯 갑옷을 다시 정비한 후 서쪽으로 향하는 모습과 「忠度最期」에서 마지막까지 물러서지 않고 장렬히 전사하는 모습은 무사로서의 모습을 충분히 보여주었다고 할 수 있다. 이렇듯 문무를 모두 겸비한 다다노리에게 있어서 우타(歌)란 이야기의 구성적인 측면에서도 헤이안시대의 문인으로서도 필수불가결한 존재였던 것이다.　헤이안 시대의 가치관과 사회상에 대한 충분한 지식이 없는 독자들에겐 무사로서 적절치 못한 행동이라 생각되지만, 헤이안시대의 인물로서 그의 행동은 너무도 자연스러운 것이었다. 그렇기 때문에『헤이케모노가타리』에서 단 한 번의 비난도 찾아 볼 수 없었던 것이다. 다다노리의 우타(歌)를 향한 집념이 있었기 때문에 작품 속 다다노리가 더욱 애절하고 그의 죽음이 안타깝게 묘사 될 수 있었던 것이라 생각한다.

　아울러 가쿠이치본(覚一本)의 편자는 다른 인물 다른 사건의 경우도 상기와 같은 기술 태도를 일관되게 고수 하고 있는지 제본 간의 면밀한 비교 고찰이 필요함으로 앞으로의 과제로 삼으려 한다.

| 참고문헌 |

赤間 恵都子(2017)『古今和歌集』と『枕草子』―「桜」の描写の比較から―, 十文字学園女子大学紀要 47, pp 259-266

上野辰義(2016)『光源氏の別れの歌』『文学部論集』100, 佛教大学文学部, pp.1-14

浜畑圭吾、下西忠、鈴木徳男(2015)「後期中等教育における国語教材の研究(1)『平家物語』「忠度の都落ち」の理解を深める視点から」高野山大学 論叢50, pp.51-66

伊藤りさ(2009)「『一谷嫩軍記』試論--須磨の桜・笛・和歌」演劇映像学, pp.161-174

安野博之(2008)「教科書で『平家物語』はどう読まれてきたか--「忠度都落」を例に」藝文研究(95), p290-301

櫻井陽子(2006)「忠度辞世の和歌「行き暮れて」再考―平家物語の本文の再検討から」国語と国文学 83(12), pp.31-44.

深澤邦弘(2002)「教材研究 忠度都落「情もすぐれてふかう…」『平家物語』巻第七」武蔵野女子大学文学部紀要(3),pp.27-37

_____(2003)「教材研究 ゆきくれて―『平家物語』巻第九「忠度最期」」武蔵野女子大学文学部紀要 (4), pp.25-40.

信太周(2001)「『平家物語』の享受―忠度最期談を読む」文林 (35), pp.71-91.

岩城賢太郎(2000)「謡曲「忠度」論：「文武二道」の武人シテ忠度の造型」筑波大学平家部論集8, pp.12-25

春田宣(1995)「『平家物語』諸本の描写についての一考察--薩摩守忠度の場合を主として」国学院雑誌 96(8・9), pp.1-12,

川田正美(1987)「『平家物語』における芸術談--忠度・経正・敦盛らを中心に」日本文学誌要(37), pp.49-58

小野美典(1987)「平家物語「忠度都落」考--四部本・延慶本・覚一本の表現から」山口国文(10), pp.40-55.

伊沢恵里(1985)「覚一本平家物語の忠度像：その歌人的造形」(昭和59年度卒業研究佳作)学海 1, pp.33-38.

山下宏明(1979)「世阿弥と『平家物語』―「忠度」をめぐって」名古屋大学文学部三十周年記念論集, pp.640-629.

松原智子(1973)「平家物語延慶本の本文について--「忠度最期」をめぐって」国学院雑誌74(7), pp.12-23.

市古貞次[他](1967)『平家物語』(6)―忠度最期.国文学解釈と鑑賞32(12), pp.209-220.

김충영(金忠永)(2002)『요리마사(賴政)』의 시테(シテ)에 관하여 일본연구(1) pp.55-72

_____(2011)「『忠度』에 그려진 주인공의 執念」일본연구(86) pp.259-270

노희진(1998)『平家物語』의 충도상 경희대학교 석사논문 pp.1-82

日本古典文学全集29,30((1973)『平家物語』上下小学館 15版 p26

古典文学全集32(1959)『平家物語』上 岩波書店 1刷 pp.366-368

古典文学全集33(1959)『平家物語』下 岩波書店 1刷 pp102-104, pp216-217

65

담론과 표현의 일본학

제3장

『増鏡』に現れた石清水八幡宮の様相[*]

韓正美

1. はじめに

　石清水八幡宮は、貞観二年(980)に宇佐から山城国石清水に勧請されると、土地の縁から天皇・貴族の崇信を受けるようになり、国家的な背景をもとに信仰圏が拡大され、朝廷からは伊勢神宮と並んで本朝二宗廟と称されるようになり、最高の国家鎮護神となる。また、神功皇后との関係から「戦の神」という信仰が古くから存し、武士政権の最大の守護神になり、特に源氏が氏神として強く崇めたので、やがて武神の性格を帯びてくるようになる[1]。

---

[*] 本稿は、原題「『増鏡』に現れている石清水八幡宮の様相」[『日本学報』第111輯(韓国日本学会、2017年5月)]に加筆・修正をしたものである。

[1] 宮地直一(1956)『八幡宮の研究』理想社、p.235

　このような石清水八幡宮は石清水八幡宮の縁起(永享五年(1433)奥書)において、国家を鎮護する神、天皇擁護の神、王城鎮護の神としてその神威を現しており、『石清水物語』(宝治1年(1247)~文永8年(1271)頃成立)においては、武勇に関わる神、恋愛成就と関わる神として現れている[2]。また、延慶本『平家物語』(延慶二年(1309)~延慶三年(1310))源頼朝関連記事においては、八幡大菩薩は、戦の神、征夷大将軍を司る神、第一に奉拝する神、「宿望」の成就神、頼朝(源氏)の守護神、権力の守護神、源氏の氏神、昇進に関わる神と、実に多様なあり方として現れている[3]。また、『とはずがたり』(徳治元年(1306)以後成立)においては、まず神威に関わる神として、恒例参詣の神・神の代表・慈悲の神・衆生解脱の神と、その様相を呈しており、また、加護に関わる神としては、病気平癒・安産祈願の対象・誓いの対象・布施を捧げる対象と、その様相を現している[4]が、『増鏡』において八幡宮はどのように描かれているのであろうか。

　『増鏡』は、歴史物語「四鏡」の棹尾を飾る作品で、未だその作者・成立年代・本文系統について確たる結論を得るに至っていない[5]が、そこには数々

2　詳しくは拙稿(2013)「変貌する石清水八幡宮の様相―石清水八幡宮の縁起と『石清水物語』との比較を中心に―」、『日本学報』第96輯、韓国日本学会、pp.219-227を参照されたい。

3　詳しくは拙稿(2013)「延慶本『平家物語』に現れている八幡大菩薩の様相―源頼朝関連記事を中心に―」、『日語日文学研究』第87輯2巻、韓国日語日文学会、pp.109-124を参照されたい。

4　詳しくは拙稿(2016)「『とはずがたり』に現れている八幡大菩薩の様相」、『日語日文学研究』第98輯2巻、韓国日語日文学会、pp.141-158を参照されたい。

5　齋藤歩(2000)「『増鏡』作者論への考察」によると、作者としては、江戸期から今日まで十一人が擬せられており、一条冬良・一条兼良・一条冬嗣・二条良基・四条隆資・丹波忠守・二条為明・中院通顕・吉田兼好・洞院公賢であり、成立年代については、延元三年(1338)から永和二年(1376)という上下限内にあるが、近年はその前半に想定する説が比較的優勢なようで、本文系統では十七巻本と十九乃至二十巻本のいずれが原態であるかという問題が残されているという(『国語と国文学』第77巻第8号、東京大学

の石清水八幡宮の神威が語られている。

『増鏡』については、従来様々な角度からの論究が行われきており[6]、例えば、『増鏡』に『とはずがたり』の文章が数段に渡って用いられていることから、両作品の深く関わっていることが指摘されてきたが、そこに現れている石清水八幡宮についての考察は、殆ど行われてこなかった。そこで、「変貌する八幡宮の様相」についての研究の一環[7]として、石清水八幡宮の縁起と『石清水物語』、延慶本『平家物語』、『とはずがたり』に続き[8]、本稿では『増鏡』の中で、石清水八幡宮がどのように描写されているか、また、『増鏡』における石清水八幡宮の様相とはどのようなものかを、その神威と加護[9]の側

国語国文学会)。

6 『増鏡』研究史の詳細については、日本文学資料叢書刊行会 編(1973)『歴史物語』Ⅱ、日本文学資料叢書、有精堂、山岸徳平·鈴木一雄 編(1976)『大鏡·増鏡』 鑑賞日本古典文学第14巻、角川書店を参照されたい。

7 鄭灐氏も述べるように、「変貌」と「変容」を考えるにあたり、近世以前なら、古代から中世まで同時代の人々の自己認識とともに、それと表裏をなす他者認識に対する検討が必要となるのは周知のとおりであろう[鄭灐(2014)「近世前期日本の戦争英雄像の創出と変容の思想的背景研究―市民作家西鶴のナラティブを中心に―」『日本学研究』第43輯、檀国大学校日本研究所、pp.101-102]。これは信仰にも当てはまるもので、近世以前の石清水八幡宮信仰なら、古代から中世までの同時代の人々の石清水八幡宮信仰への自他認識の基盤と構造を通じ、その信仰形成を通史的に鳥瞰するとき、その変容過程を見出すことができよう。

8 詳しくは拙稿(2013)「変貌する石清水八幡宮の様相―石清水八幡宮の縁起と『石清水物語』との比較を中心に―」(前掲注2)、拙稿(2013)「延慶本『平家物語』に現れている八幡大菩薩の様相―源頼朝関連記事を中心に―」(前掲注3)、拙稿(2016)「『とはずがたり』に現れている石清水八幡宮の様相」(前掲注4)を参照されたい。

9 宮次男「構成について」『春日権現験記絵』日本の美術4,p.72を見ると、『春日権現験記絵』各段の内容をその主要主題を分類する中で、春日大明神を「神威」と「加護」に分けてある。なお、神威とは、『日本国語大辞典』によると、「神の冒しがたい権威や、神の持つ絶対的な力」とあり、加護とは、「神仏が慈悲の力を加えて、助け守ること」(小学館国語辞典編集部 編「加護」·「神威」、『日本国語大辞典』第3·7巻、小学館第二版、2001、p.526·536とあるので、神の資格としての側面は「神威」に、神の保護の対象としての側面は「加護」に分類することができよう。

面から考察してみることにする[10]。

2. 神威に関わる石清水八幡宮

2.1. 皇位継承を守護する神

『増鏡』第四「三神山」には、無品親王(後嵯峨院帝の幼名)が石清水社に
参詣をする場面が次のように記されている。

> 土御門殿の宮は廿にもあまり給ぬれど、御冠、沙汰もなし。城興寺宮僧
> 正真性ときこゆる、御弟子にとかたらひ申給ければ、さやうにもと思して、女
> 院にもほのめかし申させ給けるを、いとあるまじき事とのみ諫めきこえさせ給。
> その冬の比、宮いたう忍びて、石清水社に詣でさせ給。御念誦のどかにし
> たまひて、すこしまどろませ給へるに、神殿の中に、「椿葉の影二度あらたま
> る」と、いとあざやかにけだかき声にて、うち誦じ給と聞て、御覧じあげたれ
> ば、明けがたの空澄みわたれるに、星の光もけざやかに、いとど神さびた
> り。いかに見えつる御夢ならんとあやしく思さるれど、人にもの給はず。とま
> れかくまれと、いよいよ御学問をぞせさせ給。　　　　　　　　　　(二九三頁[11])

10　本研究の究極的な目的は、日本の平安、中世文芸を対象としてその背景をなしている
　　神、その中でもとりわけ、石清水八幡宮が具体的な文芸表現が生産される過程におい
　　て、どのような働きを担っているのかを問い、同時に文芸表現がどのような独自性を獲
　　得し、また、どのような主題性を文学に胚胎させることになったのかを、石清水八幡宮
　　の変貌様相を通して実証的に分析することである。したがって、文学作品のジャンルや
　　性格の違いよりは、石清水八幡宮の位相と意味が当該文芸テクストの中でどのように描
　　写されているのか、また、その役割と位置はどのようなものかを考察することによって把
　　握していくことに焦点を合わせた。

11　岩佐正 他 校注(1965)『増鏡』日本古典文学大系87、岩波書店、pp.212-542。引

　上は、仁治二年土御門院の遺子(後嵯峨帝)の無品親王が石清水社に参詣し、霊夢を見る内容である。土御門院の宮は二十歳を超えていたが、元服の話もなく、城興寺の宮僧正真性という方が、自分の御子になってはと思い、女院祖母承明門院に申し、女院はそういうことはあってはならないこと、とのみ諌め申したという。そんな中、宮は忍んで石清水八幡宮に参り、念誦を心静かにして少しまどろんだところ、神殿の中で「椿葉の影二度あらたまる」という声を聞いた。「椿葉の影二度あらたまる」とは、天子になって永久に栄える意なので、ここで石清水八幡宮は、後嵯峨帝の夢に示現し、天子になるという託宣を下していることが分かる。この記事には八幡宮への祈りの内容までは記されていないが、同一の内容である『古今著聞集』巻第八「好色」には、石清水八幡宮への参詣理由として「御位の事はおぼしめしもよらず[12]」とあり、後嵯峨帝が天子になることを祈っていたことが窺える。では、後嵯峨帝はなぜ天子のために八幡大菩薩に祈りをしたのであろうか。それは、石清水八幡宮は、惟仁親王の外戚、藤原良房が幼い皇子を天皇位に即けると共に、皇位継承を認証するために、都近くに宇佐の神霊を迎えて、天皇擁護の神とし、王城鎮護の神として位置づけた神であったことと関わっているからではなかろうか。即ち、石清水八幡宮は皇室においては皇位継承を守護する神として篤く信奉されてきたのである[13]が、このような神格を持っているからこそ後嵯峨帝も自分の帝位のために祈っていたことであろう。

用にあたって、引用文末尾の(二九三頁)は頁数を記したものである。
12　西尾光一・小林保治 校注(1983)『古今著聞集』上、新潮日本古典集成第59回、新潮社、p.395
13　詳しくは拙稿(2013)「変貌する石清水八幡宮の様相―石清水八幡宮の縁起と『石清水物語』との比較を中心に―」(前掲注2)を参照されたい。

卷五「內野の雪」においては、後嵯峨帝が上述の石清水社参詣のことを思い出して御幸をする場面が次のように記されている。

> 院の上は、いつしか所々に御幸しげう、御遊びなどめでたく、今めかしきさまに好ませ給。中宮も位去り給て、大宮女院とぞきこゆる。安らかに、つねは一つ御車なんどにて、ただ人のやうに花やかなる事どものみひまなく、よろづあらまほしき御有様なり。院の上、石清水の社に詣でさせ給へば、世の人残りなく仕うまつる。さるべき事とはいひながら、なをいみじう、御心にも一年の事思し出でられて、ことにかしこまりきこえさせ給べし。
>
> 石清水木がくれたりし古を思出づればすむ心哉 （三〇三頁）

上は、後嵯峨上皇が譲位後あちこちと頻繁に御幸をする中で石清水社に参詣する場面である。上皇は、奈良よりの帰途、石清水八幡宮に参詣するのであるが、「石清水の社に詣でさせ給へば、世の人残りなく仕うまつる。さるべき事とはいひながら、なをいみじう」とあり、上皇が石清水社に参詣するというので、人々は残らずお供し、大した威勢であったことが分かる。特に、上皇は「御心にも一年の事思し出でられて、ことにかしこまりきこえさせ給べし」と、先年、上述の八幡宮の夢のお告げを思い出し、お礼を申し上げたことであろうという。そして、「石清水木がくれたりし古を思出づればすむ心哉」という歌を詠むわけであるが、石清水社に参籠して託宣を賜ったことを思い出すと、神威の尊さが身に染み、心が清らかに澄んでくると詠んでいるので、石清水社への参詣は単なる御幸ではなく、皇子になったことに対して石清水八幡宮へのお礼参りとして行っていたことが分かる。

2.2. 国家の守護神

巻十「老のなみ」において石清水八幡宮は次のように国の守護神として現れている。

其比、蒙古起こるとかやいひて、世の中騒ぎたちぬ。色々さまざまに恐ろしう聞こゆれば、「本院・新院は東へ御下あるべし。内・春宮は京にわたらせ給て、東の武士ども上りてさぶらふべし」など沙汰ありて、山々寺々に御祈り、数知らず。伊勢の勅使に、経任大納言まいる。新院も八幡へ御幸なりて、西大寺の長老召されて、真読の大般若供養せらる。太神宮へ御願に、「我御代にしもかかる乱れ出で来て、まことにこの日本のそこなはるべくは、御命を召すべき」よし、御手づから書かせ給けるを、大宮院、「いとあるまじき事なり」と、なを諌めきこえさせ給ぞ、ことはりにあはれなる。東にも、いひしらぬ祈りどもこちたくののしる。故院の御代にも、御賀の試楽の頃、かかる事ありしかど、ほどなくこそしづまりにしを、この度は、いとにがにがしう、牒状とかや持ちて参れる人など有て、わづらはしうきこゆれば、上下思ひまどふ事かぎりなし。

されども、七月一日、おびたたしき大風吹て、異国の舟六万艘、つは物乗りて筑紫へよりたる、みな吹破られぬれば、或は水に沈み、をのづから残れるも、泣く泣く本国へ帰にけり。石清水社にて、大般若供養のいみじかりける刻限に、晴れたる空に、黒雲一村にはかに見えてたなびく。かの雲の中より、白羽にてはぎたる鏑矢の大なる、西をさして飛び出でて、鳴る音おびたたしかりければ、かしこには、大風吹くるとつは物の耳には聞こえて、浪荒だち海の上あさましくなりて、みな沈みにけるとぞ。なを我国に神をはします事、あらたに侍けるにこそ。さて為氏大納言、伊勢の勅使のぼるみち、申

をくりける。

　　勅として祈るしるしの神風によせくる浪はかつくだけつつ

(三六六〜三六七頁)

　上には弘安四年(1281)蒙古が襲来するということで、世の中が騒ぎ立っていることが記されている。後深草院と亀山院が関東に下向し、天皇・東宮は京におり、関東武士が上洛して警固するだろうとうわさされるが、山でも里でもあらゆる寺院でお祈りの行われることは数知れぬほどであった。そんな中、亀山院は石清水へ行幸し、西大寺の長老を呼んで大般若経全巻読誦の供養をしたという。ところが、七月一日ものすごい大風が吹いて、異国の船六万艘、敵兵が乗って筑波へ攻め寄せてきたのがみな難破してしまったので、あるいは水に沈み、たまたま生き残った者も泣く泣く本国に帰っていった。そして、石清水八幡宮で大般若供養の高潮に達していた時、晴れた空に黒雲が一かたまり現れて棚引き、その雲の中から、白い羽で矢羽をつけた大きな鏑矢が西を指して飛んでいって、その鳴る音がものすごかったので、敵兵の耳には筑波の地では大風が吹いてくると聞こえ、波が荒く立ち、海上は恐ろしく荒れて、みな沈んだという。石清水八幡宮は、神功皇后との関係から「戦の神」という信仰が古くから存し、武士政権の最大の守護神になり、特に源氏が氏神として強く崇めたので、やがて武神の性格を帯びてくるようになった[14]。石清水八幡宮の縁起によると、貞観元年(八五九)四月十五日に、大安寺の住僧行教が宇佐八幡に参詣し、七月には都の近くに移座すべしとの託宣を得た神であり、『宮寺縁事抄』第三[15]には八幡大

14　宮地直一(1956)『八幡宮の研究』理想社、p.235
15　『宮寺縁事抄』は石清水八幡第三四代別当となった宗清(1190〜1236)が編纂した史

菩薩が「近都移座、鎮二護国家一(近都に移座し、国家を鎮護する)」ことを仰せたとあるように、石清水八幡宮は創建当初より国家的公的な神格を持っていたこと[16]が窺えるが、ここでは石清水八幡宮が白羽の鏑矢を飛ばせ、敵の軍勢を退散させることにより、国を守護しているのではなかろうか。

2.3. 公祭「放生会」

　さても、石清水の流れをわけて、関の東にも、若宮ときこゆる社おはします<u>に、八月十五日、宮この放生会まねびておこなふ。そのありさま、まこと</u>にめでたし。将軍もまうで、位あるつは物・諸国の受領どもなど、色々の狩衣、思々の衣重ねて出でたちたり。赤橋といふ所に、将軍御車とどめて降りたまふ。上達部は、うへの衣なるもあり。殿上人などいと多くつかまつる。この将軍は、中務の宮の御子なり。此ごろ権中納言にて、右大将かね給へれば、御随身ども、花を折らせてさうぞきあへるさま、宮こめきておもしろし。法会のありさまも、本社にかはらず。舞楽・田楽・獅子がしら・流鏑馬など、さまざま所にしつけたる事どもおもしろし。　　　　　　　　　　　(三九二頁)

　上は巻十一「さしぐし」の鶴岡八幡宮で放生会を行う場面である。当初から惟仁親王の外戚、藤原良房が幼い皇子を天皇位に即けることを念願して創始された石清水八幡宮は、その最大の祭祀儀礼である八月十五日放生会を行うことで公祭として確立していったのであるが、この石清水八幡宮の

　料集である。
16　詳しくは拙稿(2013)「変貌する石清水八幡宮の様相―石清水八幡宮の縁起と『石清水物語』との比較を中心に―」(前掲注2)を参照されたい。

分霊を迎えた若宮、即ち鶴岡八幡宮においても、石清水八幡宮に倣って八月十五日放生会を行ったという。その様子はたいへん立派で、将軍も参詣し、位のある武士、諸国の守護なども参加したとあるが、これについては『とはずがたり』巻四において二条が正応二年(1289)鎌倉に下り、放生会を見る場面が詳しい。ここで二条は、「思ひ出づるかひこそなけれ石清水おなじ流れの末もなき身は[17]」と、同じ石清水八幡宮を氏神とする源氏の家に生まれながら、子孫もない自分のような身の上の者には都の放生会を思い出しても、その甲斐がないという歌を詠んでおり、二条にとって石清水八幡宮は源氏の氏神として認識されていることが分かるが、ここでは公祭としての放生会の様子が描かれており、当時貴族の八幡宮への信仰の一端を窺い知ることができよう。

3. 加護に関わる石清水八幡宮

3.1. 安産祈願の対象

石清水八幡宮は、巻八「あすか川」においては安産祈願の対象として描かれている。

そこらの上達部は、階の間の左右に著きて、王子誕生を待つ気色なり。陰陽師・巫女たちこみて、千度の御祓へつとむ。御随身・北面の下﨟など

17　三角洋一 校注(1994)『とはずがたり たまきはる』新日本古典文学大系50、岩波書店、p.177。詳しくは拙稿(2016)「『とはずがたり』に現れている石清水八幡宮の様相」(前掲注4)を参照されたい。

は、神馬をぞ引くめる。院拝し給て、廿一社に奉せ給。すべて上下・内外の
のしり満ちたるに、御気色ただ弱りに弱らせ給へば、いま一しほ心惑ひし
て、さと時雨わたる袖の上ども、いとゆゆし。院もかきくらし悲しく思されて、
御心の中には、石清水のかたを念じ給つつ、御手をとらへて泣きたまふに、
さぶらふかぎりの人、みなえ心強からず。いみじき願どもを立てさせ給しるし
にや、七仏の阿闍梨まいりて、「見者歓喜」と［うち］あげたるほどに、からう
じて生まれ給ぬ。　　　　　　　　　　　　　　　　　　　　（三三八頁）

　上は、東二条院のお産の様子があるということで皆大騒ぎする場面であ
る。上の人も下の人も、院中も院外も騒ぎたっていたが、女院の様子は弱ら
れていくので、人々は動揺していた。後深草院も涙に暮れて悲しく思ってい
たが、心の中で「石清水のかたを念じ給つつ」と、石清水八幡宮のほうを祈
念したという。『とはずがたり』においても、父雅忠の発病と作者の懐妊を知
り、泰山府君を七日間祭らせることを初め、石清水八幡宮で一日の『大般若
経』を転読させるなど指図されることが描かれており、石清水八幡宮は病気
平癒だけではなく、安産祈願の対象となっていたが、ここでも後深草院が東
二条院の安産を祈念したことは間違いないであろう。そして、このような非常
な祈願などを立てた効験であろうか、ようやく姫君が生まれることになる。後
深草院にとって石清水八幡宮は、この場面においては安産祈願の対象と
なっているわけであるが、神々の中でもとりわけ石清水八幡宮だけが記され
ており、後深草院の石清水八幡宮に対する信仰が、他の神祇信仰よりも圧
倒的な位置を占めていることが窺える。

3.2. 行幸の対象

巻十「老のなみ」には、

> 廿二日、朝覲の行幸、亀山殿へなりしかば、上達部・殿上人、例の色々
> のしり・下襲・織物・打物、めでたくゆゆしかりき。御前の大井河に、龍頭鷁
> 首浮かめらる。夜に入て、鵜飼ども召して、かがり火ともして乗せらる。御前
> の御遊び・地下の舞など、さまざま[の]おもしろき事ども、例の事なれば、う
> るさくて、さのみはえ書かず。おなじ三月廿六日、石清水社へ行幸、四月
> 十九日、賀茂社へ行幸、いづれもめでたかりき。人々さだめて記しをき給つ
> らんと、譲りてとめ侍ぬ。　　　　　　　　　　　　　　　　　　(三五七頁)

と、上には後宇多帝の建治三年(1277)の出来事が書かれている中で、同
年三月二六日の「石清水社」行幸と四月十九日の「賀茂社」行幸が記されて
いる。建治三年正月三日後宇多天皇は元服し、同二十二日には朝覲行幸
として亀山殿へ赴いたという。諸記録には、石清水八幡宮への行幸は、弘
安元年(建治四年)三月十三日、賀茂社への行幸は、同年四月十九日[18]の
こととなっているが、注目したいのは、石清水八幡宮が行幸の対象となって
おり、天皇や皇室の石清水八幡宮への篤い信仰が端的に現れていることで
ある。石清水八幡宮は、惟仁親王の外戚、藤原良房が幼い皇子を天皇位

18　『一代要記』巻九弘安元年条に「三月十三日八幡行幸」(京都大学附属図書館所蔵　平
　　松文庫　『一代要記』京都大学附属図書館、
　　http://edb.kulib.kyoto-u.ac.jp/exhibit/h002/h002cont.html(2016年9月10日検
　　索)とあり、『帝王編年記』巻二十六には「弘安元年四月十九日。天皇行二幸賀茂社一」
　　とある(黒板勝美　編(1965)『帝王編年記』新訂増補国史大系第12巻、吉川弘文館、
　　p.431)。

に即けると共に、皇位継承を認証するために、都近くに宇佐の神霊を迎えて、天皇擁護の神とし、王城鎮護の神として位置づけた神である。賀茂神も、平安京遷都後、王城鎮護の神として崇敬されたのであるが、石清水行幸のことが先に記されており、八幡宮は、神社の代表としてまず念頭において考えられる対象であったことが窺えよう。

行幸の対象としての石清水八幡宮の様相は次の巻十二「浦千鳥」の内容からも読み取れる。

　　　明くる年の春、八幡の御幸の御帰りざまに、東寺に三七日おはしまして、御潅頂の御加行とぞきこゆ[る]。仁和寺の禅助僧正を御師範にて、かの寛平の昔をやおぼすらん、密宗をぞ学せさせ給ける。六月には亀山殿にて御如法経書かせ給ふ。

　　　御髪おろして後は、大かた、女房はつかうまつらず。男、番におりて、御台などもまいらせ、よろづにつかうまつる。いづれも御持斎にておはします。いとありがたき善知識にてぞ、故女院はおはしける。嵯峨の今林殿にて、御仏事ども日々に怠らずせさせ給。この今林は、北山の准后のをはせし跡なり。遊義門院の御髪にて、梵字縫はせ給へり。かの御手のうらに、法花経一字三礼に書かせ給て、摂取院にて供養せらる。覚守僧正御導師。故女院の御骨も、今林に法花堂立てられて、置き奉らせ給へれば、月ごとに廿四日には必ず御幸あり。思し入たる程、いみじかりき。　　　　　(四〇七頁)

上は、延慶元年(1308)正月に後宇多院が石清水八幡宮を参詣し、ついで東寺に寄り二十一日間参籠し、灌頂の準備をする場面である。灌頂は、頭上に香水を注ぐ儀式で、密教で初めて受戒する時、または修行者が一定

の地位に上る時に行うのである[19]が、後宇多院は、禅助僧正を指導役の僧
として、密教を学んだとある。注意すべきは、ここでも石清水八幡宮は行幸
の対象となっており、その帰りがけに東寺に寄って灌頂の準備の修行をした
ということである。

　巻十三「秋のみ山」においても、

　　　花も紅葉も散りはてて、雪つもる日数の程なさに、又年かはりて正中元年
　　といふ三月の廿日あまり、石清水の社に行幸したまふ。上達部・殿上人いみ
　　じききよらをつくせる。関白殿房実は御車也。右大将実衡、松がさねの下
　　襲、鶴の丸を織る。蘇芳の固紋の衣。左大将経忠、桜萌黄の二重織物の
　　御下襲桜に蝶を色々におる・花山咲のうへの袴・紅のうちたる御衣、人よりことにめで
　　たく見え給ふ。御かたちも、にほひやかにけだかきさまして、まことに、一の
　　人とはかかるをこそきこえめと、あかぬ事なく見えたまふ。土御門の中納言顕
　　実、花桜の下襲なりき。花山院中納言経定などぞ、上﨟の若き上達部に
　　て、いかにもめづらしからんと、世人も思へりしかど、家のやうとかやなにとか
　　やとて、ただいつものまま也。　　　　　　　　　　　（四二二～四二三頁）

と、上には正中元年(1324)三月二十日過ぎに行われた石清水八幡宮の行
幸のことが記されている。公卿殿上人など、たいそう華美を尽くしており、特
に左大将経忠は、桜萌黄の二重織物の御下襲に、花山吹の上の袴、紅の
光沢を出した衣で、他の人々より立派に見え、容貌も艶やかで気品のある
様子で、摂政関白というのはこういう人を言うのであろうという。このように石

19　井上宗雄 全訳注(1983)『増鏡』下、講談社学術文庫450、講談社、p.27

清水八幡宮の行幸の供奉や舞楽にまつわる人々の華美な様子を描くことにより、天皇の威勢を誇示することになるのであるが、注意すべきは、ここでも石清水八幡宮は行幸の対象になるだけではなく、盛大な行幸と見え、石清水八幡宮の行幸が天皇の権勢を誇示するためのよい機会として使われていたということであろう。

　巻十六「久米のさら山」においては、上の石清水八幡宮の行幸を思い出す場面が次のように描かれている。

　　　かくて、君は遙かに赴かせ給。淀のわたりにて、むかし八幡の行幸ありし時、橋渡しの使ひなりし佐々木佐渡の判官といふ物、今は入道して、今日の御送りつかまつれるに、その世の事思し出でられて、いと忍がたさに給はせける。
　　　しるべする道こそあらずなりぬとも淀のわたりは忘れしもせじ (四六〇頁)

　上は後醍醐天皇が長い旅路に出発し、石清水八幡宮の行幸の時を思い出す場面である。「むかし八幡の行幸ありし時」とは、正中元年(1324)三月二十三日の石清水八幡宮への行幸を指しているが、当時浮橋を渡す役目であった佐々木佐渡の判官という者が今は入道して、今日のお送りに供奉しているという。そして、後醍醐天皇は、あの当時の権勢が忍びがたくて歌を詠んでおり、ここで石清水八幡宮は権勢を象徴する手段となっていることが窺えよう。

4. おわりに

　以上、『増鏡』に現れている石清水八幡宮の様相を、その神威と加護の側面から考察してみた。

　『増鏡』には『とはずがたり』の文章が数段に渡って用いられており、従来両作品が深く関わっていることが指摘されてきたが、そこに描かれている石清水八幡宮は、まず神威に関わる神として、皇位継承を守護する神・国家の守護神・公祭「放生会」と、その様相を呈しており、また、加護に関わる神としては、安産祈願の対象・行幸の対象と、その様相を現している。即ち、『とはずがたり』に描かれている石清水八幡宮とは安産祈願の対象しか重ならなく、『増鏡』において石清水八幡宮は神威・加護の両方ともに、全く異なる様相を呈していることが窺えよう。

　ジャンルや作品の性格付けによる違いはあるものの、『増鏡』において石清水八幡宮は、『とはずがたり』と違い、石清水八幡宮の縁起に描かれている、国家鎮護の神、天皇擁護の神、王城鎮護の神に近い様相を呈しており、石清水八幡宮の神威の公的な側面をアピールしていることが分かる。

| 参考文献 |

＊校注者名・編者名・著者名の50音順による＊

【1次資料】
井上宗雄 全訳注(1983)『増鏡』下、講談社学術文庫450、講談社、p.27, Notes・Translation
　　　　by Inoue Muneo(1983)『Masukagami』2, Kodansya Gakujutsu Bunko450,
　　　　Kodansya, p.27
岩佐正 他 校注(1965)『増鏡』日本古典文学大系87、岩波書店、pp.212-542, Notes by

Iwasa Masashi(1965)『Masukagami』, Nihon Koten Bungaku Taikei87, Iwanami Shoten, pp.212-542

京都大学附属図書館所蔵平松文庫『一代要記』京都大学附属図書館、http://edb.kulib.kyoto-u.ac.jp/exhibit/h002/h002cont.html(2016年9月10日検索), Hiramatsu Bunko of The Kyoto University affiliated library『Ichidaiyoki』Kyoto University Library, http://edb.kulib.kyoto-u.ac.jp/exhibit/h002/h002cont.html (2016.9.10access)

黒板勝美 編(1965)『帝王編年記』新訂増補国史大系第12巻、吉川弘文館、p.431, Edited by Kuroita Katsumi(1965)『Teiohennenki』Shinteijoho Kokushi Taikei Vol.12, Yoshikawakobunkan, p.431

桜井太郎他 校注(1975)『寺社縁起』、日本思想大系20、岩波書店、p.213, Notes by Sakurai, Taro etc(1975)『Jisya Engi』, Nihon Siso Taikei20, Iwanami Shoten, p.213

塙保己一 補・太田藤四郎 編(1989)『続群書類従』第二輯上・神祇部、続群書類従完成会、p.107, Supplementary notes by Hanawa, Hokiichi・Edited by Ota, Toshiro(1989)『Zoku Gunsyoruizyu』Vol.2 No.1・Jingibu, Zoku Gunsyoruizyu Kanseikai, p.107

三角洋一 校注(1994)『とはずがたりたまきはる』新日本古典文学大系50、岩波書店、pp.1-249, Notes by Misumi, Yoichi(1994)『Towazugatari Tamakiharu』Shin Nihon Koten Bungaku Taikei50, Iwanami Shoten, pp.1-249

【2次資料】

<単行本>

飯沼賢司(2004)『八幡神とはなにか』角川選書366、角川書店、pp.212-213, Iinuma Kenji(2004)『What is the Hachimanjin』Kadokawa Sensyo366, Kadokawa Shoten, pp.212-213

小学館国語辞典編集部 編「加護」・「神威」,『日本国語大辞典』第3・7巻, 小学館第二版, 2001, p.526・536, Edited by Shogakukan Kokugo Jiten Hensyubu「protection」・「the power」,『Nihon Kokugo Daijiten』Vol.3・Vol.7, Shogakukan, 2001.p.526・536,

中野幡能(1957)『八幡信仰史の研究』吉川弘文館、pp.1-927, Nakano Hatayoshi(1957)『A study of the history of Hachiman faith』oshikawaKobunkan, pp.1-927

日本文学資料叢書刊行会 編(1973)『歴史物語』Ⅱ、日本文学資料叢書、有精堂, Edited by Nihonbungaku Shiryo Sosho Kankokai(1973)『Rekishi Monogatari』Ⅱ、Nihon Bungaku Shiryo Sosyo, Yuseido

山岸徳平·鈴木一雄 編(1976)『大鏡·増鏡』鑑賞日本古典文学第14巻、角川書店, Edited by Yamagishi Tokuhei·Suzuki Kazuo『Okagami·Masukagami』Kansho Nihon Koten Bungakukan

宮地直一(1956)『八幡宮の研究』理想社、p.235, Miyaji Naoichi(1956)『The Study of Hachimangu』Risosya, p.235

<単行本、雑誌などの収録論文>

齋藤歩(2000)「『増鏡』作者論への考察」『国語と国文学』第77巻第8号、東京大学国語国文学会, Saito, Ayumu(2000)「A study of an author theory of『Masukagami』」『Kokugoto-kokubungaku』Vol.77 No.8, Tokyo Daigaku Kokugo-Kokubungakkai

鄭澀(2014)「近世前期日本の戦争英雄像の創出と変容の思想的背景研究—市民作家西鶴のナラティブを中心に—」『日本学研究』第43輯、檀国大学校日本研究所、pp.101-102,「A Study on the ideological backgrounds of creation and modification of Japanese war hero models in earlier modern times—By focusing on the narrative of public writer Saikaku—」『The Journal of Japanese Studies』Vol.43, Institute of Japanese Studies Dankook University, pp.101-102

寺田純子(1981)「参考文献題解 とはずがたり」(藤平春男·福田秀一『建礼門院右京大夫集·とはずがたり』鑑賞日本の古典12、尚学図書、pp.375-382, Terada Junko(1981)「References Explanatory Notes Towazugatari」(Fujihira Haruo·Fukuda Hideichi『Kenreimonin Ukyonodaibusyu·Towazugatari』Appreciation of Japanese Classin Literature12、Shogakutosho、pp.375-382

韓正美(2013) 「変貌する石清水八幡宮の様相—石清水八幡宮の縁起と『石清水物語』との比較を中心に—」、『日本学報』第96輯、韓国日本学会、pp.219-227, Han Chong-mi「The Aspecte of Change of Iwashimizu Hachimangu —By Focusing on Engi(Writing about the History) of Iwashimizu Hachimangu Shrine and Iwashimizu Monogatari(Tale of Iwashimizu)—」『The Korean Journai of Japanology』Vol.96, Korea Association of Japanology, pp.219-227

_____(2013)「延慶本『平家物語』に現れている八幡大菩薩の様相—源頼朝関連記事を中心に—」、『日語日文学研究』第87輯2巻、韓国日語日文学会、pp.109-124, Han Chong-mi(2013)「A Study of The Aspects of Hachiman Great Bodhisattva(Hachiman Daibosatsu) in Engyo Era Book "The Tale of the Heike"-By Focusing on the story of Minamoto no Yoritomo-」『Journal of Japanese Language and Literature』Vol.87 No.2, The Japanese Language and Literature Association of Korea, pp.109-124

_____(2016)「『とはずがたり』に現れている石清水八幡宮の様相」、『日語日文学研究』第98輯2巻、韓国日語日文学会、pp.141-158, Han Chong-mi「A Study of The Aspects of Iwashimizu Hachimangū(石清水八幡宮) in "Towazugatari(とはずがたり)"」『Journal of Japanese Language and Literature』Vol.98 No.2, The Japanese Language and Literature Association of Korea, pp.141-158

宮次男「構成について」『春日権現験記絵』日本の美術203、至文堂、p.72, Miya, Tsugio「About Constitution」『Kasuga Gongen Genki-e』Japanese Art203, Shibundo, p.72

담론과 표현의 일본학

제4장

기해사행(己亥使行)과 호코지(方広寺)[*]

|이 재 훈

1. 서론

통신사(通信使) 일행이 귀국에 맞춰 교토(京都)에 도착하면 대마도주(対馬守)는 호코지(方広寺)[1]에 이들을 안내했다. 호코지는 임진왜란의 주범(主犯)이라 할 수 있는 도요토미 히데요시(豊臣秀吉)와 관계가 있는데다가 미미즈카(耳塚)와 근접한 곳으로, 통신사로서

---

* 본고는 2013년 한국일어일문학회의 『일어일문학연구』84권2호(pp.427-447)에 개재하였던 것을 수정, 가필한 것이다.

1 일본측 자료에서는 方広寺 혹은 大仏殿이라고 되어 있고, 조선측 자료에서는 大佛寺라고 나온다. 본고에서는 이를 호코지(方広寺)로 통일하기로 한다. 호코지는 1586년 히데요시에 의해 세워졌다가 1596년 대지진에 파괴, 1614년 히데요리(秀頼)에 의해 재건, 1662년 지진에 의한 손괴(損壞), 1767년 재건이 되었다.

는 다른 곳과는 틀린 기분이 들었을 것이다. 이러한 사정을 뻔히 알고 있는 대마도로서도 역시 안내하기 상당히 껄끄러운 곳임에 분명했다.

1719년 행해진 기해(己亥)사행에서는 11월 3일, 이 호코지를 방문함에 있어 삼사(三使)가 방문을 거절하여 대마도[2] 측이 이틀에 걸쳐 삼사를 설득하는 상황이 발생한다. 결과적으로 종사관(從事官)은 병을 구실로 하여 참가하지 않고, 정사(正使)와 부사(副使) 및 제술관(製述官)을 포함한 몇 명의 인원만 이 곳을 방문하게 되는데, 이로 인함인지 아메노모리 호슈(雨森芳州)는 『교린제성(交隣提醒)』에서 앞으로 사행에서 이 호코지에 안내하는 것을 중지해야 한다는 의견까지 내놓고 있다[3].

이 호코지에 관한 연구는 크게 두 가지로 나눌 수 있는데, 그 하나는 미미즈카에 관련된 것이고, 다른 하나는 미미즈카를 배제한 호코지 자체에 관한 연구[4]이다. 이중 조선과의 관계를 다룬 연구는 대부분 미미즈카에 집중이 되어 있는데, 이러한 연구 가운데 일본 측이 제시한 책의 문제점에 관해 지적한 것은 김의환과 가타노 츠기오(片

---

2 대마번(対馬藩)을 이른다. (이후 대마도로 통일)
3 関西大学東西学術研究所(1982) 『芳洲 外交関係資料 書翰集 雨森芳洲全書三』 関西大学出版部, p.66 중 '重而之信使には大仏ニ被立寄候事、兼而朝鮮へも被仰通置御無用ニ被成可然候。'
4 '塚本靖(1898.11) 「京都方広寺」 『建築雑誌』 第136号 社団法人日本建築学会, pp.350-357', '井上孝矩(2008.7) 「慶長度方広寺大仏殿の復元的研究」 『日本建築学会大会学術講演梗概集』 F-2, 社団法人日本建築学会, pp.15-16', 黒川真利恵(2007.4) 「摺物にみる方広寺大仏殿開帳について」 『お茶の水音楽論集』 第9号 お茶の水女子大学, pp.14-30, '平岡定海(1986.11) 「方広寺の成立と性格」 『大手前女子大学論集』 20, 大手前大学, pp.65-106' 등을 들 수 있으나, 대개가 호코지 중건에 관한 내용이다. 독자적으로 조선과의 관련성을 중심으로 호코지를 다룬 연구는 현재 없는 듯하다.

野次雄), 강재언이고,[5] 무라카미 츠네오(村上恒夫)와 신기수는 미미
즈카에 막을 친 것은 조선인을 위한 배려로 보았다.[6] 박춘일은 미미
즈카에서의 분쟁이 2차 사행까지만 존재하니 그 이후 미미즈카에
안내하지 않았던 것 같다고 말하였고[7], 최관은 임진왜란의 사건이
통신사가 오는 시기에 맞춰 조루리(浄瑠璃)화되어 상영되었음을 말
하였다[8]. 정장식은 호코지 연회를 중지하기까지 대마도의 노력이 컸
으며, 막부도 대마도의 의견을 받아들여 무익한 충동을 피하게 되었
으니, 막부의 사행 접대 또한 성숙한 단계에 접어들었다고 말하였
다.[9] 허남린은 미미즈카를 축조하게 된 사상적 배경에 대해 이야기
하였고[10], 노성환은 이인살해와 원령신앙의 입장에서 미미즈카를 바
라보았으며[11], 하시지메 히로유키(橋爪博幸)는 메이지(明治)시대 미
미즈카에 대한 논쟁에서 출발하여 미미즈카의 축조 목적을 다루었
다[12]. 이 중 본고와 관계가 깊은 것은 나카오 히로시(仲尾 宏)[13]와 미

---

5 '김의환(1985)『조선통신사의 발자취』정음문화사 pp.274-275'과 '片野次雄
   (1985)『德川吉宗と朝鮮通信使』誠文堂新光社 pp.155-186'과 '강재언(2002)『朝
   鮮通信使がみた日本』明石書店, p.200'
6 '村上恒夫 外(1991)『儒者姜沆と日本』明石書店, p.260'과 '신기수(2002)『新版朝
   鮮通信使往來』明石書店, p.76'
7 박춘일(1992)『朝鮮通信使史話』雄山閣出版, p.103
8 최관(1994)『文禄慶長の役』講談社, p.164
9 정장식(2005)『통신사를 따라 일본 에도시대를 가다』고즈원 p.186
10 허남린(2006.4)「종교와 전쟁 : 토요토미 히데요시의 조선침략」『일본학연구』
   18집, 단국대학교 일본학연구소, pp.345-364
11 노성환(2009.2)「역사 민속학에서 본 교토 귀무덤」『일어일문학』제41집, 대한
   일어일문학회, pp.297-312
12 橋爪博幸(2010.6)「大正時代における耳塚論争-南方熊楠、柳田国男、寺石正路、
   3者のやりとりを中心に-」『문화콘텐트연구』16집, 동의대학교 문화콘텐츠 연구소,
   pp.107-129
13 仲尾 宏(1993)『朝鮮通信使と江戸時代の三都』明石書店, pp.45-74

노와 요시츠구(箕輪吉次)[14]인데, 우선 나카오 히로시는 '1719년 당시 일본 측에서 제시한 책은 문제가 있었고, 이 호코지의 방문은 2차 사행에서부터 쭉 이어져 내려오다가 조선측의 요구가 있었던 이후로 완전히 정례화 되었으며, 현재 기해사행단이 거절한 이유는 알 수 없지만, 신묘사행의 아라이하쿠세키(新井白石)의 빙례개혁(聘禮改革)에 기인하였다 여겨진다. 그리고 이 호코지를 조선측에 보였던 것은 조선 멸시관에 의한다.' 고 이야기하였다. 미노와 요시츠구는 기해사행에 관한 것은 아니나, 1682년의 임술(壬戌)사행 당시 대마도에서 기록되었던 종가문서(宗家文書) 중 아츠메가키(集書)를 조사하여, 대마도 측이 호코지에서 통신사를 접대하는 것에 대해 부담을 느끼고 있었던 사실을 조사하였는데, 실상 대마도가 걱정하고 있던 것은 히데요시의 석탑과 豊国로 향하는 길의 존재 때문이었고 이 때문에 식사도 제대로 할 시간조차 주지 않고 장소를 옮겼음을 밝혔다.

　본고에서는 통신사가 호코지 방문을 거절했던 사건의 전말을 살피고, 이 배경과 이유에 대해 확인해보고자 한다.

2. 사건의 전말

　서론에서 언급한 바와 같이, 아메노모리 호슈는 훗날 『교린제성』에서 통신사 일행을 호코지로 안내하는 것에 대해 일본에 진귀한 대불(大佛)이 있음을 알리려는 목적과, 미미즈카를 통신사 일행에게

14　箕輪吉次(2015) 「壬戌年 信使記錄의 集書」 『한일관계사연구』50, 한일관계사학회, pp.123-174

보여줌으로써 일본의 무위(武威)를 보이는 목적이 있다는 이야기를
들은 적이 있다고 하였다. 그리고 그 이유는『享保信使記録』에 자세
히 나와 있다고 밝히고 있다.[15] 이하,『享保信使記録51』인『信使京都
本能寺昼休と被仰出候処、往還共止宿被仕候次第、大仏ニ立寄間敷旨、三
使被及異難候付、仰諭候上、立寄、見物被仕候覚書』와『享保信使記録110』
인『下向信使奉行京大阪在留中毎日記』[16]을 중심으로 하여 제술관이었던
신유한의『해유록(海游録)』, 정사 홍치중의『동사록(東槎録)』을 참조
하며 이 사건의 전말에 관해 자세히 살펴보도록 하겠다.

우선 이전에 대마도 측에서, 마츠다이라 이가(松平伊賀)의 게라이
(家来)에게 보낸, 일정을 확인하는 서간에 '금번은 교토에 묵지 않고,
점심에 혼노지(本能寺)에서 휴식하고, 그 후 호코지 산쥬산게도(大仏
殿 三十三間堂)에 들러 구경을 하고 바로 출발하여 요도(淀)에 머물
예정입니다.[17]'라고 되어 있어, 10월 29일 이전에는 삼사들이 사전에
호코지 방문에 대해 대마도 측에 대하여, 어떤 특별한 언급을 하지
는 않았던 것처럼 보인다. 그러나 29일 아침이 되어, 대마도주가 삼
사에게 사자를 통해 '일찍이 말씀드린 대로, 내일은 교토에서 점심
을 먹은 이후, 대불사에서 막부가 준비한 접대가 있습니다. 그리고
나서 산쥬산겐도에 전례와 같이, 저희가 접대를 하니, 인력과 시간

---

15 『芳洲 外交関係資料 書翰集』중 '重而之信使には大仏ニ被立寄候事、兼而朝鮮へも
被仰通置御無用ニ被成可然候。其訳ハ委細享保信使之御記録ニ相見へ候。(중략)
大仏ニ被立寄候様ニとの事も、一つハ日本ニ珍敷大仏有之と申事を御いたせ被成、
一つハ耳塚を御見せ被成、日本之武威をあらはさるへくとの事と相聞へ候へとも、何も
瓢逸なる御所見ニ候。'

16 두 사료 모두 慶應義塾大学附属図書館 소장(이하,『享保信使記録51』『享保信使記
録110』으로만 표기)

17 『享保信使記録51』 '此度ハ京都止宿無之、本能寺昼休、夫より大仏三十三間堂へ立
寄、致見物、直ニ発足淀止宿筈ニ御座候。'

이 듭니다. 때문에 저는 내일 아침에 먼저 출발하겠습니다.'[18]와 같이 구상(口上)을 보낸다. 그러나 이에 대해 삼사는 '그러나 생각하는 바가 있기에, 전례와 달리, 이번에 들르는 것은 거절하겠습니다.'[19]와 같이 대답한다. 그 요지는 호코지는 도요토미 히데요시의 원당(願堂)이므로 들를 수가 없고, 이것은 연회를 계획한 막부(幕府) 측에서도 이 거절하는 사유에 관해 충분히 이해해 줄 것이라는 것이다.[20]

그러나『통신사등록(通信使謄錄)』과 같은 자료를 보아도 알 수 있듯이, 사행이 이루어지기 전에는 치밀하게 양측이 전례를 살펴보며 일정을 검토하기에, 느닷없이 새로운 일정을 넣는다거나 하는 일은 거의 일어나기 힘들다. 이 호코지를 방문하는 행사 역시, 기해사행에 들어 최초로 행해진 것은 아니었다. 호코지를 방문했던 전례들을 『해행총재(海行摠載)』안에서 살펴보면, 2차 정사(丁巳) 사행(1617)의 종사 이경직의『부상록(扶桑錄)』에서는 8월 26일[21]에, 3차 갑자(甲子)사행(1624)의 부사 강홍중의『동사록』에서는 1월 17일에 다녀왔다는 기술이 보이고[22], 5차 계미(癸未)사행(1643)의 작자 미상『계

18　上揭書 兼而申達候通、明日者京都昼休以後、於大仏、從公儀御馳走在之、夫ら三十三間堂ニおいて先例之通、自分よりも御馳走仕候付、手前取リ候。依之、自分ニ八明朝、寅上刻、爰元致発足可被成候。

19　上揭書 乍然、存寄之旨有之ニ付、旧規与非申、此度立寄候義ハ御断申上候

20　『東槎錄』중 10월 29일 '島主送奉行日、明日去路當歷入大仏寺、即以關白之命、預有待候之事。(중략) 余曰、曾聞此寺称以秀吉願堂義、不可歷入。'『해유록』중 11월 1일 '太守以關白之命。速我於盛儀。何事之辭。第吾在國時。素聞大佛寺。爲秀吉之願堂。此賊。乃吾邦百年之讐。義不共天。況可酬飮於其地乎。謹謝厚意。'

21　『扶桑錄』중 8월 26일 '將軍爲一行下人。設食於大佛寺。請暫過此寺。供饋下人而去爲當云。入大佛寺。秀忠差送伊丹木助、松平右門二倭來謁。進呈餠折於三使臣。軍官以下。皆餉以折。下人等皆饋酒食。'

22　『東槎錄』중 1월 17일 '巳時發行。過市街路。歷入大佛寺。寺在倭京之東南。與玄方周覽。有一金佛。坐於堂中。其長可十餘丈。其圍如一造山也。層榻座壁。皆以

미동사일기(癸未東槎日記)』8월 21일[23]에, 6차 을미(乙未)사행(1655)의
종사 남용익의『부상록』11월 16일[24]에, 7차 임술(壬戌) 사행(1682)
의 역관 홍우재의『東槎錄』9월 26일에[25] 각각 다녀왔다는 기록이 남
아 있다.

이 호코지에 방문한 기록이 남아 있지 않은 것은 4차와 8차 사행
에 한하는데, 4차 병자(丙子)사행(1636)의 김세렴의『해사록(海槎
錄)』에는 1월 20일에 계획이 있었으나, 비가 와서 취소된 것으로 기
록되어 있고,[26] 8차의 경우는 방문을 하기는 하였으나, 사행록에 관
련된 기록은 남아 있지 않다.[27]

비가 와서 취소된 4차 병자사행을 제외하곤 2차부터 8차 사행까
지 호코지의 방문이 꾸준히 행해져 온 것이다. 그러나 흥미롭게도
'도요토미 히데요시를 제사지낸 곳'이라는 명목으로 분쟁이 일어났
던 것은 기해사행에 들어 처음 일어난 일이었다. 도리어 미미즈카에
관한 언급조차 모든 기록에서 찾아볼 수 있는 것은 아니었다.[28]

  金塗。屋宇宏敞。柱大三圍。鋪以大石。磨削滑淨。制作之壯麗。天下無雙巨刹
  也。'
23 『癸未東槎日記』중 8월 21일 '上使從事作路大佛寺。遊覽後來到。副使直到館所。'
24 『扶桑錄』중『回槎錄』11월 16일 '下總守送人間安。仍請歷賞大佛寺。義成亦懇請
  曰。寺距路旁只數里。自前使臣皆歷覽。故下總守已來待。請少住。許之。晡時到
  寺。則下總守預設鋪陳。仍卽進謁而退。仍呈三重檯及酒果。義成父子及達柏兩
  僧。迎候於大門之內。亦各呈饌檯。卽分下輩。'
25 『東槎錄』중 9월 26일 '島主請觀大佛寺。自大津向二十餘里。到大佛寺。以大巖築
  臺。以玉石排磚。高起大閣。雕刻玲瓏。坐一大佛。長餘六丈。長廊立佛。可數一
  千矣。'
26 『海槎錄』중 1월 20일 '雨。早食後發行。初欲觀大佛寺。因雨作直向碇浦。'
27 다만,『교린제성』에 '正德年、信使、大仏へ被立寄候節、耳塚をかこはれ、享保年
  二も其例を以、朝鮮人の見申さぬ様ニ被成候。'와 같이 기록되어 있다.
28 위에 언급한 자료 가운데 耳塚에 관한 언급이 있는 것은 강홍중의『東槎錄』(1월
  17일 '寺前有一大高丘如墳形。立石塔於其上。倭人云。秀吉聚埋我國人耳鼻於此。
  秀吉死後。秀賴環封立碑。或云晉州陷沒之後。埋其首級於此。聞來不勝痛心。')

삼사는 사행기간 내내 이전 통신사들이 남긴 사행록을 열람하며 전례를 확인하는 듯 보이는데, 그렇다면 사실 이전의 사행단이 호코지를 방문했던 것뿐만 아니라, 호코지 중건에 관한 것들도 익히 알고 있을 터였다. 1624년의 강홍중의『동사록』에는 '히데요리(秀賴)가 그 아비로부터 받은 재산이 있는데, 금전이 매우 많았다. 이에야스(家康)가 그것이 난으로 이루어지는 것을 두려워하여, 그 재물을 소진시키기를 꾀하여 호코지를 중건시켰다.[29]'라고 되어 있고, 1655년의 남용익의『문견별록(聞見別錄)』과 1617년 이경직의『부상록』에도 도쿠가와(德川) 막부에 들어 호코지가 중건되었음에 관한 이야기가 나와 있다.[30] 때문에 기해사행에 들어 호코지 방문을 거부한 것이 더더욱 의구심을 자아내게 하는 것이다.

일단 막부 측이 호코지에서 연회를 제공하고, 인접한 곳이긴 하지만 자리를 바꿔 산쥬산겐도(三十三間堂)에서 한 번 더 대마도 측이 연회를 제공하기 때문에,[31] 삼사가 가지 않게 된다면 막부에서 준비

과, 이경직의『부상록(扶桑錄)』(8월 26일) '寺前有高丘如墳狀。設石塔。秀吉聚埋我國人耳鼻於此。秀吉死後。秀賴環封立碑云。聞來不勝痛骨也。'을 들 수 있다. 箕輪(2015)를 보면 임술년 사행 때에는 미미즈카에 천막을 씌웠다고 되어있다. 그렇기에 보지 못했을 가능성도 있긴 하지만, 위와 같이 강홍중의 기록에 나와 있기 때문에 이를 보지 못했다는 이유로만 치부하기에는 무리가 따른다.

29 1월 18일 秀賴有其父積蓄之財。金錢甚多。家康恐其爲亂。計損其財。令重建大佛寺。糜費巨萬。

30 이경직의『扶桑錄』9월 7일자 기사에 '家康懼其爲亂。以計侵竭。旣使重建大佛寺。' 남용익의『聞見別錄』에는 '其中大佛寺在其北。坐佛之像。高可十丈餘。廣可四五丈。一掌之大。幾滿一間。自膝至頂。間一丈貼一佛。左右凡二十五佛。而其佛之大。如平人。左邊長廊立三萬三千三百三十三金佛。諺傳家康。欲糜秀賴之財。誘以普施。使之剙建云。'라고 되어 있다.

31 이에 대해 箕輪(2015)는 일부러 식사할 틈조차 주지 않고, 그 자리를 옮겼으며, 훗날의 기록에는 이에 대해 "삼사의 요청으로"와 같이 기입을 하였다고 말하며, 윤색 및 개작의 가능성을 시사했다.

한 연회를 무시하는 것이 되어버리므로 대마도주의 입장은 상당히 난처했을 것이다[32]. 대마도 측에서는 이틀에 걸쳐 설득을 하게 되는데, 물론 설득의 내용은 '호코지가 도요토미히데요시의 원당이 아니다'라는 것이다. 그러나 삼사는 계속하여 이 말을 믿지 않는다. 대마도주가 이에 다시 한 번 호코지가 히데요시와 관계없음을 알리는 서간을 보내는데, 삼사는 이 내용에 관해서는 삼 백여 명의 사행원들의 목숨을 잃는 한이 있어도 가지 못하겠다는 뜻을 밝힌다.[33] 삼사는 '이전의 통신사들은 히데요시와 관계가 있는 줄 몰랐기에 갔을 뿐이고, 근래에 들어 조선에서도 이 사실을 알게 되었으므로 더 이상 갈수 없다'는 것이라 말한다.[34] 그러나 이것은 앞서 말한 바와 같이 중건에 관한 정보가 이미 이전 사행록에 기재되어 있으므로, 정사의 말에는 수긍하기 어려운 부분이 있다.

이 때 대마도주가 막부에서 준비하는 연회를 간단하게 거절할 수는 없으므로, 문 밖에 장막을 치고 연회를 올리는 방법을 제시하자,[35] 정사는 굳이 장막을 칠 것이라면 호코지에서 먼 곳에서 하는 방법이 좋지 않겠냐고 말하고 대마도측은 이를 수용한다.[36] 막을 치

---

32 『享保信使記録51』 중 10월 29일 '前広ニ不被仰聞、到今晩被仰聞候而ハ、東武の指揮を背候訳ニ候得者、此方一存御返答難申事ニ候。'

33 上揭書 중 10월 29일 '此上ハ何分ニ被仰聞候而も、立寄候義ハ難成候。緻令従 大君被仰付、三百余人之命を御取被成候共立寄候義ハ難成事ニ一致決定候間 (후략)'

34 上揭書 중 11월 1일 '大仏之義御大閤秀吉公御庭立之地ニ候段、朝鮮国へ前々ハ得と不相知近年、其訳致流布、右之地ニ立寄候段不宜義と (후략)' 『동사록』에는 해당되는 기술은 찾을 수 없다.

35 『東槎錄』 중 11월 1일 奉行輩、以島主言来、言於首訳 (중략) 日明日寺門之外、別為設幕如歷路茶屋之規暫為歷入受餅而過。則彼此俱便願。依此、善処云。

36 上揭書 중 11월 1일 '使臣聞之曰。必如其言。寺門稍遠處。一閤舍足矣。何用區區設幕爲。馬守曰惟命。'

겠다는 것이나, 정사의 말을 수용하여 조금 떨어진 곳에서 연회를
열겠다는 것은, 대마도 측에서도 이 미미즈카와 인접한 곳에 통신사
를 안내하는 것을 어렵게 생각하였음을 단적으로 알 수 있는 부분이
다. 대마도가 통신사를 안내하는 것이 얼마나 부담이었는지를 알 수
있는 것이 하나 더 있는데, 이가노카미에게 보낸 편지 가운데에 '(삼
사에게) 우리가 이야기하길, 이와 같은 것을 일찍이 말해주었으면
막부에 로쥬(老中)에게 거절 말씀드리는 것도 있을 법한데, 내일 갈
때가 되어 이야기를 하시면 받아들일 수가 없습니다.'[37]와 같은 것으
로, 조금만 더 일찍 말해줬으면 취소도 했을 것이라는 뉘앙스를 풍
긴다. 사행시에 조그만 양측에서 선례를 어긋나도 교린을 문제 삼던
모습과는 큰 차이를 보인다. 이야기를 다시 본론으로 돌려, 이가노
카미는 이러한 제안들을 단호하게 거부한다.[38] 물론 삼사도 막무가
내로 거부만 했던 것은 아니었다. 위에 인용한 이가노카미에게 보낸
편지 가운데에, 삼사들은 막부가 보낸 접대는 도중에 적당한 장소에
서 막을 치고, 받을 용의가 있다고도 이야기한다.[39]

---

37 『享保信使記録110』 중 11월 1일 私申達候ハ、右之趣前広二被申聞候ハ、東武二
　者御老中方江御御断申上候事も可有之候処、明日罷越候節二至り被申聞候段、難
　心得候。

38 『東槎録』 중 11월 3일에 大仏殿을 다녀와서, '不見所謂鼻塚。深以為訝問諸軍官
　輩。則以為高設竹檻十余丈以障第之盖以使行持難於入寺。故猝設檻障盖欲其必
　歷。而亦出於尊待之意云。'와 같이 막이 쳐져 있었기에 耳塚를 볼 수 없었다는 기
　록이 남아 있다. 이는 나카오히로시가 지적한 바와 같이 기해년에만 한해서 행
　해진 것은 아니었다. 본문에서 인용한 부분은 같은 책 11월 1일자 기록 중 '俄而
　島主与両長老来座外廳。使首訳伝言曰。往見京尹、仍及設依幕受供之意。則京尹
　大以為不可云。'와 같다.

39 『享保信使記録110』 중 11월 1일 勿論、従公儀之御馳走之儀者、仮途中二而も頂戴
　仕候覚悟二御座候間、相応之場所二幕二而も御囲セ被置被下候ハ、何分二軽ク被
　仰聞候とも無異難、頂戴可仕由(後略)

그러던 와중에 이튿날 째인 11월 2일에 대마도주가 다시 한 번 방문을 종용하자, 삼사는 '대불사는 히데요시와, 히데요리를 모신 절이라고 들었습니다. 히데요시는 조선의 대적 □□□인데, 그 사람이 세운 절에 가는 것은 안 될 일이기에, 지금에 이르러 계속하여 거절하는 겁니다. 그렇지 않고 히데요시가 건립한 대불은 □□되었고, 그 이후 도쿠가와씨에 들어 조영한 것을 자세히 말씀해주시고, 그 다음에 이에 관한 것이 적혀 있는 서적을 보내주신 다음에는 틀림이 있기 어려울 것입니다. 말로만 들어서는 증거도 되기 어렵습니다. 히데요시, 히데요리가 죽은 해□ 및, 지금의 대불은 도쿠가와 이에야스 대에 이르러 조영되었다는 것, 히데요시의 묘지는 뭐라고 하는 곳에 있는지, 대불에서 □□ 얼마만큼 떨어져 있는 것까지 자세히 적어주시면 지시대로 대불에 들러 접대를 받겠습니다.'[40]와 같이 요구한다. 이후 『해유록』에는 이가노카미의 게라이(家来)가 『일본연대기(日本年代記)』라는 책을 들며, 호코지가 도쿠가와 이에야스에 의해 지어진 것임을 보이자, 간신히 삼사는 납득하고 방문을 허락하게 된다고 쓰여있다. 『동사록』11월 2일자 기록에는 재판(裁判)이 『일본연대기』를 보이며, '이 책은 소위 연대기로, 일본의 역사서이다. 대대로 호코지 성설(成設)의 시말(始末)이 실려 있다. 히데요시의 원당을 의

---

40 『享保信使記録51』중 11월 2일 大仏之義ハ秀吉、秀頼□□寺と承候。秀吉ハ朝鮮国之大敵□□□□処、其人建立之寺へ立寄可申様、無之義ニ御座候付、昨今ニ至、段々御断申候得ル。左様ニ而無之、秀吉建立之大仏ハ回録いたし、其以後、御当家ニ至り御造営候段、委細ニ被仰聞、其上、右之訳、書記有之、書籍を御見せ被成ル上ハ相違之義有之間敷候得ル。言葉ニて承候而ハ証拠ニも難成義ニ候。秀吉、秀頼薨御之年□、幷、只今之大仏ハ権現様御代ニ成、御造営被成候与之訳、秀吉之墓所ハ何与申所へ有之候哉、大仏ら墓所へ□程、何程隔候与之義迄、委御書付被下候ハ丶御差図之通、大仏へ立寄、大御馳走をも頂戴可仕候, 해당 부분에 대한 기술은 조선측 기록에서는 찾아볼 수 없다.

심할 흔적이 없다. 또한 그 중건이 미나모토노 이에야스(源家康)가 관백(関白)일 때 있었다. 즉 미나모토씨(源氏)가 어찌 히데요시를 우러름이 있겠는가.'⁴¹와 같이 말하는 장면이 보인다.

이 서적에 관해『해유록』에서는 '태수와 장로가 비사(祕史)라고 밝힌『日本年代記』'라고 기록되어 있고⁴²,『동사록』에서는 '이가노카미 집안에서 소장하고 있는 역사서인『연대기(年代記)』'라고만 되어 있으며⁴³, 종가문서에서는 서명이나 출전은 등장하지 않고, 사자가 갖고 온 가키즈케(書付)⁴⁴라 하여 '慶長戊戌三年平秀吉薨。元和乙卯元年平秀賴薨。權現樣再興。慶長十五年此非平秀吉院堂也。平秀吉葬於高臺寺有在東山距大仏五里許。'와 같이 책 본문의 내용만 실려 있다.

이 호코지 방문의 일정이 사라진 10차에 해당하는 무진(戊辰) 사행(1748) 때, 종사관인 조명채의『봉사일본시문견록(奉使日本時聞見錄)』의「문견총록」'왜경(倭京)'부에서는 '기해년 사행 때 호행왜

41　上揭書 중 此書即所謂年代記、而日本之史册也。歷載大仏寺成設始末、而無秀吉願堂可疑之蹟、且其重建、於源家康爲關白之歲、即、源氏豈有爲秀吉崇奉之理乎。

42　『해유록』중 11월 2일 '則京尹曰。幕次及私館。在國君享使之禮。皆涉苟艱。決不當爲也。且使行之據理不往。以平氏故也。如以日本文蹟。發明其說之謬。則使行有何持難。因出其家藏日本年代記印本一册。使之通示。(중략) 俄而馬守長老。更申前懇曰。祕史之出。只欲使閣下。知此寺之設。非平氏也。夫旣考諸信史。而一破傳聞之疑。則似無不往之義。請灑掃張具。以俟高駕。'

43　『東槎錄』중 11월 2일 '食後、裁判持一冊子來言、曰此京尹家所藏、而京尹使之送示、故持來云、仍言、曰此書即所謂年代記、而日本之史册也。'

44　『享保信使記錄51』중 11월 2일 '只又、別儀書付之義ニ仰開候付、則認進之候由、申入書付韓僉知相渡候処、則異御持參、三使より之御返答、大仏立寄之義ニ付、此方へも書物有之候故、何角と申達候得共、此御書付ニ而、御委細得心仕候、弥、明日大仏へ立寄可申候間、発足刻限之義、可被仰聞と申、相済而、罷帰、政右衛門持參之書付左ニ記之。(이하 본문의 書付의 내용과 동일)'

(護行倭)가 위사(僞史)를 만들어 낸 것은 아주 교묘하고 간악하다. 그런데, 이번에는 강정(講定)한 절목(節目) 안에, 호코지에서 연향을 베푸는 일을 빼 버리고 논하지 않은 것은, 관백이 기해년 사행 때 다투어 논란한 사유를 들었으므로 다시 시끄러운 단서를 일으키고 싶지 않아서이다.[45]'라고 말하고 있다. 개인적인 판단이었는지, 누군가에게 이야기를 들었는지는 알 수 없지만, 조명채의 경우는 이 책을 위사(僞史)로 받아들이고 있는 것이다.[46] 그러나 그렇다고 하더라도 홍치중은 그 자리에서 특별히 책의 내용에 관해 이견을 제시하지는 않는다. 이후 서론부에서 언급한 바와 같이 종사를 제외한 몇 명의 인원만 대마도주의 안내에 따라 호코지에 방문을 하게 된다.

이『享保信使記録51』과『해유록』,『동사록』은 내용상으로는 큰 차이를 보이지 않는다. 그러나 역시 히데요시의 원당이라는 이유를 들어, 호코지 방문을 거절한 이유는 쉽게 납득이 가질 않는다.

그런데 이 기록들을 읽다보면 흥미로운 부분을 하나 찾을 수 있는데,『享保信使記録51』11월 2일자 기록 중, 이가노카미가 대마도주에게 보낸 편지에 '前廣朝鮮国ニ而御家来中申達候を三使被承候而、右之通、被申事ニ候哉。'라고 물어보는 부분으로, 대마도의 게라이 중에서 누군가가 잘못된 정보를 삼사에게 전달한 것이 아닌지 묻는 내용이 있는 것이다. 물론, 이에 대한 도주의 대답은 '家来之者共、朝鮮人

---

45 己亥護行倭之造出僞史者。萬萬巧惡。而今番則講定節目中。大佛寺設饗一事。去而不論者。關白得聞己亥爭詰之由。今不欲更起鬧端。

46 이로 인함인지, 이 책에 관해서 서론에서 언급한 바와 같이 일부의 연구자들이 문제를 제기하였다. 특히 나카오히로시(1993)의 경우에는 편년체 형식이 아닌, 필요한 부분만 강조되어 있는 책의 특징을 들어 문제를 제기하였다.

へ左様之義申達候義ニ而ハ無御座候。以前より朝鮮人日本へ罷渡候節、度々聞伝之趣、彼国記録等ニ記有之、其義ニ而何角と申事ニ御座候。'와 같이, 게라이 중 누구도 그러한 일을 말하지 않았고, 이전에 일본에 왔던 조선인들이 들었던 것을 기록에 남겨놓았을 뿐이라고 말하고 있다. 이것은 사실, 호코지가 히데요시의 원당이라는 이야기를 들었다는 정사의 말에 의한다.[47] 그러나 와전(訛傳)이 되었다 하더라도, 호코지 중건에 관한 기록이 이전 사행록에 나와 있기에, 이러한 분쟁에 이르기는 쉽지 않을 것 같다.

조선에서 히데요시의 원당이라고 들었다는 정사의 이야기와, 호코지를 통해 무위를 자랑한다는 이야기를 들었다는 아메노모리 호슈의 이야기를 미루어 보자면, 통신사가 일본에서 들어온 어떤 새로운 정보를 접했을 가능성을 점쳐볼 수 있다. 그러나 현재로서는 당시 삼사가 어떠한 경로로 어떠한 정보를 들었는지는 정확하게 알 수는 없다.

다만, 당시 일본인의 조선에 대한 인식의 변화를 살펴보면 이 정보에 대한 추측이 가능하리라 여겨지므로, 이하에서는 미미즈카를 통해, 대조선관의 변화를 확인해 보도록 하겠다.

---

47 『東槎錄』 10월 29일에는 '余曰、曾聞、此寺称以秀吉願堂義。不可歴入、雖有屡、愨決難。'로 되어 있으나, 『해유록』에는 ' 使臣答曰。太守以關白之命。速我於盛儀。何事之辭。第吾在國時。素聞大佛寺。爲秀吉之願堂。'와 같이 되어 있어, 홍치중은 호코지에 관한 정보를 조선에서 들었다고 되어 있다. 그러나 대마도주가 이야기한 '기록'이라는 것이 무엇인지는 양측의 기록 어디에도 나와있지 않다.

3. 일본의 미미즈카 인식

미미즈카에 관련된 부분을 『新修京都叢書』에 수록되어 있는 지지
서(地誌書) 가운데 몇 권에서 찾아보면[48], 1655년에 간행되어진 『京
雀』第七 '五條はし通五筋め' 중 '上とうやりやう町' 부에는 '니오몽(二王門)
의 앞 길 우측에 미미즈카가 있다.[49]'와 같이 간략한 설명만 나온다.
이는 설명이 너무 간략하므로 다른 자료를 들어보면, 1658년에 간행
되어진 『京童』 '第一巻 大仏' 부에서는 '그 나라의 귀를 묻어 세웠기
에, 미미즈카라고 말한다.'고 되어 있고, 덧붙여진 시에는 '보고 들
어보니 방황하여 우는 대불의 가르침에 어울리는 니오 미미즈카(二
王耳塚)'라고 되어 있다[50]. 같은 해에 간행되어진 『洛陽名所集』 '第十
一巻 巻四 大仏殿' 부에서는 '분로쿠(文禄) 원년에 도요토시 히데요
시가 삼한을 정벌하여, 다수의 장병을 살해하였다. 귀만 잘라내어,
개선하고 이후, 여기에 묻어 바로 미미즈카라 불리게 되었다. 조선
인들이 올 때는 이 무덤을 보고, 반드시 운다고 들었다. 실로 그 때
당한 사람들이 아직도 생각난다고 한다.[51]'고 되어 있다.

---

48 나카오히로시(1993)는 당시 일본인들 사이에서 통신사와 미미즈카를 관련지
    어 조선멸시관이 펼쳐지고 있었다고 말하는데, 이 의견에 관하여 필자도 많은
    부분 수긍을 하고 있다. 나카오히로시는 그 예로서 『朝鮮人来朝物語』를 들고 있
    는데, 이를 조금 더 보충하는 의미에서 자료들의 수를 늘려 시대에 따른 인식의
    변화를 살펴보고자 한다. (이하 본문에 인용되어 있는 지지서들에 관해서는 경
    희대학교 箕輪吉次 교수님의 많은 지도와 지원을 받았음을 밝혀둔다. 지면을 빌
    어 감사를 표한다.)

49 二王門の前なる道の右に耳塚あり。

50 かの国の耳につきこまれしゆへ、耳塚といふ也。みると聞とまよひをさくる大仏のをし
    へにかなふ二王耳塚。

51 文禄元年に。豊臣秀吉公三韓を征し。数多の将兵をころし。耳ばかり斬とり。凱還有
    て。後。此所にうづみ給ひて。すなわち耳塚と号すとなり。高麗人来朝のおりは。此

그런데 1677년에 간행된『出来斎京土産』'第十一卷 卷三 大仏付耳塚' 부에 실린 미미즈카에 관련된 기록을 찾아보면 '분로쿠(文録)년 히데요시가 조선을 침공하였다. 고니시(小西)와 가토(加藤)를 대장으로 삼아 수만의 군사를 보냈다. 요동의 이자를 생포하고, 많은 군병을 살해하여 그 머리를 일본에 보내지 못하는 일은 큰 공을 쌓은 일에 해당하기에, 단지 그 귀만 잘라 살해한 이국인의 수를 헤아렸다. 통에 담아 일본에 보내, 바로 여기에 묻고 미미즈카라 이름 짓게 되었다[52].'고 되어 있는데, 이 책은 간행된 것이 위『洛陽名所集』과는 불과 20년의 차이 밖에 나지 않으나, 미미즈카를 설명함에 있어 '너무 많아 그 머리를 다 보낼 수가 없다'라는 추가적인 설명이 붙어 있다. 많은 수를 살해했다는 이러한 표현을 통해, 기술 태도에 변화가 생겼음을 어렵지 않게 눈치 챌 수 있다. 서문이 같은 해에 작성된『扶桑京華志』'第二十二卷 卷之二 耳塚' 부에서도 '분로쿠 원년에 히데요시가 조선을 공격하여 우리 군사는 조선에 무위를 알렸다. 명나라 선종이 사용재(謝用梓)를 보내어 강화를 하게 하였다. 게이초(慶長) 원년에 명의 정사 양방향(揚方享)이 봉책하여 히데요시에게 봉(奉) 했다. 히데요시는 책문(冊文)의 뜻을 헤아리지 않고, 다음 해 또 쥬나공(中納言)인 히데아키(秀秋)와 우키타(浮田)의 히데이에(秀家)를 시켜 조선을 공격하게 하였다. 조선은 크게 놀라 일본에게 참획되었다. 해륙이 멀고 자른 머리가 무거워, 코를 베고 발꿈치를 베어 우리에

塚を見て。かならず落涙すときこえぬ。げにその時うたれし人の末なるもおほしとぞ。

52 文禄元年豊臣太閤秀吉公高麗を責打給ふ。小西攝津守加藤肥後守を大将として数万の軍兵をつかはさる。遼東の李子を生捕軍兵おほくうちとり其首を日本に渡さん事は大造なればただ其耳ばかりをそぎて打とる異国人の数を記し。樋にいれて日本にをくり上す。すなはち此所にうつみて耳塚と名づくとなり。

게 보내었다. 히데요시는 이를 모아 호코지 쪽에 모아 묻어, 미미즈카라 칭하였다[53].'라 되어 있는데, 표면적으로도 '무위를 알렸다'와 같은 표현이 등장하고 있다. 1679년에 간행된『京師巡覧集』'第十一巻目 巻之五 耳塚' 부에서는 '도요토미가 삼한을 다스릴 때, 적군의 귀를 잘라, 이를 나누어 죽자(竹紫)에 보냈는데, 이를 묻게 하여 오륜탑을 세우니 미미즈카라 불렸다. 무덤 내부는 더욱이 많으니 난세의 웅장함이어라.[54]'이라고 되어 있어, 이 책에도 역시 '무위를 알렸다'와 '웅장함'이라는 표현을 쉽게 찾아볼 수 있다. 이『出来斎京土産』,『扶桑京華志』,『京師巡覧集』세 권의 책을 위의 두『京童』,『洛陽名所集』과 비교해 보면, 위 두 책에서는 살해당한 조선인에 대한 연민마저 느낄 수 있으나, 아래 세 권의 책에서는 어느 것도 확실하게 일본의 무위를 드러내고 있음을 알 수 있다.

나아가 1684년에 간행된『雍州府志』'第十巻目 巻十 1684序 耳塚'에 이르러서는 '히데요시 조선 정벌 때에, 군사가 조선인의 목을 잘라, 해륙 운반이 너무 힘들었기에, 귀와 코를 잘라 일본에 보냈다. 히데요시는 모두 이곳에 묻게 하였다. 무덤 위에 탑을 세워 이를 미미즈카라 하였다. 그 후, 조선인들이 입공하는 날에 삼사로 하여금 호코지를 보게 하였다. 따르는 자 가운데 만약 그 전쟁에서 죽은 선조의 후손이 있다면, 즉시 말에서 내려 그 무덤에 절했다. 일찍이 미나

---

53 文禄元年豊関白秀吉、征朝鮮、吾兵播武名於鶏林、明神宗遣謝用和等講和、慶長元年、明之正使揚方享奉封册於秀吉。秀吉以册文下称旨、明年、又令中納言秀秋及浮田秀家伐朝鮮、朝鮮大擾、報斬獲于日本、以海陸遼遠、首級之重剝之刖之而遣于我、秀吉並埋之大仏殿側、号曰耳塚。

54 豊臣公治三韓時截敵人耳、俵之送竹紫然埋之、立五輪号耳塚。耳裡尤多乱世之雄。

모토노요리요시(源賴義)가 도오(東奧)의 전쟁에서 적을 만나면 한쪽 귀를 잘라 게시(京師)에 들고 돌아왔다. 이를 전리품으로 삼은 것이다. 후에 요리요시(賴義)가 간 게시 안에서 그 얼굴을 한 곳에 묻고 무덤을 세운 후 옆에 절을 올렸다. 미노지(耳納寺)라 하여 죽은 이들의 명복을 빌었는데, 히데요시가 구례를 쫓아 이와 같이 행한 것이다. 무릇 혼초(本朝)의 군사가 적의 목을 얻고, 목을 얻는다고 하는 것을 혹은 명성을 쌓는 것이라 하였다. 충공으로 인하여 높이 무명(武名)을 얻는 것을 말한 것이다. 적의 몸에 붙이는 것, 혹은 투구, 혹은 칼 등의 물건을, 목과 같이 갖고 와 전리품으로 명성을 높였다고 한다. 일본인의 속성의 하나를 일분(一分)이라고 한다. 이에 따라 일종(一種)을 나눠 오기에 분취(分取)라 칭한다. 적의 목을 갖고 돌아와 주군이 보는 것을 실검(実撿)이라 한다. 어찌 군사들의 성과를 보지 않겠는가?[55]'라 하여 일본인의 속성과 연결 지어 미미즈카의 당위성을 이야기하고 있다. 뿐만 아니라, 대조적으로 미미즈카를 보고 우는 조선인(통신사)의 모습까지 묘사하고 있다.

당위성까지는 말하지 않더라도 일본의 무위를 드러내는 태도는 이후 간행된 책들에서도 쉽게 찾아볼 수 있다. 1704년 서문이 작성된 『花洛細見図』 '第八巻 八之巻 大仏殿' 부 중 '方広寺大仏殿の絵'에

---

55 豊臣秀吉公朝鮮征伐時、軍士毎得韓人首級、厭海陸運漕之煩労、斬耳鼻贈日本、秀吉公悉令納埋斯所、建塔於一堆墳上、是号耳塚、爾後朝鮮入貢日、使三使見大仏殿、其所相従之人、若有先祖死斯戦者之子、則下馬拝斯塚、曾源頼義東奧之戦、得敵有則殺片耳、携帰京師、是為捷、然後於頼義所往之京師内、納其馘於一所、築塚傍建寺、号耳納寺、追薦之、秀吉公追其旧例、而有斯挙者乎凡、本朝軍士得馘首、謂取首或謂高名、依忠公高得武名之謂也。馘之所随身物或冑或刀等物、添首取之来謂分取高名、倭俗一種謂一分、依之一種分来、故称分取、馘首携帰、入主君之一覧、是謂実撿、盡撿軍実之義乎、

삽입된 설명에 '분로쿠 원년 히데요시가 조선국을 쳤다. 고니시와
가토를 대장으로 삼아 수만의 군병을 쳐, 목을 베어 보내지 않은 것
이 많았기에, 귀를 잘라 보내고, 여기에 묻었기에 미미즈카라 한다
했다.[56]'와 같은데, '수만의 군병을 쳐'와 같은 표현이 등장하고 있
다. 이러한 기술태도는 이후 등장하는『山城名勝志』,『山城名所寺社
物語』,『都名所図会』에까지 등장하고 있다[57].『山城名勝志』의 경우에
는 '도요토미 히데요시 공보(公譜)에 이르길, 분로쿠년에 조선을 정
벌하였다. 전쟁에 참여한 장수들이 그 참획한 수를 보고하였는데,
어떤 이는 그 자른 머리가 너무 무거웠기에 코를 자르고 귀를 잘라
게시에 보냈다. 히데요시가 크게 기뻐하여 상을 주고, 이를 호코지
근처에 묻어 미미즈카라 불렀다.'고 되어 있는데,[58] '역시 자른 머리
가 너무 무거웠기에'나 '크게 기뻐하여 상을 주고'와 같은 표현을
사용하고 있어, 최초에 언급한 두 책과는 상당한 차이를 보이고 있
다.『山城名所寺社物語』의 경우에는 '분로쿠 원년에 히데요시가 조선
을 정벌할 때, 고니시와 가토를 대장으로 삼아 수만의 군사를 보내

---

56 文禄元年太閤秀吉公かうらい国せめ打給ふ小西接伴守加藤肥後守を大将として数万
の軍兵を打取、首を日本へわたさん事大造なれバ耳をそぎてをくり此所にうづみて耳
塚と云と也。

57 간행년을 알 수 없는 책으로는『石山行程』가 있는데 그 내용은 '曾テ豊臣秀吉
公、尾州中村ノ郷民間ヨリ起リ玉ヒ、六十二年ノ間ニ天下ヲ掌裏ニ握リ、剰へ三韓ヲ征
伐シ玉フ、斯ノ大仏殿ヲ建立シ、門前に大ナル塚ヲ築キ、三韓敵首ノ耳鼻ヲ殺キ、本
朝ニ渡センヲ、此ノ土中ニ埋葬アリ、千今韓人入貢ノ時、三使以下使見斯処、従者
ノ中、斯ノ役ニ戦死ノ子孫アルトキハ、下馬拝此塚而之、是レ源頼義東奥ノ征戦ニ、
敵ノ耳鼻ヲ殺キ、軍實トシ、爾後築塚建寺薦之、是号耳納寺、秀吉公追此旧例者乎
(後略)'와 같다. 정확한 간행 시기는 알 수 없지만 기술 태도에 있어서는 1684년
에 간행된『雍州府志』와 흡사하다.

58 1705年序、1711年刊 '豊臣秀吉公譜云、文禄中頃年、伐朝鮮、在陳緒将報進。
其斬獲之数、或人以其首級之重故、劓之＝(耳+斤)之而、遣京師、秀吉大喜賞
之、理之于洛畔大仏殿辺、号耳塚。'

전쟁에서 승리하고 왕자를 생포하였다. 자른 조선인의 머리를 일본에 보내는 것이 너무 많았기에 귀만 잘라 그 수를 헤아려 통에 넣고 일본에 보내 이곳에 묻어 무덤을 만들고 불사(佛事)를 행하였다.[59]'고 되어 있는데, 이 책도 '자른 조선인의 머리를 일본에 보낸 횟수가 너무 많았기에'와 같은 표현을 사용하며 일본의 무위를 은연중에 드러내고 있다. 마찬가지로『都名所図会』의 경우도 '분로쿠 원년 조선 정벌 당시, 고니시와 가토를 대장으로 삼아 수만의 병사를 무찔러 목을 일본에 보내는 일이 너무 많았기에 귀를 잘라 보내, 이곳에 묻어 미미즈카라고 말한다.[60]'고 되어 있어, 앞서 말한『花洛細見図』과 같은 자세를 취하고 있음을 쉽게 알 수 있다.

이후 1799년에 간행되어진『都林泉名勝図会』'第九巻 巻三 1799刊' 중,「喎蘭人観耳塚」부에서는 네덜란드 인이 일본인의 안내를 받아 미미즈카를 바라보는 그림이 있고, 그림의 설명으로 '도요씨(豊氏)의 서정벌의 계략이 완수되어, 개선하고 돌아와 일찍이 이를 게캉(京観)에 세워 네덜란드인이 입공한 태평한 때에 네덜란드 인의 간담을 서늘하게 하였다.[61]'라고 되어 있다. 이『都林泉名勝図会』에 이

---

59 최초 간행년은 1717년으로 되어 있으나 사본이 많아 어느 책이『京都叢書』에 실린 책인지는 알 수 없다. 사본은 호레키(宝暦) 연간까지 있다. '文禄元年太閤秀吉公高麗陳の時、小西攝津守加藤肥後守、大将として数万の軍兵つかはして合戦に勝利を得て寮唐の李子をいけどり其外、討取る唐人の首、日本へ渡さん事、大分なれば耳ばかり切りて異国の人数しるして桶に入れて日本へ送り此所に埋み塚を立給ひて仏事をなし給ふ.'

60 国文学研究資料館에는 두 권의 책이 확인되는데, 하나는 그 간행연도가 1778이고, 다른 하나는 1787로 되어 있다. '文禄元年朝鮮征伐の時、小西接伴守加藤肥後守を大将として数万の軍兵を討取首を日本へわたさん事益なけれハ＝(耳+斤)剔して送り此所に埋耳塚といふ'

61 豊氏西征計策完凱旋、曾此築京観、喎蘭入貢太平日、猶使遠人肝胆寒。

르게 되면, 미미즈카는 완연하게 일본의 무위를 과시하는 용도로 사용되고 있음을 알 수 있다.

이와 같이 18세기를 전후로 하여 당시 일본인이 갖고 있던 미미즈카에 대한 인식은 급격하게 변화하였다. 이는 곧 대조선인식의 변화를 의미한다.[62] 이 인식의 변화가 외교에 있어서 도쿠가와 정권의 조선인식과는 관련이 없다고 하더라도, 이미 민간에서는 조선에 대한 인식이 변화를 했다고 볼 수 있을 것이다. 이러한 대조선 인식이 멸시로 방향을 전환하면서, 무위를 과시하게 될 때, 도요토미 히데요시가 부각됨은 자연스러운 것이다. 때문에 조선에서 정사가 들었음직한 이야기도 호코지 중건에 관한 이야기가 사라진, 도요토미 히데요시만이 부각된 와전된 이야기였을 가능성이 높다.

62　미미즈카를 넘어, 비판적인 조선관에 관해서 사실 이미 많은 선행연구들이 그 결과물을 내놓고 있다. '이혜순(1996)『조선 통신사의 문학』이화여자대학교 출판부 p.97'은 임술 사행 때에 간행된 창수집을 근거로 내밀어 일본 문사들의 양면성을 제시하고 있고, 箕輪吉次(2010.10) '「『韃靼漂流記』から『異国旅硯』に-虚構としての漂流記-」『일본학연구』31집, 단국대학교 일본연구소, pp183-210' 도『異国旅硯』와『朝鮮物語』를 비교하며, 18세기 초부터 말에 걸쳐 대조선관이 크게 변함을 지적하고 있다. 또한 필자가 직접 확인을 하지는 못했지만, 최관 (1994)『文禄慶長の役』講談社 p.164에는 1719년 2월에 지카마츠(近松)의『本朝三国志』가 오사카의 다케모토자(竹本座)에서 초연이 이루어졌다고 하는데, 이는 기해통신사를 노리고 만들어진 것으로, 총 5단으로 이루어진 구성 가운데, 마지막 단에는 히데요시가 미미즈카 앞에서 조루리『男神宮皇后』를 관람한다고 되어있음을 보아, 이러한 변화는 이미 일본 내에 크게 퍼져있음을 쉽게 알 수 있다. 나카오히로시(1993)도 비슷한 의견을 펼치고 있는데, 이를 직접 인용해보면 'つまり表向きは平和回復の「通信」使であり、来聘使として幕府は丁寧に朝鮮使節を迎えたものの、その迎接を通じて幕威の誇示を図ったため、早くも朝鮮軽視の風潮が生まれ、先年の両役は必ずしも日本側の全面敗北でなかったとする強弁がすぐに現れてきた。それが大仏殿での招宴と耳塚見学の強要という形で現れ、民衆の対外優越意識をかきたてたのである。したがって、幕府当局の公式の応接文書や記録では一度も「来貢使」という用語は使用されていないのにも関わらず、民間では早くも琉球使節と同様に一方的な従属関係を表す「来貢」という言葉が広がり始めたのである。'와 같이 말하고 있다.

그러나 그렇다고는 하더라도 현재로서는 사행단이 어떠한 경로로 조선에 대한 일본인의 인식의 변화를 접했는지는 사실 정확하게 알 수 없다. 다만 4차 사행의 황호의 『동사록』「문견총록」부에 '『연대기』에 히데요시를 풍신(豊臣)이라 일컫고, 이에야스를 권현(權現)이라 일컬었다. 지금 관백을 대군(大君)이라 일컫는 것은 모두 그의 장수들이 높여 부르는 것이라 한다.'[63]와 같은 구절이나 8차 사행의 임수간의 『동사일기』'해외기문'부에 '나는 사신을 받들고 그 나라에 갔을 때 비싼 값으로 그들의 역사 서적을 가만히 사 보고 그 흥망의 사적을 대개 알 수 있었다.'[64]와 같은 구절, 『해유록』의 1월 1일 기사 안에 신유한이 백 권에 달하는 책을 구입했다고 말하는 장면을 보면[65] 이전 사행단들도 생각보다 간단히 이러한 일본의 정보를 접할 수 있었던 것으로 생각된다.[66]

결론적으로 방문에 앞서 정사 홍치중이 '그러나 지금은 우리가 믿을 수 있는 역사책을 상고하여 이 절이 원씨를 위하여 세운 것임을 알았으니, 지나는 길에 잠시 연회를 받는 것도 사리에 무방합니다. 또 이미 우리의 말을 들은 왜인들로 하여금 모두 우리가 결코 평적

---

63 其年代記。秀吉稱以豊臣。家康稱以權現。今關白稱以大君者。皆其諸將之所尊稱也云。

64 曾奉使其國也。高價而潛購其史。其興廢之迹。槩可見也。

65 『해유록』중 1월 1일(1720) '只留使臣所贈數種物。及余所貿者漢唐書百卷。大刀一匣。'

66 사행단이 일본에서 접한 서적에 관련해서는 '夫馬 進(2006.12)「조선통신사와 일본의 서적 — 고학파 교감학의 저작과 고전적을 중심으로 — 」『규장각』29, pp.141-164'와 '김경숙(2008.4)「조선후기 한일 서적 교류 고찰-18세기 통신사 사행록을 중심으로」『한중인문학연구』23, 중한인문과학연구회, pp.227-259에서 많은 연구가 진전되어 있다. 그러나 이러한 정보의 유입은 대마도에서부터 수행해온 통사들을 통해서 직접적으로 이루어졌거나, 왜관을 통해 전달되었을 가능성 또한 배제할 수는 없다.

(平賊)의 절에 들어가지 않으려다가 그것이 원씨의 절인 줄 안 연후에야 간다는 것을 알게 하였으니, 우리가 원수를 잊지 않았다는 것이 또한 족히 일본에 알려졌습니다.[67]'와 같이 자신들의 행위가 일본에 알려지는 것에 목적을 두었다는 표현은, 일본의 무위를 자랑하는 장소에 일본의 의도에 이끌려 가는 것이 아님을 보이려는 하나의 행위였음을 알 수 있게 해주는 부분이다. 때문에 이러한 태도는 통신사가 이즈하라에서 예법을 둘러싸고 논쟁을 벌였던 것과는 그 성격을 달리한다고 보아야 할 것이다. 예법논쟁의 경우는 신묘사행의 영향으로 볼 수 있으나,[68] 호코지의 방문을 거절함에 있어서는 일본의 대조선인식의 변화에 따른, 조선에 대한 멸시관이 발생함에 기인한 것으로 볼 수 있을 것이다.

4. 결론

통신사의 일정은 양국이 사전에 사신을 보내어 정하는 것으로, 한쪽에서 일방적으로 정해진 행사를 거절하는 것은 좀처럼 있기 어려운 일이다. 그러나 기해사행의 경우에는 비가 와 중지되었던 4차 사행을 제외하고 2차부터 8차까지 꾸준하게 행해져오던 호코지 방문을 전날에 이르러 갑자기 거절하는 모습을 보인다. 호코지 중건에

---

67 『해유록』 중 11월 2일 '今吾徵於信史。而知是寺爲源氏之所建。則歷受暫時之餉。事理無妨。且已使諸倭之聽聞者。悉諳吾輩決不入平賊之寺。而知其源氏而後乃往。則吾所以不忘讎之意。亦足宣布於日本矣。'

68 졸고(2009.11) 「己亥使行의 嚴原에서의 예법논쟁 -『海游錄』과 종가문서를 비교하여-」『일어일문학연구』71권 2호, 한국일어일문학회, pp.487-503

관한 이야기는 이전 사행록에 실려 있으므로 삼사 또한 분명히 이를 확인했을 것이다. 정사가 내세운 이유는 조선에서 히데요시의 원당이라는 이야기를 들었다는 것이다.

정사가 들은 이야기라는 것이 정확하게 어떠한 것인지는 현재로서는 알 수 없다. 다만, 왜 호코지 중건에 관한 내용이 사라진 채, 히데요시만 부각된 이야기가 흘렀는지를 확인하고자 당시 일본인의 인식의 변화를 『新修京都叢書』에 실린 미미즈카를 통해 확인해 보았다.

그 결과, 1658년 부근에 간행된 지지서들에는 미미즈카를 설명함에 있어 조선인에 대한 연민의 정까지도 느낄 수 있으나, 이후에 간행되어지는 책들에 이르러서는 완연히 일본의 무위를 나타내는 부분이 등장함을 알 수 있었다.

이러한 인식의 변화는, 조선 멸시관에 의해 발생한 것으로, 이러한 멸시관에 발생함에 따라 도요토미 히데요시가 부각되어졌던 것으로 보인다. 때문에 이러한 정황을 알고 있던 정사는 일본을 통해 직접, 호코지와 히데요시가 관련이 없음을 확인받고 나서야 방문을 허락했던 것으로 보인다.

| 참고문헌 |

<사료류>
신기수 외 編(1993)『大系朝鮮通信使』5 株式會社 明石書店, 洪致中『東槎錄』
한국고전번역원(http://www.itkc.or.kr)『海行摠載』중 李景稷(1617)『扶桑錄』, 姜弘重(1624)『東槎錄』, 金世濂(1636)『海槎錄』, 작자미상(1643)『癸未東槎錄』, 南龍翼(1655)『扶桑錄』, 洪禹載(1682)『東槎錄』, 申維翰(1719)『海游錄』, 曺命采

(1748)『奉使日本時聞見録』

関西大学東西学術研究所(1982)『芳洲 外交関係資料 書翰集 雨森芳洲全書三』関西大学出版部

慶應義塾大学附属図書館所蔵『享保信使記録五十一 信使京都本能寺昼休と被仰出候処往還共止宿被仕候次第大仏ニ立寄間敷旨三使被及異難候付仰諭候上立寄見物被仕候覚書』,『享保信使記録 百十 下向信使奉行京大阪在留中毎日記』(ゆまに書房 작성 마이크로필름)

野間光辰編(1976-1994)『新修京都叢書』臨川書店 중『京雀』(1655刊),『京童』(1658刊),『洛陽名所集』(1658刊),『出来斎京土産』(1677刊),『扶桑京華志』(1677序),『京師巡覧集』(1679刊),『雍州府志』(1684刊),『花洛細見図』(1704序),『山城名勝志』(1705序),『山城名所寺社物語』(未詳),『都名所図会』(未詳),『石山行程』(未詳)

<논문류>

김경숙(2008.4)「조선후기 한일 서적 교류 고찰-18세기 통신사 사행록을 중심으로」『한중인문학연구』23, 중한인문과학연구회, pp.227-259

노성환(2009.2)「역사 민속학에서 본 교토 귀무덤」『일어일문학』제41집, 대한일어일문학회, pp.297-312

이재훈(2009.11)「己亥使行의 嚴原에서의 예법논쟁 -『海游録』과 종가문서를 비교하여-」『일어일문학연구』71권 2호, 한국일어일문학회, pp.487-503

허남린(2006.4)「종교와 전쟁 : 토요토미 히데요시의 조선침략」『일본학연구』18집, 단국대학교 일본학연구소, pp.345-364

井上孝矩(2008.7) 「慶長度方広寺大仏殿の復元的研究」『日本建築学会大会学術講演梗概集』F-2, 社団法人日本建築学会, pp.15-16

黒川真利恵(2007.4)「摺物にみる方広寺大仏殿開帳について」『お茶の水音楽論集』第9号 お茶の水女子大学, pp.14-30

塚本靖(1898.11)「京都方広寺」『建築雑誌』136, 社団法人日本建築学会, pp.350-357

橋爪博幸(2010.6)「大正時代における耳塚論争-南方熊楠、柳田国男、寺石正路、3者のやりとりを中心に-」『문화콘텐트연구』16집, 동의대학교 문화콘텐츠 연구소, pp.107-129

平岡定海(1986.11)「方広寺の成立と性格」『大手前女子大学論集』20, 大手前大学, pp.65-106

夫馬進(2006.12)「조선통신사와 일본의 서적-고학파 교감학의 저작과 고전적을 중심으로-」『규장각』29, pp.141-164

箕輪吉次(2010.10)「『韃靼漂流記』から『異国旅硯』に-虚構としての漂流記-」『일본학연구』31집, 단국대학교 일본연구소, pp183-210

箕輪吉次(2015.4)「壬戌年 信使記録의 集書」『한일관계사연구』50, 한일관계사학회,

111

pp.123-174

<단행본류>

강재언(2002)『朝鮮通信使がみた日本』明石書店

김의환(1985)『조선통신사의 발자취』정음문화사

박춘일(1992)『朝鮮通信使史話』雄山閣出版

신기수(2002)『新版朝鮮通信使往來』明石書店

이혜순(1996)『조선 통신사의 문학』이화여자대학교 출판부

정장식(2005)『통신사를 따라 일본 에도시대를 가다』고즈윈

최관(1994)『文禄慶長の役』講談社

片野次雄(1985)『德川吉宗と朝鮮通信使』誠文堂新光社

仲尾 宏(1993)『朝鮮通信使と江戸時代の三都』明石書店

村上恒夫 外(1991)『儒者姜沆と日本』明石書店

제5장

1746년 관백승습고지대차왜 다례 전 날까지[*]

┃다사카 마사노리

1. 들어가며

임진왜란 이후, 조선에서 일본에 파견된 조선통신사는 江戸까지 11회, 마지막 대마도까지 파견된 것까지 포함하면 12회, 210년에 걸쳐서 파견되었다. 매번 다른 상황 속에서, 4~5맥명이 파견되어 1년 가까운 일정이 소화된, 대사업이었으나, 한번 한번의 다양한 일들이 충분히 파악되었다고는 할 수 없는 것이 현실이다.

箕輪吉次(2013)(2005)는, 조선후기에 조선으로부터 막부에 파견된 사절단인 조선통신사를 논할 때, 기존에는 통신사의 대마(對馬)

---

* 이 논문은『일본학연구』제50집(단국대학교 일본연구소, 2017.1)에 게재된「延享三(1746)年『大慶參判使記録』」을 번역한 것임.

이주하라(嚴原) 도착 이후의 동향을 논하고 왔으나, 막부가 통신사 내빙 초청을 지시한 시점으로부터 이미 막부와 대마번(對馬藩) 그리고 조선 사이에서 교섭이 시작되었다고 보고, 임술년 통신사에 관해서는 정식으로 막부가 대마번주 宗義眞에게 통신사 내빙을 명한 것은 1681년 5월 23일이지만, 대마번의 기록(『江戶藩邸每日記』延寶8년 6월 14일)에 의해, 그보다 약 1년 전인 1682년 6월 14일에 松平備前守의 지시로 대마번 江戶 재류자 加城六之進과 龍田三右衛門이 찾아갔을 때에 통신사 내빙 절차에 관한 무지로 비롯된 것이긴 하지만 막부로부터 신사(信使)이라는 말이 나왔다는 기록기 있다는 것을 지적하여, 기존에 언급되지 않았던 1681년 1월의 역관사(譯官使) 사료에 대한 자세한 고찰을 통하여, 밀매매 방지 대책에 분주한 대마번의 동향과 외교문서가 이정암(以酊庵) 관리하에 있으면서 대마번의 의향에 따라 자의적으로 취급되어 있는 실태 등을 밝힌 바 있다.[1]

본고는 이와 같은 선행연구를 토대로 무진년에 江戶에 도착한 통신사(일본에서는 延享度通信使)에 관한 고찰을 시도하는 것이다. 선행연구에는, 일찍이 松田甲(1930)[2]이 통신사 행정을 개관하였고, 통신사 일행의 관직과 성명 등을 밝히고 통신사와 관련된 6종의 저작물을 소개했고, 三宅英利(1986)[3]는 吉宗이 讓職을 공표한 1745년 9월 1일부터 시작하여 『英祖實錄』『邊例集要』『通航一覽』『延享信使記錄』을 연구 대상

1 箕輪吉次,「延寶九(1681)年正月譯官使」,『日本學論集』第20輯, 慶熙大學校大學院日本學研究會, 2005. pp.206~222.「壬戌信使記錄の虛と實」,『日本學研究』第40號, 檀國大學校日本研究所, 2013. pp.143-176.
2 松田甲,「李朝英祖時代戊辰信使の一行」『日鮮史話』第4編, 朝鮮総督府, 1930. pp.46-74.
3 三宅英利,「家重政權の成立と通信使」『近世日朝關係史の研究』, 文獻出版, 1986. pp.489-527.

으로 삼고 통신사 일행의 동향을 논하였으나 그 사료가 막대한 탓에 개관적이라는 인상이며, 이원식(1991)[4]도 통신사 동래 도착 후부터 언급을 시작한다. 제 10차 통신사 내빙 초청에 관해서는, 임술년의 것과 달리 복잡한 사정이 없는 관계로, 막부로부터 대마번에 통신사 내빙의 명이 떨어지고 나서가 정식적인 제 10차 통신사의 시작이 되겠지만, 1745년 9월 1일 "吉宗부터 家重으로의 양직"이 기인이 되는 것은 같기 때문에, 이 날로부터 사료를 고찰하기로 한다. 그리고 본고는 지금까지 자세히 언급되지 않는 관백승습고지차왜에 관한 고찰을 통하여 막부와 대마번 그리고 조선과의 교섭의 실정을 밝히고자 한다.

2. 吉宗 讓職을 알리다

『德川實紀』有德院殿御實紀 권 62에는, 1745년 9월 1일에 출사(出仕)한 가신들을 향하여 '家重에게 관백직을 양도하여 吉宗 자신은 니시노마루(西の丸)에 은퇴하고 家重이 혼노마루(本の丸)에 거처를 옮기신다. 나중에 관백직을 조정으로부터 임명받게 되면 家重을 지극 정성으로 모시도록하라'는 전달이 있게 된다.[5] 이로 인해 같은 달 25일에 家重은 니시노마루를 나와서 오테(大手)에서 사쿠라다(櫻田)를

4　李元植,『朝鮮通信使』, 民音社, 1991.
5　『德川實紀』第六編, 有德院殿御實紀「九月朔日三家群臣出仕す. この日溜詰宿老黒木書院にいで、右大將殿御年もたけ給ふをもて万機の事どもゆづらせ給ひ. 御所には西城に御隱退あり, 右大將殿本城にうつらせ給ひ. やがて將軍宣下行はるれば各心いれて右大將殿に奉仕あるべしとの旨を三家并右衛門督宗武卿, 刑部卿宗尹卿をよび松平加賀守宗辰, また家門の輩にも伝ふ」

지나 혼노마루에 들어가 이 날부터 "오고쇼"라고 불리게 된다.[6] 그리고 11월 2일에 조정으로부터 관백직 명이 내려져서 칙사(勅使)로부터 일왕의 임명장을 전달받아 家重은 정이위(正二位)에 오른다.[7]

그 동안 대마번 에도번저(江戸藩邸)에서는 관백 승습에 따른 가신으로서의 예를 올리는 의식에 바빴다. 관백직 양도가 공표된 9월 1일에는 대마도에 있는 번주(藩主)를 대신하여 杉岡弥太郎이 등성(登城)하여 에도성(江戸城) 마쯔노고로카(松ノ御廊下)에서 松平左近將監으로부터 관백직 양도 통지를 받았다.[8] 즉시 다음 날에는 이 소식을 번에 전하기 위한 파발꾼이 보내졌다.[9] 그런데 對馬歷史民俗資料館所藏 國元每日記에 이 파발꾼이 전달한 서장 도착 기록이 없다. 國元每日記에 관백직 양도 기사가 처음으로 나온 것은 9월 26일에 筑前福岡藩 제 6대 번주 黒田繼高가 보낸 서장을 통해 전해 듣게 된 것인데 아래에 그 기록을 인용한다.

　　九月廿六日

　　　　以酊庵御馳走役、仁位孫右衛門

6　同上.「九月廿五日今朝とく右大將殿西城をいで給ひ. 大手より桜田をへて本城にわたらせられ玄關より入たまへば本多中務大輔忠良先導し書院番所にて御伝家の御馬印伝へ進らせ, 溜詰, 普第衆はじめ拝謁して(中略)この日より大御所と称し奉る」

7　同上. 惇信院殿御實紀「十一月二日將軍宣下の大禮. 正二位の御位記宣旨を勅使より請來り御前にさげ奉る」

8　『延享二乙丑年御留守毎日記』(江戸藩邸毎日記), 東京大學史料編纂所. 九月朔日「今朝爲御名代杉岡弥太郎樣御登城被成候處, 松之御廊下二をゐて松平左近將監樣御出席被成被仰渡候者, 右大將樣御長, 御年候付, 御政務之儀御讓, 近々御本丸江御移被遊, 公方樣御隱居被遊, 西丸江御移被成候. 將軍宣下之儀茂京都江御賴被仰遣候. 唯今之通, 右大將樣御奉公可仕旨, 御意之趣被仰渡, 御退出, 直二此方御出二付, 圖書御挨拶申上, 二汁五菜之御料理用意申付置, 差出, 追付御歸 被成, 此以後公儀御祝事二付, 諸事御勤事之儀者記錄二記候付, 略之」

9　同上. 九月二日「公儀御祝儀之儀, 御國江申越候十番之書狀御弓平次兵衛, 飛脚申付, 道中七日切船中日切飛船を以差下」

右者伯母之忌中ニ而引込居差支候付、忌被差免候段、與頭中へ申渡。
〃和尚爲御代天龍寺三秀院翠岩堅長老、來春御下向之由、金地院より被
仰下候段、江戶表より申來候付、此段和尚へ可被申上候、且又昨日松平
筑前守樣より以御狀爲御知來候公義御移代り之儀、書面之通りを貴殿より御
內々爲御知被申上置候樣、月番より御馳走役へ以書付申達[10]

筑前이 보낸 서장은 전날 25일에 도착했으나 기록은 다음 날에 기재되었다. 숙모가 돌아가신 후 장례를 치르던 이정암(以酊庵)과의 연락 담당자 仁位孫右衛門에게 직무 부귀를 명하는 기록에 이어서, 임기를 마친 이정암 파견 승려 堅長老에게 올 봄 귀경할 것을 고하는 소식을 전달함과 더불어 전날 도착한 松平筑前守의 서장에 "관백직 승습(公義御移代)" 소식이 있었으니, 이 소식을 이정암도 파악하고 있을테니 사실 여부를 확인하라고, 9월 朝鮮方 당번 大浦兵左衛門으로부터 仁位孫右衛門에게 지시가 내려진 것이다. 이 "관백직 승습(公義御移代)"에 관한 소식은 28일의 기록에서 확인할 수 있다.

九月廿八日
〃右大將樣御年頃被爲成候付、御政務御讓被遊、公方樣御隱居被遊、西丸
江御移、右大將樣御本丸江被爲入、京都江將軍宣下御願出被仰遣候与之
儀、被仰渡之趣ニ付、松平筑前守樣ら此方樣へ御祝儀御狀到來候而、御承
知被越候得共、此方之御左右未相達、然者昨廿七日佐野船一艘着船いたし
船頭役迄船頭申聞候ハ、去十八日慈嶋出帆之刻、御國へ志シ候類船之內

10 『國元每日記』Aa-1, 195-1、長崎縣立對馬歷史民俗資料館.

117

御國印シ建候天道十里程茂先江乗出居候處、風波強罷成、右佐野船之儀
漸夜前名古屋江着船仕候、夫レより壹州へ廻り、右類船無覚束承合見候得
共、彼辺着船無之旨承候段申出、極而右天道江戸表より之御左右船ニ而
可在之存候處、右之趣ニ而ハ若怪我等在と哉素リ右便写等追付可相達候
得共、其程難量、左樣ニ而ハ此節之御勤筋不相知御勤事御延引之儀御首
尾大切ニ存候付、筑前久留米より御務幷嵯峨御隠居樣より之御勤之次第聞合之
爲田代役方博多役江之書狀上乗リ弥左衛門へ相渡シ、博多迄飛船を以差越ス[11]

　右大將 즉 후사(後嗣)인 家重이 적절한 연령이 돼서 관백즉을 양도
하는 것이며 吉宗은 니시노마루에 거처를 옮겨 은퇴하고 京都에 관
백직 임명을 의뢰했다는 것을 확인하기에 이르렀다. 筑前守가 보낸
서장으로 알게 되었으며 재차 말하지만 그 때에도 에도번저(江戸藩
邸)가 보낸 서장은 아직 도착하지 않았다. 더 기록을 보면, 27일에 도
착한 뱃(佐野船)사공의 말이라며, 18일에 지도(地島)로 출범했을 때
다마번의 표시가 그려진 깃발을 단 배(天道船)가 30~40킬로미터 앞
을 항행하고 있었으나, 파도가 거세기 때문에 佐野船은 밤이 되기 전
에 나고야(名護屋)에 도착했다. 그 후, 이키(壹岐)에서 天道船이 도착
하지 않는 것을 확인했다고 한다. 그렇다면, 이 天道船이야 말로 에
도번저가 보낸 서장을 운반하고 있던 배이며 이 배가 사고라도 당한
것 아닐까 걱정하는 것이다. 관백직 양도에 관한 에도번저가 보낸
서장을 운반하는 배가 조난하여 그 지시를 받을 수 없게 된다면,「이
번에 내려진 임무 명령(此節之御勤筋)」을 알 수 없서「임무(御勤事)」

11　同上. 밑줄은 저자.

가 지연되어 큰 지장이 될 것이라고, 다시로(田代)와 하카타(博多)의
대마번 관계자에게 서장을 보냈다는 기록이다. 관백직 양도 사실을
조선에 고지(告知)하고 나아가 통신사 내빙을 추진해야 할 대마번의
임무를 염두에 두고 있는 것이다.

그런데 국사편찬위원회 소장『大慶參判使記錄』에는 9월 25일자의
기록으로 조금 다른 표현으로 기록된다. 중요한 기사이기 때문에 아
래에 인용하기로 한다.

> 延享二乙丑年九月廿五日
>
> 〃今日博多仕出之入船有之, 松平筑前守樣より御狀到來之處, 九月朔日(平
> 出)右大將御年頃被爲成候付, 御政務御讓被遊, 公方樣御隱居西御丸江御
> 移(平出)右大將樣御本丸江被爲入, 京都江將軍宣下之御願被仰進候(平出)
> 右大將樣江只今迄之通御奉公可有之旨御名代御登城之上, 井伊掃部頭樣
> 松平讚岐守樣御老中御出席, 松平左近將監樣被仰渡候段, 御祝辞被仰越,
> 然者此方樣二も右之次第被蒙仰, 敏飛脚被差立たるニて可有之候得共, 到
> 着無之, 頃日入船佐野船之者物語ニ御國下りの飛船, 去ル十八日慈嶋同然
> 出帆之處, 風波强, 佐野船ハ名古屋江乘候由, 右飛船何方ニ着候も不相知,
> 勝本ニて聞合候得共到着無之, 無心元旨相聞候. 然者右之御左右船ニも可
> 有之候得共, 海上之遭難候哉. 後便被相待候而ハ御勤事可及延引如何敷候
> 間, 福岡佐賀久留米御勤之次第聞合申越候樣, 同廿八日田代役博多役江
> 飛船上乘り弥左衛門申付書狀相渡, 博多迄差越, 尤弥左衛門義ハ博多江相
> 扣居, 右所々より之返書相請取, 今歸國候樣申付ル.[12]

---

12 『大慶參判使記錄』, 大韓民國國史編纂委員會.

날자는 9월 25일로 되어 있다. 에도번저가 보냈을 관백직 양도를 알리는 서장이 도착하지 않았다고 한다. 사노부네(佐野船)의 승무원 이야기로 전해진 것은 동일하나, 國元每日記 9월 28일자에는 "대마도를 향한 배 중에 대마번의 가문(家紋)이 그려진 깃발을 단 天道(船)가 30~40킬로미터 앞을 가고 있다"라고 하는데 대해, 이 사료는 "대마도로 가는 비선(飛船)"이라며, 이 비선이야 말로 에도번저가 보낸 서장을 운반하는 배임을 강하게 주장하는 기술이 되어 있다. 國元每日記 및 大慶參判使記錄에서 인용한 문장 중 밑줄을 친 부분은, 대마도를 향한 사노부네(佐野船)과 비선(飛船)이 아이시마(慈島)를 똑같이 출범한 것으로 보아, 사노부네는 파도를 피하고 나고야를 경우하여 가쯔모토에서 비선의 행방을 확인할 수 없어서 해상에서 조난된 것으로 판단하는 내용이다. 國元每日記에는 이 밑줄 친 부분에 「右佐野船」, 「右類船」, 「右天道」, 「右之趣」, 「左樣」과 같이, 「右·左」를 사용한 표현이 눈에 뛰는데, 이에 비하여 大慶參判使記錄의 표현에는 「右·左」와 같은 표현은 두 번 밖에 없어서, 후자는 전자보다도 문맥이 다듬어진 읽기 쉬운 문장이 되어 있다.

3. 관백퇴휴 및 승습 고지 대차왜 명칭변경

관백 교체 후, 에도번저 每日記 9월 19일자 기록에는 吉宗의 퇴휴를 조선에 알리는 것과 조선에서의 축사를 어떤 식으로 진행할지에 대한 두 가지를 문의한 대마번주 宗方凞의 서장을 에도 체류자 春日龜久右衛門을 하여금 松平武元 및 老中 本多忠良에게 제출하였다고 기재되었으며,[13] 다음 날에는 本多忠良로부터 宗方凞에게 조선에 고지할 것을 명하는 내용이 부전으로 전달되어 있다.[14] 이에 따라 대마번에서는 10월 12일에 관백 퇴휴를 조선에 고지하는 관백퇴휴고지대차왜(일본 명칭 遜位參判使)가, 그리고 3일 후에는 새 관백 승습을 고지하는 관백승습고지대차왜(일본 명칭 大慶參判使)가 각각 임명되었다.

十月十二日

　　平田將監

右者江戶表御左右次第、退休參判使可被仰付候間、兼而其用意相仕舞被居候樣与之御事

但遜位參判使と御唱被成可然旨、雨森東五郎申上候付、其通相唱ル[15]

十月十五日

　　淺井與左衛門

右者江戶表より御左右次第、告慶參判使可被仰付候間、兼而其用意相仕廻被居候樣ニとの御事、御用人を以被仰出候付、兵左衛門より右之趣相達之

　　　遜位參判使、都船主樋口惣左衛門、封進大浦九郎左衛門

　　　告慶參判使、都船主大嶋庄左衛門、封進橋辺豊左衛門

右之通被仰付候間、可被申渡旨與左衛門より与頭中江書付相渡

13　주 8)과 동일.「公方樣御隱居之儀朝鮮江可被告知与之御伺書, 幷御代替之御祝辞, 御隱居樣より如何御勤可被成哉与之御伺書二通御留守居春日亀久右衛門, 松平右近將監樣, 本多中務大輔樣江持參差出, 委細記録ニ有之」

14　同上.「本多中務大輔樣御用人中より切紙を以今日中御留守居壹人罷出候樣ニ与申來候付, 平山郷左衛門參上いたし候處, 昨日被差出候御伺書ニ御隱居之儀朝鮮江爲告知候樣可致与之儀御附紙ニ而被仰出罷出, 委細記録ニ記之」

15　주 10)과 동일.

告慶參判使之義、此節ハ大慶參判使与唱可然旨、雨森東五郎存寄申上、
御前より茂其通可唱候樣被仰出候付、與左衛門御使者大慶參判使与相唱
候事[16]

관백퇴휴고지대차왜 정관에 임명된 平田將監은 支配方과 御郡方
을 겸임하고 있었으며[17] 都船主에 임명된 樋口惣左衛門은 大目付, 封
進에 임명된 大浦九郎左衛門은 佑筆로 번에 출사하는 입장에 있었다.
또한 관백승습고지차왜에 임명된 淺井與左衛門은 1718년 3월부터
1721년 12월까지, 그리고 1741년 6월부터 1742년 11월까지 두 번
왜관 관수를 역임하고 朝鮮方支配役으로 재직하고 있었다. 都船主에
임명된 大嶋庄左衛門은 御用人,[18] 封進에 임명된 橋辺豊左衛門은 佑筆
이었다. 그런데 대차왜의 일본 명칭인 "遜位" 및 "大慶"은 雨森芳洲
가 제창하여 번이 인가한 것이라는 기록이 있다.[19] 그 이전까지의 명
칭은 "退位參判使", "告慶參判使"였다. 대차왜(參判使)란 조선의 예
조 참판에게 파견된 사신이며, "遜位"란 관백의 퇴휴 즉 은퇴를 뜻하
고 현재의 관백이 차기 관백에게 관백직을 양도하는 것이다. "告慶"
이란 경사를 고한다는 뜻으로 여기서는 신 관백의 즉위를 고한다는
뜻이다. 원래 "退休" 및 "告慶"이라고 말한 것을 芳洲가 "遜位" 및

---

16 同上.
17 同上. 六月五日「願書, 私儀支配方御郡方御加役被仰付置, 是迄各樣得御介抱御當用
    相務罷在候處, 右兩御加役御時勢二付, 日々之御用日增二繁多二有之. 不才之身分二
    而ハ一方之御加役たに難相務況重キ兩御加役, 迚茂心力不相望候付, 一方之御加役
    者被差免被下候樣二奉願候. 以下省略. 五月二十五日 平田將監, 御年寄衆中」
18 11월 13일에 高崎繁之允이 대신 임명됨.
19 芳洲로 인해 "告慶"이 "大慶"으로 변경함을 제창된 것은『大慶參判使記錄』에도
    거의 동문이 기재되어 있음.

"大慶"으로 명칭변경을 제창한 것이다. 芳洲도 1702년에 退休參判使
都船主로서 바다를 건너간 적이 있다. 이 때는 대마번에서 은퇴 후에
도 실권을 행사하던 宗義眞이 막부로부터 朝鮮御役을 임명받았다는
것을 알리기 위한 대차왜였다.[20] 번주의 퇴휴와 관백의 퇴휴를 고하
는 대차왜가 명칭이 같다면 관백과 번주를 같은 격으로 취급하게 된
다. "退休"에서 "遜位"로의 명칭 변경은 관백과 번주의 격이 다름을
조선에 명확히 하기 위함이 목적이었음을 추측할 수 있다. "告慶"을
"大慶"으로 변경한 것도 같은 의도로 생각된다. 조선이 "大慶"의 명
칭을 문제로 삼은 것은 6월 10일이 되어서이다. 훈도와 별차로부터
"告" 자를 "大慶" 앞에 붙이자는 제안이 전달되었으나, 都船主로부
터, 대마번이 先問使 파견 시 이미 전달한 사항이며 이 후에도 대차
왜 왜관 도착 때와 첩위관이 동래 도착 후 다례 전 날까지라도 문제
제기 했다면 번과 상의할 수도 있었으나 이제 와서는 그런 시간도
없다고 답변하고 돌려보냈다.[21] 그리고 결국은 조선으로부터의 서장

---

20 『國元每日記』Aa-1, 93(元祿14年9月~12月), 長崎縣立對馬歷史民俗資料館. 十月
三日「江戸表より道中五日船中十日切飛船小倉船々頭仁兵衛, 昨日着船. 江戸表より
九月十八日, 廿九番之書狀到來, 意趣八九月十三日御隱居樣御事御月番阿部豊後守
樣江御出御對面被成, 朝鮮御役之儀御斷之趣御願被仰上之處, 御尤二被思召候. 各
樣被仰越可被遂御披露之御事御懸之御挨拶御歸被成候處, 同十七日豊後守樣より御
使者參, 殿樣江御連名之御奉書御用之儀候間, 明十八日四つ時, 御隱居樣御同道二
而御登城被成候樣々与御紙面二付, 翌十八日御隱居樣, 殿樣御同道二而御登城被遊
候處, 於後之間御老中樣方御列座二而御願之通, 御隱居樣御役御免, 殿樣江朝鮮御
役被仰付, 御隱居樣御後見被遊候樣々与之御事, 豊後守樣被仰渡候付, 則御禮被仰
上御首尾能御退出被遊之由申來ル」

21 주 12)와 동일. 六月十日「夕方都船主方ニ訓別二通詞付相附來候付, 都船主封進出席,
雙方挨拶畢而兩譯申聞候八頃日差備官同然二申上候大慶使御唱之儀, 頃日被仰開
候趣, 委敷接慰官東萊へ申達候得共, 一円合点不被仕, 左樣無之候而八是非々々相
相濟事二候間, 責而上二告之字御附被下候樣達而御懇望可致旨被申付, 甚難儀仕候.
何分も正官公へ被仰上被下候得, 此方意味合之次第白地二難申出筋有之由, 再三申
聞候付, 左候八最初先問使被差渡候節, 大慶使と唱候義相知居候得共, 其節可被仰

123

에는 "告大慶"이라는 명칭이 사용되고 있다.[22]

명칭 변경에 관한 고찰은 지금까지 살펴본 사료에서는 더 이상의 진정이 불가능이기 때문에 여기서는 관백직 양도에 따른 "退休·告慶" 대차왜 명칭을 확인하는데 머문다. 관백직 양도는, 초대 家康, 2대 秀忠, 8대 吉宗, 그리고 9대 家重 때에 이루어졌다. 家康으로부터 秀忠으로의 양도 때에는 통신사 초빙은 없었다. 秀忠으로부터 家光으로의 양도 때는 제3회 통신사가 1624년에 있었고, 본고에서 취급하는 제10회, 그리고 제11회 통신사, 총 3회에 걸쳐서 통신사를 앞두고 "退休·告慶" 대차왜가 파견된 것이다.[23] 아쉽게도 1624년의 대차왜에 관한 기록이 존재하지 않아서, 제11회 통신사를 앞 두고 파견된 대차왜에 관한 國元每日記의 기록을 보기로 한다. 1760년 4월 1일에 家重이 장남 家治에게 관백직을 양도할 것이 江戶城에서 老中를 통해 고지되어,[24] 이로부터 10월 3일과 12월 21일에 파견된 것이 "遜位" 대차왜[25] 및 "大慶" 대차왜[26]였다. 芳洲의 제창으로 "退休" 대

聞事. 其期後レ候ハ正官以下館着時分か又ハ接慰官下府茶禮前歟, 御申開候ハ御
國へ被仰越義も可有之歟ニ候へ共, 最早御書翰無相違御受取, 最早定而半一至り右之
次第御申開候而ハ我々より正官江可申達, 斉前も無之候故, 何分ニも難申演旨申達, 彼
方よりも再三何角申開候て共, 開入不申候付, 先今日ハ八日も普ニ及候間, 先可罷歸旨申
聞候故, 例之通吸物御酒等出之相濟而罷歸ル」

22 同上. 六月廿二日「頃日差備官訓別へ申達候告之字一件, 書付之案文都船主封進迄
爲内見差出候付, 正官披見吟味之上書直し候處을 致注文, 彼方へ置置候處, 申遣候通
致清書兩人迄差出し由ニて正官へ都船主持參書面宜候故, 則被相請取置候歟申達,
尤接慰官東釜へ之單簡計當時告之字添置候ニ相極ル, 則書付左ニ写之」

23 여기선느 조선통신사 파견에 이르는 "遜位·大慶" 參判使 파견에 관해서만 고찰
하는 것으로 조선통신사 파견에 이르지 않은 관백승습고지대차왜 파견에 관한
것은 후일을 기하기로 한다.

24 『德川實紀第六編』p.796下「四月朔日月次拝賀なし. このたび御隠退ありて右大將殿
に大政を讓らるべき由. 宿老して出仕の群臣に仰下さる」

25 『(朝鮮方)每日記』(寶曆十庚辰年正月十二月), 國史編纂委員會, 十月三日「遜位参判
使, 正官小野典膳, 都船主樋口弥五左衛門, 封進古川半兵衛, 右者今日上船ニ付, 都船

차왜 및 "告慶" 대차왜로부터 "遜位" 대차왜 그리고 "大慶" 대차왜로
변경된 명칭은 후일에도 계속 사용된 것을 알 수 있다.

4. 朝鮮方每日記와 大慶參判使記錄

國元每日記 10月 12일자에는 平田將監이 관백퇴휴고지대차왜에
임명되어, 주기로 芳洲의 제창에 의해 "退休"로부터 "遜位"로 대차
왜의 명칭이 변경된 것이 승인되었다는 기록이 있었음을 보았다. 같
은 날의 朝鮮方每日記에는 "退休"라는 명칭은 보이지 않고 "遜位" 대
차왜 임명이 기록되어 있다.[27] "告慶"에 관해서도 마찬가지이다. 國
元每日記에는 "告慶"으로부터 "大慶"으로의 명칭 변경이 芳洲로 인
해 제창되었다고 기록하지만, 朝鮮方每日記에는 임명이 있던 10月
15일자에 "告慶"이라고 하지 않고 "大慶"이라는 명칭이 기록되어 있
다.[28] 國元每日記에 기록된 대차왜 명칭 변경의 자세한 기록은 國元每
日記에 기록될 사항이였으며 朝鮮方每日記에는 기록될 만한 사항이

主封進等詰間江与頭誘引, 面端之上右之通相渡ス」

26 同上. 十二月廿一日「大慶參判使, 正官杉村采女, 都船主中庭作左衛門, 封進久井伊
左衛門, 右者今日誓旨被仰付, 直ニ上船ニ付, 都船主封進儀詰間江與頭誘引ニ而面端
之上右之通相渡ス」

27 『(朝鮮方)每日記』(延享二乙丑年正月閏十二月), 國史編纂委員會. 十月十二日「平田
將監, 右者江戸表御左右次第, 遜位參判使被仰付候間, 兼而其用意相仕草被居候樣
ニ而之御事, 右被仰出之趣, 御用人俵平蔵, 大嶋庄左衛門罷出, 朝鮮方用番淺井與左
衛門江被申開候付, 則與左衛門より將監江相達ル」

28 同上, 十月十五日「淺井與左衛門, 右者大慶參判使被仰付候間, 其用意相仕舞被居候
樣ニ与之御事被仰出之趣, 御用人龍田六左衛門, 大嶋庄左衛門罷出, 朝鮮方支配大
浦兵左衛門江被申開, 則兵左衛門より與左衛門江相達」

아니였던 것이다. 단, 이틀 뒤 기록 중 하나에「今般將軍宣下ニ付, 朝
鮮江被差渡候参判使之義, 大慶使と相唱候樣ニ被仰出(이번 관백 임명에
따라, 조선에 파견될 대차왜는 "大慶使"라고 칭함을 명하신다)」라고
만 기록되어 있다. 芳洲가 제창하였다는 기록도 없이 "遜位使"에 관
해서도 기록되지 않는다. 또 에도에서의 吉宗 관백직 양도의 알림도
당연히 朝鮮方每日記에는 기록되어 있지 않는다.

대마 부중(府中)에 吉宗 관백직 양도 고지가 도착한 9월 26일자 朝
鮮方每日記에는, 佐護 湊浦에 표류된 조선의 표류민을 돌려 보내는
배를 수리하러 가는 목수에게 관소와 왜관에 보내는 서장함을 위탁
했다는 것, 조선어 통역관(五人通詞)인 杉原久右衛門을 조선 표류민
을 송환하는 통역관으로 임명한 사실을 町奉行, 勘定役, 그리고 朝鮮
方에 통보하고 4명의 표류민에게 1인당 겨울옷과 띠를 지급한 기록
이 보일 뿐이다.[29] 國元每日記에 관백직 양도를 확인한 기록이 있는
이틀 뒤인 28일자 朝鮮方每日記에는, 朝鮮方與頭 多田監物과 大目付
吉川平兵衛가 무사의 예복(裏付上下)을 착용하여 말을 타고, 서민의
예복(羽織袴)을 착용한 宿番 御徒士 2명과 같은 조에 소속한 4명, 그
리고 조선어통역관(大通詞) 2명과 함께 표류민을 인솔하고 이정암
을 찾아간 기록이 있으며,[30] 그 다음 날 29일에는 별 다른 일이 없었

29 同上, 九月二十六日「佐護鄉湊浦江之漂民乗船爲修理用御船手大工壹人村繼を以差
下候付, 御關所朝鮮江之書狀箱, 右之者江相渡, 尤例之通人馬等無滯樣可申渡旨, 御
郡役江手紙遣ス. 五人通詞, 杉原久右衛門, 右者今般佐護鄉湊浦江漂着之朝鮮人送通
詞被仰付候段可被申渡旨, 町奉行河村太郎左衛門, 御勘定役中, 朝鮮方頭役一紙ニし
て以書付申渡ス. 木綿々入壹宛, 同帶壹筋宛, 漂民四人江, 右者例之通り被成下ル」
30 同上, 九月二十八日「漂民今日以酊庵江掛御目候付, 與頭多田監物, 大目付吉川平兵
衛裏付上下着, 騎馬ニ而召連, 以酊庵江罷出, 尤漂民口書例之通杉原豊紙ニ認, 前日
監物江相渡ス. 羽織袴着, 宿番御徒士弐人, 組之者四人, 大通詞, 荒川平八, 江口金七,
右者漂民以酊庵江罷出候付相附ス」

다고만 기록되어 있다. 朝鮮方毎日記에는 朝鮮方 소속인 자와 이에
관한 인물의 동향 및 조선에 관한 다양한 업무가 기록되어 있으며,
번(藩)의 조직이 각각 처리해야 할 사항이나 기록해야 할 사항은 명
확히 정해져 있는 것을 볼 수 있다. 또한 다양한 기록은 동시에 번잡
하게 된다. 따라서『分類紀事大綱』및『信使記錄』, 그리고 여기서 고
찰하고 있는『大慶參判使記錄』과 같은 기록물 작성이 필요하게 되는
것이다.

　大慶參判使記錄은 현재 국사편찬위원회 소장 사료로서, 1746년과
1761년의 각각 기록물이 마이크로필름 형태로 열람이 가능하다. 여
기서는 1746년의 사료만을 제시하고 1761년의 사료는 각주에 기재
한다.[31]

　① 大慶參判使記錄日記 延享2년 9월 25일~延享3년 8월 29일(132갓)

　② 大慶參判使記錄御書翰知文別幅幷訓別差備江被下物御返簡別幅 延享3
　　 년 1월~6월 (16갓)

　③ 大慶參判使記錄往復書壯 延享3년 3월 12일~9월 1일(104갓)

　④ 大慶參判使記錄書壯控 延享3년 3월 25일~8월 25일(50갓)

　⑤ 大慶參判使記錄朝鮮人方より來節句音物入船出船音物之返禮宴享音物
　　 自分音物之返禮不時音物共 延享3년 4월 3일~8월(41갓)

　⑥ 大慶參判使記錄獻立宴享膳部宴享下行宴享行列 延享3년 4월 12일~

31　大慶參判使記錄日記·大慶參判使往復御書翰幷別幅寫·大慶參判使往復書狀·大慶
　　參判使記錄書狀控·大慶參判使記錄獻立中宴席下行品出宴席同行行列附朝鮮人之
　　膳部獻立·大慶參判使記錄朝鮮人方來節句幷不時音物入船出船遺之返物宴享音物
　　自分遺之返·大慶參判使記錄此方遺節句幷不時音物入船音物自分音物但不
　　時遺物共, 以上 寶曆十一年 史料.

8월 18일(35칸)

⑦大慶參判使記錄此方より遣節句音物入船出船音物自分音物不時遺物共
延享3년 5월 14일~7월 28일(24칸)

①은 1746(延享3, 英祖22)년 2월 28일 배에 탑승하고 8월 28일 귀
국까지의 일정을 기재한 후, 대마 부중에 처음으로 관백직 양도의
보고가 도착한 기록으로 시작하는 일기이다. ②는 1746년 1월자 조
선국 예조 참판, 참의, 그리고 동래·부산부사에게 보낸 관백승습고
지대차왜가 지참한 서계와 선물 목록, 그리고 4월자 반한(返翰) 및
선물 목록이다. ③은 대차왜 淺井與左衛門과 번에 소속한 관계자 사
이에서 주고받은 63통에 달하는 서장 기록이며, ④는 淺井與左衛門
이 작성한 서장 66통의 기록이다. ⑤는 조선이 보낸 선물에 관한 기
록인데, 5월 단오 선물 기록에는 수신자가 "奉呈, 告慶使尊公"으로
되어 있다. 대차왜 정관에게 봉정한다는 뜻이다. 都船主 및 封進에 관
해서도 수신자는 "告慶使 都船主公·告慶使封進公"이다. "大慶"으로
의 명칭 변경은 사전에 조선과 협의한 기록도 보이지 않고, 대마번
이 일방적으로 취한 처치로 보인다. 조선으로부터 받은 서장에는 여
전히 "告慶"이라는 명칭이 사용되어 있다. 그런데 같은 단오 선물 기
록에는, 의사가 받은 선물 목록에는 "大慶使 附師公"이라고 기재되
고 있다. 또한 侍奉이 받은 단오 선물 목록에는 "告慶使 侍奉公"이라
고 기록되어 있다. 또 7월 14일 우란분회에 동래와 부산 부사, 훈도,
별차, 차비관, 박첨지, 이판사가 보낸 선물 목록에는 모두 "告大慶使"
로 기재되어 있어, 대마번에 일정의 이해를 표시하고 있는 것으로
보인다. ⑥은, 왜관을 찾아온 훈도와 별차에게 35회에 걸쳐 제공된

요리, 그리고 조선이 제공한 다례 등 행사 때의 요리 등의 품목과 수량이 자세히 기록되어 있다. ⑦은 대마번이 조선에 보낸 단오 및 우란분회 선물 목록이다.

5. 관백승습고지대차왜 출범에서 부산 도착까지

다음은 「大慶參判使記錄」을 자세히 보기로 한다. ①에는, 먼저 첫 장에 1746년 2월 28일에 배에 올라타고 나서부터의 일정이 기록되어 있고, 두 장부터는 "日記"라는 제목 아래에 업무 기록이 되어 있다. 승선 전의 기록으로서, 11월 9일에 대차왜 담당 의사로 脇田立伯이, 13일에는 都船主 大嶋庄左衛門 대신 高崎繁之允이, 그리고 윤 12월 9일에 관백승습고지대차왜 파견 소식을 동래부에 전달하는 선문사(先問使) 임명 등이[32] 상세히 기록되어 있다. 다음 해 2월 28일이 승선한 것으로 기록되어 있는데 1745년 윤 12월 26일자에는 다음 해 1월 14, 15일이 승선할 예정으로 되어 있었다.[33] 바다를 건너는 일은 날씨에 좌지우지 될 뿐만 아니라 다른 여러 가지 사정으로 일정이 변경되는 일이 있어 예정대로 일이 진행되기 어렵다.

1월 19일이 되어도 선문사(先問使)는 배에 올라타지 못하고 있었다.[34]

---

32 『大慶參判使記錄日記』, 國史編纂委員會. 閏十二月九日「御弓, 平左衛門, 右者大慶參判使先問被仰付候間, 小頭を以可被申渡旨与頭中江申渡」御弓平左衛門의 성명은 朝鮮方每日記에 따르면 天本라고 기록되어 있다.

33 同上. 閏十二月廿六日「來正月十四日五日頃致る上船筈ニ候間, 附人給人之義, 其前令上府候趣歟被申下旨御郡役へ與左衛門より以手紙申遣ス」

34 同上. 正月十九日「先問使御書平左衛門, 郡繼を以明日上船申付候付, 添狀於朝鮮方相渡ス」

28일에는 都船主와 封進의 출발준비가 되었다는 보고가 있었고,[35] 2
월 8일이 되어서 淺井與左衛門에게 書院에서 하오리(羽織 예복)이 하
사되고 술과 요리가 베풀어졌으며,[36] 12일이 길일이라서 아직 2호선
이 마련되어 있지 않았지만 淺井與左衛門이 일행 전원에게 술잔을
돌리고 출발의 행사를 거행하였다.[37] 그러나 18일에는, 1호선 지붕
이 설치되었으나 2호선은 마련되지 않았으며, 지금 있는 배는 오래
되어서 수리에 시간이 필요하다는 이유로, 都船主는 행상(行商)에 쓰
이는 작은 배를 타고, 짐은 다른 비슷한 배에 실려서 와니우라(鰐浦)
까지 갔다가, 그 곳에서 큰 배로 갈아타기로 하여, 24일을 승선 날로
정한다.[38] 23일에는, 전날에 부중(府中)에 도착한 스미요시마루(住吉
丸)를 2호선으로 하기로 결정된다.[39] 그래서 드디어 28일에 승선하
기로 되었으나, 그 전에 번주 요시유키(義如)가 에도로 출범하게 되
어, 대차왜 일행은 예복을 착용하여 저택에 출사하고 大浦兵左衛門
으로부터 서한 및 서장은 淺井與左衛門을 통해서, 관수 및 관소에 보

---

35 同上. 正月廿八日「都船主高崎繁之允封進橋邊豊左衛門手前相仕廻候段, 與頭方へ
罷出遂案內」

36 同上. 二月八日「御召羽織一, 淺井與左衛門, 右者近々上船二付, 如先規於御書院御
吸物御相伴被仰付, 御意之上御盃被成下, 御返盃仕御羽織拜領相濟而仕詰間一汁五
菜之御料理被下之」

37 同上. 二月十二日「今日就吉辰大慶使僉官中首途仕候處, 二號船未相極候付, 都船主
封進附醫共一號船万世丸乘船, 附人給人ハ小隼二乘ル. 於本船御船頭幷附人給人其
外上乘り御船手之者迄如先規與左衛門盃遣之」

38 同上. 二月十八日「一號船萬世丸屋形拵等も出來寄候處, 于今二號船廻り合無之. 尤
二艘戻合候へ共, 何茂古ル船二て數日修理無之候而ハ難用立候由, 左候へハ段々及
延引候付, 都船主ハ灘廻り小隼二乘, 御關所迄被罷越, 荷物積余之分ハ相應之船被借
調, 御關所迄積下候. 從彼所中漕歸り之大船二都船主幷荷物共二乘移り被致渡海候樣
有之度旨, 御船掛江與左衛門より申達, 其通り相濟候付, 來ル廿四日上船二相極ル」

39 同上. 二月廿三日「二號船廻り合無之候付, 曳小隼二都船主被乘候樣二相極置候處,
昨日住吉丸致廻府幸之事候間, 右住吉丸を二號船二致度旨封進を以朝鮮方支配へ相
談申遣候處, 弥其通り御船掛所江被致差圖候段被申聞」

낸 서장은 封進이 받는 절차가 있다. 그런 후 저녁에 승선하게 되어 는데, 아직 도착하지 않은 짐이 있어, 밤이 되어 다시 육지에 올라갔 다.[40] 승선해도 바로 출범할 수 없는 것이다. 출범은 3월 9일이다. 출 범까지의 시간은, 3월 6일에 짐을 모두 싣고 내일이라도 출범할 수 있게 되지만,[41] 이틀 동안 순풍을 맞이하지 못해 대기하게 된다.[42] 순 풍을 맞게 된 것은 9일이 되어서다. 드디어 이 날, 본선, 2호선 등이 나란히 출범하여, 니시도마리우라(西泊浦)에 도착하여 그곳의 관리 들이 축사를 올리기 위해 찾아왔다.[43] 다음 날은 비가 오는 날씨에 와니우라와 도요 마을의 관리들, 도요사키고우(豊崎鄕) 관리들이 찾 아왔다.[44] 니시도마리(西泊)를 출범한 것은 12일이었으나 도착지는 관소를 눈 앞에 둔 도요우라(豊浦)였다. 이곳에서도 주변 지역의 관 리들이 축사를 올리려고 찾아왔다. 그들 중에는 10일에 니시도마리

---

40 同上. 二月廿八日「〃殿樣順能御出帆被遊.〃今日僉官中致上船候付, 何茂羽織袴着 之御屋敷江罷出, 御書翰三箱, 隣交書付壹冊, 兵左衛門より被相渡, 與左衛門より封進 江相渡ス. 尤館守幷兩御關所之添狀ハ兵左衛門より直ニ封進江被相渡.〃夕方與左衛 門幷封進附醫同然ニ上船都船主者住吉丸ニ乘船.〃二號船廻着ニていまた船仕廻 不仕, 其上細工所茂少々有之候付, 一兩日ハ加船難相成候由, 依是僉官中夜ニ入, 揚 陸仕ル」

41 同上. 三月六日「二號船荷積も相濟候段, 中西與三兵衛遂案内候付, 御書札方へ預ケ 置候御書簡封進罷出相請取, 兵左衛門方ハ封進を以二號船も仕廻候付, 僉官中乘り 組, 明日ニも順次第致出帆候旨相届候處, 相應之挨拶承り罷歸ル」

42 同上. 三月七日「不順ニ付府內浦滯船」

43 同上. 三月九日「晴天朝南西風, 晝より眞西風.〃順克相見候付, 辰刻本船二號船小 隼共府內浦出帆, 段々順能, 申刻豊崎鄕西泊浦江繫船.〃着船之節, 同村肝煎久兵衛 爲届船江來ル. 但當村之義下知役無之肝煎下知也.〃岡浦村下知役瀨崎六左衛門, 當地着船之爲祝辞乘り船江被罷出候付, 端之.〃當村給人坂本蟻右衛門到着之爲祝 詞被罷出.〃二號船相後レ候付, 唐舟志村より漕船當浦より三艘差出西ノ刻當浦繫船」

44 同上. 三月十日「雨天南風.〃就而巳西泊浦ニ滯船.〃鰐浦村下知役扇久兵衛豊村下 知役扇民右衛門. 是迄初着之爲祝詞被罷越候付, 端之.〃當鄕下知役大浦貞之進武 本九左衛門下知役比田勝三郎右衛門大浦勝兵衛飯田助六被罷越候付, 端之」

에도 방문한 와니우라 마음의 扇久兵衛라는 이름도 있다.[45] 다음 날 13일부터 15일까지는 날씨가 좋지 않은 가운데에서도 방문자는 계속 이어진다. 도요우라에는 24일까지 체류하게 되었다. 도요우라를 출범하여 와니우라의 관소에 도착한 것은 25일, 대차왜 일행은 육로를 이동하여[46] 다음 날에 밀무역을 방지하기 위해 2호선의 짐 검사가 이루어져서 무사히 종료되었다.[47] 그리고 27일에 드디어 부산을 향해 출범하였다.[48] 1호선과 1호선을 인도하는 배는 저녁 전에 부산에 도착하지만[49], 都船主가 탄 2호선과 다른 배는 항로를 일탈하여 4월 2일이 되어 도착한다.[50] 1호선에 탄 대차왜 정관 및 封進은 훈도 인보(仁甫) 신주부(愼主簿)의 환영을 받고[51], 관수에게 서한 및 서장을 인도하고, 관백퇴휴고지대차왜의 인사를 받아 관수옥(館守屋)에서 주된 사람들과 대면하여 술잔을 기우렸다.[52]

---

45 同上. 三月十二日「晴天東南風. 〃順克ニ付, 己刻三艘同然西泊浦出船. 午刻豊浦到着. 〃豊村下知役扇民右衛門, 鰐浦より下知役扇久兵衛, 當村給人須川万之進爲祝辞被罷出, 朝鮮御横目山岡軍左衛門乘渡りて渡海ニ付爲見廻被罷越, 何も面端」

46 同上. 三月廿五日「晴天西風. 〃泙ニ付辰中刻豊浦出帆. 己刻鰐浦御關所廻着. 〃僉官中陸より罷越候」

47 同上. 三月廿六日「二號船御改無別条相濟候旨, 大小姓御横目小川茂左衛門罷出, 届有之」

48 同上. 三月廿七日「晴天南風. 今朝順克候段, 船頭遂案内候(中略)四艘共ニ鰐浦出帆」

49 同上.「順好一號船幷頭漕申刻牧嶋上之口より着船」

50 同上. 四月二日「頃日南川江致欠乘候此方二號船幷曳小隼廻着, 都船主例之通館守へ船揚如先格行規等相濟而料理出ル」

51 同上. 四月二十七日「訓導仁甫愼主簿小船ニて是又浦口迄罷出候付, 通詞役渡嶋源右衛門相附, 訓導口上弥御勇健順好御館着被成珎重奉存候, 爲御迎罷出旨申聞候付, 封進を以相應之挨拶申達ス」

52 同上.「持渡り之御書簡三箱, 館守へ相渡, 添狀ハ封進より渡ス. (略) 〃遞位參判使平田將監方より館着之祝詞封進大浦九郎左衛門を以被申聞, 夜ニも入候付, 今晩彼方江罷出候儀, 用捨いたし候へとの儀ニ付, 任挨拶明日將監方江罷出候筈也. 〃例之通於館守屋, 封進附醫共ニ料理出, 館守と盃事相濟而, 在館之役々兩町代官通詞役細物屋五人通詞迄與左衛門より盃遣之. 何茂麻上下着用也」

6. 四譯과의 대면과 다례 전 날까지

「大慶參判使記錄」첫 장에 기재된 일정은 관백승습고지대차왜 일행의 임무가 어떤 것이었는지를 알기 위해서도 도움이 되기 때문에 아래에 인용한다.

寅[53] 二月廿八日 上船

同三月九日 府內出船

同三月廿五日 鰐浦御關所着 但三月朔日より佐須奈之筈候へ共, 彼方普請二付, 御關所移延引之

同三月廿七日 渡海館着

同四月十二日 於內大庁初而訓別江對面

同五月十二日 兩差備官始而對面

同五月十六日 茶禮

同五月十八日廿一日 早飯爲對伴譯官入來

同六月廿四日 封進宴

同七月四日 別宴下行入送

同七月十二日 御返翰請取

同七月十六日 上船宴下行入送

同八月十八日 爲暇乞四譯入來

同八月廿二日 和館上船

同八月廿三日 渡海

---

53 延享 3년, 영조 22년, 1746년.

同八月廿八日 府內江廻着[54]

　대차왜가 왜관에 파견되었을 때에 교섭 실무를 담당하는 역관의 장이 훈도, 차관이 별차이다. 대차왜가 왜관에 도착 후, 2주일이 지나서 대차왜와 훈도, 별차의 첫 대면이 이루어졌다. 훈도와 별차를 보조하는 임시적 역관인 차비관과의 대면은 더 한 달을 기다려야 했다. 그리고 대차왜와의 교섭을 담당하는 총책임자로 조정에서 파견된 사람이 접위관인데, 윤3월에 엄명된 이조 정랑 김상고가 아파서 언제 부산에 내려올 수 있을지 미정인 상태로 인해 첫 번째 중요한 의식인 다례 날자를 정할 수 없는 것이 문제가 되어 있었다.[55] 그러다가 겨우 4월이 되어 새 접위관이 임명된다. 후일에 이조 판서를 역임할 황경원이다. 그런데 아무리 기다려도 황경원이 한양을 출발했다는 소식이 없는 것이다. 5월이 되어 홍문교리인 홍중고가 새 접위관으로 임명되어,[56] 드디어 10일에 부산에 내려왔다.[57] 그리고 12일에 차비관도 함께한 대면이 이루어지는데, 이번에는 동래부사 질병 소식이 전해진다. 막부의 경사이므로 번의 그것과는 격식이 다르기 때문에 접위관과 함께 아프다고 하는 동래부사도 꼭 다례에 참석할

54　『大慶參判使記錄日記』, 國史編纂委員會.

55　同上. 四月朔日「通詞役渡嶋源右衛門福山伝五郎坂之下江遣, 訓導江正官方より申遣候ハ, 我々接慰官之義一日も早々下府有之候樣者肝煎候へ, 左樣無之候而ハ東武江御返翰被差上候儀及延引如何敷候間, 随分相働候樣と申遣候」

56　同上. 五月八日「新接慰官姓名書, 訓別より通詞役方迄差出候由ニ而渡嶋源右衛門致持參候付, 左ニ写之. 覚, 一接慰官弘文校理洪重考, 丙寅五月日, 訓導慎僉知, 別差張判事」

57　同上. 五月十一日「夕方訓導致入館, 通詞役兩人相附, 正官寄附江参り接慰官下府案內之口上申置, 夫より都船主方へ參候付, 都船主封進出席相應之挨拶畢而訓導申聞候ハ接慰官幷差備官今日下着之筈ニ候處、道中被差急、昨夕下着有之候」

것을 강하게 요구한다.[58] 약간 길기는 하나 13일자 기록을 아래에 인용한다.

〃兩差備官訓別致入館, 通詞役相附, 都船主方江參候付封進共二出席彼方より昨日之謝禮等申聞, 且昨日被仰聞候茶禮之義接慰官東萊へ申達候處, 來ル十五日十六日兩日共二何之差支も無之候付, 弥御調可被成候. 尤東萊府使二ハ昨日も申上候通, 大病二而宴席なとに被罷出候体無之. 我々さへ得對面不仕程之事候間, 此節ハ何とそ接慰官計二而御整被下候樣, 何分二も宜申述候得と被申付候由申聞候二付, 其趣正官へ都船主申述候故, 正官より右兩人を以使者柄も違候付, 是非對面いたし度候, 暫時之事二候間押而御出席候樣, 又々可被申達候. 相繕御出候ハ五七日ハ差延可申候間, 各相揃東萊へ罷越, 何分二も今一應被申達候得, 左樣無之候而ハ兩國之例式欠ケ候段, 甚如何敷候旨申達候處, 四譯再答二少々延引被成候而可被罷出候ハ重疊之事二候へ共, 迚も出席罷成樣子二て無御座候. 是非御對面可被成候ハ新府使之下府を御待可被成外無之候由申候付, 都船主封進申候ハ新府使何頃下府可有之哉と相尋候處, 六月末七月二も掛り可申哉と申候故, 又々此方より當役人病氣二而兩國之禮式既二欠候事二候へハ, 新府使下府可被差急事二て旁今一應接慰官東萊江此段可被申達旨申詰候得共, 何分

58　同上. 五月十二日「其上二て封進自分二申達候ハ, 東萊府使御病氣之段伝承候. 遞位使兩度之宴享二も御出会無之. 又ハ此節も御出席無之候而ハ如何敷事候間, 何とそ御繕御出席候樣可被相働候. 頃日も訓別へ申入候通り太守自分祝事等之使者とハ譯も違, 日本公儀向不相濟候間是非々々御出席有之樣可被致旨申達候處, 四譯返答二委細承知仕候. 乍然府使病氣一通り之事二て無之. 私共も久敷對面不仕程之重病二候へハ迚も得罷出被申間敷と存候間, 先茶禮之義ハ接慰官一人二て御整被下候樣正官公江宜被仰上被下候樣二と申候付, 封進又々先達而縷々申達候通之譯二候間, 何分二茂相繕被召候樣可被申達旨申入, 夫より四譯都船主封進にて謝禮申置罷歸ル」

135

二も近々出席有之樣子ニ無御座候處, 左樣起而被仰開候而ハ, 我々難儀千
万之仕合ニ御座候. 幾重ニ茂御兩所樣御心添を以正官公江御斷被仰演被
下候樣ニと四譯一同ニ相賴候付, 都船主封進申入候ハ, 正官ニハ假令茶禮
相延候而も是非府使得可致對面与之儀ニ候へ共, 左候而ハ及延引, 是亦
(平出)公儀向如何敷候故, 此節ハ何とそ接慰官一人ニ而被相調候樣兩人よ
り達而申見候樣可致旨申達候處, 何分ニも御兩所樣御取成を以左樣相成候
樣奉賴候と申ニ付, 其趣又々正官へ申伸候處, 接慰官計と申段如何敷事ニ
候得共, 此節ハ枉而致了簡, 來十六日可相整候. 若十六日差支候ハ十八
日可相調候間, 其旨接慰官へ可申達旨兩人を以申入候處, 各樣每度正官公
方へ御出宜く被仰上被下候故, 御了簡被成, 我々ニ至別而忝次第奉存候.
早速接慰官へ申達, 明日否可申上候. 正官公へハ何分ニも宜く被仰上被下
候樣申聞, 索麵吸物御酒等獻立之通出之, 四譯共ニ謝禮申達罷歸ル.

두 명의 차비관이 통역관과 함께 왜관에 입관한다. 이들을 都船主
와 封進이 마중한다. 어제 제공된 요리에 대한 답례와 다례 날자 승
낙, 그리고 동래부사가 질병으로 결석하므로 접위관만이 참석하는
것에 대한 양해를 다시 한번 구하고 있다. 이를 都船主가 정관에게
보고하여, 정관은 都船主 및 封進을 하여금, 이번 대차왜는 각별한 의
미가 있으니 꼭 잠시만이라도 출석한다면 일주일의 연기도 받아들
이겠다며 양국 간의 예에 흠이 나지 않기를 재차 요구하고 있다. 四
譯(두 명의 차비관, 훈도, 별차)으로부터의 답변은 부정적이다. 물론
부사도 함께 대면할 수 있으면 더 이상의 기쁨이 없으나 그것이 가능
할 것 같이 않다. 꼭 참석해야 한다고 한다면 새 부사가 파견되기를
기다려야 한다고 한다. 정관이 다시 한번 都船主와 封進을 통해서 새

부사가 언제쯤 파견되는지 물어보니, 6월말에서 7월이 될 것이라는 답변이다. 사역은 都船主 및 封進을 통해, 부디 접위관 혼자서 다례에 참석하는 것을 "正官公"에게 양해를 구하기를 탄원한다. 都船主와 封進은 정관에게, 다례에서 부사와 대면하지 못한다고 해도 절차가 길어지므로 전체 일정에 차질이 생기는 일이야 말로 막부에 대해 좋지 않기 때문에, 이번에는 더 이상의 지체를 피하여 접위관 혼자서 다례를 치르게 됨을 승낙하는 것을 권유한다. 이에 대해 정관은 역시 都船主와 封進을 통하여 접위관 혼자서 다례에 나오는 것은 좋은 일이 아니지만 이번에는 사정을 봐서 승낙하여, 16일 또는 18일에 날자를 정하도록 차비관이 접위관에게 전달하도록 전한다. 사역은 都船主 및 封進의 주선과 정관의 배려로, 동래부사 결석으로 접위관 혼자서 다례를 치르게 된 것에 대하여 깊이 감사하고 있다. 이 기록은 동래부사가 질병으로 결석하게 되어 막부에 대해 예를 가추지 못하게 된 상황에서, 번을 대표하고 파견된 정관의 위신을 세우므로 번의 위신에 흠이 생기지 않게끔 기록되어 있다. 기록자인 佑筆의 문장력이 진가를 발휘한 것이라고 볼 수 있다. 또한 대마번에서는 都船主 및 封進이, 조선에서는 두 명의 차비관이 교섭의 전면에서 양쪽의 주장을 보고하여, 이에 대해 대마번에서는 정관이, 조선에서는 접위관이 사령탑으로서 뒤에서 의사결정을 하는 체제를 취하고 있는 것을 볼 수 있다. 양국이 성신(誠信)의 대의명분과 이익추구라는 두 마리 토끼를 쫓는 신경전이 전개되어 양국 사이에서 마찰을 최대한 억제하려는 노력이 있었음을 확인할 수 있다.

이러한 신경전은 다례 전날에도 있었다. 15일의 일이다. 별차 장판사가 혼자 왜관을 방문한 것이 문제가 되었다. 별차는 먼저 다음 날 다

례를 앞두고 접위관이 안부를 전한다고 말하고, 차비관 중 박첨지는
몸이 아프고 또 한 명의 이판사는 동래에 용무가 있고, 훈도 신첨지는
별시(別市)가 개최된 장터에 나갔으므로, 오늘은 혼자서라도 지장이
없다고 판단하여 찾아왔다고 한다.[59] 이를 都船主 및 封進이 정관에 전
달했는데, 정관은 사역이 함께 찾아와야 할텐데 별차 혼자서 온 것을
책망하는 것이다. 이런 대접은 막부가 아닌 번 차원에서 정기적으로
파견되는 팔송사(八送使)에 대하는 것과 차이가 없어, 이번의 막부의
"大慶"을 고하는 대차왜에 대한 대접으로서 예를 갖추지 못한다며, 차
비관 중 한 명이 아프면 다른 한 명은 반드시 와야 할 것이고, 훈도까
지 오지 않는다면 다례에 관한 답변을 전달하기에는 문제가 있다며,
훈도 및 별차 두 명이 함께 올 것을 요구하였다. 이에 따라 별차는 일
단 돌아갔다.[60] 그리고 다시 한번 훈도와 함께 都船主를 찾아와서 다
례 날자 승낙을 정관에게 전하는 것이다.[61] 정관은 두 명에게 방문을
위로하여 접위관에게 안부를 전하고, 都船主을 통해 '각별관 다례'가
되기를 바라고 있다는 것을 전하고 소면과 국물을 제공하였다.[62]

59　同上. 五月十五日「別差張判事, 通詞同道都船主方ヘ罷出, 封進共ニ出席, 別差より明
　　日茶禮御調被成候付, 爲御案内罷上候. 接慰官も宜申上旨被申付候. 尤當差備訓導も
　　參上可仕候處, 朴僉知事頃日之痛相繕而とそ明日可罷出と存, 養生仕居, 李判事義ハ
　　東萊江無余儀用事有之. 訓導ハ別市入候付市大庁江御用相勤罷在, 何も差支候故, 一
　　人罷上候旨申聞候」

60　위에 이어서「其譯正官ヘ封進申述候處, 正官より返答ニ差備官兩人訓別相揃可被罷
　　出事候. ケ樣ニ八送使同樣ニ相扱候段千万如何敷候. 一人病氣ニ候ハヽ今一人者万障
　　を差置可罷出事ニて倂差備官者東萊ニ居候事故責而訓別兩人不被罷出候而ハ茶禮
　　之返答難ニ入候間, 被罷歸訓導同然ニ罷出候樣申遣候處, 御尤ニ奉存候. 左候ハヽ追
　　付兩人同然可致參上旨申, 別差罷歸」

61　위에 이어서「其後訓別同道通詞相附都船主方ヘ參候付, 封進共ニ出席, 訓別より最
　　前之通ロ上申聞候趣, 正官江申述」

62　위에 이어서 「正官返答ニ各兩人爲案内被罷出念入事ニ候. 弥明日茶禮相整可申候
　　接慰官へも宜申入旨申達, 其上ニ而都船主自分ニ申入候ハ申迄無之候へ共, 諸禮式

7. 나가며

본고에서는 지면이 제한된 관계로, 吉宗의 관백직 양도부터 1년 후인 관백승습고지대차왜 다례 전 날까지를 고찰하였다. 에도번저·國元(대마도)·朝鮮方의 각 每日記를 통해 개관은 파악할 수 있다. 그러나 이번에 고찰한 『大慶參判使記錄』을 통해, 每日記로는 알 수 없는, 대차왜를 돌려싼 상세한 내용을 알 수 있었다. 부중(府中)을 출범후, 니시도마리까지 복상했지만 와니우라까지 순풍을 맞지 못하여 항해가 지연되고, 그 사이에 주변 마을 마을에서 관리들의 빈번한 방문이 이루어졌었다. 복수의 배로 바다를 건너는 일은 어려움이 많았다. 모든 배가 부산에 도착하여 정해진 임무를 수행하는 가운데에 첫 번째 중요 행사가 다례이다. 對馬府中藩 번주의 교체가 아니라 에도 막부 관백직의 교체이다. 정관, 都船主, 封進을 비롯하여 이번 대차왜는 막부를 대표한다는 위신이 걸려 있었다. 동래부사가 아무리 중한 질병이라고 해도 다례에 참석하지 못한 것을 둘러싸고 대차왜와 사역 사이에서 치열한 신경전이 벌어지는데, 그 상황을 기록한 『大慶參判使記錄』에는, 번의 위신에 상처 나면 안 되겠다는 대차왜 일행의 모습을 볼 수 있었다. 정관은 끝까지 부사의 출석을 강하게 요구했으나 부사의 출석에 고집하면 일정만 늦어질 뿐이라는 都船主와 封進의 진언에 관용을 가지고 상황을 받아들이기로 하고, 동시에 사역에게 은혜를 베푸는 모습으로 교섭을 마무리한, 정관의 도량

欠ケ不申候樣各心を被相用候樣申達候處, 御尤ニ奉存候. 格別之茶禮ニ御望候故随分諸事念入可申由申聞相濟而索麵吸物等出之不欠事致シ畢而兩譯罷歸,   獻立別帳ニ記之」

이 넓다는 것을 충분히 표현한 기술이었다.

또 다례 일정 조율 단계에서, 사역이 나란히 왜관을 방문할 것을 별차가 혼자 온 것에 문제를 제기하여, 적어도 훈도와 함께 다시 한 번 방문할 것을 요구하고 그렇게 만드는 등, 상호 예를 갖춘다는 명분하에 위신을 세우는데 최선을 다하는 모습을 볼 수 있었다. 그 외에도 "退休"와 "告慶"이라는 명칭을 "遜位"와 "大慶"으로 변경한 문제도 있었다. 조선이 이를 문제 삼은 것이 시기를 놓친 탓에 조선 측 서장에만 "大慶" 앞에 "告"자를 붙이는 술책으로 해결하는 등, 신경전이 끊이지 않았다.

| 참고문헌 |

松田甲「李朝英祖時代戊辰信使の一行」『日鮮史話』第4編, 朝鮮總督府, 1930, pp.46-74

李元植「무진년(1748) 使行」, 『朝鮮通信使』, 民音社, 1991. pp191-206

箕輪吉次「延寶九(1681) 年正月譯官使」『日本學論集』第20輯, 慶熙大學校大學院 日本學硏究會, 2005, pp.206-222

箕輪吉次「壬戌信使記錄の虛と實」, 『日本學研究』第40號, 檀國大學校日本研究所, 2013. pp.143-176

三宅英利「家重政權の成立と通信使」, 『近世日朝關係史の研究』, 文獻出版, 1986, pp489-527

『德川實紀』第六編, 德川實紀出版事務所, 1899

『延享二乙丑年御留守毎日記』, 東京大學史料編纂所

『國元毎日記』Aa-1, 195-1, 長崎縣立對馬歷史民俗資料館

『大慶參判使記錄』, 大韓民國國史編纂委員會

『國元毎日記』Aa-1, 93(元祿14年9月~12月), 長崎縣立對馬歷史民俗資料館

『(朝鮮方)毎日記』(實曆十庚辰年正月十二月), 大韓民國國史編纂委員會

『(朝鮮方)毎日記』(延享二乙丑年正月閏十二月), 大韓民國國史編纂委員會

『大慶參判使記錄日記』, 大韓民國國史編纂委員會

『大慶參判使往復御書翰幷別幅寫』, 大韓民國國史編纂委員會

『大慶參判使往復書狀』, 大韓民國國史編纂委員會

『大慶參判使記錄書狀控』, 大韓民國國史編纂委員會
『大慶參判使記錄獻立中宴席下行品出宴席同行行列附朝鮮人之膳部獻立』, 大韓民國國史
　　　編纂委員會
『大慶參判使記錄朝鮮人方來節句幷不時音物入船出船遺之返物宴享音物自分遺之返物』,
　　　大韓民國國史編纂委員會
『大慶參判使記錄此方遺節句幷不時音物入船出船音物自分音物但不時遺物共』, 大韓民國
　　　國史編纂委員會

141

담론과 표현의 일본학

제2부

기억과 서사

담론과 표현의 일본학

제1장

공지영·쓰지 히토나리의
『사랑 후에 오는 것들』을 통해 본
'한일화합'이라는 문제[*]

┃손 지 연

1. 한일합작 소설의 등장 배경

『사랑 후에 오는 것들』(2005)은 공지영과 쓰지 히토나리(辻仁成)가 공동으로 집필한 소설이다. 초출은 한겨레신문 연재소설「먼 하늘 가까운 바다」(2005.5.16.~11.24.)[1]이며, 제목과 내용의 일부를 수정하여 같은 해 12월 소담출판사에서 간행되었다.[2] 여성인물 '최홍

---

[*] 이 글은『일본연구』36집(중앙대학교 일본연구소, 2013)에 게재된 논문을 일부 수정한 것임.

1 이 연재소설은『한겨레』창간 17주년과 '한·일 우정의 해'를 기념하여 기획된 것으로, "한·일 젊은이 사이의 사랑을 통해 두 나라 관계의 과거와 현재, 미래를 생각"(『한겨레』2005.12.23.)하기 위함이라고 밝히고 있다.

2 일본에서는『사랑 후에 오는 것(愛のあとにくるもの)』이라는 타이틀로, 이듬해인 2006년 3월 겐토샤(幻冬舍)에서 김훈아의 번역으로 간행되었으며, 쓰지 편은

(崔紅)'을 주인공으로 한 공지영 편과 남성인물 '아오키 준고(青木潤吾)'를 주인공으로 한 쓰지 히토나리 편 총 두 권으로 구성되어 있다. 이 흔치 않은 콜라보레이션(Collaboration) 방식은 쓰지 히토나리와 에쿠니 가오리(江国香織)의 소설『냉정과 열정 사이(冷静と情熱のあいだ)』와『좌안(左眼)』·『우안(右眼)』[3]에서 이미 선보인 바 있다.『사랑 후에 오는 것들』역시 남녀 작가가 콤비를 이룬 콜라보레이션 방식이라는 점에서 공통되나 한국과 일본 작가의 만남이라는 점에서 그것과는 다른 의미를 갖는다고 하겠다.

무엇보다 이 소설이 간행되던 2005년은 해방(일본에서는 종전) 60주년, 한일국교수립 40주년이 되는 해이자 '한일 우정의 해'[4]가 선포되었던 뜻 깊은 해였다. 또한 그 한 해 전인 2004년은 제4차 일본대중문화 개방이 허용되면서 영화, 음반, 게임 분야의 일본문화 수입이 자유로워졌으며, 지상파 방송을 제외한 케이블이나 위성 텔레비전을 통해 일본드라마 시청도 가능해졌다(단 드라마 가운데 한일합작 드라마의 경우는 지상파 방송도 가능하였다). 2002년 월드컵 공동개최를 기념하고 양국의 우의를 증진시킨다는 명분을 내세

10만부, 공지영 편은 5만부를 초판으로 찍었다고 한다(『한겨레』 2006.03.30.).

3 『월간 가도카와(月刊カドカワ)』(1997~1998)와『feature』(1998~1999)에 에쿠니 가오리와 쓰지 히토나리가 교대로 연재한 콜라보레이션 형식의 소설. 소설 완결 후 에쿠니 파트는 빨간 표지의 Rosso(로쏘)로, 쓰지 파트는 파란 표지의 Blu(블루)로 묶어 단행본 세트로 발매되었다. 이 소설은 당시 50만 부 이상의 베스트셀러를 기록하였다.

4 한일 국교 정상화 40주년이 되는 해를 기념하여 2003년 6월, 노무현 대통령과 고이즈미(小泉純一郎) 일본 총리가 '한일 우정의 해 2005'를 선포하고, 문화, 예술, 학술, 스포츠 등 다양한 행사를 공동으로 개최하기로 합의하고, "나가지 미래로, 함께 세계로(進もう未来へ, 一緒に世界へ)"라는 캐치프레이즈를 내걸고 양국의 문화교류를 통한 우호증진을 약속하였다.

운 것이다. 실제로 MBC와 TBS는 투자와 캐스팅에서부터 작가, 연출가, 제작 스태프 등을 공동운영하는 방식으로 2002년 2월, 한일합작 드라마의 시초라고 할 수 있는 <프렌즈>가 탄생하였고, 같은 해 11월에 <소나기 비 갠 오후>, 2004년 1월에 <별의 소리>가 제작되었다. 그 밖에 공동제작은 아니지만 영화나 드라마에 상대국 배우들이 출연하기 시작한 것도 이 무렵이다.[5]

이 '한일합작'이라는 새로운 형태의 문화현상이 갖는 의미는 무엇보다 한국과 일본 사이에 견고하게 가로 놓였던 문화적, 역사적 '장벽'을 허물고 좀 더 서로에게 가깝게 다가가고자 한 양국의 노력에서 찾을 수 있을 듯하다. 소설 『사랑 후에 오는 것들』은 이러한 시대적 요청에 부응하는 형태로 집필되었다. 큰 스케일로 제작되는 드라마와 달리 소설이라는 장르는 작가 개인의 감성에 온전히 의존하는 부분이 크지만 국경을 넘어선 문화적 상상력의 발휘라는 측면에서는 드라마나 소설이나 같다고 할 수 있다.

그런데 이처럼 한일 문화교류가 활발하게 이루어지는 다른 한편에서 역사교과서 문제라든가 독도 영유권을 둘러싼 문제, 일본군 위안부 문제 등 양국의 역사인식이 첨예하게 맞서며 한일관계에 경직을 초래하고 있었던 점에도 충분히 주의를 기울일 필요가 있다. 공교롭게도 이 소설이 출간되어 나올 무렵 이러한 문제들이 불거진 탓

---

5 배우 윤손하는 일본 드라마 <파이팅 걸(ファイティング·ガール)>(후지TV, 2001), <다시 한번 키스(地上の恋~愛は海を越えて)>(NHK, 2001), <굿 럭!(Good Luck!)>(TBS, 2003) 등에 출연하며 젊고 발랄한 한국인(여성)의 이미지를 보여주었다. 이에 주목한 논의로, 히라타 유키에의 『한국을 소비하는 일본 -한류, 여성, 드라마』(책세상, 2005, pp.55~98)을 참고바람. 일본 배우 나카무라 도오루(仲村トオル)는 영화 <2009 로스트 메모리즈>(2002)에서 장동건과 공동주연을 맡았으며, 외국 배우로는 처음으로 한국 대종상에서 남우조연상을 수상하기도 하였다.

에 공지영과 쓰지 히토나리는 작가인터뷰나 대담 곳곳에서 악화되어 가는 한일관계에 우려를 표하고 '한일화합' '한일우정'의 필요성을 역설하였다. 본 논문에서는 이렇듯 양극단으로 치달아가는 혼란한 한일관계 속에서 한국과 일본의 베스트셀러 작가가 손을 맞잡고 완성시킨 '한일화합' '한일우정'의 모습은 과연 어떤 모습으로 나타나고 있는지 살펴보고 그 한계와 가능성을 비판적으로 짚어보고자 한다.

2. '한일화합'을 위한 서사전략

앞서 언급한 세 편의 한일합작 드라마는 모두 등장인물의 설정과 서사구조에 있어 일정한 패턴을 갖는다. 거칠게 요약하면, 한국 남성과 일본 여성이 국경을 넘어 초국적 사랑을 이어가며 결말은 해피엔딩이라는 것이다. 한일합작 드라마의 인물설정이나 서사의 전개에 있어 국가 이미지와 젠더 이미지가 긴밀하게 작동하게 되는데, 이때 여자 주인공은 모두 일본인이며 남자 주인공은 모두 한국인이다. 그리고 일본인 여자 주인공은 솔직하고 부드러운 한국인 남자에게 매력을 느끼며, 한국인 남자 주인공은 여성스럽고 상냥한 일본 여자에게 사랑을 느끼게 된다. 이처럼 한국 여성과 일본 남성이라는 조합이 한일합작 드라마의 한 전형을 이루며 반복적으로 재현되는 이유를 이동후는 다음과 같이 설명한다.

이렇게 특정 국가인을 특정 젠더와 연관시켜 재현하는 패턴은 양국의 시청자, 특히 한국 시청자의 감정을 거스르지 않으면서 이들을 소구할 수 있는 서사 전략으로 활용되고 있다. (중략) 현재까지 일제 시기의 피식민의 고통이 치유되거나 극복되지 않은 상태에서 남자 주인공을 일본인으로 여성 주인공을 한국인으로 재현한다면, 피식민의 집단기억을 건드릴 수 있다. 일본군 위안부라는 구체적인 역사적 사건에서부터 나라를 잃은 피식민으로 집단적으로 호명되던 집합기억에 이르기까지 피식민지 혹은 약소국으로서의 상흔을 직접적으로 건들이게 된다. 한일 합작드라마는 일본인을 여성 주인공으로 내세움으로써 역사적으로 민감한 사안이나 양국 간의 권력 불균형 문제와 연관될 수 있는 논쟁적인 이미지를 멀찌감치 피해가고자 했다.[6]

이어서 일본인 아버지 캐릭터나 나이든 세대의 경험과 직접적으로 연관된 소재를 배제한 것도 국민적 정서나 감정의 민감한 부분을 건드리지 않기 위한 전략이며, 보편적인 사랑의 판타지에 충실함으로써 양국의 민감한 사안들을 비켜 가고자 했다고 말한다. 그런데 일견 설득력 있어 보이는 그의 주장은『사랑 후에 오는 것들』에서는 모두 빗나간다. 예컨대 한일합작 드라마에서 보여주었던 일본 여성과 한국 남성이라는 젠더구도는 거꾸로 한국 여성과 일본 남성 구도를 띠며, 일본인 아버지의 부재라는 공식도 무너뜨린다. 나아가 젊은 남녀만의 초국적이고 보편적 사랑의 판타지라고 볼 수 없는 '할아버지-아버지·어머니-딸' 삼대로 이어지는 다분히 역사성을 띤 인물들이 대거 등장한다. 여기까지만 보더라도『사랑 후에 오는 것들』

---

6   이동후(2004)「한일 합작드라마의 '초국적 상상력'(transnational imagination): 그 가능성과 한계」『한국방송학보』통권 18-4, pp.387~388.

이 기존의 한일합작 작품과 변별되는 특징을 갖고 있음을 간파할 수 있을 것이다. 이 소설 역시 기존의 한일합작 드라마와 마찬가지로 '한일화합'이라는 동일한 도달점으로 향하고 있으나 그 안에 어떠한 차별화된 서사전략이 작동하고 있는지 구체적으로 살펴보도록 하자.

2.1. 보편적 사랑의 판타지 해체: 윤동주·한글·민족 정체성

소설의 대략적인 줄거리는 두 남녀가 도쿄에서 운명적인 사랑을 나누다 헤어진 후, 서울에서 기적처럼 재회하면서 서로의 사랑을 확인한다는 내용이다. 이렇게 보면 보편적 사랑의 판타지를 내포한 흔한 연애소설 그 이상도 이하도 아니다. 우선 두 남녀 주인공의 가정환경 및 성격, 운명적 만남이 이루어지는 경위를 살펴보자.

준고의 부모님은 이혼한 상태다. 어머니는 유명한 피아니스트지만 아버지는 경제적으로 무능하다. 부모의 이혼 후, 준고는 부모 어느 한편에도 기대지 않고 독립적으로 생활한다. 때문에 학업과 여러 개의 아르바이트를 병행하지 않으면 안 되었다. 반면 홍은 매우 유복한 환경에서 자랐다. 일본유학도 부모로부터 용돈을 받으며 풍족하게 생활한다. 둘의 경제적 수준의 차이는 훗날 갈등을 유발하는 요인이 된다. 또한 준고는 이혼한 부모만 등장하는 반면, 홍의 경우는 '할아버지-아버지·어머니-딸'로 이어지는 가족 삼대가 등장한다. 홍의 할아버지는 저명한 한글학자이며, 아버지는 전직 기자이자 지금은 성공한 출판사 사장이다. 그는 일본 특파원 시절 알게 된 사에키 시즈코(佐伯しづ子)와 이루지 못한 사랑의 아픔을 간직하고 있다. 어머니는 전형적인 현모양처 스타일의 가정주부이며, 옛 연인 시즈코를 아직도 잊지 못하는 남편 때문에 마음고생이 심하다. 홍의 부모 역시 이혼의 기로에 서있다.

홍과 준고는 성장배경만이 아니라 성격적인 면에서도 매우 상반된다. 홍은 부족함이 없는 환경에서 자랐으며 매사에 당당하고 적극적이다. 또한 자신의 감정에 충실하며 가치관도 뚜렷한 편이다. 반면 준고는 계속되는 아르바이트로 생활면에서나 정신적인 면에서나 여유가 없다. 성격은 과묵하며 자신의 감정을 잘 드러내지 않는다. 때문에 사소한 다툼이 있어도 이를 표현하지 않아 오해를 불러일으킨다. 부모의 이혼으로 어머니에게 부정적인 감정을 갖고 있으나 홍의 중재로 관계회복에 노력하는 모습을 보이기도 한다.

홍과 준고의 만남은 홍이 어학연수를 위해 도쿄로 가면서 시작된다. 벚꽃이 흩날리던 4월의 어느 날, 도쿄의 한 공원 호숫가에서 우연히 만나게 된다. 둘은 서로에게서 운명 같은 사랑을 감지하고 곧 동거에 들어간다. 여느 연애소설과 다를 바 없어 보이는 출발이다. 이때 빼놓을 수 없는 또 하나의 설정은 남녀 주인공 각각에게 친구 이상의 호감을 표하는 이성 친구를 배치하여 삼각구도를 형성하는 것이다. 이들의 역할은 주로 둘의 사랑을 방해하거나 긴장감을 고조시키는 일이다. 홍과 준고 역시 각각 민준과 칸나(小林カンナ)라는 이성 친구가 있다. 민준은 홍의 오랜 친구로 홍에게 이성적으로 다가가고자 하지만 홍은 그에게 친구 이상의 감정을 느끼지 못한다. 반면 준고와 칸나는 연인 사이였지만 지금은 친구사이로 남았다. 칸나는 다시 준고와 연인사이로 돌아가길 원하지만 준고의 마음은 완전히 정리된 듯하다. 어찌되었든 연애소설의 전형적인 삼각 러브라인을 형성하고 있다. 그런데 여느 연애소설과 달리 삼각관계의 축을 이루는 민준과 칸나의 존재감은 미미하다. 등장 빈도수는 적지 않은

151

편이나 남녀 주인공의 사랑을 방해하거나 갈등을 고조시킬만한 비중 있는 존재는 아니다. 그도 그럴 것이 이 소설의 남녀 주인공에게는 그보다 더 한 장벽이 존재하기 때문이다. 더구나 그것은 단순히 문화적 차이나 국경을 초월하는 것만으로 해결될 문제는 아닌 듯 보인다.

이 소설이 보편적 사랑의 판타지와 동떨어져 있음은 무엇보다 홍의 가족력에서 찾을 수 있다. 앞서 언급한 것처럼 홍의 할아버지가 한글학자라는 것, 그리고 홍의 아버지가 할아버지의 반대로 일본인 여성과 사랑을 이루지 못했다는 설정이 그것이다. 이 둘의 사랑이 이루어지지 못한 결정적인 이유는 일본의 피식민지 경험이 있는 홍의 할아버지의 강한 반일감정에 기인한다. 홍의 할아버지는 저명한 한글학자로 손녀인 홍에게 "한글의 아름다움"에 대해 이야기해 주고, "세계에서 하나뿐인 창조적 글자 한글을 고안해 낸 세종대왕과 슬픈 눈의 시인 윤동주"[7]를 알려 주는 등 민족 정체성을 강하게 간직한 인물로 묘사된다. 홍은 그런 할아버지의 영향으로 윤동주 연구자가 되고자 하는 꿈을 안고 그가 유학하고 숨을 거둔 일본땅으로 건너온 것이다.

> '윤동주를 연구하는 학자가 되겠다던 너는, 대체. 여기서 뭐하고 있는 거냐고?'
> 마취에서 깨어난 것처럼 온몸이 아파 왔다. 가슴 한구석이 갈라지는 듯했다. 나는 긴 잠에서 깨어난 사람처럼 사방을 둘러보았다. 검

---

7 공지영(2011)『사랑 후에 오는 것들』소담출판, p.193(이하, 텍스트 인용문은 쓰지 히토나리 편과 구분하기 위해 '孔'으로 표기하고 페이지 수만 표기함).

은 장막이 서서히 걷히며 어렴풋이 사물들의 윤곽이 보였다. 이곳은 좁은 욕실, 준고의 아파트였다. 도쿄였고 일본이었다. 나는 여기서 오전에는 일본어 학원을 다니고 그리고 나머지 시간은 준고를 기다리고 있었다. (중략) 꿈도 버리고, 가족도 배반하고, 죽음의 문턱에 선 할아버지도 외면한 채…….   (孔, p.197)

위의 인용문은 아르바이트로 바쁜 준고를 이해하지 못하고 반복되는 기다림과 외로움에 지친 홍이 마침내 이별을 결심하게 되는 장면이다. 이것이 둘의 사이가 벌어지게 된 결정적인 이유라면 이유다. 그런데 홍의 독백은 일반적인 남녀의 이별 장면과 거리가 있다. 윤동주를 떠올리고 자신의 가족과 할아버지에 대한 죄책감을 피력하고 있는 것이 그것이다. 저항시인 윤동주와 한글학자 할아버지가 상징하는 바는 굳이 언급하지 않더라도 일본/한국, 식민/피식민, 지배/피지배라는 한일 간의 역사적 기억을 환기시킨다. 홍의 아버지 최한과 일본인 여성 사에키 시즈코의 이루지 못한 사랑도 이러한 이항대립 구도에서 자유롭지 않다.

"할아버지 핑계를 댔지. 거짓말 할 생각은 아니었다만, 그 여자에게 한국의 사정을 설명해 주는 것보다는 그게 나았어……. 한국과 일본이 수교한 지 십 년이 채 안 지난 그때, 아직도 식민지였던 분노가 남아 있는 나라로 그녀의 손을 이끌고 올 수가 없었다. 한국말을 한 마디도 못하는 그 여자가 한국에서 힘겹게 살아가는 걸 보는 게 견딜 수 없을 것 같았다. 그렇다고 맏아들로서 일본에 가서 살 자신도 없었고……."   (孔, p.188)

"한국과 일본이 수교한 지 십 년이 채 안 지난 그때"라는 문장에서 최한과 사에키 시즈코의 만남이 1970년대 중반에 이루어졌음을 짐작할 수 있다. 이 둘의 이별의 원인은 홍이나 준고의 경우에 비해 매우 명확하다. 사랑하는 연인 시즈코와의 이별은 아버지(홍의 할아버지)의 반대와 한국사회에 강하게 자리 잡은 반일정서(감정)를 우려한 최한의 고뇌에 찬 선택이었던 것이다. 사랑하기 때문에 헤어진다는 통속적인 결말처럼 보이지만 지금과 달리 당시 한국사회에 반일정서가 팽배했던 것을 상기할 때 지극히 현실적인 결정이라고도 보여진다. 그럼에도 불구하고 그로부터 30년이 지난 소설 속 현 시점, 즉 홍과 준고의 사랑에까지 동일한 패턴의 반일정서(감정)를 개입시키는 것은 다소 무리한 설정으로 보인다. 홍이 준고에게 화를 내고 비난하는 장면, 그런 홍을 이해하지 못하고 준고의 화가 폭발하는 장면에서 어김없이 등장하는 양국의 민족, 역사문제는 그 좋은 예이다.

> "잘못은 너희가 했는데 우리는 오십 년이 넘도록 너희를 쫓아다니면서 사과해라, 사과해라 하고 있는 것도 너무 웃겨. 너처럼 조금도 미안해하지 않는 너희 일본 사람들한테!"
> (중략)
> 그제서야 내게도 모든 것이 선명해졌다. 아니라고 해도, 무심하다고 해도, 나는 한국의 여자였다. 나를 점령해 버렸던 그 분노는 이제와 생각하면 결국 나 자신을 향한 것이었지만 나 자신이나 나 하나만은 아니었다. 그와 나 자신 속에 우리가, 그의 조국 일본과 내 조국 한국의 긴 시간들이 지나가고 있었던 것이다.
> (중략)

지금 같으면, 웬 역사 의식? 웬 애국심? 하고 웃어 버리고 말지도 모른다. 그런데 그날 나의 존재가 가장 예민했던 바로 그 순간, 청산되지 못한 역사는 그렇게 어이없는 종말에 마지막 종지부를 찍어 주고 있었다.　　　　　　　　　　　　　　　　　(孔, pp.205-206)

그런데 굴러가던 톱니바퀴가 어긋나기 시작하자, 돌연 흐름이 달라지고 무심결에 일본은, 한국은, 이라는 말이 대화 첫머리에 놓이게 되었다. 마치 홍이 뒤에는 태극기가 펄럭이고, 내 뒤에는 일장기가 펄럭이는 것 같았다. 나라를 짊어진 사랑이 가능할 리 없다. 가끔 대화 중에 자기 나라를 옹호하는 듯한 말이 튀어나올 때면, 그때마다 두 사람은 배신이라도 당한 것처럼 갑자기 마음에 방어태세를 취했다.[8]

　　"우리는 너희 나라에 점령당했었어. 그걸 아직까지 우리가 사과해라, 사과해라 하는 것도 웃기고 너무너무 싫어."
　　느닷없는 이야기였다. 그렇지만 흥분한 홍이에게 동질의 의문이었을 것이다. 홍이가 말하는 너희 안에 내가 들어 있다고 생각하니 나는 더욱 위축되고 놀라 할 말을 잃었다.　　　　　　　(辻, p.179)

위의 인용문에서 홍과 준고 사이에 가로놓인 역사인식의 차이를 분명하게 간파할 수 있다. 홍은 한국사회에 뿌리 깊게 자리한 반일 정서(감정)를 여과 없이 드러내 보이고 있으며, 준고는 홍이 왜 이런 반응을 보이는지 전혀 이해하지 못하고 있는 듯하다. 이 둘 사이의

8　쓰지 히토나리·김훈아 옮김(2011)『사랑 후에 오는 것들』소담출판, p.174(이하, '辻'로 표기하고 페이지 수만 표기함).

소통부재는 생활 곳곳에서 드러난다. 주로 준고가 홍에게서 느끼는 감정이다.

> "준고는 몰라."
> 이럴 때면 홍이는 으레 나를 윤오가 아닌 준고로 불렀다. 나를 탓하며 준고라고 부를 때면 갑자기 홍이가 멀게 느껴지고 두 사람 사이에 벽이 생기는 듯 했다.(辻, p.77)

'준고=潤吾'의 한국식 발음 '윤오'와 '홍=紅'의 일본식 발음 '베니'는 둘만의 애칭이다. 준고 자신은 이를 단순히 언어적 유희로 받아들이나 홍은 이 두 이름 사이를 구분하여 사용한다는 사실을 알아챈다. 하지만 그 이유에 대해선 알지 못한다. 다만 '윤오'라 불릴 때보다 '준고'라 불릴 때 일종의 벽, 거리감 같은 것을 느낄 뿐이다. 준고가 느꼈던 그 막연한 거리감은 곧 홍이 준고에게서 느꼈던 민족, 역사적 거리감에 다름 아닐 것이다. 특히 홍의 반응이 다소 억지스럽고 부자연스럽게 보이는데, 이것은 지극히 개인적인 두 젊은 연인의 갈등이 별다른 개연성 없이 바로 한일 양국의 역사, 민족 문제로 비화되고 있기 때문일 것이다. 이러한 홍의 반응에서 '할아버지-아버지-딸' 삼대로 이어지는 일본에 대한 부정적 기억, 즉 반일정서(감정)의 일단을 엿볼 수 있다. 이때 윤동주, 한글, 진달래꽃, 백의민족[9]

---

9 이를테면, 홍이 준고에게 백의민족 혹은 진달래꽃을 언급하고 있는 다음과 같은 장면은 오히려 소설의 자연스러운 흐름을 방해하는 요소로 작용한다.
    왜 그렇게 흰옷을 입는 거냐고 그는(준고-인용자) 물었었다. "그건 말이야. 한국인들에게는 흰빛이라는 것은 신앙과도 같은 거야. 전쟁이 나거나 흉년이 나던 어려운 시절에. 땔감조차 없던 시절에도 한국인들은 옷을 빨고 불을 지핀 후에

등은 한국인의 민족 정체성을 환기시키는 중요한 키워드로 작용하게 된다.

그런데 이들 요소는 거꾸로 이 둘을 화해로 이끌어 가는 주요한 요소이기도 하다. 반복하지만 이 둘의 사랑은 기성세대의 이야기를 배제하고 젊은이들의 사랑만을 무대 전면에 내세워 이른바 초국적 사랑의 환상을 심어주었던 기존의 한일합작 드라마와는 그 양상이 전혀 다르다는 것을 강조하고 싶다. 이어지는 장에서 이 한일합작 소설의 궁극적 지향점이라고 할 수 있는 홍과 준고가 어떻게 갈등을 해소하고 화해로 이어가게 되는지 그 과정을 살펴보도록 하겠다.

2.2. '화해'의 방식: 개인 vs. 민족·국가

앞장에서는 두 남녀 주인공의 갈등 국면이 부각되어 나타나는데 이때 감정표현에 소극적인 준고의 입장보다는 주로 홍의 입장이 부각되어 나타났다. 반면 갈등 국면을 극복하고 화해해 가는 과정, 즉 서울에서의 준고의 모습은 7년 전과 여러모로 대비된다. 가장 변화된 모습은 홍에 대한 태도로, 이전과 달리 적극적인 자세로 홍과 홍의 나라에 대해 이해하려는 모습을 보인다.

홍과의 이별로부터 7년 후, 작가가 된 준고는 한국과 일본의 '우정'을 테마로 한 소설 『한국의 친구, 일본의 친구』를 집필한다. 그리고 의도하지 않았지만 소설의 한국어판 간행을 홍의 아버지가 경영

흰옷을 삶아 더욱 눈부신 흰빛을 만들어 내고 그것을 지켰어. 우리 할아버지가 말씀하셨지. 흰빛은 모든 것을 받아들이는 색이래."(孔, p.65)
'가서 준고에게 말해 줘. 한국 여자들은 자기를 버리고 떠나가는 사람에게 빨간 진달래꽃을 뿌려주는 사람들이라고……. 그걸 밟으면서 가라고 뿌려 주는 사람들이라고…….'(孔, p.228)

하는 출판사가 담당하게 된다. 홍은 귀국 후 줄곧 아버지의 일을 도와 출판사에 근무해 왔다. 준고가 한국에서 팬 사인회를 개최하기 위해 서울로 오게 되면서 둘은 극적으로 재회하게 된다.

7년 전, 홍이 이별을 고하고 한국으로 떠나 버리자 준고는 극심한 허탈감에 빠진다. 홍이 그토록 불만을 가졌던 아르바이트마저 그만두고 홍에 대한 그리움으로 무기력한 나날을 보낸다. 그러던 중 우연히 책꽂이에 꽂혀 있던 윤동주 시집과 마주하게 된다. 윤동주라는 시인은 홍의 소개로 이전부터 알고 있었지만 관심의 대상은 아니었다. 반면 홍에게 있어 윤동주의 의미는 남달랐다. 할아버지처럼 한글학자가 되거나 윤동주를 연구하는 문학자가 되고 싶어 "윤동주의 시집을 끼고 윤동주처럼 일본으로 향했"(孔, p.111)을만큼 홍에게 있어 윤동주의 존재감은 컸다. 준고에게 윤동주 시집을 소개해 준 것도 "한국인으로서 일본인에게 가지는 복잡한 감정이 이 시인의 삶과 죽음"(孔, p.111)이 얼마만큼 자신에게 영향을 미쳤는지 알려 주고 싶었기 때문이었다. 나아가 "할아버지가 일본에 대해 가졌던 분노를, 사랑했던 여자와 결혼할 수 없었던 아버지의 슬픔"(孔, p.112)을 이해하기 위함이었다. 즉 그녀에게 있어 윤동주는 시인이기 이전에 자신을 있게 한 존재의 근원이자 삶의 방향성을 제시해 주는 중요한 정신적 멘토이기도 했다.

그렇다면 '일본인' 준고에게 있어 시인 윤동주는 과연 어떤 의미였을까? 우선 준고가 자신의 이별의 상처와 아픔을 윤동주의 시와 연결시키는 데에 주목해야 한다. 이별의 상대가 한국인 여성이라는 점도 간과해서는 안 된다. 왜냐하면 준고에게 있어 윤동주의 시는 '윤동주=한국(인)=홍'으로 아무런 모순 없이 연결되어 가기 때문이다.

준고는 윤동주의 시집을 꺼내 들고 「쉽게 쓰여진 시」의 싯구 일부를 언급하며, "시인과 독자인 나 사이에 놓인 문제가 홍이와 나 사이에도 영향을 주고 있다는 사실"(辻, p.48)을 깨닫는다. 나아가 "윤동주의 시에 홍이의 마음을 비쳐 보"(辻, p.48)고는 왜 조금 더 빨리 이 시집을 읽지 않았는지 깊은 후회를 하게 된다. 그날 이후 도서관을 찾아다니며 윤동주 시인에 대한 탐구를 계속해 간다. 그것은 곧 한국인 여성 홍을 이해하는 과정이기도 했다.

다음 인용문은 준고의 윤동주에 대한 이해 혹은 접근 방식을 있는 그대로 보여 주는 부분이다.

> 윤동주는
> "슬퍼하는 자는 복이 있나니."
> 하고 내게 속삭였다. 때로는 아무런 의욕도 없는 내 모습이 가여운 듯
> "괴로운 사람아……바다로 가자."
> 하고 내 등을 떠밀어 주기도 했다.
> "손목을 잡으면 다들 어진 사람들."
> 하는 위로의 말을 건넨 적도 있었고
> "이글이글 불을 피워 주오. 이 방에 찬 것이 서럽니다."
> 하고 인생의 목표를 넌지시 가르쳐 주기도 했다.
> 이 시들을 몇 번이고 소리 내 읽으면서 시 덕에 나는 내 말들과 다시 마주할 수 있게 되었다 해도 과언이 아니다. (중략) 일본인인 내가 안이하게 윤동주의 시를 이해한다고 잘라 말하는 것이 꺼려지지만, 국경을 뛰어넘어 남녀노소를 불문하고 가슴 깊숙이 스며드는 시어의

　　폭넓은 보편성이야말로 윤동주 시의 가장 큰 매력이라고 하겠다.

(辻, pp.206-208)

　　준고는 윤동주의 시어에서 "국경을 뛰어넘어 남녀노소를 불문하고 가슴 깊숙이 스며드는" "폭넓은 보편성"을 발견한다. 또한 「서시」를 윤동주 시의 "핵심"으로 꼽으며 "인간이 지니고 태어난 숙명과 한계를 넘어 기도와 같은 높은 경지로 승화되는 것" 다시 말하면 "인간의 본질"로 해석하였다. 그리고 그 안에 깃들여진 "청년" 윤동주의 "아름다운 정신"과 "의연한 신념" "용기" "가능성" "따뜻함"(辻, p.210) 등을 상찬한다. 그가 윤동주의 시에서 '보편'적 인간의 본실과 '서정'적 감수성을 감지하였다면, 홍은 그것과 정반대의 '한국/일본, 지배/피지배, 식민/피식민'이라는 이항대립을 축으로 한 차별적 역사성을 명확히 구분하고 그에 따른 한국인의 분노와 슬픔의 감정을 읽어내었다.

　　그런데 문제는 이러한 시인 윤동주를 둘러싼 극명한 인식의 차이가 준고와 홍의 경우에만 한정되지 않는다는 것이다. 윤동주 시의 일본어 번역을 둘러싼 문제는 이 지점을 매우 분명한 형태로 보여준다.

　　시인이자 평론가인 김응교는 「일본에서의 윤동주 인식」이라는 제목의 논문에서 이부키 고(伊吹郷), 오무라 마스오(大村益夫), 이바라기 노리코(茨木のり子) 등 세 명의 인물을 통해 일본에서의 윤동주 인식을 고찰하고 있다. 이 가운데 윤동주 시집 『하늘과 별과 바람과 시』를 일본어로 처음 번역하여 알린 이부키 고에 관한 그의 논점은 매우 시사적이다. 예컨대 이부키 고 번역의 『하늘과 별과 바람과 시(空と風と星と詩)』(影書房, 1984)에 실린 「서시」의 번역 상의 오류를 지적

하며, 이는 번역자 이부키가 의도했든 안했든 윤동주가 갖고 있는 시대성(무한책임 의식)을 회피하고 "평범한 실존적 사랑의 표출"로 둔갑시킨 것이라고 비판한다. 또한 재일학자 서경식 역시 이부키 고의 「서시」 번역의 오류는 "'식민지적 죄의식'(colonial guilt)을 피해 가려는 욕망"이며 결과적으로 "타자간의 상호이해를 증진하기는커 녕 오히려 오해와 대립을 심화"시켰다고 지적하였다.[10]

위의 김응교 논문에서 기술하고 있는 이부키 고의 「서시」 번역의 오류는 크게 두 가지로 정리할 수 있는데, 하나는 "죽는 날까지 하늘을 우러러 한 점 부끄럼이 없기를"이라는 싯구에서 중요한 의미를 내포하고 있는 '하늘' 즉 '텐=天'을 단순한 물리적 하늘을 뜻하는 '소라=空'로 번역하였고, 다른 하나는 "모든 죽어 가는 것을 사랑해 야지(すべて死んでいくものを愛さねば)"라는 싯구를 "모든 살아 있는 것을 사랑해야지(生きとし生けるものをいとおしまねば)"로 바꿔 표현한 것을 들 수 있다. 단순한 번역자 개인의 오류라고 치부하기엔 한일 역사와 관련하여 볼 때 매우 민감한 사안이 아닐 수 없다. 실제로 일본의 고등학교 문학교과서나 심지어 윤동주 시비에도 이부키의 번역이 제대로 고증되지 않은 채 반영되어 있다고 하니 다시금 주의를 환기할 필요가 있겠다.[11]

---

10 윤동주 시집의 일본어 번역 오류에 관한 논의는 모두 김응교의 논문 「일본에서 의 윤동주 인식」(『한국문학이론과 비평』 43집, 한국문학이론과 비평학회, 2009, pp.50~54)을 참고하여 정리하였다. 일본에서 윤동주가 어떻게 인식되고 있는지 비판적으로 조명한 매우 의미 있는 작업이라 생각된다. 이 외에 「릿쿄대 학 시절, 윤동주의 유작시 다섯 편」(『한민족문화연구』41집, 한민족문화학회, 2012)을 비롯한 윤동주에 관한 실증적 연구도 주목할 만하다.

11 김응교의 앞의 논문에 따르면, '실증적 윤동주 연구자'라 할 수 있는 오무라 마 스오가 이부키 고의 번역 상의 오류를 정확히 지적한 바 있으며, 구라타 마사히 코, 한석희 등 일본 기독교 문인들이 뜻을 모아 윤동주 시집을 새롭게 번역하여

다시 논점을 소설로 되돌려 보자. 주의해야 할 것은 준고가 홍을 통해 알게 된 윤동주의 시집의 출처가 다름 아닌 번역 상 오류를 범하고 있는 바로 이부키 고의 번역본이라는 점이다.[12] 쓰지 히토나리 편 가운데 41장은 온전히 윤동주의 시의 인용과 그에 대한 준고의 해석에 할애하고 있다.

다음 장면은 홍과 헤어진 후 마음을 잡지 못하고 방황하던 준고가 다시금 홍과의 화해를 결심하게 되는, 소설의 흐름 상 빼 놓을 수 없는 중요한 부분에 해당한다.

나는 한 점 부끄럼 없는 인생을 걷지는 못할 것이다. 하지만 이 시를 읽고 그렇게 간단히 단념해서는 안 된다는 것을 깨달았다. 홍이와 헤어진 다음 해『한국의 친구, 일본의 친구』의 첫 원고가 완성되었다.

(辻, p.210)

여기서 '나=준고'가 느꼈을 "부끄럼 없는 인생"과 시인 윤동주가 느꼈을 "부끄럼 없는 인생"은 과연 동질의 것이었을까? 분명한 것은 앞서와 마찬가지로 윤동주의 시를 서정적 감수성으로 풀어내고 있다는 것이다. 시대성이나 역사성을 완전히 배제한다면 '나=준고'와 윤동주 사이의 동질성을 발견하는 것도 가능할지 모르겠으나, 문제는 준고(혹은 쓰지) 스스로가 윤동주의 시를 시대성 내지는 역사성

『하늘과 바람과 별과 시(天と風と星と詩)』(日本キリスト教出版局, 1995)라는 제목으로 출간되었다고 한다. 그럼에도 미세한 부분에서「서시」의 오역이 보이며, 이들 오류를 수정하고 시적 운율을 제대로 살린 것은 김시종의 번역이라고 한다 (김응교 앞의 논문, pp.50~54).

12　일본어판에는 이부키 고의 번역본을 참고하였음을 명시하고 있다.

에 기대어 읽고 있다는 점이다. 예컨대 "만난 적도 없는 사람, 자신을 죽인 나라의 후예인 나의 마음에 시인의 생생한 사고의 비가 조용히 내렸다."(辻, 49) 등의 표현에서 그가 윤동주라는 시인을 단순히 서정시인으로 바라본 것은 아니라는 점을 간파할 수 있다. 다시 말해 준고는 '윤동주=피식민자=한국/나(준고)=식민의 후예=일본'라는 차별적 역사코드를 충분히 인지했다고 볼 수 있다. 그렇기 때문에 준고가 윤동주 시에 그토록 공감을 표하였던 것이고 이를 통해 한국인 여성 홍과 화해할 수 있을 것이라고 믿었던 것이다. 그런데 이러한 인식은 앞서 언급한 이부키의 오역이 갖는 위험성, 요컨대 시대성, 역사성을 회피하고 보편적·실존적 사랑으로 둔갑시키거나 '식민지적 죄의식'을 피해 가려는 욕망이라는 자장에서 완전히 자유로울 수 없을 듯하다.

쓰지 히토나리가 이부키의 오역을 인지하였는지 그렇지 않았는지는 차치하더라도 윤동주라는 시인 혹은 그의 시를 매개로 하여 '한일화합'을 역설하는 데에 있어 공지영과의 사이에 커다란 인식의 차이가 존재하였음은 지적하지 않을 수 없다. 다시 말하면 쓰지 히토나리는 '개인'의 층위로, 공지영은 '민족·국가'의 회로로 각각 다르게 수렴해 간 것으로 보인다. 이때 '개인 vs. 민족·국가'라는 구도가 준고와 홍의 세대를 거슬러 올라가 부모세대, 즉 홍의 아버지 최한과 일본인 여성 시즈코의 관계에서도 동일한 형태로 나타나고 있는 점에도 주의를 요한다.

저녁을 먹은 후 차가운 백포도주를 마시며 시즈코가 말하는 홍이 아버지 이야기에 귀를 기울였다. 시즈코는 즐거운 듯 최한에 관한 이야기를 했다. 연인이셨나요, 하고 실례를 무릅쓰고 물어보았지만 아뇨, 난 그분 팬이었어요, 하는 마치 약속이라도 한 듯한 대답이 돌아왔다. 그러나 두 사람 사이에 사랑이 존재했음을 감지할 수 있었다. 플라토닉 같은, 멀지도 가깝지도 않은, 서로의 자리에서 같은 시간에 먼 하늘을 바라보고 있는 것 같은.　　　　　　　　　(辻, p.134)

　"할아버지 핑계를 댔지. 거짓말 할 생각은 아니었다만, 그 여자에게 한국의 사정을 설명해 주는 것보다는 그게 나았어⋯⋯. 한국과 일본이 수교한 지 십 년이 채 안 지난 그때, 아직도 식민지였던 분노가 남아 있는 나라로 그녀의 손을 이끌고 올 수가 없었다. 한국말을 마디도 못하는 그 여자가 한국에서 힘겹게 살아가는 걸 보는 게 견딜 수 없을 것 같았다. 그렇다고 맏아들로서 일본에 가서 살 자신도 없었고⋯⋯."　　　　　　　　　(孔, p.188)

　위의 두 인용문은 최한과 시즈코가 서로의 지나간 과거(사랑)을 어떻게 기억하고 있는지 그 차이를 잘 보여준다. 이를테면 시즈코에게 있어 최한은 일본에 대한 인식이 좋지 않던 한국사회에 일본문학을 소개하는 신념 있는 문학자로서 "존경"(辻, p.139)의 대상으로 자리하며, 아직도 그의 '팬'이라 자처할 만큼 젊은 날의 아름다운 추억으로 기억되고 있다. 철저히 시즈코 개인의 가치관이나 경험에 의한 것이라 할 수 있다. 반면 최한의 경우는 시즈코와의 사랑이 옛 추억 정도에 그치지 않는다. 즉 시즈코와의 이루지 못한 사랑은 최한이라는 한 개인의 차원에 머무는 것이 아니라 식민지시대 이래 한국사회에 뿌리 깊게 자리한 반일정서(감정)와 직결되고 있으며 그 파급은 아직도 현재진행 중이라는 점에서 문제적이다. 당시 일본인이라는 이유로 시즈코와의 결혼을 강하게 반대하고 '한글학자'로 상징되는 민족 정체성을 그대로 간직하고 있는 아버지, 남편의 과거(시즈코와의 관계)를 끊임없이 의심하며 일본, 일본인에 대한 강한 반감을 내비치는 아내, 일본인 남성과의 사랑으로 고민에 빠진 딸, 일본 가수는 좋지만 일본, 일본인은 싫다는 둘째 딸 록에 이르기까지 현재 그가 처한 상황은 일본 특파원 시절(1970년대)이나 지금이나 반일정서(감정)에서 여전히 자유롭지 않은 일면을 노정한다.

이처럼 한일 양국의 베스트셀러 작가가 의기투합하여 기획한 '연애소설'을 통한 '한일화합' '한일우정'이라는 시도는, '개인'과 '민족·국가'라는 두 가지 상반된 명제 앞에 근본적인 인식의 차이를 드러내는 것으로 소설의 본래 기획의도와 어긋나 버리는 뜻하지 않은 결과를 초래하였다.

3. 『사랑 후에 오는 것들』 이후, 남은 문제들

소설『사랑 후에 오는 것들』의 결말은 해피엔딩이다. 이것은 두 작가가 처음부터 합의한 것으로 '한일화합'에 대한 긍정적인 메시지를 전달하기 위해 꼭 필요한 장치이기도 하다.[13] 이 공동의 목표를 위해 공지영과 쓰지 히토나리는 각각 홍과 준고라는 남녀 주인공을 내세

---

13 김훈아에 따르면, "쓰지와 공지영은 양국의 역사와 정치는 이야기의 배경에 한정하고, 이 작품은 어디까지나 연애소설로 완성시키고자 하는 데에 합의"(김훈아 앞의 글, p.112)했다고 한다.

워 특유의 필치로 묘사해 간다. 이 콜라보레이션 형태는 하나의 작품으로 읽을 수도 있고 두 개의 작품으로도 읽을 수 있어 흥미롭다.

우선 공지영=홍의 시선에서 본 소설의 특징으로는, 양국의 국민적 정서를 고려하여 한일 간의 민감한 사안들을 비켜갔던 기존의 한일합작 드라마에서 보여 주었던 보편적 사랑의 판타지를 해체하고 한국과 일본을 둘러싼 민족, 역사문제를 전면에 배치한 점을 들 수 있다. 윤동주, 한글, 진달래꽃, 백의민족 등 민족 정체성을 호출하는 소재들은 연애소설에 어울리지 않게 무거운 인상을 주었지만, 공지영은 이러한 문제를 언급하지 않고는 한일 간의 화합이나 우정이라는 테마를 풀어 가기 어렵다고 생각했던 듯하나. 따라서 공지영 편에서는 필연적으로 두 남녀의 갈등 국면이 부각되어 나타날 수밖에 없고, 이 점은 독자들로 하여금 홍과 준고라는 인물의 공감대 형성에 실패하는 요소로 작용하였다.

반면 쓰지 히토나리 편에서는 갈등 국면보다는 이를 극복하고 화해해 가는 과정에 보다 공을 들이고 있다. 남자 주인공 준고는 매우 적극적인 자세로 홍과 홍의 나라 한국에 대해 이해하려는 모습을 보인다. 이때 윤동주와 그의 시는 매우 중요한 매개 역할을 하는데, 「서시」의 오역을 그대로 인용하고 있는 것을 비롯하여 윤동주 시에 대한 이해의 방식에 있어 몇몇 문제가 발견되었다. 이것은 쓰지 히토나리 식 '한일화합'의 방식으로 보여지는데 이것이 한국인, 한국 독자에게만 향해있고 일본인, 일본 독자에게는 전혀 전달되고 있지 않은 점도 지적하지 않을 수 없다. 이를테면 두 작가는 한일 양국의 '화합'을 위한 중요한 소재로서 양국 모두 한자 문화권(단어나 발음의 유사성)이라는 것을 강조하거나 상대국 음식문화에 대한 친근감이

나 '비창'과 같이 무국적성이 담보된 클래식에 대한 공감을 드러내 보이는 방식으로 한일화합을 도모하고 있다. 그런데 앞서 살펴본 윤동주 시집을 비롯하여 백의민족, 진달래꽃 등 일제 식민지시기를 환기하는 소재들 역시 대거 동원되고 있다.[14] 이것은 작가 후기나 각종 인터뷰, 대담에서 양국의 시대성, 역사성을 배제한 어디까지나 남녀 간의 사랑 이야기로 읽어줄 것을 당부했던 것과 배치된다. 이러한 기획의도와 소설 내용의 균열은 독자 리뷰에도 고스란히 드러나고 있다. 그런데 여기서 생각해 보아야 할 것은 연애소설이라는 측면과 이 책의 또 다른 목적인 '한일화합 및 한일우호 증진'이라는 측면이 어떻게 연결되어 나타나고 있는가 하는 문제이다. 결론을 서두르자면 대다수의 독자 리뷰에서 긍정적이든 부정적이든 어떤 형태로든 이 문제에 별다른 관심을 보이고 있지 않았다. 대다수가 연애소설이라는 틀 안에서 독해하고 또 그 틀 안에서 리뷰를 작성한 것으로 보인다. 이 때문에 특히 일본 독자들은 한국 여성 홍이라는 캐릭터에 온전히 몰입하지 못하는 경향을 보인다.[15]

---

14 이러한 점은 특히 공지영 편에서 두드러지며, 쓰지 히토나리의 경우 '일본적인 것' 내지는 일본 고유의 문화라 할 만한 소재를 전혀 등장시키지 않고 있어 대조를 이룬다.

15 일본 독자의 경우, 쓰지 히토나리의 섬세한 심리묘사와 부드러운 문체에 이끌리거나, 『냉정과 열정 사이』와 같은 방식의 콜라보레이션 소설이라는 점에서 흥미를 느끼거나 소설 속에 등장하는 한국 내 특정 장소에 관심을 보이는 리뷰가 많았으며, 남녀 주인공에 관한 평으로는 홍이 자기중심적이고 이기적이며 정체가 모호하게 비춰진 반면 준고는 상대적으로 동정심을 유발하는 선한 캐릭터로 비춰지고 있다(http://www.hmv.co.jp/artist_孔枝泳_000000000341409/item_愛のあとにくるもの-紅の記憶-幻冬舎文庫_3652388, http://books.rakuten.co.jp/rb/6141789/[검색일: 2013.11.30.]). 한국 독자 역시 연애소설로 독해한 점은 크게 다르지 않았지만 일본 독자 보다 비교적 이 책의 기획의도인 '한일화합' '한일우정'이라는 측면을 의식한 리뷰가 많았다(http://book.naver.com/bookdb/review.nhn?bid=1995442 [검색일: 2013.11.30.]). 그 내용은 억지로 끼워 넣은 듯한 한일관계를 묘사한 부

이와 같은 한계에도 불구하고 이 소설은 한국과 일본에 잘 알려진 두 작가가 손을 맞잡고 '한일화합' '한일우정'의 가능성을 탐색하고자 시도했다는 점만으로도 적지 않은 시사점을 던져 준다. 더불어 '일본=남자 vs. 한국=여자'의 젠더구도를 어느 한쪽으로 기울지 않은 대등한 형태로 등장시킴으로써 현재의 한국과 일본의 모습을 균형감 있게 그리고자 한 점도 평가할 만하다. 왜냐하면 이것은 기존의 한일합작 드라마에서는 볼 수 없었던 방식으로, '한국=남자 vs. 일본=여자'라는 젠더구도가 깨어지면 한일 양국의 국민적 정서나 감정의 민감한 부분을 건드릴 것이라는 일종의 '금기'를 깬 것이라 볼 수 있기 때문이다.

앞으로 남은 문제는 공지영과 쓰지 히토나리가 의기투합하여 한일합작 소설을 집필한 것과 같이, 보다 다양한 형태의 문화(문학) 교류를 거듭하여 오랜 세월 '금기'라 여겼던 것들을 하나 둘씩 깨어 나가는 작업이 될 것이다. 이러한 작업이 계속되다 보면 어느덧 한일 간의 잡힌 '화합'의 길이 막연한 '가능성'으로서가 아닌 보다 구체적인 '실체'로서 우리 앞에 그 모습을 드러내게 될 것이다.

분이나 연애소설에 어울리지 않은 무거운 소재를 지적하거나 누구나 추측 가능한 진부한 결말로 인해 소설의 완성도가 떨어진다는 식의 부정적 평가가 대부분이었다. 작가의 집필 전략과 독자 리뷰의 균열에 관해서는 논고를 달리하여 분석하고자 한다.

| 참고문헌 |

きむ ふな(2005)「辻仁成·孔枝泳『遠い空　近き海』一国境と言語を越えた向う側」『国文学
　　解釈と教材の研究』50-2, pp.109-113

孔枝泳·きむ ふな訳(2009)『愛のあとにくるもの紅の記憶』幻冬舎文庫, pp.5-209

小倉紀蔵·小針進(2007)『韓流ハンドブック』新書館, pp.56-57

辻仁成(2009)『愛のあとにくるもの』幻冬舎文庫, pp.5-226

공지영(2011)『사랑 후에 오는 것들』소담출판, pp.5-240

김응교(2009)「일본에서의 윤동주 인식」『한국문학이론과 비평』43집 한국문학이론
　　과 비평학회, pp.50-54

쓰지 히토나리·김훈아 옮김(2011)『사랑 후에 오는 것들』소담출판, pp.5-256

이동후(2004)「한일 합작드라마의 '초국적 상상력'(transnational imagination): 그
　　가능성과 한계」『한국방송학보』통권 18-4, pp.387-388.

『한겨레』2005.12.23.

『한겨레』2006.03.30.

히라타 유키에(2005)『한국을 소비하는 일본 -한류, 여성, 드라마』책세상, pp.55-98.

http://book.naver.com/bookdb/review.nhn?bid=1995442(검색일: 2013.11.30.)

http://www.hmv.co.jp/artist_孔枝泳_000000000341409/item_愛のあとにくるもの-紅
　　の記憶-幻冬舎文庫_3652388(검색일: 2013.11.30.)

http://books.rakuten.co.jp/rb/6141789/(검색일: 2013.11.30.)

담론과 표현의 일본학

제2장

글로벌 전략과 '재일조선인/뉴커머' 작가를 둘러싼 문화 정치[*]

| 고 영 란

1. 시작하며

2008년 8월 10일 『아사히신문』(조간)에 게재된 잡지 『문예춘추』의 광고는 이례적인 크기였다. 그것은 양면에 걸쳐 있었고, 4면은 전면 광고, 그리고 옆의 5면은 3단 크기를 차지하고 있었다. 그밖에 『마이니치신문』, 『요미우리신문』, 『니혼게이자이신문』 등 주요 일간지에도 보통 때보다 두 배 크기의 광고가 실렸다. 『문예춘추』는 매달 10일, 주요 일간지(조간)와 지하철 안에 광고를 낸다. 단, 이날의

---

[*] 이 글은 「多民族国家日本」(苅部直・黒住真・佐藤弘夫・末木文美土編 『岩波講座 日本の思想 内と外—対外観と自己像の形成』 第三巻、岩波書店、pp.217-246、2014年 2月)을 한국어로 번역한 것이다.

광고가 평소와 달랐던 것은 『아사히』의 4면 전체가 '양이(楊逸)'라는 소설가의 사진으로 뒤덮여 있었던 점이다. 게다가 그것은 그녀의 아쿠타가와 상 수상작의 전문 게재를 알리는 것이어서 놀라지 않을 수 없었다.

그해 7월 15일에 양이의 아쿠타가와 상 수상이 발표되고 수상작 「시간이 스며드는 아침」(『문학계』, 2008.6)보다도 "일본어를 모어로 하지 않는 외국인으로서 아쿠타가와 상 사상 첫 수상"[1] "중국인의 수상도 처음이다"[2] 등 그녀의 출신에 초점을 맞추었다. 비슷한 기사가 한국어, 중국어권 미디어에도 보인다. 예를 들면, 한국『경향신문』(그해 7월 16일)은 『마이니치』의 "일본문학의 새로운 문이 열렸다"는 말을 인용하면서, 1972년 이회성(李恢成) 이후 '외국인' 수상작가는 '재일'이었음을 환기시켰다. 『연합뉴스』(7월 16일)는 '일본문학의 개국'의 상징으로 양이의 수상에 의미를 부여했고, 그녀에 대해 "어렸을 때부터 일본어를 사용하는 환경에서 자란 외국인"이라는 장황한 표현을 하는 『아사히』(7월 17일 사설)와는 달리 분명하게 '재일'과는 다른 존재로서 '양이'를 다룬다.

1988년에 「성조기가 보이지 않는 방」으로 노마 문예신인상을 수상한 리비 히데오(リービ 英雄)를 "'월경하는 작가'의 선구자"라고 기록하는 『아사히』의 사설은, '외국인'의 급증하는 글로벌한 이동 속에 '양이'를 위치시키고 있다. 이 흐름에 '재일문학'의 계보가 접속되는 것은 아니다. 『아사히』가 말하는 외국인 '급증'이 낳은 리비 히데오의 등장 이후 '외국인'(시린 네자마히, 리비 히데오, 데이비드

---

1 『매일신문』 2008년 7월 17일.
2 『매일신문』 2008년 7월 15일.

조페티 등) 필자와, 이미 일본에 '선주(先住)'하고 있던, '일본어 사용 환경에서 자란 외국인' 필자를 비교하는 것은, '일본어'가 '모어'인지 아닌지의 문제에 근거하고 있다. 게다가 '양이'를 이야기할 때 동원되는 '외국인'이라는 말에는, 일본제국의 식민지 지배의 '산증인'인 재일조선인과는 달리, '외국'에서 일본 입국비자를 얻은 신참자(뉴커머)라는 의식이 개재하고 있다.

그러나 1972년 이회성도 실은, 2008년의 양이처럼 '첫' '외국인' 수상자로 의미 부여받았다는 것에 주목하고 싶다. 과연, '외국인'이라는 동일한 기호가 새겨져 있는 '이회성'과 '양이'의 거리를, 식민지 지배의 '산증인' 대 '신참자'라는 역사적 문맥 차이에 따라 시간적인 거리로 처리하고, '모어' 같은 일본어 '대' 획득언어로서의 '일본어'(『마이니치』 2008년 7월 17일), 혹은 완료형인 '과거'의 기억 '대' 현재진행형인 '미래'라는 도식에 적용해도 좋은 것일까.

이런 문제제기는 양쪽에서 공통점을 찾고, 양쪽을 '외국인'이라는 보다 큰 틀에서 규정하기 위해서가 아니다. 주목할 것은, 여기에서 '외국인'이라는 말이 '혈통주의'에 근거하는 국적 문제와 나란한 관계에 놓여있다는 점이다. 즉, '다민족국가'라는 말이 일본어에서 사용될 때, '혈통주의'를 기반으로 하는 국적법, 즉, 법 언어의 개입을 피할 수 없다. 이 글에서는 '국적'이라는 말이 다시금 논의 선상에 놓이게 된 1965년 한일국교정상화, 1972년 중일국교정상화를 매개로 신체·책·언어의 이동에 주목하여, 문학-문화에서 '외국인' 언설이 '일본'이라는 국민국가의 상상력의 편성에 어떤 역할을 했는지 생각해보고 싶다.

2. 조선적(籍)/한국적(籍)이라는 알레고리

양이는 10대 때부터 "일본을 끝없이 동경했다"(칼럼 「사람」, 『아사히』, 2008년 7월 16일)고 반복해서 이야기해 왔다. 일본의 신문이나 잡지매체가 즐겨 다루었고, 양이가 '동경'하는 '일본'은, 늘 '식민지 지배'의 기억을 빼고는 이야기할 수 없는 재일조선인 필자와의 차이를 부조했다. 하지만 그녀가 '동경했던 일본'(『마이니치』, 2012년 5월 29일)이, 사실은 일본에서의 출입국이나 다른 국민국가로의 이동에 상당한 제한을 받는 '무국적자'가 만들어낸 것이었다는 점은 주목받지 못했다.

> 삼촌(외삼촌)이 요코하마에서 중화요리집을 하고 있어요. 국민당이었던 삼촌은 대만으로 도망쳤고, 그 후 일본에서 생활하고 있었습니다. 70년대 후반부터 연락을 취할 수 있게 되었습니다. 보내주는 예쁜 칼라 사진에 눈이 휘둥그레졌습니다. 특히, 사촌들의 모습에요. 색감 풍부한 옷, 세련된 화장, 파마머리까지 하고 있다니. 우리 생활과 천지차이였습니다. 보고 있으면 부러워 죽겠을 정도로.
> (「시대를 달리다 : 양이 6 동경했던 일본의 생활」, 『마이니치』, 전게)

여기에 나오는 사촌 중 한 명이 『무국적자』의 저자인 첸 티엔시(陳天璽)이다.[3] 이 책은 첸 티엔시가 대만/일본, 양쪽 공항의 입국심사 카운터(경계선) 앞에서 입국허가를 받지 못한데다가 양쪽 모두에게

---

3 『無国籍』, 新潮文庫, 2011. 여기에는 양이(楊逸)의 해설이 수록되어 있다.

서 대만/일본'으로 돌아오라'는 말을 들었던 1992년의 일화로부터 시작된다.

사람들의 이동에는 항상 강력한 국가 장치가 작동한다. 예를 들어, 여권 발급, 비자(입국사증)의 심사를 거쳐, 실제로 입국심사 카운터에 선 순간, 추상적인 개념으로 존재하는 국민국가는 사람들의 일상의 풍경으로 가시화된다. '무국적자' 첸 티엔시는 1992년에 가족과 함께 대만에 간다. 일본에서 태어나고 자란 첸 티엔시는 다른 나라로 이동할 때, 대만과 해당국의 협정에 따라 비자를 취득했고 여권에 해당하는 '중화민국 여행권(護照)'(대만정부 발행)을 갖고 이동한다. 그러나 대만에 살았던 적이 있고, 그 땅의 호적을 갖고 있던 부모와 달리 일본에서 태어난 그녀의 경우는, 대만 입국을 위한 비자가 필요했던 것이다. 일본의 경계 밖에서는 '중화민국 여행권'을 통해 이동했던 그녀는, 그 인증서를 발행해 준 나라로부터 사전 입국 심사(비자)를 요구받으리라고는 상상도 못했던 것이다. 대만 입국을 포기하고, 집으로 돌아가기 위해 내린 나리타 공항의 입국 심사대에서도 역시 입국 허가가 나오지 않았다. 재입국 허가 기간이 만료된 것이다.

원래 양이의 삼촌 부부가 '무국적'을 선택(당한)한 것은, 1972년 9월 일본과 중국의 국교 정상화에 따른 일본, 대만 사이 외교 관계 단절 때문이었다. 이런 국적 선택의 문제가 생겼을 때, 1951년의 '평화 조약 국적 이탈자'로 인정되는 화교와, 그 후 일본으로 이동해온 화교가 다른 위치에 놓여 있었음은 말할 것도 없다. 또한 1972년 당시 대만 국적을 갖고 있던 사람들의 선택도, 대만 국적의 유지, 중국 국적의 변경, 일본으로의 귀화, 혹은 제3국으로의 이동 등, 매우 복잡

175

했다. 여기에서 만일 국적 변경(중국 혹은 일본)을 선택할 경우, 대만 국적을 포기하고 무국적자가 되는 과정이 필요하다. 양이의 삼촌 부부는 대만 정부에 대해 '국적 상실 증명서'만 발급 받았고, 그 후에는 다른 국민국가로 국적 변경을 하지 않고 '무국적' '특별영주자'로 사는 길을 선택한 것이다.

이런 '삶'의 방식은 법률의 적용 수준이 다르다고는 해도, '무국적-조선적(籍)'이라는 개념이 1965년 한일 국교 정상화 교섭을 매개로 표면화한 것과 함께 생각해야 한다. 양이의 삼촌 일가가 '무국적자'가 된 그 해(1972) 1월, 일본의 외국인 등록 상으로 '조선적'인, 일본 법무성의 해석에 따르면 '무국적'인 이회성이 『다듬이질 하는 여자』로 아쿠타가와 상을 수상하고 같은 해 6월에는 '조선적'임에도 불구하고 한국에 초청된다. 후술하겠지만 이때는 '조선적'을 가진 사람들의 한국 입국은 매우 엄격한 제약이 따랐던 시기다. 이회성도 서울 방문 후 발표한 「북쪽이든 남쪽이든 나의 조국」(『문예춘추』 1972년 9월호)에서 다음과 같이 서술하고 있다.

　　이번에도 나는 '조선'적을 유지한채로 한국으로 향했다. 이것은 특별한 경우다. 보통 '조선'적의 외국인 등록증을 가진 사람은 한국 땅을 밟을 수 없다. '한국'적과 영주권 신청에 한해서 그것이 가능한 것은 일반적으로 그 국적의 선택이 그대로 입국허가의 증명(踏み絵)이 되고 있기 때문이다. 그래서 '조선'적인 사람은 고향이 비록 한국에 있어도(사실 대부분이 그렇지만) 한국에 갈 수 없다. 그리고 또한 '조선'적의 사람들은 일반적으로 그 정치적 신념 때문에 현재의 '한국'으로 가는 것을 거부하고, 조국의 평화통일이 이루어질 때 고향땅을 밟으려고 하는 것이다.

여기에서 주의해야 할 것은 '조선적'과 '한국적'이라는 말의 사용법이다. 조선적에서 한국적으로 '바꿨다'라는 표현을 국적의 '변경'으로 파악해서는 안 된다. 왜냐하면 조선적과 한국적이라는 경계짓기는 외국인 등록법상의 표기이기 때문이다. 즉, 조선적/한국적은 분단된 한반도의 북쪽/남쪽의 국적을 의미하는 기호도 아니고, 조선민주주의 인민공화국 지지/대한민국 지지라는 방향성을 가지는 것도 아니다. 김태식의 지적대로 재일조선인의 생활세계는 "단순히 남북으로 나뉜 것이 아"니다. 법적인 측면에서 볼 때 재일조선인의 국적은, 한국과 북한, 그리고 일본의 국적법이 이중 국적을 인정하지 않는 '혈통주의'에 기반하고 있기 때문에, 일본의 외국인 등록법이 아니라, 한반도에 있는 '남북 양 정부의 국적법'에 규정된다.[4] 또한 '조선적' 대 '한국적'의 문제에는, 한일 국교 정상화 이후에 일본정부가 '한국'만 국가로 인정하고 국교 정상화 하지 않은 '북한'을 국가로 인정하지 않은 복잡한 요소가 얽혀 있었다. 여기에는 미국과 소련을 축으로 형성된 냉전구조의 자장에 놓인 일본, 조선민주주의 인민공화국, 대한민국과 이를 둘러싼 정치적·문화적·역사적 문제가 개재해 있다.

원래 처음 '외국인 등록령'(칙령 제207호)이 발포된 것은 1947년 5월 2일인데, 그 목적은 조선인·대만인의 법적 지위를 명확히 하기 위해서였다. 따라서 SCAP이 '외국인 등록령' 발포를 서두른 것은,

---

4　金泰植,「在外国民国政参政権と在日朝鮮人の国籍をめぐる政治」, 獨協大学国際教養学部『マテシス・ウニウェルサリス』, 第13巻第2号, 2012.3.

1946년 이후 조선인이 일본에 잔류할 가능성이 높아졌고, 일본정부
로부터 일본 거주 조선인에 대한 권한을 강하게 요구받았기 때문이
다. 제11조에는 '대만인 중 내무대신이 정하는 자 및 조선인은 이 칙
령 적용에 대해서는 당분간 외국인으로 간주한다'고 정해졌다.[5]
1946년 11월에 SCAP가 조선인의 법적 지위를 둘러싸고 '일본국민
으로 간주한다'[6]고 공포한 규정과, 이듬해 5월에 일본정부가 '외국
인으로 간주한다'고 공포한 규정은 분명 모순된 것이다.

게다가 SCAP의 규정은, 사전에 아무 것도 몰랐던 조선 미군(제24
군단, 조선의 경우 미군의 직접 통치를 받고 있었다) 사령부를 당혹스
럽게 했다고 한다. SCAP의 조선인 정책과 조선 미군 사령부의 조선
통치 정책 사이에는 괴리가 있었던 것이다. 당시, 보수계와 결탁한 조
선 미군 사령부는, 조선인의 규정에 대해서도 '미군의 남조선 점령 목
적을 더 용이하게 달성할 수 있도록 이 문제를 재고'할 것을 요구하고
있다. 그것은 '재일조선인에게 조선이든 일본이든 국적(citizenship)
선택의 기회가 주어질 때까지는, 재일조선인을 우호 국민 (friendly
nationals)으로 간주'[7]해야 한다는 내용이었다. 구식민지 출신자의

---

5 鄭暎惠, 『＜民が代＞斉唱』(岩波書店, 2003)의 5장 참조.
6 1946년 2월 15일 철수(引き上げ) 기한종료를 1개월 앞둔 1946년 11월 5일(「朝鮮
人の引揚に関する総司令部民間情報教育局発表」)과 12일(「朝鮮人の地位及び取扱
に関する総司令部民間情報教育局発表」, 「朝鮮人の地位及び取扱に関する総司令
部渉外局発表」)에 SCAP는 조선인의 법적 지위에 관한 방침을 공표했다. 그것은
일본에 있는 조선인 총사령부의 인양계획에 근거하여, '그 본국에 귀환하는 것
을 거절하는 자는, 정당하게 설립된 조선정부가 그들에 대해서 조선국민으로서
승인을 받아들일 때까지, 일본국적을 유지하는 것으로 간주한다'는 내용이었
다.(外務省政務局特別資料課, 『在日朝鮮人管理重要文書集1945~1950』, 1950. 본
고에서는 복각판 『現代日本·朝鮮関係史資料』, 제6집, 湖北社, 1978년을 사용, 14-
15쪽 참조.)
7 Incoming Message AG(091.4,25 Nov.1946) froM·CG USAFIK to SCAP N

국적 문제를 일본이나 조선을 선택하는 방향으로 조정하려는 움직임이 당시 조선 미군 사령부에 의해 제기된 것이다. 결국 SCAP의 11월 20일 지시를 조선 미군 사령부가 받아들이면서 문제는 매듭지어졌다. 김태기의 지적대로, 이 정책은 한반도가 미국과 소련에 의한 '신탁 통치 반대 등으로 혼미한 길에 빠져 있던' 상황 속에서 "애치슨은 재일조선인을 연합국민으로 다루어 얻을 수 있는 대(對) 조선 정책의 정치적 이익보다도, 재일조선인 통치 권한을 일본정부에 부여함으로써 얻을 수 있는 일본 점령의 이익을 우선시 했다"[8]고 생각해도 좋을 것이다.

이렇게 "전후 재일조선인의 처우 결정도 복잡하기는 하지만 일본 정부와 점령군 당국에 의한 합작", 즉 'SCAPaness 모델'[9]이었다. 실제로 일본정부는 1945년 8월 이후부터 아무 규정도 없이 일방적으로 구식민지 출신자를 외국인으로 간주하여, 그들/그녀들이 한번 '일본'을 떠나면 '재입국'을 허락하지 않았다. 따라서 구식민지 출신자는 일본국적 소유 여부와 상관없이 '재입국'이 금지되었고, 외국인 등록증 상시 휴대가 의무화되는 등, 치안 관리의 대상이 되었다.[10] 1947년 8월경부터 실시된 외국인 등록 때, 재일조선인의 국적 표시란에는 '조선'이라고 기재되었다. 이 시기는 아직 한반도에 독립 정부가 수립되기 전이었음을 주의할 필요가 있다. 즉, '조선적'이라는

R : TFYMG—3146 dated Nov.1946, KK/G3－00046 (金太基, 『戰後日本政治と在日朝鮮人問題』 앞의 책, 308쪽부터 재인용)

8 金太基, 『戰後日本政治と在日朝鮮人問題』(勁草書房, 1997, 258쪽)

9 デッサ・モーリス　スズキ, 「占領軍への有害な行動敗戰後日本における移民管理と在日朝鮮人」, 『現代思想』, 2003.9.

10 鄭暎惠, 앞의 책 참조.

기호는, 아직 독립 국가를 가지지 못한 미군정 하의 한반도 출신자를 관리할 목적으로 탄생한 것이다.

1948년 8월 15일 대한민국 수립 후, 민단과 한국정부의 움직임에 따라 '조선'에서 '한국' '대한민국' 국적으로 변경이 이루어진 것은 1950년 이후다.[11] '조선적'과 '한국적'을 둘러싼 공방이 표면화되고 있던 1952년 4월 28일 샌프란시스코 평화조약의 발효와 함께, 구식민지 출신자의 일본국적은 박탈되었다.[12] 이런 불안정한 법적 지위는 1965년 한일 국교 정상화 이후, 남북의 '국적'을 둘러싼 공방을 매개로 다시 부상하게 된다. 한일 협정과 함께 맺어진 '재일한국인 법적 지위 협정'에 따라, 한국적의 재일조선인에게만 협정 영주권이 주어진다. 그리고 일본 법무성은 같은 해 10월 26일에, 외국인 등록 증명서의 국적 기재란에서 '한국'은 '국적'이지만 '조선'은 '부호(符號)'라고 하는 '정부 통일 견해'를 발표했다. 이에 맞서서 총련계 재일조선인은 '조선적'을 '조선민주주의 인민 공화국의 해외 공민'을 표시하는 것으로 인정해달라는 요구를 했다고 한다.[13] 즉, 한일 국교 정상화 이후, 양국 정부에서 '한국적'을 선택하는 움직임이, 총련 관계자에 의한 '조선적' 국적화의 움직임을 유발했다고 할 수 있다. '한국적'과 '조선적'을 둘러싸고 상호 배제를 위한 치열한 공방이 계

---

11 金泰植, 앞의 책 99쪽.
12 재일조선인의 국적박탈에 대해서는 尹健次, 『日本国民論―近代日本のアイデンティティ』(앞의 책) 제3장 「『帝国臣民』から『日本国民』へ―国民概念の変遷」에서 상세히 논의되어 있다. 정영혜는 "조선인 자신은, 일본국적의 박탈이 '가혹한 식민지 지배의 종언'='해방의 상징'이라고 믿기는 했어도 설마 '새로운 차별의 시작'이라고는 꿈도 꾸지 못했다"고 서술한다.(鄭暎惠, 「『戦後』つくられた植民地支配―「在日韓国朝鮮人」からの日本国籍剥奪」, 『ナショナリズムを読む』, 情況出版, 1998.)
13 金泰植, 앞의 책, 100쪽.

속되던 시기에, '조선적'이었던 이회성이 두 차례 한국을 방문할 수 있었던 것은 그의 말대로 아주 '특별한 경우'였던 것이다.

3. 한국의 '재일조선인' 표상과 '이회성'의 이동

이회성은 '한국국적 취득' 선언을 하는 1998년 5월까지 다섯 번 한국에 입국했다. 첫 번째는 군조(群像) 신인상(1969년 6월, 「또 다시의 길(またふたたびの途)」 수상 이듬해인 10월, 두 번째는 아쿠타가와 상을 수상하고(1972년 1월, 「다듬이질하는 여자」) 반년 후인 1972년 6월, 세 번째는 1995년 11월, 네 번째는 1996년 10월, 다섯 번째가 1998년 5월이다. 이렇게 '조선적'을 유지하면서 다섯 번'이나' 입국할 수 있었던 것은 아주 드문 경우라고 하지 않을 수 없다.

'조선적'을 가진 재일조선인이 한국에 입국하기 위해서는 '임시여권'인 '여행증명서'(Travel Certificate)를 발급받아야 한다. 이것은 일시적으로 '한국국민'이 되는 것을 의미하고, 그에 따라 입국이 허가되는 구조를 갖는다.[14] 물론 이것은 일본 입국관리법에서도 여권으로 다루어진다.[15] 작가 김석범도 자신의 경험을 바탕으로 "'조

14 「남북교류협력법」 '제10조'(해외동포 등의 출입보장)에 의하면 "외국국적을 보유하지 아니하고 대한민국의 여권을 소지하지 아니한 해외 거주동포가 남한에 왕래하고자 할 때에는, 여권법에 의한 여행증명서를 소지하여야 한다." 이에 해당되는 사람들은 '조선적' 재일조선인과 사할린 잔류 조선인이다. 외교부에 의하면 이 여행증명서는 세계 다수 국가가 채택하고 있는 '여권에 갈음하는 증명서'로서, 정치성 없이, 기술적 제도라고 한다. '조선적'에 대한 한국정부의 방침(한국장기체재 문제를 포함하는)에 대해서는 조경희, 「'마이너리티'가 아닌, 고유명으로서의 재일조선인」(『황해문화』, 2006년 봄호)에서 시사 받았다.
15 「入在要領第一〇編第一章第二節第九 一(一)オ及びカ」에 근거한다. 여기에서는

선'적을 가진 재일조선인의 경우, 두 번째까지는 '한국'적으로 변경
하지 않은 입국도 허가한다는 불문율의 내규가 있는 것 같다(이것은
'원칙'일 뿐 예외가 많음)[16]"고 말했다.

그러나 '조선적'을 가진 사람의 한국행은 명확한 방침 하에서 허
가된 것이 아니기 때문에, 개인 수준에서 다른 경험을 하게 된다. 예
를 들면 한류 형성의 원조격인 영화제작자 이봉우(李鳳宇)는 영화
'서편제'의 배급권을 사기 위해 처음 한국행을 결심한다. 그리고 수
속을 위해 찾아간 한국 대사관의 담당 서기관으로부터 '국적을 바꿔
달라'는 이야기를 듣는다. 언쟁 끝에 그 이틀 후에는 조선적을 유지
한 채 '임시 여권'이 발급되었지만, 한국체류는 '사흘뿐'이라는 조건
부였다. 그러나 김포공항 입국 심사 카운터에서 그를 기다리고 있던
것은 안전기획부(구 KCIA) 관계자였다. 그리고 입국 스탬프도 찍지
못한 채 신라호텔에서 한 시간 조사를 받는다. 그 내용은 이미 그들
이 조사해 놓은 가족 관계(조총련 간부였던 아버지나 조선적을 가진
아내 등)나 내한 목적에 대한 확인이었다. 체재 예정 등에 변경이 생
긴 경우 '즉각' 보고하겠다는 약속을 하고 풀려났다. 배급권 교섭을
위해 간 태흥(泰興) 영화사에도 이미 '요주의 인물이 가니까 주의하
라'는 안기부의 연락이 있었다고 한다.[17] 그것이 1994년 무렵이고,
이회성의 세 번째 한국행 1년 전이며, 똑같이 김영삼 정권 시절의 이
야기다.

김대중 정권의 2000년 남북공동선언 이후 한국정부는 조선적의

大西広之, 「日本における出入国管理と渡航文書の実務」(『越境とアイデンティフィ
ケーション』, 新曜社, 2012, 382쪽)에서 재인용.
16 金石範, 「再びの韓国、再びの済州等[１]－『火山島』への道」, 『世界』, 1997.2.
17 四方田犬彦・李鳳宇, 『先に抜け、撃つのは俺だ』, アスキー, 1998, 216~225쪽 참조.

입국 문제에 유연한 자세를 보인다. 예를 들어 '총련의 이름 하에 한국 도항이 허용'되었고, '2002년에는 부산 아시안 게임에 총련 동포 응원단' 등의 입국이 가능해진다. 이런 움직임이 보여주는 것은 '재일조선인의 한국 도항 여부가 남북관계에 종속된 측면'이다.[18] 그러나 가장 유연해졌다고 여겨지는 김대중~노무현 정권의 이행기(2003년 2월)에도, 조경희처럼 '조선적'이라는 이유로, 서울에서 열린 '포스트 콜로니얼 상황에서의 재일조선인'이라는 회의에 참가가 받아들여지지 않은 경우도 있다.[19] 당사자인 조경희에 따르면 "'조선적'자들은 전화로 문의하는 첫 단계에서 한국 입국을 체념하던가, 아니면 요구대로 국적 변경을 하는" 경우가 많다. 국적 변경에 대한 "협박에 가까운" 관행은, "법적 근거가 없는 것은 물론이며 각 영사관 마다, 각 담당자마다 주관적으로 판단하는 등, 심각하게 일관성이 결여된 관행"이라고 지적하고 있다.[20] 최근, 영사가 면담 때에 국적 변경을 강요하는 위압적인 태도를 둘러싸고 국가인권위원회가 인권침해 인정을 하거나 소송제기도 늘고 있다. 한편, 이명박 정권 하에서는 '조선적'에 대한 '임시 여권' 발급은 거의 중단되었다.[21] 게다가. 한국적의 변경조차도 거부하고 '한국적이어도 여권 발급을 거부하는 사례도 나타났다.'[22] 이런 움직임이 이명박 정권 시절의 대북 및 대일 관

---

18 金泰植(앞의 글, 110쪽)에 따른다. 이 글에서 김태식은 2002년 '총련동포응원단의 일원으로 처음 한국 땅을 밟았다'고 이야기한다.(金泰植, 앞의 글, 110쪽)

19 尹京媛(金泰植역), 「コリアン・ディアスポラ―植民地主義と離散」, 陳天璽・他編, 『東アジアのディアスポラ』, 明石書店, 2011, 220쪽.

20 趙慶喜, 앞의 책, 277쪽.

21 국제행정서사손법률사무소 HP, 「대한민국 임시여권 취득」(2012년 4월 7일, http://www.shon.jp/blog/archives/554)에서.

22 金泰植, 앞의 책, 99쪽.

계 악화와 연동하고 있음은 부정할 수 없을 것이다. 즉, 이것은 재일 조선인의 한국 도항의 가부(可否) 문제가 남북 관계뿐 아니라 한일 관계에도 규정되어 있다는 것을 의미한다. 그것은 납치 문제를 발단 으로 하여 최근 '핵 의혹' 문제에 이르기까지의 대북 관계 악화-보복 을, 재일조선인 민족학교에 대한 엄격한 대응으로 전화시키는 일본 정부의 자세와 대치되는 구도를 이룬다.

그렇다면 이회성이 한국국적 취득을 할 때까지 다섯 번 한국방문 이 가능했던 것을 단순히 한국 민주화에 대한 벡터로 환원해서 생각 해도 될까. 단, 이 문제에 들어가기 전에 확인해두고 싶은 것은, 이 글은 이회성의 국적 취득 문제를 비판하거나 그의 한국행을 비판하 기 위한 것이 아니라는 점이다. 여기에서는 '이회성'이라는 소설가 의 '신체' '고유명'의 이동이 매우 흥미로운 문화적·정치적 현상을 읽어낼 단서를 준다는 점에 초점을 맞추고 싶다.

이회성은 자신의 한국 입국을 세 시기로 나누어 이야기한다. ① 박 정희 정권 때 두 번 방문한 것, ② 전두환, 노태우 정권에 의한 입국 금지, ③ 김영삼 정권 때 한 번의 입국 금지와 세 번의 방문이 그것이 다.[23] 그러나 이회성이 입국한 시기들을 한국의 역사적·문화적 맥락

23　이회성은 「韓国国籍取得の記」(『新潮』, 1998년 6월)에서 "70년대의 한국은 암흑 시대였고, 민주주의가 숨통이 끊겼다. (중략) 80년대도 두 명의 장군 전두환, 노 태우에 이어지는 군정의 연장이었고, 90년대 들어서부터 겨우 변화가 나타난 다. 1993년 2월 25일, 김영삼 씨가 대통령이 된 것이 그 변화다. 문민정부 출현은 한국국민에게 있어서 33년에 걸친 군정통치가 마침내 종식되리라는 것을 의미 했다. (중략) 김영삼 정권은 나에게 있어서 쓰라린 기억을 불러일으킨다. 그것 은, 헬렌 포스터 스노 여사에 대한 현창(顯彰) 청원운동을 이 정부가 결국 무시해 버렸기 때문이다. (중략) 나는 이 청원운동을 실현시키기 위해 정말 한국에 가고 싶었다. 그러나 여전히 입국을 거부당했다. 관계 당국자는 나에게 국민이 아닌 사람은 국정에 관여하지 말라고 못 박았다"고 이야기한다.

에서 생각하면, 그에게 '임시 여권'이 발급된 ①과 ③은 한국에서 '재일조선인'에 대한 관심이 높아진 시기와 겹친다. 우선 ①에 대해 생각해 보자. 박정희는 취임 초기부터 "외화 부족을 메우기 위해 재일조선인의 본국 투자를 촉진시키려고 했다."[24] 『조선일보』(1994~2006년을 대상) 등, 당시의 미디어 자료에 대한 권혁태의 상세한 조사에서 부상하는 것은 '반(半) 쪽바리(언어-민족성의 상실)/ 영웅(역도산 등의 성공자)', '빨갱이(재일조선인 유학생 간첩 사건)-반공 투사(한국전쟁에 참전한 재일 학도의용군)', '졸부-투자가(한국의 발전에 공헌한)'라는 정형화된 '재일조선인' 표상이다. 70년대 전후,[25] 같은 표상 체계가 종이 매체뿐 아니라, 영화 등의 영상 미디어에 의해 확대재생산 되었다고 한다.[26] 이것이 권혁태의 지적대로 '심리적 적국인 일본과 불가분의 관계'에 있는 것은 확실하다.

이회성이 처음 한국에 온 1970년은, '조선적'을 가진 재일조선인이 자력으로 한국정부의 입국 허가를 받는 것이 '낙타가 바늘구멍을 뚫기만큼 어려운 시대'(이회성, 「한국국적 취득의 기록」, 『신조』, 1998년 6월, 이하 「취득기」로 줄인다)였다. 이회성의 첫 번째 한국 입국 전에는 일본에도 큰 충격을 안겼던 김지하 체포(1970년 6월)사건이 있었고, 두 번째 방문 전에는 서승 등의 유학생 간첩 사건(71년 4월 20일)

---

24 金泰植, 앞의 책, 102쪽.

25 엄밀히 말하면, 1950년대 중반과 1970년대. 권혁태, 「'재일조선인'과 한국사회 -한국사회는 재일조선인을 어떻게 '표상'해왔나」(『역사비평』, 76호, 역사비평사, 2007년 봄, 244~245쪽)

26 김태식, 「누가 디아스포라를 필요로 하는가」(서울대학교 일본연구소편, 『일본비평』, 4호, 그린비, 2011년 하반기)에는 한국영화 데이터베이스(KMDB)에 근거한 재일조선인이 등장하는 통계 그래프가 실려 있다. 이 도표에 의하면 1966년부터 1972년에 가장 많이 만들어진 것을 알 수 있다.

이 일어났다. 이 사건들은 박정희의 장기집권 욕망이 만들어 낸 것이며, 여기에는 1970년 10월 15일의 위수령(衛戍令), 12월 6일 국회 비상 사태 선언이라는 가혹한 통제 장치가 연동하고 있었다.

이회성은 90년대 말에 발표한 「취득기」에서조차, 1970년 방문 경위나 한국에서의 일정에 대해서 "언젠가 전부 말할 수 있는 날이 오면 좋겠다. 나는 스스로의 사상과 양심에 부끄러운 짓은 전혀 하지 않았다"라고만 할 뿐, 상세한 것을 이야기하려 하지 않았다. 이에 비해 1972년의 방문에 대해서는, 앞서 언급한 「북쪽이든 남쪽이든 나의 조국」이라는 기행에세이뿐 아니라, 서울대와 이화여대에서 '모국어' 강연을 일본어로 번역한 것, 『동아일보』(「분단의 역사를 바꾸는 전환점」)와 『한국일보』(「한국 인상기」)의 청탁 원고 등을, 에세이집 『북쪽이든 남쪽이든 나의 조국』(카와데 쇼보, 1974)에 정리해서 수록했다. 2년이 채 지나지 않는 짧은 기간 동안에 일어난 두 번의 한국방문의 각기 다른 처리 방식은, 이회성의 「한국국적 취득의 기록」을 계기로 발발한 김석범과의 소위 '국적/무국적' 논쟁에서 쟁점의 하나가 되었다. 이에 관해서는 뒤에서 논하겠다.

두 번의 방문에서 공통적인 것은 '한국 당국자'가 개입했다는 것이다. 첫 방문에 대해서는 "한국의 당국자는 비록 국적을 바꾸지 않아도 조총련계 사람이나 필요한 사람을 한국에 보내는 일을 했다"(「북쪽이든 남쪽이든 나의 조국」, 앞의 책, 1972)라고 말하고 있지만, 한국의 어떤 미디어에도 그의 한국입국이 소개되지는 않았다. 한편, 아쿠타가와 상 수상 작가로 서울에 온 두 번째 때는 "공항에서 기자들에게 둘러싸여" 인터뷰를 한 뒤 한국일보사의 보도차량으로 호텔로 이동한다. 차안에는 공항에서부터 동행한 중앙정보부원이 있었는데 이회성의 항의로 그가 사라지고 나서도 한국일보 기자가 이회성을 감시한다. 어쨌든, 한국 미디어는 대대적으로 이회성의 한국 입국을 보도했다. 예컨대 이 해 그에 대한 기사는 『동아일보』, 『경향신문』에서만 26회나 오르내렸다. 이회성 자신도 "재일조선인 작가에 불과한 젊은 나를 향한 공항에서의 대대적인 인터뷰, 진심어린 환영을 해준 것은 우연히 받은 아쿠타가와 상과 관련이 있는 것 같았다"(「북쪽이든 남쪽이든 나의 조국」)고 말할 정도다.

이회성에 관한 한국어 신문 등을 조사하면서 흥미로웠던 것은, 한국 미디어가 '재일교포 작가 이회성, 북한 국적 포기 선언. 뒤늦게 발견한 조국, 다시는 우적(右籍) 좌적(左籍)하지 말아요'(『동아일보』, 1973년 10월 10일) 등, '이회성'이라는 작가 이름에서 '조총련' 또는 '북한'을 지우려고 한 부분들이다.[27] 이회성은 1967년 1월 1일자로 조선신보사를 퇴사, 조총련을 이탈하고 일본어 소설을 쓰기 시작한 것은 잘 알려져 있다. 그럼에도 불구하고 한국어 기사에는 그 일이 있고 6년 후에 '이탈'이 '국적 포기'로 표현되었고, 마치 최근의 일인 양 보도되었다. 이 문제를 앞에서 다룬 당시 '재일조선인' 표상의 문제계와 절합시켜보면, 신문들이 그의 '조선적' 문제를 후경으로 밀어내면서, '반(半)쪽바리'와는 달리 '모어'를 구사할 수 있는 '영웅'(아쿠타가와 상 수상자)이며 '빨갱이'가 아니라는(북한 국적 포기 및 총련 비판자) 반공주의적 코드를 새기려는 시도로 파악할 수 있다.

한편, ③세 번째, 네 번째, 그리고 다섯 번째 방문 중 '한국국적 취

27 1976년 10월 23일 『동아일보』, 『경향신문』에서는 이회성, 김석범 등 '한때 조총련에서 활동한 인사가 북괴와 조총련을 비판하고, 한국지지' 선언을 했다고 전한다.

득'을 선언한 것은 글로벌리제이션 문제와 깊은 관련이 있다. 이회성이 국적 변경을 진지하게 생각하게 된 것은 1995년 11월 3일부터 15일까지의 세 번째 한국 방문 후부터라고 한다. 그러나 이회성 자신의 결심 시기가 언제든간에, 그의 '한국국적' 취득이 어떻게 의미 부여 되었는지에 대해서는 생각할 필요가 있다. 1998년 5월 28일에 서울에 온 바로 다음 날『동아일보』와의 단독 인터뷰를 통해 '한국국적 취득'을 선언하는데, 그는 이미 일본에서 「한국국적 취득의 기록」 공개 준비를 하고나서 출국했다. 같은 일이 일본어 유통 공간과 한국어 유통 공간에서 같은 의미를 지니지 않음은 확실하다. 또한 '혈통주의'의 자장에 있는 존재에게, 자기 아이덴티티 구성 방법에 따라서는 다른 해석이 가능한 문제이기도 하다.

우선, 여기에서는 한국어의 역학에 주목하고 싶다. 『동아일보』 5월 30일 1면과 3면에는 이회성의 한국국적 취득 기사가 그의 인터뷰와 함께 크게 보도된다. 주목해야 할 것은 지면 구성이 낳는 효과에 관해서다. 1면 <일본 아쿠타가와 상 수상, 재일작가 이회성 씨 '무국적의 한'을 떨치고 한국의 품으로>라는 제목 아래에는, <국적 '조선'을 버리고 '한국' 취득. 'IMF의 고통을 나누고 싶다'고 망명을 청산>이라는 소제목이 붙어 있는데, 이 기사 바로 아래에는 'IMF 18억 달러 한국 추가 지원을 승인'이라는 큰 제목이 이어졌다. IMF 위기 이후 한국어권에서는 '인적자원으로서 재외동포에 대한 관심 고조'와 함께 '재외동포' 담론이 만들어진다. 이런 담론이 '한상(韓商) 네트워크론' '국익'이라는 콘텍스트에 놓여 있다고 비판[28]받는 시기

---

28 김태식, 「누가 디아스포라를 필요로 하는가」, 앞의 책, 225쪽.

는, '디아스포라'라는 말이 테마로 사용된 연구가 재구축된 시기, 특히 '코리안 디아스포라'에 대한 관심이 고조된 시기와도 겹친다. 김우자는 이런 표상 체계가 기능하는 언설권에 대해, "90년대 중반 이후, 한국이 경제 위기에 빠진 무렵부터 급격한 관심의 고조를 보였고, 다양한 이해와 관심이 서로 얽혀있는 장"²⁹으로 설명하고 있다.

김우자는 한국정부에서도 이 시기까지 "한국을 떠난 한국인에 대한 관심은 높지 않았다"고 지적하면서, 1999년 8월 12일 한국 국회에서 가결되고 같은 해 12월부터 시행된 '재외동포의 출입국과 법적 지위에 관한 법률'의 성립에서 IMF 위기를 매개로 하는 '기민(棄民)으로부터의 한정적인 포섭의 과정'을 발견하고 있다. 한국 출입국이나 체류 기간 중 재외'동포'의 법적 지위를, 국내 거주 '국민'과 거의 동등한 권리로 할 것을 목적으로 하는 이 법률에서 '가장 큰 쟁점이 된 것은 <재외동포>는 누구인가'라는 문제다. 이 시기의 결론은 '현재 한국적을 소지하고 있는지(<재외국민>), 과거에 소지했던, 혹은 소지했던 자의 직계비속(외국국적동포)으로 한정'되었다. 이에 따라 한국정부 수립 이전에 국외로 나갔던 '동포'가 제외되고 말았지만 2004년에 다시 개정된다. 그러나 여전히 '조선적'은 '동포'의 범주에 포함시키지 않았다.³⁰

즉, 이회성의 '한국국적 취득' 선언이 한국정부가 추진한 '글로벌 사회에서의 한국의 경제 발전과 생존전략'에 모범이 되는 '재외동포' 선언의 효과를 발휘했던 것이다. 아쿠타가와 상을 수상한 재일조선인 필자가 작품의 내용이 아니라 '성공한 사람' '자랑스러운 한

---

29 金友子, 「「同胞」という磁場」, 『現代思想』, 2007년 6월호. 213쪽
30 金友子의 글(앞의 책) 215쪽을 참조했다.

국인'으로 기호화된 것과 함께 생각[31]하면, 그의 '한국국적 취득 수기'가 1999년 12월 『교포정책자료』(해외교포문제 연구소)에 전문 게재된 것에도 별로 위화감을 느낄 수 없다. 이 문제는 본고의 '시작하며'에서 살펴본 양이를 비롯하여, 일본어를 '모어'로 하지 않는 외국인 필자에 대한 일본어의 문맥과 대칭되는 구도가 된다. 이에 대해서는 후술하겠다.

4. '무/국적' 논쟁과 '다/민족국가 일본'

일본어로 발표된 이회성의 「취득기」을 둘러싸고 김석범과 격렬한 논쟁이 이루어진 것은 잘 알려져 있다. 이 '무/국적' 논쟁은 주로 『세카이(世界)』에서 전개되었는데 그 내용은, ① 이회성, 「취득기」(앞의 책, 1998.6), ② 김석범, 「지금, '재일'에게 있어서 '국적'이란 무엇인가- 이회성 군에게 보내는 편지」(『세카이』, 1998.10), ③ 이회성, 「'무국적자'의 갈 길-김석범에게 보내는 답장」(『세카이』, 1999.1), ④ 김석범, 「다시, '재일'에게 있어서 '국적'에 대해- 준통일 국적의 제정을」(『세카이』, 2000.5) 등에서 확인할 수 있다. ②를 쓰고 있던 시기에 김석범은, '8월 하순에 예정된 제주 4.3사건 50주년 국제 심포지엄 참가 입국'이 거부된 상황이었다.[32] 여기에 '한국적' 취득에 대한 압력이 가해졌음은 말할 것도 없다.

---

31 權赫泰의 글(앞의 책) 235쪽.
32 결국 입국할 수 있었지만 참석예정이었던 심포지엄이 끝난 직후에 도착하게 된다. 본문②, 142쪽 참조.

당신이 서울의 심포지엄 석상에서 국적 취득 선언을 한 것을 한
국의 저널리즘이 환영하고 호들갑을 떠는 것은, 이 민족의 권력체
제이기도 한 내셔널리즘을 조장하고 선동하는 것이어서(지금까지
재일조선인 문화인에 대한 와해 공작이 모두 그랬지만,) 아주 마음
이 안 좋다.

어쨌든 현실이 될 '재일' 무국적자라는 존재, '조선국적'을 파헤치
고 불도저로 밀어부쳐 소수자들을 갈기갈기 찢어내는 일이 벌어질지
도 모르겠다. 물론 상상이지만, 국적 취득에 응하지 않아서 버림받아
도(棄民的) 어쩔 수 없을 것이다.

위의 ②에서 김석범은 이제까지 한국정부의 '재일조선인 문화인'
에 대한 국적 변경의 압력을 상기시키면서, 한국의 정책이 '조선적'
을 버리는(棄民) 방향으로 선회하는 것을 우려하는 내용이다. 그런
데 이 논의에서 김석범이 한국국적 취득 자체를 반대하는 것은 아니
라는 점에 주의하자. 예를 들어 ④에서도 그런 점을 알 수 있는데, 김
석범은 영화제작자 이봉우가 다른 외국 입국 비자 취득의 '불편함'
을 이유로 '한국적'을 가진 것을, '무국적'에서 '국적'을 취득한 것으
로 파악하고, 조선적을 갖고 해외여행 하는 것이 얼마나 어려운지
말한다.[33] 결국 김석범 논의의 취지는, '이회성'이라는 '문화인'의
한국국적 취득이 '애국자'(②139쪽)라는 코드로 수용됨으로써, '조
선적' 특히 북쪽, 남쪽 어느 한쪽의 정치 체제를 택하지 않는[34] 소수

---

[33] 일본의 입관 당국의 재입국 허가증명서 등의 서류를 첨부하여 행선국의 주일대
사관에 비자를 신청하고부터, 제대로 허가가 나오기까지 반년 가까이 걸린다.
게다가 비자 이외에 여권('국민' 증명의 대안)가 없어서 그쪽 외국에서의 장시
간 엄격한 입국심사가 이루어진다.

의 '무국적자'라는 존재가 사람들의 심상지도에서 사라지는 것을 걱정하는 것이었다. 여기에는 "재일에게는 총검이 대치하는 38선이 없다는, 늘 초월적인 입장과 생각"(④215쪽)이라는 표현에서 엿볼 수 있듯, 조선적·한국적을 넘는 '순도(純度)' 높은 '조선민족'이 상정되어 있다. 한편 글로벌리제이션과 더불어 '재외동포'라는 새로운 네트워크 만들기를 시도하면서, 동포의 범주를 '과거/현재'의 '한국' 국적으로 한정했다. 이러한 한국의 문맥에서 '조선적'은 배제되었다. 김석범의 '무국적' 언설이 이 네트워크에서 배제된 '조선적'을 기반으로 만들어졌음에도 불구하고 그의 '무국적' 언설 역시 '혈통주의'의 주박(呪縛)에서 자유롭지 않다.

김석범은 『아사히신문』 칼럼 「재일조선인의 친구에게 보내는 편지」(1998.6.10)에 실린 기사의 통계에 주목하면서, "55만이라는 숫자는 착각하기 쉽지만, 재일조선인 전체(67만)를 의미하지 않는다. 소위 뉴커머, 한국에서 오는 새로운 이주자는 계산에 포함되지 않았고, 한국적(韓國籍)을 가진 이들은 실제로 50만 명이 넘을 것이다. 또한 조금 충격을 받은 것은 내가 무지한 탓이겠지만, 조선적(朝鮮籍)을 가진 15만 명 중 한국적으로 바꾸는 사람이 4,5천명에 이른다는 것이었다"(②137쪽)고 말하고 있다. 이 글에서 볼 수 있는 것은 '조선적' 소멸에 대한 불안이다.

---

34 김석범은 "'재일'에게 국적은 기호이고 편의상의 것이지만, 그러나 그것이 분단민족의 한쪽국가 체제 강화에 흡수된다. '국적'은 정치이고 권력의 문제다. 우리는 거기에 좌우되고 농락당한다"(② 140쪽)고 지적하면서, "남북 당국이 통일의 관점에서 '재일' 무국적을 대하기를 바란다. 그들을 디아스포라로서 포기하는 기민정책을 취할 것인가. 분단 내셔널리즘, 분단 체제에 들어가기 위한 '조선'적의 쟁탈전을 펼칠 것인가"(④ 215~216쪽)고 묻고 있다.

일본 체류를 희망하는 '외국인'의 경우, 일본 입국관리국의 분류에 따라 자신이 어떤 항목에 해당하는 '외국인'인지를 파악하고 그것을 자진신고(서류 제출)하는 방식으로 체류 자격을 얻는다. 그러나 일본 국내의 '일본인'에 대해서는 이런 분류가 적용되지 않는다. 만일, 가령 '일본인'이라는 틀에 속하는 사람들에게 '외국인'과 같은 '분류'를 시도할 경우 그것은 심각한 '차별-인권' 문제로 추궁 당할 것이다. 결국 '일본인'의 정의는 '일본인'이 아닌 이를 근거지로 삼으면서 '그것'과의 차별화를 통해 만들어진다.

그에 비해 '조선인'을 정의하는 패턴은 여러 가지다. 예를 들면, 송안종은 다섯 그룹으로 나누어 '일본 거주 <조선인>의 정의'를 하고 있다. "Ⓐ '조선인' 에스니시티(ethnicity)를 갖고 있으면서 조선적/한국적을 유지하는 사람, 혹은 '귀화' 절차에 따라 일본국적을 취득한 사람, Ⓑ 전전(戰前) '조선인'과의 결혼으로 일본 내지호적에서 조선호적으로 전입되어 1952년 샌프란시스코 조약에 따라 '조선인'과 똑같이 일본국적을 '상실'한, '일본인' 에스니시티를 가진 사람, Ⓒ 50년에 제정된 부계혈통주의의 국적법 때문에 어머니가 '일본인'이어도 일본국적을 취득하지 못한 '일본 조선 혼혈인', Ⓓ 85년 개정된 부모 양계 혈통주의 국적법 하에서 일본국적도 가지게 된 '일본 조선 혼혈인', Ⓔ '조선인', '일본 조선 혼혈인', '일본인' 에스니시티 이외에 외국인과의 '혼혈인' 등을 포함한다"가 그것이다.[35] 여기에 '특별영주자'의 법적 정의를 적용하면 더욱 세분화된 항목이 나온다.[36] 게다가 체재 비자의 종류가 세세하게 나뉜 '뉴커머'의 틀을 접

---

35 「「コリア系日本人」化プロジェクトの位相を探る」, 『現代思想』, 2007.6, 225-226쪽.
36 송안종의 앞의 책의 논문, 226쪽을 참조.

속시키면 항목을 더 늘려야 할 것이다.

송안종은 "일본인의 눈으로 보아 조선의 피가 한 방울이라도 섞여 있으면 조선인이다. 진정한 일본인이라 할 수 없다"라는 윤조자(尹照子)(51년생, 도쿄공립학교 교사, 스스로를 '혼혈 일본국적 조선인'으로 정의한다)의 말을 인용하면서, 일본에서 '조선인'이란 "에스니시티, 국적, 조선식 이름 소지 혹은 당사자의 자기 정의 등으로 정의되는 것이 아니라, '일본인' 일반이 '조선인'으로 호명하고 그렇다고 여기는, 즉, 일본인에 의해 범주화된 사람들"이라고 정의한다. 가령 위의 Ⓐ에서 Ⓔ까지의 분류에 '일본의 피가 한 방울이라도 섞여 있으면 일본인이다'라는 사고로 전용하는 것이 허락된다면, 그것은 '일본인'의 정의가 될 가능성조차 있다. '일본인'과 '재일조선인'의 임계점은 아슬아슬한 구도 위에 놓여있는 것이다.

물론 송안종의 논의를 길게 인용한 것은 일본인과 조선인이 '피'의 수준에서 겹쳐 있음을 강조하기 위해서가 아니다. 주목하고 싶은 것은, 이회성과 김석범의 '무/국적' 논쟁이 가토 노리히로(加藤典洋)의 『패전후론(敗戰後論)』(고단샤, 1998.8)과 다카하시 테츠야(高橋哲哉)의 『전후책임논쟁(戰後責任論爭)』(고단샤, 1999.12) 출판과 같은 시기에 전개되었다는 점이다. 즉, 이회성과 김석범의 논의는 '전후책임논쟁'과 똑같은 일본어 공간에서 이루어지고 있었다. 이회성과 김석범의 '무/국적' 논쟁이 '재일조선인'이라는 말의 세분화를 둘러싼 논쟁이라고 한다면, 가토와 다카하시의 논쟁은 '일본인'과 '아시아인'이라는 범주를 선험적으로 인정하고 그것들을 이항대립 구도에 놓고 전개된 논쟁이었다.

  * 가토 노리히로, 「패전후론」 : '무명병사'는 누구인가. 누구의 지문도 묻지 않은 그야말로 새 것, 순결(潔白)한 '히노마루(日の丸)'적 존재다. (중략) 무명병사라는 관념을 깨는 것은, 무고한 시민이라는 관념도 아니라면, 전후의 새로운 가치관을 가진 젊은이라는 관념도 아니고, 또한 2천 만 아시아의 죽은 자라는 관념도 아니며, 오히려 이름이라는 얼룩을 가진 개별 병사들이 구성하는 또 하나의 '우리'라는 관념인 것이다. (중략) 이름 없는 3백만 자국의 죽은 자에 대치되는, 더더욱 이름 없는 2천 만 아시아의 죽은 자란 무엇인가. 거기에 무언가가 심하게 전도가 있다. 그러나 이것을 이해하고 나니, 앞서 말한 3백만 자국의 죽은 자에 대한 애도를 통해서 2천 만 죽은 자들에게 이르는 길을 만들어 내지 않으면, 우리는 이 '뒤틀림'에서 회복할 방도가 없다고 생각한다.

  * 다카하시 테츠야, 「애도를 둘러싼 대화」 : 일본국민을 일본정부가 대표한다는, 리프리젠트한다는 것은 하나의 의제(擬制)이고, 거기에는 많은 문제가 있다. 그래도 일본의 전후책임을 지기 위해서는 우선 일본국가에 정치적으로 귀속되어 있음을 긍정하는 것이 전제일 것이다. (중략) 사죄하기 위해서라도 '우선' '먼저'. 즉, 사죄 없이 마치 '향유'의 주체처럼 '타자를 외면하면서 '우리 일본인'을 확보한다는 등의 말을 해도 될까? '우리 일본인'을 먼저 만들지 않으면 아시아의 죽은 자와 마주 할 수도 없다고 말해서는 안 된다. 오히려 먼저 아시아의 죽은 자와 마주하지 않으면 '우리 일본인'을 만들 수도 없다고 해야 할 것이다.

'3백만 자국의 죽은 자'에 대한 애도를 통해 '2천만 명의 아시아의 죽은 자'와 이어지는 길을 발견한다는 가토의 논리는 '순백의 <히노마루>적 존재'로서의 '무명병사' 표상에 의해 지탱되고 있지만, 여기에는 '살육하는 주체'로서의 '병사'라는 심급은 빠져 있다. 게다가 식민지 출신자가 섞인 '일본병사'가 '혈통주의' 수준에서는 파악할 수 없다는 것에 대한 의식이 별로 보이지 않는다. 즉, '순백의 <히노마루>적 존재'라는 말은, '순백의 <일본인> 병사'만을 상정하고 있는 것이다. 반면, 가토를 비판하는 다카하시의 말("일본의 전쟁책임을 지기 위해서는 우선 일본국가에 정치적으로 귀속되어 있음을 긍정하는 것이 전제일 것이다")은 "아시아의 죽은 자와 접하지 않으면 '우리 일본인'을 만들 수도 없다"는 논리로 이어진다. 그러나 이처럼 정치적 귀속을 '일본인'에 한정하는 것, 게다가 그것이 '아시아의 죽은 자'와의 차별화를 통해서만 "우리 일본인을 만들 수밖에 없다"고 말할 때, 여기에서 드러나는 것은 '전후책임 논쟁' 역시 '혈통주의'의 자장에 놓여 있다는 사실이다. 즉, '전후책임'의 막중함은 바깥의 '아시아' 뿐 아니라 내부적인 '순백의 <히노마루>적인 존재'의 부재, 그리고 '정치적인 귀속'에 의한 '일본인' 만들기의 불가능성에 있음을 의식할 필요가 있을 것이다.

결국 '전후책임논쟁'과 '무/국적 논쟁'이 같은 시기에 이루어졌음에도 불구하고, 말의 수준에서의 침범이 전경화 될 수 없었던 것은, 각각이 토대로 하는 '혈통주의' 관련 심상지도가 엇갈려 있기 때문이라고 할 수밖에 없다. 서로가 서로를 배제하는 구도에서 '한국적' '조선적' '일본적'의 위치 바꾸기가 반복된 것이다.

5. 새로운 논의의 토대를 위하여

내셔널 아이덴티티와 신분증명으로서의 국적의 관계를 어떻게 생각하면 좋을까. 첸 티엔시(陳天璽)의 지적대로, 국적과 여권을 생각한다면, 국가가 어떻게 국민을 관리하는가라는 '위로부터의 컨트롤' 뿐 아니라, 개인이 이동의 자유나 권리의 획득 등을 목적으로 자기의 의사에 따라 어떻게 국적, 여권을 변경·취득하고 있는가라는 '아래로부터의 컨트롤'도 의식해야 하는 단계에 와 있는 것이 분명하다.[37] 무국적이나 복수국적에 관한 논의도 피할 수 없는 것이다.

여기에서 다시 '시작하며'에서 다룬 양이의 이야기로 돌아가 보자. 양이의 수상에 대해 쓴 『아사히신문』의 사설을 지금까지의 논의의 흐름에 의거해 다시 읽어보고 싶다.

> 일본에서 생활하는 외국인은 급증하여 215만 명에 이른다. 그 중에서도 중국인은 60만 명을 넘었다. 유학 등으로 일본에 오는 고학력자도 많다. 양씨와 같은 표현자가 등장하는 것은 당연한 흐름일 것이다.(『아사히』 같은 해 7월 17일 사설)

외국인 등록자 수를 보면, 1980년에는 78만 2910명이었던 것이, 1995년에는 136만 2371명으로, 90년대 이후 급격히 증가하고 있는 것이 확실하다. 그러나 '215만 명'이라는 숫자에는 39만 명의 '특별영주자'와 약 1100명의 '무국적자'가 포함되어 있다.[38] '특별영주

37 　陳天璽, 「国家と個人をつなぐモノの真相」, 『越境とアイデンティフィケーション―国籍・パスポート・IDカード』, 新曜社, 2012, 447쪽.

자'란, '무국적' '조선적' '한국적'을 포함한 구식민지에서 온 사람들과 '그 후손'을 의미한다. '215만'이라는 숫자의 크기를 전거로 하면서 '재일조선인' 필자와 양이와 같이 일본어를 '모어로 하지 않는' 필자를 구분하고자 하는 것은 무리가 있다. 단, 1990년대 중반부터 조선적 및 한국적을 가진 이들의 일본국적 취득은 1만 명 안팎을 유지하고 있다는 것.[39] 게다가 앞에서 언급한 대로, "조선적을 가진 15만 명 중 한국적으로 변경하는 이가 4,5천명에 이름"에 따라 '조선적'이 감소 추세에 있는 것은 확실하다.

2012년 7월 9일, 일본에서는 외국인 등록 제도가 폐지되고, 체류 관리를 국가로 일원화하는 '새로운 체류 관리 제도'가 시작되었다. 각 시구정촌(市区町村)이 발행한 외국인 등록 증명서 대신 '체류카드'가 발급된다. 새로운 제도에서는 '특별영주자'를 '체류카드' 대상에서 제외하고, 새로운 신분증명서 를 발급하고 있다.[40] 또한 중장기 체류자를 위한 '미나시(みなし) 재입국'이 도입되었다. 중기 체류자의 경우 일본을 출국할 때 입국심사관에게 1년 이내(특별영주자는 2년 이내)에 재입국할 뜻을 전하고, 일본 입국 시에는 '여권'과 '체류카드'를 제시하면 '재입국 허가로 간주한다'는 내용이다. 그러나 체류카드의 국적·지역란에 '조선' 혹은 '무국적'이라고 표시되어

---

38 일본국 법무성 입국관리국(이하, 입관으로 줄인다)이 공개한 2011년 「국적(출신)별 재류자격(재류목적)별 외국인등록자」에 따르면, 외국인 등록을 한 수는 약 207만 8508명(그 중 무국적자가 1100명), 특별영주자는 38만9085명(법무성HP 「등록외국인통계통계표」)이다. 또한 국적(출신지)별 항목에 기록된 국민국가 수는 190에 이른다.

39 浅川晃広, 『在日外国人と帰化制度』表1-1「帰化許可者数および不許可者数の推移」, (新幹社, 2003, 14~15쪽)에 따른다.

40 2012년 초에 시구정촌(市区町村)에서 외국인 등록자에게 보낸 「새로운 관리제도」 설명서에 따른다.

있는 '외국인'은 '정식 여권이 없다'는 이유로 '미나시 재입국'을 인정하지 않는다고 법무성은 설명하고 있다.[41]

'시작하며'에서 다룬 양이의 수상을 전하는 기사에는, '외국인' 증가에 따른 결과로 양이를 전경화 시키면서, 김석범이 '소멸'을 두려워할 만큼 감소 추세를 보이는 '재일조선인' 필자를 후경으로 밀어내는 구도가 보인다. 양이가 수상하고 반년 후인 2009년 1월 25일 『산케이신문』은 <'유학생 30만 명 계획' 실현으로, 심사의 간소화 등을 제언>이라는 제목의 기사가 실렸다.

'유학생 30만 명 계획'은 글로벌 전략이나 대학 등 교육 연구의 국제경쟁력을 높이고 뛰어난 유학생을 얻기 위해 '헤세(平成) 32년 (2020년)까지 유학생 수를 30만 명으로 늘릴 것을 목표로' 한 것. 문부과학성을 비롯한 관계 6개 부처(省庁)에 의해 작년 7월에 계획의 골자가 수립되었다.

일본의 글로벌 전략으로서 '유학생 수를 30만 명'으로 만들 계획의 일환으로 체류 심사의 '간소화'를 꾀한 이 제도는 2012년 5월 7일부터 시작된 '고급인재(高度人材)에 대한 포인트 제도를 통한 우대제도의 도입'[42]과 같은 맥락에서 발의된 것이다. 포인트 제도란 "경제성장이나 새로운 수요와 고용 창출에 이바지할 것으로 기대되는 고급 능력이나 자질을 가진 외국인(=고급인재)의 수용을 촉진하

---

41 이주노동자와 연대하는 전국 네트워크·입관대책회의 외 편, 『改訂入管法中長期在留者のためのQ&A』, 2011년 6월.
    (http://www.repacp.org/aacp/ria2012/chuchoki_jp.html#q10)
42 법무성 입국관리국 HP(http://www.immi-moj.go.jp/info/120416_01.html) 참조.

기 위해, 포인트 합계가 일정 점수에 도달한 자를 '고급인재 외국인'이라 하고, 출입국 관리상 우대 조치를 강구하는 제도"라고 한다. 외국인 본인이 스스로 얼마나 이 나라 발전에 공헌할 수 있는 '고급인재'인지를 증명하고 포인트를 적립한다는 제도인 것 같다.

여기에서 '고급인재'와 '바람직하지 않은 외국인'이라는 구분이 자연스레 출현함에 주의해야 한다. '외국인'이 일본에서 장기 체류를 희망하더라도, 특히 '노동자'에 대한 체류 허가 기준은 매우 엄격한 것이 현실이다. 예를 들어 일본 법무성 입국관리국 HP에 가장 눈에 띄게 배치되어있는 것이 다음의 말이다.

> 법무성 입국관리국에서는 '룰을 지켜 국제화'를 표어로 출입국 관리 행정을 통해 일본과 세계를 연결하고, 사람들의 국제적인 교류의 원활화를 꾀함과 동시에 우리나라에 바람직하지 않은 외국인을 강제로 국외로 퇴거시킴으로써 건전한 일본 사회 발전에 기여하고 있습니다.

'강제로 국외로 퇴거시킴'으로써, '건전한 일본 사회'의 유지를 목표로 하는 입관이, '우리나라에' '바람직하지 않은 외국인'을 판단하는 기준을 명확히 제시한 적은 없다. 이런 '바람직하다/ 바람직하지 않다'라는 선긋기가 과연 '외국인 작가' 담론과 무관한 것일까. 2010년 3월 『국제인류(國際人流)』(재단법인 입관협회)에는 '일본문학과 외국인'이라는 특집이 실려 있다. 이 잡지는 법무성 입국관리국의 편집 협력을 얻어서 출입국 관리 행정에 관련된 통계나 입관법 개정에 관한 최신 정보를 제공하기 위해 발행되는 것이다. '특집 1' '일본문단에

서 활약하는 외국인 작가들'에는 양이와 아서 비너드(Arthur Binard)
등의 글이 실린다. 그 아래에 이어지는 '특집 2'는 유학생 문학상에
관한 특집이다. '특집 3'에는 일본어로 소설을 쓰기 시작한 유학생
이 등장한다. 도달 목표인 '양이'를 염두에 두고 3에서 1로 향하게
하는 구성이다. 글로벌 전략에 필요조건으로 '문학'이 우선순위에
놓일 것 같지 않다. 그러나, 보다 안정된 체류 자격 취득을 목표로 하
는 '외국인'을 대상으로 하여 '문필장인(匠人)'(성공자)로서의 '아쿠
타가와 상 작가' '양이'를 위치 짓는 것은, 역시 '아쿠타가와 상 작
가'인 '이회성'의 한국 국적 선언이 '글로벌 사회 속에서 한국의 경
제 발전과 생존 전략'에 모범이 되는 '재외동포' 선언으로 유통되는
것과 비교할만한 구도라 하지 않을 수 없다.

유학생 30만 명 계획이 발표된 다음 달에 가장 화제를 모은 것이,
불법체류로 국외퇴거처분이 확정된 것에 대해 체류특별허가를 요구
한 사이타마 현 와라비시(蕨市)의 필리핀인 칼데론 앨런 크루즈 씨
(36) 부부와 장녀에 대한 보도일 것이다. 법무성이 중학교 1학년인 장
녀에게만 체류를 허가한 것에 항의하기 위해 열린 기자회견장에서 중
학교 1학년 노리코 양은, "필리핀 국적임을 머리로는 이해하면서도
'나는 100퍼센트 일본인'이라는 생각에는 변함이 없다. 오히려 스스
로에게 묻고 대답도 했는데 '필리핀에 대해 아무 것도 모르는 나는
<일본인>이다'라고 더 의식하는 계기가 되었다"[43]고 이야기한다.

양이의 '동경하는' '일본' 이야기가 유통되고, 그녀의 밝은 미소가
새겨진 『문예춘추』의 거대광고가 무엇을 은폐할지에 대해 생각해야

---

43 「「私は100％日本人」フィリピン人中1女子の家族、「在留」あす判断」、『産経新聞』、
　　2009.2.12.

한다. 나는 노리코 양이 "나는 100퍼센트 일본인"이라고 비통하게 절규한 것을 어떻게 받아들이고, 어떤 논의의 토대를 만들어야 할지 아직 모르겠다. 그러나 '다-민족-국가-일본' 또는 '다-문화-사회' 라는 말에 어떤 함정이 부수되어 있는지에 대해 생각하는 작업은 멈춰서는 안 된다.

▎번역 ; 김 미 정

제3장

『古事記』 및 『日本書紀』에 나타난 바다와 미소기(禊) *

| 박 신 영

1. 서론

일본의 황조신(皇祖神) 혹은 지고신(至高神)이라 불리는 아마테라스의 생성과정은 『고사기』 상권과 『일본서기』 신대권 정문(正文)을 비교해보면 각각 다르게 서술되어 있는데, 그 중에서도 가장 큰 기술적 차이는 '미소기(禊)'라는 행위와 관련된 기술이라 볼 수 있다. 양 문헌의 신화전승에서 조물주의 역할로 묘사되고 있는 이자나기와 이자나미가 국토와 신들의 생성을 마친 후 전개되는 신화가 아마테라스와 스사노오의 등장을 중심으로 이루어지는 것을 고려하였을

---

* 본 논문은 박사학위논문을 요약 정리한 것임을 밝혀둔다.

때, 아마테라스·쓰쿠요미·스사노오 즉 삼귀자(三貴子)라고 일컬어지는 이 세 신의 생성이라는 신화 요소는 하나의 터닝 포인트이기도하다. 따라서 본고에서는 '미소기'라는 특별한 행위에 주목하여 미소기와 관련된 기사를 중심으로 '바다', '해신(海神)'에 이르기 까지 시야를 넓혀 고찰하고자 한다.

2. 『고사기』 『일본서기』에 나타난 삼귀자(三貴子) 생성신화

『고사기(古事記)』상권 및 『일본서기(日本書紀)』신대권(神代卷)에 수록된 상대 문헌 신화에서 본격적인 스토리를 갖춘 신화전승은 이자나기노미코토(이하, 이자나기)와 이자나미노미코토(이하, 이자나미)의 신화전승으로부터 시작된다고 할 수 있다. 이자나기와 이자나미는 함께 국토와 여러 신들을 생성하는데, 후반부에 이르러서는 소위 '삼귀자(三貴子)'라 불리는 아마테라스, 쓰쿠요미, 스사노오가 생성된다. 삼귀자 생성 이전에는 국토 및 여러 신들을 생성하는 전승이 주를 이루었는데, '삼귀자' 전승에 이르면 '知', '治'와 같은 한자표기를 통해서도 알 수 있듯이 처음으로 통치의 개념이 등장한다. 또, 이후의 신화 전개에 있어서도 아마테라스와 스사노오는 신화의 주인공이라 말할 수 있을 정도로 빼놓을 수 없는 존재이다. 특히 일본의 황조신(皇祖神)이라 여겨지는 아마테라스의 생성이라는 중요한 부분을 전하고 있는 것이 '삼귀자의 탄생'의 가장 핵심적인 부분인데, 그 내용은 『고사기』와 『일본서기』에서 적지 않은 차이를 보인다.

먼저 『고사기』의 경우를 살펴보면 불의 신을 낳다가 타계한 이자나미를 그리워하여 황천국(黃泉国)에 다녀온 이자나기가 '게가레(穢)'¹를 씻어내기 위해 '미소기(禊)'라는 특수한 행위를 한다고 전하고 있다. 그리고 이자나기가 단독으로 미소기라는 행위를 거행하는 과정 중에서 삼귀자가 탄생한다고 그리고 있다. 이에 반해 『일본서기』 신대권 제5단 정문(正文)에서는 이자나기의 미소기 전승은 등장하지 않고, 이전의 신 생성 과정과 마찬가지로 이자나기와 이자나미가 함께 삼귀자를 생성하는 것으로 그리고 있다. 다만 유사전승을 전하고 있는 『일본서기』 신대권 제5단 일서(一書) 제6에서는 『일본서기』 정문과는 달리 『고사기』의 내용과 유사한 형태로 이자나기가 단독으로 거행하는 '미소기'라는 행위를 통해 삼귀자가 생성되는 것으로 마무리된다. 이처럼 『고사기』와 『일본서기』 신대권 제5단 일서 제6에서 삼귀자가 '미소기'라는 행위를 통해 생성되는 것으로 보아 양 문헌에서 나타난 미소기의 역할과 의미는 단순히 몸을 씻는 행위 그 자체만으로 볼 수 없으며, 거기에는 씻어내는 행위를 넘어 무언가 존귀한 존재를 재생시키는 신성한 매개적 행위라는 의미가 내재되어 있을 것으로 보인다.

---

1 '穢'는 번역서에서 다음과 같이 주로 번역되어 있다.
・穢国 : 더러운 나라(노성환(2009) 『고사기』 민속원, p.44)
・濁穢 : 더러워진 것(전용신(1989) 『完譯 日本書紀』 일지사, p.11)
즉 '穢'는 더러움을 의미하는 것인데, 이자나기의 미소기 전승에서 나타나는 '穢'는 단순한 더러움이 아니라 황천국(黃泉国)라는 세계를 다녀옴으로 인해 생기는 것이다. 또한 이는 삼귀자가 생성되는 '미소기(禊)'의 원인이 되기도 하는 것이므로, 여기에서는 '더러움'이라는 번역어 대신 고유명사로서 '게가레'로 표기한다. 이하, 한자표기 생략.

2.1. '미소기(禊)'의 의미

노리나가는『고사기전』에서 미소기를 몸을 씻어내는 것으로 해석하며, '탈상 때 바다나 강변에 나아가 몸을 깨끗이 하는 것을 모두 미소기'라고 설명한다. 또 죄를 털어내는 의미로 주로 쓰이는 '하라에(祓)'와 비교하여 설명하는데, '미소기는 반드시 물가에서 행하는 것만을 가리키고, 하라에는 물가에서 행하는 것과 그렇지 않은 것을 모두 포함하는 광범위한 명칭'이라고 구분하고 있다. 또한 좁은 의미의 하라에는 죄를 범한 자에게 죄를 용서 받기 위한 배상을 하도록 해 재물로써 죄를 갚는 것[2]이라고 설명한다.

다케다유키치(武田祐吉)는 미소기와 하라에로 나누지 않고, '미소기하라에'로 합쳐서 표기하고 있는데, 미소기와 하라에 이 두 가지 모두 게가레를 제거하는 행위로는 같은 방법이라 볼 수 있지만 그 수단에 의해 구분된 개념이라 설명하고 있다. 즉 물의 힘을 이용하여 씻어서 깨끗이 하는 것을 미소기라 하고, 천이나 삼베로 털어냄으로써 청정한 상태를 얻는 방법을 하라에라고 규정한 것이다. 다시 말해 수단은 다르지만 게가레를 제거하는 관념에 있어서는 동일하다고 주장한다. 또한『고사기』와『일본서기』에 공통적으로 등장하는 이자나기의 미소기에 대해서는 그 게가레의 원인으로 죽은 자를 본 것과, 동시에 금기를 깬 것에서 게가레가 생겨난 것으로 보고 있다.[3]

'미소기'의 어원에 관해 노리나가는『고사기』,『일본서기』,『만요슈(万葉集)』에 등장하는 표현을 근거로 미소기의 어원을 '미소소기(身滌)'라고 설명한다.[4] 특히 이러한 학설은 현대 신화학자 구라노켄

2　本居宣長(1911)『古事記傳』吉川弘文館, pp.328-331
3　武田祐吉(1937)「禊祓の意義(古事記)」『国文学解釈と鑑賞』至文堂, pp.5-7

지(倉野憲司)에 계승되어 그 역시 『만요슈(万葉集)』에 등장하는 한자 표기인 '潔身' '身祓'를 '미소키'로 훈독하는 등 노리나가의 '미소소키(身滌キ)'설을 지지하고 있다.[5]

한편 니시미야가즈타미(西宮一民)는 미소기의 어원을 '미소키(身削キ)'라고 주장한다. 그 의미는 '몸을 깎아내어 게가레를 없애다'라는 뜻으로, 의복을 벗어던지는 것과 물속으로 몸을 던져 몸을 씻어내는 행위 전부가 '미소키(身削キ)'라고 보고, 물의 영력으로 인해 몸이 정화되는 것으로 믿었다고 주장하고 있다.[6]

반면에, 사이고노부쓰나(西郷信綱)는 『고사기』에서 '御身之禊'라는 원문표기에 주목하고 '미소소기(水ソソギ)'라고 설명하며 '미소키(身削キ)'설에 대해서는 부정하고 있다.[7] 이처럼 지금까지의 『고사기』와 『일본서기』의 여러 주석서들과 선행연구에서는 주로 미소기에 대해 표기에 담긴 의미 해석과 어원에 대한 연구가 주류를 이루어 왔다. 그런 가운데, 아오키기겐(青木紀元)은 미소기와 하라에를 하나로 보는 노리나가의 설을 부정하고, 미소기와 하라에는 본래 다른 의미였다고 주장하며 미소기와 하라에의 차이를 규명하고 있는 점이 주목된다. 그의 견해에 따르면 미소기하라에(禊祓·祓禊)와 같은 숙어가 생겨난 것은 원래는 서로 다른 개념이었던 '미소기'와 '하라에'를 일체화시킴으로써 더욱 유효한 역할을 달성했다고 보고 있다.

---

4 『고사기』 '初於二中瀬一墮迦豆伎而滌時' / 『일본서기』 '当滌去吾身之濁穢', '欲濯除其穢悪' / 『만요슈(万葉集)』 '潔身', '身祓'(本居宣長(1911)『古事記傳』, 吉川弘文館, p.330)
5 倉野憲司(1976)『古事記全註釈』三省堂, p.285
6 西宮一民(1979)『新潮日本古典集成 古事記』新潮社, p.40
7 西郷信綱(1975)『古事記注釈』平凡社, p.202

또 이자나기의 '미소기'라는 행위의 결과에 의해 특히 아마테라스, 쓰쿠요미, 스사노오라는 이른바 삼귀자가 생성되는 것을 중시하고 미소기는 고대의 중요한 종교의례였다고 주장한다.[8]

2.2. 미소기의 전제조건 '황천국(黄泉国)'

『고사기』에서는 이자나기가 황천국에 다녀온 후 황천국에 대해 "나는 아주 추하고 더러운 나라에 다녀왔다. 그러니, 나는 몸의 미소기를 하겠다"라고 표현한다. '추하고 더러운 나라'라는 표현에서 이자나기는 황천국에 대해 매우 부정적인 이미지로 평가하고 있으며, 미소기를 하게 되는 원인이 황천국 방문으로 인한 것임을 알 수 있다.

『고사기』에서는 이자나기의 미소기 전승이 등장하기 전에 이자나기와 이자나미는 국토와 수많은 신들을 생성시키는데, 그러던 중 이자나미는 불의 신을 낳다가 죽음을 맞이하는데, 이를 '황천국으로 간다.'라고 표현하고 있다. 즉, 황천국이라는 세계는 이자나미의 죽음을 통해 설정되는 것으로 볼 수 있다. 이자나미의 죽음을 슬퍼하던 이자나기는 이자나미를 만나기 위해 황천국이라는 세계를 방문하는데, 그 황천국이라는 세계가 '게가레'의 원인이 된다. 그 '게가레'를 씻어내기 위한 장치가 바로 '미소기'라는 특수한 행위이다.

2.3. 『고사기』의 삼귀자 생성 신화

황천국으로부터 현세로 돌아온 이자나기는 황천국에서 얻은 '게가레'를 씻어내기 위해 미소기를 거행하는데, 『고사기』에서 이자나

---

8 青木紀元(1983)『日本神話の基礎的研究』風間書房, pp.269-290

기의 미소기 과정을 통해 다양한 신이 생성되는데, 생성 순서에 따라 크게 두 가지로 분류할 수 있다. 첫 번째는 '몸에 지닌 물건을 벗음으로 인해 생긴 신'이고, 두 번째는 '몸을 물로 씻음으로 인해 생겨난 신'이다. 몸을 물로 씻음으로 인해 생겨나는 신들은 더 세부적으로 4종류로 분류할 수 있는데, 자세한 분류는 다음 <표1>과 같다.

〈표1〉 『고사기』에서 이자나기의 미소기를 통해 생성되는 신의 분류

<1> 몸에 지닌 물건을 벗음으로 인해 생긴 신	
<2> 몸을 물로 씻음으로 인해 생겨난 신	① 더러운 나라에 이르렀을 때의 게가레로 인해 생겨난 신
	② 그 화(禍)를 바로잡기 위해 생겨난 신
	③ 와타쓰미 3신·쓰쓰노오 3신
	④ 삼귀자

또한 "미소기를 하겠다."라고 말한 다음, 옷가지를 벗어 던지고 물에 들어가는 것으로 보아 『고사기』에서는 미소기로 생성된 신이 '몸에 지닌 물건을 벗음으로 인해 생긴 신'부터 시작된다고 할 수 있다.

2.4. 『일본서기』의 삼귀자 생성 신화

『일본서기』에서는 삼귀자 생성에 관한 내용은 크게 두 가지 장면으로 나누어 볼 수 있다. 첫 번째는 이자나기와 이자나미가 함께 삼귀자를 생성하는 것으로 나타나는 정문인데, 이자나미의 죽음이 전제가 되는 『고사기』의 내용과는 전혀 다른 전개양상을 보인다. 두 번째는 신대권 제5단 일서 제6과 제10에 나타나는 미소기로 인한 삼귀자 생성인데, 특히 일서 제6의 경우 『고사기』의 미소기 전승과 매우

유사한 내용을 보인다.

먼저『일본서기』제5단 정문의 내용에서는 이자나기와 이자나미가 함께 산천초목을 생성한 다음 삼귀자를 생성한다. 즉 이자나미의 죽음에 관한 내용은 등장하지 않으며, 따라서 당연히 이자나기의 황천국 방문에 관한 내용 역시 등장하지 않는다.

『일본서기』의 전승 중 미소기 전승이 나타나는 일서 중에서도 특히『고사기』의 미소기 전승과 상당히 비슷한 전개를 보이는 것이 신대권 제5단 일서 제6이다.『고사기』에서는 "미소기를 하겠다."라고 말한 다음 몸에 착용하고 있던 옷가지를 벗어 던지는 것으로 그려지는 반면, 위의『일본서기』신내권 세5단 일서 5에서는 옷가지를 먼저 벗어 던진 후에 "미소기를 하겠다."라고 말한다. 이러한 순서로 보아『일본서기』에서 미소기로 인해 생성되는 신은 물에 몸을 씻음으로 인해 생성되는 신에 국한되어 있다고 볼 수 있을 것이다. 즉,『고사기』와『일본서기』에 나타나는 미소기 전승의 공통적이면서도 핵심이 되는 부분은 물에 몸을 씻는다는 행위라고도 할 수 있다. 와타쓰미 3신·스미노에(墨江) 3신과 같이 미소기를 통해 바다와 관련이 깊은 신들이 생성되는 것으로 보아 미소기에 사용되는 물은 '바닷물'로 보는 것이 타당할 것으로 여겨진다.

2.5.『고사기』와『일본서기』의 삼귀자 생성 신화 비교

『고사기』의 미소기 과정과 이와 대비되는『일본서기』신대권 제5단 정문 및 일서의 내용을 미소기를 중심으로 정리하면 다음 <표 2>와 같다.

<표 2> 『고사기』와 『일본서기』의 삼귀자 생성 신화 비교

		미소기 전 배경			미소기 과정				결과
		불의 신 탄생	이자나미의 죽음	황천국 방문	미소기 선언	장소 언급	탈의	입수	삼귀자 탄생
『고사기』		O	O	O	O	O	O	O	O
『일본서기』	5단 정문	×	×	×	×	×	×	×	O
	일서 제1	×	×	×	×	×	×	×	O
	일서 제2	O	O	×	×	×	×	×	O
	일서 제3	O	O	×	×	×	×	×	×
	일서 제4	O	△	×	×	×	×	×	×
	일서 제5	O	O	×	×	×	×	×	×
	일서 제6	O	O	O	O	O	O	O	O
	일서 제7	△	×	×	×	×	×	×	×
	일서 제8	△	×	×	×	×	×	×	×
	일서 제9	×	△	O	×	×	×	×	×
	일서 제10	×	△	×	×	×	×	×	△
	일서 제11	×	×	×	×	×	×	×	△

△는 문맥상 추측할 수 있는 경우

『일본서기』 신대권 제5단 정문과 일서 제1에서는 삼귀자 탄생과 정을 『고사기』와는 전혀 다르게 전하고 있다. 『일본서기』 신대권 제5단 정문 및 일서 제1에서 삼귀자는 이자나기와 이자나미가 함께 탄생시켰으며, 불의 신의 탄생과 이자나미의 죽음은 등장하지 않는다. 따라서 황천국이라는 세계도 설정되어 있지 않다. 일서 제2의 경우 불의 신 탄생과 이자나미의 죽음이 등장하나, 그 이전에 이미 삼귀자 생성이 끝난 상태라고 전하고 있다. 삼귀자의 탄생과 이자나미의 죽음에 이르는 장면의 순서가 『고사기』와는 반대인 것이다. 일서 제3~제5의 경우 불의 신 탄생과 이자나미의 죽음에 해당되는 부분까지만 전하고 있는데, 특히 일서 제4는 이자나미의 죽음이 아니라 불의 신을 낳고 괴로워한 장면만 등장한다. 일서 제6은 『고사기』와 가장 유사한 전승인데, 『고사기』에서는 미소기 선언, 탈의, 입수의 순서이고, 일서 제6에서는 탈의, 미소기 선언, 입수의 순서라는 것 외에는 거의 유사한 내용을 가지고 있다. 일서 제7에서는 이자나기가 불의 신을 베는 장면만 등장하므로 그 이전에 불의 신 탄생 장면이 생략된 것으로 추측할 수 있다. 황천국 방문에 관한 내용은 보이지 않으나, 요모쓰헤구히(飡泉之竈), 요모쓰히라사카(泉津平坂) 등 황천국 방문과 관련 있는 단어가 보인다. 일서 제8에서는 이자나기가 불의 신을 베는 장면만 등장하므로 그 이전에 불의 신 탄생 장면이 생략된 것으로 추측할 수 있으나 이자나미의 죽음에 대해서는 알 수 없다. 일서 제9와 일서 제10에서는 이자나기가 이자나미의 묘에 가는 장면이 등장하는 것으로 보아 그 이전에 이자나미의 죽음에 관한 전승이 생략되었음을 알 수 있다. 특히 일서 제10에서는 또 미소기를 통해 여러 신들이 생성되는데, 신명(神名) 중 해와 관련 있어 보이는 오나오히神(大直日神)가 등장하지만 고사기의 삼귀자(아마테라스, 쓰쿠요미, 스사노오)에 해당되는 신명(神名)은 보이지 않는다. 일서 제11에서는 이자나기가 삼귀자에게 각각 통치할 세계를 정해주는 장면부터 시작된다. 삼귀자의 탄생에 이르기까지의 전승은 보이지 않으나, 삼귀자의 등장으로 탄생 사실은 알 수 있다.

3. 일본 상대 문헌 신화에 나타난 바다의 이미지 고찰 : 『고사기』상권 및 『일본서기』신대권(神代卷)

일본에서 현존하는 최고(最古) 문헌인『고사기(古事記)』상권과『일본서기(日本書紀)』신대권(神代卷)에는 다카마노하라(高天原)를 비롯하여 아시하라나카쓰쿠니(葦原中国), 네노쿠니(根国), 황천국(黄泉国), 도코요노쿠니(常世国), 우나하라(海原)와 같이 신화의 무대가 되고 있는 다양한 세계가 등장한다.『고사기』상권과『일본서기』신대권에서 표면에 등장하는 모티브에는 아마테라스[9]로 상징되는 천신관이 자리잡고 있으며 천손 강림으로 이어지는 스토리를 핵심으로 하는 서사구조를 가지고 있다. 이로 보아 양 문헌에 수록된 신화는 앞에서 언급한 여러 신화세계 중에서도 표면적으로는 특히 천상세계 즉 다카마노하라를 중심으로 스토리가 전개될 것이라 연상할 수 있다. 그럼에도 불구하고『고사기』상권과『일본서기』신대권의 첫 부분에서 주로 묘사하고 있는 세계의 모습은 '떠 있는 기름' '해파리' '물고기' 등의 소재가 표현되어 있다는 점에서 '물' 혹은 '바다'를 연상시킨다. 한국의 창세신화라 여겨지는『창세가』에 대해 오세정은 서사단락을 총 13가지로 나누어 정리[10]하였는데, 여기서는 창세 이

---

9 『고사기』에서는 '天照大御神',『일본서기』에서는 '天照大神', '天照大日孁尊' 등으로 표기한다. 본고에서는 통칭하여 '아마테라스'라 표기한다. 이하 본문 중『고사기』와『일본서기』에서 동일하게 등장하는 신 명칭의 경우 한자 표기를 생략한다.

10 오세정(2006)「한국 창세신화의 전통과 의미체계 : <창세가> <대홍수와 목도령> <대홍수와 남매>를 대상으로」한국문학이론과 비평, 30, pp.153-154
  1. 천지가 분리되고 미륵(彌勒)이 세상에 출현하다.
  2. 미륵이 일월 조정. 천체 조정을 수행하다.
  3. 미륵의 면모 소개 - 큰 옷을 만들어 입다. 생화식을 하다.

전의 세계에 대해 바다를 연상시키는 장면을 찾아보기 힘들다. 특히 창세와 관련된 보편적 신화소 중의 하나인 '대홍수'에 대해 '구질서가 몰락하고 신질서를 수립하는 데 있어서 가장 대표적이고 전형적인 방식'이라고 설명하면서 이는 '무'에서 '유'를 만들어 내는 1차 창조는 아니라고 지적한다.[11] 그러나『고사기』상권과『일본서기』신대권의 첫 부분에서는 1차 창조에 해당하는 창세 이전의 세계를 묘사함에 있어서 '떠 있는 기름' '해파리' '물고기' 등으로 비유한다. 이는『고사기』와『일본서기』신화의 바탕에 '물' 혹은 '바다'가 자리하고 있음을 짐작해볼 수 있는 대목이기도 하다.

3.1. 신화 세계의 주요 구성요소로서의 '바다'

▌**창세의 모습 묘사**

『고사기』상권에서는 '천지가 처음으로 시작될 때 다카마노하라에 신이 생겨났다'라는 표현을 통해 창세에 대한 설명을 시작한다. 또,『일본서기』신대권 제1단 정문(正文)에서는 '천지가 아직 나뉘지 않고, 음양이 나뉘지 않아 혼돈하였다'라는 표현으로 창세에 대한 설명을 시작한다. 이처럼『고사기』와『일본서기』에서 그리고 있는

---

4. 미륵이 풀메뚜기와 풀개구리에게 물과 불의 근본을 묻지만 실패하다.
5. 미륵이 생쥐에게 물과 불의 근본을 물어 알다.
6. 미륵이 인간을 천상에서 벌레를 얻어 인간 한쌍을 창조하다.
7. 석가(釋迦)가 나타나 미륵과 인간세상을 놓고 경쟁을 벌이다.
8. 석가가 마지막 내기에서 미륵의 꽃을 훔쳐 내기에서 승리하다.
9. 미륵이 패배하자 석가에게 저주를 퍼붓고 떠나다.
10. 석가가 인간무리 수 천명을 창조하다.
11. 석가가 화식(火食)을 선보이다.
12. 화식을 거부한 두 중이 소나무와 바위로 변신하다.
11 오세정(2006)「한국 창세신화의 전통과 의미체계 : <창세가> <대홍수와 목도령> <대홍수와 남매>를 대상으로」한국문학이론과 비평, 30, p.153

창세의 모습은 바탕에 깔려있는 관념에서부터 차이를 보이지만, 그 와중에도 세상의 모습을 묘사하는데 '떠있다'라는 표현이 공통적으로 등장한다. 또한 '해파리', '물고기'와 같은 직접적인 비유도 등장하는데 이를 통해 『고사기』와 『일본서기』에 나타난 원초적 신화세계라 할 수 있는 창세의 모습에는 '물' 혹은 '바다'라는 이미지가 바탕에 깔려있다는 것을 알 수 있다.

▌국토 생성

『고사기』와 『일본서기』에서는 공통적으로 이자나기와 이자나미가 국토생성에 앞서 신화적 가상의 섬으로 볼 수 있는 오노고로시마를 생성한다. 『고사기』와 『일본서기』 신대권 제4단 정문 및 일서 제1에서는 창끝에서 떨어진 바닷물이 굳어서 '오노고로시마'가 생겨났다고 묘사하고 있다는 점에서 원초적 신화세계의 바탕에는 '바다'라는 공간적 배경이 자리하고 있음을 드러낸다고 할 수 있다. 방울방울 떨어진 바닷물이 굳어서 '오노고로시마'가 되었다는 점에서 『고사기』와 『일본서기』의 내용이 언뜻 보기에는 비슷해 보이기도 하지만, 자세히 들여다보면 '바다'의 획득이라는 점에서 차이를 보이는 것을 확인할 수 있다. 『고사기』에서는 '바다'가 이미 바탕에 존재하는 듯 보이는 반면, 『일본서기』 신대권 제4단 정문 및 일서 제1에서는 오노고로시마의 획득에 앞서 아오우나하라(滄溟/滄海)의 획득이 먼저 이루어지는 것이다. 즉 『고사기』에서는 '바닷물이 쌓여서 오노고로시마가 생겨난다.'라며 바다를 연상시킬 수 있는 비유적인 표현에 그치고 있는 반면, 『일본서기』 신대권 제4단의 정문과 일서 제1에서는 '아오우나하라'라고 표현하면서 직접적으로 바다를 의미하

는 표현을 사용하고 있다.『일본서기』신대권 제4단 일서 제4에서는
오노고로시마를 '떠다니는 기름 같은 것'이라고 표현함으로써 창세
부분에서 무대배경으로 나타난 '바다'의 이미지가 간접적으로 드러
난다. 앞서 제시한『고사기』와『일본서기』신대권 제4단 정문 및 일
서 제1에서 바닷물이 떨어진 것이 굳어서 만들어졌다는 묘사에 비
하면 '바다'와 관련된 요소가 직접적으로 드러나지는 않는 것을 확
인할 수 있다. 또한, 앞서 제시한 인용문에서는 '바다'를 배경으로
새롭게 오노고로시마가 생성되는 것으로 표현하는 반면, 일서 제4
에서는 '떠다니는 기름 같은 것' 가운데 나라가 있는 것으로 표현하
고 있다.

3.2. 삼귀자(三貴子)의 생성과 분치(分治)

삼귀자의 탄생과정은『고사기』와『일본서기』신대권의 정문에서
전혀 다른 전개양상을 보인다.『고사기』에서는 이자나기가 황천국
을 방문한 후, '게가레(穢)'를 씻어내기 위해 쓰쿠시(竺紫) 히무카(日
向)의 타치바나노오토(橘小門) 아하키하라(阿波岐原)라는 장소에서
미소기(禊)라는 특별한 행위를 거행한다. 이 과정에서 소위 삼귀자
(三貴子)라 불리는 아마테라스, 쓰쿠요미노미코토(月読命), 스사노
오노미코토(須佐之男命)가 생성된다. 즉,『고사기』에서는 물에 씻음
으로 인해서 삼귀자가 생성되는 것으로 나타난다.[12] 이자나기가 미
소기를 행한 장소를 나타내는 표현 중 '오도(小門)'에 대한 해석은
크게 세 가지로 정리할 수 있다. 첫 번째는 수문으로 보는 견해[13], 두

---

12 青木和夫 외(1982)『(日本思想大系1) 古事記』岩波書店, pp.36-43 참조.
13 西郷信綱(1975)『古事記注釈(第一巻)』平凡社, p.204

번째는 좁은 해협(瀨戶)으로 보는 견해[14]한다. 세 번째는 작은 항구로 보는 견해[15]이다. 또, 수문과 좁은 해협 두 가지 설을 다 채용[16]하여 설명하기도 한다. 수문, 해협, 항구라는 해석에서 주목해야할 것은 이 장소가 의미하는 것이 강인가 아니면 바다인가라는 것이다. '오도(小門)'라는 표현 자체로는 그 의미를 파악하기 쉽지 않다. 그러나 '미소기'라는 특별한 행위를 통해 생성되는 신의 내역을 보면 앞서 언급한 삼귀자뿐 아니라 바다 그 자체를 상징하거나 바다와 관련 깊은 신인 와타쓰미神(綿津見神) 3신[17]과 쓰쓰노오 3신[18]도 함께 생성되는 것으로 보아 강 보다는 바다로 보는 것이 더 타당할 것으로 여겨진다.

『일본서기』 신대권 제5단 정문에서는 『고사기』와는 다르게 물 혹은 바다의 매개작용 없이, 이자나기와 이자나미가 함께 정상적인 부부의 생식작용을 통해 일신(日神)과 월신(月神), 스사노오노미코토(素戔嗚尊)를 생성하는 것으로 나타난다. 이후 각각 다스릴 나라를 분배한다.[19]

---

14 倉野憲司(1980)『(日本古典文学大系1) 古事記 祝詞』岩波書店, p.69
15 山口佳紀 외(1997)『新編日本古典文学全集1 古事記』小学館, p.49
16 荻原浅男(1973)『(日本古典文学全集)古事記 上代歌謡』小学館, p.68
17 앞서 소개한 이자나기·이자나미의 신 생성에서 해신(海神) 오와타쓰미神(大綿津見神)이 등장하는 것으로 보아 와타쓰미神(綿津見神) 3신 역시 그 이름에서 바다와의 연관성을 짐작할 수 있다.
18 쓰쓰노오 3신은 항해와 관련된 신으로 『고사기』에서는 '스미노에(墨江)의 세 분의 대신(大神)이다.'라고 설명한다.
19 坂本太郎 외(1967)『(日本古典文学大系67) 日本書紀(上)』岩波書店, pp.86-89 참조.

〈표 3〉『고사기』와『일본서기』의 삼귀자 분치 영역

		(記)天照大御神 (紀)日神	(記)月読命 (紀)月神	(記)須佐之男命 (紀)素戔嗚尊
	『고사기』	高天原	夜之食国	海原
『일본서기』	제5단 정문	天上	天上	根国
	제5단 일서 제1	天地	天地	根国
	제5단 일서 제6	高天原	滄海原	天下
	제5단 일서 제11	高天原	天	滄海原

　위의 <표3>는『고사기』와『일본서기』신대권 제5단에 등장하는 삼귀자의 분치영역을 정리한 것이다. 위의 표에서 보듯이『고사기』에서는 천상세계로 그려지는 다카마노하라(高天原)를 비롯하여 밤의 세계인 요루노오스쿠니(夜之食国), 그리고 바다 세계인 우나하라(海原)를 삼귀자가 각각 다스려야 할 주요 세계로 등장시키고 있다. 도쿠라요시타카(都倉義孝)는 우나하라의 이미지에 대해 오하라이(大祓い)와 연관지어 설명하는데, 오하라이 축사에서는 강을 흘러간 아마쓰쓰미(天津罪)・구니쓰쓰미(国津罪)는 '오우나하라(大海原)'로 나오게 되어있다. 따라서 우나하라에 대해 '스사노오 신화와 오하라이에 한해서는 이 세상의 죄와 더러움을 모두 이어받는 하나의 입체적 공간, 왕권의 부정적인 부분을 분담하는 타계'[20]라고 평가한다.

　『일본서기』신대권 제5단에서는 정문과 일서에서 기술적인 차이를 보이는데 그렇다 해도 아마테라스의 경우는 일관되게 천상세계와 관련된 세계로 배정하고 있다. 월신(月神)의 경우도 정문과 일서에서 이름이 다르게 나타나는 경우도 있기는 하지만, 달과 관련된

20　都倉義孝(1979)「古代王権の宇宙構造」『早稲田商学』281, pp.65-66

이름을 살펴보면 대부분 하늘과 관련된 세계로 배정하고 있다. 그중 일서 제6에서 아오우나하라(滄海原)로 배정되는 것이 특이하다. 반면 스사노오의 경우 5단 정문과 일서 제1에서는 네노쿠니(根国)로 배정하고 있지만, 일서 제11에서는 아오우나하라로 배정되는 것을 확인할 수 있다. 이처럼 『고사기』의 내용과 『일본서기』 신대권 제5단의 정문과 일서의 내용에서 분치할 영역의 배정에 혼란이 보인다. 그럼에도 『일본서기』 신대권 제5단 일서 제6과 제11의 '아오우나하라'라는 표현에서 알 수 있듯이 『일본서기』에서도 『고사기』와 마찬가지로 아오우나하라 즉 '바다'를 상징하는 신화세계가 삼귀자가 통치해야할 주요 신화 구성 세계의 하나로 구성되어 있음을 알 수 있다.

　일반적으로 낮과 대립되는 개념으로는 밤을 떠올리기 쉽다. 이런 대립적 구도로 생각해 본다면 『고사기』와 『일본서기』의 내용 전개가 아마테라스와 쓰쿠요미의 대립이 아니라 아마테라스와 스사노오의 대립 구도로 전개되는 것이 부자연스럽게 느껴진다. 또, 하늘과 대립되는 것으로는 땅을 떠올리기 쉬운데 이는 앞에서도 살펴보았듯이 창세부터 '바다'가 주요 공간적 이미지로 등장한다는 점을 고려한다면, 『고사기』와 『일본신화』의 신화 세계 안에서는 어쩌면 하늘과 바다의 대립 구조가 당연한 것일지도 모른다. 『고사기』와 유사한 내용을 전하는 『일본서기』 신대권 제5단 일서 제6에서는 쓰쿠요미에게 아오우나하라를 다스리도록 하는 것으로 그려져 있다. 이로 보아 『고사기』와 『일본서기』에서는 원래 '낮과 밤', '하늘과 바다'라는 대립구도가 기본적인 서술 구조로 바탕에 자리했을 것이라는 짐작 할 수 있다. 그러한 점을 전제하고 본다면 『일본서기』 신대권 제5

단 일서 제6에서만 '낮과 밤', '하늘과 바다'라는 가장 원초적인 대립 구조가 순박한 형태로 나타나 있다고 볼 수 있는 반면『고사기』와 『일본서기』 신대권 제5단 정문에서는 그 대립 구조가 이미 흔들려 '하늘과 바다'라는 대립 구조만 남아있는 것을 확인할 수 있다.

3.3. 천손과 '바다'

앞서 살펴본 국토양도 전승에 이어 본격적인 천손강림이 이루어진다.『고사기』『일본서기』 신화에서 천손과 관련된 신화전승은 하늘의 자손이라는 천손(天孫), 내려온다는 의미의 강림(降臨)이라는 단어만 보더라도 천신관념이 표면적으로 자리 잡고 있음을 알 수 있다. 이처럼 천신관이 강한 천손강림 전승이라 하더라도 '바다'와 관련된 지명 및 내용이 등장한다. 내용을 좀 더 자세하게 살펴보면 다음과 같다.

▌천손강림신화 속의 '바다'

천손이 쓰쿠시(竺紫) 히무카(日向)의 다카치호(高千穂)에 강림한 후 '이 땅은 가라쿠니(韓国)[21]를 향하고, 가사사(笠沙)의 미사키(御前)를 통과해 오니, 아침 해가 바로 비추고, 저녁 해가 비추는 나라다. 매우 좋은 땅이다'[22]라고 말한다고 전한다. 이는 천손이 쓰쿠시

---

21 '韓国'라는 표기에 대해 노성환은 '한국'이라 번역하고, 박창기는 '카라 나라'라고 번역한다. 그러나 여기에 나타난 '韓国'이라는 표기는 한반도의 한국이라 단정할 수는 없기에 '한국'이라고 번역하기에는 무리가 있어 보인다. 따라서 일본식 발음인 '가라쿠니'를 그대로 표기한다.
노성환(2009)『고사기』민속원, p.103
박창기(2006)『일본신화 코지키』제이앤씨, p.46.
22 青木和夫 외(1982)『(日本思想大系1) 古事記』岩波書店, pp.98-99

히무카의 다카치호라는 산으로 강림한 후에 바닷가로 순행하는 것을 나타내는 것이다.

천손이 가사사의 미사키에서 오야마쓰미神의 딸 고노하나노사쿠야히메를 만나 결혼한다[23]. 이 두 신 사이에서 호데리노미코토(火照命)・호스세리노미코토(火須勢理命)・호오리노미토노(火遠理命)가 태어나는데, 호데리노미코토는 우미사치비코(海佐知毘古), 호오리노미코토는 야마사치비코(山佐知毘古)로 유명하다. 우미사치와 야마사치 전승은 야마사치가 바다의 힘을 얻어 우미사치를 제압하고 천손의 정통성을 쟁취하는 과정을 그리고 있다. 천손과 오야마쓰미神의 딸 고노하나노사쿠야히메 사이에서 태어난 것으로도 천손의 자손임이 분명함에도 불구하고, 추후에 바다의 힘 쟁취를 통해 그 자격을 더욱 견고하게 한다.

'바다'와 관련된 신화전승 중 하이라이트라 할 수 있는 것이 우미사치와 야마사치 전승이다. 이 전승에서는 천손이 해신인 와타쓰미의 세계 즉 '바다세계'에 다녀오는 내용인데, 『고사기』와 『일본서기』 신대권 제10단 정문 및 일서에서 거의 유사한 내용을 전하고 있다. 그 줄거리를 간략하게 정리하자면 야마사치비코인 호오리노미코토가 우미사치비코인 그의 형 호데리노미코토의 낚시 바늘을 잃어버려서 그것을 찾으러 마나시카쓰마노오후네(无間勝間之小船)를 타고 와타쓰미神(綿津見神)의 세계로 간다. 거기서 와타쓰미神(綿津見神)의 도움을 받아 신비한 힘을 얻게 되고, 돌아온 후 형에게 복수하는 것으로 그려진다. 형인 우미사치와 동생인 야마사치는 둘 다 아시하

23 青木和夫 외(1982)『(日本思想大系1) 古事記』岩波書店, pp.100-103

라나카쓰쿠니에 강림한 천손 니니기노미코토 자식이다. 해신은 야마사치를 보고 '천손'이라 말하며 그의 딸과 결혼시키고, 형인 우미사치에게 복수할 수 있도록 도움을 준다. 우미사치와 야마사치 둘 다 천손임에도 불구하고, 또 그 명칭이나 능력에서 '바다'와 더 관련 있어 보이는 우미사치를 공격할 수 있도록 야마사치에게 도움을 주는 내용 전개는 의아한 점이다. 이는 앞서 삼귀자 분치 부분에서 설명한 것처럼 '하늘'과 '바다'의 구조로 파악해볼 수 있을 것이다. 삼귀자 분치 이후로는 대립 구조에 놓여 있던 '하늘'과 '바다'가 이 전승에서는 '하늘'이 하는 일에 '바다'가 협조하는 것으로 그려지고 있다.

또, 형에게 복수한 우미사치는 자신과 결혼하여 아이를 임신한 해신의 딸 도요타마히메의 출산을 위해 해변 파도자락에 산전(産殿)을 만들었다고 전한다. 『고사기』에서는 천손의 자손이 태어나는 장소로써 바닷가가 선택된 것을 알 수 있는데, 이는 천손의 자손이기도 하면서 동시에 해신 와타쓰미(綿津見神)의 자손이기도 하기 때문일 것이다. 노성환은 『고사기』와 『일본서기』의 왕권신화는 '모계를 통하여 타계와 연결할 뿐만 아니라, 왕권의 주인공들은 모두 타계를 다녀온 자들'이라고 지적하면서, 야마사치 역시 타계인 바다를 방문함으로 인해 외부성을 확보하였다[24]고 설명한다. 『고사기』와 『일본서기』에 등장하는 타계는 황천국, 네노쿠니, 도코요노쿠니, 해궁 등 다양하게 설정되어 있다. 그런 가운데 계보상으로 천황가의 조상에 해당되는 야마사치가 여러 타계 중에서도 해궁(海宮) 즉 바다를 방문하는 것은 바로 하늘과 바다의 결합을 위한 설정이라고 볼 수 있을

---

24 노성환(2001)「일본 국가양도신화(讓渡神話)에 관한 일고찰」『일본문화연구』
    제5권, pp.197

것이다. 또한 천손의 자식을 출산하는 배경이 '바닷가'라는 점에서 천손의 탄생 전승에 있어서도 바다가 중요한 위치를 차지한다고 볼 수 있다.

3.4. 『고사기』와 『일본서기』에 나타난 '바다'의 종류

앞에서 살펴본 『고사기』와 『일본서기』의 '바다'에 관련된 전승을 '바다'의 종류에 따라 다시 분류하면 바다 그 자체로서의 묘사, 바닷가, 바다 세계로 나눌 수 있다. 앞의 '창세의 모습 묘사'와 '국토 생성' 부분에서 제시한 예문은 모두 창세의 세계 모습을 바다에 빗대어 설명하는 '바다 그 자체의 묘사'로 분류할 수 있다. 또 '삼귀자의 생성과 분치' 부분에서는 『고사기』의 경우 삼귀자가 생성되는 과정인 '미소기'를 행하는 장소로서 '바닷가'가 설정되어있음을 알 수 있다. 또 '미소기'의 결과로 삼귀자가 생성된 후 이자나기는 삼귀자에게 각각 다스릴 나라를 분배하는데, 이 과정에서 아오우나하라[25]라는 '바다 세계'가 처음으로 등장한다. 『고사기』에만 등장하는 나라 만들기(国作り)까지의 과정은 '바닷가'를 배경으로 스토리가 전개된다. 이어서 약간의 차이는 있으나 『고사기』와 『일본서기』에서 유사하게 전개되는 국토양도 부분에 있어서도 '바닷가'를 배경으로 스토리가 전개되는 것을 알 수 있다. 이후 천손이 강림하고 좋은 땅을 찾아다니는 과정에서 '가사사의 미사키'라는 '바닷가'를 의미하는 지명이 『고사기』와 『일본서기』에서 공통적으로 등장한다. 이는 천손의 행적에도 바닷가라는 배경은 중요하게 작용하였음을 짐작해볼

---

25 『고사기』에서는 우나하라(海原)가 등장한다.

수 있는 대목이다. 마지막으로 『고사기』와 『일본서기』 신화에서 하이라이트를 장식하는 '우미사치와 야마사치' 전승에서는 '와타쓰미神(綿津見神)의 세계' 또는 '와타쓰미(海神)의 궁'이라고 묘사된 '바다 세계'가 등장한다.

이처럼 『고사기』와 『일본서기』의 신화에 등장하는 바다는 크게 세 종류로 나눌 수 있다. 그 등장 순서를 살펴보면 먼저 '자연환경으로서의 바다 그 자체의 모습을 묘사'한 다음 '바닷가'에서 삼귀자의 탄생이나 오쿠니누시의 국토 만들기, 국토 양도 등과 같은 중요한 행위들이 이루어진다. 이후 신화의 마지막부분에 야마사치가 '바다 세계'의 접촉을 통해 신비한 힘을 얻게 된다는 내용의 전승으로 마무리 되는 순서이다. 특히 『고사기』의 신화전개를 『일본서기』신대권의 정문에 묘사된 전승과 비교해보면 서로 일치하지 않은 내용이 많이 등장하여 맞비교하기 어려운 경우도 쉽게 눈에 띈다. 그럼에도 불구하고 마지막 부분에 서술되어 있는 '야마사치와 우미사치' 전승 만큼은 『고사기』와 『일본서기』 신대권 제10단 정문 및 일서에서 그 내용이 거의 유사하게 나타나고 있다. 이는 『고사기』와 『일본서기』 전반에 걸쳐 '바다'라는 공간이 신화전개에 매우 중요한 요소라는 반증일 것이다.

4. 일본 상대 문헌 인대 전승에 나타난 바다의 이미지 고찰 : 『고사기』 중·하권 및 『일본서기』 인대권(人代卷)

앞서 살펴본 바와 같이 일본의 상대 문헌 『고사기』와 『일본서기』

에는 가장 먼저 등장하는 이른바 창세신화부분에는 '바다'의 원초적 이미지가 바탕에 깔려있다고 할 수 있다. 뿐만 아니라 '바다'의 이미지는 창세의 원초적 바다를 비롯하여, 미소기(禊) 전승, 우미사치·야마사치 전승 등 주요 신화의 여러 전승 속에서 다양한 형태로 나타난다. 이에 대해 고토아키라(後藤明)는 원초적 바다, 더러움을 씻어내는 원형적 이미지에서 관념적 세계로의 변모를 거쳐, 우미사치·야마사치 전승과 진무(神武)천황의 동정(東征)을 통해 사회적·정치적 의미를 띠게 된다[26]고 설명한다. 이처럼 일본 상대 문헌에 등장하는 '바다'는 원초적 이미지의 바다를 비롯해 실체적인 의미를 넘어선 관념이 더해진 사회적·정치적 의미의 바다 등 다양한 형태로 표현되고 있다.

이는 신대권(神代卷)에서만 한정되는 것이 아니라 진무천황부터 시작되는 인대(人代)에서도 역시 다양한 '바다'의 이미지가 등장한다. 따라서 본장에서는 앞서 서술한 『고사기』와 『일본서기』의 신화 전승에 이어, 『고사기』 중·하권 및 『일본서기』 인대권(人代卷)에 등장하는 바다에 주목하여 바다와 관련 있는 기사를 분석하고 인대에 해당하는 기사에서 바다의 역할 및 그 의미를 고찰하고자 한다. 일찍이 일본의 비교신화학자 오바야시타료(大林太良)는 바다라는 공간을 '왕권의 근원'[27]으로 보기도 하였고, 고토아키라(後藤明)는 진무천황의 동정(東征) 과정에 나타난 바다를 해군의 이동과 연관지어 '군사적 공간'[28]으로 분석하기도 하였다. 앞서 소개한 양 문헌에 묘

---

26 後藤明(2012) 「海から来たる王者─記紀神話に見る古代日本の海景観」, 丸山顕徳編 『古事記環太平洋の日本神話』 勉誠出版, p.45
27 大林太良(1987) 『日本の古代 第8巻 海人の伝統』 中央公論社, p.22
28 後藤明(2012) 앞의 논문, p.44

사된 신화의 첫 부분에서는 바다를 연상시키는 표현이 등장하기도
하고, 바다를 의미하는 아오우나하라(滄溟)나 해신의 궁이 있는 바
다세계 등의 다양한 표현이 등장하였다. 여기서는 인대의 기사에 등
장하는 배경으로서의 바다에 대해 조사하여 원초적인 이미지의 '자
연현상으로서의 바다'와 주술적 행위의 배경이 되는 '주술적 매개공
간으로서의 바다'로 나누어 분석하기로 한다. 또한, '주술적 매개공
간으로서의 바다'와는 떼려야 뗄 수 없는 '바다 신'에 대해서도 조사
하기로 한다.

4.1. 자연현상으로서의 바다

크고 작은 섬들로 이루어진 일본에서 바다라는 존재는 섬과 섬
또는 섬과 대륙간 이동 과정에 있어서 항상 극복해야할 대상이었
을 것이다. 따라서 이동과 관련된 기사에서는 바다가 배경으로 등
장하는 경우가 종종 보인다. 『고사기』와 『일본서기』의 진무천황의
동정 기사에서 공통적으로 구니쓰카미(国神)가 바닷길을 안내하게
되는 장면이 등장한다. 진무천황은 천신(天神)의 자손임과 동시에
해신(海神)의 혈통이기도 하다.[29] 그럼에도 불구하고 동정 과정에
서 국신에게 바닷길 안내를 받는 것으로 나타난다. 고토아키라(後

---

29 진무천황의 태생에 관해서는 『고사기』 상권 및 『일본서기』 신대 하권의 제10단
   에 등장하는 우미사치·야마사치 전승에 자세히 나타난다. 『고사기』와 『일본서
   기』의 내용이 유사하므로, 『고사기』에 나타난 계보를 정리하자면 다음과 같다.
   야마사치와 와타쓰미의 딸 도오타마히메노미코토 사이에서 태어난 자식이 아
   마쓰히타카히코나기사타케우카야후키아에즈노미코토(天津日高日子波限建鵜
   葺草葺不合命)이고, 이 우카야후키아에즈노미코토(鵜葺草葺不合命)가 다마요
   리히메(玉依毘賣)와 결혼하여 낳은 자식이 가무야마토이와레비코노미코토(神
   倭伊波禮毘古命) 즉 진무천황이다.

藤明)는 이를 '조정의 수군(水軍)에 항해사의 역할을 한 해인족이 존재했음을 암시'[30]한다고 설명한다. 이는 여기서 나타난 바다는 주술적 의미보다 자연 그 자체의 바다를 묘사한 것으로 볼 수 있다. 고토아키라는 진무천황 동정에 나타나는 바다를 '군사적 공간'이라 규정하고, '왕권이 무력적으로 도래하는 공간'[31]이라고 설명한다. 그러나 위의 인용기사를 보는 한, 바다에서 무력적 충돌이 나타나지는 않기에 왕권이 무력적으로 도래하는 군사적 공간이라고 표현하기에는 약간의 무리가 있어 보인다. 따라서 이동과정에 나타나는 자연요소로서의 바다, 즉 자연현상으로서의 바다로 보아야 할 것이다.

『일본서기』제22권 스이코(推古) 천황기에는 스이코천황 8년에 '신라와 임나가 서로 공격하여, 천황이 임나를 구하고자 신라로 향했다'라는 기사가 등장한다. 또『일본서기』 제27권 덴치(天智) 천황기에는 덴치천황 2년에는 백제를 돕기 위해 백촌강 전투에 나서는 기사가 등장한다. 두 기사 모두 당시 지금의 한반도에 위치했던 신라 혹은 백제로 향하는 장면이 묘사되어 있다. 일본에서 한반도로 이동하는 과정에는 바다가 존재하는 것은 주지의 사실이며, 바다를 건너는 장면이 묘사되어 있는 것은 어찌 보면 당연한 기술이라 말할 수 있다. 게다가 '바다에 떠서' 혹은 '바다를 건너'와 같은 기술로 보아 위의 두 기사에서는 자연현상으로서의 바다를 그대로 표현하고 있음은 말할 것도 없다. 이는 후에 '주술적 매개공간으로서의 바다'

---

30 後藤明(2012)「海から来たる王者―記紀神話に見る古代日本の海景観」, 丸山顕徳編 『古事記環太平洋の日本神話』勉誠出版, p.44

31 後藤明(2012)「海から来たる王者―記紀神話に見る古代日本の海景観」, 丸山顕徳編 『古事記環太平洋の日本神話』勉誠出版, p.44

에서 기술할 진구(神功)황후의 기사와 비교하면 그 차이를 더욱 분명히 알 수 있다.

4.2. 주술적 매개공간으로서의 바다

게이코(景行)천황기에는 야마토타케루의 동정 기사가 등장한다. 그 중 특히 동정 과정에서 바다를 건너기 위해 폭풍의 원인이 해신이라 판단하고 그것을 잠재우기 위해 오토다치바나히메가 바다로 들어가는 장면은『고사기』와『일본서기』에 공통적으로 나타난다.『고사기』에서는 '바다에 들어가려고 할 때, 사초 다다미 여덟 장, 가죽 다다미 여덟 장, 비단 다다미 여덟 장을 파도 위에 깔고 그 위에 내려 앉았다. 이에 그 폭풍은 스스로 잠잠해지고 배는 앞으로 나아갈 수 있었다.'라고 표현하고 있다. 이와 유사한 묘사는 야마사치인 호오리노미코토(火衰理命)의 전승에서도 '해신이 호오리노미코토(火衰理命)를 보고 천손임을 알아보고 맞아들일 때, 가죽 다다미와 비단 다다미 위에 앉게 하였다.[32]'라는 기술이 이미 등장한 바 있다. 즉 바다에 임하는 일종의 제의 형식을 그리는 것이다. 바다에 들어가면서 파도 위에 많은 다다미를 깔고 그 위에 내려앉는다는 표현은 현실성이 떨어지는 묘사이다. 반면 이것은 '주술적 매개공간으로서의 바다'임을 나타내는 주요 묘사이기도 하다. 이에 반해『일본서기』에서는 '물결을 가르며 들어갔다.'라고만 표현하고 있어,『일본서기』에 비해『고사기』의 묘사가 훨씬 더 문학적으로 묘사되어 있음을 확인할 수 있다. 또한, 폭풍의 원인이 해신이라 판단하고 그것을 잠재우

---

32 青木和夫 외(1983)『日本思想大系1 古事記』岩波書店, pp.108-109

기 위해 오토다치바나히메가 바다로 들어가는 행위는 일종의 제의 행위라고도 볼 수 있는데, 고토아키라는 그 행위를 '해상안전을 위해 해인족(海人族)이 신봉하는 해신(海神)에 대한 신앙, 혹은 그러한 해상신앙을 관장하는 해인족에 대한 의존을 의미'[33]하는 것이라 지적한 바 있듯이 이 전승의 중심에는 해신이 존재하며, 그 해신에게 바치는 제의의 의미를 갖는 '주술적 매개공간으로서의 바다'의 한 모습이라 할 수 있을 것이다.

'주술적 매개공간으로서의 바다'의 모습은 진구황후의 이른바 신라정벌 설화를 그린 기사에서도 잘 나타난다. 주아이(仲哀)천황은 서쪽의 나라를 정벌하라는 신탁을 받지만 이를 무시하였기에 갑작스런 죽음을 맞이한다. 그 부인인 진구황후는 신의 뜻을 받들어 신라로 출정하는 것으로 그려지고 있는데, 진구황후가 신라정벌을 위해 준비하는 장면에서 '지금 진실로 그 나라를 얻고자 한다면 천신지기와 또한 산신 및 강과 바다의 모든 신에게 제물을 바치고 나의 혼을 배 위에 모시고, 마키(眞木)나무의 재를 표주박에 넣고, 또 젓가락과 접시를 많이 만들어 모두 큰 바다에 뿌려 뜨게 하여 건너라.'라는 표현이 등장한다. 이는 신탁의 내용을 통해 신라를 향해 출발하는 전에 먼저 신에게 제물을 바치고 나서 출발하는 과정에서 일종의 제의를 요구하는 것을 알 수 있다. 특히 진구황후가 직접 행하는 행위에서 '황후 가시히노우라(橿日浦)에 돌아와 머리카락을 풀어헤치고 바다에 임하며 말하기를 "나는 신의 가르침을 받고 황조의 영에 힘입어 푸른 바다를 건너 몸소 서쪽을 정벌하고자 한다. 이에 지금

---

33 後藤明(2012)「海から来たる王者─記紀神話に見る古代日本の海景観」, 丸山顯德編 『古事記環太平洋の日本神話』, 勉誠出版, p.45

바닷물에 머리를 씻어 만약 증표가 있다면 머리카락이 저절로 두 갈래로 나뉠 것이다." 즉시 바다에 들어가 씻으니 머리카락이 저절로 나뉘었다'라는 표현이 등장한다. 이는 중요한 일에 앞서 증표를 얻기 위해 바닷물을 사용하는 것에서 미소기와의 연관성을 짐작해볼 수 있다. 특히 바다에 직접 들어가 씻는 행위는 그야말로 미소기의 행위를 연상 할 수 있을 것이다.

진구황후의 신라 정벌 과정에서 바다의 주술적 역할이 가장 잘 드러나는 것은 신라로 향하는 장면 묘사이다.『고사기』에서는 '우나하라(海原)의 물고기 크고 작고를 불문하고 모두 배를 업고 건넜다. 이에 순풍도 크게 일어나 배는 파도를 따라갔다. 이에 그 배의 파도는 신라국 높은 곳 까지 밀어닥쳐 이미 나라 한가운데에 도착하였다.라고 전한다.『일본서기』역시 '바람의 신이 바람을 일으키고, 바다의 신이 파도를 일으키고, 바다 속 큰 물고기 모두 배를 업고 떠올랐다. 즉시 큰 순풍이 불고, 배는 파도에 따랐다. 노를 젓지 않고 신라에 도달하였다. 이 때 배를 따라오던 파도는 멀리 나라 한가운데에 이르렀다. 즉 천신지기가 모두 도운 것을 알았다.'라고 표현한다. 앞서 기술한 '자연현상으로서의 바다'에서 소개한 인용문에서 한반도로 이동하는 과정을 '바다에 떠서' 혹은 '바다를 건너'라고만 기술한 것과 비교해보면, '주술적 매개공간으로서의 바다'라는 특징을 더 잘 이해할 수 있다.

5. 해신(海神)에 관한 고찰

5.1. 바다 신의 혈통

『고사기』상권 마지막 부분에는 진무천황의 태생에 대해 서술하는
데, 나중에 진무천황이 되는 가무야마토이와레비코노미코토(神倭伊
波禮毘古命)는 천손의 후예인 아마쓰히코타카히코나기사타케우카야
후키아에즈노미코토(天津日高日子波限建鵜葺草葺不合命)[34]와 해신
의 딸인 다마요리비메노미코토(玉依毘賣命) 사이에서 태어난다. 계보
에 따르면 후키아에즈노미코토는 호오리노미코토(火袁理命)와 해신
의 딸 도요타마히메 사이에서 태어난 자식이다. 즉, 진무천황의 어
머니와 할머니 모두 해신의 딸로 그려지고 있다. 즉 해신의 혈통이
기도 한 것이다. 이에 대해 도야마(遠山)는 '천황이 이 나라를 지배할
수 있었던 것은 천신들의 자손인 것과 더불어 다카마노하라(高天原)
의 최고신인 아마테라스오미카미(天照大神)가 지상세계를 통치하고
자 지령을 내렸기 때문'[35]이라고 지적하면서도, 천손이 산신(山神)[36]·
해신(海神)의 딸과 결혼하는 것은 '산이나 바다를 영유·지배하고 있
던 신들의 혈통을 혼인을 통해 흡수하여, 산과 바다라는 특수영역의
영유권 또는 지배권을 손에 넣으려 한 것'[37]이라고 설명한다.

34　이하 한자표기는 생략하고, '후키아에즈노미코토'라 표기한다
35　遠山美都男(2003)『天皇誕生』中央公論新社, pp.32-33
36　천손 니니기노미코토(瓊瓊杵尊)가 산신의 딸 고노하나사쿠야히메(木花開耶姫)
　　와 혼인하여 자식을 낳는다. 그 자식들이 '야마사치·우미사치' 전승의 주인공
　　이 되고, 야마사치인 히코호호데미노미코토(彦火火出見尊)는 해신의 딸 도요타
　　마히메(豊玉姫)와 혼인을 맺는다. 즉 천손의 혈통은 산신의 혈통, 그리고 해신의
　　혈통과 결합하는 것이다.
37　遠山美都男(2003) 앞의 책, p.33

엄밀히 말하면 천신과 해신의 혈통을 동시에 이어 받은 진무천황에 대해『고사기』에서는 '천신의 자손'이라는 표현이 두드러지게 등장한다. 이에 반해『일본서기』에서는 '어머니는 다마요리히메(玉依姬)라 한다. 와타쓰미(海童)의 딸'이라는 설명을 통해 와타쓰미(海童)의 혈통인 것을 더욱 명확히 하고 있다. 특히『일본서기』에서는 진무천황의 동정 기사에서 진무천황의 형제인 이나히노미코토(稻飯命)와 미케이리노노미코토(三毛入野命)는 스스로 해신의 혈통임을 밝힌다. 이를 통해 천신의 자손임을 강조한『고사기』와는 달리『일본서기』의 진무천황 동정 기사에서는 해신의 혈통임을 적극적으로 나타내고 있는 것을 확인할 수 있다.

5.2. 이자나기노미코토와 이자나미노미코토의 해신(海神)적 성격 고찰

이자나기노미코토와 이자나미노미코토는『고사기(古事記)』상권 및『일본서기(日本書紀)』신대권(神代卷)에 등장하는 수많은 신들 중 처음으로 전승을 동반한다. 이 두 신과 관련된 전승에서는 오노고로시마로 이동하는 과정을 天降으로 표기하는 등 천신적 성격이 주로 표면에 드러나 있다. 반면, 이자나기의 '나기'와 이자나미의 '나미'가 파도를 의미하는 고대어로 해석하고 이 두 신을 해신(海神)으로 그 성격을 규명하는[38]하는 경우도 있다. 또 이자나기와 이자나미를 제신(祭神)으로 모시고 있는 신사 분포 및 전승적 뒷받침을 조사한 결과 아와지(淡路) 해인(海人)들의 제신이라고 보는 해석[39]도 있다.

---

38 松本信広(1973)『日本神話の研究』平凡社, p.164
39 岡田精司(1977)「国生み神話について」, 伊藤清司·大林太郎 篇『(日本神話研究2) 国生み神話·高天原神話』学生社, pp.101-107

또 『고사기』와 『일본서기』 정문(正文)에서 전하는 이자나기의 진좌지(鎭坐地)가 서로 다르다. 『고사기』에서는 오미(淡海)에 진좌[40]했다고 전하며, 『일본서기』 정문에서는 아와지노시마(淡路之洲)에 진좌[41]한다고 전한다. 진좌지를 특정 하는 연구도 이루어지고 있는데, 오카다세이지(岡田精司)는 이자나기와 이자나미를 제신으로 삼고 있는 신사 분포를 조사하고, 전승적 뒷받침을 조사한 결과 '아와지(淡路)'로 보는 것이 타당하다고 주장한다.[42] 이처럼 이자나기와 이자나미의 성격에 대해서는 각 지역의 민속학적 전승과 신사 등과 연관시켜 활발히 논의가 전개되어 왔다. 그렇다면 『고사기』와 『일본서기』 전승에서 보이는 두 신의 성격은 어떠할까.

▌오노고로시마[43]와 해신적 이미지

이자나기·이자나미 두 신은 국토 생성과 신 생성에 앞서 먼저 '오노고로시마'를 생성한다. 이 '오노고로시마'는 『고사기』와 『일본서기』에 공통적으로 등장하여 국토 생성과 신 생성의 무대가 되는 신화적 공간이다. 먼저 이자나기와 이자나미가 '오노고로시마'를 얻는 과정을 『고사기』상권과 『일본서기』 신대권 제4단 정문에서는 '창 끝에서 떨어진 바닷물이 쌓여서 섬이 되었다'고 기술하는데, 『고사기』 원문에 보이는 '鹽'이라는 한자표기, 『일본서기』 원문에 보이는 '潮'

40　青木和夫 외(1983) 『日本思想大系1 古事記』岩波書店, p.42
41　坂本太郎 외(1967) 『(日本古典文学大系67) 日本書紀(上)』岩波書店, pp.102-103
　　是後、伊奘諾尊、神功既畢、靈運當遷。是以、構幽宮於淡路之洲、寂然長隱者矣。
42　岡田精司(1977) 앞의 논문, pp.101-107
43　『고사기』에서는 淤能碁呂嶋, 『일본서기』에서는 磤馭慮嶋로 표기한다. 이하 한자표기 생략한다.

라는 한자표기를 통해 바다의 영상적 이미지를 엿볼 수 있다. 특히『일본서기』신대권 제4단 정문에서는 오노고로시마를 얻기에 앞서 먼저 아오우나하라(滄溟)를 얻는 것으로 나타나 있어 보다 바다의 이미지가 강한 것을 알 수 있다. 또한 오노고로시마 전승이 이자나기와 이자나미의 역할수행 중 첫 번째로 등장하는 것으로 보아 이자나기와 이자나미 역시 바다와 관련이 깊다는 것을 짐작해볼 수 있다.

▌국토생성 및 신 생성 과정에서의 해신적 이미지

이자나기와 이자나미는 오노고로시마 생성에 이어 국토를 생성하는데,『고사기』와『일본서기』에 나타난 이자나기와 이자나미의 국토생성 전승은 크게 두 부분으로 나누어 볼 수 있는데, 오노고로시마 생성과 두 신의 신혼(神婚)에 의한 국토생성이다. 이렇게 생성된 국토의 명칭은 '嶋' 또는 '洲'로 표기하고 있다.[44] 표기가 '嶋'인지 '洲'인지에 상관없이 모두 '시마'라 읽는다. 이는 일본이 섬나라라는 것을 감안한다면 당연한 것으로 받아들여질지도 모른다. 그러나 국토인 '섬'의 생성 작업, 특히 오노고로시마를 생성하는 과정을 살펴보면 국토생성 전승에서 바다가 밀접하게 연관이 있다는 것을 알 수 있다. 또한 이러한 작업을 생성하는 것이 다름 아닌 이자나기와 이자나미라는 것은 이 두 신이 바다와 관련 깊은 신이라는 방증이라고 볼 수도 있을 것이다.

이자나기와 이자나미는 국토 생성을 끝낸 후 곧바로 여러 신들을

---

44 『고사기』에서는 모두 嶋로 표기하는데 비해,『일본서기』에서는 신혼(神婚)과 관련 없이 생성되었는지(嶋), 신혼(神婚)에 의해 생성되었는지(洲)에 따라 구분하여 표기하고 있다.

생성한다. 『고사기』에서는 신 생성 처음에는 신의 성격 및 역할에 대한 설명은 없이 단순히 신명(神名)만 등장하다가 역할이 제시된 신명으로써 가장 먼저 등장하는 것이 바다의 신 오와타쓰미神(大綿津見神)이다. 『일본서기』 신대권 제4단 일서 제10과 신대권 제5단 정문에서는 국토생성 후에 산천초목(山川草木)을 생성하는데 그 중 가장 먼저 생성하는 것도 우나하라(海) 즉 '바다'이다. 이러한 생성 순서로 단순히 비교해 보더라도 『고사기』와 『일본서기』에서 '바다'라는 것이 우선순위로 다루어지고 있다는 것은 앞의 장에서 이미 기술한 바 있다. 여기서도 이자나기와 이자나미의 신 생성 행위에 '바다'가 중요한 위치를 차지하고 있다는 것을 짐작할 수 있다.

▌삼귀자 생성 과정에서의 해신적 이미지

『고사기』에서 삼귀자는 미소기(禊)[45]를 통해 생성된다. 미소기가 이루어지는 장소는 쓰쿠시(竺紫) 히무카(日向)의 타치바나노오토(橘小門)라 나타난다. '오도(小門)'를 항구(港)[46] 또는 좁은 해협(瀬戸)[47]으로 해석하는 등 바다와 관계가 깊은 곳으로 보는 견해에 주목할 필요가 있다. 삼귀자 이외에도 '미소기'라는 행위는 많은 신들을 생성시키는 중요한 촉매제가 된다. 그 중 소코쓰와타쓰미神(底津綿津見

45　이자나기가 불의 신을 낳다가 죽은 이자나미를 만나기 위해 황천국을 방문한 후, 게가레(穢)를 씻어내기 위해 쓰쿠시(竺紫) 히무카(日向)의 타치바나노오토(橘小門) 아하키하라(阿波岐原)에서 미소기(禊)를 행한다. 이 과정에서 소위 삼귀자라 불리는 아마테라스오미카미(天照大御神), 쓰쿠요미노미코토(月読命), 스사노오노미코토(須佐之男命)가 생성된다. 미소기 전승은 『일본서기』 신대권 제5단 정문에는 등장하지 않으며, 5단 일서 제6에서 『고사기』와 거의 유사한 내용이 등장한다.

46　山口佳紀 외(1997)『新編日本古典文学全集1 古事記』小学館, p.49

47　青木和夫 외(1982)『(日本思想大系1)古事記』岩波書店, p.37

神), 나카쓰와타쓰미神(中津綿津見神), 우와쓰와타쓰미神(上津綿津見
神)이라는 세 신과 소코쓰쓰노오노미코토(底筒之男命), 나카쓰쓰노
오노미코토(中筒之男命), 우와쓰쓰노오노미코토(上筒之男命)라는 세
신이 등장한다.[48]

와타쓰미神(綿津見神)은 이자나기와 이자나미의 신 생성 부분에
서도 등장한바 있듯이 신 생성 과정에서 처음에는 역할에 대한 아무
런 설명 없이 신명만 등장하다가 처음으로 역할이 명시된 신은 바다
의 신 오와타쓰미神(大綿津見神)이다. 와타쓰미(大綿津見)라는 공통
된 명칭으로 보아 미소기 과정에서 등장하는 세 와타쓰미神(綿津見
神) 역시 바다와 관련이 깊은 신이라는 것을 짐작할 수 있다. 이처럼
이자나기의 미소기가 행해지는 장소 및 그로 인해 생성되는 신명에
서도 바다와의 연관성을 짐작해볼 수 있다.

▌나기·나미 신명의 의미

이자나기와 이자나미의 신명(神名)[49]은 '나기'와 '나미'로 구분된
다. 신세칠대의 여러 신들이 짝을 이루어 등장하는 것을 볼 수 있는
데, 그 이름을 살펴보면 다음 <표 4>와 같다. 남신과 여신의 명칭에
는 '우↔스', '쓰노↔이쿠', '지↔베', '나기↔나미' 등 다양한 대
우표현이 등장하는데, 이러한 여러 종류의 명칭 차이가 모두 단순히
남녀 구분만 나타낸다고 해석하기에는 무리가 있어 보인다. 오히려,
각각의 명칭에 남녀 구분 뿐 아니라 동시에 신의 특성을 함께 나타낸

---

48 青木和夫 외(1983)『日本思想大系1 古事記』岩波書店, pp.38-40
49 이자나기의 신명에 대해서는 '나기'의 '기'가 청음인가 탁음인가 등 상대가나
    사용법(上代仮名遣い)으로 분석한 어학적 논의도 다수 이루어지고 있으나, 본고
    에서는 전승 중심의 분석으로 한정하기로 한다.

다고 보는 것이 더 적합할 것이다.

〈표 4〉 신세칠대에 나타난 대우신(対偶神)의 이름 비교

	男神	↔	女神
『記』	**우**히지니神(宇比地邇上神)	↔	**스**히지니神(須比智邇神)
	쓰노구히神(角杙神)	↔	**이쿠**구히神(活杙神)
	오호토노**지**神(意富斗能地神)	↔	오호토노**베**神(大斗乃辨神)
	오모다루神(於母陀流神)	↔	아야카시코네神(阿夜上訶志古泥神)
	이자**나기**神(伊邪那岐神)	↔	이자**나미**神(伊邪那美神)
『紀』	**우**히지니노미코토(埿土煑尊)	↔	**스**히지니노미코토(沙土煑尊)
	오토**노지**노미코토(大戸之道尊)	↔	오토**마베**노미코토(大苫邊尊)
	오모다루노미코토(面足尊)	↔	가시코네노미코토(惶根尊)
	이자**나기**노미코토(伊弉諾尊)	↔	이자**나미**노미코토(伊弉冉尊)

모토오리 노리나가(本居宣長)는 이자나기와 이자나미의 신명에 대해 '이자'는 권유하다(誘う)의 의미를 가지고 있다고 보고 서로 권하여 남녀 간의 결합을 통해 국토를 생성한다고 설명[50]한다. 또, 나기·나미에 대해서는 이후에 등장하는 아와나기·아와나미, 쓰라나기·쓰라나미의 경우와 동일한 이치로 보고 있다. 그 의미에 대해서는 남녀구분과 동시에 물과의 연관성에 대해 지적하였는데, 나기는 물 위가 잔잔하다는 의미이고 나미는 물 위가 요동치는 것을 뜻한다고 설명하고 있다.[51]

나기·나미라는 발음이 포함 된 신명은 『고사기』에서 아와나기·아와나미, 쓰라나기·쓰라나미가 있다. 모토오리 노리나가는 이들 신명

---

50 本居宣長(1911)『古事記傳』吉川弘文館, pp.187-189
51 本居宣長(1911) 앞의 책, pp.260-261

에 대해 '아와'는 물의 거품을 의미하는 '아와(沫)'라고 설명한다. '쓰라'는 '쓰부라'가 줄어든 말로, '쓰부라'는 '쓰부다쓰'의 모습을 나타낸다고 설명한다. 그 의미에 대해서는『고사기』에 등장하는 사루타비코神(猿田毘古神)의 전승을 인용하여 바닷물에 거품이 이는 모양이라 설명하는데, 이 역시 물과의 연관성을 나타낸다.[52]『고사기』에서는 아와나기와 아와나미, 쓰라나기와 쓰라나미, 이 신들은 수문신(水戸神)인 하야아키쓰히코(速秋津日子)·하야아키쓰히메(速秋津比賣)에 의해 생성된다. 생성과정 역시 강과 바다를 나누면서 생성된 것으로 그리고 있어 전승에서도 역시 물, 즉 바다와 관련이 많은 신으로 그려지고 있음을 짐작해 볼 수 있다.

5.3. 와타쓰미神에 관한 고찰

일본의 상대 문헌신화에서 묘사되어 있는 바다는 신화전승의 주요 배경이 되기도 하고, 신화 전개 소재로써 바닷물을 사용하기도 하는 등 다양한 형태로 그 기반에 하고 있다. 바다를 상징하는 신으로는 와타쓰미神(綿津見神)[53]이라는 신이 등장하는데, 이 신은 특히『고사기』와『일본서기』5단 일서(一書) 제6에서 아즈미노무라지[54]의 조상신이라 설명한다.『고사기』에서는 이자나기와 이자나미에 의한 신들의 생성 전승에서 와타쓰미의 생성에 관한 전승이 처음 등

52　本居宣長(1911)『古事記傳』吉川弘文館, pp.260-261
53　『고사기』에서는 '綿津見神'라 표기하고,『일본서기』에서는 '少童命' 또는 '海神'라 표기한다. 이하 한자표기를 생략하고, '와타쓰미'라 표기한다.
54　『고사기』에서는 '阿曇連',『일본서기』에서는 '安曇連'라 표기한다. 아즈미씨족은 아마베(海部)를 지배하고 영유하던 씨족으로 이들이 모시던 와타쓰미 3신은 스미노에(住吉) 3신과 비등한 유력한 해신이었다.(大林太良외 (1997)『日本神話事典』大和書房, p.328) 이하 한자표기는 생략한다.

장하고, 이후 이자나기의 미소기 과정에서 와타쓰미 3신의 생성 전승이 등장하여 모두 두 번에 걸쳐 와타쓰미 생성 과정이 보인다. 반면 『일본서기』 정문에서는 와타쓰미의 생성 과정은 구체적으로 나타나지 않으며, 단지 바다(海)의 생성에 관한 짧은 기술만 확인할 수 있다. 또, 『일본서기』 정문에는 미소기에 관한 전승이 등장하지 않으므로, 당연히 미소기의 과정을 동반한 와타쓰미 3신의 생성에 관한 이야기 역시 찾아볼 수 없다. 단, 신대권 제5단 일서 제6에서는 『고사기』와 유사한 미소기 전승을 전하고 있으며 와타쓰미의 생성에 관한 전승도 확인할 수 있다.

▌와타쓰미의 명칭

본고에서는 『고사기』와 『일본서기』에 등장하는 바다 신을 통틀어 '와타쓰미'라 표기하고 있으나, 실제 한자 표기에는 차이를 보인다. 이자나기·이자나미에 의한 신 생성, 이자나기의 미소기, 우미사치·야마사치등 전승 요소에 나타나는 '와타쓰미'에 관한 명칭을 정리한 것이 다음 <표 5>과 같다. 먼저 와타쓰미는 『고사기』의 경우 오와타쓰미, 와타쓰미 3신, 해신 와타쓰미[55]순으로 이어지는데, 와타쓰미 명칭 표기 역시 통일되어있음을 확인할 수 있다. 반면, 『일본서기』는 신들의 생성담에서는 와타쓰미에 관한 명칭이 따로 보이지 않으며, 미소기 전승 역시 정문에는 등장하지 않기 때문에 신대권 제5단 일서 제6에서만 확인할 수 있다. 우미사치·야마사치 전승에는 대체적으로 海神라는 표기가 보이는데, 일서 제1에서는 도요다마히코(豊玉

---

55 야마사치·우미사치 전승에 등장하는 와타쓰미를 말한다.

彦)라는 또 다른 해신의 이름이 등장한다. 『고사기』의 경우 와타쓰미에 대한 한자표기가 '綿津見神'로 통일되어 있는 것에 비해, 『일본서기』의 경우 少童命, 海神, 豊玉彦로 표기되어 있는 것을 확인할수 있다.

〈표5〉 『고사기』와 『일본서기』에 나타난 '와타쓰미' 명칭 비교

		신 생성	미소기 *紀의 경우 제5단	우미사치·야마사치 *紀의 경우 제11단
『고사기』		大綿津見神	底津綿津見神 中津綿津見神 上津綿津見神	綿津見神(之宮) 海神
『일본서기』	정문	海 (신은 아님)	−	海神
	일서 (一書)	−	<일서 제6> 底津少童命 中津少童命 上津少童命	<일서 제1> 豊玉彦 <일서 제2·3·4> 海神

『고사기』에 와타쓰미라는 신명으로 등장하는 각 전승의 내용으로보아서는 오와타쓰미, 와타쓰미 3신, 해신 와타쓰미가 모두 동일한신이라 보기는 어렵지만 바다를 의미하는 '와타'라는 명칭을 가진 신들이 세 차례에 걸쳐 등장하는 것으로 보아 『고사기』는 『일본서기』에 비해 바다 관한 이미지가 보다 광범위하게 퍼져 있는 것을 암시하고 있다. 그에 반해 『일본서기』의 경우 少童, 豊玉彦와 같이 한자 표기만 봐서는 바다의 이미지를 직접적으로 보여주지 않고 있다. 그러나 이자나기의 미소기 과정에서 등장하는 少童의 경우, 미소기가 거행되는 장소 및 그로 인해 생성되는 신명을 통해서 보면 바다와의 연

관성을 짐작할 수 있다. 豊玉彦의 경우『일본서기』신대권 제11단 일서 제1에서 해궁(海宮)의 주인으로 등장하는 것으로 보아 바다와의 연관성을 확인할 수 있다.

▌와타쓰미와 쓰쓰노오

앞에서 살펴 본 바와 같이『고사기』와『일본서기』신대권 제5단 일서 제6의 미소기 전승에서는 와타쓰미 3신이 생성된다. 이 때 와타쓰미와 함께 생성되는 신은 스미노에(墨の江)에 모셔진 쓰쓰노오(筒之男命) 3신이다. 앞서 제시한 오바야시타료(大林太良)의 지적[56]처럼 미소기 전승은 와타쓰미 3신, 쓰쓰노오 3신과 삼귀자가 함께 생성되는 전승이기도 하다. 따라서 와타쓰미·쓰쓰노오·삼귀자 사이에는 어떤 연관성이 존재하리라는 것을 쉽게 추측할 수 있다. 히고 가즈오(肥後和男) 역시 같은 장소 같은 시간에 생성된 것과 스미요시 3신을 모시던 호족이 쓰모리(津守)라는 우지(氏)였다는 설명과 함께 와타쓰미와 쓰쓰노오는 매우 깊은 관련이 있다고 지적하고 있다.[57]

와타쓰미라는 신명(神名) 중 '와타'는 바다를 의미하는 것이므로 와타쓰미는 해신적 성격을 갖는 신이라는 것에는 크게 이견이 없다. 그러나, 쓰쓰노오의 경우 다양한 해석이 존재한다. 구라노 겐지(倉野憲司)는 '쓰쓰'를 별로 해석하여 쓰쓰노오 3신을 오리온좌 중앙에 위치한 삼성(三星)을 의미하며, 고대 항해의 목표지점으로 삼은 것으로 보아 항해를 관장하는 신으로 여겨지기도 한다[58]고 설명한다. 오

---

56 大林太良 외(1997)『日本神話事典』大和書房, p.23

57 肥後和男(1968)『神話時代』至文堂, pp.102-103

58 倉野憲司(1980)『(日本古典文学大系1)古事記 祝詞』岩波書店, p.71

기하라 아사오(荻原浅男)는 와타쓰미와 스미요시의 신들을 모시는 옛 신사는 북규슈(北九州)에서 이키(壱岐), 쓰시마(対馬)에 걸쳐 분포하고 있다는 점을 밝히고 대륙과의 항해를 수호하는 해신의 종교권을 이루었다[59]고 설명한다. 이처럼 오리온좌의 삼성 즉 별을 신성화한 것이라 해석하는 설과 항해에 관련된 해신으로 설명하는 설로 크게 나누어볼 수 있다. 일견 두 해석에는 큰 차이가 있어 보이지만, 별이라 해석하는 설에서도 결국은 항해, 즉 바다와의 밀접한 연관성을 찾을 수 있다.

쓰쓰노오 3신을 모시는 스미요시타이샤(住吉大社) 경내에는 도요타마히코노미코토(豊玉彦命)와 도요타마히메를 제신(祭神)으로 삼는 다이카이(大海)신사가 있다. '도요타마히코'라는 명칭은 『일본서기』 11단 일서 제1에서 해궁의 주인으로 등장한다. '도요타마히메'라는 명칭은 『고사기』와 『일본서기』에 공통적으로 해신의 딸로 등장하는 데 해궁을 방문한 야마사치(山幸)와의 사이에서 자식을 낳고, 그 자식의 후손이 바로 초대천황인 진무(神武)천황이다. 스미요시타이샤(住吉大社) 경내에는 와타쓰미 3신을 제신으로 모시는 시가(志賀)신사도 있다. 이처럼, 와타쓰미 3신과 쓰쓰노오 3신은 이지나기의 미소기라는 행위를 통해 동시에 생성될 뿐만 아니라, '바다'라는 매개공간을 통해 서로 연결되어 있음을 확인할 수 있다.

삼귀자 중에서도 아마테라스와 스사노오는 이후 신화 전개에 있어서 빼놓을 수 없는 중요한 존재임은 이미 잘 알려져 있다. 즉 삼귀자 탄생 및 그 신성성을 극대화하기 위해 설정된 미소기 전승은 『고

---

59 荻原浅男(1973)『(日本古典文学全集)古事記 上代歌謡』小学館, p.71

사기』와『일본서기』의 신화 전개에 있어서 매우 중요한 전환점에 해
당한다고 말할 수 있다. 여기에 바다와 밀접한 관계를 갖고 있는 와
타쓰미 3신과 쓰쓰노오 3신이 함께 생성된다는 것은 향후 바다 혹은
바다와 관련이 깊은 세력이 신화의 형성과정에 적지 않은 영향을 미
칠 것을 암시하는 복선으로 볼 수 있지 않을까?

▌와타쓰미의 활약

『고사기』에서는 와타쓰미의 생성에 관한 전승이 두 번이나 등장
하지만, 이후 이렇다 할 전승적 내용은 보이지 않는다. 이러한 현상
은『일본서기』역시 마찬가지이다. 그런데, 신대(神代) 이야기의 마
지막 부분에 등장하는 야마사치·우미사치 전승에서 갑자기 와타쓰
미가 나타난다 야마사치·우미사치 전승은 신대(神代)에서 인대(人
代)로 연결되는 전환점에 해당하는 길목에 자리 잡은 매우 중요한
전승이다.

『고사기』와『일본서기』의 전승은 유사한 점이 많아 흔히 '기기(記
紀)신화'라 불리기도 하지만 전체적인 흐름을 보면 유사하게 보이는
전승이라 할지라도 세부적인 내용에 있어서는 상당부분 차이를 보
이는 경우가 많다. 그럼에도 불구하고 야마사치·우미사치 전승의 경
우,『고사기』와『일본서기』신대권 제10단 정문 및 일서에서 전하는
전승 내용들이 이전에 등장한 전승요소들에 비해 내용적인 면에서
나 스토리 구조의 면에서나 신기하리만치 유사하다. 그로 인해 정치
적 의도로 편집된 신화라 평가 받는 전승이기도 하다. 그 전승의 내
용은『고사기』와『일본서기』정문 및 일서에서 거의 유사하게 나타
나는데, 야마사치 우미사치 전승에 등장하는 해신의 역할은 크게 두

가지로 나누어볼 수 있다. 첫 번째는 주문을 알려주는 것이고 두 번째는 시오미치노타마(鹽盈珠)와 시오히노타마(鹽乾珠)라는 신기를 야마사치에게 부여하는 존재이다. 그 신기는 물의 영력을 자유자재로 사용할 수 있는 구슬을 의미한다. 우미사치·야마사치 전승은 종국적으로는 초대 천황 진무(神武)로 이어지는데, 이는 해신의 딸들이 진무(神武)의 어머니와 할머니로 설정하는 구조로 전개된다는 것을 의미한다. 이는 천손이 바다를 상징하는 와타쓰미의 나라를 방문하는 것을 왕이 되기 위한 통과의례이거나, 혹은 황실의 권위와 연결 지어 생각하면, 천상의 계통을 잇는 존재라 하더라도 바다의 협조 혹은 바다의 영력을 얻지 못하면 왕으로서의 정당성과 신성성을 갖출 수 없다는 것을 상징적으로 보여주는 신화라고 볼 수 있다.

6. 『고사기』『일본서기』에 나타난 '禊'와 '祓'

이른바 이자나기의 '미소기(禊)'[60] 신화전승 이외에도 미소기에 관한 기사가 간헐적으로 등장하는데, 그 한자 표기로 보면 '禊'라는 표기가 다른 표기와 결합되지 않고 단독으로 등장하는 경우와 '禊祓' 또는 '祓禊'처럼 미소기를 의미하는 한자표기 '禊'와 하라에를 의미하는 한자 '祓'이 결합되어 합성어의 형태로 등장하는 경우가 있다. 심지어 '祓'가 단독으로 등장하는 경우도 있다.

---

60 본 장에서는 전승의 내용과 관련된 것은 '미소기' '하라에'라고 지칭하고, 표기 방법에 대해 서술하는 경우에는 '禊' '祓' 등의 한자로 표기한다.

6.1. 『고사기』에 나타난 '禊'와 '祓'

『고사기』에서는 삼귀자(三貴子) 생성신화를 묘사하고 있는 이자나기의 '미소기'를 비롯하여 주아이천황기와 리추천황기에서 각각 1번씩, 총 3번의 미소기가 등장한다. 먼저 이자나기가 미소기를 행하는 장소는 쓰쿠시(筑紫) 히무카(日向) 오토(小戸) 다치바나노아하키하라(橘檍原)라고 제시되어 있다. 다음으로 주아이천황기에서는 정확한 미소기의 장소가 드러나지는 않지만, '미소기를 하기 위하여 오미(淡海)와 와카사노쿠니(若狭国)'를 지난다고 하는 기사가 보이므로 장소가 간접적으로 드러난다고 할 수 있다. 또 리추(履中)천황기에서는 도오쓰아스카(遠飛鳥)라는 장소를 제시한다. 이처럼 '禊'가 등장하는 부분에서는 직·간접적으로 장소에 대한 언급이 이루어지고 있음을 알 수 있다.

또한, 『고사기』의 총 3번의 미소기 전에 일어난 사건을 살펴보면, 이자나기는 이자나미의 죽음으로 인해 황천국에 다녀온 후 미소기를 행한다. 주아이천황기에서는 실제로 죽은 것은 아니지만 죽은 것으로 위장하여 상여(喪輿) 배에 태자를 태운다. 리추(履中)천황기에서는 미즈하와케노미코토(水齒別命)가 하야토(隼人)를 시켜 스미노에노나카쓰오키미(墨江中王)를 죽인 후, 직접 하야토(隼人)까지 죽인 후 신궁(神宮)에 들어가기 전 그 게가레를 씻어내기 위해 미소기를 행한다. 이러한 점에서 살펴볼 때 『고사기』에 등장하는 '미소기'에는 '죽음'이라는 사건이 공통적으로 전제되어 있는 것을 확인할 수 있다. 즉, '죽음'이란 게가레를 발생시키는 사건이고 그로 인한 게가레를 제거하는 행위 또는 의식의 장치로서 미소기를 선택하고 있는 것이다. '하라에(祓)'의 경우, 『고사기』에서는 '祓'가 단독으로

245

사용된 장면이 두 군데에 등장하는데, 첫 번째는 스사노오가 다카아마노하라(高天原)에서 추방당할 때이고, 두 번째는 주아이천황기에서 '大祓'로 등장한다. 두 장면 모두 '祓'의 목적은 모두 죄를 씻기 위한 것이다.

6.2. 『일본서기』에 등장하는 '禊'와 '祓'

『일본서기』에서 '禊'가 두 군데 등장하는데, '祓禊'와 같이 하라에와 결합된 형태로 등장한다. 『일본서기』 제12권 리추천황기(履中天皇紀) 5년의 기사에서는 신의 노함을 다스리지 못해 황비가 죽었는데, 그 이유로 구루마모치노키미(車持君)가 천자(天子)의 백성을 수탈하고, 신에게 보낸 구루마모치베(車持部) 역시 수탈한 것으로 여겼다. 그 책임을 물어 祓禊를 하도록 했다고 전한다. 또 『일본서기』 제29권 : 덴무천황기(天武天皇紀) ⑦ 7년에는 봄에 천신지기(天神地祇)를 모시고자 천하의 모든 祓禊를 하였다라고 전한다.

『일본서기』에서 '祓'는 신대권 제5단 일서(一書) 제6, 신대권 제7단 일서 제2, 제14권 : 유랴쿠천황기(雄略天皇紀) 13년, 제25권 고도쿠천황기(孝德天皇紀) 2년, 제29권 덴무천황기(天武天皇紀)⑦ 5년, 제29권 덴무천황기(天武天皇紀)⑦ 10년에 등장한다. 이들 기사에서 공통적으로 등장하는 내용은 배상 또는 재물과 관련된 내용이다. 하라에의 대상인 죄의 내용이 등장하는 경우도 있고, 죄의 내용은 없이 배상 혹은 재물의 내역만 등장하는 경우도 있다. 『일본서기』에서 죄의 내용이 나타나 있는 경우는 두 번 등장한다. 『일본서기』 제14권 유랴쿠천황기(雄略天皇紀) 13년 기사에서는 사호비코(狹穗彦)의 고손인 하타네노미코토(齒田根命)가 몰래 궁녀를 범한 죄로 배상을 통해 하라에를 한다. 『일본서기』 제25권 고도쿠천황기(孝德天皇紀) 2년에는 악습을 금하는 여러 규율을 정한다고 전하는데, 이 내용은 '금기(禁忌)'를 어긴 것이라기보다 그야말로 배상 특히 억지 배상이라는 악습의 측면에서 제시하는 것이라 볼 수 있다. 이는 앞서 살펴본 『고사기』에서 하라에의 대상이 '금기(禁忌)'를 어긴 죄인 것과는 상당히 거리가 있어 보인다.

6.3. 『고사기』와 『일본서기』에 나타난 '禊' 및 '祓' 비교

『고사기』에서는 '禊'가 포함된 경우가 3번, '祓' 단독 표기가 2번 등장하고, 『일본서기』에서는 '禊'가 포함된 경우가 2번, '祓' 단독 표기가 6번 등장한다. 각 이유, 장소, 제물을 정리한 것이 다음의 <표 6>이다.

<표 6> '禊' 및 '祓'가 행해지는 이유, 장소 및 제물 비교

권(卷)			이유	장소	제물(배상)
『고사기』	'禊'	禊 禊 祓	상권(神代) 이자나기의 황천국 방문	황천국의 게가레를 씻어내기 위해	쓰쿠시(筑紫) 히무카(日向) 오토(小戸) 다치바나노아하키하라 (橘檍原)	
		禊	중권 주아이천황	태자가 죽은 것으로 위장한 후 그 게가레를 씻어내기 위해	▲ ※禊를 하기 위하여 오미(淡海)와 와카사노쿠니(若狭国)를 지난다고 설명함	
		祓禊	하권 리추천황	하야토(隼人)를 죽인 후 신궁(神宮)에 들어가기 전 그 게가레를 씻어내기 위해	도오아스카(遠飛鳥)	
	'祓'	祓	상권(神代) 스사노오의 추방	다카아마노하라에서 난폭하게 행동한 스사노오를 벌하기 위해		많은 배상(千位置戸) 수염·손톱·발톱
		祓	중권 주아이천황	신탁을 청하기 전 나라 전체의 죄를 사면하기 위해		나라 전체의 폐백 (国之大奴佐) ※구체적인 품목 없음

247

『일본서기』	'禊'	祓禊	제12권 리추천황 5년	천자의 백성을 취하고, 신을 모시는 가무베(神戸)를 빼앗은 죄를 씻기 위해	나가스노사키(長渚崎)	
		祓禊	제29권 덴무천황 7년	천신지기(天神地祇)를 모시기 위해	▲ 구라하시가와(倉梯河) ※제궁을 세움	
	'祓'	祓	제1권 신대(神代) 상 5단 일서 제6	이자나기가 황천국의 게가레를 씻어내기 위해	쓰쿠시(筑紫) 히무카(日向) 오도(小戸) 다치바나 노아하키하라(橘之檍原)	
		祓	제1권 신대(神代) 상 7단 일서 제2	다카마노하라에서 난폭하게 행동한 스사노오를 벌하기 위해		祓를 위한 재물(祓具)
		祓	제14권 유랴쿠(雄略)천황 13년	궁녀를 범한 하타네노미코토(齒田根命)를 벌하기 위해		말 여덟 필, 큰 칼 여덟 자루
		祓	제25권 고토쿠천황 2년	억지주장으로 강제로 '祓'를 요구하는 행위를 금함		▲ ※구체적인 배상 품목은 제시되어 있지 않으나, 문맥상 배상으로 해석할 수 있음.
		秡	제29권 덴무(天武)천황 5년	오하라에를 위해 하라에 쓰모노(祓柱)를 준비하고 죄인들을 사면함		말 한 필, 포목 한 필 칼 한 자루, 사슴가죽 한 필 괭이 한 자루, 단검 한 자루 낫 한 자루, 화살 한 대 벼 한 다발, 삼베 한 필
		祓	제29권 덴무(天武)천황 10년	천하에 명령하여 오하라에(大解除)를 하도록 시킴		노비 한 명

※ '▲'로 표시한 부분은 문맥 상 추정할 수 있는 부분

　『고사기』의 경우 '죽음'과 관련된 게가레를 제거하기 위한 것이 '禊', 죄를 털어내기 위한 것이 '祓'로 그 이유의 구분이 명확하게 드러난다. 그러나『일본서기』의 경우 '천자의 백성을 취하고, 신을 모시는 가무베(神戸)를 빼앗은 죄', '천신지기(天神地祇)를 모시기 위해' 와 같이 죽음과는 무관한 것으로 보인다. 또한『고사기』의 이자나기의 미소기 전승은 '禊'로 표기되는 것에 반해, 이와 유사한『일본서기』신대권 제5단 일서 제6의 경우 '祓'로 표기되는 것을 확인

할 수 있다.

6.4. '미소기' 전후(前後)의 전개과정

앞에서 미소기의 원인이 '죽음'으로 인한 게가레라는 것을 밝혔다. 그렇다면 이렇게 미소기를 하고 난 후의 변화는 무엇일까. 다음의 <표 7>은 미소기 전후의 전개과정을 정리한 것이다.

〈표 7〉 미소기 전후의 전개과정

	권(卷)	표기	미소기 '전'	미소기 '후'
『고사기』	상권 이자나기의 황천국 방문	禊 禊祓	황천국 방문 이자나미의 금기를 어김	삼귀자 생성 → 삼귀자가 세계를 분치
	주아이 천황기	禊	태자가 죽은 것으로 위장	오진(応神)천황 즉위
	리추천황기	祓禊	미즈하와케노미코토(水齒別命)가 하야토(隼人)를 죽임	미즈하와케노미코토(水齒別命)가 한세(反正)천황 즉위
『일본서기』	제12권 리추천황기 5년	祓禊	구루마모치노키미(車持君)가 신을 모시는 가무베(神戸)를 빼앗은 이 원인으로 황후가 갑작스러운 죽음을 맞이.	다음해 새 황후 맞이
	제29권 덴무천황 (下) 7년	祓禊	(임신의 난)	8년 5월, 요시노노미야(吉野宮)에 행차하여 황후와 황자들과 함께 맹세

『고사기』의 경우 이자나기의 미소기로 인해 생성된 삼귀자가 각각 천상세계와 밤의 세계, 바다를 다스리는 주인으로 그려진다. 노성환은 삼귀자에게 부여된 역할에 대해 '천하의 통치자로서 천지창

조의 신인 이자나기·이자나미로부터 통치권을 위임받는 왕권의 계
승자들'[61]이라고 설명한다. 주아이천황기와 리추천황기에서는 각각
미소기를 한 주체가 차기 천황으로 즉위하는 것을 확인할 수 있다.
『일본서기』의 경우 리추천황기에서는 신이 나타나 탓하는 것을 무
시하자 황후가 갑자기 죽음을 맞이한다. 그 원인을 찾아 바로잡고
난 후에 새 황후를 맞이하는 것을 확인할 수 있다. 또 덴무천황기에
서는 8년 5월에 요시노노미야(吉野宮)에 황후와 황자들과 함께 행차
하는데, 황자들은 '열 명의 왕들은 각각 다른 배에서 나왔으나, 동복
형제와 다르지 않게 함께 천황의 칙명을 따르고, 서로 도와 거스름
이 없도록 하겠습니다.'[62]라고 맹세 한다. 또 천황이 말하기를 '만약
지금부터 이후에 이 맹세처럼 하지 않으면 목숨을 잃고 자손이 끊길
것이다.'[63]라고 하였다. 이는 임신의 난을 통해 즉위한 덴무천황이
왕권을 공고히 하고자 한 의도로 볼 수 있을 것이다. 이와 같은 전개
를 통해 미소기와 왕권과의 관계를 엿볼 수 있다. 다나카타카시(田中
卓)는 미소기가 주요 제의인 야소지마마쓰리(八十島祭)에서 그 실마
리를 찾는다. 이 야소지마마쓰리는 천황 한 대에 한 번 이루어지는
큰 마쓰리로서 원칙적으로 다이죠사이(大嘗祭)가 거행된 이듬해에
행하는 것으로 알려져 있다고 설명[64]하면서도 그 순서에 대해 의문
을 제기한다. 그 근거로 몬토쿠(文德)천황이 즉위—야소지마마쓰리
—다이죠사이의 순서로 이어진다고 설명하면서 야소지마마쓰리가

61 노성환(1990) 「日本古事記 神話에 있어서 이자나미의 죽음과 3貴子誕生」『比較
    民俗学』6집, p.194
62 坂本太郎 외(1965)『日本古典文学大系 日本書紀(下)』岩波書店, pp.434-435
63 坂本太郎 외(1965)『日本古典文学大系 日本書紀(下)』岩波書店, pp.434-435
64 田中卓(1956)「八十島祭の研究」『神道史研究』4(5) 神道史学会, pp.2-3

갖는 의의가 기존에 알려진 국토회홍(国土恢弘)이 아니라 바로 미소기(禊祓)라고 주장[65]한다. 야소지마마쓰리의 제신은 스미요시(住吉) 3신인데, 이는 『고사기』에서 이자나기의 미소기에 의해 생성된 쓰쓰노오 3신과도 상통한다. 쓰쓰노오 3신은 앞서도 언급한 바 있듯이 『고사기』에서 삼귀자와 함께 생성되는 신으로 바다와 관련 깊은 신으로 등장한다. 또 진구(神功)황후의 이른바 신라 정벌설화에서 정벌의 명을 내리는 신이기도 하다. 『고사기』와 『일본서기』에 나타난 미소기와 왕권과의 관계에 대해 지적하였는데, 야소지마마쓰리 역시 단순히 중요한 행사인 다이죠사이 전에 행해지는 행사가 아니라, 즉위에 있어서 필수불가결의 요소가 아니었을까? 여기에 쓰쓰노오 3신이라는 바다와 관련 깊은 신의 등장은 곧 이자나기의 미소기를 통해 천상·천하의 주인 격이 되는 신들을 생성해내는 바로 그 전승과도 연결되는 지점이다. 또한 이를 바탕으로 진구황후가 마치 미소기를 하는 것 같이 묘사된 그 장면을 다시 살펴보면, 갑작스러운 죽음을 맞이한 주아이천황을 대신하여 직접 신라 정벌에 나서기 위해 준비하는 과정에서 물속에 들어가 신의 증표를 받는다. 이는 곧 천황의 대리인으로서의 자격을 부여받는 것이라 해석할 수 있다. 바다와 미소기에 깊은 관련이 있는 쓰쓰노오 3신이 신탁을 내리고, 그 신탁을 실천하기에 앞서 진구황후가 미소기를 통해 자격을 부여받는 것이다. 후대로 이어지면서 미소기가 거행되는 장소는 불확실해지기도 하지만 원초적인 미소기는 바다를 장소로 설정함으로써 바다가 갖는 신성성을 통해 천상·천

---

65 田中卓(1956)「八十島祭の研究」『神道史研究』4(5) 神道史学会, pp.13-14

하의 주인을 생성하고 나아가 천황 즉위에 중요한 행사로써 이루어졌을 것이다.

7. 결론

일본의 황조신(皇祖神) 혹은 지고신(至高神)이라 불리는 아마테라스의 생성과정은 『고사기』와 『일본서기』 정문(正文)을 비교해보면 각각 다르게 서술되어 있는데, 그 중에서도 가장 큰 기술적 차이는 '미소기(禊)'라는 행위와 관련된 전승이다. 양 문헌의 신화전승에서 조물주의 역할을 하고 있는 이자나기와 이자나미가 국토와 신들의 생성을 마친 후 전개되는 신화가 아마테라스와 스사노오의 등장을 중심으로 이루어지는 것을 고려하였을 때, 삼귀자(三貴子) 생성이라는 신화 요소는 하나의 터닝 포인트이기도 하다. 『고사기』에서는 삼귀자라 일컬어지는 아마테라스, 스사노오, 쓰쿠요미는 이자나기의 '미소기(禊)'라는 행위를 통해 생성된다. 이에 반해 『일본서기』 정문에서는 삼귀자 역시 이전의 신들과 마찬가지로 이자나기와 이자나미 두 신의 생식행위에 의해 생성된 것으로 나타나는데, 일서(一書)에서는 '미소기' 전승을 전하기도 한다. 이처럼 '미소기'라는 행위는 당시 양 문헌이 편찬될 무렵에는 매우 중요한 제의행위로 제시된 것임은 분명해 보인다. 따라서 본 논문에서는 '미소기'라는 특별한 행위에 주목하여 '미소기'와 관련된 기사를 중심으로 '바다', '해신(海神)'에 이르기 까지 시야를 넓혀 고찰하였다.

일본의 지고신이자 천황가의 조상신이라 불리는 아마테라스의 생성과정이 『고사기』와 『일본서기』 정문에서 서로 다르게 나타나고 있는 점에 주목하였는데, 그 중에서도 가장 큰 차이는 '미소기'라는 행위의 유무이다. 한편 '미소기'라는 행위의 의미에 대해서 '물을 이용하여 게가레(穢)를 제거하는 것'이라는 점은 대부분 공통적으로 설명되고 있다. 『일본서기』 신대권 제5단의 경우 정문의 기사에서는 '미소기'의 전제가 되는 황천국(黃泉国) 방문담 및 이자나기의 미소기 전승은 전혀 기술되어 있지 않고, 제5단 일서 제6 및 일서 제10의 두 별전에서만 그 내용을 확인할 수 있었다. 『고사기』를 포함하여 이 세 전승에서 공통적으로 확인할 수 있는 것은 이자나기가 미소기를 하기 전에 먼저 이자나미의 죽음과 이자나기의 황천국 방문을 전제로 하고 있다는 점이며, 미소기의 대상이 되는 '게가레'는 황천국을 방문한 결과로 인해 발생한 산물이라는 것을 알 수 있었다. 즉 그 게가레를 씻어내기 위해 '미소기'라는 의식을 거행하는 것이다. 『고사기』와 『일본서기』 신대권 제5단 일서 제6에서 '미소기를 하겠다.'라는 표현 전후와 미소기 순서를 비교하여 두 문헌의 미소기에서 공통되는 부분은 물에 들어간 이후라는 것을 알 수 있었다. 즉, 『고사기』와 『일본서기』에서 기술하고 있는 미소기 전승의 핵심이 되는 부분은 물에 몸을 씻는다는 행위이며, 와타쓰미 3신·스미노에(墨江) 3신과 같이 미소기를 통해 바다와 관련이 깊은 신들이 생성되는 것으로 보아 미소기에 사용되는 물은 '바닷물'로 보는 것이 타당할 것으로 여겨진다.

미소기의 배경이 되는 바다에 대하여 신화를 서술하고 있는 '신대(神代)에 나타난 바다'와 천황의 사적을 서술하고 있는 '인대(人代)에 나타난 바다'로 나누어 고찰하였다. 두 문헌의 신화에는 모두 표면적으로는 천신관이 자리하고 있지만, 밑바탕에는 '바다'와 관련 깊은 전승이 많이 존재하는 것을 확인할 수 있었다. 특히 그 이미지의 변화는 '바다'가 갖는 생성의 이미지부터 시작하여, 이후 '하늘'과 대립하는 이미지를 거쳐, '하늘' 즉 천신(天神) 혹은 천손(天孫)에게 협조하며 결합하는 이미지로 변화되어 가는 것을 알 수 있었다. 특히 『고사기』 상권과 『일본서기』 신대권의 끝부분에 위치하며 인대로 넘어가는 연결고리가 되는 것이 야마사치와 우미사치 전승인데, 이 전승은 『고사기』와 『일본서기』 정문 및 일서에서 거의 유사하게 묘사되고 있었다. 이는 『고사기』와 『일본서기』 정문 및 일서의 전승들이 서로 일치하지 않는 경우가 많은 것을 고려해보면 매우 강한 의도성을 가지고 삽입되었을 것으로 여겨지는 대목이기도 하다. 그 내용을 잘 살펴보면 '하늘'과 '바다'의 대립이라기보다는 '하늘'이 하는 일에 '바다'가 협조하는 구도가 잘 나타나 있는데, 이것이 바로 『고사기』와 『일본서기』에서 공통적으로 그리고자 하는 '바다' 이미지임을 밝혔다.

이어서 『고사기』 중·하권 및 『일본서기』 인대권(人代卷)에서 나타나는 바다는 크게 '자연현상으로서의 바다'와 '주술적 매개공간으로서의 바다'로 분류할 수 있었는데, 진무(神武)천황의 동정(東征)에 나타난 바다, 스이코(推古)천황기와 덴치(天智)천황기에서 각각 지금의 한반도로 향하는 과정에 등장하는 바다의 경우, 이동 경로로서 등장하여 자연 그대로의 모습을 묘사한 것으로 '자연현상으로서의 바다'로 분류하였다. 또 야마토타케루의 동정 기사에 등장하는 거친 바다를 잠재우기 위한 일종의 제의행위, 진구(神功)황후가 신라 정벌을 준비하는 과정에서 신의 증표를 얻기 위해 물에 들어가 머리를 씻는 일종의 미소기(禊)처럼 보이는 주술행위, 또 신라로 향하는 과정에서 '파도가 크게 일고 물고기들이 떠올라 배를 업고 건넜다'라는 주술성이 강한 표현 등 단순히 배경 또는 이동 경로로 바다가 등장하는 것이 아니라, 주술행위의 배경으로 변용된 경우를 '주술적 매개공간으로서의 바다'로 분류하였다.

해신(海神)에 관한 고찰을 통해 신들의 성격에 녹아있는 바다의 이미지를 분석하였다. 먼저 초대천황인 진무천황의 계보를 살펴보면 진무천황의 어머니와 할머니는 해신의 딸로 그려지고 있다. 양 문헌에 서술된 진무천황기의 내용을 살펴보면『고사기』의 경우 진무천황이 천신의 혈통임을 매우 강조하고 있는 것에 반해,『일본서기』에서는 천신뿐만 아니라 해신(海神) 즉 와타쓰미(海童)의 혈통 역시 공유하고 있다는 것을 적극적으로 드러내고 있는 것을 확인할 수 있었다. 특히 진구황후의 신라정벌 기사 중에는『고사기』와『일본서기』모두 공통적으로 쓰쓰노오 3신이 신탁을 내리는 중요한 역할을 하는 신으로 등장하고 있다는 것을 확인할 수 있었다. 이를 통해 바다 혹은 해신의 영향은『고사기』와『일본서기』의 신화에 국한되지 않고, 인대(人代)에도 연계성을 갖고 지속적으로 영향을 미치고 있음을 밝혔다.

미소기 행위의 주체이기도한 이자나기와 그의 부인 이자나미가 갖는 천신적 성격과 해신적 성격에 관하여 고찰하였다.『고사기』에서는 다카마노하라(高天原)라는 천상세계를 설정함으로써 천상과 지상의 개념을 확실히 나누는 것으로 보인다. 거기에서 생겨나는 신들 중 신세칠대의 계보에서 마지막 신으로 등장하는 이자나기와 이자나미는 천부교(天浮橋)에서 '오노고로시마'라는 신화공간을 만드

255

는데, 천부교에서 오노고로시마로 이동하는 과정을 '天降' '降居彼嶋'라고 표기하면서 이자나기·이자나미의 천신적 이미지를 드러내고 있음을 확인할 수 있었다. 반면 이자나기와 이자나미가 동반하는 전승의 시작부분부터 오노고로시마와 같은 바다적인 요소가 등장하고, '국토 생성', '신 생성', '미소기'에 이르기 까지 바다와 관련 깊은 장면이 다양하게 등장하는 것을 확인할 수 있었다. 특히『고사기』에서는 이후 신들의 탄생담의 전개에서 가장 중요한 삼귀자가 바닷물을 매개로 하는 '미소기'를 통해 생성되는 것으로 그리고 있는 것을 확인할 수 있었다. 한편 이자나기와 이자나미의 신명 역시 비슷한 패턴의 신명을 갖는 아와나기·아와나미, 쓰라나기·쓰라나미가 출현하는 전승을 살펴볼 때, 나기·나미라는 명칭에서 바다와의 연관성을 짐작할 수 있었다. 이러한 내용을 바탕으로『고사기』와『일본서기』에서 나타내고 있는 이자나기와 이자나미에게는 표면적으로 천신적 이미지를 부여하고 있지만, 전승요소의 내용을 면밀히 살펴보면 일본 고유의 바다 즉 해신적 이미지 역시 다수 내포하고 있음을 알 수 있었다.

　『고사기』및『일본서기』의 대표적인 바다 신인 와타쓰미神에 관하여 고찰하였다. 와타쓰미神이 생성되는 과정은『고사기』에서는 두 차례에 걸쳐 등장한다. 첫 번째는 이자나기·이자나미가 함께 낳는 신들 중 처음으로 그 성격이 드러나는 신으로, 바다의 신 오와타쓰미神가 등장한다. 그 다음은 이자나기가 황천국을 방문한 후 미소기를 거행하는 과정에서 와타쓰미 3神 이외에도 쓰쓰노오 3神과 삼귀자가 거의 동시에 생성된다. 쓰쓰노오 3神에 대해서는 오리온좌의 중앙에 위치한 삼성(三星)을 신성화 한 것이라 보는 설, 항해와 관련된 바다의 신으로 보는 설 등 여러 학설을 종합해볼 때 결국은 모두 항해 즉 바다와 관련이 깊다는 공통분모를 찾을 수 있었다. 반면 『일본서기』 정문에서는 와타쓰미의 생성에 관한 구체적인 전승은 별도로 전하고 있지 않지만 신대권 제5단 일서 제6에서는 『고사기』의 내용과와 거의 유사한 미소기 전승을 전하고 있어 와타쓰미神의 생성과 존재를 확인할 수 있는 정도이다. 명칭 역시 『고사기』는 생성과정에 따라 오와타쓰미, 와타쓰미 3신, 해신 와타쓰미가 등장하는데 그 명칭이 모두 '와타쓰미神(綿津見神)'으로 통일되어 있다. 반면, 『일본서기』에서는 신대권 제5단 일서 제6의 미소기 전승에서 와타쓰미 3신의 명칭 자체는 보이지만, 이후 야마사치·우미사치 전승에 등장하는 해신의 명칭 표기와는 통일되어 있지 않아, 『일본서기』보다는 『고사기』에서 '와타쓰미'라는 해신이 더욱 적극적인 활약상을 보여주고 있으며, 또한 하나의 통합된 해신으로서의 신격을 드러내고 있음을 확인할 수 있었다. 『고사기』에 등장하는 와타쓰미神은 생성과정 이후로 뚜렷한 전승이 보이지 않던 중 신화의 마지막 부분에 해당하는 야마사치·우미사치 전승에 이르러서 갑자기 등장하여 상당히 큰 비중을 차지하는 것을 확인할 수 있었다. 『일본서기』 정문에서는 와타쓰미의 생성에 관한 전승을 따로 전하지 않음에도 불구하고, 야마사치·우미사치 전승은 신대권 제10단 정문과 일서 제1~제4가 모두 신기하리만치 『고사기』 전승과 유사하게 전개되면서 와타쓰미神 즉 해신의 활약상을 그리고 있는데, 이를 통해 천상의 계보를 잇는다 하더라도 바다의 협조 혹은 바다의 영력을 얻었을 때 비로소 왕으로써의 정당성과 신성성을 갖출 수 있다는 것을 확인할 수 있었다.

　미소기, 바다, 해신에 이르기까지 시야를 넓혀 고찰한 내용을 바탕으로 다시 '미소기'에 집중하여 분석하였다. 앞서 미소기라는 행위의 원인이 되는 게가레가 황천국 방문으로 인한 것임을 알 수 있었는데, 기본적으로 미소기를 의미하는 '禊'는 게가레를 씻어내는 의미로 사용되고 있었으며, 하라에를 의미하는 '祓'은 죗값을 치르는 의미로 사용되는 것을 알 수 있었다. '禊祓·祓禊'와 같이 조합된 형태로 한자 표기된 경우는 어떤 금기를 어긴 것에 대한 내용이 공통적으로 포함되어 있었는데, 이를 통해 '禊祓·祓禊'와 같은 조합된 형태의 한자로 표기된 경우는 단순히 '게가레'를 씻어내는 미소기가 아니라, 금기를 어긴 것에 대한 죗값을 치르는 '祓'의 의미가 포함된 '미소기'인 것을 알 수 있었다. 또한 '禊'라는 표기가 포함된 경우 그 전후의 전개과정을 살펴본 결과 모두 천황의 즉위 혹은 왕권과 관련된 내용이 뒤따른다는 것을 확인할 수 있었다. 천황 즉위 후의 주요 행사인 야소지마마쓰리의 제신이 바다와 매우 관련이 깊은 쓰쓰노오 3신이며, 마쓰리의 주요 기능이 미소기라는 것을 고려하면, 이는 바다의 신성성을 매개로 하여 천상·천하의 주인을 생성한다는 관념이 반영된 것이라 볼 수 있다. 나아가 이러한 의식은 천황 즉위에도 중요한 행사로 편입되어 거행되었을 것이라 보는 것이 타당할 것이다.

이상으로『고사기』와『일본서기』에 나타난 미소기와 바다에 대해 고찰하였다.『고사기』와『일본서기』신화에 등장하는 첫 세계의 모습은 바다를 연상시키는 요소들이 다수 등장한다. 또 황조신 혹은 지고신이라 불리는 아마테라스는 '天照'라는 그 이름 표기에서 천신적인 이미지가 매우 강함에도 불구하고, 생성과정에서는 바다가 중요한 역할을 하는 것으로 나타난다. 이처럼『고사기』와『일본서기』전반에 흐르는 '미소기'와 바다라는 요소를 조사 분석함으로써 이 두 문헌의 바탕에 자리 잡은 바다라는 개념이 '생성'의 이미지로부터 '신성성'을 부여하여 왕권 통치의 정당성을 뒷받침하는 단계에까지 이르는 것을 밝힐 수 있었다.

| 참고문헌 |

<사전류>
大林太良(1997)『日本神話事典』大和書房
小野寬외(1998)『上代文学研究事典』おうふう
国史大辞典編集委員会(1994)『国史大辞典(13)』吉川弘文館
上代語辞典編修委員会(1967)『時代別国語大辞典-上代編-』三省堂
新村出외(1998)『広辞苑-第五版-』岩波書店
日本大辞典刊行会(2001)『日本国語大辞典(12)』小学館
丸山林平(1967)『上代語辞典』明治書院

<한국 논문>
노성환(1990)「日本古事記 神話에 있어서 이자나미의 죽음과 3貴子誕生」『比較民俗
　　　学』6집, pp.193-213
＿＿＿(2001)「일본 국가양도신화(讓渡神話)에 관한 일고찰」『일본문화연구』제5권,
　　　pp.187-203
오세정(2006)「한국 창세신화의 전통과 의미체계 : <창세가> <대홍수와 목도령>
　　　<대홍수와 남매>를 대상으로」『한국문학이론과 비평』30, pp.149-176
이창수(2011)「『古事記』『日本書紀』신화에 나타난 바다, 그리고 동해(東海)」『日語日
　　　文学研究』78, pp.353-370
＿＿＿(2010)「『古事記』에 나타난 海神에 관한 고찰」『日語日文学研究』제75집 제2권,
　　　pp.325-341

<한국 단행본>
노성환(2002)『일본신화의 연구』보고사
＿＿＿(1987)『古事記・上巻』예전사
＿＿＿(2009)『고사기』민속원
박창기(2006)『일본신화 코지키』제이앤씨

성은구(1989)『日本書紀』정음사
전용신(1989)『完譯 日本書紀』일지사

<일본 논문>
後藤明(2012)「海から来たる王者―記紀神話に見る古代日本の海景観」丸山顕徳編『古事記環太平洋の日本神話』勉誠出版, pp.42-54
武田祐吉(1937)「禊祓の意義(古事記)」『国文学解釈と鑑賞』至文堂, pp.5-7
田中卓(1956)「八十島祭の研究」『神道史研究』4(5) 神道史学会, pp.2-29
都倉義孝(1979)「古代王権の宇宙構造」『早稲田商学』281, pp.57-78
松前健(1997)「禊祓の神話と儀礼の原義」『古代祭祀の歴史と文学』塙書房, pp.9-26
安田尚道(1977)「イザナキ・イザナミの神話とアワの農耕儀礼」, 伊藤清司・大林太郎 篇『(日本神話研究2)国生み神話・高天原神話』学生社, pp.71-99
岡田精司(1977)「国生み神話について」伊藤清司・大林太郎 篇『(日本神話研究2)国生み神話・高天原神話』学生社, pp.101-107

<일본 단행본>
青木紀元(1983)『日本神話の基礎的研究』風間書房
伊藤清司・大林太郎편(1977)『(日本神話研究2)国生み神話・高天原神話』学生社
上田正昭(1990)『「古事記」「日本書紀」総覧』新人物往来社
大林大良(1994)『神話と神話学』大和書房
_____(1987)『日本の古代 第8巻 海人の伝統』中央公論社
折口信夫(1965)『折口信夫全集 第二巻 古代研究(民俗学篇1)』中央公論社
黒板勝美(1982)『(新訂増補 国史大系) 続日本紀(前篇)』吉川弘文館
神野志隆光(1999)『古事記と日本書紀―「天皇神話」の歴史』講談社
坂本太郎(1988)『(坂本太郎著作集第二巻)古事記と日本書紀』吉川弘文館
松本信広(1973)『日本神話の研究』平凡社
坂本勝(2007)『古事記の読み方』岩波書店
遠山美都男(2003)『天皇誕生』中央公論新社
松前健(1974)『日本の神々』中央公論社
松村武雄(1958)『日本神話の研究 第四巻』培風館
三品彰英(1980)『日本神話論』平凡社
肥後和男(1968)『神話時代』至文堂

<일본 주석서>
青木和夫외(1982)『(日本思想大系1)古事記』岩波書店

荻原浅男(1973)『(日本古典文学全集)古事記 上代歌謡』小学館

倉野憲司(1976)『古事記全註釈』三省堂

_____(1980)『(日本古典文学大系1)古事記 祝詞』岩波書店

小島憲之 외(1994)『新編日本古典文学全集2 日本書紀(1)』小学館

_____외(1996)『新編日本古典文学全集3 日本書紀(2)』小学館

_____외(1998)『新編日本古典文学全集4 日本書紀(3)』小学館

西郷信綱(1975)『古事記注釈(第一巻)』平凡社

_____(1976)『古事記注釈(第二巻)』平凡社

坂本太郎외(1967) 1979『(日本古典文学大系67) 日本書紀(上)』岩波書店

_____외(1965)『(日本古典文学大系68) 日本書紀(下)』岩波書店

西宮一民(1979)『新潮日本古典集成 古事記』新潮社

本居宣長(1911)『古事記傳』吉川弘文館

山口佳紀 외(1997)『新編日本古典文学全集1 古事記』小学館

담론과 표현의 일본학

제4장

영화에 나타난 일본신화 분석[*]
-〈일본탄생(1959)〉을 중심으로-

ㅣ이 지 연

1. 머리말

신화라는 콘텐츠는 여러 매체를 통해 재생산 되고 이용된다. 텍스트의 신화가 대중매체, 그중에서도 시각적인 콘텐츠인 영화라는 매체를 거치면 상상력의 신화는 큰 상징성을 가지게 된다. 신화라는 텍스트가 영화라는 매체를 만나 이미지화 되고 영상화 되는 것은 그 나라의 모든 구성원들이 일체하여 공감 할 수 있는 근원적인 이야기이며 소재가 될 것이다. 일본의 신화는 창세신화부터 기록되어 신들의 이야기를 다루고 있는 신대(神代)에서부터 천황들

---

* 본고는『日語日文學硏究』제92권 2호(韓國日語日文學會, 2015년, pp.115-132)에 게재되었던 논문을 수정, 가필한 것임

의 기록인 인대(人代)로 구성되어 있으며 이는『고사기(712)』,『일본서기(720)』에 기록되어 있다. 이는 신화에서 역사로 이어지고 있다.

이러한 일본의 신화는 현재까지 여러 대중문화 콘텐츠를 통해 재가공 되어 나타나고 있다. 특히 애니메이션이나 만화, 게임 등에 있어서 일본 신화 속 캐릭터를 모티브로 차용하는 경우가 많다. 이와 관련된 한국에서의 선행연구에도 대중매체 특히 애니메이션에 나타난 신화 또는 그 애니메이션 감독의 신화관을 중심으로 한 연구가 주를 이룬다. 일본 실사 영화에 나타난 일본신화에 대해 분석한 연구는 아직 이루어지지 않고 있다.

일본영화에서 일본의 신화 중 특히 신대의 신화이야기나 그 캐릭터를 다루고 있는 작품의 수는 많지 않다. 신대의 이야기가 등장하는 영화는 <일본탄생>과 <야마토타케루(ヤマトタケル,1994)> 그리고 <음양사2(陰陽師2,2003)> 세 작품을 꼽을 수 있다.

본고에서는 일본 신화를 실사 영화에서 다루고 있는 첫 번째 영화 <일본탄생> 을 중심으로 하여 이 영화가 탄생한 배경과 내용 그리고 작품에서 다루고 있는 일본신화 텍스트 원전인『고사기』,『일본서기』의 신화 내용을 비교하였다. 이를 통해 텍스트상의 신화가 영화화 되고 이미지화 되는 양상에 대해 분석해 보고자 한다. 또한 신화와 그 등장인물들을 통해 영화에서 나타내고자 했던 것들과 그것들이 가지는 의미들에 관해서 고찰하여 보고자 한다.

2. 〈일본탄생〉의 제작 배경

이 영화는 일본영화에서 실사의 모습으로 신화의 모습을 재현한 최초의 영화이다. 특히 신화에 대해서 긍정적이지 않았던 전후 1950 년대라는 시기에 있어서 일본의 신화를 영웅적으로 이미지화 하여 다루고 있다는 점에서 주목할 만하다.

이러한 일본신화의 내용이 나타나 있는 영화 <일본탄생>이 개봉한 1959년은 현재 일본의 천황 아키히토가 결혼한 해이며 일본 정부가 1956년 경제백서에서 '이제 전후는 끝났다'고 선언하기도 했던 경제 호황기이었다. 신화 속 이름을 따와 경제호황기에 이름을 붙인 진무경기(1956-57)를 지나 이와토 경기(1959-61)로 접어든 시기였으며 특히 냉장고, 세탁기, 흑백TV등 3종신기가 인기를 끌기 시작하며 고도 성장기로 들어서고 있었다.

1959년대의 일본은 고도의 경제성장 뿐만 아니라 영화사에 있어서도 황금기로 불릴 만큼 큰 성장을 이루고 있었다. 또한 일본 영화의 자립기[1]로서 영화작품에 있어서 시대성을 나타내기 시작했던 시기[2]이

1　일본영화사에서 미군점령시대가 막을 내리고 일본이 독립한 1950년대는 일본 영화의 제2전성기이며 동시에 절정기였다. 자립기는 샌프란시스코 조약이 체결되고 미군정이 종결된 이후인 1953년부터 1960년대까지를 말한다. 1953년 NHK가 대도시를 중심으로 TV방송을 시작하고 1960년대 컬러 방송을 시작하는 위협을 받았지만 적어도 1950년대 대중이 즐기는 오락은 영화였다. 당시 6개의 영화사가 연간 500편을 제작하고 영화인구가 10억명을 돌파하는 초유의 영화 붐이 일어났다. 이 시기의 영화는 신세대와 신일본을 그린 태양족 영화, 오락영화, 각종 시리즈영화, 일본적 미학을 그린 시대극 영화, 전통과 근대 사이에서 벌어지는 사회 모순을 그린 사회영화, 그리고 다양한 장르의 예술영화 등이 동시에 만들어 졌다. 구견서(2007)『일본영화 시대성』 p.315

2　자립기 이전의 미군점령 하의 일본 영화계는 미국에게 부정적인 견해를 보이는 주제 등은 사전에 검열되는 등 영화제작에 있어서도 전시중의 일본의 상황과 마

〈그림 1〉 일본탄생의 포스터

기도 하다. 이 영화의 감독인 이나가키 히로시(稻垣浩) 감독은 이러한 일본영화 자립기의 대표적인 감독으로 <미야모토 무사시(宮本武蔵, 1954)>로 아카데미상 외국어 영화상을 수상하고 <무호마쓰의 일생(無法松の一生, 1958)>으로 베니스 영화제 그랑프리를 수상하여 국제적인 감독으로 알려지며 해외에서도 주목받았던 감독중 하나이다.

당시 헐리우드에서는 창세기와 관련된 영화인 <십계(1956)>와 성서의 내용을 담은 <벤허(1959)> 등의 서양의 대작영화 영화들이 한창 제작되고 큰 인기를 끌었다. 이에 발맞추어 도호(東宝)영화사에서도 자국의 신화인 『고사기』, 『일본서기』를 베이스로 하여 일본의 건국과 영웅을 그린 대작 영화를 만들기로 하여 기획되었다.

이 영화는 도호영화사 1,000작품 제작 기념작으로 많은 제작비를 들여 공들인 작품이기도 하다. 특히 특수촬영 기법을 중심으로 한 특촬(特撮)영화라는 장르로 분류되고 있을 만큼 당시의 특수촬영 기법을 총동원하여 만든 큰 스케일의 영화이다. 1959년 11월 1일에 개봉하여 그 해 일본영화 개봉작 중 흥행순위 2위, 배급수입 3억 4,432만 엔을 기록하며 당시 큰 흥행기록[3]을 세우기도 하였다.

찬가지로 어려움이 많았다고 이나가키 히로시 감독은 그의 저서에서 밝히고 있다. 稻垣浩(1966) 『ひげとちょんまげ 生きている映画史』 毎日新聞社, p.198

이 영화는 야마토타케루의 파란의 생애를 중심으로 일본 국토탄생을 그리는 영화로써 당대 최고의 초호화 캐스팅으로도 주목받았다. 특히 주인공 미후네 토시로(三船敏郎)는 야마토타케루와 스사노오의 1인 2역을 맡았다. 당대 최고 배우들을 캐스팅한 만큼이나 제작진 역시 화려하다. <암야행로(暗夜行路,1959)>의 야스미 토시오(八住利雄)와 기쿠시마 류조(菊島隆三) 공동 작가의 시나리오와 시대극의 대부로 불리는 이나가키 히로시 감독[4] 그리고 특수촬영의 대가인 쓰부라야 에이지(円谷英二)가 촬영했다. 특히 특수촬영[5]에 많은 공과 제작비를 들인 작품으로 특수촬영 영화에 있어 기록적인 작품으로 평가되고 있다.

3. <일본탄생>의 내용분석

영화 <일본탄생>은 『고사기』와 『일본서기』의 등장하는 일본의 12대 게이코(景行)천황의 황자이며 12대 천황기사의 실질적 주인공[6]

---

3 1959년도 영화 흥행순위 http://nendai-ryuukou.com/1950/movie1.html#09 (검색일 2014.11.5)

4 이나가키 히로시 감독은 전작 <미야모토 무사시>(1942)에서도 국민적 영웅으로 불리던 검객을 주인공으로 내세우는 영화를 제작한 바가 있다. 요모타 이누히코(2001)『일본 영화의 이해』현암사, p.118

5 특수촬영 감독 쓰부라야 에이지는 특히 이 작품에서는 실사와 특수촬영의 합성신이 수려하며 이 작품만을 위한 특별 기술과정과 도호영화사 특수촬영이 최고 레벨을 달성한 기념비적인 영화라고 설명하고 있다. 竹内博외(2001)『円谷英二の映像世界』実業之日本社, p.166

6 『고사기』에 특이 게이코 천황의 전승은 야마토타케루의 이야기를 빼면 계보 관계 기사밖에 남지 않는다. 즉 게이코천황 고유의 이야기는 거의 없다고 할 수 있다고 할수 있을 만큼 존재감이 약한 천황의 모습을 보이고 있다. 直木孝次郎 (1971)『神話と歴史』吉川弘文館, pp.27-28

이기도 한 야마토타케루(日本武尊)의 일대기를 그리고 있다. 이 영화
는 야마토타케루라는 캐릭터에 관련된 내러티브 속에, 신화세계에
등장하는 스사오노라는 신화세계에 등장하는 신, 스사노오의 캐릭
터와 관련 신화를 연결, 교차하는 방식으로 구성된다.

이 영화의 주요 내용은 주인공 야마토타케루의 관련 전승으로 야
마토타케루의 구마소(熊襲)정벌과 동국 정벌, 그리고 미야즈히메(美
夜受姫) 다치바나히메(弟橘姫)와 관련된 러브스토리와 전투, 그의 죽
음에 이르기까지의 일대기가 그려지고 있다. 총 181분의 런닝타임
에서 대략 42분이 창세, 나라와 신들의 생성, 삼귀자의 분치, 스사노
오와 아마테라스와 관련된 아메노이와야에서의 이야기, 그리고 스
사노오의 야마타노오로치 퇴치의 장면까지 이어진다. 이와 같이 신
화의 플롯이 야마토타케루의 스토리 사이사이에 삽입되어 연결되는
스토리로 구성되어 있다. 이 영화의 내용은 다음과 같다.[7]

12대 천황인 게이코천황의 시대, 오오토모타케히노무라지(大伴建
日連)일족 출신인 천황의 후처의 아들인 형 오오우스노미코토(大椎
命)를 왕위에 올리기 위해 전후(前后)의 아들인 오우스노미코토(小
椎命)를 구마소정벌이라는 명목으로 추방할 것을 계획한다. 오우스
노미코토가 홀연히 구마소 형제를 완전히 무찌르자 그의 강함에 놀
란 구마소 형제는 그 나라에서 가장 강한 자라는 뜻의 야마토타케루
(日本武尊)라는 칭호를 바치며 죽음을 맞이하였다. 계획에 실패한 다
케히노무라지는 천황을 교사하여 이번에는 동국 정벌에 향하게 하
였다. 야마토타케루는 자신만을 전투에 보내는 아버지인 천황을 원

---

7 작품소개 참조. 「日本映画紹介:日本誕生」『キネマ旬報』(1958.11.上旬) 245호, キ
ネマ旬報社, pp.91-92

망한다. 그러나 옛날 스사
노오가 야마타노오로치를
퇴치하여 그 꼬리에서 나
왔다는 명검 무라쿠모노
쯔루기(叢雲劍)를 야마토
타케루에게 천황이 하사
하여 주었다며 건내 받으
며 용기를 되찾게 된다.

〈그림 2〉 야마토타케루의 영화 속 모습

그의 신변을 보살피기 위해 뒤 따라온 다치바나히메와 함께 길을 오
른 야마토타케루와 그의 군사들은 사가미(相模)에 도착했다. 여기서
다케히노무라지의 부름을 받은 군사들이 야마토타케루를 죽이려 기
다리다가 야이즈(燒津)의 들판으로 끌고 와 사방에서 불을 질러 야
마토타케루를 곤경에 빠뜨린다. 그러나 야마토타케루는 무라쿠모노
쯔루기로 불에 탄 풀을 베어 넘기며 불길을 피해 살아 남는다.

야마토타케루는 아버지인 천황까지 자신을 없애버리려고 동조한
것과 동국정벌의 무의미함을 깨닫고 야마토로 되돌아오기로 하는데
갑자기 하늘이 어두워지며 야마토타케루가 탄 배는 거친 파도에 휩싸
이게 되었다. 다치바나히메는 야마토타케루의 안녕을 염원하며 자신
을 바쳐 거센 바다에 몸을 던진다. 야마토로 향했던 야마토타케루는
다케히노무라지들의 대군을 맞닥뜨리고 그 열세를 못 이겨 끝내 운명
하기에 이른다. 이윽고 야마토타케루의 혼은 한 마리의 하얀 새가 되
어 산 위를 돌며 그 산을 둘러싸자 산은 들끓고 용암이 흘러나와 다케
히노무라지의 군세를 쓸어내린다. 흰 새는 야마토히메가 있는 이세신
궁의 하늘을 돌고 난 후 아주 옛날 이 나라를 세운 이자나기, 이자나미

269

가 있는 다카마가하라(高天原)로 날아 올라가고 이 영화는 끝이 난다.

3.1. 영화의 구조

이 영화를 구조상으로 나누어 살펴보면 크게 야마토타케루와 스사노오의 이야기 부분으로 나누어진다. 두 스토리를 나누어 영화의 흐름과 내용을 순서대로 정리해 보면 다음과 같다.

〈표 1〉 영화의 구성

내 용	장 면
① 창세, 10명의 신들의 탄생, 이자나기 이자나미 결합. 아마테라스에게 다카마가하라, 쓰쿠요미에게 밤의 나라, 스사노오에게 바다를 위임 한 이야기	창세, 스사노오 ↓
② 오우스는 천황의 명으로 구마소 정벌을 떠남. 구마소 정벌 후, 야마토타케루라는 이름 받고 또 다시 동국 정벌 명을 받음	야마토타케루 ↓
③ 다카마노하라에 아마테라스의 궁전에서 스사노오의 악행으로 아마테라스가 아메노이와야에 숨게 된 이야기	스사노오 ↓
④ 숙모 야마토히메와 만나 또 다시 자신을 동국 정벌로 보내는 아버지를 원망	야마토타케루 ↓
⑤ 죽은 어머니, 이자나미의 나라로 가고 싶다고 하며 산천초목과 모든 강과 바다가 마르도록 울게 된 이야기	스사노오 ↓
⑥ 야마토히메에게 스사노오가 야마타노오로치를 퇴치하였다는 검과 자루를 받아 동국 정벌을 떠남	야마토타케루 ↓
⑦ 스사노오가 이즈모로 추방당해 아시나즈치와 그의 처 데나즈치 그 딸 구시나다히메를 만남. 오로치를 퇴치하고 그 꼬리에서 무라쿠모노쓰루기를 꺼내 아마테라스에게 헌상, 그 후 이 나라를 지키는 보물이 되었다는 이야기	스사노오 ↓
⑧ 오와리(尾張)에서 미야즈히메를 만남. 결혼을 약속 다치바나히메가 만나러 옴. 들판에서 위기에 빠짐. 야마토로 돌아가는 길에 태풍을 만나 다치바나히메가 몸을 던져 희생. 야마토타케루는 죽고 흰 새로 변하여 하늘 위의 세상(영화 초반부에 등장한 다카마가하라)으로 올라감	야마토타케루

영화의 구조는 크게 위와 같이 8개의 장면으로 나누어 볼 수 있다. 위의 구성과 흐름을 살펴보면 영화는 스사노오와 야마토타케루라는 두 캐릭터들의 주요 에피소드들을 서로 비슷한 각각의 플롯들로 서로 연결, 교차시키며 신대의 캐릭터인 스사노오를 야마토타케루라는 인물에게 투영시키고 있음을 살펴 볼 수 있다.

야마토타케루와 스사노오 관련 신화 각각의 장면 전환과 연결은 영화 전반에 걸쳐 옛날이야기와 같은 나레이션으로 혹은 각각의 인물들이 들려주는 이야기로서 이어지고 있다. 각 에피소드들과 검이라는 매개체를 통해 스사노오와 야마토타케루라는 인물이 오버랩되며 두 개의 캐릭터를 보다 일체화 시켜 보여주는 효과가 있다. 이것은 또한 한명의 배우가 1인 2역을 하며 두 캐릭터를 연기하고 있다는 점에서 더욱 그러하다. 이는 야마토타케루라는 인물에게 신대의 스사노오라는 신을 결합시켜 더 큰 영웅적 이미지를 그리고자 한 것으로 해석 할 수 있을 것이다.

3.2. 원전과의 비교

이 영화를 일본 신화의 원전인『고사기』,『일본서기』와 비교함에 앞서 시나리오 작가 중 한명인 야스미 토시오의 의도에 주목해 볼 필요가 있다. 그는 영화 잡지『키네마 준보』1959년 6월 하순호[8]의 인

---

8 작가 야스미 토시오의 인터뷰에서 원작에 관하여 아래와 같이 밝히고 있다.
   우리들은 '신화란 아득한 옛날의 인간들이 대 자연으로의 노예적인 복종에서 스스로 해방하여 생활에서 원시적인 공포를 추방하고 인간 자신의 생활을 높여서 가자라고 하는 위대한, 그리고 아주 젊은 상징력의 발현이며 공상 안에서 대 자연을 지배하려고 한 하나의 예술적인 방법이었다' 라고 하는 입장을 취했다. 또 야마토타케루에 대해서는 그 안에서는 이미 전쟁을 정점으로 하는 인간의 근대적인 비극의 여러 가지 모습이 포함되어 있는 점이 두드러진 전설이라고 생각

© 1959 TOHO CO., LTD.

〈그림 3〉 영화 속 스사노오

터뷰에서 이 영화의 원작에 관하여 는 더 문학적인 서술법을 취하고 있 는『고사기』를 반영하였다고 밝히 고 있다. 이에 역시 영화의 내용 또 한 서사적이고 문학적인 특징을 지 닌『고사기』의 스토리구조와 닮아 있음을 살펴볼 수 있다.

우선 야마토타케루의 경우 일본 신화에 나타나는 야마토타케루의 전 승은 전형적인 귀종유리담(貴種流 離譚)에 하나로 보여 지며 완수를 위하여 스스로 목숨을 선택해야하 는 슬픈 결의의 비극이라고 불리기도 한다[9].『일본서기』에서 그리고 있는 모습은 오로지 천황에게 충성하고 전투적인 모습으로 그려지 고 있는데 반하여 영화에서는『고사기』에서 그리고 있는 야마토타 케루의 인간적이고 비극적인 영웅의 모습을 그리고 있는 내용을 따 르고 있다. 특히 전체적인 서사 또한 야마토타케루의 전승 부분은 『고사기』에서 그리고 있는 모든 전승들을 빠짐없이 전개시키고 있 다. 그러나 주인공 야마토타케루의 이름표기[10]는『고사기』와『일본

했다. 신화도 전설도 역사는 아니지만 이 시나리오에 있어서는 고대와 근대로서 대치되고 있기 때문이다. 또『고사기』쪽이『일본서기』그 외의 것들보다 문학 적, 진보적인 서술법을 하고 있다고 생각했기 때문에 주로 고사기를 따랐다. 우 리들의 이런 의도를 포함해서 이 시나리오 에 대해서는 넓은 이해를 받고 싶다. 필자 역「シナリオ:日本誕生」『キネマ旬報』(1959.6.下旬)235호, キネマ旬報社, p.137

9 吉田敦彦외(1997)『日本神話事典』大和書房, pp.311-314

10 야마토타케루의 이름의『일본서기』에서의 표기는 日本武尊,『고사기』에서는 倭建命 로 표기하고 있다.

서기』가 서로 다른데 영화에 나타나는 야마토타케루의 이름표기는
『일본서기』의 표기인 日本武尊를 차용하고 있다는 점이다.

일본신화에서 스사노오의 모습은 바람의 신 또는 폭풍의 신이라
고 불리며 해의 신인 아마테라스와 대조적인 암흑의 신이다. 그러나
한편으로는 야마타노오로치를 퇴치하는 영웅적인 면도 있으며 일반
적으로는 선악의 양면성을 가진 존재이다. 또한 엄마의 품에서 탈출
하지 못하고 언제까지나 아이의 상태로 있는 '영원한 소년'이라는
용어로 설명되기도 한다. 이러한 스사노오의 불투명하고 혼돈스러
운 성격의 소유자로 설명된다.[11] 스사노오의 이야기 전개에 있어서
는 영화는 원전의 신화를 재구성 하고 있음을 살펴 볼 수 있다. 이는
신대의 이야기에서 주요 에피소드들이 누락되어 있으며 스사노오의
활약과 그의 전승만을 중심으로 신화세계를 그리고 있다. 영화상에
전개되고 있는 신대 이야기의 구성은 앞서 살펴 본 <표 1>의 ①, ③,
⑤, ⑦에 해당하는 스사노오의 이야기가 중심이며 국토생성의 다음
으로 이어지는 이자나미의 죽음, 이자나미의 나라 요모쓰쿠니에서
의 이야기, 미소기의 이야기는 빠져 있다. 또한 스사노오의 다카마
가하라로의 승천 이후 우케히를 하는 장면, 오로치 퇴치 이후의 신
대의 이야기들은 그려지지 않고 있다. 영화상에서 그리고 있는 스사
노오의 장면들을 살펴보면 청년기의 스사노오의 개인적인 활약과

---

11 또한 스사노오의 성격의 복잡함은 이 신이 성장함에 있어 신화적인 세계를 건너
    가며 또한 그 성장의 과정에서 되풀이 되며 탈피하기 때문이라고 스사노오의 성
    격을 말하고 있다. 또한 네노쿠니에서의 성격은 다카마가하라와 완전 반대되기
    때문에 기기신화에 있어서 천황가의 시조신인 아마테라스가 주역이 되는 것과
    양립되며 스사노오는 반필연적으로 신화의 성스러운 중심에서 추방되어야만
    하고 스사노오라는 신의 배후에는 기기신화가 가지는 핵심적인 주제가 숨겨져
    있다고 설명하고 있다. 吉田敦彦외(1997)『日本神話事典』大和書房, pp.180-181

비운에 싸인 영웅적인 신의 모습들에 초점을 맞추어 캐릭터를 조명하고 있음을 알 수 있다.

또한 이는 앞서 본 영화의 구조상에서 나타난 점에서 살펴 볼 수 있듯이 주인공 야마토타케루의 에피소드에 대입시킬 만한 스사노오의 전승들만을 차용하여 두 캐릭터의 공통성을 가진 극적인 장면을 연출하기 위한 장치라고 볼 수 있을 것이다.

4. 새로운 영웅상의 탄생

앞서 살펴 본 바와 같이 영화에 나타난 일본신화 속 스사노오와 야마토타케루의 전승은 서로 닮은 서사구조를 취하고 있으며 영화에서는 이를 적극 차용하여 두 캐릭터의 결합해 야마토타케루라는 영웅상에 더 강력한 상징성을 부여하고 있다. 그리고 영화에서 나타난 등장 캐릭터들의 신명과 인명 등의 표기는 각각 혼용된 사용을 하고 있는 것을 살펴볼 수 있다. 한자표기가 서로 다른『고사기』와『일본서기』에서 영화는 스사노오의 신명은 須佐之男命로『고사기』의 표기를, 야마토타케루는 日本武尊로『일본서기』의 표기[12]를 차용하고 있다. 이러한 각각의 이름 표기의 혼용된 사용은『고사기』의 내용을 반영하였다고 말하고 있는 작가의 언급과는 달리『고사기』와『일본서기』에서의 서로 다른 캐릭터들의 성격을 각각 수용해온 것으로 파악 할 수 있으며 보다 일본적이고 강인한 이미지의『일본서기』의

---

12 『일본서기』에서 스사노오의 한자 표기는 素戔男尊, 素戔鳴尊,『고사기』에서는 야마토타케루를 倭建命 로 표기하고 있다.

표기법을 따른 것이라고 생각 해 볼 수 있다.

야마토타케루와 스사노오의 캐릭터의 연결과 유사성에 관해 도쿠라 요시타카(1981)는 스사노오와 야마토타케루는 신대와 인대에 서로 떨어져 존재하고 있음에도 공통적으로 난폭하며 불운한 성격을 가진 영웅적 캐릭터라는 공통점이 존재하고 있다고 설명하면서 왕권에서 벗어난 두 캐릭터가 각각의 신화와 각각의 전승에서의 존재가치와 구조적인 유사함을 신과 사람이라는 대치점에서 분석하였다.[13]

또한 야마토타케루에 대해서 그의 서사 안에서는 이미 전쟁을 정점으로 하는 인간의 근대적인 비극의 여러 가지 모습이 포함되어 있는 점이 두드러진 전설이라고 생각하였고, 신화나 전설이 역사가 될 수는 없지만 이 시나리오에 있어서는 서로 대치되고 있다'[14]라는 작가의 설명에서 알 수 있듯이 스사노오와 야마토타케루 두 캐릭터의 결합이란 캐릭터 뿐 만이 아닌 일본의 고대와 근대라는 시대를 연결하고 대입하는 장치로서 이해해야 할 것으로 파악해 볼 수 있을 것이다. 이러한 시대적 연결과 대입에 있어서는 이 영화가 만들어진 1950년대 후반 전후라는 시기의 일본을 생각해 보아야 할 것이다.

일본의 신화를 배경으로 천황과 역사를 다루는 이 작품에 대하여 영화평론가 고스게 하루오(小菅春生)는 이 영화는 일본에 신화에 부

---

13 또한 스사노오는 왕권이 그 내부에 그 초월성을 개시하기 위해 스스로 말려들어간 반정통의 성스러운 '負'이며 신화에서 후에 이어지는 역사의 '負'의 존재 의미를 나타낸다. 야마토타케루는 왕권이 스사노오에 따라 개시한 것으로 역사를 통해 이어 내려 받아야만 하는 것을 나타내는 전통적 승계라고 하고 있다. 이러한 양자는『고사기』의 체계적 구조 안에서 그 의미를 유기적으로 비추어주는 존재이며 또 반조(返照)적으로 고사기의 구조를 이야기한다고 분석하였다. 都倉義孝(1981)「古事記におけるスサノヲとヤマトタケル-辺境を正化し彼方へ去る神と人」『早稲田商学同攻会』290호, pp.225-246

14 필자 역「シナリオ:日本誕生」『キネマ旬報』(1959.6.下旬)235호, キネマ旬報社, p.137

정적이었던 전후의 역사교육에 역행하는 작품이지만 바보적인 천황의 취급과 그 묘사로 보면 반천황제 영화라고 하는 설도 있다[15]라고 비평하였다[16]. 호족들에 의해 흔들리며 자신의 아들을 죽음으로 내모는 힘없는 천황의 모습에서는 전쟁에 패배하여 힘을 잃은 천황의 모습을 그리고 비운의 영웅인 야마토타케루에게는 전후의 일본의 모습을 반영하고자 했던 의도라고 생각해 볼 수 있을 것이다. 일본 건국과 역사적 영웅을 그려내면서도 신화 상에서 천황에 오르지 못한 인물을 영화에서 그리고자 했던 시대적인 배경과 의도는 분명 존재 할 것이다.

영화의 클라이막스 부분인 야마토타케루가 죽음을 맞이하기 전, 자신의 부하에게 다음과 같이 이야기 한다.

야마토로 돌아가면 나는 아버지에게 이야기 할 것이다. 모두에게 이야기 할 것이다. 사람이 사람을 배반하지 않는, 그리고 힘찬 밝음과 기쁨이 넘치는 세계를, 먼 옛날 옛날, 이 나라의 모두가 만들어냈다는 것을.

大和へ帰ったら俺は父に話す。みんなに話す。人が人を裏切ることのない、そして力に満ちた明るさと大らかな喜びだけがあふれた世界を、ずっと昔にこの国の人々が作り上げたということを。[17]

15 「日本映画批評:日本誕生」『キネマ旬報』(1959.12.上旬)247호, キネマ旬報社, p.89
16 신이었던 천황이 처음으로 극영화에 등장하는 것에 대하여 세속적인 흥미와 관심은 컸고 도호영화사의 사장은 무엇보다 이러한 흥미와 관심을 겨냥하여 성공하였고 이른바 천황을 다룬 영화는 상업주의적 이용의 계단이라고도 말 할 수 있다고 설명하고 있다. 山田和夫(2003)『日本映画の歴史と現代』新日本出版社, p.37
17 대사 인용, 필자 역

야마토타케루의 마지막 대사를 통해 나타내고자 했던 것, 그리고 이 영화에서 나타내고자 했던 것은 일본의 신화와 역사 그리고 영웅담을 넘어 거기에 현재 자신들의 모습을 투영시킨 전후의 일본의 모습을 그리고자 한 것은 아니었는가라고 해석하여 볼 수 있을 것이다.

5. 맺음말

지금까지 살펴본 바와 같이 이 영화는 일본 영화 중에서 첫 번째로 신대의 이야기를 실사 영화로 재현해 낸 것에 영화사적 의의를 가진다고 볼 수 있다. 그리고 원전의 이야기에 벗어나지 않은 근접한 신화의 모습을 그리고 있다는 데 큰 의의가 있다. 이러한 신화의 모습을 영화라는 매체로 실사화 시켜 재현해 낸 이미지들은 일본의 신화를 이해하는데 흥미를 불러 일으키는 좋은 매개체가 되었을 것이다. 특히 외국의 창세기 영화제작 붐에 발맞추어 제작한 이 영화는 신화세계에 등장하는 스사노오라는 신의 이미지와 야마토타케루라고 하는 영웅을 연결한 캐릭터를 탄생시켰다. 또한 문학적이고 서사적인『고사기』의 내용을 주로 차용하였다고 작가의 언급과 달리,『고사기』보다 전투적이고 상징적인 이름 표기인『일본서기』의 이름표기를 사용한 것으로 보아 더욱 일본적이고 강인한 캐릭터를 만들어 내기 위한 신화의 혼용이 있었음을 알 수 있다.

영웅 서사를 그리는 충분한 요소들을 갖추며 지배를 위한 개척자적 역할을 하지만 왕위에는 오르지 못하는 비운의 캐릭터라는 공통점을 지닌 두 캐릭터의 전승과 신화의 주요 스토리들을 큰 변용 없이 그려내고 있는 이 영화는 스사노오와 야마토타케루라는 두 등장인물을 오버랩 시키며 전후라는 그들의 사회적 현실에 대입한 일본의 새로운 영웅상을 만들어 냈다. 서로 닮은 둘의 이야기 구조를 연결시켜 신과 영웅, 두 등장인물의 결합을 통해 강력한 캐릭터성을 부여하고자 하였음을 알 수 있다. 신에서 인간으로 이어져 내려오는 일본의 신화와 역사를 말하고자 했던 반면, 신화에 대해 부정적이었던 전후라는 시기에 천황에는 오르지 못한 신화 속 주인공을 채택하여 당시 시대적, 사회적 배경에 대입 할 비운의 영웅상을 만들어 냈다. 이는 일본의 신화와 역사 그리고 영웅담 뿐만 아닌 거기에 비추어 현재 자신들의 모습을 바라보고자 한 의도는 아니었는가 생각해 본다.

| 참고문헌 |

<영상자료>
稲垣浩 감독(1959) <日本誕生>, 東宝 (181분)

<문헌자료>
요모타 이누히코(2001) 『일본 영화의 이해』 현암사
구견서(2007) 『일본영화와 시대성』 제이앤씨
小島憲之외(1994) 『新編日本古典文学全集2 日本書紀(1)』 小学館
小島憲之외(1996) 『新編日本古典文学全集3 日本書紀(2)』 小学館
山口佳紀외(1997) 『新編日本古典文学全集1 古事記』 小学館
稲垣浩(1966) 『ひげとちょんまげ 生きている映画史』 毎日新聞社
直木孝次郎(1971) 『神話と歴史』 吉川弘文館
都倉義孝(1981) 「古事記におけるスサノヲとヤマトタケル-辺境を正化し彼方へ去る神と人」 『早稲田商学同攻会』 290호, pp.225-246
吉田敦彦외(1997) 『日本神話事典』 大和書房

竹内博외(2001)『円谷英二の映像世界』実業之日本社
山田和夫(2003)『日本映画の歴史と現代』新日本出版社

<잡지>
キネマ旬報社(1959)「シナリオ:日本誕生」『キネマ旬報』(1959.6.下旬) 235호, キネマ旬報
　　　社, pp.135-154
キネマ旬報社(1959)「日本映画批評:日本誕生」『キネマ旬報』(1959.12.上旬) 247호, キネ
　　　マ旬報社, p.89
キネマ旬報社(1958)「日本映画紹介:日本誕生」『キネマ旬報』(1958.11.上旬) 245호, キネ
　　　マ旬報社, pp.91-92

<인터넷자료>
키네마 사진관-일본영화사진 인용. 데이타베이스(검색일 2014.11.5)
　　　http://kinema-shashinkan.jp/cinema/detail/-/2_0160?PHPSESSID=6ddnd
　　　96lfc8f1elvdulnbhgsu2
年代流行-영화 흥행순위(검색일 2014.11.5)
　　　http://nendai-ryuukou.com/1950/movie1.html#09

담론과 표현의 일본학

제5장

日羅渡来説話에서 본 聖徳太子伝의「古典知」[*]

松 本 真 輔

1. 들어가는 말

본 논고는 성덕태자전(聖徳太子伝)에 등장하는 니치라(日羅)에 관한 기술을 통해서『일본서기(日本書紀)』에서 출발한「고전지(古典知)」가『성덕태자전력(聖徳太子伝暦)』(이하『전력』)을 거쳐 중세·근세의 태자전 속에서 어떻게 계승되어, 변용되어 갔는지를 정리하려는 시도이다.

니치라는 성덕태자전에 등장하는 중요인물 중의 한 사람이다.『일본서기』비다쓰(敏達) 12년 7월조에「히노아시키타로 아리시토(火

---

* 본 논고는 松本真輔(2012)「日羅渡来説話からみた聖徳太子伝の「古典知」」(『アジア遊学』155)를 수정해서 번역한 것이다.

葦北国造阿利斯登)의 아이 달율(達率) 니치라¹」이라는 이름이 처음으로 등장하며, 이후, 일본 조정에 대해 임나(任那) 문제를 중심으로 여러 가지로 외교적인 조언을 한 인물로 그려진다.『일본서기』에서는 니치라와 성덕태자는 특별히 관련지어 기술되는 것은 아니지만,『전력』을 비롯한 여러 태자전에서 성덕태자와 관련된 중요한 인물로 반복해서 그려지게 된다. 본 논고에서는 백제나 임나 등, 한반도의 나라들과의 관계에 주목하여, 태자전에 보이는 니치라에 관한 기술에 대해 정리해 보고 싶다. 왜냐하면, 니치라를 묘사하는 방법이 각각의 시대에 따라 변화를 보이고 있고, 그 시대의 분위기나 집필자들의 배경을 엿볼 수 있다고 생각되기 때문이다.

니치라와 성덕태자전의 관계에 대해서는『일본서기』에서『성법륜장(聖法輪蔵)』(인물의 행적을 설명하는 회화와도 관련 깊은 이야기적 중세 성덕태자전)에 이르는 선학의 논고가 있어², 『일본서기』로부터『전력』, 그리고 이후의 태자전에서 니치라의 속성(신분이나 출신국)이나 도래 이유의 변화, 이름에 관한 오훈(誤訓) 문제, 암살에 대한 불교적 해석의 부여, 더욱은 성덕태자와의 관련이나 전생담(前生譚)에 대한 근거를 증명하는 역할이 부여되어 있는 점 등이 지적되고 있다. 원래『일본서기』에 있어서 니치라는 성덕태자와 관계가 없었는데, 니치라가 성덕태자전에 등장하게 되는 과정에서「전생에 성덕태자의 제자였다는 이야기에 걸맞은 니치라 상³」으로 변용하고 있었던 것이다.

1 日本古典文学大系(1965)『日本書紀(下)』pp.142
2 渡辺信和(1987)「聖徳太子伝」の日羅渡来説話について──「聖法輪蔵」を中心に──」(『中京国文学』六)
3 동 전제주(3)

성덕태자 전승의 기점이『일본서기』임에도 불구하고, 그것과 다른『전력』의 세계가 있고, 게다가 중세 태자전에서는 이러한『전력』의 큰 틀을 답습하면서도 여러 가지로 개변되거나 증보되어 왔다. 그러한 의미로 많은 중세 태자전에 있어『일본서기』보다『전력』이 「고전지(古典知)」였다고 할 수 있지만, 한편으로는 중세의『전력』주석이나 근세 성덕태자전 중에는 그러한 내용을 수정해서 다시『일본서기』로 되돌아오는 것도 나타났다. 「고전지」를 구성하는 규범이 되는 문헌도 존재하지만, 그 내용은 항상 증보되거나 개변되어 있었던 것이다. 이하, 개략적이지만, 그러한 복잡한 상황에 대해 고찰하고자 한다.

2 니치라 일본 방문과 임나 문제의 망각

여기에서는 니치라 전승의 발단이 된『일본서기』의 기술을 확인해 두고자 한다.『일본서기』에 보이는 니치라 기자 중 가장 주목해야 할 부분은, 니치라가 일본으로 온 이유가 임나 문제였기 때문이라고 설명되어 있는 점이다.『일본서기』에 「신라가 임나의 관가를 멸망시켰다[4](킨메이 천황 23년 봄)」라는 기사가 있다. 본 논고에서는 임나 문제에 관한 「사실(史實)」은 논의하지 않겠지만,『일본서기』를 찾아보면, 이것이 킨메이 천황의 유언으로 연결되어 있는 것을 확인할 수 있다. 킨메이 천황 32년 여름 4월에 기록된 임종 직전의 유조(遺詔)가 바로 그것이다.

---

4 新羅、任那の官家を打ち滅しつ(동 전계주(2)p.119)

짐은 매우 무거운 병에 걸려 있다. 짐이 죽은 후의 정치는 너에게 맡긴다. 바로 신라를 공격해서 임나를 부흥시켜라[5].

그리고 『일본서기』의 기술은 그 유조가 비다쓰 천황의 외교에도 계승되어 있었다는 기사로 이어간다. 비다쓰 천황 12년 7월조에 기록된 비다쓰 덴노의 조칙(詔勅)을 보고자 한다.

전대의 천황은 임나를 부흥시키려고 했다. 그러나 그것을 이루지 못한 채로 붕어(崩御)해 버렸기 때문에 그 희망을 이를 수 없었다. 그래서 짐은 신의 도움을 빌려 이 소원을 돕고, 임나를 부흥시키려고 한다[6].

그리고 백제에 있던 니치라를 초빙하기 위해 사자가 파견되어 거기에 응하는 형태로 니치라등 여러 명이 일본을 방문했다고 하는 내용으로 이어진다.

그런데, 여기서 확인해 두고 싶은 것은 『일본서기』가 서술하는 니치라 일본 방문의 이유다. 무엇보다도 우선적으로 임나 부흥이라는 킨메이 천황의 유조가 의식되어 그것을 실현하기 위해서 니치라가 일본에 왔다고 쓰여 있다. 그리고 일본에 초대된 니치라는 큐슈에 대량으로 배를 배치한 다음에 백제왕에게 압력을 가해 임나 부흥에 협력시키려는 안을 제시한다(비타쓰 천황 12년 7월조). 임나 부흥이

5　朕、疾甚し。後の事を以て汝に属く。汝、新羅を打ちて、任那を封し建つべし(동 전계주(2)p.130)

6　先考天皇、任那を復てむことを謀りたまへり。果さずして崩りまして、其の志を成さずなりき。是を以て、朕、當に神しき謀を助け奉りて、任那を復興てむとおもふ(동 전계주(2)p142)

라는 킨메이 천황의 유조는 비다쓰 천황에서 스슌 천황을 거쳐 스이코 천황의 시대까지, 일본의 외교적인 현안으로『일본서기』에 등장하고, 니치라 일본 방문도 그러한 맥락 속에 놓여 있다.

그러나 이 양상은『전력』에 이르러 크게 전환된다. 이 문헌에서는 니치라 일본 방문의 자세한 사정은 기록되지 않고, 성덕태자를 만난 장면이 신비적인 문맥으로 그려지는 것이다.『전력』태자 12세조를 보자.

백제의 현자인 아시키타 달인(葦北達人)은 니치라를 인솔하고 일본 조정의 사자인 기비노 아마배와 하시마(吉備海部羽島) 두 사람과 같이 일본에 왔다. 이 사람은 용감하고 계략을 가지고 있었다. 몸으로부터 빛을 꺼내고 있고, 마치 불의 염과 같았다. 천황은 조칙을 내고 아베노오미 사칸(阿倍臣目) 모노노 나에코 오무지(物部贄子大連) 등을 보내어 니치라에게 나라의 정치를 물었다[7].

이미 선행연구가 지적했는데[8], 앞 부분에 「아시키타 달인」이라는 인물이 등장하는 것은『일본서기』(혹은 그것과 비슷한 자료)의 오훈(誤訓)에 의하는 것으로, 게다가 니치라 일본 방문의 주요 목적인 「나라의 정치」의 내용이『전력』에는 전혀 기록되지 않았다. 그리고 앞의 인용한 부분에 이어『전력』에서는『일본서기』에 등장하지 않

---

7 百済の賢者、葦北達人、日羅を率いて、我朝の召便、吉備海部羽島二随て来朝せり。此の人、勇にして計有り。身に光明有り、火の焔の如し。天皇詔して、阿倍臣目、物部贄子大連、大伴糟手子連等を遣して、国の政を日羅に問はしむ(日中文化交流史研究会編(1985)『東大寺図書館蔵文明十六年書写『聖徳太子伝暦』影印と翻刻』(吉川弘文館)p.49)

8 동 견계주(3)

는 성덕태자와 니치라가 만난 장면이 삽입된다. 예를 들면, 태자가
「니치라는 특별한 모습을 가지는 사람이라고 들어서⁹」은밀히 니치
라를 만나자, 니치라는 성덕태자를 「이 사람은 신인(神人)이다¹⁰」라
고 간파해, 나아가 「땅에 무릎 꿇어 합창 하¹¹」면서 「경례구세관세음
대보살, 전정동방속산왕¹²」이라고 주창해 니치라는 몸으로부터, 성
덕태자는 미간으로부터 서로 빛을 발사했다고 쓰여 있다. 이것이
『전력』편자가『일본서기』를 직접 보고 개변한 것인지, 중간에 다른
자료가 존재하는 것인지(『전력』에 이름이 보이는『역록(曆錄)』등의
없어진 문헌), 혹은 선행하는 성덕태자전에 따랐을 뿐인지는 분명하지
않지만,『일본서기』와는 달리, 니치라 일본 방문이 임나 부흥이라는 문
맥과 분리된 형태로 기록되어 있다.『전력』에서는, 성덕태자가 신라를
침공한 것을 그린 장면에서 임나 문제에 언급되어 있지만¹³, 적어도 니
치라의 일본 방문에 대해서는 약간 양상이 다른 것을 알 수 있다.

3. 이야기적 중세 성덕태자전과 니치라 방일에 이유

그런데, 임나 문제로부터 분리된 형태로 니치라 일본 방문을 서술
한『전력』의 기사는 중세 성덕태자전에 계승되어 갔다. 중세 성덕태
자전에는 여러 종류의 문헌들이 있는데, 크게 분류해 보면 2가지가

---

9 日羅は異相有る者なりと聞しめして(동 전제주(8))
10 是れ神人なり(동 전계주(8))
11 地に脆いて、掌を合せ(동 전계주(8))
12 敬礼救世観世音大菩薩、伝灯東方粟散王(동 전계주(8))
13 松本真輔(2007)「聖徳太子の新羅侵攻譚」(『聖徳太子伝と合戦譚』勉誠出版)

있다. 하나는『전력』주석이고, 하나는 이야기적인 작품들인데, 후자
는 회화(그림 태자전)과도 관련이 있다. 여기에서는 이야기적 성덕
태자전을 분석하고자 한다. 이야기적인 성덕태자전의 내용은『일본
서기』, 그리고『전력』과도 다른 모습을 보여 주고 있다. 임나 문제에
는 언급이 없고, 니치라가 승려로 등장하는 것이다. 예를 들면, 선행
연구에서도 언급된[14]『성법륜장(聖法輪蔵)』에서는 니치라 일본 방문
이 다음과 같이 서술되어 있다.

연호는 경상(鏡常)4년(임묘년), 가을의 무렵, 고려국의 사문(沙門)
니치라 고승을 불렀다. 일본 조정 31대 비타쓰 천황은 백제국에 현신
(賢臣)을 찾으려고 사자를 보냈다. 기비노 아마베 하시마 무라지라는
대신을 칙사로 했다. 즉 정북달(井北達)이는 현신을 찾아내고, 함께
일본에 귀국했다. <중략>이와 같이 고려와 백제 양국에서 승속의 현
인이 일본에 오게 되고, 그가 세상을 다스리기 위한 정치를 논의했다
는 이야기를 성덕태자가 들어서 그를 만나기 위해 궁궐에 왔다. 그
때의 성덕태자의 모습은 복장을 허술하게 하고, 얼굴을 검게 하고,
마(麻)로 된 옷을 입고, 줄의 띠를 묶고 있었다[15].

---

14 동 전게주(3)
15 年号は鏡常四年(年歳壬卯)秋之比、高麗国の沙門日羅上人将来せり。我朝の人皇
三十一代帝敏達天皇、百済国に賢臣を求めんか為に、御使を立て給ふ。其の交名を
は吉備の海部羽嶋の連と申ける大臣を御勅使と為し給へり。即ち井北達と申す賢臣を
尋ね得て、相ひ共なて帰朝仕り侍りける時、〈中略〉斯の如く、高麗、百済両国、
僧俗の賢人来朝して、世道之政を清談する之由を太子聞し食して、伺ひ御覧せ被れ
給ひける時、御躰を弊し、御貌に黒を塗り、麻の衣に縄の帯を結ひ下げ御して〈以下
略〉(平松令三編(1982)『真宗史料集成　第四巻』pp.454-455)

여기에서는 니치라가 고려국의 사문으로 등장했는데,『일본서기』
는 물론,『전력』과도 동떨어진 내용이다. 그리고 일본 방문의 사정은
자세히 언급되지 않고, 「현신」이고 「현인」인 니치라가 「세상을 다스
리기 위한 정치를 논의」했다고 할 뿐이다.『성법륜장』은 소위 말하
는 문보본(文保本)이라고 불리는, 회화(그림)와 내용적으로 유사하
는 이야기적 성덕태자전의 하나로, 니치라 일본 방문의 사정에 관해
서는 다리고사본(醍醐寺本)이나 린노지본(輪王寺本)에서도 닮은 내
용을 가지고 있다[16].

한편, 같은 중세에 전개한 이야기적 성덕태자전의 하나인 증보계
태자전에서는 니치라 일본 방문을 견당사에 수반하는 사람과 연결
하고 있다. 여기에서는 에이산문고(叡山文庫) 텐카이장(天海蔵)『태
자전』(1454)을 보고자 한다.

> 일본의 견당사에 키비토 아메베 하시마라는 사람을 지명해서 입당
> 시켰다. 그가 동년 가을 7월에 일본으로 돌아왔을 때, 백제국부터 현
> 자 한 명이 건너왔다. 그 이름은 아시키타의 달율 니치라였다. 니치
> 라 고승은 기이의 상이 있고, 몸에서 광명을 발하고 있었다. 그 빛은
> 큰 화염과 같았다. 천황은 매우 기뻐하시고, 아베노 사칸의 무라지,
> 모노노베노 니에코노 무라지, 오오토모노 카스데노 무라지등, 여러
> 신하들을 보내고, 니치라 고승에 국정에 관한 질문을 했다. 성덕태자
> 는 이 것을 듣고 있었지만, 감히 아무것도 말하지 않았다[17].

---

16 동 전게주(3)
17 日本の遣唐使に吉備の海部羽嶋と云者を指て即入唐せしめ玉へり。爾者同年秋七月
    に帰朝せし時、百済国より賢者一人来朝せり。其名は葦北の達率日羅来たる。日羅
    上人は奇異の相有て身より光明を放事、大なる火焔の如し。天皇悦玉て阿部目の

역시 니치라 일본 방문의 이유에 관해서는 명시되지 않고, 국정을
묻기 위한 것이라는 부분은 있지만, 구체적인 내용은 자세하지 않고,
임나에 대한 언급도 없다. 그리고 이것에 이어 성덕태자의 전생(중
국 형주(衡州)에서 남악혜사(南岳慧思)였던 것)에서의 성덕태자와
니치라의 사제 관계가 서술되어 그 두 사람이 일본에서 다시 만났다
는 내용이 되어 있다. 이것은『전력』이나『성법륜장』등과도 공통되는
줄거리이다.

또한 이야기적 성덕태자전의 하나로, 증보계로 분류된 만토쿠지
장(万徳寺蔵)『성덕태자전』(1462년 필사)에서는 견당사에 대한 언급
은 없지만, 역시 백제에서 일본을 방문한 니치라에게 천황이 정치를
묻는 장면이 있고, 그것에 대한 구체적인 내용이 서술되어 있다.

셋츠 주(摂津州) 나니와노 우라(難波の浦)에 도착했기 때문에 천황에
연락했다. 왕성(王城)에서 아베의 신, 쿠메, 모노노베노 니에코 무라지,
오오토모노 카스데코 무라지등을 파견하고, 국정에 대해 질문했다. 아
시키타(葦北) 니치라는 조정의 명령에 따라 다음과 같이 말했다. 「국가
를 다스리는 기반은 삼보(三寶)를 흥행하고 인민을 사랑하는 정치를
우선하는 것이어, 자비 헌법을 요점으로 해야 한다」라고 운운[18].

連、物部の贄子の連、大伴糟手の連等、諸の臣を遣して、日羅上人に国政を問しめ
玉ふ。太子此事を聞召して敢えて仰せしめず(慶應義塾大学附属研究所斯道文庫編
(2005)『中世聖徳太子伝集成(四)』(勉誠出版)p.312)

18 摂津州難波の浦に付て御門へ奏聞す。王城より阿部の臣、久米、物部贄子の大連、
大伴糟手子連等を遣はしめ、国の政を問はしむ。葦北日羅詔命に依り言く「夫れ国家
を治むる基は三宝を興行し人民を哀む政ことを先となし、慈悲憲法を宗とすべし」と
云々(慶應義塾大学附属研究所斯道文庫編(2005)『中世聖徳太子伝集成(五)』(勉誠
出版)p.183)

불법 진흥이나 헌법 제정은 성덕태자가 나중에 구현화하는 정책인데, 결국은 내정의 지침이라고 할 수 있다.『일본서기』를 보면 니치라가 제기한 정책은「우선 인민을 지키는 것이 중요하다. 갑자기 전쟁을 시작하면 오히려 멸망하게 될 것이다[19]」라고 충실한 내정에 대해서도 언급이 있지만, 시급한 임나 부흥 전쟁의 자중을 재촉하고 있다. 이것과 달리, 만토쿠지장『성덕태자전』에서는 임나 부흥이라는 외교문제에 대해서 특별한 언급은 없다.

4. 중·근세에 전개한『전력』주석과 니치라 방일 설

중세에는 앞에서 본 이야기적인 성덕태자전 이외에『전력』주석이 활발히 만들어지고 있었다. 그러한 주석서 작성 활동이 활발한 지역은 나라(奈良)에 있는 사원들이며, 현재 타치바나데라(橘寺), 죠라쿠지(常楽寺), 호류지(法隆寺)에서 만들어진 주석서가 알려져 있다.

이러한『전력』주석류에는 빈번하게『일본서기』을 참조했다는 기술을 찾아볼 수 있고, 거기에 기초를 두고 임나 문제에 언급하는 주석서가 등장한다. 이하는 호류지 승려 쥬카이(重懷)『태자전견문기(太子傳見聞記)』(1359년) 성덕태자 12세조의 일부분이다.

　　니치라를 초빙한 것은, 신라가 임나를 공격했기 때문에 임나를 살려 신라를 퇴치시키기 위해서이다. 다른 나라를 정벌하려고 한다면,

---

19 要ず須くは黎民を護養ひたまへ。何ぞ遽に兵を興して、翻りて失ひ滅したまはむ(동
　　전게주 (2)p.144)

자세한 사정을 알지 않으면 안 되기 때문에, 니치라를 초빙했던 것이다. 두 번째의 사자를 파견했을 때, 드디어 백제는 니치라를 보내주는 것을 승낙했다(운운). 일본으로 오고 궁궐에 왔을 때, 승마하고 요로이(鎧)를 입어 궁전(弓箭)을 띠고 있었다(운운). 요로이를 천황에 바쳤다(운운). 니치라가 속인였다는 것은, 특별히 자세한 이야기가 있는 것은 아니다. 성인(聖人)이라고 부른 책도 있다. 성인이라는 것은 반드시 승려인 것은 아니다. 총명하고 그 기술이나 재능이 우수한 사람을 성인이라고 부르는 것이다[20].

라고 하며, 니치라 방일이 임나 문제인 것, 백제에 두 번 사자가 파견되었다는 것, 니치라가 말을 타고 요로이를 휘감고 있던 것 등이 기록되고 있다. 이 내용은 대략『일본서기』에 따른 것이다. 그리고 이 부분에 이어 다음과 같은 주석이 있다.

호류지의 에도노(絵殿)에 승려의 형태로 이것(니치라)가 그려져 있었다. 상담한 결과, 이것을 수정했다. 연문(延文)5년 7월 초순 경, 이것을 고쳤다[21].

---

20 日羅を召されるの趣は、新羅任那を攻むれば、任那を資け、新羅を退治せんが為なり。異朝において征伐の謀、子細を存知すべきに依り召さる云々。第二度の御使を得て百済に遂に渡さるべきことを許す云々。吾朝に来りて大内に参るの時、乗馬し鎧を着け弓箭を帯び参内す云々。鎧をば天皇に進めらる云々。日羅俗人也と云事、更に子細なし。聖人と名づける事あり。聖人とは必ずしも僧にあらず、聡明にして其芸其才長ぜるを聖と名づくなり(필자가 내각문고본(内閣文庫本)을 번각한 다음에 훈독)
21 法隆寺絵殿に僧形にこれを書く。談義の次定てこれを直し畢ぬ。延文五年七月上旬比、これを直すなり(필자가 내각문고본(内閣文庫本)을 번각한 다음에 훈독)

인용문중에 있는 연문(延文)5년은 1360년으로, 이 이전의 호류지 에도노에 그려져 있는 니치라는 승려의 모습이었던 것을 알 수 있다. 『일본서기』나 『전력』에 등장하는 니치라는 승려가 아닌 것으로, 어떤 시점에 니치라가 승려였다는 인식이 태어나고 있던 니차라가 호류지 승들의 고증을 거쳐 수정되었다는 것이다. 다만, 호류지 쿤카이(訓海) 가 편찬한 『태자전옥림초(太子伝玉林抄)』(『전력』주석서)에서는, 앞에 서 본 그림에 대한 이야기가 「橘之羽嶋集(橘之羽嶋集)」이라는 서명과 같이 인용되어 있지만, 니치라에 대해서는 언급되지 않았다.

그런데, 이러한 『전력』주석은 출판문화가 융성한 근세에도 계속 되어 있었고 여러 가지 주석서가 간행되어 있었다. 그러한 문헌 가 운데에는 임나 문제를 분명히 의식한 것도 등장했다. 근세 성덕태자 전도 문헌들이 많으므로 망라적인 소개는 어렵지만, 예를 들면 양공 (良空) 편찬 『성덕태자전력보주(聖德太子伝暦補註)』(1723간행) 성덕 태자 12세조는, 임나 부흥과 니치라를 관련시켜서 고증한 부분이 있다.

우선, 몇 번이나 니치라를 초빙한 이유는 다음과 같다. 삼한 중 임 나라는 나라가 있다. 일본명은 미마나라고 한다. 신라국에서 보면 서 남쪽에 있었다. 스진(崇神) 천황 시대부터 일본에 조공하였다. 그러 나 전 시대, 즉 킨메이 천황 23년에 신라가 임나국을 공격하고 관가 (官家)를 멸망시켰다. 그래서 전 시대부터 임나국을 이전처럼 재건하 려고 계략을 짜고 있었다. 니치라는 용지(勇智)를 동시에 가지는 현 자로, 특히 임나에서도 신라에서도 이웃나라 사람이기 때문에 그를 초빙해서 책략을 물어 신라를 항복시키고, 임나를 재건하려고 해서 그를 불렀다[22].

또한,『삼국칠고승전도회(三国七高僧伝図絵)』(1860년간)의 「부록
권」은 성덕태자전인데, 그 중에 니치라 일본 방문에 대해서는 「신라
를 멸망시키고 임나를 건국한다[23]」라고 하는 비다쓰 천황의 호소에
군신이 침묵하는 가운데 성덕태자가 「재지(才智)가 사람들보다 우
수하고 군사를 운용하기에 뛰어난 힘이 있다. 무용도 세상에 뛰어
난」 니치라를 초빙하는 장면이 그려져 있다. 이 문헌의 기술은 임나
부흥에 상당한 분량을 할애하고 있어 이것은『전력』은 물론『일본서
기』보다 많은 것이다.

5. 나가는 말

본 논문에서는 상당히 대략적이었지만, 성덕태자전에 있어서의
니치라 일본 방문 문제에 대해 개관해 왔다. 물론 여기서 논한 것은
방대한 성덕태자전의 일부에 지나지 않는다. 그래서 각각의 문헌들의
문맥에 대해서도 자세히 논할 수 없었다. 이 점에 대해서는 향후의

---

22 先つ日羅をしきりに召す意は、三韓の内に任那と云小国あり。和号には弥麻奈と云
ふ。新羅国より西南にあたれり。我か崇神帝の御宇自ら本朝に帰伏して朝貢す。然る
を、先朝欽明天皇二十三年に当て新羅より任那国を討て官家を亡したり。故に先朝よ
り以来、任那国を昔の如に建んと計たまふ。爰に日羅は勇智兼備の賢者にして殊に任
那にも新羅にも隣国の者なれば、召よせてこれに謀を問ひ新羅を伏せしめ任那を建ん
とおほしめしてこれを呼たまへり。(津市図書館蔵本에서 인용함. 일부 표기를 平仮名
로 수정했다)
23 新羅を亡し任那をたてんや(早稲田大学図書館蔵本에서 인용함. 일부 표기를 平仮
名로 수정했다)

과제로 하고자 한다. 단지, 지금까지 소개한 사례에서 알 수 있듯이
『일본서기』나 『전력』이라는 규범이 되어야 할 「고전지」는 성덕태자
전을 편찬할 때 큰 틀로 이용되면서도, 각각의 문맥에 대해서는 상
당히 개변이 있었다고 할 수 있을 것이다.

| 참고문헌 |

渡辺信和(1987)「聖徳太子伝」の日羅渡来説話について―「聖法輪蔵」を中心に―(『中京
　　国文学』6)
日中文化交流史研究会編(1985)『東大寺図書館蔵文明十六年書写『聖徳太子伝暦』影印と
　　翻刻』(吉川弘文館)
松本真輔(2007)『聖徳太子伝と合戦譚』(勉誠出版)
平松令三編(1982)『真宗史料集成　第四巻』(同朋舎)
慶應義塾大学附属研究所斯道文庫編(2005)『中世聖徳太子伝集成(四)』(勉誠出版)
慶應義塾大学附属研究所斯道文庫編(2005)『中世聖徳太子伝集成(五)』(勉誠出版)

제6장

近松の浄瑠璃における台湾への関心[*]
－『唐船噺今国性爺』を中心に－

韓 京 子

1. はじめに

　江戸時代の劇作家、近松門左衛門は、数多くの浄瑠璃作品を残している。その中には日本だけでなく、中国や台湾を舞台とした『国性爺合戦』(1715)や『国性爺後日合戦』(1717)、『唐船噺今国性爺』(1722)などの作品も見られる。鄭成功の明朝復興運動における活躍を描いた『国性爺合戦』は、鄭成功が実在の日中混血の人物ということや、鎖国下における人々の外国への好奇心などから、関心を呼び起こし大好評を得た。

　鄭成功は、中国から台湾へ拠点を移して活躍したことから台湾の英雄とし

* 本稿は『近松の浄瑠璃における台湾への関心－『唐船噺今国性爺』を中心に－』『日本学研究』第42輯(2014年5月, 檀國大日本研究所 発行)を加筆修正したものである。

295

て名高いものの、『国性爺合戦』では、台湾について描かれていない。後日談である『国性爺後日合戦』は、復興した明が再び韃靼により攻め破られ、台湾(東寧)に立ち退いた鄭成功父子が、韃靼王を討ち取る物語となっている。近松が、台湾を浄瑠璃の舞台としたのは、この作品がはじめてであった。そして、5年後、近松は鄭成功だけではなく、日本とは全く関係のない、実際に台湾で起った朱一貴の乱をもとに『唐船噺今国性爺』を作劇した。

『国性爺合戦』は、鵜飼信之の『明清闘記』(1661)をもとに描かれたものである[1]。『国仙野手柄日記』(錦文流、1701)などの先行作品もすでに上演されており、近松は、これら刊行された資料をもとに『国性爺合戦』を作劇した。庶民に馴染のある物語を素材としていたのである。一方、『国性爺後日合戦』や『唐船噺今国性爺』は、長崎経由の唐船風説によって作劇されたものと推測されるだけで[2]、直接の典拠は明らかになっていない。朱一貴の乱は、勃発から9ヶ月で『唐船噺今国性爺』として上演されており、近松が海外の情報を、いかに迅速に入手することが可能であったかを示している。

本稿は、近松が台湾で起った朱一貴の乱を、作品にいち早く取り入れた点に注目し、1)江戸時代の文献において、台湾に関する情報がどのように

---

1 野間光辰「『国姓爺御前軍談』と『国姓爺合戦』の原拠について」(『京都帝国大学国文学会二十五周年記念論文集』1934年1月、「『明清闘記』と近松の国姓爺物」『国語国文』、1940年3月

2 中村忠行「『台湾軍談』と『唐船噺今国性爺』」、『天理大学学報』、1970年3月、pp.106-132、中村忠行「『台湾軍談』と『唐船噺今国性爺』補正」『山辺道』19、pp.12-28、諏訪春雄「国性爺三部作」『近世芸能史論』笠間書院、、1985年、pp.567-584、松本新八郎「国性爺合戦―その民族観について」『日本古典文学大系』月報28、1959年、pp.3-5

扱われていたのか、2)近松の作品においていかに台湾が描かれていたのか、3)近松はいかなる理由で朱一貴の乱を作品化したのか、その背景と意図、そして特徴を明らかにしようとする。

近松の浄瑠璃には、『国性爺後日合戦』や『唐船噺今国性爺』だけでなく、唐を舞台とした『大職冠』(1711)、天竺を舞台とした『釈迦如来誕生会』(1714)、朝鮮を舞台とした『本朝三国志』(1719)や、イギリスやオランダ、カンボジアなど国名が言及されるだけの作品もある[3]。近松の作品に描かれた異国については、朝鮮通信使の来日を当て込んで上演された『大職冠』や『本朝三国志』を主とする考察が行われてきた。それらには、挿絵に描かれた朝鮮通信使や、壬辰倭乱(文禄・慶長の役)の文芸化という視点から、近松が持つ朝鮮像についての分析がなされている[4]。『国性爺後日合戦』と『唐船噺今国性爺』は、不評の作品であったためか、十分に研究が行われてこなかった。作品の具体的な分析は、典拠の調査を中心として行われているものの[5]、作劇の意図や背景への考察はなされてこなかった。近松が晩年の短期間に台湾を舞台として二つの作品を描いていることを考えると、近松の作劇の意図は、解明されなければならない重要な課題である。

---

3 原道生「近松の対「異国」意識」『国文学解釈と教材の研究』学燈社、2000年2月、pp.36-42

4 原道生前掲書、崔官『文禄・慶長の役文学に刻まれた戦争』講談社、1994年、朴麗玉「近松の作品と朝鮮通信使--「大職冠」の場合」『国語国文』80(3)、中央図書出版社、2011月3月 pp.19-43

5 中村忠行前掲書、pp.106-132、諏訪春雄前掲書、pp.567-584、松本新八郎前掲書、pp.3-5

2. 江戸時代の文献に見られる台湾情報

　浜田弥兵衛のタイオワン事件や、鄭成功の明朝復興への活躍は、日本において台湾への注目を引き起こす十分な契機となった。日本で台湾が地理書に取り上げられたのは、日本初の世界地理書である西川如見の『華夷通商考』(1695)が最初である。この書は、1708年に『増補華夷通商考』として増補出版される。18世紀初頭には、さらに寺島良安の『和漢三才図会』(1713)、新井白石の『采覧異言』(1713)、『西洋紀聞』(1715)など、世界の地理を扱った書物が成立する[6]。如見には、『四十二国人物図説』(1720)や、長崎での見聞を記録した地誌『長崎夜話草』(1720)などの著作があり、そこには台湾関連の記事が収められている。

　近松と同時代の文献には、さらに、風説を集めた『華夷変態』などの幕府による公的な文献を挙げることができる。こうした風説集成書が編纂された背景には、長崎に入港する唐船やオランダ船からもたらされる情報の系統的な収集の制度化があった[7]。以降、蘭学者の森島中良による『紅毛雑話』(1787)、『万国新話』(1790)など、西洋人の視点が加わった台湾情報や記述の見られる書物が刊行される[8]。

　近松が、浄瑠璃に台湾に関する事項を取り入れたのは、『国性爺後日合戦』が書かれた1717年以降である。本章では、上記の文献をもとに、江戸

6　荒野泰典「近世の対外観」『岩波講座日本通史近世3』第13巻、岩波書店、1994年、p.215

7　荒野泰典『近世日本と東アジア』岩波書店、1988年、p.37

8　江戸時代における台湾の収集に関しては、田中梓都美「台湾情報から台湾認識へ」『東アジア文化交渉研究』4号、pp.467-482に詳しい。横田きよ子「日本における「台湾」の呼称の変遷について」『海港都市研究』4号、2009年3月、p.173

時代中期の日本には、台湾に関するいかなる情報がもたらされていたのか
について、確認してみたい。

2.1.『華夷通商考』、『増補華夷通商考』

　長崎在住の天文学者である西川如見は、長崎を通じて見た世界を広く紹
介する目的から[9]、『華夷通商考』(1695、二巻二冊)を著述した。1708年
には、増補版『増補華夷通商考』(五巻五冊)が刊行された。両書は、ともに
京都で出版され、海外に関する知識を長崎以外の地へ広く普及させたという
点で[10]重要な意義を持っている。

　『華夷通商考』は、外国諸国を「中華」、「外国」、「外夷」の3つに分けて
いる。「外国」は「唐土ノ外ナリトイヘトモ中華ノ命ニ従ヒ、中華ノ文字を用
ヒ、三教通達ノ国」で、「外夷」は「中華ト差ヒテ皆横文字ノ国」とされる。台
湾は、朝鮮、琉球、東京、交趾とともに、「中華十五省」に属しない「外国」
として、紹介、説明されている。その中で、台湾は「大冤」として立項され、
次のように詳述されている。

　　　此島古ハ主無キ所ナリシニ、何ノ時ヨリカ阿蘭陀人日本渡海ノ便リニ此島ヲ
　　　押領シテ城郭ヲ構へ、住シテ日本其外ノ国々へ此所ヨリ渡海セシヲ、日本寛
　　　文ノ比、国性爺厦門ヨリ此島ヲ攻落シ、ヲランダ人ヲ追拂ヒ、国中ヲ治メ、城
　　　廓ヲ改メ築テ居住セリ。其子錦舎モ父ノ遺跡ヲ続、一国ヲ治テ明朝ノ代ヲ再
　　　興セン事ヲ謀テ終ニ清朝ニ従ハザリシ。其子奏舎、日本貞享元年ニ至テ清
　　　朝ニ降参シテ国ヲ退キ渡シテ、其身ハ王号ヲ蒙リ北京ニ住居ス。今此島清

　9　荒野泰典前掲書、p.216
　10　川村博忠『近世日本の世界像』ぺりかん社、2003年、p.95

朝ヨリ守護ヲ置テ仕配ス。(中略)此島根本ノ名ハ塔伽沙谷也。日本ノ人高砂ノ文字ヲ仮用ユ。或ハ大寃台湾共ニ唐人名ツケタル也。国性爺以後ハ国号ヲ東寧ト改ム。此国中華ノ南方ナルニ東寧ト号スル事、国性爺生国ハ日本ナル故ニ、生国ヲ慕ノ意ニヤト云。(中略)嘗テ不通根本ハ文字モ無之国ナリ国性爺以来ハ漁人猟師ノ外ハ唐人多ク居住ノ故中華ノ風儀ニ習ヒタル者モ多キ由国性爺ヨリ錦舎ノ時ニ至テ此国ヨリ長崎ヘ来ル船多カリシ[11]。

　台湾は、そもそも無人島であったのをオランダ人が開拓して、占領し、そこを拠点に貿易活動を繰り広げていた。その後、国性爺が「復明」の拠点とするため、彼らを追い払ったとしている。国性爺の死後、子の錦舎(鄭経)が遺志を継いだが、さらにその子の奏舎(鄭克爽)に至って清に降伏し、現在、清朝の支配下にあるとする。国名の「大寃」「台湾」は唐人がつけたものであり、「塔伽沙谷」[12]は日本人が「高砂」からつけたものと説明されている。また、国名が「東寧」と改められたのは国性爺によるものと記されている。「東寧」という名に関しては、西川如見の別の書『長崎夜話草』三にも、「日本を忘れず故郷を祝きし意とかや」と国性爺が日本を慕いつけたものとしていた。

　『華夷通商考』は書名のとおり、通商上の観点からの記述であるため、『和漢三才図会』には見られない長崎貿易について触れている。文末に「土産」の品が列挙されているのも、特産品としてではなく、「大寃船」により長崎

11　『増補華夷通商考』滝本誠一 編『日本経済叢書』巻5、日本経済叢書行会、1914年、pp.253-54
12　1691年に刊行され、再版を重ね、江戸時代中期広く流布された、石川流宣の「日本海山潮陸圖」では「大寃」に「たかさご」と読みが記され、『増補華夷通商考』では「塔伽沙谷」、『和漢三才図会』では「塔曷沙谷」と表記されているなど、表記は様々であったようである。

にもたらされた交易品として示されたものである。台湾は、国性爺による占拠後、長崎との貿易が盛んになったと記される。国性爺に関しては、台湾へ移る前に厦門にて復明運動を繰り広げていたため、「中華」の「福建省」厦門の項でも詳説されている。『華夷通商考』は、国性爺を「明朝の忠臣」や「武略の名将」であると、国性爺に好意的に記述している[13]。蘭学者である森島中良が『紅毛雑話』で、国性爺を「海賊」[14]であると否定的に記述していたのとは対照的である。

『増補華夷通商考』には「地球万国一覧之図」、「中華十五省之略図」などの地図が新たに収められており、台湾に関する地理的位置や、形状などについても、知り得るようになっている。如見の著書における台湾関連記事の比重は、『和漢三才図会』や『采覧異言』、『西洋紀聞』に比べ記事の分量も多く、内容も詳細である。さらに『増補華夷通商考』には、浜田兄弟に関する記事が追加されていた。『華夷通商考』は、長崎に在住していた如見により「通商」を主なテーマとして著述されたものであるため、他に比べ台湾に関する記述が詳細になったものと言える。

2.2.『和漢三才図会』

『和漢三才図会』は、寺島良安が中国の『三才図会』(王圻)にならって、1713年頃に編纂した百科辞書である。同書は、国や人物を「異国人物」

13　田中梓都美は「通史的な側面をもって記しているが、彼が用いた言葉に注意して読むと、鄭氏寄りに記されていることがわかる。」とする。田中梓都美前掲書、p.477
14　森島中良 『紅毛雑話』巻三(九州大学デジタルライブラリー)「其島を支那の海賊に襲取られたりといふ。是国姓爺成功の事なり」
　　http://record.museum.kyushu-u.ac.jp/komozatu/page.html?style=b&part=3&no=10)
　　(検索日:2014.3.30.)

(巻十三)と「外夷人物」(巻十四)に分類し、国ごとに人物図を付している。「外夷人物」について「用横文字不識中華文字而食物亦不用箸而手攫食也」[15]と、『華夷通商考』の「外夷」と同様の基準による分類をしているが、『華夷通商考』では「外夷」に分類された韃靼国が、『和漢三才図会』では「異国」に分類されているなど、範疇に入れられる国には異同が見られる。台湾は「異国」に分類されている。

　また、巻六十二、六十三には「中華」、巻六十四には、日本、朝鮮、琉球、蝦夷、天竺、北地諸狄、西南諸蠻の地理について記述されている。ここでは台湾は立項されていない。さらに、「華夷一統図」や「北地諸狄之図」などの地図上にも、「琉球」は記されているが、「台湾」は記されていない。典拠となった『三才図会』に立項されていなかったためか、『華夷通商考』に比べ記述の比重は小さいといえる。台湾については、人物図が掲載されるとともに、次のように記述されている。

　　往古無本主中古阿蘭陀人刧簒之構ヘ城郭ヲ以為日本通路ノ旅館焉於是有国姓爺ト云者父ハ唐人寓居日本長崎ニ主子ヲ国姓爺是也住居厦門ニ福建之思明州也。寛文ノ初攻彼ノ島ヲ追阿蘭陀人ヲ自立為主ト改建テ城郭ヲ改垺曷沙古為東寧ト既而国姓爺死ス。子ヲ名ク錦舎ト。欲攻滅大清ヲ而不従ハ清朝ニ至テ子ノ奏舎カ之代ニ戦負降テリ清ニ退出ス。清ノ皇帝賜テ王号ヲ従ル干北京当貞享元年如今ノ大清置テ布政司ヲ治ム島ヲ也[16]

　百科辞書類である『和漢三才図会』における台湾に関する記述は、参考

<hr>

15　寺島良安『和漢三才図会』(上)、東京美術、1970年、p.217
16　寺島良安前掲書、p.215

にしていた『増補華夷通商考』に比べ、新たに加えられた内容もなく、より簡略なものとなっている。台湾の人は、「其人品卑賤常裸形」ですごし、狩猟や漁労を生業としているとし、上半身は裸で、猟具を手にした原住民の姿が人物図に描かれている。すでに江戸時代最古の世界地図である『万国総図』(1645)の「世界人物図」に同様の台湾人物図が描かれていた。後の如見による『四十二国人物図説』においても、弓矢を持った上半身裸の男女が描かれている[17]。江戸時代の人々には、裸で狩猟する原住民が台湾の代表的な人物として捉えられていたのであろう。ただ、『四十二国人物図説』は、ポルトガルやオランダ人が交易相手である諸国の人物を描いたものを、長崎の絵師が模写したものであると跋文に記されており[18]、西洋人のまなざしが映し出された台湾人像でもあった。地理書に合せ、このような人物図の刊行は、庶民社会に海外知識を広め、海外への興味を呼び起こすきっかけとなっていた。

2.3. 『采覧異言』、『西洋紀聞』

新井白石による、世界地理に関する代表的な著述は、『采覧異言』と『西洋紀聞』である[19]。『采覧異言』は、イタリア人宣教師シドッチやオランダ商館長ラルダインなどから聴取して得た海外の地理、風俗、物産、政治情勢に関する情報に、中国の地図、地理書からの知識を加えた体系的な地理書である[20]。この書は、広く転写され知識人の必読書となったが、そこには台

---

17 西川如見『四十二国人物図説』国文学研究資料館所蔵
18 川村博忠前掲書、pp.91-107
19 『西洋紀聞』、『采覧異言』ともに、その成立は1724年か1725年頃と見られている。川村博忠前掲書、pp.111-122
20 『国史大辞典』6、吉川弘文館、1985年

湾に関する記述は見られない。さらに新井白石は、知人に宛てた書簡に非
常に簡略な世界略図を描いているが[21]、その中には琉球、呂宋、ジャガダ
ランは記されているものの、台湾への言及は見られない。

『西洋紀聞』も、白石がシドッチを尋問したものをもとに、西洋に関する歴
史、地理、慣習、基督教などについて記したものであるが、秘書であった
ため、限られた人にしか読まれなかった。『西洋紀聞』では『采覧異言』と異
なり、台湾は、「此国の北は、すなわちフルモーザなり。タカサゴの事也。
即今の台湾。もとヲランダ人の依りし所、今はチイナに属すといふ」[22]と記さ
れている。『増補華夷通商考』や『和漢三才図会』のような詳細な記述は見ら
れないが、これらの書には言及されることのなかった「フルモーザ」というオラ
ンダ人のつけた名が取り上げられていた。

白石の著作で、台湾について言及されることは少ないが、白石が台湾に
興味を持っていなかったわけではない。朱一貴の乱について記した中国の
文献『靖台実録』を入手しており、一読した後に「題靖台実録」として感想を
記すなど、同時代の台湾情勢への関心を見出すことができる[23]。白石の朱
一貴の乱をめぐる台湾情勢への関心については、4節にて後述する。

2.4. 風説書

17世紀初頭から、江戸幕府は長崎に入港する唐船やオランダ船がもたら
した情報(風説)を通詞に聴取させ、長崎奉行に上達させていた。『華夷変
態』は、1644年から1717年にいたる風説を集めたものであり、儒者林鵞峯

---

21 川村博忠前掲書、pp.127-128
22 新井白石『西洋紀聞』岩波書店、1936年、p.52
23 中村忠行「『台湾軍談』と『唐船噺今国性爺』」、『天理大学学報』、1970年3月、pp.116-
    118、新井白石『新井白石全集』巻五、国書刊行会、1977年、p.324

が編纂を手がけ、一子鳳岡がそれを引き継いだ。そして、1717年以降5年間の風説は、『崎港商説』としてまとめられた。『華夷変態』という書名からもわかるように、この書には、明朝から清朝への交代期の情報が主に記載されている。そのほか、交易や島民(原住民や華人)、反乱関連情報など、所収内容は多岐に渡る[24]。ここでは、『国性爺合戦』や『国性爺後日合戦』、『唐船噺今国性爺』に関連する記述に絞って言及する。

(1) 国性爺関連

『増補華夷通商考』や『和漢三才図会』にも、国性爺に関する記述が見られるが、風説書には、これらの書には見られない、次のような内容が記される。

> 鄭芝龍若年の時日本へ渡り肥前の平戸にて履を売て数年逗留す、平戸一官と称す。(中略)明朝の厚恩を報んと欲し、福州に都を立て韃靼を平げて明朝を再興せんとす、然ども兵勢不足なる故、日本の加勢を請んとの志あるに依て、先崔芝が方より書簡を長崎へ遣して、日本の返事を試るなり、崔芝は芝龍が部将なり[25]。

1646年の風説書の記事で、崔芝なる者が日本へ軍事的支援を求めた書簡に言及している。所謂「日本乞師」と呼ばれ、鄭一官父子が日本に軍事支援を要請したことを指す。また、1685年の風説書には、鄭成功の子錦舎が長崎奉行に送った手紙があり、鄭成功が長崎に預けた多額の銀(「長崎貯

---

24 三藩の乱、武昌の乱、朱一貴の乱など
25 林春勝ほか編『華夷変態』、東洋文庫、1959年、p.15

銀」)の返還を要請したことが記されている。

(2) 朱一貴の乱関連

朱一貴の乱が起こったのは、鄭氏政権が倒れ、台湾が清国の統治下に入っていた1721年のことである。清代、康熙年間に、当時の暴政に耐えかねた農民らが、朱一貴を首領に蜂起した反乱である。朱一貴は、全島を占領し、自ら中興王と称して、年号を永和と建元したが、約3ヶ月後、討伐軍に敗れ、反乱は鎮圧された。この乱に関する文献は、中国のものとしては『靖台実録』が最も早く、1722年2月に刊行されている。日本では、近松の『唐船噺今国性爺』が1722年1月に上演されており、その後、1723年4月に『通俗台湾軍談』が刊行される。

『唐船噺今国性爺』は、一早く作品化されたため、いかなる経緯から情報を得て作劇されたのかが注目されてきた。『唐船噺今国性爺』は、貿易船である唐船の風説をもとに作劇されたと見られ、その迅速さから『華夷変態』のような刊行された風説書ではない、別の経緯から入手した風説を基にしたと考えられる。後述するが、近松が懇意にしていた船問屋が仲介となっていたと見られる。

日本に伝えられた最も早い朱一貴の乱に関する記述は、『崎港商説』巻三(1721年の記事)である[26]。6月25日に長崎に入港した一七番船寧波船の風説は、福建省治下にあった台湾で反乱が起ったことを伝えていただけであった。首謀者として朱一貴の名前が伝わったのは7月1日に長崎に入港した一九番船南京船の風説によるものであった。

---

26 松浦章「清代台湾朱一貴の乱の伝聞」『海外情報からみる東アジア』清文堂出版、2009年、pp.258-259

　然ば当四月のころ、福建の内台湾において、大明洪武帝の末裔の由にて
朱一貴と申人、明世に復し申度して謀反を企、大明中興朱一貴と申旗を上
げ、弐千余騎程にて打て出、数日合戦に及び、台湾の惣兵欧氏、安兵鎮
の副将許氏此弐人を、終に朱一貴方へ打取、四月末に敗陣仕候由承申候
(拾九番南京船之唐人共申口)[27]

　1721年4月、福建省治下の台湾において、明帝の末裔である朱一貴が
「復明」を掲げて謀反を企て、官軍である惣兵欧氏、安兵鎮の副将許氏を
破った。これは、乾隆十二年刊『重修台湾県志』に見える欧陽凱と許雲と見
られ、風説がほぼ正確な事実を伝えていたとされる[28]。さらに、反乱の首謀
者については、次のような記述が見られる。

　右謀反人ハ大明洪武帝之末裔朱一貴と申人ニ而、自順成王と号候由ニ
御座候。扨又朱一貴方之軍大将呉二用と申者ハ、百五歳ニ成申候由取沙
汰仕候。　　　　　　　　(「弐拾番寧波船之唐人共申口」船頭鐘観天)[29]

　ここでは、朱一貴が自ら「順成王」と名乗ったことや、軍の大将に呉二用
がついていたことが示されている。それは、他の文献には見られない記述で
あるが、近松の『唐船噺今国性爺』には、取り入れられている。この呉二用
は、朱一貴の供述書である「朱一貴供詞」によると「呉外」と考えられ[30]、近
松は風説によって伝わった情報を用いて作劇していることがわかる。

27　林春勝ほか編『崎港商説』『華夷変態』、東洋文庫、1959年、p.2904
28　松浦章前掲書、p.260
29　林春勝ほか編『崎港商説』『華夷変態』、東洋文庫、1959年、p.2906
30　松浦章前掲書 p.263

　『唐船噺今国性爺』では、朱一貴の一味が、軍資金を備えるため民家に押し入ったことが描かれるなど[31]、作品内の多くの箇所が『崎港商説』に収録された内容と近似する。近松が、直接『崎港商説』を閲覧したとは言えないが、このような類似した資料をもとに作劇した可能性は大いに考えられる[32]。

　『国性爺後日合戦』と『唐船噺今国性爺』は、風説にのみ近似の内容を見出すことができるのであるが、近松は、主にそれらを晩年すごした大阪の船問屋尼ヶ崎屋吉右衞門の隠居所において、船頭や水主から得ていた[33]。それは、近松と交流のあった広済寺開山日昌上人が尼ヶ崎屋吉右衞門の次男であったという関係によるものとされる。近松が船問屋で海外の情報を得るという状況は、大坂では特別なことではなかったようである。近松以外にも、同時期に大坂で活躍した浮世草子作者の井原西鶴も、作品内に外国の情報源として主に船問屋を登場させ、長崎貿易の様子や唐の商人について数多く描いている。大坂は廻船業者を通じて世界とも繋がっていた都市であり[34]、彼らは作者たちにとって、重要な情報源であったのである。

　朱一貴の乱については、随筆『翁草』(神澤杜口)や『月堂見聞集』(本島知辰)にも風説書を引用した記述が見られることから、人々に注目されていたことがわかる。先述したように、白石も深い興味を示していた。それには次のような理由があった。17紀後半、幕府は銀銅の流出に危機感を募らせており、銀銅の流出に密接に関係する大陸の動向を把握する必要があった。

31　台湾ニ籠居候者共、元より下輩之者共ニ而、士卒江輿候粮米、其上銀乏、僅之給分も輿不申候故、民家に押入などいたし候躰ニ而(「弐拾四番南京船之唐人共申口」)

32　随筆『塩尻』にも、同様の記述が見られ、風説書をもととして綴られた俗間の風説書を近松などが参照にしていた可能性がある。中村忠行「『台湾軍談』と『唐船噺今国性爺』補正」『山辺道』十九号、1975、p.16

33　松本新八郎前掲書、p.3

34　位田絵美「西鶴の描いた「異国」」『西鶴』2005年3月、pp.235-237

18世紀に入っても砂糖や朝鮮人参などの国産化は進まないにもかかわらず、需要は高まる一方であり、輸入に頼らざるをえなかった。吉宗は輸入品の国産化の促進を砂糖から始めようとしていた。だが、朱一貴の乱が勃発したため、砂糖の価格高騰をもたらすだろうと予見し、さらなる海外情報の収集に務めることとなった[35]。朱一貴の乱は日本幕府にとって重要な関心事となっていたのである。

　江戸時代、台湾に関する情報は、世界地理書や百科辞書、風説書などによってもたらされた。如見は、長崎に在住していた天文学者という立場から、通商上の関心、学問的な関心から台湾に関する情報を収集、記録していた。良安の『和漢三才図会』における台湾に関する記述は、百科辞書の編纂という意図に沿い、概略的なものとなっていた。白石の著述は、西洋人と直接接した上での海外知識の記述となっており、台湾関連の記事は比重が小さくなっていた。このような編著者の台湾についての関心の度合いは、台湾への言及が見られなかった書物所収の地図からも浮かび上がってくる。

3. 近松の作品に描かれた台湾

　近松が台湾を作品に描いた1717年頃には、世界地理書類のほか、風説書など海外事情を記録した書物が集中して成立していた。近松は、これら書物によってもたらされた台湾に関する情報から、何を作品の中で取り上

35　ロナルド・トビ『「鎖国」という外交』『日本の歴史』九、小学館、2008年、p.178

げていたのだろうか。本章では、この点について、検討する。

3.1. 台湾の由来—国性爺による開拓

『国性爺後日合戦』と『唐船噺今国性爺』は、国性爺三部作として作られた。これらは『国性爺合戦』の後日談ではあるが、観客にあまり馴染のない外国を背景にしているために、台湾がどのような国であるのかから説明が始まっている。『唐船噺今国性爺』では、次のように台湾の由来が語られる。

　　　　福建省とうたひしは、そのかみ越王勾践の都。大明の洪武皇帝。九州を十
　　　三にわかち福建とあらたまる名も塔伽沙谷島。是福建の領内にてもとの名は大
　　　寃国。七十年来東寧共百里四方の島国　　　（『唐船噺今国性爺』[36] p.323）

近松は、台湾を福建領内の島国としている。『増補華夷通商考』や『和漢三才図会』では、台湾が清の支配下にあると記されていた。『和漢三才図会』の福建の項には、台湾について地図にも記されず、いかなる言及もされていない。風説書の『華夷変態』は、台湾を福建の一部としており、それは、近松が風説書類にしたがって台湾を描いていたことを示している。「塔伽沙谷島」は、もとの名は「大寃国」であり、70年来「東寧」と呼ばれたとしている。

国性爺が「東寧」に名称変更したことについては、『国性爺後日合戦』にも同様の記述が見られる[37]。この国性爺が国名を改めたという説は、『増補華

36　『唐船噺今国性爺』の本文引用は『近松全集』十二巻(岩波書店、1990年)による。
37　我領分大寃百井里四方。主もなき離れ島。我切取て地をひらき一城をかまへ置。文
　　字を東寧と改めたかさごと読ませたり。(『国性爺後日合戦』pp.21-22)

夷通商考』同様、『和漢三才図会』にも見られる。しかし、風説書である『華
夷変態』や『通航一覧』、中国側の資料である『香祖筆記』、『台湾府誌』に
は、国性爺ではなく、子の鄭経が国名を改めたとしている[38]。近松は、国性
爺が「東寧」と名を改めたという説を採用しており、当時日本ではこちらが通説
となっていたと見られる。そのほか、近松が、国名の「大冤」や「台湾」は唐人
がつけたものであり、「塔伽沙谷」は日本人がつけたものとしているのは、当
時の『増補華夷通商考』や『和漢三才図会』などの文献と同じ記述である。

　『国性爺後日合戦』および『唐船噺今国性爺』では、台湾について意図的
に詳細な説明がなされている。しかし、主のない島を国性爺が切り開いたと
していることは、Ⅱ章で触れたように、実は先に占領していたオランダ人を、
国性爺が追放したものであった。近松がオランダ人について触れていないの
は、国性爺の功績を際立たせるためであったといえよう。

　近松は、台湾に渡った国性爺を、「田畠のためにこの池をほり。民百姓
に慈悲深く。所も繁昌した」(『唐船噺今国性爺』p.324)と、田畑の開拓に力
を注ぎ、庶民にも慈悲深く接したため、従う者も多く、国に繁栄をもたらした
と描いている。国性爺が民に慕われていたことは、次のように『国性爺後日
合戦』にも描かれている。

　　延平王国性爺たかさごに在城し。国、民なかば従ひしかば、武具馬具衣

　　服に至る迄。日本の風俗に立返る浦の波。浜表に楼をつくらせ、英雄亭と

　　名付。　　　　　　　　　　　　　　　　　　　(『国性爺後日合戦』[39] p.63)

38　田中梓都子前掲書、p.477、横田きよ子前掲書、p.173。ただ、『華夷変態』も時期
　　によって、記述が異り、鄭成功と鄭経のどちらかは混同がある。
39　『国性爺後日合戦』の本文引用は『近松全集』十巻(岩波書店、1989年)による。

　国性爺に台湾の人々が従い、日本の風俗が取り入れられているとされる。国性爺は明の復朝に貢献したが、その後、明の高官たちから、内裏の造営や婚姻式まで日本風に行うことなどを非難され、台湾へ退いていた。日本風俗の強要を非難され南京を離れたにもかかわらず、国性爺は、唐においても日本の風俗、儀式を用いている。それを強要ではなく、民が従ったものと明示している。近松は、『国性爺合戦』においても、唐の兵士の髪型や名前を日本風に改めさせており、この点については、先行研究に近松の日本文化優越主義のあらわれであると指摘されてきた[40]。国性爺が台湾において日本風俗を用いたことは、近松が作り上げた話ではなく、近松が『国性爺合戦』を作劇する際に最も参照にした『明清闘記』から取り入れたものであった。『国性爺後日合戦』において、国性爺が日本風俗の強要をしていると明の臣下らに非難される場面は、近松の文化相対主義の姿勢が見られるもので、そこではさらに為政者としての国性爺の民への思いやりのなさが非難されているものであるとの指摘がある[41]。しかし、『国性爺後日合戦』には、国性爺は「民百姓に慈悲深く」、「国、民なかば従ひければ」と、民に慕われている様子が描かれており、非情で冷酷な為政者とは造型されていない。

　台湾における日本風俗については、西川如見の『長崎夜話草』に「国姓爺城中のありさま男女の風俗式折節の儀式正朔元三に門戸に松竹を錺り立る事日本の如く祝きしたぐひ鄭成功日本故郷を慕ふの意深かりしと見えたり。是より今に福閩の間正月門松立る所多しと聞伝ふ。」[42]とあり、実際に台

40　久堀裕朗「享保期の近松と国家」『江戸文学』特集近松、ぺりかん社、2004年、p.160
41　久堀裕朗前掲書、pp.160-163
42　西川如見『長崎夜話草』巻三、p.2、『長崎夜話草』は1720年の刊行なので、直接の典拠ではないが、台湾において日本の慣習が用いられているという話を、近松が聞い

湾で日本の慣習が行われたという話を耳にして、近松が取り入れたものと思われる。近松は、国性爺が日本の習俗を台湾の人々に強制的に従わせたものとしてではなく、国性爺が民から慕われた結果、彼らが従ったものであると描くことで、国性爺の功績を称えたのである。

さらに、「殊に此島は日本河集金剛山。千剣破の地理によく似たれば」と、台湾の地勢が日本の地理に似ていると語っている。近松は台湾の面積についても「百里四方」や「百二十里四方」など記していた。近松は、『増補華夷通商考』などの地理書類や、そこに収められている地図から、詳細な台湾の地理的情報を得て、作品に取り入れていたものといえる。

3.2. 金銀の産出事情ー「長崎貯銀」

近松の作品『国性爺後日合戦』『唐船噺今国性爺』には、『増補華夷通商考』、『和漢三才図会』などの地理書類には記されない事柄が、重要なプロットを形成する要素として取り入れられている。その一つは日本国外への金銀流出についてである。まず、作品では、このような金銀流出が、どのように取り入れていたのかから見ていくことにする。

> ① 殊に金銀すくなき島なれば。武具馬具の用意、城普請かつて調らず。見かけ計の空大名とは此国性爺が事。金銀なくては万事の功立がたく。何とぞ日本の金銀を往来せんため、父一官、商人に交り去年の春より日本に逗留有。折々金銀をひそかに渡し給へ共、中々とぼしきこと。
>
> (『国性爺後日合戦』p.68)

たものとも思われる。

② 金銀不足の此島国。軍用の為日本へ渡るとは云しかど。本国の宝を一
厘も異国の地へうつさんこと。天の咎め神慮恐れ有。折りに幸ひ、六王子が
金子を以てたぶらかし。諸人をなつくる邪法に組し。其金子を取て日本よりと
て渡せしは、皆国の為世の為、万民の為にこそ身を悪道に沈めつれ。

(『国性爺後日合戦』pp.88-99)

　『国性爺後日合戦』では、台湾は金銀が産出されない土地として繰り返し
表現される。国性爺たちは台湾に籠城するが、金銀が産出されないため、
軍の準備ができずに困っていた。①は国性爺の父鄭一官が、軍資金を調
達するため、日本へ向かう場面である。近松が、台湾の金銀産出状況に関
する情報を、どのように得たのかを示す文献は、管見のかぎり見あたらな
い。一官が軍資金を求めて、日本に渡る設定は、一官が長崎貿易に携
わった人物であることをふまえている。さらに、先述した「日本乞師」や、「長
崎貯銀」の返還要求という事実を反映させたものでもあった[43]。

　当時、日本は金銀の海外流出という問題を抱えていた。江戸時代、日本
の貿易は、生糸、砂糖、薬種を輸入し、対価として銀と銅が使用されてい
た[44]。②では、台湾だけでなく、日本も金銀が不足している状況であり、一
官が日本の金銀を外国へ搬出することを躊躇している様子が描かれている。
これについて、国性爺が直面していた困難―特に韃靼国との抗戦―を打開
するために、武勇ではなく、経済力、すなわち金銀保有量をいかに増大さ
せるかが、鍵となっていた。『国性爺後日合戦』は、国性爺や錦舎などの韃

43　『華夷変態』の1658年の記事に「錦舎鄭経ヨリ長崎ノ奉行へ贈ル書簡ノヤワラゲ」という
　　文章が記載されている。
44　ロナルド・トビ前掲書、p.146

靼への対抗を主筋にし、当時の日本における金銀の海外流出問題を絡めた物語となっているのである[45]。

白石は金銀の流出を防止するため、「海舶互市新例」を定め、1715年に貿易制限を実施した。『国性爺後日合戦』において、一官が神罰が下るといい、日本の金銀の搬出をためらう場面は、このことを反映しているのである。

3.3. 暴政による反乱の勃発—朱一貴の乱

『唐船噺今国性爺』に描かれた朱一貴の乱については、次章で詳説するため、ここでは、近松が、風説書からいかなる情報を取り入れ、作劇したのかを見てみる。『唐船噺今国性爺』では、次のように、朱一貴の乱の梗概を示していた。

> 我は楚の懐王の師範呉氏が末孫、呉二用といふもの。今福建の大守六安王おごりを極め。民をしひたげなやまし大きに国をそこなふ。我数百人の門弟に心を合せ、義兵をおこし六安王をほろぼし。民の憂へをひらき万歳をうたはせ。運に乗て南京北京にせめ入。天下一統太平をあらはさんと企つる。哀帝王の相ある朱一貴に。彼宝剣を持たせ大将とするならば、龍に虎の組するごとし。　　　　　　　　（『唐船噺今国性爺』pp.352-353）

近松は、朱一貴の乱について、呉二用が福建大守の奢侈や暴政を見かねて反乱を企て、皇帝の末裔である朱一貴が後から加わったものとして描いている。乱の原因となった暴政は、上巻の導入部分において「不日にきつと

45　内山美樹子「『国性爺合戦』と『曾我会稽山』」『浄瑠璃史の十八世紀』勉誠社、1989年、p.115

かへ干し、山を毀埋させよと国守六安王の仰きびしく。龍骨車たてゝ百姓共耕作打やめ賃もとらずの役仕事。」(『唐船噺今国性爺』p.323)と、民百姓が対価も与えられずに酷使される状況として描かれる。朱一貴の乱の原因について、風説書には反乱の背景についての記述が見られず、近松がどの情報によったのかは明確ではない。作中には、百姓は労働力を搾取されるだけでなく、国守に意見するとその場で処断されるなど、『唐船噺今国性爺』上巻では、主として六安王に虐げられる民の様子が描かれている。

　風説書には、乱の首謀者は朱一貴で、呉二用は軍大将と記されていた。『唐船噺今国性爺』では、呉二用を反乱の首謀者とし、明帝の末裔を見つけ出して、力添えを請うものと描きかえている。風説書に、呉二用は百五歳と記されていることから、近松は翁として描いていた。また、近松は、風説書に見られる「苗景龍」や「馬定国」、「欧陽凱」などを、「英景龍」や「馬府官」、「欧陽鉄」と名前を変更して登場させている。風説書によると、苗景龍、馬定国、欧陽凱は官軍側の人物で、朱一貴勢力に討ち取られていた。近松は、欧陽凱のほかは六安王側の人物として描くなど、風説書のまま登場させてはいないが、作劇の際、登場人物について、風説書から多くのヒントを得ていたことがわかる。

　先述したように、朱一貴の一味が、軍資金を集めるため、民家に押し入ったという記事が風説書に収められており、近松はそれを次のように取り入れている。

　　官府民家のわかちなく、毎夜毎夜忍び入り財宝を奪ひとり、君が出陣の料にあつる。(中略)おもき金袋。わけて持たさば百人前。(中略)陳六官と申す商人。此春長崎へ渡り商売首尾良く、昨日帰りしところへ仕掛け、売り溜め

の金銀根からごつそり。　　　　　　　（『唐船噺今国性爺』pp.386-387）

　挙兵した一味は、強盗、強奪など不正な手段を取って軍資金を集めており、その例として、長崎から戻ってきたばかりの商人を襲ったことが描かれたいた。百人が分けて持つほどの金銀を強奪してきたとしており、そこには、当時の長崎貿易が繁昌していた様子が反映されていた。この場面には、貿易によって日本から大量の金銀が海外へ流出されているいうことが描き込まれていた。あえて不正な手段を描いているのは、『国性爺後日合戦』で、一官が日本から金銀を持ち出せず、不正な手段を用いて軍用金を集めていたのと同じ設定なのである。それは、正当な手段では資金の獲得が不可能なほど、日本でも台湾でも金銀は不足していたことを示している。近松は、作品の中で、台湾について描きながら、江戸幕府が直面する金銀の不足という深刻な問題を照らし出していたのである。

　台湾の情報は1720年を前後した時期に集中してもたらされていた。近松は、『増補華夷通商考』や『和漢三才図会』などから、台湾に関する由来や国性爺の活躍などの情報を取り入れていた。その際、オランダ人の存在をあえて触れないまま、国性爺が台湾を開拓し、繁栄をもたらした点を強調し、国性爺の功績を際立たせていた。一方、当時白石や幕府が取り組んでいた海外への金銀流出問題については、風説類から情報を入手し、金銀の保有が国力であると暗にあらわしていた。近松が、新井白石や吉宗など幕府の動きをどの程度正確に把握していたかは知りえない。だが、晩年の作品には幕府の政策に対する批判などが繰り返し見られることから、彼らがいかに金銀の海外流出問題について、強い関心を抱いていたのかを浮彫りにしている。近松が、同時代の海外情勢をいち早く取り入れて作劇した背

景には、彼の幕府に対する批判的な問題意識があった。

4. 『唐船噺今国性爺』と朱一貴の乱

本章では、近松が起って間もない朱一貴の乱を作品化した意図について、考察を加えてみたい。

4.1. 『唐船噺今国性爺』に描かれた朱一貴の乱

まず、『唐船噺今国性爺』のあらすじを記しておく。

上之巻；国性爺が田畑用に掘らせた福建省の松浦が池を、国守六安王が埋め立てようと百姓を酷使する。その時、池の中から三足両耳の鼎があらわれる。六安王は帝位簒奪の謀叛を企てており、その成就をたくすため、鼎の地金で剣を鋳させる。忠臣欧陽格子が諫言するが、無惨に殺害される。

中之巻；鍛冶の桃民氏は、六安王に三振りの利剣を打ち上げることを命じられている。そこへある老翁(呉二用)が訪れ、天子の宝剣を持ち去ろうとする。老翁は桃民氏の一子、一貴の面相を一見し、景泰王の王子であると見抜く。呉二用は義兵をおこし、六安王を滅ぼす企てであることを一貴に語り、立ち去る。一貴は母や継父の犠牲により、奉行馬府官を殺害し、宝剣を持って呉二用のいる芙蓉岳へと向かう。

下之巻；芙蓉岳で、一貴は呉二用や欧陽鉄、斉万年と合流し、六安王を滅ぼす。一貴は、即位を促され、順成王と号する。

『唐船噺今国性爺』では、史実とは異なり、朱一貴の乱は成功した反乱として描かれる。通常、浄瑠璃では、謀叛や反乱は、善側と対立する悪側によって企てられるものである。これらが平定されることにより、浄瑠璃は世に安定を取り戻すという基本構想を持つ。しかし、『唐船噺今国性爺』は、反乱について悪側が起こしたものとしては描いていない。反乱を主導した呉二用は、中之巻になって突如老翁として登場し、朱一貴は鍛冶の息子として現れるなど、忠臣といった善側の人物としては描かれていない。朱一貴は明帝の末裔という自らの出自を知ったことで、反乱に加わっただけであった。

『国性爺合戦』の場合、韃靼により明朝にもたらされた危機は、忠臣鄭一官や国性爺の奮闘と、母、義姉の犠牲により、回復するものと描かれる。一方、『唐船噺今国性爺』は、反乱を善悪の対立構図を持たないものとして描き、浄瑠璃の定型的な構図を否定している。最初から秩序の保たれた安定した世界を設定しないまま、善の側による反乱が描き出されていた。そこには、悪に属しない者が起した乱、そのものへ近松の関心があったのであろう。

先述したように、『唐船噺今国性爺』における朱一貴の乱は、史実に反して、成功したものと描かれる。実際、朱一貴が拿捕されたのは7月のことであり、それは、近松の耳にも入っていただろう。知ってはいながらも、「後度の軍の最中唐土人の物語、唐と日本はへだたれど、(中略)今国性爺の切浄瑠璃。語り伝えて末長く千秋楽とぞいわひける」(『唐船噺今国性爺』pp.413-414)と、未だ健闘中であるとして、第二の国性爺の活躍を応援していた。一方、この乱を題材とした小説『通俗台湾軍談』では、朱一貴を明の太祖朱元璋の後胤であり、英雄として造型している点では共通しているが、乱そのものを成功したものと描いていない。反乱を成功させると描いた

319

ことに、近松独自の作劇の意図があったのである。近松は晩年の作品に幕政への強い批判をあらわしていた。善側の人物による反乱の成功を描くことは、幕府への警告という意図があったのである。

4.2. 近松晩年作品の特徴から見る『唐船噺今国性爺』

『唐船噺今国性爺』は、近松最晩年の作品であり、この時期の作品に見られる特徴が強く表れている[46]。第一の特徴として、外国への関心が示されていることである。台湾を舞台とした『唐船噺今国性爺』のほか、朝鮮通信使や、密貿易、国姓爺などを素材や背景にした、『本朝三国志』や『博多小女郎波枕』(1718)、そして『国性爺合戦』、『国性爺後日合戦』などの国性爺物がある。第二に、日本への関心があらわれていたことである。神話や古代の天皇を素材とした天皇劇が作られ、作品内には日本のアイデンティティへの関心や日本の優越意識が示唆される。特に『国性爺合戦』には、多民族への日本風俗の強要など日本の優越意識が強く示される。『日本振袖始』や『日本武尊吾妻鑑』のような神代や古代を背景にした作品には、三種の神器や、慣習の起源などについて説く場面が設けられており、日本の起源への関心が如実に示されている。『唐船噺今国性爺』では三種の神器のうち剣についてとりあげられている。

第三に、反乱・謀叛への関心から、謀反劇が増えていたことである。

---

46 平田澄子「竹田出雲と筑後掾」『岩波講座文楽・歌舞伎近松の時代』第八巻、岩波書店、1998年、pp.109-115. アンドリューガーストル「義太夫没後の近松」同書、pp.165-186. 白方勝「近松時代浄瑠璃の特色」『講座元禄の文学　元禄文学の開花』第四巻、勉誠社、1993年、pp.106-112, 原道生「近松の浄瑠璃とその周辺」『日本文芸史 近世』第四巻、河出書房新社、1988年、p.196, 久堀裕朗「近松時代浄瑠璃に描かれる悪」『国文学論叢』3号、1999年11月, 近松古代史話会「近松の古代史」『歌舞伎研究と批評』8号、1992年1月。

1714年以降の近松の晩年作品では、謀反が劇の展開に重要な役割を果たしている。例えば、『国性爺合戦』は、韃靼国と内通する明の右将軍李踏天の謀反を、『聖徳太子絵伝記』は、守屋の王位簒奪の企てを描いている。天皇劇に分類される『日本振袖始』では、奸臣鰐かせがスサノオノミコトに謀反を促し、『井筒業平河内通』でも、惟喬・惟仁親王の王位継承問題を劇化している。『日本武尊吾妻鑑』においても、大碓尊が王位を狙うなど、天皇劇のほとんどが、王位簒奪を企てる謀反劇として構成される。

　謀反は、説経節、幸若舞、能では見られないが、近世以降、浄瑠璃において主要な事件として頻繁に登場する[47]。特に近松の浄瑠璃では、謀反劇の22作品中14作品が後期に集中的に書かれている。初期の謀反劇は単純な善悪の対立構図を持ち、悪側の人物が超人間的な性格を持つ者として造型されていたが、後期の謀反劇では謀反を起こす背景、理由が説明されることで、「悪」は「善」と区別しがたいものとなっていた。謀反を起こす者も、あるものに非常に強く執着した結果、超人間的な能力を持つ、存在感の強い人物として描かれる[48]。『傾城島原蛙合戦』や『唐船噺今国性爺』に登場する反乱の首謀者が、英雄として理想的に造型されていることも、近松の後期謀反劇の特徴といえる。

　第四に、世話浄瑠璃だけではなく時代浄瑠璃においても、比較的近い過去に起った事件を素材としていることである。例えば、赤穂事件を4年後にとりあげた『碁盤太平記』、1713年に起った江島生島事件を素材にした『娥歌かるた』などである。反乱を素材としたものには、『唐船噺今国性爺』の

47　二川清「謀反劇と近世」『歌舞伎研究と批評』10号、歌舞伎学会、1992年12月、pp.171-184

48　拙稿「近松浄瑠璃における執念・執着」『国語と国文学』2006年1月、pp.44-57

ほか、1637年に起った島原の乱を素材とした『傾城島原蛙合戦』(1719)が
ある。

第五に、社会、政治への関心が現れていることである。近松の態度に
は、幕府への批判のみならず、白石の政策への支持を見て取ることができ
る。『唐船噺今国性爺』の上演当時、8代目将軍吉宗へと代替わりしてい
た。近松は、『相模入道千疋犬』では、文治主義と呼ばれた正徳の治を推
進した新井白石を評価し、幕政に期待を寄せていた。しかし、近松は、白
石を罷免し、諸政策を修正した享保の改革について、晩年の作品でことご
とく非難していた。正徳の治から享保の改革にいたる政治への近松の姿勢
は、理解・期待から批判に変化していた。

『国性爺合戦』に描かれた明の政情は、当時日本の政治・社会の現状が
映し出されたものであった[49]。『唐船噺今国性爺』も同様なのである。『唐船
噺今国性爺』に描かれた、酷税(「年貢は一粒も残さず虐たげ取、毎日毎日
役にさされ」)、労働搾取(「百姓共耕作打やめ賃もとらずの役仕事」)、武断
政治(「末世当代は慈悲仁義もいらず、剣を以かたはし切取にしくはなし」)な
どを、当時の幕府の政策への不満をあらわす例として挙げることができる。

晩年の作品において、近松による幕政批判は、為政者のあり方を説く語
りのなかで、強く示唆されてきた。例えば、『国性爺合戦』では、忠臣の言
葉を以て、国を治める者の姿勢について説かれている。下記の引用は、韃
靼からの無理難題の要求を受け入れるよう勧める李踏天に、忠臣呉三桂が
反駁する場面である。韃靼に内通する李踏天は、密かに飢饉の際に食糧
の援助を受けた恩を理由として、申し出に従うべきだと主張した。ここで、呉

49　内山美樹子前掲書、p.110

三桂は、明が困窮に陥った理由について、次のように語る。

　　　民疲れ飢に及ぶは何ゆゑぞ。上によしなき奢りをすゝめ、宴楽に宝をつひ
　　やし民百姓を責めはたり己が栄花を事とする。その費えをやめたれば五年や
　　十年養ふに事をかゝぬ大国の徳　　　　　　　（『国性爺合戦』[50] p.637）

　民が疲弊しているのは、上は奢侈を極め、酒宴、乱舞の享楽に散財す
るためで、大国の徳というのは、飢饉などは十分に乗り越えられる蓄えがあ
るものだという。初段の導入部分には、明の繁栄ぶりを、南京城の絢爛豪
華な装飾や、珍物を尽くした貢ぎ物、豪華な遊宴の様子を描くことであらわ
していた。そこには、玄宗皇帝を引き合いに出し、没落が暗示されてい
た。呉三桂は、李踏天が皇帝に奢侈や酒色遊宴をすすめ、政務をおろそ
かにさせるのは、謀反という目的があるためと諫言する。「一家仁あれば一
国仁をおこし一人貪戻なれば一国乱をおこすといへり」（『国性爺合戦』
pp.643-644）と、臣下に欲深く不正腐敗した者がいると、反乱がおこる恐れ
があると警告していたのである。結局、その諫言を聞き入れなかった思宗烈
帝の死により、大明は滅亡する。

　近松は「両臣政ただす我が国は千代万代も変るまじ」、「げに佞臣と忠臣
の表は似たる紛れ者。目利を知らぬ南京が君が栄華ぞ例しなき」と、繰り返
し、為政者に忠臣と佞臣の分別力をもつ必要性を強調している。明は、忠
臣による諫言を聞き入れず、不正腐敗を剔抉できなかったことで、国の滅亡
につながったのだとしている。近松は、外国で起った反乱を、日本への忠

50　『国性爺合戦』の本文引用は『近松全集』九巻(岩波書店、1988年)による。

告として描いていた。同じ姿勢で描かれたのが、『唐船噺今国性爺』なのである。作中には、次のように、忠臣や民から為政者への忠告が描かれる。

　　そもそも天子・将軍の宝剣とは。能きる〻計を宝とせず。仁の地金義のやき
　　刃。礼と信とをかざりとし智慧の箱におさめ。自衛をもと〻するの徳。た〻かわ
　　ずして国治り民したがふ。(中略)日本には太刀と訓じ。大治とは大きに治まる
　　と書文字。　　　　　　　　　　　　　　　　　　　　(『唐船噺今国性爺』p.337)

　「剣」は武威をふりかざすためのものではなく、剣を「仁義礼智信」の五常をもって、自衛のために用いれば、自ずと国が治まるものとしている。六安王は、百姓にうめたてさせていた池から出た鼎の地金で、帝位を奪う望みを遂げる雄剣三振りを鋳させていた。そのことを、鍛冶の桃民氏が諌めた言葉である。従事官の金海道は、この鼎は秦の始皇の代に失われた御宝で、日本の「内侍所」と同じものと説明していた。ここでは、正統たる帝の証である三種の神器のひとつである剣をもって、武家政権の為政者のあり方を説いている。これは、側近政治を排除し、将軍親政を取り、幕府の権威と統制力を高めるため、武断政治を展開しようとする吉宗への痛烈な批判と読むことができる。

　『唐船噺今国性爺』以降、世話物の『心中宵庚申』や最終作『関八州繋馬』には、たてつづけに、幕政への批判、理想的な為政者像が打ち出されていた[51]。『関八州繋馬』では、「内に仁愛を施し。外厳しく警護せば刃も用ず

51　白方勝「享保の改革と近松」『近松浄瑠璃の研究』風間書房、1993年、pp.354-361、
　　拙稿「지카마쓰의 조루리에 나타난 막부비판」『일본연구』44호、2010년 6월、
　　pp.138-145

徳に随ひ。自治る道理。」と、治世の理想像が明言されている。為政者たる者は、「刀」の力ではなく、仁愛の徳を持って天下を治めることを説いており、『唐船噺今国性爺』において、説かれた為政者のあり方と一貫していた。

『唐船噺今国性爺』は、近松の晩年の作品の特徴のすべてが集約されていた作品であった。特に、外国への関心や幕政への批判精神が高まっていた頃の作品であることから、実際に海外で勃発した反乱にいち早く注目し、劇中で成功した反乱として再現させることで、幕政へ忠告したのである。

5. おわりに

本稿では、近松門左衛門が台湾を素材とした浄瑠璃を分析し、近松が台湾をどのように描き、また、いかなる理由で作品化したのか、その背景と特徴について考察した。その過程で、江戸時代には台湾に関するいかなる情報がもたらされていたのかについても、明らかにした。

近松が台湾について描いたのは、鄭成功が活躍の場を台湾に移した『国性爺後日合戦』と、朱一貴の乱を扱った、『唐船噺今国性爺』である。当時、日本は台湾や中国などの海外情報を『増補華夷通商考』や『和漢三才図会』などの地理書、百科辞書類や、「唐船風説書」を通じて入手していた。近松は、これらも参照にしていただけでなく、大阪の船問屋尼ヶ崎屋吉右衛門の隠居所に出入りする船頭や水主から、風説を得ていた。

近松は台湾の由来、国名などの基本的情報は、地理書や百科辞書類に依拠し、ことさら国性爺の功績を際立たせていた。当時、幕府が取り組んでいた海外への金銀流出問題に関する情報や、朱一貴の乱などの海外情勢

について、風説類から情報を得ることで、過去の話ではない台湾の現状を
描きつつ、同時代日本の問題を浮き彫りにしていた。

　近松の晩年には、反乱、謀反を素材とした作品が集中して作られる。海
外への関心だけでなく、政治や社会への関心が作品にも現れた時期でも
あった。その中で、近松は、日本と全く関わりのない朱一貴の乱に、いち
早く感心を抱き、『唐船噺今国性爺』として、作品化した。それは、当時の
幕政への批判、風刺として、海外で勃発した反乱を劇中で再現し、反乱を
成功したものと描くことで、幕政へ警告したのである。すなわち、為政者へ
の忠告の表現であったといえ、ここに近松の晩年の作品における最も大きな
特徴が見出せる。

　以上の点を踏まえ、今まで十分に注目されてこなかった『唐船噺今国性
爺』は、近松の晩年を代表する作品として、あらゆる角度から分析・検討し、
再評価されなければならない。朱一貴の乱については、白石だけでなく、
神沢杜口や本島知辰、大田南畝などの識者も興味を示していた。彼らがい
かなる理由からこの反乱に強い関心を抱き、どう捉えていたのかについて
は、本稿では論じることができなかった。さらに、通俗軍談物の『通俗台湾
軍談』への影響関係や、当時日本には伝来していなかった『水滸伝』との趣
向の類似性に関する解明は、今後の課題としたい。

| 参考文献 |

＜テキスト＞
新井白石『西洋紀聞』岩波書店、1936年
新井白石『新井白石全集』巻五、国書刊行会、1977年
近松全集刊行会編『近松全集』岩波書店、1988-1990年

寺安良安『和漢三才図会』東京美術、1970年

西川如見『長崎夜話草』『西川如見遺書』第6編、求林堂、1898年

西川如見『増補華夷通商考』『日本経済叢書』巻5、日本経済叢書行会、1914年

西川如見『四十二国人物図説』国文学研究資料館所蔵

林春勝ほか編『華夷変態』『崎港商説』『華夷変態』下冊、東洋文庫、1959年

＜論文＞

荒野泰典「近世の東アジアと日本」『近世日本と東アジア』岩波書店、1988年

荒野泰典「近世の対外観」朝野直弘ほか編『岩波講座日本通史近世3』第13巻、岩波書店、1994年

アンドリューガーストル「義太夫没後の近松」『岩波講座文楽・歌舞伎近松の時代』第八巻、岩波書店、1998年

位田絵美「西鶴の描いた「異国」」『西鶴』2005年3月

内山美樹子「『国性爺合戦』と『曽我会稽山』」『浄瑠璃史の十八世紀』、勉誠社、1999年

川村博忠『近世日本の世界像』ぺりかん社、2003年

木谷蓬吟『大近松全集』解説、大近松全集刊行会, 1923年

久堀裕朗「近松時代浄瑠璃に描かれる悪」『国文学論叢』3号、1999年11月

久堀裕朗「享保期の近松と国家」『江戸文学』特集近松、ぺりかん社、2004年

白方勝「近松時代浄瑠璃の特色」『講座元禄の文学 元禄文学の開花』第四巻、勉誠社、1993年

諏訪春雄「国性爺三部作」『近世芸能史論』笠間書院、1985年

田中梓都子「台湾情報から台湾認識へ」『東アジア文化交渉研究』4号、2011年

近松古代史話会「近松の古代史」『歌舞伎研究と批評』8号、1992年1月

崔官『文禄・慶長の役文学に刻まれた戦争』講談社、1994年

中村忠行「『台湾軍談』と『唐船噺今国性爺』」『天理大学学報』66、1970年3月

中村忠行「『台湾軍談』と『唐船噺今国性爺』補正」『山辺道』19、1975年3月

野間光辰「『国姓爺御前軍談』と『国姓爺合戦』の原拠について」『京都帝国大学国文学会二十五周年記念論文集』1934年1月

野間光辰「『明清闘記』と近松の国姓爺物」『国語国文』、1940年3月

朴麗玉「近松の作品と朝鮮通信使--「大職冠」の場合」『国語国文』80(3)、2011月3月

原道生「近松の浄瑠璃とその周辺」『日本文芸史　近世』第四巻、河出書房新社、1988年

原道生「近松の対「異国」意識」『国文学解釈と教材の研究』学燈社、2000年2月

韓京子「近松浄瑠璃における執念・執着」『国語と国文学』2006年1月

平田澄子「竹田出雲と筑後掾」『岩波講座文楽・歌舞伎近松の時代』第八巻、岩波書店、1998年

二川清「謀反劇と近世」『歌舞伎研究と批評』10、歌舞伎学会、1992年12月

松浦章「清代台湾朱一貴の乱の日本伝聞」『海外情報からみる東アジア』清文堂出版、2009年

松本新八郎「国性爺合戦ーその民族観について」『日本古典文学大系』月報28、1959年

横田きよ子「日本における「台湾」の呼称の変遷について」『海港都市研究』4号、2009年3月

ロナルド・トビ『「鎖国」という外交』『日本の歴史』九、小学館、2008年

한경자「지카마쓰의 조루리에 나타난 막부비판」『일본연구』44호, 2010년6월

森島中良『紅毛雑話』巻三(九州大学デジタルライブラリー)

　　　http://record.museum.kyushu-u.ac.jp/komozatu/page.html?style=b&part=
　　　3&no=10)

제3부

해석과 의미

담론과 표현의 일본학

제1장

「繋伝反切における匣母、云母、以母」
再論

┃東ヶ崎祐一

1. はじめに

『説文解字繋伝』は、南唐(937-975)の徐鍇(921-975)が著した『説文解字』の注釈書であり、その見出しの各文字には、朱翱(生没年未詳、徐鍇と同時代人)の付けた反切がある。この反切は当時用いられていた韻書である『唐韻』の反切を用いておらず、独自のものであり、そのため唐~宋間、10世紀前後の音韻状況を知るための貴重な資料とされている。

さて、筆者は以前「繋伝反切における匣母、云母、喩母」という論文を上梓している(東ヶ崎1999)。これにおいては、匣母/ɦ/、云母/ʼ/、以母/jʼ/の

---

1 東ヶ崎(1999)では喉音清濁音四等について「喩母」という言葉を使ったが、これは伝統的には喉音清濁音、すなわちこの稿での「云母」と「以母」を合わせたカテゴリの名称で

繋伝反切における分類が、匣母のうちの四等韻声母/ɦj-/、および云母開口/'ɪ-/と以母/j/が合流していて、匣母洪音(一等・二等の声母)・云母合口/'ɪu-/と対立していることを論じた。その後、梅(1963)を入手、その中に同様のことを論じ、筆者とほぼ同様の結論に達している箇所(pp.23-25)を発見、調査不足を恥じることとなった。

　しかし、その後繋伝反切の調査を進め、また反切の校勘記を作ることとなって、その結論をそのまま認めて良いのか、やや疑問が湧いてきた。そもそも東ヶ崎(1999)で調査対象にしたのは、先行研究(張慧美1989a)の中に現れた例の再分類であり、自分の調査に基づいたものとは言い難い。また、小徐本はほぼ伝写によって伝えられた[2]ため、最も良質とされる祁寯藻本でさえ、誤脱が少なくない。加えて、おそらく流布のかなり早い段階から大徐本をもって校訂された跡があり[3]、後の時代にも大徐本から欠落部分を補ったとみられるところが多数ある[4]。繋伝反切を当時の音韻資料として用いようとした場合、本来は――完璧に行うことは困難、否ほぼ不可能ではあるが――誤脱や大徐本からの竄入を取り除かなければならない。

あり、喉音清濁音三等「云母」との対立概念として使うのはふさわしくない。そのためこの稿では喉音清濁音四等を、現在最もよく用いられる名称である「以母」と呼び替えることとし、題名もそれに倣った。なおここに記した各声母の音価は、3.で再検討する。

2　趙宦光旧蔵の宋刻本(巻三十~四十のみ残る)が『四部叢刊』(重印)に入るが、これも南宋以降の再刻本とみられ、小徐本原本もしくは北宋嘉祐年間(1056-1063)刊行という刻本の姿をどこまで伝えているか不明である。まして現在見ることのできる汪啓淑本、祁寯藻本、述古堂本などはみな南宋刊本の末流とみられ、現在の諸本から小徐本の本来の姿を推測することはほぼ不可能と言える。

3　小徐本の校訂者として知られる張次立は、正史に伝がないものの、嘉祐年間に活動した痕跡があり(坂内1994, p.159)、糸原(2009)は小徐本の校訂もこの頃と推測している(pp.18-19)。となると、嘉祐年間刊行とされる北宋刊本も、ことによっては張次立校訂本である可能性すらある。

4　反切に限っても、汪啓淑本・祁寯藻本・述古堂本の各伝本の間で一致しない箇所は、多くの部分で一方が大徐本と共通する箇所を持つ。

筆者はこれまでに、繫伝反切を諸本比較、あるいは内的再構などを用いて、本来の反切の形がどのようであったのかを求める作業を行ってきた(東ヶ崎2008, 2009, 2016, 2017)。本稿はこれらでのささやかな成果を用い、東ヶ崎(1999)での所論について見直し、修正を加えたものである。

2. 匣母、云母、以母字の反切再調査

前章で述べたとおり、以前の論文(東ヶ崎1999)で用いた例は、張慧美(1989a)に挙げられた例をそのまま用いたものであった。いまそれを改め、自分の集めた例と比較すると、張慧美(1989a)の例に漏れたものが大量に見つかった。さらに校勘記での作業をもとに、誤りがあると思われるものを除外、修正を加えた。これらの中には、底本となる祁寯藻本でのものでなく、汪啓淑本・述古堂本における形のものを採用したものもある。また反切としては明らかに誤っているが、原本に遡れる可能性が強いものについては採用した(呬：羊媚反[5]、貀：胡劫反[6]など)。逆に、本来の形を保存していない可能性の高いものは除外した(頹：王閔反[7]、賨：員引反[8]など)。大徐本由

---

5 祁寯藻本は「呬」の反切を「希媚反」に作るが、他の本で「羊媚反」に作ること、また「羊媚反」は至韻開口以母の音を表すのに常用されるのに対し、「希媚反」は他に例がないことからすると、本来の反切は「羊媚反」であったとみられる(東ヶ崎2008, p.115)。
6 「貀」は『広韻』で「女滑切(黠韻合口娘母)」だが、「胡劫反」の示す音は黠韻合口匣母であり、声母がまったく一致しない(東ヶ崎2009, p.68)。
7 「頹：王閔反」は『集韻』にみえる音の1つ「羽敏切」と一致するものの、他に用いられた例が見当たらないこと、また述古堂本にみえる「主閔反」が準韻章母に用いられる反切であることからすると、本来から「主閔反」という、他には見当たらない音の反切が付いていたという推測ができる(東ヶ崎2009, pp.65-66)。
8 「賨：員引反」は他に用いられた例が見当たらないこと、また述古堂本にみえる「眉引

来と思われる反切については、「○○切」で反切が示されている場合のように、明らかに大徐本由来と断定できるもの[9]以外については、本来のものである可能性を排除できないため、判断を保留して除外しなかった。

2.1

得られた反切数は、以下の通り。論を進める都合により、匣母は洪音(一等および二等韻)と四等韻に分け、また開合を区別した。開合の区別のない韻については、主母音が円唇性を持つか否かで、便宜的に分類した。具体的には、江・効・流・深・咸の各摂所属韻は開口、通摂一等・鍾韻および遇摂虞韻・模韻は合口に分類、また特に東韻三等と魚韻は開合不明とした[10]。

    (1) 匣母：455例

        うち、洪音開口：208例、洪音合口：161例。四等開口：53例、四等合口：33例。

反」が準韻明母三等に用いられる反切であることからすると、本来から「眉引反」という、他には見当たらない音の反切が付いていたという推測ができる(東ヶ崎2009, p.75)。

9 「○○切」以外で除外したものとして「県：胡涓反」がある。これは大徐本の反切と一致し、かつ四庫全書本・述古堂本等では反切が欠けているため、かなり新しい段階で反切が大徐本から補われたと判断される(東ヶ崎2009, p.66)。

10 通摂の東韻一等および遇摂の魚韻については問題がある。平山(1957)等に従えば中古音の東韻三等/-iəuŋ/と魚韻/-iə/は開口相当となり、実際繋伝反切でも、東韻三等は鍾韻と、魚韻は虞韻と概ね区別され、これらの反切上字には開口相当のものが多く用いられる。しかし一方で、東韻三等は殊に入声(屋韻三等)において鍾韻(燭韻)と、魚韻は殊に去声(御韻)において虞韻(遇韻)と、合流を示すとみられる例が見受けられる(曲：牽六反、豫：養遇反など)。また魚韻字が合口字の反切上字に用いられる例も少なくなく、ときにはそれのみが帰字の合口性を担保している例もある(頴：余郢反など)。これらのことから考えると、東韻三等と鍾韻、魚韻と虞韻の区別は、繋伝反切の音体系内で言えば、単純に開合の問題に帰せない面がある。

以母：355例

　　うち、開口222例、合口99例、開合不明34例。

云母：153例

　　うち、開口29例、合口122例、開合不明2例。

これらを反切上字で分類すると、以下のようになる。

〈表1〉匣母字の反切上字

反切上字＼帰字	匣母洪音開口	匣母洪音合口	匣母四等開口	匣母四等合口
匣母洪音開口	197	4	0	0
匣母洪音合口	10	153	1	11
匣母四等開口	0	0	29	0
匣母四等合口	0	0	0	6
云母合口	0	4	0	0
以母開口	1	0	23	0
以母合口	0	0	0	9
以母開合不明	0	0	0	7

〈表2〉云母・以母字の反切上字

反切上字＼帰字	云母開口	云母合口	云母開合不明	以母開口	以母合口	以母開合不明
匣母四等合口	0	0	0	0	4	5
云母開口	10	0	0	2	0	0
云母合口	4	122	2	0	0	0
以母開口	15	0	0	215	0	37
以母合口	0	0	0	0	3	9
以母開合不明	0	0	0	5	39	36

　これらを見るに、かなりその反切上字の取り方の傾向が分明となる。すなわち、匣母においては、洪音は匣母洪音を反切上字に取る。一方で四等は開口については匣母四等だけでなく以母も取り、合口は開口と同じかと言えばそうでもなく、約1/3は匣母洪音を反切上字としている。云母は開口については約半数が以母を反切上字に取るが、合口はすべて云母合口。以母は開口についてはほとんどが以母を反切上字に取るが、合口・開合不明はそこに匣母四等が混じる。

　ここまでは東ヶ崎(1999)の分析と大差ない。次では、それぞれの反切上字、ことに異例となる可能性の高いものの特徴について見ていきたい。

2.2

　まず、匣母の問題からみていく。

　前章で取り上げたように、匣母の場合、洪音については異例が少ない。ほぼ開合で反切上字を使い分けているのも、繋伝反切の傾向と合致する。匣母開口の反切上字に合口字を使う例については、そのいくつかについては誤写もしくは大徐本等(にみられる切韻系反切)の影響を考えることができる[11]。

　一方、匣母合口の反切に現れる云母上字は、通摂東韻一等匣母の「員聰反」が4例、これのみである[12]。「仜：賀聰反」があることから「員」は「賀」の誤りと見ることができるかもしれないが、これも汪啓淑本では「員聰反」であり(東ヶ崎2009, pp.62-63)、結果通摂東韻一等匣母の反切7例のうち5例

11　例えば「害：桓艾反」は「恒艾反」の誤り、「邯：胡安反」「䢋：胡郎反」は大徐本の反切。

12　このうち「釭」の反切は「貢聰反」に作るが、声母が合わないため「員聰反」の誤りとみなした(東ヶ崎2016, p.79)。

までが「員聰反」となる可能性がある[13]。これについては誤写等を考えない限り、匣母と云母の通用を示す唯一例になるが、この音節のみに現れた特殊な現象とみなす以外、解釈が思いつかない。東韻には三等云母所属の「雄」「熊」が、『集韻』等で「胡弓切」になっていて、現代音でもxióngであるという現象があり[14]、匣母と云母の区別に曖昧になる現象があった可能性がある。

2.3

匣母細音すなわち四等については、これまで唱えられていた以母との通用現象以上に、かなり興味深い現象がある。

まず、各摂各韻ごとに、反切を見ていく。

(2) 蟹摂　斉韻開口：賢迷6(匣四) 移雞1(以)

合口：匀迷9(以) 戸迷1(匣一)

薺韻開口：亦啓4(以)

霽韻開口：異契2(以)

合口：迴桂3(匣一) 廻桂1(匣一) 回桂1(匣一)

山摂　先韻開口：形先8(匣四) 由堅1(以)

合口：蛍先1(匣四) 熒先1(匣四)

銑韻開口：易顕2(以)

合口：預顕4(以)

霰韻合口：迴茜2(匣一) 廻茜2(匣一)

13　逆に「賀聰反」が正しく「員聰反」はすべて誤りとみなす立場もあるだろうが、他に「賀」を反切上字に用いた反切が見当たらないことからすると、やや従い難い。

14　繋伝反切では「于戎反」であり、上記の現象は起こっていない。なお「雄」は祁雋藻本で「于弓反」だが他本に従う(東ヶ崎2008, p.119)。

屑韻開口：羊截4(以)

　　　　合口：乎決1(匣一)

効摂　篠韻　　：易杳1(以)

梗摂　青韻開口：賢星9(匣四) 賢經2(匣四)

　　　　合口：玄經4(匣四)

迥韻開口：賢頂1(匣四)

　　　　合口：余請2(以)

径韻開口：戸定1(匣一)

錫韻開口：羊狄2(以)

　　　　合口：與辟1(以)

咸摂　添韻　　：賢兼3(匣四)

怗韻　　：羊帖6(以)

　これを見るに、匣母一等の反切上字が現れるのは、蟹摂去声の霽韻合口と山摂去声の霰韻合口に集中していることがわかる。そのほか、斉韻合口、屑韻合口、径韻開口にそれぞれ1例ずつ匣母一等の上字が現れるが、これらのうち「鑴：戸迷反」は、大徐本の反切が「戸圭切」であることからすると、同一音に使われる反切「匀迷反」の上字のみが大徐本のものと入れ替わったとみられる。「穴：乎決反」も『説文解字篆韻譜』の反切「乎決反」と一致する。「脛：戸定反」も『王仁昫刊謬補欠切韻』の反切と一致するため、何らかの切韻系韻書の影響である可能性が高い。

　これらに対し、霽韻合口の「惠慧譓：迥桂反」「槥：廻桂反」「濭：回桂反」および霰韻合口の「眩旬：迥茜反」「衒繯：廻茜反」については、韻書等に一致するものがなく、朱翺独自の反切であると判断される。これについても

「羼」の反切が「迴茜反」であることから、張慧美(1989a)では「迴(廻)」をすべて「迴」の誤りとできる可能性を示している。多数派を全て誤りと断ずることの是非はさておき、一つの立場であろう。しかしここでは東ヶ崎(2009)で示したように、この反切を述古堂本で「廻茜反」に作ることを根拠に、「迴」は「廻」もしくは「迴」の誤りであるという立場をとる(p.62)。その上で、これらの反切について考察を試みる。

「迴桂反(廻桂反、回桂反)」と「迴茜反(廻茜反)」には、共通する音韻的特徴がある。

(3) ① 合口介音をもつ。

② 主母音が四等相当[e(>iɛ)]である。

③ 韻尾が前舌的調音を持つ。

④ 声調が去声である。

このようにカテゴライズでき、また、他の反切はすべて以母もしくは匣母四等であって、これらについては声母が以母と合流していたと解釈できることからすると、上記の反切で示される9例以外の反切上字が、(3)の①〜④、すなわち「蟹摂もしくは山摂の合口四等去声」という条件下で、声母(匣母)が以母に合流するという変化が阻止されたことを示しているという推論ができる。

繋伝反切において蟹摂と山摂にのみ観察される音変化としては、東ヶ崎(2003)で指摘した、外転一等韻開口韻の舌歯音声母下における二等韻への合流がある。ただ、この場合は、前舌的声母・介音・韻尾という環境下で、主母音も前舌化するという、変化の理由づけが非常にわかりやすいもの

であった。これに対し、ここでの「変化の阻止の条件」は「円唇介音・前舌母音・前舌韻尾・去声」となっていて、どのような機序で変化が阻止されたのかがわかりにくい[15]。

　ここで去声の他の四等韻の状況をみていくと、「匣母合口去声相当の反切が蟹摂・山摂にしか現れない」ことに気づく。すなわち、効摂・咸摂についてはもとより合口韻が存在しない[16]。また梗摂についても、繋伝反切では匣母四等合口去声相当の反切が現れない。このことからすると「蟹摂・山摂」すなわち「前舌韻尾」という条件は、除外できる可能性がある。また②も、むしろそれは匣母＞以母という変化(四等母音の細音化すなわち-i-介音の発生に伴う音変化)の条件であり、逆に主母音が洪音の場合には当然ながら起こっていないので、変化の条件とはならない。すなわち、変化阻止の条件としては「円唇介音・去声」のみで良いだろう。

　声調を条件に音変化が起こることはままあり、例えば、北京語では古官話の/'jwəŋ//'jwan/が、上声(第3声)のときのみ脱口蓋化を起こし、/rwəŋ//rwan/に変化するという現象が起こっている(栄rǒng、阮ruǎnなど)。繋伝反切の音体系で、それぞれの声調がどのような音調であったかは知る由もないが、例えば、遇摂三等のうち魚韻(及びその上去声の語韻・御韻)は、反切上字としての使い方から判断して、主母音の円唇化が起こっていたとみられる[17]が、実際に虞韻(及びその上去声の麌韻・遇韻)との合流が

15　ことに山摂の場合、東ヶ崎(2011)でも少し触れた通り、舌歯音合口音の開口化の方が目につく(pp.135-136)。これは先に挙げた外転一等韻開口韻の舌歯音声母下における二等韻への合流と似ていて、前舌的環境における唇音の弱化・消失によるものとみられる。

16　韻尾の円唇性が合口介音の代わりに何らかの影響を及ぼすことも考えられようが、繋伝反切には効摂・咸摂の匣母四等去声の例が現れないため、判断はできない。

17　注9で述べたように、反切帰字が合口でありながら、上字が魚韻字、下字が開口の場

顕著に見られるのは去声のみである[18]。これらのことを考えるに、逆に去声でのみ音変化が抑制された可能性も措定できるであろう。

以上のことから、匣母四等については、合口去声以外では以母に合流した、と、以前の論文での結論を修正したい。

2.4

云母と以母についても、反切から読み取れる声母の分合状況について、細かく見ていきたい。

云母のうち合口および開合不明は全て反切上字が云母合口であり、また反切上字として用いられるのも、先に取り上げた「員聰反」以外はすべてが云母である。

これに対し、開口の方は29例中15例が、反切上字が以母開口となっていて、先行論文で述べた通り、開口のみ以母と合流していたことが見て取れる。

残りの14例のうち、云母合口が云母開口の反切上字になっている例が4例ある。

(4) 痏：于救反　　尤：羽秋反　　郵：宇牛反　　爆：筠輒反

合がみられる。

18　平声では「䕺：器於反」のみで、これは「於」が「于」の誤りである可能性がある(東ヶ崎 2009, p.76)。上声では「䅺：倶呂反」「䇶柜：倶取反」があるが、これらのうち「䇶」「柜」は『広韻』では語韻だが『集韻』には麌韻音もあり、『篆韻譜』では麌韻に並べられている(ただし「䇶」は渓母もしくは群母であり、見母とするのは繋伝反切のみ。なおこの字は大徐本でも「區主切」で麌韻である)。これに対し、去声では御韻と遇韻の反切下字が通用する例が多数現れ、中には「鸒念：玄遇反」「論：玄遇反」のように、御韻と遇韻の同声字で同じ反切を用いるものすら現れる。

このうち「爆：笞輒反」は大徐本及び『広韻』等と反切が一致する。また「痡：于救反」も、同じ反切が大徐本及び『広韻』等に現れる[19]。さらに「尤：羽秋反」も、東ヶ崎(2009)で指摘したように、同音字の繋伝反切が「焉秋反」であること、および大徐本の反切が「羽求切」であることからすると、上字のみ大徐本の竄入の可能性が高い(p.87)。これらのことから、確実に朱翺の反切とみなせるのは「郵：宇牛反」のみとなる[20]。

以母については、反切上字に匣母四等を取るのが合口のみ、というのは多少注意したほうがいいのかもしれない。匣母四等では開口でも合口でも反切上字に以母を取るのがある程度の数存在するため、匣母四等と以母の合流自体は揺るがしようがない事実とみられるが、反切としては『広韻』で匣母四等が反切上字として使われていないこと、また合口でも以母に使われる匣母四等字は「玄」のみであることを考えると、より常用性の高い以母字ばかりになってしまったか。

ここで最も特徴を考えるべきものは、以母開口を反切上字に用いている云母開口字である。その反切は、

(5) 止摂　止韻　　延耳1

　　流摂　有韻　　延九3

　　　　　宥韻　　延救10

　　咸摂　塩韻　　延占1

19　ただし「痡」本来の音は旨韻合口云母であり、実際大徐本での音は「榮美切」である。「于救反」に相当する宥韻云母音は『集韻』にあるが、これは本来「疛」の音で、その通用字としての音である。

20　「郵」の現れる巻十二は、巻一・巻十四とともに異例となる反切が多数見られる巻であり、他の巻とはやや性質の異なる音体系に依拠していた可能性がある。

となり、すべて反切上字が「延」である。「延」の繫伝反切は「以然反」で、大徐本と一致するため竄入の可能性もあるが、「延」に云母音があった証拠もないため、たまたま専用されたと考えてよいだろう。

　この云母開口字の属する小韻の反切とを同韻内の以母開口小韻と比較すると、

　　(6)　止韻　　云母　　矣：延耳

　　　　　　　　以母　　以苢：移里[21]

　　　　有韻　　云母　　友右₁[22]有：延九

　　　　　　　　以母　　酉莠㓞庮歐牖羑：夷酒

　　　　宥韻　　云母　　祐齝又右₂趙𡐔頪㤢姷盉：延救

　　　　　　　　　　　　宥疚：尤舊

　　　　　　　　　　　　疛：于救

　　　　　　　　以母　　櫄柚貁貚：羊狩

　　　　塩韻　　云母　　炎：延占

　　　　　　　　以母　　鹽檐閻灩爓𨷒阽：羊廉

　このように、反切の内実はともかく、違う反切でもって発音を区別しようとしているように見える。ことに流摂の場合、云母では反切下字が牙音(見母)三等(いわゆる類相関ではC類)、以母では正歯音三等や歯頭音四等を用いていることで、音の区別を示しているようにみえる[23]。これに対し止韻や塩韻の

21　合流していた可能性の高い止摂他韻の字を含めると、紙韻の「酏匜酏：以爾反」も含まれよう。

22　「右」は口部と又部に重出し、それぞれの繫伝反切は「延九反(上声有韻)」「延救反(去声宥韻)」である。

場合は反切下字による区分がはっきりせず、同音になっていた可能性を思わせるが、それでも反切上は区別をしようとしている[24]。

逆に、云母開口を反切上字に用いている以母開口字には「刿桜：有斂反」がある。同音字の反切には他に「琰：延檢反」があるが、反切下字から見れば、見母三等(類相関ではB類)を用いている「延檢反」の方より、来母字を用いている「有斂反」の方がむしろ以母字の反切には適当ということになりかねず、特にこの2つは音韻的差異を表しているという可能性は考えなくてよいだろう。

以上のことから、云母は開口のみ以母と合流、ただし云母開口と以母開口は反切の上からは区別しようとしている、と、以前の論文での結論に若干の加筆をしたい。

3. 音の区別と音価推定

2.においては匣母、云母、以母の分合状況について再検討をしてみたが、以下ではこれをもとに、当時の音価についてもいささか私見を述べてみたい。

そもそも、中古音において喉音にあたる音が、音声学でいうどのような音にあたるかが問題である。「影・暁・匣・喩」のうち、影母は声門閉鎖音[?]、

23　ただこれも「琰：延檢反」のように、以母字の下字に牙音(見母)三等を用いている例があるため、本当に区別がされていたかについては慎重にならざるを得ない。

24　「炎」については、『大広益会玉篇』では「余詹切」という音が付いており、以母音もあった可能性が指摘できる。ただこれも総目での反切が「于詹」であることからすると、あるいは「余」は「于」の誤りと解釈できる可能性が残る。

喩母(本論における云母および以母)は声母ゼロまたは半母音[j]、について
はほぼ異論はないであろうが、暁母・匣母については、軟口蓋摩擦音
[x][ɣ]、声門摩擦音[h][ɦ]で説が分かれている。厳(1943)は「舌根音」、
王力(1985)は「喉音」とし、張世禄(1944)は「舌根音及喉音」としていてはっ
きりとは区別していない。四等において以母と合流することから考えると、喉
音の方がやや推定音としては良いだろうか。

　云母について、宋代の韻図等では以母とともに「喩母」とするが、唐代の
中古漢語段階では、音韻論的に匣母から分化していなかったとする立場
と、分立させて扱う立場とに分かれる。「員聰反」の例を考えると、分化して
いないとみることもできるだろうが、それ以外に匣母と反切上字が通用する確
例が見当たらないこと、また独立性の高さを考えると、分立させても良いと考
えられる。その場合、匣母や以母との差異がどのようなものであったかが問
題になる。

　『韻鏡』等にみられる音体系ならば、云母は子音なしでɪ-(合口はɪu-もしく
はɣ-)、以母は口蓋化半母音を伴ったji-(合口はjiu-もしくはjy-)とすればよ
いのだが、繋伝反切の体系においては、云母開口の以母との近さ、および
云母合口との断絶を考えると、もうすこし工夫が必要だろう。三根谷(1972)
では云母(于母)が匣母[ɣ]から分化した段階として、円唇半母音[w]を想定
しているが(p.326)[25]、これと同様の想定を繋伝反切の体系に持ち込むと、
云母はwɪu-(もしくはwɣ-)と推定できる。問題は以母と合流を起こした云母
開口であるが、これについては匣母子音の弱化・消滅に伴い、弱い口蓋化

---

[25] これの問題点として、云母開口の子音として[w]は不適当であるということが考えられる
　　が、越南漢字音に「尤vưu」「炎viêm」のような形が現れる(三根谷1972)ことを考える
　　と、云母開口にも[w]まではいかなくとも、平唇半母音[ɯ]のようなものがあったと想定
　　し得ようか。

半母音の付いたjɪ-、もしくはやや口蓋化を起こした平唇半母音が子音として付いたɰɥjɪ-などが考えられよう。以母がji-と考えられることから、反切上字の通用がみられる云母開口もjɪ-とすることもできようし、さらに踏み込んで云母開口と以母開口が合流していたとして、双方ともにji-と推定してしまうことも考えられよう。しかし、前者はjɪ-という音連続が可能であるかという問題、後者は重紐の区別が残る(張慧美1988)繫伝反切の音体系において、反切では一応区別のついている「三等・四等の対立」をないものとしてしまって良いのか疑問であることから、これらの立場は採らないこととしたい。

　もう一つ残った問題として、匣母四等のうち匣母子音を保存したとみられる合口去声の音価がある。他の匣母四等は子音を脱落させてɦji(u)->ji(u)-となったと推定できるが、合口去声の場合、①そのままɦjiu-であった、②脱口蓋化してɦɪu-となった、③-i-介音自体が脱落してɦu-となっていた、④そもそも四等の細音化自体が起こっておらずɦu-のままであった、などが考えられる。単なる変化の遅れならば①が考えられようが、合口一等字「迴(廻)」「回」が反切上字として用いられていることを考えると、②や③の可能性もあるだろう。ただ細音音節がすべて主母音を狭化させて止摂と合流し、かつ合口音節がすべて洪音化した蟹摂音だけでなく、基本的に大部分の方言で声調問わず-i-介音を保存している山摂音の例も存在することを考えると、①の子音が脱落していなかった、もしくは④の四等細音化が起こっていなかった(ただしこの場合、遅れて口蓋化が起こった)の可能性が高いように考えられる。実際、他の合口去声の牙喉音字を見ると確かに「桂：古惠反」「嘒：呼計反」「譞獧衙䣠：古縣反」「肙䏆：烏縣反」のように一等字を用いている[26]。しかし一方で「憌：均戰反」「鎣：淵徑反」のように、三等A類・四等字を反切上字に使っているものもあり、また唇音字も三・四等字を反切

上字に用いている。四等去声韻については、合口牙喉音字のみ、やや変化が遅れた、と見るべきであろうか。

4. おわりに

以上、繋伝反切の匣母・云母・以母について、再調査・再検討をしてみた。その結果として、次のように結論づけたい。

- ・匣母四等は、合口去声以外では以母に合流した。
- ・云母は開口のみ以母と合流した。
- ・云母開口と以母開口は反切の上からは区別しようとしている。

云母開口と以母開口の区別についてはなお検討する必要があるだろうが、少なくとも匣母四等が一律に以母に合流したとは言えないことを示せたことは、一つの成果であろう。

本論は1．で述べたように、今まで筆者のしてきた反切の校勘の成果を用いて、以前の論の再検討をしたものである。以前の研究方法は反切系聯法を用いたり、あるいは異例の反切を取り出して検討を加える方法だったが、そもそも現在目にすることのできる小徐本諸本にみえる繋伝反切は、大徐本その他の、別の体系をもつ音韻資料から混入した部分が多数あり、また反切に用いられている字が表す音とその字自体の反切音が一致しないも

---

26 ただし「古惠反」、「古縣反」は大徐本に同じ。

のも少なくないので、その点を考慮しない限り、反切系聯法は破綻をきた
す。さらに『説文解字』に見当たらない字の音や、失われた巻二十五所載の
字の音についても『広韻』等を安易に参考にするようなこともしばしば先行研
究には見られるが、これも別体系の音韻資料を持ち込むことにより、無自覚
な反切系聯法の採用と同様の問題をきたすものである。むしろ頼(1983)が
述べるように「広韻の分類を既成の前提とし、それとの比較」(p.24)による方
法[27]の方が、より有意義な成果を得られるのではないだろうか。

　本論ではかなり大胆な推測で導き出した、反切の本来の形(あくまで推定
形である)を用いた部分もあり、その点は批判されるべきところでもあるだろ
う。論文の各部分も含め、同学諸兄の叱正を冀うところである。

| 参考文献 |

平山久雄(1976)「中古漢語の音韻」『中国文化叢書1言語』牛島徳次他、大修館書店、
　　pp.112-166
糸原敏章(2009)「張次立による『説文解字繋傳』の校訂について――十巻本『説文解字篆
　　韻譜』を手掛りに――」『東京大学中国語中国文学研究室紀要』12、pp.1-24
梅　　広(1963)「説文繋伝反切的研究」国立台湾大学中国文学系碩士論文
三根谷徹(1972)「越南漢字音の研究」『中古漢語と越南漢字音』汲古書院(1993)、
　　pp.211-536
頼　惟勤(1983)『説文入門』大修館書店
坂内千里(1994)「『説文解字繋傳』の特徴についての考察(1)」『大阪大学言語文化研究』
　　20、pp.153-167
東ヶ崎祐一(1999)「繋伝反切における匣母、云母、喩母」『東北大学言語学論集』第8号、

27　引用部分は大徐本の反切研究について述べたものであるが、同様のことは他の中古音
　　資料、より具体的には六朝後期から宋ぐらいにかけての反切資料の分析についても当
　　てはまることであるだろう。ことに繋伝反切のように、独自のものにさまざまな理由から切
　　韻系の反切が混入している場合には、なおさらである。

東北大学言語学研究会、pp.35-52

_____ (2003)「『説文解字繋伝』にみられる反切下字混用——梗摂入声と曽摂入声、および外転一等韻と二等韻の間の——」『中国語学』250号、pp.32-49

_____ (2008)「『説文解字繋伝』反切校勘記(1)—三本異同考・上—」『東北大学言語学論集』第17号, 東北大学言語学研究会、pp.111-137

_____ (2009)「『説文解字繋伝』反切校勘記(2)—三本異同考・下—」『東北大学言語学論集』第18号, 東北大学言語学研究会、pp.59-88

_____ (2011)「漢字音における円唇性をめぐって」『日本學研究의 地平과 再照明』李淑子編、J&C、pp.115-140

_____ (2016)「『説文解字繋伝』反切校勘記(3)—内的再構による—」『東北大学言語学論集』第24号、東北大学言語学研究会、pp.69-93

_____ (2017)「『説文解字繋伝』反切校勘記(4)—内的再構による—」『東北大学言語学論集』第26号(掲載予定)、東北大学言語学研究会

王　力(1982)「朱翺反切考」『王力文集』第18巻、山東教育出版社(1991)、pp.199-245

_____ (1985)『漢語語音史』、中国社会科学出版社

厳　学窘(1943)「小徐本説文反切之音系」『民族研究文集』民族出版社(1997)、pp.1-57

張　慧美(1988)「朱翺反切中的重紐問題」『大陸雑誌』第七十六巻第四期、pp.152-169

_____ (1989a)「評張世禄、王力両家対朱翺反切声類画分之得失」、『建国学報』建国工業専科学校

_____ (1989b)「朱翺反切新考」私立東海大学(台湾)中国文学研究所碩士論文

張　世禄(1944)「朱翺反切考」『説文月刊』第2号、pp.117-171

담론과 표현의 일본학

제2장

『朝鮮物語』에 대한 考察[*]
－卷五「朝鮮の國語」를 中心으로－

┃박 정 자

1. 서론

이번에 고찰 대상으로 삼은 것은 木村理右衛門이 지은『朝鮮物語[1]』

---

[*] 위 논문은 한국일본학회 "일본학보" 제62집 pp. 35~50에 실린 논문을 수정, 가필하였습니다.

1 일본『國書總目錄』(岩波書店)에는『朝鮮物語』라는 이름의 고서적이 木村理右衛門의 저서를 비롯하여 5종이 실려 있다. 木村理右衛門의 저서인『朝鮮物語』解題에서는 大川內秀元의 저서를 비롯하여 3종이 있다고 하였는데 종류에서 차이를 보이고 있다.
　(1) 木村理右衛門(卷1의 처음 부분 自敍에서는 冲慶子라고 부르고 있음)이 1750년에 지은 5권 5책으로 되어 있는데『國書總目錄』에는 有慶子로 잘못 표기 되어 있다.
　(2) 大川內秀元이 寬文2년(1662년) 년에 지은 2권 2책으로 戰記,『日本古典文學大辭典』에는 軍記로 분류되어 있다. 그 표제도 이본에 따라『朝鮮記』,『大河內秀元陳中日記』,『大河內秀元朝鮮日記』,『大河內物語』, 등 아주 다양하게 불려지고 있다. 1849년에 3권 3책으로 간행 되었다.『續群書從20輯下』에는『朝鮮記』라는 이름으로 활자본이 실려 있다.

卷五 부분이다. 卷五에서는 朝鮮의 地理, 官職, 言語에 대해서 風土記的
記事이다. 그 시대의 역사적 배경을 보면 1592년에서부터 1598년까
지 7년 동안에 이르는 임진왜란 이래 조선에서도 일본에서도 양국
의 언어를 배울 필요성을 서로 통감하게 되었다. 양국의 斷交以後 秀
吉가 죽은 후 家康는 재빨리 對馬島 성주 宗義智 및 그 가신 柳川調信
에게 명령하여 조선과의 和議를 청하게 하였다. 이 때 家康는 지금까
지의 투쟁을 멈추고 평화로서 우호적인 국교를 희망하는 교섭을 시
키고 있었다. 이런 노력에 힘입어 국교 회복의 일환으로서 조선 통
신사의 訪日이 행하여진 것이다. 제1회 통신사 「回答兼刷還使」(1607)
가 來聘하게 되었고, 이 한일 양국의 수교 회복에 의하여 양국의 문
화·예능·시문 증답(贈答)등 다양한 형태의 교류가 이루어진 것이다.
학계의 관심이 급격히 조선으로 향하여지고, 언어·문자에 관한 연구
가 활발히 이루어지기 시작하였다. 이런 역사적 시대적 배경에 의해
서 거듭되는 조선 통신사의 방일에 의해서 양국 사이의 교류가 깊어
지고 그 교류에 의해서 상대국에 대한 흥미와 이해가 고양된 시기,
즉 일본 근세 서민들에게 조선이나 조선인에 대한 흥미를 느낄 수 있
는 조건이 갖추어진 시기에 『朝鮮物語』가 간행된 것이다. 『朝鮮物語』
는 書名 그대로 저자의 조선에 대한 지식을 곁들여서 엮고 조선 사정
의 소개를 목적으로 한 것이다. 조선과 조선어를 소개하는 하나의
귀중한 작품으로도 의미를 갖는다고 볼 수 있겠다. 『朝鮮物語』가 쓰

---

(3) 林鵞峰(恕)가 기록한 필사본 1책, 이것은 『方長老朝鮮物語』라고도 불려지고
　　『改定史籍集覧』16·30編2에 탈초화 되었다.
(4) 松原新右衛門이 지은 것으로 井上光英이 宝暦3년(1753)년 필사한 1책이 京都
　　府도서관에 소장되어 있다.
(5) 지은이와 연대가 불명인 책이 學習院등에 있다.

여진 동기는 延享五年(1748)에 장군 家重의 습직을 축하하기 위해서
일본에 간 조선통신사에 의해서 조성된 조선에 대한 관심이『朝鮮物
語』의 출판 동기가 된 것이라고 京都大學 국문학회에 의한 影印本
『朝鮮物語』의 해설에서도 밝히고 있다. 여기서『朝鮮物語』에 대한 선행
연구를 살펴보면 小倉進平(1920a[2], 1920b,[3] 1964[4])에 의하여 紹介되
었고, 濱田敦(1970)의『朝鮮物語』의 解題가 있다. 그리고 宋敏(1986)[5]
이『前期 近代國語 音韻論 研究』에서『和漢三才圖會』[6]와『朝鮮物語』를
비교하면서 자료의 현실성에 대하여 論하였다. 佐野三枝子(1996)[7]에
서는『陰德記』[8] 第七十六卷『高麗詞之事』資料와『和漢三才図會』,『朝
鮮物語』의 비교 고찰을 통해, 韓國語의 音韻, 文法, 語彙的特性을 언급
하였다. 佐野三枝子(2001)[9]는 17世紀부터 19世紀사이에 日本資料로
본 韓國語의 音韻論的 諸 問題, 文法・語彙論的 諸 問題를 밝혔다. 필자
는『朝鮮物語』의「朝鮮の國語」를 중심으로『繪入異國旅硯[10]』의「朝鮮

---

2 『朝鮮語学史』大阪屋号書店(京城), 1920
3 『国語及び朝鮮語のため』ウツボヤ書籍店, (京城), 1920
4 小倉進平『增訂補注 朝鮮語學史』第三章 朝鮮語學 第十六節 外國の記録に存する朝
  鮮語昭和三十九年十月三十日　刀江書院
5 前期 近代國語 音韻論 研究, 國語學叢書8, 塔出版社, 1986
6 編者는 의사인 寺島良安이고, 安田章의『和漢三才圖會』의「朝鮮國語」(2002)에서
  17세기 후반에서 18세기 初頭 정도라고 하였다. 自敍(1712)가 있는 이 책의 간행
  연대는 跋이 쓰여진 1715년으로 보기도 한다. 제 13卷에「朝鮮國語」라는 제목으
  로 112개의 단어가 수록되어 있다.
7 佐野三枝子(1996), 17, 18世紀 日本 資料에 나타난 韓國語 研究, 서울大學校 碩士論文
8 陰德記는 일본의 이른바 군기물의 하나로 저자는 香川正矩(1613~1660)라고 하
  는데 오늘날 전하는 것은 저자의 稿本이 아니라 후대의 사본이라고 한다. 이 책
  은 모두 81권인데 그 권 76에 '高麗詞之事'라 하여 朝鮮語의 어휘 및 짤막한 문장
  이 실려 있는 것이다.
9 佐野三枝子(2001), 日本資料에 나타난 近代韓國語의 研究, 서울대학교 박사논문
10 著者 刊 月 日 모두 不明.『繪入異國旅硯』는 全4권이다. 각 권마다 書名이 다르다.
  卷1은「繪入異國たび硯」이고 卷2는「繪入異國旅すゞり」, 卷3은「繪入ゐこくたび硯」,

の詞」,『和漢三才圖會』第十三 '異國人物'에 실린 「朝鮮國語」등 當時에 간행된 문헌 자료에 보이는 조선어와 비교 분석하면서『朝鮮物語』의 「朝鮮の國語」는 어느 자료에 의거하여 쓰여졌는지 검토해보고 또 朝鮮語 표기에 관해서 고찰하여 보겠다.

2. 『朝鮮物語』의 構成과 內容

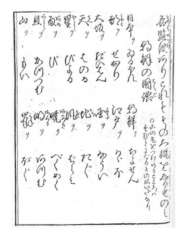

〈그림〉『朝鮮物語』第五卷「朝鮮の國語」

『朝鮮物語』의 構成과 內容을 보면 一卷에서는 朝鮮의 由來와 일본과의 교섭을 略述하고, 二卷에는, 朝鮮의 壬辰倭亂에 관해서 서술하고, 三, 四卷은 寬永二十一年에 越前 三國 船頭 竹內藤右衛門이 蝦夷 松前으로 향하는 途中에 暴風을 만나, 韃靼國에 漂着하여 奉天, 北京등을 거쳐, 朝鮮을 경유하여 歸國할 때까지의 일어난 사건을, 이야기 형식(物語風)으로 나타내고 있다. 五卷에서는 朝鮮의 地理, 官職, 言語에 관해서 기술하고 있다. 서지사항을 살펴보면 編者는 江戶의 木村理右衛門이나 人物에 대하여는 알 수가 없다. 山城屋茂左衛門, 江都書林 藤木久市의 合刻이고 刊行年度는 1750年이다.『朝鮮物語』는 5권 5책 半紙本으로 되

卷4는「繪入異國旅すゝり」이다. 총 264語가 수록되어 있다.

어 있다. 第五卷의 「朝鮮の國語」부분은 二段으로 나누어진다. 標題語 밑에는 變體가나로 朝鮮語를 표기했다. 第五卷 8張뒤- 16張앞에 수록되어 있고, 語數는 298語이다. 國會圖書館, 慶大, 早大, 東大, 京大에 목판본이 소장되어 있고 필사본이 京都大學 문학부 국어학 국문학 연구실과 滋賀縣 高月町 芳洲書院에 각각 한 권이 소장되어 있다. 그 외에 郭成章이 필사한 책이 네델란드 라이덴대학에 있다고 한다. 그리고 德川鎖國時代에 本書의 卷三、卷四의 韃靼記事 때문에 禁書가 되어 몰수 소각 등의 처분을 받았기 때문에 本書가 현재 전해지는 극히 드문 희귀본이 된 결과라고 추정된다고 하였다.[11] 本書는 초서본으로 되어 있고 본 논문에서는 1970년 京都大學 문학부 국어학 국문학 연구실에서 300부에 한해 개판한 것을 텍스트로 하였다.

3. 本書에 수록된 朝鮮語 부분의 考察

조선어 표기에 대해 서술하기 전에 우선 『朝鮮物語』의 卷五는 어느 자료에 의거하여 만들어졌는지, 어디에서 「朝鮮の國語」 부분를 수집했는지 먼저 살펴보겠다. 문헌 중에 『寬永漂流記』[12]와 『繪入異國旅硯』가 있다. 『寬永漂流記』와 『繪入異國旅硯』을 대조해보면 내용이나 글자체가 모두 똑 같다.[13] 본 논문에서는 『寬永漂流記』는 검게 칠

11 朝鮮物語 解題 7P 참조
12 여기서는 『新編稀書複製会叢書』題三十九卷(臨川書店 京都一九九一年)에 의했다.
13 단 標題語 중에서 오직 한군데 學이 『寬永漂流記』에서는 음독으로 「がく」로 되어 있고 『繪入異國旅硯』에서는 훈독으로 「まなぶ」로 되어있다.

해져 알아 볼 수 없는 곳이 몇 군데 있어서『繪入異國旅硯』로 채택하
겠다.『繪入異國旅硯』를『朝鮮物語』의 3, 4卷과 대조해보면 서술 내용
이나 표현에 약간의 차이가 있기는 하나 줄거리가 유사하고 各條의
순서가 일치한다. 本書 五卷 부분은『繪入異國旅硯』의 4권에 해당하
는 부록 부분을 차용하고 있다는 것을 알 수 있다. 濱田敦의 本書 解
題에 따르면 本書는『韃靼漂流記』의 異本중의 하나로 보이며 朝鮮 事
情을 소개할 목적으로 漂流記에 仮託하여 소설 형태로 편찬된 것이
라고 하였다. 그러나 春名徹(1999: 34) <논문>에서『朝鮮物語』『寛永
漂流記』『韃靼漂流記』를 대비해 보고 다음과 같은 결론을 내렸다.

> このように対比すれば明らかなように『朝鮮物語』は『寛永漂流記』の書き換
> えというべきで、直接、『韃靼漂流記』に拠った物語とは認められない。つまり
> 実録を基にして文学を作ったのではなく、他の文学を書き直して新たな物語
> を作ったのである。『韃靼漂流記の研究』において園田一亀は『韃靼漂流記』
> の翻案としての『朝鮮物語』を重視し、その巻き三と四を同書に鉛印、紹介し
> ているほどだが、園田は『寛永漂流記』の存在を知らなかったため『寛永漂流
> 記』と『朝鮮物語』の関係には気づくべくもなかった。稀書発行会叢書による
> 『寛永漂流記』影印本の刊行は園田の著作より後の事である。

이와 같이 지적된 바와 같이『朝鮮物語』의 卷三, 卷四는『繪入異國
旅硯』의 改書라고 해야 옳다고 생각한다. 결국 園田와 濱田敦은『繪入
異國旅硯』의 존재를 몰랐기 때문에『韃靼漂流記』의 異本중의 하나로
본 것 같다.『繪入異國旅硯』는 서울대학교 중앙도서관에 소장중인
것을 살펴보았는데 목판본으로 變體가나로 되어있고, 和裝으로 되어

있다. 구성과 내용을 보면 第一卷이 「大明之部」, 第二, 三卷이 「朝鮮
之部」이고 第四卷은 「부록」이다. 一～三권은 越前國 漂流民의 경험을
再活한 형식이지만, 조선에 대한 関心에 비중을 더 두고 있다. 第一
卷 「大明之部」에서는 漂着으로부터 奉天을 거쳐서 북경에 이르고, 마
지막으로 행렬을 지어 조선에 보내지기까지의 순서를 기록하고 있
다. 第二卷은 越前漂流民들이 조선에 보내진 후에 서울에서의 견문을
기록한 것이다. 第三卷에서는 朝鮮의 서울에서 일본인들이 새해를
맞이한 것을 시작으로 그 이후의 향응의 모습, 새해의 축하, 혹은 조
선 인삼을 산중에서 채집하기 위하여 고생했던 逸話를 기록하고 있
다. 第四卷에서는 「부록」으로서 朝鮮의 지도, 朝鮮의 行政區分, 관직
에 관한 짧은 지식, 韃靼·中國·朝鮮語를 倂記한 單語集등을 수록하고
있다. 佐野三枝子(1996) <논문>에서 『繪入異國旅硯』를 『朝鮮物語』의
異本으로 보았고 春名徹은 『朝鮮物語』를 『寬永漂流記』의 改書로 보아
야 한다고 하였다. 여기서 佐野三枝子는 『寬永漂流記』에 대해 언급이
없고 春名徹은 『繪入異國旅硯』대해 언급이 없는 것으로 보아 모두 두
자료에 대한 연관성을 살펴보지 않았다고 생각된다. 그리고 春名徹
(1999: 46)에서 『寬永漂流記』에 대해 다음과 같은 기술을 볼 수 있다.

稀書複製会叢書『新生期第二十冊)氷山党発行。一九百四十年)による。
題名は「寬永漂流記」であるが、同叢書が底本とした林若樹の「若樹文庫」蔵
本では題簽はすでに脱落して、後人が「寬永漂流記」と書してあった。複製
にあたって三村竹清の染筆によって新たに題簽を付したと言う。『国書総目
録』によると、本書はわずかに天理図書館が所蔵するのみで、そこには「寬
永漂民記」とある。同図書館の蔵本は未見だが、原題簽には「寬永漂民記」

357

とある可能性がある。稀書複製会叢書本でみるかぎり内題はなく、他にも原題名を示す記述は一切認められない。

이와 같은 기록으로 보아『寬永漂流記』의 원래 題名은『繪入異國旅硯』아닐까 하는 생각이 든다. 지금으로서는 두 권 다 刊記가 없기 때문에 著者도 간행 年度도 불명이다. 그러나『寬永漂流記』는 稀書複製會에 의한 影印本 해설에서 간행 年度를 1704~1715이라고 추정하고 있다.『朝鮮物語』는 1750年 이니까 이 두 문헌 어느 것인가에 의거하여 쓰여지지 않았을까 하는 생각이 든다. 그런데 여기서 오직 하나의 단서가 되는 것은『寬永漂流記』에서는 표제어가 學이 「がく」인데『朝鮮物語』와『繪入異國旅硯』標題語에서는 똑같이 學이 「まなぶ」로 되어있는 것을 보면『繪入異國旅硯』에 의거하여 기재된 것이라고 생각 할 수 있다. 조선어 표기를 고찰하면서 더 살펴보겠다. 그리고『和漢三才圖會』의 13권「異國人物의 朝鮮國語」를 보면 標題語 총 112語 중에 108語가『朝鮮物語』와 공통되는 語數가 나타나고,『繪入異國旅硯』에서는 총 264語 중에 258語가 공통된다.『繪入異國旅硯』를 검토한 결과,『朝鮮物語』의 卷五는 거의가『繪入異國旅硯』의 구성을 그대로 빌리고 있다는 것을 알 수 있다. 그리고『朝鮮物語』에 기재된 어휘 순서로 볼 때 1(日本)－24(嶋), 57(樹)－68(館), 73(戶)－78(冬), 79(東)－82(北), 84(黃)－120(孫), 204(鶴)－兎(216) 등 모두 합해서 194語가『繪入異國旅硯』과 그 배열 순서까지 일치하고 있다.『和漢三才図繪』와는 28(雪)－34(海), 36(水)－56(藥)까지 28語가 배열순서가 일치한다. 이런 결과에 의해 필자는『朝鮮物語』는『繪入異國旅硯』과『和漢三才図繪』의 두 자료에 의거하여『朝鮮物語』의「朝鮮の國語」가 만들어 진 것이라고 판단한다.

『朝鮮物語』의 朝鮮語를 수집하는데 『和漢三才圖會』나 『繪入異國旅硯』
와 어떤 관련성을 가지고 있는 것 같은 느낌이 든다. 木村理右衛門이
편찬할 때 자료로 이용했다고 생각된다. 아니면 어떤 조선어 어휘집
이 있어서 거기서 별개로 採錄되었다고 생각할 수도 있다. 여기서 『和
漢三才圖會』의 「異國人物의 朝鮮」부분을 고찰해 보면 『朝鮮物語』卷1,
卷2의 구성과 거의 같다. 『倭漢三才圖會』는 漢字로 쓰여 있고 『朝鮮物
語』는 變體가나로 쓰여 있지만 각 장 제목도 비슷하고 열거되어 있는
순서도 비슷하다. 예를 들면 『朝鮮物語』卷一의 「朝鮮より日本へ始めて
來朝の事」부분이 『和漢三才圖會』에서는 「朝鮮來貢于日本之始」, 「三韓日
本に屬する事」는 『和漢三才圖會』에서 「神功皇后征三韓」로 기술 되어 있
다. 卷二는 壬辰倭亂에 관한 내용인데 『和漢三才圖會』에도 「秀吉公征朝
鮮」라는 제목으로 같은 내용을 담고 있다. 또 『朝鮮物語』의 卷三·卷四
와 『繪入異國旅硯』를 對照해 보면 敍述 내용이나 표현에 약간의 차이
가 있기는 하나 줄거리가 유사하다. 卷五도 『繪入異國旅硯』의 4卷 부록
에 해당하는데 거의 같다. 『朝鮮物語』는 卷一·卷二는 『和漢三才圖會』에
의거하였고, 卷三·卷四·卷五는 『繪入異國旅硯』에 의거하여 쓰여졌다
고도 볼 수 있겠다. 그렇다면 春名徹이 언급했듯이 실록을 기초로 해
서 문학을 만든 것이 아니고 다른 문학을 改書하여 새로운 物語를 만
들었다고 필자도 생각된다. 앞에서 언급한 바와 같이 近世 日本社會 閉
鎖性의 특질에서 나타난 異文化에 대한 높은 관심, 즉 조선 통신사에
의한 조선에의 관심으로 촉발된 서적이라고 할 수 있겠는데 『朝鮮物
語』는 전체적으로 朝鮮文化의 소개라고 하는 문맥에서 卷五는 朝鮮에
관한 基礎的인 지식을 주려고 의도하고 있다고 생각한다. 그리고 그
당시 외국 자료에 나타난 조선국어를 연구하는데 귀중한 자료라고 생

각한다. 「朝鮮の國語」의 가치는 외국인에 의하여 작성된 近代國語 資料라는 점에서 그 가치가 인정된다고 생각한다. 이제 「朝鮮の國語」부분을 분석해보면 『朝鮮物語』에는 名詞뿐만이 아니고 용언도 수록되어 있는데 그 게재 방법에 통일성이 없다는 것에 대해서는 浜田敦 先生이 「朝鮮物語解題」에서 이미 언급되어 있다. 예를 들면 동사에 관해서 통일성이 없는 것은 終止形 외에 「見 ほちゃ」, 「洗 しつこはいら」 「捨 ぱれら」, 「早歸 をせから」와 같이 명령형 등의 형이 섞여 있고, 名詞에 관해서도 「国 ならい」, 「飯 はび」, 「酒 すり」처럼 조사 「이」가 붙은 安定形이 표시되어 있는 것도 있지만 한편 「家 ちぶ」, 「火 ぷる」처럼 조사가 붙지 않은 형도 많이 볼 수 있다는 것이다. 이와 같이 「朝鮮の國語」를 비교 검토해보면 「今日 おのる」, 「母 おいみ」처럼 あ行의 お가 표기된 語가 있고 「氷 をろん」, 「左 をいんべん」처럼 を로 표기된 語가 있다. 일본의 관점에서 보면 朝鮮語를 두 가지로 구별해서 표기해야하는 어떤 약속이 있는지 고찰해 볼 필요가 있고, 또 『朝鮮物語』에서 天을 「はのる」로 표기되어 있고 『和漢三才圖會』에서는 「ぱのる」로 표기 되어 있는데 왜 다르게 표기되어 있는지 의문이 생긴다. 이런 여러 가지 문제점 등을 밝히기 위해서 우선 그 당시의 일본어 음운 체계를 살펴보겠다.

3.1. 일본어의 音韻體系

江戶時代 이전 음운 체계를 간단히 요약하면 平安時代가 되면 單語 혹은 문절의 제 二音節 이하, 즉 어중, 어미의 ハ行音이 ワ行音으로 되는 현상이 나타났다. 이것을 ハ行転呼音라고 한다. 또 長保(-1000-)이후 オ와 ヲ가 혼동되었다. 鎌倉時代에 들어와서 イ와 ヰ가 , エ와 ヱ가 同音이 되었다. オ단의 장음 및 拗長音음이 발생하고, au의 類는 (開音

[ɔ:])로 ou, eu의 類는 (合音[o:])가 되었다 그리고 パ行 音이 발생하였다. 「朝鮮の國語」는 18세기 무렵의 자료이니까 江戸時代의 음운의 특징을 본 논문의 주제와 맞는 사항만 간단하게 살펴보겠다.

3.1.1. 江戸語의 特徵

(1) 에도 시대에 들어와 前 時代에 볼 수 있었던 オ단 장음의 開(ò) 合(ô)의 구별은 소멸하고, オ段자음은 合(ô)音으로 통합되었다.

(2) ジ・ズ・ヂ・ヅ(이것을 「四つ假名」라고 한다)가 混同되어 [ʤi] [dzu]로 통합되었다.

(3) ハ行의 자음은 전시대까지 兩脣摩擦音 [ɸ]이었지만 이 시대에 들어와서 변화가 일어나, 喉音 [h]가 되었다

(4) エ・オ 는 前 時代까지 [je]와 [wo]이었는데, 이 시대에 들어와서 [e] [o]로 변화했다.

(5) 入聲의 [t]는 모두 ツ[tsu]로 변화 했다.

(6) エ단 장음이 발생하였다.

3.2. 日本語와 朝鮮語 대응

여기서는 『朝鮮物語』를 기준으로 하여 17, 18세기 일본 假名를 朝鮮語와 대응하여 「朝鮮の國語」를 復元하기 위해서 假名에 의한 對音을 통해서 고찰해 보겠다. 本稿에서는 朝鮮語 대응 부분은 근대 朝鮮語 전체를 대상으로 편찬된 사전이 없고 문헌을 찾아보아도 표기에 통일성을 찾을 수 없기 때문에 거의 『17세기 국어사전』을 중심으로 해서 『倭語類解』, 『捷解新語』, 『국어대사전』을 참고하여 平假名로 표기한 朝鮮語에 대응될 어형을 제시하기로 한다. 그리고 資料에 기록

361

된 조선어는 방언일 경우도 있거나 誤記나 잘못 대응시킨 것도 있고
또 당시의 표기법과 맞지 않는 것도 있을 것이다. 확인 할 수 없는 것
은 '불명'이라고 표기한다. 그리고 『朝鮮物語』나 『繪入異國旅硯』은
표제어에 대응되는 平仮名는 표제어 오른 쪽에 표기되어 있지만 여
기서는 덧말로 제시하기로 한다.

3.2.1. 「お‧ほ‧を」에 대해서

「お‧ほ‧を」는 同一語音인데 『朝鮮物語』에서 표기된 단어들이 조선
어와 어떤 관계가 있어서 「お‧ほ‧を」를 구별해 기재했는지 살펴보겠
다. 「お」에 대한 단어들을 보면 아래와 같다

〈표 1〉 「お」

朝鮮物語		繪入異國		和漢三才図繪		朝鮮語
都 (みやこ)	せおり	都 (みやこ)	せおり			셔울, 서울
月 (つき)	おる	月 (つき)	たる	月	於留	둘, 들, 월
秋 (あき)	こおる	秋 (あき)	こおる			ᄀᆞ을, ᄀᆞ슬, ᄀᆞ을, ᄀᆞ을ㅎ
母 (はい)	おいみ	母 (はい)	おいみ	母	をいみ	어미
親 (おや)	おばい			親	おばい	어버이
鴈 (がん)	けおり	鴈 (がん)	けおり			게오리<古時調>: (옛)거위와오리 (국어대사전)
今日 (こんにち)	おのる	今日 (けふ)	おのる			오늘
得物 (ゑもの)	おす	得物 (ゑもの)	おす			엇을, 어들
長刀 (なぎなた)	おんをなたう	長刀 (なぎなた)	おんおなだう			언월도

위와 같이 일본 仮名 「お」는 근대 국어 [ㅗ], [ㅓ], [ㅜ],[ㆍ]와 대응한다는 것을 알 수 있다. [ㅓ]로 표기된 예가 많음을 알 수 있다. <표 1>의 「月(つき)」는 살펴보면 『朝鮮物語』에서는「おる」, 『繪入異國旅硯』에서는 「たる」, 『和漢三才圖會』에서는 한자로 「於留」와 같이 표기 되어 있는데 音読(월)과 訓読(달)으로 표기를 달리하고 있고, 『和漢三才圖會』에서는 朝鮮語 대응 부분을 仮名 표기가 없고 한자로 표기하고 있는 것이 특이하다. 「월」의 이중모음 [ㅝ]도 「お」로 표기하고 있음을 알 수 있다. 위 표와 같이 『朝鮮物語』의 단어를 분석해 보면 『繪入異國旅硯』과 표기가 표제어 親(おや)를 제외하고는 모두 똑 같다. 親는 『和漢三才圖會』와 같고, 母(はは)는 두 군데 다 기재되어 있는데 『繪入異國旅硯』과 조선어 표기가 같은 것을 알 수 있다. 이와 같이 『朝鮮物語』의 단어는 총 298語 중에 『繪入異國旅硯』에 보이지 않은 단어는 모두 『和漢三才圖會』에 기재 되어 있다.

<표 2> 「を」

朝鮮物語		繪入異國		和漢三才		朝鮮語
露(つゆ)	をる			露	をる	불명
麥(むぎ)	ぽを	麥(むぎ)	ぽを	麥	ほり	보리, 보니, 뽀우
氷(こほり)	をろん			氷	をろん	어름, 어름
左(ひたり)	をいんべん	左(ひたり)	おいんべん			왼, 왼편, 욀
冬(ふゆ)	けをる	冬(ふゆ)	けおる			겨을, 겨울, 겨을ㅎ, 겨을ㅎ, 겨옷, 겨울, 겨의
內(うち)	かをんだい	內(うち)	かをんだい			가온대, 가온듸, 가온듸, 가운대
右(みぎ)	をろんべん	右(みぎ)	おろんべん			올흔편, 올흔, 올흔

愚 をりた	愚 おりた		어리다, 어릴
賢 をちた	賢 おちた		어딜다, 어디다, 어질다
衣服 をす		衣服 をす	옷, 온, 온ㅅ, 옷, 온
兜 をるくる	兜 おるくる		얼굴, 얼골
烏賊 をそがい		烏賊 をそがい	오증어, 오적, 오적어
早歸 をせから	早歸 おせから		어셔가거라, 어셔, 가다
二 とをる	二 とをる	二 とをる	둘, 둘ㅎ, 둘, 둘ㅎ
三 さをい	三 さをい	三 そい	세, 서
四 どをい	四 どをい	四 とい	네, 네ㅎ, 네히, 네희

　<표 2>의 「を」에 대해서도 살펴보면『朝鮮物語』의 「露 をる」, 「氷 を
ろん」, 「衣服 をす」, 「早歸 をせから」는『繪入異國旅硯』에는 없고『和漢
三才圖會』에만 기재되어 있다. 「麥 ぽを」, 「三 さをい」, 「四 どをい」를 보
면 양쪽 다 기재되어 있지만『繪入異國旅硯』쪽의 표기와 같다는 것을
알 수 있다. 이와 같은 사실로 미루어『朝鮮物語』卷五는『繪入異國旅
硯』,『和漢三才圖會』이 두 자료에 의해서 조선어를 수집했다고 볼 수
있다. 다만『朝鮮物語』에서 「をいんべん」 「をりた」, 「けをる」 「をせから」
등과 같이 「を」가『繪入異國旅硯』에서는 모두 「お」로 표기된 것만 다
르다. 「を」, 「お」의 혼합은 11세기에 들어와서 많아졌고, 鎌倉時代가
되면 완전히 구별을 할 수 없게 되고, 「を」, 「お」가 통합하여 [wo]가
되었다고 생각되어지고 있는데[14] 현재와 같은 [o]라는 발음이 된 것
은 江戶時代에 들어와서 부터이다. [o]와 wa행의 [wo]는 구별이 없
었으므로 [o]와 [wo]는 같은 표기로 보면 될 것 같다.『朝鮮物語』에서

14　古語大辭典, 中田祝夫編監修, 小學館 ,16쪽

분석해 본즉 假名 「お·ほ·を」는 문절중에서 同一語의 표기로 通用 되는 것을 볼 수 있고, 「お·を」는 文節頭에서도 통용되었다. 그리고 「お·ほ·を」의 음운 변화와 일치하고 있다는 것을 알 수 있다. <표 2>와 같이 『朝鮮物語』는 [を]의 표기가 더 많고, 『繪入異國旅硯』는 [お]의 표기가 많다는 것을 알 수 있다. 그리고 [を]는 근대 국어 [ㅗ], [ㅓ], [ㅜ], [ㅡ]로 대응된다는 것을 알 수 있다. 근대 국어 [오]는 [を]로 표기하는 쪽이 많다. 그리고 「露をる」는 「凍 얼」의 착오인 듯하다. 이 밖에 『朝鮮物語』에서 나오는 단어들 중에 착오를 일으키는 예를 들면 '새'를 「鳥とり」라고 하였는데 倭語와 혼동한 것이고, '가르치다'를 「敎 まるちた」, '다리'를 「橋そり」, '알다'를 「知 もろつた」 등을 지적할 수 있다. 「蚊 ぽる」는 벌(蜂)과 錯誤를 일으킨 것이라고 생각된다. 그리고 <표 2>의 「麥ぽを」는 『倭語類解』에 「보리」를 나타내는 「麰」字를 음독으로 「또우」로 표기 되어 있는데 『朝鮮物語』와 『繪入異國旅硯』는 音讀으로 표기된 것 같다. 『和漢三才圖會』의 「麥ほり」는 탁음, 반탁음 표기도 통일되어 있지 않다는 것을 보여주고 있지만 실제음에 맞게 표기되어 있다.

<표 3> 「ほ」

朝鮮物語		繪入異國		和漢三才	朝鮮語
江戸	かぐほ	江戸	かぐほ		강호
峯	ぼぐ	峯	ぼぐ		봉
春	ぼん	春	ぼん		봄, 붐
上	うほい	上	うほい		우ㅎ, 우, 우히
下	あほい	下	あほい		불명
北	ぽつぱぐ	北	ぽつぱぐ		北方

紙^{かみ} ちよほい	紙^{かみ} ちよへい	紙 ちよほい	됴히, 죠히, 죠희, 종히
湯^ゆ とほんぶり	湯^ゆ とほんぶり	湯 とおんぶり	더온믈, 더운믈
柳^{やなぎ} ほどなん	柳^{やなぎ} ほどなん		버들나모, 버들
虎^{とら} ほん	虎^{とら} ほん	虎 ぼん	범
櫻^{さくら} すほんなん	櫻^{さくら} すほんなん		봇나모, 봇, 쌍나무
蚊^か ぽる		蚊 ぽる	벌, 모괴, 모긔
見^{みる} ほちや	見^{みる} ほちや		보다, 보쟈
改^{あらめ} すほん	改^{あらめ} すほん		불명

[ほ]에 대해 <표 3>에서 살펴보면『朝鮮物語』,『繪入異國旅硯』에서 「湯^ゆとほんぶり」가『和漢三才図繪』에서는 「湯^ゆとおんぶり」로 표기되어 [お]와 [ほ]가 혼합되어 구별이 없이 표기되어 있는 것을 볼 수 있다. 어미의 ハ行音이 ワ行音으로 되는 ハ行転呼音을 볼 수 있다. 또 「湯^ゆとほんぶり」은 국어의 「덥다」라는 형용사와 「물」이라는 명사로 이루어진 것을 알 수 있다. 그리고 앞에서 언급한 바와 같이『朝鮮物語』에서 假名「お·ほ·を」를 분석하여 본 결과 문절 중에서 同一語의 표기로 通用 되는 것을 볼 수 있고, 「お·を」는 文節頭에서도 통용되었다. 「お·ほ·を」의 음운 변화와 일치하고 있다는 것을 알 수 있다. <표 3>에서와 같이 「ほ」는 國語의 「ㅎ/ㅂ/ㅇ」과 대응한다는 것을 볼 수 있다. 「ほ」가 국어의 「강호, 종희, 우희」에서는 [ㅎ]으로, 「봉, 버들나모, 범, 보쟈」에서는 [ㅂ]으로,「더온믈」은 [ㅇ]으로 대응하고 있다. 그리고 「上^{かみ}うほい」는 중세국어의 ㅎ 末音 명사인 「우ㅎ」에 조사 '게' 또는 'ㅣ'가 접

속된 형이라고 생각된다. 그리고 단어 중에는 탁음 반탁음도 표기되어 있는데「春ぼん」「見ほちや」「虎ほん」처럼 청음과 탁음의 구별이 정확하지 않은 것을 알 수 있다.「柳ほどなん」「見ほちや」등은 탁음으로 읽어야 우리말과 비슷하다. 그리고 동사「見ほちや」는「보다」의 권유형으로 나타나 있다. 이밖에 본문에 보면「洗しっこはいら」,「捨ぱれら」,「早歸をせから」와 같이 명령형 등이 섞여있는 것을 볼 수 있다. 이렇게『朝鮮物語』에는 명사뿐만 아니라 용언도 수록되어 있지만 그 열거 방법에는 일정한 방침이 없는 것을 볼 수 있는데 여기에 관해서는 浜田敦 先生이「朝鮮物語解題」에서 이미 언급한바 있다. 또「櫻すほんなん」는 국어로「쏭나무, 봇나모」인 것을 보면 [쏭]이라는 復頭子音의 [ㅅ]을 [す]로 표기하였다고 생각된다.『朝鮮物語』에서 '쩍'을「餅すてぎ」,『和漢三才図繪』에서 '짱'을「地すたぐ」라고 표기되어 있는데 같은 例라고 볼 수 있겠다. 아마 농음화에 관련되는 가능성을 갖는 표기라고 생각된다. 그리고 받침에 대해 뒤에서「江戸かぐほ」「峯ぼぐ」에 해당하는 국어「강호, 봉, 쌍」을 보면 받침 [ㅇ]이 [ぐ]로 표기되었다는 것을 알 수 있다. 또「下あほい」는 국어의「아래」에 해당되는 말인데 아마「あらい」를 잘 못 표기 한 것 같다. <표 3>에서도『朝鮮物語』의 단어가『繪入異國旅硯』에「蚊ぽる」를 제외하고는 모두 기재되어 있다는 것을 알 수 있다. 단「江戸かぐほ」는『繪入異國旅硯』에는「江戸かぐほ」와 같이「えど」라는 平假名가 표기된 것만 차이가 있다. 이와 같이『繪入異國旅硯』에 없는「蚊ぽる」의 단어는『和漢三才図繪』에 있다는 것을 알 수 있다.

3.2.2. 「う·ふ(ぶ)에 관해서」

ハ行轉呼音 법칙에 의해 [ふ]는 語中, 語尾에서 [う]와 同一音이 되었는데 朝鮮語에서는 어떤 구별이 있는지 살펴보겠다. <표 4>에서 「う」에 대해서 보면 語頭와 語中에서는 우리말 [우, 오, 으]로, 語末에서는 [ㅂ]으로 대응 되는 것을 볼 수 있다. 또 「豆腐 たうふ :두부」, 「鯨 こうらいき: 고래고기」에서는 「う」가 長音으로 표기 되었다. 「사오납다, 우산, 은」 등은 [오, 우, 으]로 「여듧, 아홉」 등은 [ㅂ]으로 대응되었다는 것을 알 수 있다. 즉 語末에 해당하는 받침 [ㅂ]은 「う」로 표기되었다. <표 4>에서도 『朝鮮物語』속의 단어 중에 『繪入異國旅硯』에 없는 「笠 うさん」은 『和漢三才図繪』에 있다.

<표 4> 「う」

朝鮮物語		絵入異国		和漢三才		朝鮮語
上(かみ)	うほい	上(かみ)	うほい			우ㅎ、우、우ㅅ
惡(あしき)	さうぶた	惡(あしき)	さうぶた			사오납다, 사오랍다
笠(かさ)	うさん			笠	うさん	우산
豆腐(とうふ)	たうふ	豆腐(とうふ)	たうふ			두부
銀(ぎん)	うん	銀(ぎん)	うん	銀	うん	은
鯨(くじら)	こうらいき	鯨(くじら)	こうらいき			고래、고릭
虛言(そらこと)	かうつんまる	虛言(そらこと)	かうつんまる			고이말, 고이다, 고이, 거짓말
八	よとろう	八	よとろう	八	よとろぐ	여듧, 여듧, 여듧, 여듧, 여듭ㄹ
九	あほう	九	あほう	九	あほぶ	아홉

<표 5> 「ふ(ぶ)」

朝鮮物語		繪入異國		和漢三才		朝鮮語
林 はやし	すぶ	林 はやし	すぶ			수플, 수ㅎ, 숩ㅎ, 숩플, 숩풀
水 みづ	ふり	水 みづ	ふり	水	ぷる	믈, 물
火 ひ	ぷる	火 ひ	ぷり	火	ぷる	블, 불
家 いへ	ちぶ	家 いへ	ちび	家	ちぶ	집
青 あをき	ぶるた	青 あをき	ぶるた			푸르다, 프르다, 프릿다, 플으다
赤 あかき	ぶるくた	赤 あかい	ぶるくた			붉다, 붉다
白 しろ	ふいた	白 しろい	ふいた			희다, 히다
惡 あしき	さうぶた	惡 あしき	さうぶた			사오납다, 사오랍다
佛 ほとけ	ぶつ	佛 ほとけ	ぶつ	佛	ぷって	부텨, 부쳐
筆 ふで	ぶつ			筆	ふつ	붇, 붓
扇 おふぎ	ぶつそい			扇子	ぶつぞい	부체, 부채
甲 かぶと	かぶ	甲 かぶと	かぶ			갑옷, 갑
錫 すず	なぶ	錫 すず	なぶ			납
鮒 ふな	ふがい			鮒	ぷがい	붕어
鳩 はと	いふち			鳩	いふち	비돌기, 비둘기, 비들기
七	じりこぶ	七	じりこぶ	七	ぢりこふ	닐굽, 닐곱

<표 5>에서 [ふ(ぶ)]는 朝鮮語에서 語頭와 語中에서는 [ㅍ, ㅂ, ㅁ], 語末에서는 [ㅂ]으로 대응되는 것을 볼 수 있다. [ふ(ぶ)]는 우리말 「수플, 푸르다」에서는 [ㅍ], 「부텨, 블」에서는 [ㅂ]으로 「물」에서는 [ㅁ]으로 대응되고 있다. 「집, 갑옷, 납, 닐굽」에서는 받침 [ㅂ]으로 표기되고 있다는 것을 알 수 있다. 이와 같이 <표 4>와 <표 5>에서 「う・ふ

(ぶ)」에 관해서 살펴보았는데『朝鮮物語』·『繪入異國旅硯』에서는「九あほう」,『和漢三才図繪』에서는「九あほぶ」로 표기하고 있는데 朝鮮語 대응에서도 語中, 語末에서는 아무런 구별 없이 동일음으로 인식되었다는 것을 알 수 있다. 그리고「う·ふ」는 받침 [ㅂ]으로 표기되었다. 그리고 <표 5>에서는 朝鮮語「불」은「火ぷる」로「푸르다」는「ぶるた」로 표기되어 있는 것을 보면 탁음, 반탁음 표기도 통일되어 있지 않다는 것을 보여주고 있다.『朝鮮物語』의「七じりこぶ」은『和漢三才図繪』에서는「七ぢりこふ」으로 표기되어 있다. 江戸時代에 들어와서 ジ·ズ·ヂ·ヅ(이것을「四つ假名」라고 한다)가 混同되어 [ʤi], [dzu]로 통합되었다. 또「佛ぶつ」도『和漢三才図繪』에서는「佛ぷつて」로 口蓋音化가 일어나지 않은 표기로 되어 있다. 그리고『朝鮮物語』의「水ふり, 鮒ふがい」가『和漢三才図繪』에서는「鮒ぷがい」「水ぷる」로 표기되었다. 여기서 ハ행 頭子音의 변천을 살펴보면 다음과 같다.

> ハ行頭子音の音価は、古くホフマン(Johann Joseph Hoffmann 1805~1878)の『日本文典』以來多くの先学の研究により、[p]>[ɸ]>[h]のごとき変遷をたどったことが、ほぼ明らかになっている。—省略—前代よりひきつづき本期を通してほぼ両唇摩擦音[ɸ]であったと考えられる。もちろん、これは語頭のばあいであって、語中語尾におては、前代すでにワ行音(ハ行転呼音)になっていた。[15]

위 引用文 속의 本期는 院政·鎌倉·室町 시대(11세기말-17세기초

---

15 『講座國語史2「音韻史·文字史」』大修館書店, 昭和55, 194쪽

두)를 가르킨다. 위와 같이 ハ행 頭子音은 많은 先學의 연구에 의해
[p]>[ɸ]>[h]으로 변화를 거쳤다는 것이 거의 확실하다. ハ행 頭子音
은 兩脣摩擦音 [ɸ]이었지만 江戸時代에 들어와 변화가 일어나, 喉
音 [h]가 되었다. 여기서 위에서 언급한 세 가지 음운 변화에 의거하
여 추측해보면 『和漢三才図繪』가 표기상으로 볼 때도 『朝鮮物語』
보다 오래된 문헌이라고 말할 수 있겠다. <표 5>에서도 『朝鮮物語』의
「筆 ぶつ, 扇 ぶつそい, 鮒 ふがい, 鳩 いふち」는 『繪入異國旅硯』에는 없
는 단어가 어김없이 『和漢三才図繪』에 있다. <표 5>에서 표기되어
있는 단어를 보면 앞의 표와 달리 약간의 미묘한 차이를 보이고 있다.
『朝鮮物語』의 「火 ぷる, 家 ちぶ」이 『繪入異國旅硯』에서는 「火 ぷり, 家
ちび」로 표기되어 있는데 표제어는 같지만 대응하는 국어는 『朝鮮物
語』에서는 명사로, 『繪入異國旅硯』에서는 명사에 주격조사 「이」가
붙은 형으로 나타나고 있다. 또 『朝鮮物語』에서 「靑 ぶるた, 赤 ぶるくた,
白 ふいた」는 『繪入異國旅硯』에서 「靑 ぶるた, 赤 ぶるくた, 白 ふいた」로
표제어의 假名표기가 약간 다르게 표기된 것을 알 수 있다. 또 세 군
데 다 있는 단어는 앞 표에서는 『朝鮮物語』가 모두 『繪入異國旅硯』과
같은 표기로 되어있는데 「火 ぷる, 家 ちぶ」이 두 단어는 『和漢三才図
繪』와 같은 표기를 보이고 있다. 여기서 『朝鮮物語』와 『繪入異國旅硯』
의 약간의 미묘한 차이가 있는 부분을 더 살펴보면 「館-屋敷 やしき,
牧使 だいめう-大名 だいみやう, 農夫-百姓 ひやくせう」처럼 標題語의 뜻
은 같으나 한자를 달리하는 것이 있고, 「朝臣 てうしん―公家 くげ: むんし
ん, 武臣 ぶしん―武家 ぶけ: はぱぐ, 妻 つま-女房 にやうぼう: けちび」처럼
대응시킨 한국어는 같으나 표제어를 달리하는 것이 있다. 또 대응시
킨 한국어를 약간 달리하는 것이 있다. 예를 들면 「孫 そんづー ぞんづ,

371

菜 ばんざんーばんさん, 學 はいはたーばいはた」처럼 탁음부의 유무,
「冬 けをるーけおる, 右 をろんべんーおろんべん, 旗 くういーくい, 兜 をるく
るーおるくる」처럼 假名表記의 철자법으로 인한 차이를 볼 수 있고,「月
おるーたる, 海 はたくーはたい, 煙草 たんばこーたばこ」처럼 한국어 낱말
일부를 달리하는 것이 있다. 이런 미묘한 차이 부분은 어떻게 설명
해야 될지 모르겠지만 17세기의 일본어에서는 a행의 [o]와 wa행의
[wo]는 구별이 없었으므로 [o]와 [wo]는 같은 표기로 보면 된다. 또
그때는 탁음부의 구별이 정확하지 않았다. 여기서 安田章(2002 :12)
의 「『和漢三才図会』の 朝鮮国語」에서 다음 내용을 보면

　　例えば「味醤」(朝鮮国語)・「味噌」(朝鮮物語)のような、見出し漢字の違い
　　も、問題にならないであろう。当代の『書言字考節用集』(享保2年板)による
　　と、前者は「順和名」以来の用字であり、後者は「順和名」の箋注の所謂「皇
　　国俗子」ということになる。

　위와 같은 사실에서 보면「館-屋敷 やしき, 牧使 だいめう-大名だいみ
やう, 農夫-百姓 ひやくせう」처럼 標題語의 뜻은 같으나 한자를 달리하
는 것도 같은 맥락으로 볼 수 있다.『朝鮮物語』의 작자가 原資料(朝鮮
語語彙集)를 기본으로 하면서 独自의 방침으로 편집이 이루어졌다고
생각된다. 여기서 原資料는 <표 1>에서 <표 5>까지 분석한 결과에
의하면『繪入異國旅硯』과『和漢三才図繪』라고 여긴다.『朝鮮物語』의
총 어휘 298語가 모두 두 자료에 표기되어 있다.『繪入異國旅硯』에
없는 어휘는 반드시『和漢三才図繪』에 있다. 또『朝鮮物語』에 기재된
어휘 순서로 볼 때 5語 以上 單語가 여섯 곳이나『繪入異國旅硯』과 그

배열 순서까지 일치하고 있다. 『和漢三才図繪』와는 5語 以上 單語가 두 곳이 배열순서가 일치한다. 이와 같이 대비하면 『朝鮮物語』卷五는 『繪入異國旅硯』과 『和漢三才図繪』의 두 자료에 의거하여 『朝鮮物語』의 「朝鮮の国語」가 만들어 진 것이라고 판단된다. 여기에 대하여 浜田敦(1970)은 「朝鮮物語解題 p.6」에서 『朝鮮物語』와 『和漢三才図繪』는 標題語 漢字, 仮名表記의 朝鮮語가 거의 일치하므로 둘 중에 어느 쪽에 의거하였거나(출판연대로 보면 『和漢三才図繪』쪽이 37년 빠르다) 혹은 양자가 공통의 자료에 의한 것이라고 생각할 수밖에 없다고 하였다. 安田章(2002)은 「『和漢三才図会』の朝鮮国語 p.11」에서 『朝鮮物語』와 『和漢三才図繪』는 반드시 어떠한 관계가 있음에 틀림없지만 거기에 어떤 관계를 想定한다면 親子관계 즉 『朝鮮物語』 편찬시 『和漢三才図繪』를 자료로 한 것이라고 본 것이고, 형제관계 즉 공통되는 原資料(朝鮮語語彙集)를 기초로 하면서도 각자 독자 방침으로 편집이 이루어진 것이라고 하였다. 佐野三枝子(1998)는 「繪入異国旅硯考 p.14」에서 『漂流記』의 異本으로 보는 것이 좋을 거라고 생각하였다. 이와 같이 朝鮮語가 어느 자료에 의거하였는가는 분명하지 않았다. 그러나 위에서 서술한 바와 같이 필자는 <표 1>에서 <표 5>까지 분석한 결과에 의해서 『繪入異國旅硯』과 『倭漢三才図繪』가 『朝鮮物語』의 原資料(朝鮮語語彙集)라고 생각한다. 『朝鮮物語』의 작자가 原資料를 기본으로 하면서 独自의 방침으로 편집이 이루어졌다고 생각된다.

4. 결론

이상으로 『朝鮮物語』의 卷五의 「朝鮮の國語」부분을 고찰하여 보았다. 필자로서 해독하지 못한 항목도 더러 있다. 분명한 誤字라고 판단되는 곳도 있지만, 그렇다고 未解讀의 항목들을 모두 誤字로 돌릴 수는 없을 것이다. 「朝鮮の國語」의 가치는 외국인에 의하여 작성된 近代國語 資料라는 점에서 그 가치가 인정된다고 생각한다. 물론 日本 假名가 音節文字이고 朝鮮語의 子音과 母音을 정확하게 寫音하는 것에 큰 제한점을 가지고 있다. 『朝鮮物語』의 卷五 안에 있는 「朝鮮の國語」에 대한 고찰 결과를 정리하여 보겠다. <표 1>에서 <표 5>까지 분석한 결과 『朝鮮物語』의 「朝鮮の國語」는 세 자료의 검토 결과 『朝鮮物語』의 총 어휘 298語가 모두 두 자료 중에 표기되어 있고, 『繪入異國旅硯』에 없는 어휘는 반드시 『和漢三才図繪』에 있다는 것을 발견하였다. 또 『朝鮮物語』에 기재된 어휘 순서로 볼 때 1(日本)-24(嶋), 57(樹)-68(館), 73(戸)-78(冬), 79(東)-82(北), 84(黃)-120(孫), 204(鶴)-兎(216) 등 모두 합해서 194語가 『繪入異國旅硯』과 그 배열 순서까지 일치하고 있다. 『和漢三才図繪』와는 28(雪)-34(海), 36(水)-56(藥)까지 28語가 배열순서가 일치한다. 이런 결과에 의해 필자는 『朝鮮物語』卷五는 『繪入異國旅硯』과 『和漢三才図繪』의 두 자료에 의거하여 『朝鮮物語』의 「朝鮮の国語」가 만들어 진 것이라고 판단된다. 다시 말하면 『繪入異國旅硯』과 『倭漢三才図繪』가 『朝鮮物語』의 原資料(朝鮮語語彙集)라고 생각한다. 『朝鮮物語』의 작자가 原資料를 기본으로 하면서 独自의 방침으로 편집이 이루어 졌다고 생각된다. 그리고 조선어사 연구 자료로서 『朝鮮物語』의 존재는 가치 있는 것이라고 말하지

않을 수 없을 것이다. 그리고 조선어 표기에 대해 검토해 본 결과 『朝鮮物語』에서도 假名 「お·ほ·を」는 문절 중에서 同一語의 표기로 通用되는 것을 볼 수 있고, 「お·を」는 文節頭에서도 통용되었다. 「お·ほ·を」의 음운 변화와 일치하고 있다는 것을 알 수 있었다. [ふ(ぶ)]는 朝鮮語에서 語頭와 語中에서는 「林 すぶ: 수플」, 「菁 ぶるた:푸르다」, 「火 ぷる: 불」, 「水 ふり: 물」에서와 같이 [ㅍ,ㅂ,ㅁ], 語末에서는 「家 ちぶ: 집」에서와 같이 [ㅂ]으로 대응되는 것을 볼 수 있다. 즉 [ふ(ぶ)]는 우리말 「수플, 푸르다」에서는 [ㅍ], 「부텨, 블」에서는 [ㅂ]으로 「물」에서는 [ㅁ]으로 대응되고 있다. 또 「집, 갑옷, 납, 닐굽」에서는 받침 [ㅂ]으로 표기되고 있다는 것을 알 수 있다. 本稿에서 필자는 힘이 부족해 미숙한 論에 그쳤지만 『朝鮮物語』의 분석을 통하여 국어사 연구에 도움이 되었으면 한다.

| 참고문헌 |

김기민(2003) 「『捷解新語』의 語彙 研究」 경희대학교 박사논문

박찬기(2001) 『조선통신사와 일본근세문학』 보고사

박희숙(2000) 「『和漢三才圖會』의 朝鮮國語에 대하여」 『한국어문교육』

성희경(1999) 「『倭語類解』에 기재되어 있는 두 종류의 일본한자음에 대하여」 『日本語文學』제8輯

송민(1986) 『前近代國語音韻論研究』 塔出版社

유상희(1980) 『江戸時代と明治時代の日本における朝鮮語の研究』成甲書房

이기문(1988) 「陰德記의 高麗詞之事에 대하여」 『國語學』17

이태영(1997) 『譯註捷解新語』 太學社

이희승(2001) 『국어대사전』 민중서림

鄭光(1992) 『倭語類解』 太學社

韓國精神文化研究院 語文研究室(1995) 『17세기국어사전』 太學社

大倉進平(1920)『朝鮮語学史』, 大阪屋号書店(京城),

_____(1920)『国語及び朝鮮語のため』ウツボヤ書籍店(京城)

_____(1964)『増訂補注 朝鮮語学史(第三章 朝鮮語学 第十六節 外国の記録に存する
朝鮮語)』刀江書院

_____(1975)『国語及朝鮮語のため(『小倉進平博士著作集(四)』所収.京都大学国語国
文学研究室編)』京都大学国文学会刊行

米原正義(1996)『陰徳記(活字本上下二冊)』, マツノ書店

岸田文隆(1998)「漂流民の伝えた朝鮮語一島根県高見家文書「朝鮮人見聞書について一」
富山大学人文学部紀要

佐野三枝子(1998)「絵入異国旅硯考」『東アジア言語研究』東アジア言語研究会2号, pp.1-19

_____(2001)「島津日記wa朝鮮見聞錄eboinun二重母音kwa語頭子音群ui片仮名表
記edehayou」『東アジア言語研究』東アジア言語研究会5号, pp.12-27

_____(1996)「17・18世紀 日本 資料에 나타난 韓國語연구」『國語研究會』제144號

_____(2001)「日本資料에 나타난 近代 韓國語의 研究」, 서울대하교 박사학위 논문

志部昭平(1988)「陰徳記 高麗詞之事について」『朝鮮学報』128輯

中田祝夫(1980)『講座国語史4 文法史』大修館書店

_____(1980)『講座国語史2 音韻史・文字史』大修館書店

中村幸 彦外(1991)『『新編稀書複製会叢書』第39巻「寛永漂流記』』臨川書店

中田祝夫編監修(1983)『古語大辭典』小學館, pp.16

安田章(2002)「和漢三才図会の朝鮮国語」, 甲子園大学紀要人間文化部編6号(c)

園田一亀(1980)『韃靼漂流記の研究』原書房

春名徹(1999)「歴史から文学へ」『調布日本文化』第9号 調布学園短期大学

浜田敦(1970)「朝鮮物語開題」『朝鮮物語』京都大学国文学会, pp1-7

제3장

"첩해신어"의 한글음주 표기에 관하여[*]

┃송 경 주

Ⅰ. 머리말

"첩해신어"[1]가 17세기 초부터 18세기말까지 약 2세기에 걸쳐서 언어변화의 양상을 보여주고 있는 귀중한 문헌임에도 불구하고 표기법과 음운현상 및 문법현상에 관한 일본어 중심의 연구가 행해져 왔을 뿐이고, 한국어와 일본어와의 상세한 비교연구는 불과 몇 편

---

[*] 본고는 『일본학논집』22집(경희대학교 대학원 일어일문학과, 2007년)에 게재 되었던 동일 제목의 논문을 수정, 가필한 것임

[1] 安田(1990)에 의하면, 『捷解新語』는 1676年에 活字印刷의 原刊本이 刊行된 後、1700年에는 原刊本에 若干修正이 加えられた 木版本이 出され、さらにその後 2回에わたって 大改訂이 行われている。第1次改訂이 行われた のは 1748年で、第2次改訂의 時期는 不明だが、その後 1781年にこの第2次改訂이 木版印刷で 重刊されている。본 고에서 "첩해신어"라 하는 것은 1676년의 원간본을 의미한다.

밖에 되지 않는다. "첩해신어" 원간본이 쓰인 17세기 초는 일본어의 변천에 있어서 중세에서 근대로의 과도기적 언어와 근대 일본어가 성립한 시기의 언어를 반영하고 있다는 사실이 인정된다. 하지만 2 개국의 말과 문자가 서로 뒤얽히어 있는 것이 "外國資料"이기 때문에 한쪽언어만의 접근은 진정한 가치를 알 수가 없다. 이런 점을 고려해 봤을 때 "첩해신어"의 三本을 한국어와의 비교를 통해서 새로운 언어의 변천의 양상이 나타날 것으로 보인다.

"첩해신어"는 주로 ひらがな로 표기한 일본어 문장 우측에 한국어로 음주를 달고 원간본의 경우는 下行에 한국어로 그 일본어 문장에 해당하는 한국어역을 취하고 개수본과 중간본은 좌측에 한국어역을 취하는 형태를 취하고 있기 때문에 양언어의 대조 연구에 적합한 자료라고 볼 수 있다.

"終聲ㄴ"에 관해서 森田武(1957)는 'その直前の綴字の末尾にm・n・ŋ のどれかを加えて示すものであって、語中・語尾の濁音表記に用いられる' 라고 기술하고 있다.[2] 최근에는 中山めぐみ(2001,2004)등 많은 연구가 행해지고 있다. 음운이나 표기 면에서의 연구는 주로 濃音표기나 並書에 의한 표기[3] 또는 濁音표기에 관해 진행되어 왔다.

"첩해신어"의 원간본은 중세에서부터 근대에 걸친 과도기의 언어를 반영하고 있고[4] 개수본과 중간본은 에도중기의 언어를 반영하고

---

2 「捷解新語解題」『捷解新語』京都大学国語国文学会 1957
3 中山めぐみ(2001)『捷解新語』のハングル音注ー清音に当てられた並書表記に関する 考察、麗沢大学紀要、第73巻
   中山めぐみ(2004)『捷解新語』のハングル音注ー語頭の濁音を表す表記について、麗 沢大学紀要、第79巻
4 원간본의 성립시기에 대해서는 小倉進平의『万歴戊午』(1618)성립설에 대해 반 대의 논의를 森田武(1955), 大友信一(1957), 中村栄孝(1969)가 전개해서 1636년

있다고 볼 수 있다. 또한 근대국어인 17세기에서 18세기말까지, 약 2 세기에 걸친 언어의 변화를 보여준다는 점에서 국어학계에도 관심을 끈다. 문어체가 대부분인 문헌과 구어체로 된 "첩해신어"를 비교, 대조할 수 있으므로 상당히 흥미가 있는 자료라고 생각되어진다.

　탁음을 나타낼 때의 용법에 관한 지적도 있지만, 여기서는 다음 글자가 탁음화에 되는지 아닌지에 관계없이 어떤 경우에 "終聲ㄴ"이 사용되고 있는지 그 용법에 대해서 구체적으로 검토해보고자 한다.

▐▐ 본문

　원간본 "첩해신어"에 있어서의 '終聲ㄴ'의 용법를 분석해 보면, 1. 일본어 'ん'을 "終聲ㄴ"로 표기한 경우, 2-1-1. 일본어 ザ行을 "終聲ㄴ"+"初聲ㅅ"로 표기한 경우, 2-1-2. 일본어 ザ行을 "終聲ㄴ"+"初聲△" 로 표기한 경우, 2-2. 일본어 ダ行을 "終聲ㄴ"+"初聲ㄷ/初聲ㅈ"로 표기한 경우, 3-1-1. 일본어 'ん'+ザ行音을 "終聲ㄴ"+"初聲ㅅ"로 표기한 경우, 3-1-2. 일본어 'ん'+ザ行音을 "終聲ㄴ"+"初聲△"로 표기한 경우, 3-2. 일본어 'ん'+ダ行音을 "終聲ㄴ"+"初聲ㅈ/初聲ㄷ"로 표기한 경우, 3-3. 일본어 'ん'+パ行音을 "終聲ㄴ"+"初聲ㅂ"로 표기한 경우, 3-4. 일본어 'ん'+ガ行音을 "終聲ㄴ"+"初聲ㄱ"로 표기한 경우 4. 'ん'이 없는데도 "終聲ㄴ"이 표기된 경우, 5. 不明한 경우가 있다. 이하 각권에 대해서 용례를 구체적으로 확인하기로 한다. ("첩해신어"의 용례는 해당부분을 가

경 성립으로 일련의 연구가 일단락되었다고 간주된다.

나다순으로 표시함, 이하동일. 원간본 경우 原刊本이란 표기를 생략)

1. 일본어 'ん'을 "終聲ㄴ"로 표기한 경우

撥音 'ん'은 보통 한국어 받침 'ㄴ' 'ㅁ' 'ㅇ'으로 표기되는 데 그중에서 'ㄴ'으로 표기되고 그 다음에 淸音이 계속되는 예는 다음과 같다.

文節の中に表れる'ん'

いてんと	인뎬또	(二2オ)
いわんや	이완야	(四11ウ)
かつくわんより	각관요리	(各官より 十30オ)
かなわんこと	가나완고도	(四17オ)
きわめんゑは	기와몐예바	(極めんえば 四15オ)
御さらんか	꾀ᄉ라란까	(六11オ)
御さらんところに	꾀ᄉ라란도고로니	(六6オ)
御さらんゑとも	꾀ᄉ라란옌도모	(三11ウ)
しらんかと	시란까또	(二10オ)
しらんゑとも	시란옌도모	(六8ウ)
せんとする	션도수루	(五26オ)
せんとより	션도요리	(三2ウ)
そろわんて	소로완데	(一13ウ)
つつかれんこと	준주가롄고도	(四25ウ)
すまさんと	수마산또	(四28ウ)
ならんから	나란까라	(四28ウ)

のまんゑとも	노만옌도모	(三16ウ)
まるせんゑとも	마루셴옌도모	(三6才)
もとうらんところ	모도우란도고로	(動 四29才)
申されんか	목사렌까	(四13才)
よのあけんうちに	요노아견우지니	(六13才)

文節の末に表れる'ん'

あわん	아완	(五29ウ)
御めにかからん	온메니가가란	(二5才)
御さらん	오ᅀᅡ란	(一16才)
ききまるせん	기기마루셴	(二8ウ)
しまるせん	시마루션	(八31ウ)
ならん	나란	(五29才)
まるせん	마루션	(三28才)
みゑまるせん	미예마루션	(一14才)
ふかからん	후가까란	(五27ウ)
申わけられん	목시와계라렌	(一29才)

語中に表れる'ん'

ゑんてい	연뎨이	(五24ウ)
かんにん	간닌	(一24才)
かんちやう	간죠우	(五8ウ)

きんねん	긴년	(近年 四11ウ)
くわんちう	관주우	(九1才)
御しんもつ	오신모쭈	(七19才)
こんにち	곤니지	(今日 一5ウ[5])
こんや	곤야	(今夜 四28才)
さんそう	산소우	(三艘 四7ウ)
さんし	산시	(三使 五24才)
しゆんはい	슌바이	(巡杯 二6才)
しゆんふう	슌뿌우	(五18才)
しんか	신가	(臣下 三15才)
せんとう	선도우	(船頭 五14才)
せんれい	셴레이	(三7ウ)
たうねんてう	도우년죠우	(一10ウ)
たにんちう	다닌쥬우	(多人中 六3ウ)
たんたんに	단단니	(端端に 四14ウ)
たんし	단싀	(一26才)
てんき	덴끼	(天気 二3ウ)
てんき	던끼	(天気 五12ウ)
にさんにち	니산니지	(二三日 一26ウ)
めんほく	면뽀구	(面目 五28才)
ほんき	혼기	(五6ウ)
ふさんかい	후산까이	(一9才)

---

5 이후의 용례의 페이지 수는 편의상 한곳만 기재하기로 한다. (二3ウ, 三17才, 四5
才, 28ウ, 五10才, 13才, 六4ウ, 5才, 八26才, 26ウ, 十17才)

| へんかす | 편간수 | (三6ウ) |
| へんれい | 편례이 | (返礼 三22才) |

語尾に表れる'ん'

いちはん	이지반	(一番 四7ウ)
かつてん	갇뎐	(合点 五26才)
きやくしん	갸구신	(客人 一32才)
きんねん	긴년	(近年 四11ウ)
くわいふん	과이분	(過分 七5ウ)
くんくわん	군관	(軍官 一22才)
くてん	군뎐	(口伝 四17ウ)
けにん	계닌	(下人 四28才)
けんもつにん	겸모쑤닌	(五23才)
御さいかん	꼬ᄭᅡ이간	(三12ウ)
御たいめん	꼬다이몐	(四1ウ)
御ねん	꼬년	(御念 五20才)
さん	산	(盞 六9才)
さいするゑん	사이수연	(差使員 四2才)
さいせん	사이셴	(在前 四3ウ)
しふん	시분	(時分 四12才)
しせん	시션	(自然 五28才)
しつたん	싣단	(十端 四10ウ)
しよかん	쇼간	(一9ウ)

383

しよしん	쇼신	(一3才)
しゆつせん	슏션	(五3才)
しやうくわん	쇼우관	(二5才)
すいふん	수이분	(随分 一32ウ)
すいもくせん	수이모구션	(一11ウ)
せいしん	셰이신	(誠心 三14才)
せうゐん	쇼우연	(小園 六6才)
そうふん	소우분	(四14ウ)
たいくわん	다이관	(代官 一1才)
たいめん	다이면	(対面 一7才)
たふん	다분	(一8ウ)
ちうしん	지우신	(註進 一16ウ)
てうせん	됴우션	(朝鮮 五13才)
とうせん	도우션	(一15才)
とうせん	도우쳰	(同前 四4ウ)
にうくわん	니우관	(入官 一20ウ)
にほん	니혼	(日本 一9ウ)
にほん	니쁜	(日本 二8ウ)
にねん	니년	(四26才)
にはん	니반	(一8才)
にせん	니션	(一15才)
はん	반	(番 四27)
ひせん	비션	(飛船 五3ウ)
ひはん	비빤	(批判 四20ウ)

ふしん	후신	(不審 四2ウ)
ふうしん	후우신	(封進 一15才)
りやうにん	료우닌	(五3才)
りやうけん	료웅견	(料簡 五30才)

이상에서 보면 漢字語가 和語보다 압도적으로 그 예가 많았고 또한 語尾에서 그 예가 많다는 것을 알 수 있다.

2-1-1. 일본어 ザ行을 "終聲ㄴ"+"初聲ㅅ"로 표기한 경우

'ㄴ스', 'ㄴ세'의 음주표기는 하나도 없다. 'ㄴ사', 'ㄴ시', 'ㄴ세'의 음주표기는 있지만 일본어는 'ん+淸音'이다. "終聲ㄴ"+"初聲ㅅ"의 형태로 일본어가 앞에'ん'이 없고 'ㅅ'이 일본어탁음이 되는 경우는 'かまわす(かまわず) 가마완수(原刊 五13ウ)' 및 'なにとそ(なにとぞ)나니돈소'(原刊 六3ウ)와 같이 'ㄴ+수'와 'ㄴ+소'의 형태뿐이다.

그러나, 2-1-2의 '셴수니 せすに'(せずに 三20才)와 같이 'ㄴ+수'의 형태도 있어 둘다 일본어의 ザ行音 'ず'를 나타내고 있다. 또한 改修本과 重刊本에서는 '나니또소'(改修 六5ウ, 重刊 六4才)로 'ㄴ'이 탈락된 용례가 있다. 'およはす(およばず)'의 경우도 原刊本에서는 '오욤반수'(原刊 六10才)라 표기되어 있는데 改修本과 重刊本에서는 '오요바스'(改修 六17才,重刊 六15才)로, 역시 'ㄴ'이 탈락된 것을 알 수 있다.

앞에서 설명한 이외에 여기에 해당되는 예는 다음과 같다.

およはす(およばず)	오욤반수	(原刊 六10才)
	오요바스	(改修 六17才)

	오요바스	(重刊 六15才)
かす	간수	(数 二9ウ)
かまわす	가마완수	(かまわず 五13ウ)
さしられすに	사시라렌수니	(さしられずに 一14ウ)
しんしやう	신쇼우	(進上 五27ウ)
すす	순수	(錫 三22才)
たゑられすは	다예라렌숨바	(一29ウ)
なにとそ(なにとぞ)	나니돈소	(原刊 六3ウ)
	나니또소	(改修 六5ウ)
	나니또소	(重刊 六4才)
ならす	나란수	(ならず 三27才)
なりす	나린수	(六8才)
のこらす	노고란수	(残らず 六22才)
のみならす	노미나란수	(のみならず 三12才)
へんかす	편간수	(三6ウ)
御さろうすれ	꾀사로운수레	(御ざろうずれ 三14ウ)

2-1-2. 일본어 ザ行을 "終聲ㄴ"+"初聲△"로 표기한 경우

다음 용례는 앞 글자에 "終聲ㄴ"을 붙여 다음의 일본어 탁음을 '△'으로 표기함으로서 마치 중첩된 느낌을 받게 되는 용법이다. 이 또한 ザ行의 경우 앞의 글자에 'ㄴ'이 없어도 "샤/싀/수/셰/소"처럼 표기가 가능하지만 또한 탁음 글자 앞에는 "終聲ㄴ"을 넣어야 한다는 통일된 규칙 때문에 일부러 사용하지 않았을까 하는 의구심이 든다. 그러나 'のそみ'의 경우는 '노소미'(六5才)와 '논소미(三20ウ)'의 두가지 표기법이 보여지고 있다.

おほしめさすに	오보시메산수니	(思し召さずに 三14オ)
およはす	오욤반수	(およばず 一9オ)
御さるそ	꼬사룬소	(ござるぞ 二18ウ)
かかゑす	강가옌수	(四12オ)
かなわす	가나완수	(四4オ)
くわす	구완수	(一27ウ)
しらす	시란수	(知らず 五27オ)
せすに	셴수니	(せずに 三20オ)
そうそ	소운소	(然々? 七19ウ)
なされす	나사련수	(なされず 五20ウ)
ならす	나란수	(ならず 七21ウ)
なそ	난소	(五7オ)
にしうしこにち	닌싀우시꼬니지	(二十四五日 五12オ)
のそみまるする	논소미마루수루	(三20ウ)
まかせす	마가셴수	(四29オ)
まさら	만사라	(まんざら? 四25ウ)
まるせす	마루셴수	(二2ウ)
めされす	메사롄수	(四17オ)
はす	환수	(筈 五27オ)
ひかすに	피간수니	(引かずに 六9オ)
ふくめすは	후구몐수바	(含めずば 四28ウ)
ふしゆう	훈싀유우	(不自由 五7オ)

ふくめすは	후구몐수바	(含めずば 四28ウ)
ほうして	호운싀몌	(ほうじて 六19ウ)
わさと	완ᄮ또	(わざと 六15才)

하지만 2-2-1에서 보았듯이 'ならず'의 경우 한국어음주가 '나란수'(三27才)와 '나란수'(七21ウ), 또 'およばず'의 경우도 '오욤반수'(六10才)와 '오욤반수'(一9才)라는 표기를 볼 수 있어 ザ行音 표기에 있어서 혼돈을 보여주고 있다. 원간본에서 'わさと 완ᄮ또(わざと 六15才)'와 'わさと 와ᄮ또(わざと 七6才)'와 같이 2가지 음주표기가 있어 ザ行音 표기에 있어서의 'ㄴ'의 생략이 원간본에서 시작되어지고 있는 것을 알 수가 있다. 改修本에서는 '와ᄮ또'의 표기만 보인다.

2-2. 일본어 ダ行을 "終聲ㄴ"+"初聲ㄷ/初聲ㅈ"로 표기한 경우

한국어로는 ダ行을 표기할 수가 없기 때문에, 앞 글자에 "終聲ㄴ"를 표기하여 탁음을 나타내고 있다고 생각되어진다. 가령, 'きとく'의 경우는 原刊本에서는 '긴도구'(一7才)로 표기되어 있는데 改修本과 重刊本에서는 '기도구'(改修 一10才, 重刊 一9才)로 2-1-1과 같이 'ㄴ' 탈락현상이 보인다. 'ほと' 경우도 마찬가지로 原刊本에서는 '혼도'(四6ウ)로 표기되어있지만 역시 改修本과 重刊本에서는 '호도'(改修 一15才, 重刊 四9ウ)로 'ㄴ'이 탈락된 것을 알 수 있다. 다음 예도 마찬가지다.

あいた	아인다	(間 一26ウ)
いきもとて	이기몬도몌	(行きもどって 二13才)
いそいて	이소인데	(急いで 三20才)

いまた	이만다	(未だ 三21ウ)
いちと	이진도	(一度 三24才)
いつれも	인주례모	(いずれも 四2才)
いはちなとも	이화지난도모	(宴なども 三21才)
えと	옌도	(江戸 六17ウ)
えと	연도	(江戸 六18ウ)
おとり	온도리	(踊 六6ウ)
かと	간도	(一30ウ)
かかれとも	가가렌도모	(三5才)
かたきちや	가당긴쟈	(五26才)
かほとに	가혼도니	(四17才)
きあいけて	기아이겐뎨	(一26ウ)
きとく	긴도구	(奇特 一7才)
きつかい	긴주까이	(一3才)
きちにちちや	기지니진쟈	(五12ウ)
くたて	군다뗴	(一1才)
くたされ	군다사례	(一24ウ)
くたされうか	군다사료우가	(一25才)
くたさる	군다사루	(一25才)
くとけとも	군도계또모	(四15ウ)
くてん	군뎐	(口伝 四17ウ)
くときおきけは	군도기오기계바	(四21ウ)
くもいきて	구모이긴뎨	(一8ウ)
けくて	계군뎨	(一18才)

こしめせとも	고시메셴도모	(三16才)
このほと	고노혼도	(三20ウ)
こともしゆ	곤도모슈	(六8ウ)
ことて	고돈데	(一9才)
ことちや	고돈쟈	(一6才)
御くろうて御さる	오구로운데오사루	(ご苦労でござる 一21才)
御されとも	오사련도모	(御座れども 一7ウ)
御しあわせて	온시아와셴데	(お幸せで 五2才)
御くろうて御さる	오구로운데오사루	(ご苦労でござる 一21才)
御しあわせて	온시아와셴데	(お幸せで 五2才)
したい	신다이	(次第 四19ウ)
そんすれとも	손수렌도모	(存ずれども 六10ウ)
たた	단다	(四26ウ)
たたし	단다시	(一27ウ)
たたいま	단다이마	(一9ウ)
たつね	단주녀	(一14ウ)
たのむて	다노문데	(一4ウ)
たれて	다렌데	(一15才)
ためちや	다멘쟈	(五4ウ)
つくつく	주군주구	(つくづく 六1ウ)
つつく	준주구	(続く 四26才)
つそきて	죽송긴데	(一10ウ)
つねつね	주년주녀	(常常 三15ウ)
とうたう	도운도우	(一2才)

とうせんてこそ	도우솅데고쏘	(四29才)
とまりとまり	도마린도마리	(六18才)
ところところ	도고론도고로	(六10ウ)
なにかしてこそ	나닝가신뎅고쏘	(五1ウ)
なとと	난도도	(四12ウ)
なとも	난도모	(三22才)
なとして	난또시떼	(一11ウ)
なとやら	난또야라	(一27ウ)
なちやり	난쟈리	(何ぢやり 七5才)
なけれとも	나계롄도모	(三7ウ)
なれとも	나련도모	(五22才)
ふねて	후년데	(船で 一10才)
ほと	혼도	(ほど 四6ウ)
まかりもとて	마가리몬도떼	(五5ウ)
まかりいてたい	마가리인뎨다이	(一31才)
まゑかと	마예간도	(一27才)
まゑちや	마엔쟈	(一7ウ)
まて	만뎨	(一1ウ)
まつ	만주	(一2ウ)
まるすれとも	마루수련도모	(六6才)
めつらしき	멘주라시기	(六5才)
めつらし御さる	멘주라시꾀사루	(三1ウ)
めてたい	면뎨다이	(一2才)
めてたう	면뎨도우	(一2ウ)

391

めてたさに	멘데다사니	(四30才)
申すれとも	목시수렌도모	(申すれども 四8才)
やくてう	야군죠우	(約条 三24ウ)
ゆたん	윤단	(油断 一9才)
わつらい	완주라이	(煩い 三7才)

　'いちと(一度)'의 경우는 原刊本과 改修本에서는 '이진도'(原刊 三24才, 改修 二21才)로 표기되어 있지만 重刊本에서는 '이지또'로 '終聲ㄴ'이 탈락되고 '初聲ㄸ'로 변화 한 것을 볼 수 있다. 다음의 예도 이와 동일하다.

온도리	おとり	(踊 六6ウ)
→ 오또리		(重刊 六8才)
이화지난도모	いはちなとも	(宴なども 三21才)
→ 이화지나또모		(重刊 三26ウ)

3-1-1. 일본어 'ん'+ザ行音을 "終聲ㄴ"+"初聲ㅅ"로 표기한 경우

しんしやう	신쇼우	(進上 五27ウ)
そんすれ	손수례	(存ずれ 六5ウ)
まんそく	만소꾸	(満足 五19才)

　위 용례는 표기상으로만 말한다면, 1의 한국어 음주와 동일하지만 일본어 'ん' 다음에 계속되는 글자가 ザ行이라는 탁음 때문에 다르

다. 그럼에도 탁음표기를 하지 않는 이유를 설명하기 힘들다. 改修本
역시 '만소꾸'를 '만소구'로 하여, 일본어 탁음표기를 하지 않았다.
重刊本에서는 해당사항이 없기 때문에 알 수가 없다.

3-1-2. 일본어 'ん'+ザ行音을 "終聲ㄴ"+"初聲△"로 표기한 경우

다음 용례는 단순히 일본어 'ん'을 "終聲ㄴ"으로 표기하고 ザ行音
을 "사/싀/수/셰/소"로 탁음표기한 것으로 보이나 그 예가 적다. 하지
만 결과적으로는 2-2의 "終聲ㄴ"+"初聲△"한국어 표기와 동일해지
므로 구별하기 어려운 경우가 있다.

ゑんさ	연사	(円座 二11オ)
御そんしちや	오손싄쟈	(三14オ)
御ろんしられ	오론싀라례	(御ろんじられ 一16ウ)
そんすれとも	손수롄도모	(存ずれども 六10ウ)
そんし	손싀	(存じ 一7ウ)
たんし	단싀	(単字 一26オ)
はんし	빤싀	(晩じ 二18ウ)
へんし	편싀	(返事 五3ウ)
まんし	만싀	(万事 一3ウ)
めんしやう	몐쇼우	(三16ウ)

3-2. 일본어 'ん'+ダ行音을 "終聲ㄴ"+"初聲ㅈ/初聲ㄷ"로 표기한 경우

撥音 'ん'다음에 탁음의 음절이 계속되는 경우에는, 그 撥音 'ん'표기
의 'ㄴ'이, 동시에 탁음표기의 선행부호의 역할을 겸하고 있는 경우가

393

있다. 결과적으로는 2-1-2와 한국어표기가 같아지는 것을 알 수 있다.

あんとう	안도우	(安堵 五7ウ)
おしられんても	오시라렌데모	(一21ウ)
こんと	곤도	(今度 二8才)
しらんても	시란데모	(四29ウ)
しらいんて	시라인데	(五4ウ)
せんと	셴도	(先度 一8才)
そろわんて	소로완데	(揃わんで 一13ウ)
たにんちう	다닌쥬우	(多人中 六3ウ)
とらいんて	도라인데	(四16才)
ならんて	나란데	(四17才)
なんたい	란다이	(四25ウ)
ふうしんてこそ	후우신뎅고쏘	(一15才)
申さいんては	무사인데와	(一7才)

또 형태상 1-1과의 구별이 없다. 예를 들면, 1-1의 'てんち 뎐지' (天地 四14ウ)는 표기상으로만 말한다면, てんち인지 てんぢ인지 알 수 없는 결과가 되어 버린다. 이런 경우에 탁음표기가 아니라는 것을 나타내기 위하여, 'ん' 다음에 오는 글자에 같은 초성을 중복한 즉 並書표기로 하는 경우가 있다고 森田武는 설명하고 있다.[6] ふさん かい 후사(ㄴ)까이 (釜山浦 一9才) てんき 뎨(ㄴ)끼(天気 二3ウ)가 그

---

6 「捷解新語解題」『捷解新語』京都大学国語国文学会

예다.

3-3. 일본어'ん'+パ行音을 "終聲ㄴ"+"初聲ㅂ"로 표기한 경우

'くわんはく관바구(関白 七15才)'용례 하나뿐이다.

3-4. 일본어'ん'+ガ行音을 "終聲ㄴ"+"初聲ㄱ"로 표기한 경우

| なんき | 난기 | (難儀 五21ウ) |

4. 'ん'이 없는데도 "終聲ㄴ"이 표기된 경우

| なと | 난또 | (何と 四27ウ) |
| なか | 난까 | (何日 五11ウ) |

'なと난또'와 'なか난까'의 경우는 뒤에 오는 글자가 탁음을 나타내고 있지 않다. 이 경우는 일본어 'ん'을 無表記한 것인지, 단순히 'ん'이 누락되어져 있는지, 판단하기 어렵다.

| かし | 간ᅀᅵ | (感じ 三16才) |
| なちやり | 난쟈리 | (何ぢやり 六10才) |

'なちやり난쟈리(何ぢやり 六10才)'와 'かし간ᅀᅵ(感じ 三16才)'에 일본어의 'ん'이 없는 것은 같은 현상으로도 볼 수 있지만, 한국어 음주로서는 다음에 오는 탁음을 'ㄴ'으로 표기하고 있는 것 같다.

395

5. 不明

그 밖에 "終聲ㄴ"이 표기된 이유를 알 수 없는 예들도 있다. 먼저 조사 "の"에 대해서 "終聲ㄴ"+"노"로 표기되어진 경우는 다음과 같이 4가지이다. 예를 들면 'ふるまいの'라는 같은 語句에 대해서 (六23ウ)에서는 '후루마이노'로 표기되어 있고, (八10才)에서는 '후루마이눈'로 표기되어 있으며, (七18ウ)에서는 '후루마인노'처럼 3가지 방법으로 음주가 표기되어 있었다.

그러면, "の"라고 하는 조사를 "노"가 아닌 "終聲ㄴ"+"노"로 표기했는가 하는 문제가 제기된다. 이에 대해서 森田武[7]는 "終聲ㄴ"+"노"에 관해서 鼻音的要素가 첨가되지 않았을까 하는 지적을 하고 있다. '마가나이슌노'(賄衆の 六21才)와 '온미마인노다메'(御見舞いのため 十2ウ)와 '고시모돈노'의(腰元の 六6ウ)用例 4개뿐이다.

그 중에 'まかないしゆの'의 경우는 原刊本의 '마가나이슌노' 표기가 改修本에서 '마가나이슈노'(改修 六23ウ)로 표기되어 있고 重刊本은 해당사항이 없다. 그리고 '御みまいのため'의 경우는 改修本에는 해당사항이 없으나 重刊本에서는 '온미마이노다메'로 'ㄴ' 탈락이 되어 있다.

그러나 다음 용례는 단순한 오기표현인지 아닌지 그 이유를 설명하기가 어렵다.

あかつき	아간주기	(曉 六16才)
こころゑて	고고론예뎨	(心得て 七10ウ)

---

7 「捷解新語解題」『捷解新語』京都大学国語国文学会

| わすれて | 완수례뎨 | (忘れて 二10才) |
| わするる | 완수루루 | (忘るる 二17才) |

이 중에서 'こころゑて'와 'あかつき'는 改修本에서 각각 '고고로예 뎨'와 '아가즈기'로 'ㄴ'이 탈락되었고, 重刊本은 해당사항이 없었 다. 다음의 'わすれて'와 'わするる'는 改修本과 重刊本표기가 동일하 였고 '와스례뎨'와 '와스루루'로 표기되었다.

▐▐▐. 맺음말

지금까지 "첩해신어"원간본에서 나타난 한국어 받침 'ㄴ'에 대응 하는 일본어를 살펴보았다. 撥音 'ん'은 보통 한국어 받침 'ㄴ' 'ㅁ' 'ㅇ'으로 표기되는 데 그중에서 'ㄴ'으로 표기되고 그 다음에 淸音이 계속되는 예는 漢字語가 和語보다 압도적으로 그 예가 많았고 또한 語尾에서 그 예가 많았다. 'ならず'의 경우, '나란수'(七21ウ) '나란 수'(三27才)의 두가지 표기가 있고 또 'およばず'의 경우도 '오욤반 수'(六10才)와 '오욤반수'(一9才)라는 표기를 볼 수 있었다. 'のそみ' 의 경우는 '노소미'(六5才)와 '논소미(三20ウ)'의 두가지 표기법이 보여지고 있었다. 이상에서 알 수 있듯이 한국어 받침 'ㄴ'은 撥音 'ん'이나 濁音의 표시로서 사용되고 있지만, 'まかないしゆの'의 한국 어표기 처럼 鼻音的要素나 그 이유를 알 수 없는 예도 있었다. 改修本 이나 重刊本을 보면 점차적으로 'ㄴ' 탈락현상이 보여짐을 알 수가 있었다.

397

| 참고문헌 |

有坂秀世(1957)『国語音韻史の研究』增補新版 三省堂

＿＿＿＿＿(1958)『音韻論』增補版 三省堂

李基文(1972)『國語表記法의 歷史的研究』韓國研究院

＿＿＿＿(1975)『韓國語의 歷史』大修館書店

＿＿＿＿(1977)『國語史槪說』民衆書館

李太永(1997)『譯註「捷解新語」』太學社

京都大学部国語学国文学研究室編(1957)『捷解新語』京都大学国語国文学会

＿＿＿＿＿＿＿＿＿＿＿＿編(1957)「捷解新語国語索引」『捷解新語』京都大学国語
　　国文学会

＿＿＿＿＿＿＿＿＿＿＿＿編(1960)『重刊改修捷解新語』京都大学国語国文学会

＿＿＿＿＿＿＿＿＿＿＿＿編(1963)『捷解新語文譯』京都大学国語国文学会

＿＿＿＿＿＿＿＿＿＿＿＿編(1972)『三本對照捷解新語 本文編』京都大学国語国
　　文学会

＿＿＿＿＿＿＿＿＿＿＿＿編(1973)『三本對照捷解新語 譯文·索引·解題編』京都大
　　学国語国文学会

宋敏(1986)『前期近代國語音韻論研究 - 특히 口蓋音化와 音을 中心으로- 』國語學會

池景來(2002)『「捷解新語」의 일본어 어휘연구』전남대학교 출판부

中山めぐみ(2001)「『捷解新語』のハングルの音注ー清音に当てられた並書表記に関する考
　　察ー」『麗澤大学紀要』第73巻

＿＿＿＿＿(2003)「『捷解新語』のハングルの音注ーサ行音とザ行音を表す表記につい
　　てー」『麗澤大学紀要』第79巻

濱田敦(1970)『朝鮮資料による日本語研究』岩波書店

＿＿＿＿(1983)『續朝鮮資料による日本語研究』臨川書店

古田和子(1985,2)「捷解新語原刊本における漢語の研究」『韓國外國語大學大學院碩士學
　　位論文』

森田武(1957)「捷解新語解題」『捷解新語』京都大学国語国文学会

安田章(1960)「重刊改修捷解新語解題」『重刊改修捷解新語』京都大学国語国文学会

＿＿＿＿(1990)『外国資料と中世国語』三省堂

＿＿＿＿(1990)『朝鮮資料と中世国語』笠間書院

韓美卿(1990)「『捷解新語』における尊敬表現」『日本文化5号』

＿＿＿＿(1992)「『捷解新語』における謙讓表現」『國文學研究』106

＿＿＿＿(1995)「『捷解新語』における敬語形式Ⅰ』박이정

제4장

日本地名의 表記에 대하여[*]
－『海行摠載』收錄 4개 記錄의 경우－

|김은숙

1. 머리말

『海行摠載』는 고려와 조선시대에 일본을 왕래한 통신사, 포로, 표류자들의 기행문을 모은 것인데, 여기에는 일본의 지명, 인명 및 그외 일본어휘들이 다수 기록되어 있다.

기록방법으로는, '振舞猶我國所謂宴也。倭音謂候老麻伊也'[1]와 같이, 일본어의 漢字 '振舞'를 기록하고 그 의미설명인 '宴'과 더불어 한국어의 漢字를 이용한 音譯 '候老麻伊'을 기록한 것과, '琴浦 긴牛羅',

---

[*] 본 논문은 김은숙(2010) 「日本地名의 表記에 대하여－『海行摠載』收錄 4개 記錄의 경우－」『일어일문학연구』제72집 1권, 한국일어일문학회, pp75~88에 게재된 논문을 수정 가필한 것이다.
[1] 李景稷(1617)『扶桑錄』

'對馬島 즈時麻'[2], '鰐浦 완로우라', '赤間關. 시모로셔기 一名下關'[3]
와 같이 한글로 기록한 것, 그리고 '波古沙只'[4], '要溫梁'[5]와 같이 한
국어의 漢字를 이용한 音訳(訓読포함)기록으로 나눌 수 있다.

사행록에 관한 연구 중, 송민은 조선 사람들이 접촉한 일본어 기
록을 통신사의 일기류, 임진왜란과 정유재란 시 일본으로 끌려간 포
로들의 기록류, 풍랑으로 인해 일본 땅을 밟게 된 표류자의 기록으
로 나누고, 관찰유형을 고유 일본어, 漢字표기에 의한 고유일본어,
그리고 漢字語로 나누어 정리하고 있다. 이런 자료들을 편년식으로
정리하면 국어와 일본어의 언어접촉사가 자연스럽게 밝혀 질 것으
로 보고 있다.[6] 中村榮孝은, 조선초기 사행록 가운데 현존하고 있는
문헌 중 最古라고 할 수 있는 宋希璟(1420)의『日本行錄』과 申叔舟
(1471)의『海東諸國記』에 기록된 일본지명에 대해 현재의 어느 지역
인지를 분명히 하고 그 記載방법과 역사적인 설명을 통해, 당시에 일
본어를 어떤 식으로 썼는지 알 수 있다고 하였다.[7]

본고에서는 宋希璟(1420)의『日本行錄』과 申叔舟(1471)의『海東諸國
記』, 南龍翼(1655)의『扶桑錄』, 趙曮(1763)의『海槎日記』에 기록된 일본
어 중 지명을 중심으로 하여, 15세기 조선시대 한문문장의 문헌에서 일
본어의 濁音과 'チ/ツ'의 표기가 17,8세기 문헌에서 어떤 변화가 있는지,
한국어의 訓讀에 의한 일본 지명의 표기에 대해 알아보고자 한다.

2　趙曮(1763-1764)『海槎日記』의 '路程記'
3　南龍翼(1655-6)『扶桑錄』의 '扶桑日錄'
4　宋希璟(1420)『日本行錄』, 申叔舟(1471)『海東諸國記』의 '日本國紀-壹岐島'
5　宋希璟(1420)『日本行錄』
6　宋敏(1985)「조선통신사의 일본어 접촉」어문학논총5 국민대 pp.37-52
7　中村榮孝(1965)「朝鮮初期の文献に見える日本の地名」日鮮関係史の研究(上) 青丘学叢

2. 본론

『日本行錄』은 宋希璟이 1420년 回礼使로서 일본에 갔을 때의 見聞과 경험을 시의 형식을 빌어 쓴 기록이다. 일본의 제도, 문물, 풍속, 습관, 그리고 우리나라와 일본과의 海路와 浦口등을 정확하게 기록한 조선초기 일본 回礼使의 기록이라는 점에서 사료적, 문헌적 가치가 크다고 할 수 있다. 『海東諸国記』는 申叔舟가 1471년 海東諸国 즉 日本本国, 九州, 対馬島, 壱岐島, 琉球国에 관해 기록한 것으로, 그의 見識과 경험으로 그 당시 일본에서 전래한 문헌과 왕년의 견문과 예조에 관장된 기록들을 참작하여 교린관계에 대한 후세의 軌範을 만들기 위해 撰述한 것이다.

『日本行錄』과 『海東諸国記』에 기록되어 있는 일본어는 대부분 지명들인데, 이를 『중세한국한자음훈집성』[8] 및 河野六郎의 『朝鮮漢字音の研究』를 통해 한국어 漢字音을 정리하여 <표1>로 나타내면 다음과 같다.

---

8 권인한(2005) 『중세한국漢字음훈집성』 제이앤씨

〈표 1〉

ア	阿아/安안/仰앙	イ	伊이/而싀/因인	ウ	于우/牛우	エ		オ	五오/吾오/于우
カ	加可家가/介개/干間간	キ	只지, 기	ク	仇구/軍군	ケ	桂計계/只지	コ	古고/昆곤
サ	沙佐사/雙상	シ	時是시/新神信신	ス	愁수	セ	世세/諸제/世伊세이/盛셩	ソ	所소
ザ		ジ		ズ		ゼ	全(ゼン)젼	ゾ	
タ	多다/短단	チ	知池地디	ツ	頭豆두/道도	テ	底뎌	ト	都渡도/唐당
ナ	乃내/羅라/那나	ニ	尼니/利리	ヌ		ネ	女녀/尼니	ノ	老로
ハ	朴박/波파/和火화/日왈	ヒ	比非비/皮피/胸흉	フ	候후/訓훈	ヘ		ホ	甫보/吾오/夫부
バ		ビ	肥비	ブ	夫부	ベ		ボ	
マ	麻마/忘망	ミ	美未미	ム	無무	メ		モ	毛모/門문
ラ	羅라	リ	利里리	ル		レ	里리	ロ	[水/路]로로/賴뢰
ヤ	也夜야			ユ	惟유			ヨ	要요/伊이/于우
ワ	臥와/完완								

그 외 キン:緊긴 シュ:守슈 ショ:昭쇼 ミズ:敏민

『扶桑錄』은 南龍翼이 종사관으로 제6차 乙未사행(1655년)때 일본에 갔을 때 지은 기록으로, 『扶桑錄』의 '聞見別錄'에는 문견 그대로를 적은 '倭皇代序'·'關白次序'·'對馬島主世系'·'官制'·'州界'·'道理'·'山川'·'風俗'·'兵糧'·'人物' 등에 관한 기록들이 수록되어 있다. 그 중 '道理'에는 일본지명들을 한자음 표기로 기록하고 있는데, 이 한자들을『중세한국한자음훈집성』⁹ 및 河野六郎의『朝鮮漢字音の硏究』에서 한국어 漢字音을 정리하여 <표 2>로 나타내면 다음과 같다.

<표 2>

あ	我阿아	い	伊이/益익/衛위	う	于右우/於어	え	藝예/延연	お	五오/溫온/雍옹/雄웅
か	加可가	き	其기	く		け	京경	こ	古고/久구
さ	沙사/朔삭	し	施시/申신	す	數수/柴싀/什습	せ	世세/西셔	そ	
ざ		じ	止지	ず	數수/若샥·샤	ぜ		ぞ	
た	多다	ち		つ	住쥬/注주/卽즉	て		と	刀道도
だ		ぢ		づ	數수	で		ど	刀道도
な	羅라/浪郎랑	に	匿닉/尾미	ぬ		ね	女녀	の	老로
は	化花和화	ひ	皮피	ふ	後후/訓熏훈	へ		ほ	
ば		び		ぶ		べ	非비	ぼ	
ま	馬마/萬만/亡망	み	未미	む	武無무	め		も	毛모
ら	羅라	り	里利리	る	農농	れ		ろ	老로
や	野也야/馬마			ゆ				よ	
わ	訛臥와/完완/五오								

그 외 ん:老로, きょ:敎교, ちゅ:主쥬, ひょ:表표효

『海槎日記』는 趙曮이 정사로 제11차 癸未사행(1763년)때 일본에

---

9 권인한(2005)『중세한국한자음훈집성』제이앤씨

갔을 때 지은 기록으로 사행 동안의 문견 또는 몸소 겪었던 일들을 일기체로 쓴 것이다.[10] 『海槎日記』의 '路程記'에는 일본지명을 한자음 표기로 기록하고 있는데, '路程記'에 기록된 한자를 『중세한국한자음훈집성』 및 河野六郎의 『朝鮮漢字音の研究』에서 한국어 漢字音을 정리하여 <표 3>으로 나타내면 다음과 같다.

〈표 3〉

あ	我阿아	い	伊以이	う	牛尤우	え	與여/乂예	お	五오
か	加可가	き	其기	く	口구	け	界溪계	こ	古고
さ	沙사	し	時시/伸신	す	沙사	せ	世셰/石셕	そ	소
ざ	自ᄌ	じ	之지	ず	ᄌ	ぜ		ぞ	
た	多다	ち	之只지	つ	ᄌ	て		と	刀도
な	羅라	に	伊以이	ぬ		ね	禮례/呂려	の	老로
は	所소/阿아/化화/[禾/叱]홧	ひ	屎시(히)[11]	ふ	後厚후	へ		ほ	
ば		び	比비	ぶ		べ		ぼ	
ま	馬麻마/亡망	み	米未味尾미	む	無무/米미	め		も	毛모
ら	羅라	り	里리/伊이	る	寓우	れ		ろ	老로
や	野야			ゆ				よ	要요
わ	訛臥와/往왕								

그 외 ちゅ:周쥬, きょ:喬교

---

10 민족문화추진회(1974) 『국역 『海行摠載』Ⅶ』 해제
11 『중세한국한자음훈집성』에는 '屎 시'이고, 河野六郎의 『朝鮮漢字音の研究』에는 '屎 히'이다.

2.1. 濁音표기

① 『日本行録』과 『海東諸国記』에서는 'ガ'행의 'ガ/ギ/グ/ゴ'의 예가 보이는데, 이것들을 표기하기 위해서 濁音節앞에 '盛성/忘망/仰앙/雙상', 『扶桑錄』에서는 'ガ/ゴ'의 표기를 위해 濁音節앞에 '忘망/雄웅/京경/郎랑/農농/雍옹/浪랑', 『海槎日記』에서는 'ガ/グ'의 표기를 위해 濁音節앞에 '忘망/京경/往왕'과 같이 喉內鼻音의 받침'ㅇ'인 漢字를 쓰고 있다.

　　日本行録　セガワ: 盛加臥 셩가와　　カマガリ: 可忘家利 가망가리

　　海東諸国記 アガミ: 仰可未 앙가미　　サガ: 雙介 상개
　　　　　　　ムギヤ: 無應只也 무응지야　ホング: 戸應口 호응구
　　　　　　　サゴ: 雙古 상고

　　扶桑錄　　カマガリ: 可亡加里 가망가리　ヒョウゴ: 表雍古 표옹고
　　　　　　　オオガキ: 五雄家其 오웅가기　ナゴヤ: 浪古野 랑고야
　　　　　　　カケガワ: 加京加臥 가경가와　スルガ: 數農家 수농가
　　　　　　　カナガワ: 加郎加臥 가랑가와　カナガワ: 施郎加臥 시랑가와

　　海槎日記　カマガリ: 加亡加里 가망가리　カケガワ: 加京可臥 가경가와

　　　　　　　カワグチ: 可往口之 가왕구지

② 『日本行録』과 『海東諸国記』에서는 'ザ'행의 'ザ/ジ/ゼ'의 예가 보

이는데, 이것들을 표기하기 위해 濁音節앞에 '干간/間간/安안/信신'과 같이 舌內鼻音의 받침'ㄴ'인 漢字를 쓰고 있으며,『扶桑錄』에서는 'ジ'의 표기를 위해 濁音節앞에 '訓훈/熏훈',『海槎日記』에서는 'ザ/ジ'의 표기를 위해 濁音節앞에 舌內鼻音의 받침'ㄴ'인 漢字를 쓰지 않고 '自ㅈ/之지'로 표기하고 있다.『日本行録』의 'ビゼン: 肥全 비젼'과 같이 濁音節 '全 ゼン'앞에 舌內鼻音의 漢字가 아닌 '肥비'를 쓰고 있는 예도 볼 수 있는데, 이는 語頭의 濁音이 이미 鼻音的 要素를 가지고 있기 때문이라고 볼 수 있을 것이다.[12]

日本行録　カザモト: 王沙毛梁 간사모도　ビゼン: 肥全 비젼

海東諸国記 カザモト: 間沙毛都 간사모도　アザモ: 安佐毛 안좌모
　　　　　 アジロ: 安而老 안늬로　　シンジョウ: 信昭于 신쇼우
扶桑錄　　 フジエダ : 訓之藝多 훈지예다 フジサワ: 熏止沙臥 훈지사와

海槎日記　カザモト: 加自馬刀 가즈마도　フジエダ: 後之與多 후지여다
　　　　　 エジリ: 乂之里 예지리　　　フジサワ: 厚之沙臥 후지사와

　③『日本行録』과『海東諸国記』에서는 'ダ'행의 'ダ/ヅ/ド'의 예가 보이는데, 이것들을 표기하기 위해 濁音節앞에 '軍군/新신/神신/因인',『扶桑錄』에서는 'ダ/ド'의 표기를 위해 濁音節앞에 '申신/延연/萬만/溫온',『海槎日記』에서는 'ド'의 표기를 위해 濁音節앞에 '伸신' 과 같이

---

12 『捷解新語』原刊本에서도 'ビゼン'의 한글 音注는 '비션'(九25ウ)으로 표기하고 있다.

舌內鼻音의 받침'ㄴ' 漢字를 쓰고 있으며, 그리고 한국 漢字音으로 표기할 수 없는 漢字인 경우는,『日本行録』의 'ムロヅミ: 無隱頭美島 무은두미도',『海東諸国記』의 'ヨド: 要溫梁 요온도',『扶桑錄』의 'ヨド: 要隱刀 요은도'와 같이 받침'ㄴ'을 표기하기 위해 漢字 '隱은/溫온'을 이용하여 기록하였다.

日本行録　　ニシドマリ: 利新梁灣 리신도만

ムロヅミ: 無隱頭美島 무은두미도

海東諸国記　クダマツ: 軍多灣 군다만　　　ヨド: 要溫梁 요온도

ニシドマリ: 尼神都麻里 니신도마리

ハイドマリ: 和因都麻里 화인도마리

インドウジ: 因都溫而 인도온시

扶桑錄　　　ニシドマリ: 尾申道萬里 미신도만리

エド: 延刀 연도　　　　　ウシマド: 于施萬刀 우시만도

ヨシダ: 要申多 요신다　　ヨド: 要隱刀 요은도

オダワラ: 溫多臥羅 온다와라

海槎日記　　ニシドマリ: 以伸刀馬里 이신도마리

④『日本行録』과『海東諸国記』에서는 'バ'행의 'ビ/ブ/ボ'의 예가 보이는데, 이것들을 표기하기 위해『日本行録』에서는 'ヒビ: 胸比 흉비'와 같이 濁音節앞에 받침'ㅇ'인 漢字 '胸'을 쓰고 있으며, 한국 漢字音

으로 나타낼 수 없는 漢字인 경우는, 『日本行録』에서는 'ヤビツ: 也音非梁 야음비도' 『海東諸国記』의 'ヤビツ: 也音非道 야음비도', 'クスボ: 仇愁音夫 구수음부', '古仇音夫 고구음부', 'ツボ: 頭音甫 두음포'와 같이 받침'ㅁ'을 표기하기 위해 漢字 '音음'을 이용하여 기록하였다.

『扶桑錄』과 『海槎日記』에서는 'バ' 행의 예가 보이지 않는다.

日本行録   ヤビツ: 也音非梁 야음비도   ヒビ: 胸比 흉비

海東諸国記 ヤビツ: 也音非道 야음비도   クスボ: 仇愁音夫 구수음부
         コクブ: 古仇音夫 고구음부   ツボ: 頭音甫 두음포

2.2. 訓読표기

『日本行録』과 『海東諸國記』의 일본어 표기 중 가장 특이하다고 볼 수 있는 것은 '梁'은 訓'ト/돌(도)', '串'은 訓'コシ/곶', '黑石'은 訓'カマド/까만 돌' 등의 訓読과 漢字音을 혼용한 것이다.[13]

濱田敦에 의하면 「梁」은 『訓蒙字會』에, 「水橋也, 又水堰也, 又石絶水爲梁」로, 朝鮮語 訓 tor, 朝鮮語子音 ryan인데, 그것이 日本語ト를 나타내는 것은 音이 아니라, 그 훈인 tor에 의한 것으로 보아야 하며, 또한, 「串」의 漢字도, 『老松堂日本行録』 『竜飛御天歌』 등에도 예가 보이듯이, 子音c'an이 아니라, 그 訓skoc'i을 빌어, 日本語의 二音節コシ를 나타내었다고 보아야 한다고 하였다.[14]

---

13 中村栄孝(1965) 「朝鮮初期の文献に見える日本の地名」 日鮮関係史の研究(上) pp.385-386, 388, 394-395, 415
14 濱田敦(1970) 『朝鮮資料による日本語研究』 岩波書店 p.5

송민은, 삼국시대에 반도의 동남단에는 加羅國이 있었다. 그 지역
에도 'tol' 혹은 'to(門)와 같은 말이 있었다. '旃檀梁 城門名 加羅語謂
門爲梁云("三國史記"卷44 斯多含伝)' 加羅國의 언어적 배경은 정확하
지는 않지만, 梁柱東은 일찍이 이 '梁'을 'to'로 읽고, 일본어 'to(戶)'
와는 동일어로 간주하였다. 그것은 '称所居之邑里 沙涿漸涿等…羅人
方言 讀涿音爲道 故今或作沙梁 梁亦讀道'("三國遺事"卷一 辰韓),와 '梁
tol lyan 水橋也 又水堰也 又石絶水爲梁'("訓蒙字會")이란 註釋을 근거
로 하고 있다"[15]고 하였다.

日本行録　ヤビツ: 也音非梁 야음비도　　ニシドマリ: 利新梁灣 리신도만

　　　　　ヨド: 要溫梁 요온도　　　　　カザモと: 干沙毛梁 간사모도

　　　　　カマドノセキ: 黑石西關 흑셕셔관

海東諸国記 フナコシ: 訓羅串 훈라곶

2.3. 'チ'와 'ツ'

有坂秀世는 'チ・ツ・ヂ・ヅ'의 頭音은 標準語에 있어서는, 13세기말
까지는 아직 단순한 파열음이었고, 16세기말에는 이미 破擦音으로
변화되어 있었으며, 그 변천 연대는 아직 명확히 할 수 없으나, 서서
히 변화해 갔을 것이다. 그리고, 현대의 여러 방언 상태로 추측컨대,
'チ・ヂ'의 두음의 破擦音化는, 'ツ・ヅ'의 두음의 破擦音化보다도, 먼저
일어난 것으로 여겨지며, 또한 破擦音化의 연대는 지방에 따라 각기

15　宋敏(1999)『韓国語と日本語のあいだ』草風館 p.220

다르다.[16] 고 하였다.

濱田敦는 "伊呂波"[17]에는 'タ'行子音 모두가 언문't'로 통일되어 있고, 따라서 'チ･ツ'도 'ti, tu'로 적혀있다. 이것은 당시의 일본어에 있어 'チ･ツ'가 아직 중세말기 이후와 같이 破擦音化하여 [tʃi][tsu]로 되어 있지 않았던 것을 나타내는 가장 중요하며 확실한 자료[18]라고 하였다.

『日本行錄』, 『海東諸国記』와 같은 15세기 문헌에서는 'チ'를 '池知地 디', 'ツ'를 '豆頭 두'로 표기하고 있으며, 17세기 중엽의 『扶桑錄』에서는 'チ'를 '至之志 지', 'ツ'를 '卽즉/注주/住쥬'로, 18세기 중엽의 『海槎日記』에서는 'チ'를 '只之 지', 'ツ'만을 한글 '즈'로 표기하고 있다.

이것은 韓國語의 구개음화와 연관 지어서 생각할 수 있는데, 李基文은, 口蓋音化가 일어난 정확한 연대는 정확하지는 않으나, 17세기 후반 또는 18세기 동안에 일어났다고 추측된다.[19]고 하였다. 宋敏은, 'ㄷ口蓋音化'는 16세기 말엽부터 偶發的 發端이 보이기 시작하며, 17세기 말엽에 이르기 까지 隨意的 變異에 머물렀던 'ㄷ口蓋音化'는 점차 音聲규칙으로 굳어지면서 '디'와 같은 音節을 내포하고 있는 다른 형태소로 확산되었겠지만, 확실한 實例가 문헌에 나타난 것은 17세기의 90년대의 전후부터로 보고 『譯語類解』(1690)를 예로 들고 있다. 18세기 30년대부터는 通時的 변화를 거친 實例들이 語頭와 非語頭, 문법형태소와 漢字형태소에 널리 확산되었다[20]고 하였다.

---

16 有坂秀世(1980) 『国語音韻史の研究 増補新版』 三省堂 p.570
17 1965년 京都大学国文学会複製 『弘治五年朝鮮版 伊呂波』
18 濱田敦(1970) 『朝鮮資料による日本語研究』 岩波書店 p.83. 'タ行子音はすべて諺文t で統一されて居り、従ってチ、ツもti、 tuと書かれている。(中略)そしてこれは、当時の 日本語においてチ、ツが、まだ中世末期以降の如くアフリカータ化して[tʃi][tsu]となっ ていなかったことを示す、最も重要かつ確実な資料となるべきものと云わねばならない'
19 李基文(1998) 『新訂版 國語史槪說』 태학사 p.208

『日本行録』과『海東諸国記』에 다음과 같은 예가 보인다.

日本行録　ムロヅミ: 無隱頭美島 무은도미도

海東諸国記 ヒタカチ: 皮多加池 피다가듸　クチキ: 仇知只 구듸기
　　　　　オオチロモ: 溫知老毛 온듸로모
　　　　　コチロ: 昆知老 곤듸로　　　　ケチ: 桂地계듸
　　　　　ツボ: 頭音甫 두음포　　　　　ツツキ: 豆豆只 두두기
　　　　　ツツ: 豆豆 두두　　　　　　　ツナ: 豆羅 두라
　　　　　ハツヤマ: 火知也麻 화듸야마　ウナヅラ: 于那豆羅 우나두라

　그리고,『海東諸国記』에서는 'オ段+チ'의 표기를 위해 '溫온' '昆곤'과 같은 舌內鼻音의 받침'ㄴ'을 이용한 'オオチロモ: 溫知老毛 온듸로모', 'コチロ: 昆知老 곤듸로'와 같은 예가 있는데, 濁音이 아닌 'チ'의 앞 音節에 'ㄴ'받침을 쓴 것이 특이하다. 그러나 이와 같은 예가 적어 이번 연구에서는 이런 표기에 대한 이론을 쓰기에는 적합하지 않은 것 같다. 앞으로, 이러한 예가 다른 문헌에서도 나타나는지 파악해야 할 과제가 될 것 같다.
　『扶桑錄』에서는 아래와 같이 'チ'를 語頭·語中·語尾에 관계없이 모두 '至之志 지'로 표기하고 있으며, 'ツ'를 語頭·語中에서는 '即즉'으로, 語尾에서는 '注주/住쥬'로 표기하고 있다.

20　宋敏(1986)『前期近代國語音韻論硏究』國語學會 pp89-91

チクゼン: 至久前 지구젼[21]   イマイチ: 伊馬伊之 이마이지

ハチマンヤマ: 華志馬老野馬 화지마로야마

ツワ: 卽訛 즈와   ミツケ: 未卽界 미즈계

シモツ: 施毛注 시모주   オオツ:五于注 오우주

ムロツ: 無老注 무로주   ハママツ:化馬馬住 화마마주

『海槎日記』에서는 아래와 같이 'チ'를 '只之 지', 'ツ'만을 한글 '즈'
로 표기한 것이 특이하다.

チクゼン: 只口前 지구젼   ニシグチ: 以時口之 이시구지

ムロヅミ: 無老즈米 무로즈미   ツシマ: 즈時麻 즈시마

ツワ: 즈訛 즈와   ムロツ: 無老즈 무로즈

3. 맺음말

지금까지 『日本行錄』, 『海東諸國記』, 『扶桑錄』, 『海槎日記』를 통해
濁音의 표기, 訓讀, 'チ/ツ'의 표기변화에 대해 알아보았다.

濁音 'ガ/ギ/グ/ゴ'를 표기하기 위해 濁音節앞에 '盛셩/忘망/仰앙/雙
상/雄웅/京경/郎랑/農농/雍옹/浪랑/往왕'과 같이 喉內鼻音의 받침 'ㅇ'
인 漢字를 이용하고 있으며, 15, 17, 18세기 모두 같은 방법으로 표기
하고 있음을 알 수 있었다. 濁音 'ザ/ジ/ゼ'를 표기하기 위해 濁音節앞

---

21 李景稷(1617) 『扶桑錄』과 동일

에 '干간/間간/安안/信신/訓훈/熏훈'과 같이 舌內鼻音의 받침'ㄴ'인 漢字를 이용하고 있고, 『海槎日記』에서는 'ザ/ジ'의 표기를 위해 濁音節 앞에 舌內鼻音의 받침'ㄴ'인 漢字를 쓰지 않고, '自ᅎ/之지'로 표기하고 있는 것이 특이하다. 『日本行錄』의 'ビゼン: 肥全 비젼'과 같이 語頭의 濁音 'ビ'가 이미 鼻音的 要素를 가지고 있기 때문에 濁音節 'ゼン' 앞에 舌內鼻音의 漢字가 아닌 '肥비'를 쓰고 있는 예도 볼 수 있었다. 濁音 'ダ/ヅ/ド'를 표기하기 위해 '軍군/新신/神신/因인/申신/延연/萬만/溫온/伸신'과 같이 舌內鼻音의 받침'ㄴ' 漢字를 쓰고 있으며, 한국 漢字音으로 나타낼 수 없는 漢字인 경우는, 『日本行錄』의 'ムロヅミ: 無隱頭美島 무은두미도', 『海東諸国記』의 'ヨド: 要溫梁 요온도', 『扶桑錄』의 'ヨド: 要隱刀 요은도'와 같이 받침'ㄴ'을 표기하기 위해 앞뒤 音節과 관계 없는 漢字 '隱은/溫온'을 이용하여 기록하였다.

『扶桑錄』과 『海槎日記』에서는 'バ'행의 예가 보이지 않으나, 『日本行錄』에서는 'ヒビ: 胸比 흉비'와 같이 濁音節앞에 받침'ㅇ'인 漢字 '胸'을 쓰고 있으며, 한국 漢字音으로 나타낼 수 없는 漢字인 경우는 『日本行錄』에서는 'ヤビツ: 也音非梁 야음비도', 『海東諸国記』의 'ヤビツ: 也音非道 야음비도', 'クスボ: 仇愁音夫 구수음부', '古仇音夫 고구음부', 'ツボ: 頭音甫 두음포'와 같이 받침'ㅁ'을 표기하기 위해 漢字 '音음'을 이용하여 기록하였다.

濱田敦는, 이것은 당시의 한국어에 있어서, 音韻上 't:d, p:b, k:g'등의 대립이 존재하지 않으며, 당시의 일본어에 있어서, 濁音節이 [nd][mb][ŋg]와 같은 頭子音을 가지고 있었던 것에 의한 것이라고 설명하고 있다.[22]

『日本行錄』과 『海東諸國記』에는 訓読에 의한 지명표기가 보이는

413

데, '梁'을 'ﾄ', '串'을 'ｺｼ', '黑石'을 'ｶﾏﾄ'로 기록하고 있다. 夕行子
音중, 'ﾁ'와 'ﾂ'는 室町中期까지는 각각 [ti][tu]이었고, 室町末期에는
현대와 마찬가지로 [tʃi][tsu]이었다.『日本行録』,『海東諸国記』와 같
은 15세기 문헌에서는 'ﾁ'를 '池知地 디', 'ﾂ'를 '豆頭 두'로 표기하
고 있는데, 南龍翼(1655)의『扶桑錄』에서는 'ﾁ'를 '至之志 지', 'ﾂ'를
'注주/住쥬/卽즉'으로, 趙曮(1763)의『海槎日記』에서는 'ﾁ'를 '只之
지', 'ﾂ'만을 한글 '즈'로 표기하고 있다. 이것은 韓國語의 口蓋音化
와 연관 지어 볼 때, 日本語의 破擦音化와 韓國語의 口蓋音化의 연대
를 명확히 하는 데 필요한 하나의 자료로 볼 수 있을 것이다.

이상과 같이『海行摠載』에 수록된『日本行録』,『海東諸國記』,『扶桑
錄』,『海槎日記』을 통해 '濁音'의 표기법과 'ﾁ/ﾂ'의 표기변화, 한국
어의 訓讀에 의한 일본어 지명의 표기 등을 조사해 봄으로써, 당시의
일본어 학습서가 아닌『海行摠載』도 일본어 연구의 자료로서 충분한
가치를 가지고 있음을 확인 할 수 있었다. 이번 연구에서는 일본지
명을 대상으로 하였으나, 앞으로 지명과 그 외의 어휘를 다른 문헌
에서 발췌하여 일본어의 표기 변화에 대한 연구를 계속하고자 한다.

| 참고문헌 |

권인한(2005)『중세한국漢字음훈집성』제이앤씨
南龍翼(1655-6)『扶桑錄』국역『海行摠載』Ⅴ, 민족문화추진회
申叔舟(1471)『海東諸國記』국역『海行摠載』Ⅰ, 민족문화추진회
李景稷(1617)『扶桑錄』국역『海行摠載』Ⅲ, 민족문화추진회
李基文(1998)『新訂版 國語史槪說』태학사 p.208.

---

22 濱田敦(1970)『朝鮮資料による日本語研究』岩波書店 p.5

宋敏(1985)「조선통신사의 일본어 접촉」어문학논총5, 국민대 pp.37-52

____(1986)『前期近代國語音韻論研究』國語學會 pp.89-91

____(1999)『韓国語と日本語のあいだ』草風館 p.220

宋希璟(1420)『日本行錄』국역『海行摠載』Ⅶ, 민족문화추진회

趙曮(1763-1764)『海槎日記』국역『海行摠載』Ⅶ, 민족문화추진회

『捷解新語』(1957) 京都大学国文学会

有坂秀世(1980)『国語音韻史の研究 増補新版』 三省堂 p.570

河野六郎(1979)『朝鮮漢字音の研究』

中村栄孝(1965)「朝鮮初期の文献に見える日本の地名」

『日鮮関係史の研究(上) 』青丘学叢 pp.385-386, p.388, pp.394-395, p.415

濱田敦(1970)『朝鮮資料による日本語研究』岩波書店 p.5, p.83

『弘治五年朝鮮版 伊呂波』(1965) 京都大学国文学会複製

담론과 표현의 일본학

제5장

소설 속에 사용된 'やる類'동사에 대한 한국어와 영어의 번역양상[*]
―夏目漱石의『こころ』를 중심으로―

┃양 정 순

1. 머리말

오늘날 일본관련 번역물은 출판사 및 개인 블로그를 통해 공식적·비공식적으로 끊임없이 나오고 있다. 그 가운데 일본 근·현대 소설 분야는 하나의 창작물에서 여러 권이 공식적으로 출판될 정도로 많다. 심지어 동일한 번역자가 동일한 책을 가지고 다른 출판사에 출간한 번역물도 있었다. 다양성으로 인한 선택의 폭이 넓어진 장점도 있지만, 실질교재로서 접근하게 되는 독자 및 학습자[1]는 다양성에서 생기는 어

---

* 이 논문은 2016년 한국일어일문학회 日語日文學研究 제98집에 실렸던 논문을 수정 가필한 것임.

1 高見澤孟(2004)『新·はじめての日本語教育2』アスク p.48

려움을 겪게 된다. 왜냐하면 번역의 오류도 하나의 원인이 될 수 있지만, 무엇보다도 번역물에 나타난 표현이 작가에 의해 재구성됨으로써 획일적인 어휘가 사용되지 않아서 생긴 차이점이 있기 때문이다. 작가에 의해 재구성될 때, 작가는 자국민의 언어문화를 희생시키면서 원문에 충실하거나, 원문을 희생시키면서 자국민의 고유한 언어문화를 존중할 것인지를 결정해야 하며[2] 이로 인해 차이점이 생길 수밖에 없다. 따라서 번역물에 제시된 표현에 대해서 체계화할 필요가 있다.

본고는 일본 근대 문학에 한 주류를 이룬 일본 국민 작가의 작품으로, 한국에서도 많은 번역물이 존재하는 나쓰메 소세키(夏目漱石)의『こころ』번역물을 분석대상으로 삼고자 한다. 분석 대상 어휘로는 한국인 학습자에게 주의를 요하는 수수동사로 삼았다. 일본어의 수수동사[3]는, '남에게 건네다'와 '자기에게 건네다'[4]라는 2종류를 갖는 한국어와는 달리, 화자·상대·이동대상의 방향에 따라 동사의 사용이 결정되며, '与える(주다)'의 'やる類' 'くれる類', '受ける(받다)'의 'もらう類' 3종류가 있다. 그 가운데 화자('주는 자')가 상대('받는 자')에게 건넨다는 'やる' 'あげる' 'さしあげる'의 'やる類'를 대상으로 한다. 이 표현은 한국어의 '남에게 건네다'라는 의미에 해당되는 것으로 화자의 의식이 농후하게 드러나는 표현이자 자신의 시점에서 문장이나 담화를 이끌어 가는[5] 표현이기에 작가의 의도가 반영되어 번역의 다양성을 볼 수 있을 것이라 생각되기 때문이다.

---

2 라데군디스슈톨체(2011)『번역이론 입문』임우영 등역, 한국외국어대학 출판부 p.101
3 森田良行(1995)『日本語の視点ーことばを創る日本人の発想ー』創拓社 pp.169-180
4 남기심·고영근(1987)『표준 국어문법론』탑출판사 pp.140-141
5 村田美恵子(1994)「やる・してやる」と「あげる・してあげる」『国文学解釈と鑑賞』pp77-84

2. 선행연구 및 연구 방법

수수동사에 관한 선행연구의 한일 대조 분야 가운데, 奧津敬一郎의 「日本語の授受動詞の構文-英語·朝鮮語と比較して-」[6]에서는 일본어의 수수동사에 대응되는 한국어 동사와 영어 동사의 문의 구조와 경어체계를 비교분석했으며, 'やる, あげる'는 '주다', 'さしあげる'는 '드리다', 'give'로 제시했다. 김창남의 「日·韓両言語における授受動詞の対照研究」[7]에서는 'やる'는 '주다', 'あげる'는 '주다, 드리다', 'さしあげる'는 '드리다' 등으로 사전적 어휘를 이용해 대응관계를 고찰했다. 그 밖에 일본 근대 소설 번역물을 이용한 한일 대조 연구는 다수 있지만, 수수동사에 관한 한일 대조는 문법적인 레벨에서 이루어졌다. 본고는 이러한 내용을 거쳐 『こころ』에 나타난 'やる·あげる·さしあげる'가 작가에 의해 어떤 양상으로 나타났는지 영어표현과 차이를 두어 분석한다.

분석 대상인 나쓰메 소세키(夏目漱石)의 소설 『こころ』는 번역물[8]이 많이 있으나, 본고에서는 식민지 시대 이후 공식 출판되었다는 1990년에 출판된 한국어 번역물과 영어를 모어로 한 작가의 영어 번역물[9]로 했다. 『こころ』는 「先生と私」「両親と私」「先生と遺書」라는 상중하 3부로 이루어졌으며, 이야기를 이끌어나가는 내레이터(語り手)는 '私(나)'

---

6 奧津敬一郎(1979)「日本語の授受動詞の構文—英語·朝鮮語と比較して—」『人文學報』132 東京都立大学 pp.1-27

7 김창남(1999) 「日·韓両言語における授受動詞の対照研究」『千葉大学ユーラシア言語文化論集』pp.194-209

8 윤상인 外(2008)『일본문학 번역 60년 현황과 분석』p.59

9 서석연(1990)『마음』범우사
   Edwin McClellan(1957)『KOKORO』HENRY REGNERY COMPANY

이다[10]. 수수동사의 특징을 고려해 내레이터인 '私'도 대화의 장면에 포함시킨다. 수수동사가 대인관계에 영향을 받는 동사이므로, 수수의 행위가 가족구성원끼리 이루어졌을 때와 그렇지 않을 경우 즉, [대인관계가 내적인물로 구성된 경우] [대인관계가 외적인물이 포함된 경우]로 나누어 <표현주체와 상대에 따른 사용>을 분석한다. 그리고 'やる類'동사의 상하관계에 따른 사용 어휘는 메이지기에 걸쳐 편찬된 『言海』[11]를 기준으로 한다. 'テ형'이 결합되면 사물의 이동 뿐 아니라 행위의 이동도 나타내는 등 단독으로 사용될 때와는 달리 변화가 있으므로[12] 본동사, 보조동사, 2개 이상의 수수동사가 상호 접할 때의 표현 등 <문의 구조>에 따라 번역 양상을 대조 분석하고자 한다.

3. 표현 주체와 상대에 따른 やる類

일반적으로 'やる類'의 동사는 표현주체와 상대에 따른 표현으로 화자(또는 화자 측의 인물)가 '受'쪽에 있지 않은 동사로, 상대가 경의의 대상인지 아닌지 또 '주는 자·받는 자·내외관계(身内·よそもの)'에 따라 やる-あげる-さしあげる(하위표현→상위표현)[13]의 동사 사용이 결정된다. 이를 바탕으로 대인관계가 [내적 인물로 구성된 경우]와

---

10 遠藤嘉基·池垣武郎(1960) 日本文学史 中央図書 p.143
11 大杉文彦(1889)『言海』関西売捌所
12 宮地裕(1965) 「「やる·くれる·もらう」を述語とする文の構造について」『国語学』63 pp.21-33
13 村田美恵子(1994) 「やる·してやる」と「あげる·してあげる」『国文学解釈と鑑賞』 pp.74-84

〔외적 인물이 포함된 경우〕로 나누고 예문의 뒤에 ['주는 자'→'받는 자', →는 이동 방향]로 인물관계를 제시하여, 수수동사의 어형 및 사용례를 분석한다.

〈표 1〉 수수의 대인관계가 내적 인물로 구성된 경우

(등장인물이 2명일 때)

			やる		あげる	おあげる	おあげなさる	さしあげる
주는자 >받는자	회화문	2	주다 be yours	0	0	0	0	
	지문	0		0	0	0	0	
주는자 =받는자	회화문	0		0	0	0	0	
	지문	0		0	0	0	0	
주는자 <받는자	회화문	0		0	0	0	0	
	지문	2	보내다 letter to/ will-	0	0	0	0	
			てやる		てあげる	ておあげる	ておあげなさる	てさしあげる
주는자 >받는자	회화문	2	Ø/-주다 Ø/ will see to-	1	-주다 Ø	0	0	0
	지문	0		0	0	0	0	
주는자 =받는자	회화문	0		0	0	0	0	
	지문	0		0	0	0	0	
주는자 <받는자	회화문	1	Ø expect to -	1	-드리다 shall-	0	0	0
	지문	2	-드리다 must-/ tempted to-	0	0	0	0	

'テ'형과 결합될 때: Ø는 전항동사로, ★는 다른 어휘로 번역된 경우

* 회화문의 경우

(1) 「静、おれが死んだらこの家をお前にやろう」[夫→婦]

421

"내가 죽으면 이 집을 당신에게 <u>주겠소</u>."

"Shizu, this house <u>will be yours</u> when I die."

(2) そりゃ僅の間の事だろうから、どうにか<u>都合してやろう</u>。 [母→息子]

그건 얼마 안되는 기간일테니 어떻게든 <u>대주마</u>.

Since it will only be for a short time, <u>I'll see</u> to it that you get your allowance.

(3) 「今年の夏はお前も詰らなかろう。せっかく卒業したのに、お祝い<u>もして</u><u>上げる</u>事ができず、お父さんの身体もあの通りだし。それに天子様のご病気で。――いっその事、帰るすぐにお客でも呼ぶ方が好かったんだよ」 [母→息子]

금년 여름은 너도 재미가 없겠구나. 힘들게 공부해 졸업했는데 축하도 <u>못해주고</u> 아버지의 건강도 저렇고. ----이럴 줄 알았으면 네가 돌아왔을 때 바로 손님들을 초대할 걸 그랬구나.

"You can't be enjoying yourself very much this summer," my mother said. "We haven't even <u>celebrated</u> your graduation. Your father hasn't been well, and now, His Majesty ... We should have had a dinner party immediately after your return."

(4) 「おれが死んだら、おれが死んだらって、まあ何遍おっしゃるの。後生だからもう好い加減にして、おれが死んだらは止して頂戴。縁喜でもない。あなたが死んだら、何でもあなたの思い通りに<u>して上げる</u>から、それで好いじゃありませんか」 [婦→夫]

"내가 죽으면, 내가 죽으면, 도대체 몇 번이나 그 말을 하는 거죠? 제발 부탁이니 어지간히 해두세요. 내가 죽으면이란 말을 그만 좀 하세요. 기분이 나쁘단 말이에요. 당신이 돌아가시면 무엇이든 당신 뜻대로 <u>해 드릴께요.</u> 그러면 되잖아요?"

"How many more times are you going to say, 'When I die, when I die'? For heaven's sake, please don't say 'when I die' again! It's unlucky to talk like that. When you die, I <u>shall do</u> as you wish. There, let that be the end of it."

* 지문의 경우

(5) 私は兄に向かって、自分の使っているイゴイストという言葉の意味がよく
解るかと<u>聞き返してやりたかった</u>。 [弟→兄]

나는 형에게 자신이 말하는 에고이스트란 말의 뜻을 잘 알고 있
느냐고 <u>되묻고 싶었다</u>.

I <u>was tempted to ask</u> my brother if he knew what he was talk about when he used the word "egoist."

(6) 早くあの卒業証書を持って行って<u>見せてやろう</u>と思った。 [息子→父]

어서 빨리 졸업장을 갖다 보여 <u>드려야겠</u>다고 생각했다.

I <u>must</u> hurry home and <u>show</u> my diploma to him.

<표 1>은 대인관계가 가족 구성원으로만 이루어진 장면에서 사용된 어형과 그에 따른 사용수를 회화문과 지문으로 나눈 것이다.

가족관계의 회화문에서 '받는 자'가 손아래의 인물일 때는 예(2)(3)처럼 'やる'와 'あげる'가 모두 사용되었다. 예(2)과 같이 '주는 자'가 손위의 인물일 때는 'やる'를 사용하는 것이 보편적이었고 한국어역도 '주다'로 번역되었다. 그러나 '주는 자'가 손위라 하더라도 손아래의 '받는 자'를 위한 호의를 보인 장면에서는 예(3)와 같이 'あげ

423

る'를 사용하기도 했다. 이 당시의 'あげる'는 공손도가 있는 표현으로 현대 일본어와는 다소 차이가 있음에도[14] 불구하고 한국어 역은 '주다'로 번역되었다. 부부의 경우, 예(1) (4)과 같이 아내는 남편에게 'あげる'를, 남편은 아내에게 'やる'를 사용한 예가 보였다. 번역 어휘 선정에 있어서 화자가 아내일 때는 '드리다[15]'와 '주다'가 병행되어 사용되었지만, 화자가 남편일 때는 '드리다'로 번역된 예가 없었다[16]. 또 남편은 아내에게 '해체'로, 아내는 남편에게 '해요체'로 번역되는 등, 한국어 역에서는 상대 높임에서의 종결어미의 차이를 보였다. 지문의 경우, '받는 자'와의 대인관계에 의한 영향은 회화문보다 적었으며 'やる'가 중심이 되어 사용되었다. 예(5)의 형제자매의 경우, 손위의 형에게 'やる'가 사용된 예가 보였는데 한국어 역으로는 '주다'로 번역되었다. 그러나 부모자녀의 경우는 예(6)과 같이 화자의 의지('やろう')를 나타낸 표현이라 할지라도 그 상대가 손위의 인물이라면, 높임 표현인 '드리다'로 번역되었다.

다음은 대화의 장면에 제 3의 인물이 있는 경우를 서술하고자 한다.

---

14 주10)과 같음

15 주3)과 같음 p.323 '드리다'는 청자나 문장 안의 목적어, 처소격어 등을 높이는 특수 어휘 높임 표현의 하나로 서술하고 있다.

16 1990년대부터 2010년대까지 한국어 번역된 작품 모두, 화자가 남편일 때 아내를 향해 존경 표현이 사용된 예는 보이지 않았다.

〈표 2〉 수수의 대인관계가 내적 인물로 구성된 경우

(등장인물에 제3의 인물이 있을 때)

		やる		あげる		おあげる	おあげなさる	さしあげる	
주는자 >받는자	회화문	0		0		0	0	0	
	지문	0		0		0	0	0	
주는자 =받는자	회화문	0		0		0	0	0	
	지문	0		0		0	0	0	
주는자 <받는자	회화문	0		0		0	0	0	
	지문	0		0		0	0	0	
		てやる		てあげる		ておあげる	ておあげなさる	てさしあげる	
받는자 :미지정	회화문	0		0		0	0	0	
	지문	0		0		0	0	0	
주는자 >받는자	회화문	0		0		0	0	0	
	지문	0		0		0	0	0	
주는자 =받는자	회화문	0		0		0	0	0	
	지문	0		0		0	0	0	
주는자 <받는자	회화문	1	Ø / Ø	1	-드리다 / try to make-	0	0	0	
	지문	2	-주다 -드리다 ★/give-	0		0	0	0	

'テ'형과 결합될 때: Ø는 전항동사로, ★는 다른 어휘로 번역된 경우

＊ 회화문의 경우

(7) この様子じゃ、とても間に合わないかも知れないけれども、それにして
も、まだああやって口も慥かなら気も慥かなんだから、ああしてお出のう
ちに喜ばして上げるように親孝行をおしなああしてお出のうちに喜ばして
上げるように親孝行をおしな [息子→父]

그런데 지금 상태로는 쉽게 일어나시지 못할 것 같지만 그래도
저렇게 말씀도 잘하시고 정신도 말짱하니 저럴 때 기쁘게 해드

리는 것이 효도가 아니겠니.

But as you can see, he can still talk without any trouble, and his mind is perfectly clear. Won't you be a good son, and try to make him happy before he getsany worse?

* 지문의 경우

(8) 私は死に瀕している父の手前、その父に幾分でも<u>安心させてやりたい</u>と祈りつつある母の手前、～。[母→父]

죽을 지경에 이른 아버지를 위해서라도, 그 아버지를 조금이라도 <u>안심시켜드리고 싶어 하는</u> 어머니에 대한 체면상～.

I thought of my father, who was so close to dying; of my mother, who so desperately <u>wanted to give</u> him as much comfort as she could;～.

<표 2>는『こころ』에서 대인관계가 가족 구성원으로만 이루어졌지만, 화자≠'주는 자' 또는 상대≠'받는 자'일 때 사용된 어형과 그에 따른 사용수를 회화문과 지문으로 나눈 것이다.

회화문에서는 '받는 자'가 화자와 청자보다 손위의 인물일 때 예(7)처럼 'あげる'가 사용되었으며[17] 한국어 역은 '드리다'였다. 그러나 지문에서는 예(8)처럼 '받는 자'가 '주는 자'보다 손위의 인물이라 할지라도 'やる'가 사용되는 경우가 있는데, 이에 대한 한국어 역도 '드리다'였다. 즉, 분석 작품 내에서 '받는 자'가 화자나 청자보다 손위의 인물일 때는 'やる'든, 'あげる'든 '드리다'로 번역되었다. '드리다'는 객체가 화자보다 존

17　辻村敏樹(1992)『敬語論考』明治書院 p.230

귀해야 하고 동시에 주체보다 존귀할 때 사용되는[18] 표현이므로, 일본어와의 대조 분석을 위해서는 문맥의 흐름이나 배경의 이해가 필요하다.

다음은 대인관계를 확대해서 외적인물이 포함된 경우를 서술한다.

〈표 3〉 수수의 대인관계가 외적 인물이 포함된 경우

(등장인물이 2명일 때)

		やる		あげる		おあげる	おあげなさる	さしあげる	
주는자 >받는자	회화문	주다	1	드리다/ 들(시)다	3	0	0	그러하다	2
		marry		have/mind you/would you like-				may have	
	지문			(답장)하다/ 보내다 들어 올리다/ 들다	4	0	0	0	
				tell/answer/ raise					
주는자 =받는자	회화문	0		0		0	0	0	
	지문	0		0		0	0	0	
주는자 <받는자	회화문	0		(선물)하다 give	2	0	0	0	
	지문	0		0		0	0	0	
		てやる		てあげる		ておあげる	ておあげなさる	てさしあげる	
주는자 >받는자	회화문	∅	1	∅/-주다/ -드리다	4	0	0	0	
		must-		shall-/help-/ will-					
	지문	-주다	1	-드리다	2	0	0	0	
		help-		★/shall-					
주는자 =받는자	회화문	0		0		0	0	0	
	지문	0		0		0	0	0	
주는자 <받는자	회화문	0		0		0	0	0	
	지문	0		-주다 have-	1	0	0	0	

'テ'형과 결합될 때: ∅는 전항동사로, ★는 다른 어휘로 번역된 경우

---

18 주4)과 같음 pp.334-336

* 회화문의 경우

(9) 「宜ございんす、差し上げましょう」といいました。[奥さん→先生]

"좋아요. 그렇게 하죠."하고 말했습니다.

"All right," she said finally. "You <u>may have</u> her."

(10) あなたは私に会ってもおそらくまだ淋しい気がどこかでしているでしょう。私にはあなたのためにその淋しさを根元から<u>引き抜いて上げる</u>だけの力がないんだから。[先生→私]

당신은 나를 만나도 역시 외로운 기분이 어느 구석에 남아 있을 것입니다. 나는 당신을 위해 그 외로움을 뿌리채 <u>뽑아드릴</u> 힘이 없으니까요.

But surely, when you are with me, you cannot rid yourself of your loneliness. I have not it in me to <u>help</u> you <u>forget</u> it.

* 지문의 경우

(11) 話しましょう。私の過去を残らず、あなたに<u>話して上げ</u>ましょう。その代り……。いやそれは構わない。しかし私の過去はあなたに取ってそれほど有益でないかも知れませんよ。[先生→私]

그럼 얘기해드리지요. 내 과거를 조금도 남김없이 <u>얘기해주겠소</u>. 그 대신……아니, 그것은 상관없소. 그러나 내 과거는 당신에게 그다지 도움이 되지 않을지도 모릅니다.

I will tell you. I <u>will tell</u> you all about my past. But remember-no, never mind about that. Let me simply warn you that to know my past may do you no good. It may be better for you not to know.

<표 3>은 대인관계에 있어서 가족이 아닌 외부 인물로 구성된 장면에서 사용된 어형과 그에 따른 사용수를 회화문과 지문으로 나눈 것이다.

회화문의 경우, 손아래의 인물에게 사용된 예(9)의 'さしあげる'는 '그렇게 하다'라는 어휘가 선정되었는데, 'さしあげる'가 가지는 본래의 뜻과는 거리가 멀다. 또 당시의 'さしあげる'는 존경도가 꽤 높은 표현인데,[19] 본고의 한국어 번역물에서는 상대를 보통으로 높이는 문말 표현을 이용해 번역되었을 뿐, 당시의 'さしあげる'의 의미용법 보다는 현대의 대인관계에 따른 번역이 보였다. 손아래의 인물에게 사용된 예(10)의 'あげる'는 청자를 대우하여 '드리다'로 번역되었다. 반면 지문에 사용된 예(11)는 예(10)과 동일한 등장인물인데도 'あげる'가 '주다'로 번역되는 등, 회화문일 때와 지문일 때의 차이가 보였다.

다음은 대화의 장면에 제3의 인물이 있는 경우를 서술하고자 한다.

〈표 4〉 수수의 대인관계가 외적 인물이 포함된 경우

(등장인물에 제3의 인물이 있을 때)

		やる		あげる		おあげる	おあげなさる	さしあげる	
받는자 :미지정	회화문	0		0		0	0	0	
	지문	3	주다/ 보내다/들다 marry/be sent	0		0	0	0	
주는자 >받는자	회화문	0		0		0	0	0	
	지문	1	주다 receive	0		0	0	0	

19 朝鮮語硏究會『中等朝鮮語講座 第1回 第1號』국립중앙도서관소재 pp.1-20

		てやる		てあげる		ておあげる	ておあげなさる	てさしあげる
주는자 =받는자	회화문	0		0		0	0	0
	지문	0		0		0	0	0
주는자 <받는자	회화문	0		0		0	0	0
	지문	0		0		0	0	1 드리다 present
받는자: 미지정	회화문	0		0		0	0	0
	지문	0		0		0	0	0
주는자 >받는자	회화문	0		3	Ø/-내다 Ø/can-be reluctant to-	0	0	0
	지문	9	Ø/-주다/ -놓다/ -해 달라/ -게 하다 Ø/★/ should-/try to-/ can-/will-/ allow~ to-	0		0	0	0
주는자 =받는자	회화문	0		0		0	0	0
	지문	10	Ø/★/-주다/ -두다/ Ø/★ suggest-/ will see to-/ try to-/lend-	0		0	0	0
주는자 <받는자	회화문	0		0		1 -드리다 Ø	1 -드리다 must	0
	지문	3	★/-드리다/ 보내다 Ø/★/ devote to~ing	0		0	0	0

'テ'형과 결합될 때: Ø는 전항동사로, ★는 다른 어휘로 번역된 경우

* 회화문의 경우

(12) 「こんど東京へ行くときには椎茸でも<u>持って行ってお上げ</u>」 [私→先生]

"이번에 도쿄에 갈 때는 표고버섯이나 <u>갖다 드려라</u>."

"When you go back to Tokyo, why don't you <u>take</u> him some dried mushrooms?"

(13) 「本当に<u>大事にしてお上げ</u>なさいよ」と奥さんもいった。 [私→父]

"정성껏 <u>보살펴 드리세요</u>."하고 부인도 한마디했다.

"You really <u>must take good care</u> of him," said Sensei's wife.

* 지문의 경우

(14) ただ出すのは少し変だから、母がこれを<u>差し上げ</u>てくれといいましたと わざわざ断って奥さんの前へ置いた。 [私→先生]

그런데 아무 말 없이 내놓기가 뭣해서 어머니가 <u>갖다드리</u>라고 했다는 말을 앞세우며 부인 앞에 내놓았다.

I put them down in front of Sensei's wife, I carefully explained that my mother had wished me to <u>present</u> them to her and Sensei.

<표 4>는 장면 속에서 대인관계에 외적 인물이 있고, 화자≠'주는 자' 또는 상대≠'받는 자'일 때 사용된 어형과 그에 따른 사용수를 회화문과 지문으로 나눈 것이다.

회화문의 경우, 『言海』에서 제시된 대로 '받는 자'가 '주는 자'보 다 손위의 인물일 때는 'おあげる' 'おあげなさる' 등의 'あげる'類 동 사가 사용되었는데, 이때의 번역은 예(12)(13)처럼 화자가 청자보 다 높은 위치에 있으면서도 청자를 대우해 객체를 높여 말하는 표

현[20]으로 번역되었다. 한편 지문의 경우, 손위의 '받는 자'에게 'やる'가 사용되었다 하더라도 높임표현인 '드리다'로 번역되었다.

이상『こころ』에 나타난 'やる類' 동사의 표현주체와 상대에 따른 사용례의 번역 양상에 대해 서술했다. 'やる類'에 대한 번역은 사전 및 문법에서 제시한대로, 'やる=주다' 'あげる=주다, 드리다' 'さしあげる=드리다'라는 것이 성립되지 않고, 장면 속에서 흐르는 인물간의 거리감에 따라 주체높임, 객체높임, 상대높임의 표현 등이 결정되어 번역되었다. 이와 같이 작품 내의 번역이 원문에서 제시한 의미 용법대로 번역된 것이 아니라 번역가에 의해 재구성되었음을 알 수 있는데, 문의 구조적 레벨에서는 어떻게 재구성되었는지 'やる類' 동사의 본동사·보조동사·수수동사+수수동사 등으로 나누어 서술한다.

4. 문의 구조에 따른 やる類

4.1. 본동사의 경우

4.1.1. やる

본동사 'やる'의 한국어 역과 영어 역은 구체화된 표현으로 번역되는 모습이 보였다.

(15) 九州にいる兄へやった手紙のなかにも、私は父の到底故のような健康

---

20 주4)과 같음 p.336

体になる見込みのない事を述べた。 [私→兄]

규슈에 계신 형에게 <u>보낸</u> 편지에도 아버지는 회복되시기 힘들 것 같다는 이야기를 했던 것이다.

<u>In a letter to</u> my elder brother in Kyushu, I had said that there was no hope of my father's regaining his former health.

이동시키고자 하는 '우편물'을 상대에게 도달시키는 행위[21]로서 예(15)와 같이 'やる'가 사용되기도 했는데, 한국어 역으로는 '보내다[22]', 영어 역으로는 'letter to'와 같이 구체화되어 번역되었다. 그 밖에 'send'로 번역된 예가 있었다.

(16) 嫁に<u>やる</u>か、聟を取るか、それにさえ迷っているのではなかろうかと思われるところもありました。 [奥さん→미지정]

시집을 <u>보낼</u> 것인가, 아니면 데릴사위를 맞이할 것인가, 그것조차 결정하지 못한 것 같았습니다.

I suspected that she was in a quandary as to whether she ought to allow her daughter to <u>marry into</u> another family, or whether she should arrange to adopt a son-in-law who would become a member of her own household.

---

21 森田良行(1989)『基礎日本語辞典』角川書店p.1165
22 남승호(2003)「한국어 이동 동사의 의미구조와 논항교체」『어학연구』pp.111-145
한국어 '보내다'는 [행동주+대상+착점/방향]의 논항구조로, 이러한 논항 구조를 갖는 동사에는 '주다' '밀다' '팔다' 등이 있다고 제시한 것처럼, 연구 대상어인 '주다'는 '보내다'와 같은 논항 구조 속에 있다.

예(16)의 이동 대상은 '사람'[23]으로, 문맥의 흐름에 따라 한국어 역으로 '(시집)보내다', 영어 역으로는 'marry'로 번역되었다. 예(16)의 '주는 자' 또는 '받는 자'가 명확하지 않은 일본어 문장에 대해 영어 역에서는 'she', 'her daughter', 'other family' 등 각각의 동작 주체가 뚜렷하게 제시되어 의미를 구체화시켰다. 한편, 한국어에서의 주어는 문맥으로 보아 주어가 명시되지 않아도 그 문장의 주어를 알 때는 필수적인 성분이지만 생략될 수가 있다[24]고 하는 것처럼 영어 역과 같이 주어를 찾아 번역하지 않았다.[25]

(17) 本人が不承知の所へ、私があの子を<u>やる</u>はずがありませんから [奥さん
→미지정]
본인이 싫어할 사람에게 내가 딸을 줄 리가 있겠어요?
She had no intentions, she said, of forcing her daughter to <u>marry</u>
anyone she did not like.

예(17)는 이동대상이 사람이며 '与える'[26]의 수수행위로, 화자가 상대에게 자신의 아이를 '건네다'의 의도로 사용된 것이다. 이에 따

---

23 분석 작품 『こころ』에서는 딸이 다른 집안으로 이동시키는 표현으로서 '嫁にやる' 외에 '嫁に片付ける' 등이 있었고, 양자로서의 이동을 나타내는 표현으로 '養子にやられる'이외에 '養子に行く'의 사용례도 보였다.
24 주4)과 같음 p.240 필수적인 성분인 주어가 생략되는 경우는 명령문의 이인칭, 느낌 형용사가 서술어로 쓰인 문장의 주어라고 제시되었다.
25 한국어 역에서는 영어 역처럼 반드시는 아니지만, 의미의 명확한 전달을 위해 '주는 자' '받는 자'를 일부 추가해서 번역한 예가 있었다.
26 주21)와 같음 p.1165 화자의 현시점에서 멀어지는 이동 동작이 추상화되면 수수표현의 '与える'의 뜻으로 발전되는 것을 언급했으며, '行かせる'→'進ませる'→ '外へ出す'→ '与える'라는 발전코스를 제시했다.

른 한국어 번역은 '주다'로 번역되었지만, 영어 역은 'force~to marry' 와 같이 화자의 의도를 구체적으로 제시했다.

> (18) その代りおれの持ってるものは皆なお前にやるよ [夫→妻]
>
> 　　 그 대신 내가 갖고 있던 것은 모두 당신에게 <u>주겠소</u>."
>
> 　　 But everything I own <u>is yours</u>.

예(18)의 사물의 이동에 대한 번역으로 한국어 역에서는 화자의 의지가 담긴 '주(겠)다'로 번역되었고, 영어 역에서는 'be+소유대명사'로 사물의 이동이 완전히 이루어진 결과의 형태로 나타났다.

본동사 'やる'에 대한 한국어 역과 영어역의 번역양상을 정리해 보면 다음과 같다.

일본어	한국어		영어	
やる	주다	(4例)	be yours	(2例)
	시집보내다	(2例)	receive	(1例)
	양자로 가다	(1例)	marry(into)	(3例)
	우편물을 보내다	(2例)	send	(1例)
			letter	(1例)
			will write	(1例)

위의 표에서 보는 바와 같이 'やる'에 대한 번역은 '주다' 'give'로 만 이루어진 것이 아니라, 상황에 따라 사전적 의미와 다른 동사를 사용해서 의미를 구체화시켜 번역했음을 알 수 있다.

4.1.2 あげる

(19) 少なくとも返事を<u>上げ</u>なければ済まんとは考えたのです。 [先生→私]

적어도 답장만은 <u>해야겠다고</u> 생각했습니다.

When I read it, I felt that the least I could do <u>was to answer</u> your letter.

이동 대상의 특성에 따라 번역 어휘가 바뀌기도 했는데, 그 예로 이동대상이 '返事'였을 때는 예(19)의 '답장하다', 'answer'처럼 화자의 구체적인 행위에 맞춰 번역되었다.

(20) 「もう一杯<u>上げ</u>ましょうか」 [奥さん→私]

"한 잔 더 <u>드릴까요?</u>"

"<u>Would you like</u> more tea?"

예(20)는 화자가 '음료'를 상대에게 이동시키고자 하는 의도가 있는데, 한국어 역에서는 어휘가 가진 이동에 초점을 두어 '드리다'로 번역되었고, 영어에서는 'Would you like more tea?'로 권유표현이라는 언어의 기능(機能)[27] 항목에 초점을 둔 번역이 보였다.

(21) 「何かお祝いを<u>上げ</u>たいが、私は金がないから<u>上げる</u>事ができません」

---

27 주1)과 같음 p.33
    언어를 기능(機能)면에서 보고, 실제 쓰임에 초점을 둔 기능 실라버스(Functional Syllabus)가 있는데, 이의 구체적인 항목으로 '의뢰' '명령' '요청' '금지' '감사' 등으로 나타낼 수 있으며, 언어 전달을 위한 최적의 표현을 추구하고 있다.

[K→奧さん]

"축하하는 뜻에서 무슨 선물이라도 <u>하고 싶지만</u> 돈이 없어서 그럴 수가 없군요."

"I <u>would like to give a present</u>, but since I have no money. I am afraid I can't."

예(21)의 'お祝いを上げたい'의 한국어 역에서는 보내다(膳)의 의미가 포함된 '선물하다'로 번역되었으며, 영어 역에서는 'give a present'로 'give'동사로 번역되었다.

예(19)~(21)와 같이 이동 대상의 특성 및 문장의 흐름에 따른 영향으로 번역 어휘가 선정되었는데, 본동사 'あげる'에 대한 한국어 역과 영어역의 번역양상을 정리해 보면 다음과 같다.

일본어	한국어		영어	
あげる	답장하다	(1例)	번역 없음	(1例)
	답장을 보내다	(1例)	give	(1例)
	선물하다	(1例)	answer	(1例)
	그러다	(2例)	tell	(1例)
	드리다	(1例)	would you like	(1例)
	드시다	(1例)	raise	(2例)
	들다	(1例)	mind you	(1例)
	들어 올리다	(1例)	can have	(1例)

위의 표에서 보는 바와 같이 'あげる'에 대한 번역은 사전에서 제시한 대로 '주다' '드리다' 'give'로만 이루어진 것이 아니라, 상황에 따라 다른 동사를 사용해서 의미를 구체화시켜 번역했음을 알 수 있다.

4.1.3. さしあげる

(22) 「差し上げるなんて威張った口の利ける境遇ではありません。どうぞ貰って下さい。ご存じの通り父親のない憐れな子です」[奥さん→先生]

"선뜻 그러겠다고 뽐내며 말할 처지도 아닙니다. 부디 그렇게 해주세요. 아시다시피 아버지도 없는 가엾은 아이입니다"

Who am I to say, 'you <u>may have</u> her'? She is, as you know, a wretched, fatherless child..

예(22)의 'さしあげる'는 '그러겠다'로 번역되어, 문장만으로는 한국어 역에 '수수'의 의미가 전혀 들어있지 않아 전후 문맥의 이해 없이는 번역대조가 다소 어려운 부분이다. 영어로는 'may have'로 조동사 'may'를 더해 화자가 상대에게 허가를 해주는 표현이 더해 번역되었다. 본동사 'さしあげる'의 번역을 정리해보면 다음과 같다.

일본어	한국어		영어	
さしあげる	드리다	(1例)	present	(1例)
	그러겠다	(2例)	may have	(2例)

위의 표에서 보는 바와 같이 'さしあげる'에 대한 번역은 사전에서 제시된 표현으로만 이루어진 것이 아니라, 상황에 따라 다른 동사를 사용해서 의미를 구체화시켜 번역했음을 알 수 있다.

본동사 'やる·あげる·さしあげる'가 한국어 역이나 영어 역으로 될 때는 이동 대상의 특성에 따라 어휘가 선정·번역되는 경향이 있었다. 일본어는 동사의 특성상 '화자' '주는 자' '받는 자'를 알 수 있고 이

러한 성분들이 일본어 문장 상에서는 생략되기도 하는데, 영어 역에 서는 '화자' '주는 자' '받는 자'를 모두 명확히 제시했다.

4.2. 보조동사의 경우

본동사 'やる類'가 'テ형'과 결합하면 '他ノ 為ニモノス'라고『言海』에 서 서술된 바와 같이 사물의 이동이외에 타인을 위한 행위의 이동이 있음을 알 수 있다. 그러나 행위의 이동에는 반드시 '이익·은혜'만 있는 것이 아니라 '불이익' '자기자학·강한의지'의 의미가 있다.[28] 이를 바탕으로 'てやる類'에 대해 <이익·은혜><불이익><의지><방 향>으로 나누어 서술한다.

[이익·은혜]

'주는 자'가 '받는 자'를 위해서 행한 행위가 상대에게 이익이 되 거나 은혜를 입는 것을 의미하는 것으로, 다음과 같다.

(23) 私は力の及ぶかぎり懇切に看護をしてやりました。 [先生→奥さん]

나는 온갖 정성을 다해 간호해드렸습니다.

I devoted all my energy to caring for her.

(24) そうして比較的通りやすい所を空けて、お嬢さんを渡してやりました。

[先生→ 娘さん]

그리고 비교적 지나가기 쉬운 곳을 비워주어 따님을 지나가게 했습니다.

---

28 주3)와 같음 p.176

I moved quickly and stepped into the mud, thus <u>allowing</u>
Ojosan <u>to get by.</u>

예(23)의 경우, 한국어 역에서는 '주는 자'가 '받는 자'에게 호의
를 베푸는 '간호해드리다'로, 영어 역에서는 'devote~to caring for'
로 봉사, 헌신의 뜻이 담겨 있었다. 반면 예(24)은 '주는 자'가 '받는
자'를 위해 편의를 제공한 행동을 했지만, 한국어 역과 영어 역의 문
장에서는 '받는 자'에게 행동을 하게 하는 '사동'의 의미로 번역되었
다. 다만, 한국어 역에서는 '주는 자'의 행위로서 '비워주어'로 번역
된 것과 같이 '주는 자'가 '받는 자'를 위한 호의가 있었음을 문장 내
에서 제시했다.

[불이익]
'주는 자'가 '받는 자'에게 가한 행위가 상대에게 이익이 되기보다
는 오히려 손해, 피해를 입거나 마이너스 적인 요소를 지닌 것을 말
하는데, 다음과 같다.

(25) 私は彼の迂闊を<u>笑ってやりました</u>。 [先生→K]
나는 세상 물정에 너무나 어두운 그를 보며 <u>웃기만 했습니다</u>.
I <u>laughed at</u> his stupidity.

예(25)은 결과적으로 '받는 자'의 입장에서 보면 '주는 자'의 행위
로 인해 이익이나 은혜를 입기보다 웃음을 사게 된 것이므로 불이익
을 본 것이라 할 수 있는데, 한국어 번역문장에서는 '웃기만하다',

영어 번역문장에서는 'laugh at'으로 전항동사의 뜻을 바탕으로 '주는 자'의 행동에 초점을 두어 번역했다.

[의지]

'てやる類'는 화자의 의지를 나타내는 기능이 있는데 어형을 변화시켜 의지를 나타내는 경우와 어형 변화 없이 의지를 나타내는 경우[29]가 있다.

> (26) 「もう遅いから早く帰りたまえ。私も早く帰ってやるんだから、妻君のために」[先生→先生の妻]
> "너무 늦었으니까 빨리 돌아가요. 나도 어서 <u>가야겠소,</u> 아내를 위해."
> "You had better go home. It's late. I <u>must go</u> home too. For my wife's sake……"

예(26)의 경우, 수수동사 부분은 번역되지 않고 전항동사 '帰る'에 초점을 두어 의지의 뜻을 나타내는 '-겠[30]'를 이용한 번역이 보였다. 영어 역에서는 조동사 'must'을 이용해 '당위성' 및 화자의 의지를 표현했다. 그 밖의 의지표현에 대한 영어 역에는 'will'을 이용한 예도 있었다.

---

29 豊田豊子(1974)「補助動詞『やる・くれる・もらう』について」『日本語学校論集』 pp.77-96
30 주4)와 같음 p.307

[방향]

'주는 자'의 시점에 서서 상대에게 보냈다는 방향의 의미가 있다. 이런 경우의 'てやる類'에 접속된 전항동사로서 '言う' '書く' '答える' '報告する' 등 언어활동에 관련된 동사와 '流す' '吹く' 등 위치의 변화·사물의 이동을 나타내는 동사[31]가 있다.

> (27) Kは何ともいいませんでしたけれども、自分の所へこの姉から同じような
> 意味の書状が二、三度来たという事を打ち明けました。Kはそのたび
> に心配するに及ばないと<u>答えてやった</u>のだそうです。 [K→Kの姉]
> K는 아무 말도 하지 않았지만 자기한테도 누이에게서 같은 내
> 용의 편지가 두세 번 왔었다고 털어놓았습니다. K는 그때마다
> 걱정할 필요가 없다는 <u>답장을 보냈다</u>고 합니다.
> He made no comment, except that he himself had received two
> or three letters similar in content from his sister, and that he
> <u>had written back</u> saying that there was no need to worry.

예(27)의 전항동사는 언어활동에 관련된 동사다. 예(27)의 경우, 한국어 번역물에서는 일본어 예문에 없는 '답장'을 문구에 넣어 이동 대상을 구체화시켰고, '주는 자'가 이동시키고자 하는 사물이 '주는 자'에게서 떠나가는 것에 초점을 두어 번역했다. 영어 역 역시 전항 동사에 초점을 두어 이동방향을 제시한 'write back'으로 번역했다.

'てやる類'에 관한 번역은, 문장 속에서 작용한 'てやる類'의 의미

---

31 주29)과 같음

속성에 초점을 두어 번역되는 모습이 보였다. 이에 따라 한국어 역으로는 전항동사만 제시된 경우, '-겠' 등의 의지표현이 추가된 경우, '주는 자'의 행위에 초점을 둔 표현 등이 선정된 경우가 있었다. 영어 역에서는 조동사 'will' 'shall' 'can' 'should'가 더해지거나, 요청, 사역, 권유 등의 언어의 기능(機能) 항목, 그리고 '주는 자'의 행위에 초점을 두어 행위를 구체화시키는 번역이 보였다.

4.3. 2개 이상의 수수동사가 상호 접한 경우

(28) 「一人貰ってやろうか」 [夫→妻]

"아이 하나 얻어다줄까?"

"Would you like it if we adopted a child?"

(29) そのつもりであたたかい面倒を見てやってくれと、奥さんにもお嬢さんにも頼みました。 [奥さん・娘さん→K]

그러니 따뜻이 돌봐달라는 부탁을 아주머니뿐만 아니라 따님에게도 해두었습니다.

Would not Okusan and Ojosan, I asked, look after him with the warm kindness that he so much needed?

森田良行[32]는 일본어 수수동사의 특징가운데「君、犬の赤ちゃん、ペットにもらってやってくれないか」의 예문을 들고,「もらってくれ」와 같이 단도직입적으로 표현하지 않는 경향이 있다고 한다. 예(28)(29)의

---

32 주3)과 같음 p.169

'もらってやる' 'やってくれる'는 이야기 속에서 '주는 자', '받는 자'의 역할이 각각 존재하며, 일본어 수수동사의 특성상 '주는 자' '받는 자'를 유추할 수 있다. 이에 따른 번역으로 예(28)의 경우, 'もらう+やる'를 순차적으로 이어주는 종속적 연결어미 '-어다가'를 이용해 '얻어다주다'와 같이 번역되었으며, '받는 자' '주는 자'가 명확히 제시되지 않았다. 영어 역에서는 'adopt'와 같이 문맥에 따른 표현이 선정되어 번역되었으며, '행위자' '받는 자'가 명확히 제시되었다. 예(29)의 경우, '돌봐 달라'와 같이 'やる'의 해석은 없고 '자기에게 건네다(나에게 주다)'의 '다-/달-'이 보였다. 영어 역에서는 '의뢰·부탁'의 의미에 초점을 두어 'ask+look after'로 나타났다. 이와 같이 시점에 의해 수수동사+수수동사로 구성된 일본어 표현에 대한 한국어 역은 의미 전달을 위해 순차적인 동작 표현으로 번역하거나 하나의 수수동사에 초점을 맞추고 다른 수수동사는 서브로 번역하는 경향이 보였다.

5. 마무리

본고는 일본어 근대소설『こころ』안에서 사용된 'やる類' 동사가 한국어와 영어로 번역되었을 때 어떤 양상을 보이는지를 '표현주체와 상대에 따른 사용' '문의 구조'에 초점을 두어 분석했다.

'표현주체와 상대에 따른 사용'은 다음과 같았다. 'やる類' 동사의 'やる'는 '주다', 'あげる'는 '주다, 드리다', 'さしあげる'는 '드리다'라는 사전적 어휘 용법에 머무르지 않고 장면에 맞춰 번역되었다. 손위의 '받는 자'에게 'やる'를 사용했다 하더라도 한국어 역은 손위의 인물에게 써야 하는 높임말이 사용되었다. 손아래의 '받는 자'에게 사용한 'あげる·さしあげる'에 대해서는 보통표현이 중심이 되어 번역되었다. '문의 구조'에 따른 한국어와 영어 번역은 다음과 같았다. 본동사의 경우, 이동시키는 대상에 따라 한국어 역은 '주다' 이외에 표현이 명확한 다른 어휘가 선정되어 번역되었다. 영어 역도 마찬가지로 'receive' 'send' 'marry' 'write' 'be+소유대명사'등 구체적인 행위를 나타내는 어휘가 이용되었다. 보조동사의 경우, '이익·은혜' '불이익' '의지' '방향' 등의 의미 속성에 따라 동사의 사용을 달리하는 모습을 보였다. 기본형만으로도 표현 가능한 일본어에 비해, 한국어 역은 '-겠' 등의 어휘를 이용하여 의미를 구체화시켰고, 영어 역에는 'will' 'must' 등의 어휘를 추가시켜 내용을 보다 명확히 했다. 수수동사+수수동사로 구성된 일본어 표현에 대한 번역은 의미 전달을 위해, 순차적인 동작표현으로 번역하거나 하나의 수수동사에 초점을 맞추고 다른 수수동사는 서브로 번역하는 경향이 보였다. 수수동사의 특성상, 문맥의 흐름에서 '주는 자'와 '받는 자'가 제시되지 않더라도 알 수 있는 일본어 표현과는 달리, 영어 역에서는 생략된 '주는 자'와 '받는 자'가 명확히 제시되었다.

　금후, 본고를 바탕으로 나쓰메 소세키의 그 밖의 작품에 대한 한국어와 영어 번역양상에 대해 논하고자 한다.

| 참고문헌 |

김창남(1999)「日・韓両言語における授受動詞の対照研究」『千葉大学ユーラシア言語文化論集』pp.194-209

남기심・고영근(1987)『표준 국어문법론』탑출판사, p.141, p.240, pp.323-336

남승호(2003)「한국어 이동 동사의 의미구조와 논항교체」『어학연구』pp.111-145

양정순(2007)「"やる類"(やる・あげる・さしあげる)의 대우표현-메이지 언문일치기의 작품을 중심으로-」『일어일문학연구』61집, pp.215-233

윤상인 外(2008)『일본문학 번역 60년 현황과 분석』, p.59

林八龍(1980)「日本語・韓国語の受給表現の對照研究」『日本語教育』40, pp.113-120

라데군디스슈톨체(2011)『번역이론 입문』임우영 등역, 한국외국어대학 출판부, p.101

大杉文彦(1889)『言海』関西売捌所

奥津敬一郎(1979)「日本語の授受動詞の構文-英語・朝鮮語と比較して-」『人文學報』132 東京都立大学 pp.1-27

＿＿＿＿＿＿(1983)「授受表現の対照研究-日・朝・中・英の比較-」『日本語学』2-4, pp.22-30p

遠藤嘉基 池垣武郎(1960)『日本文学史』中央図書, p.143

金谷武洋(2003)『日本語文法の謎を解く』, pp.53-94

高見澤孟(2004)『新・はじめての日本語教育2』アスク, p.48

村田美恵子(1994)「やる・してやる」と「あげる・してあげる」『国文学解釈と鑑賞』, pp.77-84

辻村敏樹(1992)『敬語論考』明治書院, p.230

豊田豊子(1974)「補助動詞「やる・くれる・もらう」について」『日本語学校論集』第一号, pp.77-96

朝鮮語研究會『中等朝鮮語講座 第1回 第1號』국립중앙도서관소재, pp.1-20

宮地裕(1965)「「やる・くれる・もらう」を述語とする文の構造について」『国語学』63, pp.21-33

森田良行(1989)『基礎日本語辞典』角川書店, p.1165

＿＿＿＿＿＿(1995)『日本語の視点ーことばを創る日本人の発想ー』創拓社, pp.169-180

서석연(1990)『마음』범우사

Edwin McClellan(1957)『KOKORO』HENRY REGNERY COMPANY

부록

다음은 1990년대부터 2010년대까지 번역된 한국어 번역에 대한 양상을 더한 표이다.

〈표 1〉 수수의 대인관계가 내적 인물로 구성된 경우(등장인물이 2명일 때)

		やる 1990년대	やる 2000년대	やる 2010년대	あげる 1990년대	あげる 2000년대	あげる 2010년대	お+あげる 1990년대	お+あげる 2000년대	お+あげる 2010년대	お+あげなさる 1990년대	お+あげなさる 2000년대	お+あげなさる 2010년대	さしあげる 1990년대	さしあげる 2000년대	さしあげる 2010년대
받는자 일반	지문															
주는자 >받는자	회화문	주다	주다/가 지다/-짓 이다	주다/가 지다												
	지문		be yours													
주는자 =받는자	회화문															
	지문															
주는자 <받는자	지문	보내다 보내다 보내다 / 보내다	in a letter to+사람													
		ヲ+やる			ヲ+あげる			ヲ+おあげる				ヲ+おあげなさる			ヲ+さしあげる	
주는자 >받는자	회화문	Ø/-주다 Ø/-하다 Ø/-주다 /-주다	Ø/-주다-하다/-주다/-주다	-주다	will see/ adopt/	celebrate										
	지문															
주는자 =받는자	회화문		Ø	Ø												
	지문															
주는자 <받는자	회화문			mustn't be blame	-드리다 -드리다 -주다 /-드리다 /-드리다 -드리다	shall do										
	지문	Ø/-주다Ø/-주다Ø/-주다 /-드리다/-드리다-드리다/-드리다-드리다	must show/ be tempted to ask/ want to give at the mention of each name													

Ø는 전향동사만 있는 경우, ■는 번역이 없는 경우

447

〈표 2〉 수수의 대인관계가 내적인물로 구성된 경우(등장인물에 제3의 인물이 있을 때)

		やる			あげる			おあげる			おあげなさる			さしあげる		
		1990년대	2000년대	2010년대	1990년대	2000년대	2010년대	1990년대	2000년대	2010년대	1990년대	2000년대	2010년대	1990년대	2000년대	2010년대
받는자 일반	지문															
주는자 >받는자	화화문															
	지문															
주는자 =받는자	화화문															
	지문															
주는자 <받는자	화화문	보내다/부치다	보내다	보내다												
	지문	would be writing														
주는자 >받는자	화화문	ヂ+やる			ヂ+あげる			ヂ+おあげる			ヂ+おあげなさる			ヂ+さしあげる		
	지문				make him happy											
주는자 =받는자	화화문															
	지문															
주는자 <받는자	화화문	Ø/-드리다	-드리다	-드리다	-드리다	-드리다										
	지문	look after														
주는자 <받는자	지문	Ø	Ø/-주다 -드리다	Ø/-주다												
		want to give														

Ø는 전항동사만 있는 경우, ■는 번역이 없는 경우

〈표 3〉 수수의 대인관계가 외적 인물이 포함된 경우(등장인물이 2명일 때)

		やる			あげる			お与えする			さしあげる		
		1990년대	2000년대	2010년대	1990년대	2000년대	2010년대	1990년대	2000년대	2010년대	1990년대	2000년대	2010년대
받는자 미지칭	지문	보내다	보내다/내주다/때밀다	때밀다/보내다/때밀다	드리다/들(시)다	Ø/주(시)다/들(시)다/마시다/가져가다	Ø/주다/드리다/들(시)다/가져가다				Ø 드리다	주다/드리다/선생쓰다	Ø/주다/드리다/받어주다
주는자>받는자	회화문	marry(into)			bring/give/answer/tell/say/ would you like more						may have her		
	지문	주다	주다	주다								주+さしあげる	
주는자=받는자	회화문/지문	have received(주어교체)			raise/anser/tell								
주는자<받는자	회화문				드리다/(선물하다)/(선물하다)	Ø/드리다/(선물하다)	드리다/(선물하다)						
	지문				would like to give/can't								
	회화문	Ø/	Ø/	Ø/	Ø/쓰다/보내다	보내다	보내다	주+お与えする	주+お与えする	주+お与えする			
주는자>받는자		Ø/ ■	Ø/ ■		will tell/help/will send/shall say/ shall never again have								
	지문				Ø/-주다/ 드리다	Ø/-주다/ 드리다	Ø/-주다/ 드리다						
					be about to force/								
주는자=받는자	회화문/지문												
주는자<받는자	지문	Ø	Ø	Ø	Ø/주다/-올리다	Ø	Ø/주다/ -올리다						
					have filed for/offer								

Ø는 선행동사만 있는 경우, ■는 번역이 없는 경우

Ø는 선행동사만 있는 경우

449

〈표 4〉 수수의 대인관계가 외적 인물이 포함된 경우(등장인물에 제3의 인물이 있을 때)

Ø는 전항동사만 있는 경우 ■는 변이이 없는 경우

		やる			あげる			さしあげる			くださる			さしあげる			さしあげる		
		1990년대	2000년대	2010년대	1990년대	2000년대	2010년대	1990년대	2000년대	2010년대	1990년대	2000년대	2010년대	1990년대	2000년대	2010년대	1990년대	2000년대	2010년대
받는자 미지칭	지문	가다/보내다 내다, 보내가다 보내다, 보내다/보 들어가다 내다 〈marry/be sent〉																	
주는자 >받는자	회화문																		
	지문																		
주는자 =받는자	회화문																		
	지문																		
주는자 <받는자	회화문																		
	지문															드리다 드리다 드리다 〈wished me to present〉 주신あげる			
주는자 >받는자	회화문	ラ+やる			Ø/-주다/ Ø/-주다 -내다/ -내다 be reluctant to tell/can only answer			ラ+あげる			ラ+さしあげる								
주는자 >받는자	지문	Ø/-주다/ Ø/-주다/ Ø/-주다 -놓다-드리다 -놓다 should be kept/ try to treat/ can not tell/will bring marry into/be sent/allow 사람 to get by/look after																	
주는자 =받는자	회화문	Ø/-주다 ■ / Ø/-주다																	
주는자 =받는자	지문	Ø/-주다 ■ Ø/-주다 suggest/laugh at/want to say/explain/will see/want to buy would surely have sppoken/kcnd							드리다 드리다 드리다 드리다 take him to some dried mushroom			드리다 드리다 드리다 드리다 must take good care of						
주는자 <받는자	회화문	Ø/-주다/ Ø/-주다/ Ø/-주다 -드리다 -드리다 보내다 가바/보배다 보내다 devote/have written bask saving/send/																	
주는자 <받는자	지문																		

Ø는 전항동사만 있는 경우

제6장

オンライン日本語教育における
ピア・ラーニングの現在とこれから[*]

佐藤揚子

1. はじめに

インターネット技術を利用したオンライン教育を「e-ラーニング」という。韓国はアメリカと並んで、e-ラーニング先進国である。幼児教育から大学教育、さらには生涯教育まで、そして公教育から私教育までと、あらゆる教育現場でe-ラーニングが採用され、単独で、またはオフラインと併用する形で行われている。

筆者は2006年に韓国の某サイバー大学において初めて日本語作文の

---

[*] 本稿は、筆者である佐藤揚子が箕輪吉次先生に指導していただいた博士論文を一部抜粋・加筆して執筆した『온라인 작문교육의 가능성—peer response-』(「문명연지」第32号, 337-347. 2013年12月31日掲載)に加筆・翻訳したものである。

授業を担当した。当時、オンラインでの日本語作文教育の先行事例がなく、従来のオフラインの作文授業の方法である「添削指導」を行った。具体的な授業の流れは以下の通りである。①学習者はオンライン講義の視聴を通じ、毎回、決められたテーマについての文章作成方法や、文法・表現などの説明を学び、②講義終了後、学習者は同一のテーマで作文を作成し、大学ホームページ内の本講義専用掲示板にそれを登録、③教師は登録された作文を添削し、再び掲示板に登録し、学習者は添削内容を確認する。

　しかし、添削の回数を重ねても、何度も同じような誤用を繰り返す学習者が多く、学習者にとって教師の添削が有効なのかどうか疑問を持たざるを得ない状況が続いた。オフライン講義のように、添削した作文を学習者に返却する際に、誤用について簡単なフィードバックを口頭で与え、一緒に添削活動をすることすらサイバー大学では不可能なので、「受講生は添削した作文を確認しているのだろうか」「そもそも、オンライン講義をちゃんと受講しているのだろうか」と、オンライン教育に対する不信感は募るばかりであった。その後、上記の問題点の解決策として、ピア・ラーニング(peer learning)を導入することにした。

　ピア・ラーニングの「ピア」とは「仲間」の意で、「ピア・ラーニング」とは池田・館岡(2007)によると「対話をとおして学習者同士が互いの力を発揮し協力して学ぶ学習方法」である。つまり、講義を受講するという受動的な学習ではなく、対等な関係であるクラスメート同士が互いの学びに貢献し合う学習者中心の学習活動と言える。教師はあくまでも学習者の学習を支援する役割を求められることになる。そもそも、e-ラーニングとは「情報技術を利用した学び」であることを考慮すると、サイバー大学における日本語教育の在り方の

選択肢の一つとしてピア・ラーニングを加えるべきであろう。

　筆者はサイバー大学でピア・ラーニングによる作文学習を行い、その学習効果を検証した[1]。本稿では、オフラインにおける日本語教育の現場で積極的に採用され、多角的な発展を見せているピア・ラーニングに関する先行研究を概観する。これを通じて、今後のオンラインにおける日本語教育の方向を模索する際の材料としたい。

2. ピア・ラーニングとは

　ピア・ラーニングは「対話をとおして学習者同士が互いの力を発揮し協力して学ぶ学習方法」[2]で、最も重要な概念は「協働」である。教室内で学習者同士が協働しながら言語技術を高めることはもちろん、仲間と共に助け合いながら一緒に学ぶことを通じて、社会的関係の構築、自己内省・自己発見も学習目標に位置づけられている。これはヴィゴツキーの「社会的交流の中の発達と学習の理論」に基づいたものである。子どもの認知上の発達は、大人や能力の高い他者との相互行為が「発達の最近接領域(Zone of Proximal Development)」に働きかけるという考え方である。その後、発達の最近接領域に働きかける援助は教師が学習者に与える垂直方向の活動に限らず、学習者同士の水平的な相互作用まで含まれるべきで、能力の差に関係なく学習仲間同士の場合でも互いに支援しあうことが可能である[3]と考えられている。

1　佐藤揚子(2013)
2　「日本語教育通信・日本語日本語教育を考える　第33回　ピア・ラーニング」　国際交流基金
　　https://www.jpf.go.jp/j/project/japanese/teach/tsushin/reserch/033.html
3　佐藤公治(1999)

　上でも述べたが、筆者は2006年からオンラインでの作文教育を担当する
際、より学習効果を上げるためにピア・ラーニングによる作文教育を導入し
た。当時、オフラインの日本語教育ではピア・ラーニングによる日本語学習
が取り入れられ始め、その中でも特にピア・ラーニングを取り入れた作文学
習と読解学習は新しい学習方法として確立しつつあった。その後、ピア・
ラーニングは発展を続け、聴解学習や発音学習にもピア・ラーニングが日本
語教育の現場に導入され、その学習効果が検証され続けている。
　以下に、ピア・ラーニングによる言語の4技能の学習方法について概観し
ていく。

2.1. ピア・ラーニングによる作文学習

　従来の作文指導方法である添削指導と、ピア・レスポンス(教師からの一
方的な添削指導ではなく、学習者がそれぞれ力を出し合い、互いの作文に
レスポンスを与え合い、作文を完成させる学習活動)とを比較すると以下のよ
うにまとめることができる。

添削指導	ピア・レスポンス
プロダクトの正確さが重視される。	プロセスが重視される。 → 作文内容の充実が期待される。
教師から添削されたものを清書して作文が完成。	話し合いをもとに自分で遂行する作業を行う。 → 学習者の発見的な学習活動を促す。
教師は作文を修正する絶対的存在。	教師は協力者で、学習の主体は学習者。 → 自律的学習が可能。
教師が個々の学習者に対し指導し、学習者同士の交流はない。	学習者同士がそれぞれの学習を支援。 → 相互学習が可能。学習者同士が刺激し合い、学習意欲の向上が期待できる。

教師に見せるために書く作文。正確に理解しているか確認するための作業。	作文の書き手は常に教師以外の読み手を意識して書く。→ 書く目的・動機がより明確になる。
学習者は他の学習者の作文を読む機会はない。	他の学習者の作文を読み、それに対してレスポンスを与える。→ 多種多様な語彙や表現と触れることができる。また他者の作文を読むことで批判的思考の活性化、文章を客観的に遂行する訓練が可能となる。

　日本語教育におけるピア・レスポンス研究の第一人者である池田玲子(2001)では、ピア・レスポンスの活動意義として、①自立的学習での支援、②学習者同士の人間関係の構築、③学習者双方の学習者成果の還元、の3つが確認された。また、アジア系学習者にピア・レスポンス活動は不向きという、アメリカにおける英語の第二言語としての作文教育の研究での先行研究結果を否定したことも大きな成果であった。しかし、日本語学習者の大半はアジア系学習者で、そんな彼らの教師主導の学習観や、ピア・ラーニングに不馴れであったために、ピア・レスポンス活動が効果的に行われない点をどのように克服するのかが課題として残った。

　また、松本隆(1999)は、作文の協働添削について「学生がお互いから学び合う協働学習の授業形態は、文化的背景が比較的均質であり、かつ、協力的な雰囲気を醸し出しやすい少人数クラス制を採る場合に、特に成果をあげやすい」と述べている。共通のバックボーンがあるほうが、最近接発達領域への橋渡しができるのではないかと考えられる。

　作文におけるピア・レスポンスの実践・研究は、日本語教育におけるピア・ラーニングの土台を作ったと言っても過言ではないだろう。作文という「産出活動」において、ピア・ラーニングの在り方を確立させた協働活動学習は、その後、「受容活動」としての読解学習において広く実践されるようになる。

455

2.2. ピア・ラーニングによる読解学習

　読解という学習者の個人的な学習活動は、読み手である学習者がどのようなことを考えて読むという作業を行っているのか外から見ることができない。また、内容を学習者がどのような過程を経て理解にたどり着くのかも知ることはできない。そこで、従来の読解の授業では教師は、学習者が理解した結果を様々な方法で確認をし、内容を正しく理解していないと判定されれば、フィードバックを与えたりしてきた。

　このような従来の読解授業に対しての問題点として館岡洋子(2005)は次の点を挙げている。

　①これまでの読解授業では、テキストに出てくる文法、語彙・表現についての説明と練習で学習の定着を目指すことが多いが、果たしてそれができるようになれば「読む」というスキルは向上するのか。

　②これまでの読解授業では、学習者は読解活動を予習してくることが多いために、クラス内では各学習者の理解の結果について確認することが多い。これでは学習者の「読む」という活動の過程で生まれた問題がクラス内で扱われることが少なくなってしまう。また、学習者自身が問題を意識化していなかったり、仮に問題を意識していてもクラスでは取り上げられることが少ない。

　③これまでの読解授業では、学習者が予習してきたテキストの内容について意見を言い合うといった活動が行われることが多い。しかし、「読み」と「話し合い」が結び付いておらず、各学習者は自分が理解したことについて意見を言い合うだけで、それぞれの「読む」という活動の振り返りになっていない場合がある。

　このような問題を解決するための学習方法として考案されたピア・リーディングは「学習者同士が助け合いながら対話的に問題解決を行い、テキストを

理解していく読みの活動」[4]と定義される。従来の読解授業でも読んだ後に学習者同士が感想や意見を交換することは多々あるが、ピア・リーディングは、「テキストの解読」ではなく「読みを深めるための話し合い」という点が異なる。また、仲間と読むことでコミュニケーションが必然的に生まれ、仲間から言語的知識や学習の方策を学び合うだけに限らず、自問自答を「外化」することになり、その結果、仲間から知識や学習方法が学べ、さらに自己の学習や日本語能力について見直す機会が与えられ、それが自律的学習につながっていく。

具体的な授業の流れの例を見ていく。館岡(2005)では、2名の学習者によるピア・リーディングの調査と、17名の学習者グループでのピア・ラーニングの調査を行っているが、実際の教室活動により近い17名での実践について見ていく。前の週に次回の授業で扱う分のテキストを学習者に配布し予習してくることを課す。学習者同士の話し合いが活性化するために座席は円形にする。まず、授業の冒頭で、予習の段階でどのくらい理解しているのか、どのような展開を予測しているのかを確認するために、学習者に「確認シート」に記入させる。これは今後の展開の予測について学習者同士が話し合う際に材料として利用できるようにという意味も持ち合わせている。次に、語句や内容を確認→確認シートの項目について一回目の話し合い→予習してきたテキストの次の部分を配布し、その場で読ませる→二回目の話し合い→授業の最後に「読後シート」作成という順で授業は進められる。

館岡(2005)は、ピア・リーディングと従来の読後の話し合いの相違点として次の点を挙げている。まず、従来の話し合いでは、解読に多くの時間が

---

4 館岡(2005)

457

割かれたり、各学習者が自分の読みに基づいて意見を言い合うだけで、意見が異なったときにテキストに戻って互いに検討し合う活動に発展しないことが多いが、ピア・リーディングでは自分の読みを見直す作業が多く見られるという。次に、ピア・リーディングは読み終えてから、授業の最後に話し合いをするのではなく、読みの活動を挟んで何度かに分けて話し合いを行うので、読みの作業過程を仲間と共有することが可能となり、他の学習者から直接的に知識や方策が学べたり、逆に他者との関わりを通じて自己の読みについて見直す機会が与えられる。

また、ピア・ラーニングによる読解活動としてジクソー・リーディング[5]も注目されている。これは、上で見たような仲間との「読みの過程」を共有する学習方法ではなく、各学習者が異なったテキストを読んで発生するインフォメーション・ギャップを利用した活動である。1つのテキストを学習者数に合わせて分割し、各学習者はそれぞれ分割されたテキストの一部を読み、ジクソーパズルのピースをつなぎ合わせるように、お互いの持つ情報をつなぎ合わせ、テキストを完成させることを目標に、それぞれの分担部分を持ちより、テキスト全体の意味を理解し、質問に答えるという活動である。学習者が互いに協力し合わないと質問に正確に答えられないしくみになっている。ジクソー・リーディングはピア・リーディングとは異なり「読みの過程を仲間と共有する」というものではないが、1つのまとまったストーリーを話し合いを通して再構築していく過程は「産出(創造)の過程」の共有で、話し合いなどを通して創造する過程で協働しているということになる。

---

5 三宅なほみ編(2004)

2.3. ピア・ラーニングによる聴解学習

　聴解能力は、言語の理解を可能にするばかりでなく、インプット研究が示すように、言語習得の鍵を握る重要技能である。しかし、実際の教室活動を見てみると、学習者にテキストを細かく区切って繰り返し聞かせたり、母語に翻訳させるなど、言語知識の確認・強化が中心となっていて、学習者が何を聞き取れたかという聴解の「結果」ばかりが問題にされ、不足した理解をどのように補足し、意味を構築していくのかという聴解の「過程」は指導の中でほとんど扱われていないのが現状である[6]。

　聴解と読解は「受容活動」という点で共通点が多い。ピア・リーディングでは「読解という外からは見えない認知過程を、あえて対話という形で外に出し『可視化する』」[7]ことが可能となり、そこで可視化された知識や方策を他の学習者によって学ぶことができ、さらに「可視化」された相手の理解と自分の理解のズレが自己の読みを見直す機会をもたらすものと考えられている。読解と同じく「受容技能」である聴解においても、ピア・リーディングの成果から学ぶことがあるではないかと、聴解活動でもピア・ラーニングの応用が始まった。つまり、聴解活動においても、仲間同士との話し合いによって聴解の過程を可視化し、そこで取り上げられた知識や方策を相互に学んだり、学習者自ら修正することが可能であるということだ。

　ここでは中国の大学でのピア・リーディングの実践例[8]を簡単に見ていく。①テキスト[9]の内容と関連性のある話題を取り上げ、学習者の既有知識を活

6　横山(2008)
7　館岡(2005)
8　横山紀子他(2009)
9　『教科書を作ろう：中等教育向け初級日本語素教材』(日本語国際センター)、『初級で読めるトピック25』(スリーユーネットワーク)

459

性化し、内容を予測できるような話し合いをクラス全体で行う、②テキスト(2～7の未習語が入っているもの。理解の欠落が後の話し合いでの話題になるように敢えて設定。)を一回聞き、自身の理解の欠落について整理するために個別に考える時間(2分程度)を設定した後、ピアと分からないところや確認したい点について話し合い(5～8分程度)を行い、もう一度聞くときに知りたいことを「質問」の形にし、シートを作成する。③3組程度のグループを指名し[10]、「質問」を発表させ、他の学習者や教師がコメントを言う。ただし、教師は「質問」に対する答えは言わない。④もう一度テキストを聞き直し、「質問」に答えられるか、また新しく疑問点(質問)が生まれたかについてピアと話し合いを行い、新しい「質問」をシートに書く。これを通常3回ほど繰り返し、タスクの答えをクラス全体で確認する。⑤テキスト理解ができたら、テキストを聞いた感想をクラスで交換する。

　上記の中国の大学のクラスでのピア・リスニングの話し合いのデータの解析から、学習者は日本語の知識を共有し、推測を共有した結果、自らの理解を拡大・修正していること、さらにその際、ピアである他の学習者の異なる意見に接したり、ピアからの質問に答えることによって自らの推測・解釈を深化・精緻化させていることが分かったという。また、従来の方法とは異なり、未習語を含んだテキストを聞いたことについて、学習者からは聴解の「過程」にスポットを当てた学習活動や学習者間の相互作用が有効であったという評価があったという。

　ただし、話し合いで解釈の対立に決着がつかなかったり、それぞれの学習者が自分の聞き取れた部分について述べ、それを記録し合ってしまい、

10　この中国の大学でのピア・リスニングが実践されたクラスの学習者数は60名である。

ピア・ラーニングによる相互作用が確認できなかった事例も挙げられている。

2.4. ピア・ラーニングによる発音学習

　近年、発音学習における自己モニタリングの重要性が注目されている。自己モニタリングとは「発音学習過程での自分の発音に注意を向け、間違いに気づいたら自ら修正を行う行為」[11]である。聞き取りと発音の関係を調査した小河原義郎(1998)によると、他者の発音の聞き取りが正しくできても、その学習者は発音を正しくできるようになるとは限らず、自分の発音の聞き取りができてこそ正しい発音での発話が可能になるとし、学習者は自分自身の発音を意識的に聞く自己モニタリングの重要性が指摘されている。自己モニタリングを促す活動として小河原は、学習者自身が自分の発音を評価する活動を提案している。しかし、自分の発音に問題があることが分かっても、具体的な改善方法や、改善のための方策が分からない学習者が多いという[12]。

　そこで、房賢嬉(2010)はピア・ラーニングによって、つまり仲間との話し合いを通じ、自分自身と相手の発音上の問題点を探り、その改善のための具体的な方策を検討している。個人内の認知的な活動として行われた自己モニタリングの内容を、教室で仲間に向かって言葉に出し、協働での話し合いを繰り返す中で、自分自身の発音のつまずきの原因を突き止められると考えられる。

　房によるピア・ラーニングによる発音の自己モニタリング活動(以下ではピア・モニタリング活動)の実践例を見ていく。日本に滞在中の韓国人日本語

11　房賢嬉(2010)
12　小河原(1998)、佐藤(2001)

学習者15名[13]に対して行われた。①次週行う学習項目の紹介と一人学習への動機を兼ねて、教室でミニマルペアの練習問題を行い、自分自身の聞き取り能力をチェックする。②次の授業までの一週間、学習者は教室外でテープと教科書を使用し、自分の発音と学習を意識的に捉える一人学習[14]を行う。③一週間後、3～4名のグループで、一人学習の際に感じた「発音を練習しながら難しかった点、気づいた点、発見した発音方法」について自由に話し合うピア・モニタリング活動を行う。④次の週まで教室外で話し合った内容の内省をする一人学習を行う。⑤ピア・モニタリング活動での学習者の発言と音声知識を結び付けて、教師からのフィードバックを与え、教室で話し合った内容について再考を学生らに促す。

　ピア・モニタリング活動に参加した学習者は皆、発音に関する専門的な知識はないが、学習過程で気づいたことや経験から得られた知識を元に、お互いに自分の言葉で説明し、同じ立場の仲間を助け、使いこなせる形となり学習者に受け入れられていく。仲間が自分なりに模索した方法について聞き、それを試しながら成功していくという経験が、自分にも自分の方法を編み出すことができる動機付けになっていると思われる。また、仲間との話し合いで得た発音上の知識は、その信憑性において不安があり、そのまま受け入れることには抵抗があるので、だからこそ、本当に正しいのか検証しようという気持ちが働く。単なる方策を共有するだけでなく、自己モニタリングをより正確なものに押し上げていく可能性が見て取られる。

13　参加者の職業は主婦・学生・会社員・アルバイト・英語教師で、日本語のレベルは全員中級レベルである。

14　学習者は自分の発音を録音する課題と、発音学習日記(①学習した日付、②発音方法、③気づいたこと、④5段階評価による自己評価、⑤評価の理由)を書く課題をする。

3. ピア・ラーニングのこれから

　ピア・ラーニングの実践の検証で必ず問題になるのが、アジア圏学習者にとって「協働」という教師不在の学習スタイルが馴染むのかという点である。教師からの一方的に教えられるという講義方法に慣れている韓国人日本語学習者もピア・ラーニングになかなか適応できないケースとして取り上げられることが少なくない。欧米出身の学習者はピア・ラーニングに適応しやすいと言われているが、それはなぜか。彼らの場合、初等教育からピア・ラーニングで学んできていて、単純に慣れているからである。韓国人日本語学習者でも、ピア・ラーニングの導入の前に、まず十分な説明を行い、活動の意義と効果を理解させれば、数回の活動を通して学習者自身がピア・ラーニングの良さ・楽しさに気づくはずである。「ピア・ラーニングはただ単に仲間とワイワイ過ごして楽しいだけなのではないか。」という疑問や「学習者だけでの活動では間違いがそのままになってしまっているのではないだろうか。」という不安は常にピア・ラーニングには付いて回るが、筆者もサイバー大学でのピア・ラーニングの実践を通してそのような疑問や不安は払拭することができた。ピア・ラーニングにおける「楽しさ」とは「共に学ぶことの楽しさ」であり、「自立した学びの楽しさ」である。そして、教師はその学びをサポートする役割に徹するべきである。

　オフラインでの学びの場以上に、オンラインにおいてピア・ラーニングによって学びが行わなければならない理由は、オンライン教育を「e-ラーニング」と言う点に尽きる。インターネット技術を利用して「教える」のではなく、「学ぶ」ことが「e-ラーニング」なのである。最先端の高度な技術を活用し、最新の講義内容を撮影することが重要なのではなく、講義受講後に学習者がネット上でどのような学習活動を行い、教師はそれをどのようにサポートするのかが重要であろう。

　語学教育において学習者のニーズに沿った教育が行われなければならないが、サイバー大学の場合、受講生の年齢、職業、学習の動機、日本語のレベルにおいてすらもばらばら、実に多用で、当然、学習のニーズも多種多様となる。そして、一講義当たりの受講者数はオフライン講義の数倍から多いと十倍以上になる。もはや「教える」ことは不可能である。いかに「ラーニング」させるかを考えるべきである。我々教師の側の発想の転換が求められているのではないだろうか。

| 参考文献 |

池田玲子(2001)「日本語作文教育におけるピア・レスポンスの研究」お茶の水女子大学博士論文

小河原義郎(1998)「外国人日本語学習者の発音学習における自己モニター研究」東北大学大学院博士論文

佐藤公治(1999)『認識と文化10対話の中の学びと成長』金子書房

佐藤友則(2001)「自己モニターを利用した音声指導の実践例」『日本語教育方法研究会誌』8(2), 20-21

佐藤揚子(2013)「オンライン日本語作文教授法 ―ピア・レスポンス活動―」경희대학교 대학원 동양어문학과 박사논문

館岡洋子(2005)『ひとりで読むことからピア・リーディングへ』東海大学出版

房賢嬉(2010)「韓国人中級日本語学習者を対象とした発音協働学習の試み―発音ピア・モニタリング活動の可能性と課題―」『日本語教育』144号,157-168

松本隆(1999)「自立的な遂行能力の育成に向けた文章表現の指導」『アメリカ・カナダ大学連合 日本研究センター紀要』第22号, 25-60

三宅なほみ編(2004)「コンピューターを利用した協調的な知識構成活動」『大学授業を活性化する方法』玉川大学出版部 145-187

横山紀子(2008)『非母語話者日本語教師再教育における聴解指導に関する実証的研究』ひつじ書房

横山紀子・福永由佳・森篤嗣・王璐・ショリナ,ダリヤグル(2009)「ピア・リスニングの試み ―海外の日本語教育における課題解決の視点から―」『日本語教育』141号,79−89

제7장

家族関係に見られる役割語

－沖縄の文学作品に焦点をおいて－

西 野 惠 利 子

1. はじめに

　沖縄の近代文学には、一般社会に浸透しつつあった標準語とともに沖縄だけが持つ琉球方言、独自の言語的な要素も共存している。標準語のほかに沖縄の文学には、方言も記述されているのである。近代沖縄文学は、戦後さらにその内容に大きな変貌をみせる。第二次世界大戦前の文学では方言を使用する作品が多く見られるが、戦後は標準語を使用する小説が多くを占めるようになる。

　本稿では、標準語が主に用いられるようになった戦後の沖縄の文学を家族中心の対話文などに見られる沖縄方言[1]を、役割語の観点から分析することにする。

1　日本語の中の本土方言と琉球方言の違いの大きなものとして、母音の違いがある。本土方言の、'a・i・u・e・o'の五母音に対して、琉球方言は、基本的には'a・i・u'の三母

465

2. 先行研究

　役割語についての先駆的な研究である金水敏(2003)²によると、役割語の概要を次のように語っている。

　　「ある特定の言葉づかい(語彙・語法・言い回し・イントネーション等)を聞くと特定の人物像(年齢、性別、職業、階層、時代、容姿・風貌、性格等)を思い浮かべることができるとき、あるいはある特定の人物像を提示されると、その人物がいかにも使用しそうな言葉づかいを思い浮かべることができるとき、その言葉づかいを「役割語」と呼ぶ。」　　　　　　　(金水敏2003、p.205)

　特定の人物像(キャラクタ)と結びついた話し方(語彙、語法、言い回し、音調、声質等)のことで、例えば日本語で「わしは知っておるんじゃ」という話し方は<老人語>、「私が存じておりますわ」であれば<お嬢様語>というような例を挙げることができる。金水敏(2003)以来、役割語について歴史的、社会的、ジェンダー論的、文学的、教育的等さまざまな観点から議論が深められてきた。その成果は現在までに、金水敏(2007³、2011⁴)という2冊の論文集にまとめられている。定延利之(2011)⁵によると、実際の人物は状

　　音である。琉球方言にない‘e・o’の母音は初めからなかったわけではなく古形は‘a・i・u・e・o’の五母であったものが歴史的な時間を経て、‘e’は‘i’に、‘o’は‘u’に変わっていって三母音になったもので、沖縄を中心にとする南東地域の母音が独自に変化をとげていった姿である。柴田武他7名『日本語Ⅱ-方言-』岩波書店、pp.199
2　金水敏(2003)『ヴァーチャル日本語役割語の謎』岩波書店、p.205
3　金水敏(2007)『役割語研究の地平』くろしお出版
4　金水敏(2011)『役割語研究の展開』くろしお出版
5　定延利之(2011)『日本語社会のぞきキャラくり』三省堂

況に応じて、人物像が変わることから役割語の発する話し手の像を「発話キャラ」として、キャラの観点から分析し、いわるゆ人物の発話は状況において異なることを主張している。恩塚千代(2011)[6]は、言語には相手に情報を伝えるだけの「情報機能」のほかに「象徴的機能」があることを指摘している。特に日本語は、「博士語」や「お嬢様語」といった役割語的要素が強く表れる言葉づかいが広く浸透しており、その象徴的機能が小説やシナリオ、マンガに至るまで、読者の人物像認識に多いに活用されているという指摘である。社会的、文学的、日本語教育等の様々な役割語の考察が進められてきている。そこで方言を使う地域のステレオタイプとは何なのか？方言を使用することで登場人物の状況によっての人間像が映されるのか。さらに、方言を使用することで登場人物がどのようなイメージをもっているのか。ということに関心を持つことになった。たとえば、'東北弁'は小説に中でのどのような様相をしているのか。中村桃子(2003)[7]は標準語とは違うことを強調した話し方をさせるために、東京弁からもっとも異なると考えられている東北弁を利用している。そして東北弁の「無教養の田舎者が話すことば」というイメージを形成する。東北弁と言えば＜田舎者＞、大阪弁と言えば、＜陽気で荒い性格＞、広島弁と言えば＜ヤクザの言葉＞と言ったように、小説などの登場人物がそれぞれのステレオタイプが表れている。沖縄の作家が登場人物のステレオタイプが沖縄の方言を通してどのような状況・雰囲気で表されているのかを役割語としての沖縄方言を分析しようとする。この上、本稿では、金水敏の「役割語」をふまえて、沖縄の文学作品から、その具体的な諸相を分析することにする。

6　恩塚千代(2011)「韓国の教科書に現れる役割語-教養科目から上級対話へ-」、日本言語文化第15号、p.110
7　中村桃子(2013)『翻訳がつくる日本語-ヒロインは「女ことば」を話続ける-』白澤社、pp.52-62

3. 研究方法

対象を、沖縄出身の作家による、『オキナワの少年』[8]『九年母』[9]『水滴』[10]沖縄を背景とした三つの文学作品とする。ここでは、対話文を家族関係を中心に分析を進めようとする。分析の方向は沖縄方言の使用頻度の高い家族関係の対話を中心に進めようとする。その資料をもとに、家族関係・世代別・性別・その他などに分けて分析を進める。

4. 家族関係での対話

三つの文学作品『オキナワの少年』『九年母』『水滴』を通して沖縄方言が対話の中で登場人物との関係がどのようなステレオタイプで現われるのか見てみる。家族関係は‘親子関係での対話’‘夫婦関係での対話’と分けて分析しようとする。

---

8 『沖縄文学選-日本文学のエッジからの問い』勉誠出版、p.38
　沖縄復帰直前(1971年)に芥川賞を受賞した。作者は東峰夫。沖縄をテーマにした作品で復帰前後の沖縄の現象が描かれており、アメリカの統一化であった沖縄が復帰とともにかわる沖縄を象徴している作品である。

9 注11)と同じ　pp.165-168
　作者は山城正忠。1991年に『ホトトギス』第14巻11号掲載され、沖縄近代文学の出発期における最初の近代小説である。この作品は日清戦争下の沖縄の混乱した社会相を描いたものである。

10 注11)と同じ　pp.382-383
　1997年1月第27回九州芸術祭文学賞を受賞、同年7月第117回芥川賞を受賞した。作者は目取真俊。「水滴」にでてくる‘沖縄’は美しく豊かで癒しに満ちた現実ではなく、沖縄戦が作りかえた姿を見せている。

4.1. 親子関係での対話

* 息子と母親の対話

(1)　息子：ううん、<u>何やがよ</u>

　　　　　[標準語[11] ううん、何？]　　　　　　　　　　（『オ』p.133)[12]

(2)　息子：並んで<u>商売せえ済むるもんにゃあ</u>

　　　　　[標準語 並んで商売して済むのにね]　　　　　（『オ』p.133)

(3)　息子：はあもう！<u>あんせやなんで寝んておるかっさ！</u>

　　　　　[標準語 もう、まだ寝てるのに起こすから]　　（『オ』p.143)

　例(1)(2)(3)は話し手である息子と聞き手である母との対話である。疑問を示す‘何(なに・なん)’が‘何(ぬ)’で、文末の‘なのよ’に対応する表現に‘やがよ’など方言の使用が目についた。‘寝る’の漢字の読み仮名が‘ね’ではなく‘に’で読むが、これは沖縄方言の母音が基本的には‘a・i・u’の三母音であり、琉球方言にない‘e・o’の母音は歴史的な時間を経て‘e’は‘i’に、‘o’は‘u’に変わっていて三母音になったもので、沖縄を中心とする南島地域の母音が独自に変化をとげていった姿を示している。

　また、息子の言葉には例(3)のように、母親を前にして独り言を言う場面がある。独り言を言うときの‘はあもう！’の表現は沖縄方言でも面倒くさい、あるいは相手に何らかの不満を持ったときに発することが多く、息子が母親に対してブツブツ独り言を言っていることがわかる。

11　理解のため筆者の翻訳を示すことにする。
12　作品名を<『オキナワの少年』は『オ』、『九年母』は『九』、『水滴』は『水』>と表示する。

(4)　母親：好かんといっちん仕方あんな。もの食う業のためやろもんさあは
　　　　　　い！

　　　　[標準語　イヤといっても仕方がないでしょ、生活のためでしょ、さあ]

　　　　　　　　　　　　　　　　　　　　　　　　　　　　（『オ』p.133）

(5)　母親：つね、つねよし、起きれ、起きらんな！

　　　　[標準語　つね、つねよし、起きて、起きなさい]　　　（『オ』p.133）

(6)　母親：ええっ？持っち行かんたんな？

　　　　[標準語　ええっ？持っていかなかった？]　　　　　（『オ』p.135）

(7)　母親：つね！新聞配達に遅れゆんど！

　　　　[標準語　つね！新聞配達に遅れるよ？]　　　　　　（『オ』p.137）

　話し手である母と聞き手である息子との間の対話では方言による記述が多
い。例えば、例(4)の'好かん、いっちん、あんな、もん'のように息子へ対
しての母親の表現にはほとんどが沖縄方言で対話している。その内容も沖
縄方言のガミガミいうときに使う命令形での方言使用が見られた。例(5)でも
やはり'れ・な'のように語尾の部分に命令形が表記されており、母親が息子
に対して叱りながら接していることがわかる。例(6)のように動詞'持(も)って'
ではなく'むっち'で、例(7)のように'遅(おく)れる'が'うくれる'で表記され
た。これは日本語の'e'と'o'の部分が沖縄方言にはないので、それが反映
した表記である。ここで母親は息子に対して焦せるように表現していることが
'ゆんど'の沖縄方言でわかる。

　＊息子と父親の対話

(8) 　父親：コラ、お客さまに御辞儀もしないで立ってる奴だ<ruby>居<rt>おい</rt></ruby>み、唐の人
　　　　　　見たいだね、おまえは。

　　　　[標準語 ほらお客さまに御辞儀もしないで立っている奴がいるか、唐の

　　　　人みたいだな、おまえは]　　　　　　　　　　　　　　（『九』p.33）

(9) 　父親：<u>べろやあとといっちんしかたあんな</u>！さあはい、まあだ八時前<u>やろ</u>
　　　　　<u>もん</u>だいじょうぶやさ、本はあとから読めえ！

　　　　[標準語 いやといっても仕方ないでよ！はいまだ八時前だから大丈夫、

　　　　本はあとで読め]　　　　　　　　　　　　　　　　　（『オ』p.147）

(10) 　父親：<u>あんすりゃ、済むさ。あさはごはん炊くからんことよ。</u>

　　　　[標準語 そうであれば、いいよ。あさごはん炊くから]　（『オ』p.147）

(11) 　息子：<u>あんすりゃ、おとうに汲ますさ。</u>幸吉はたからじき<ruby>帰<rt>けえ</rt></ruby>てくるは
　　　　　　ずやろもん！

　　　　[標準語 そうであれば、お父さんに汲ませるから。幸吉はもうすぐ帰っ

　　　　てくるはずだから]　　　　　　　　　　　　　　　　（『オ』p.147）

(12) 　息子：<u>またんなあ、勉強しちょるもんならんや！</u>

　　　　[標準語 また？勉強しているのに]　　　　　　　　　（『オ』p.151）

　例(8)では一部の沖縄方言の使用でその場が、二人だけではなく周囲に
誰かがいることがわかる。それは親子関係において、ほとんど方言での対話
であるのにも関わらず、一部だけ表記されていることから、状況を把握するこ
とができる。例(4)のように対話のほとんどが方言が使用されていることが親
子関係では普遍的である。例(9)は、すべて方言での対話でここでは‘朝起
こす’の場面で父親が息子を怒鳴りながら支度するように言っている事から、
方言も荒く語尾の部分は命令形であるのをみて、二人しかいない場面である

ことがわかる。

でも例(10)は、方言が優しく表現で使用されているため、二人だけいるのではないことがわかる。例(11)では、息子が父親に方言であっても優しい表現が使用されていることがわかる。例(12)何度も言われる小言に対して、嫌々ながら応えてる様子がうかがえる。そこでまとめてみると親子関係においてはそばに誰かがいるのかによって、沖縄方言の使用が異なることがわかった。それに気分によって話し方まで方言のニュアンスもかわってくることもわかった。

4.2. 夫婦での対話

* 妻と夫の対話

(13) 妻：ええ、おじい、時間ど。起きみ候れ。

[標準語 おじいさん　時間よ。起きなさい]　　　　　　（『水』p.361)

(14) 妻：あね、早く起きらんな

[標準語 ねえ、早く起きて]　　　　　　　　　（『水』p.361)

(15) 妻：呆気さみよう！此の足や何やが？

[標準語 大変だ〜！この足どうしたの？]　　　　　（『水』p.361)

(16) 妻：はあ、この怠け者が、この忙しい時期に異風な病気なりくさって

[標準語 もう、この怠け者が、この忙しい時期に変な病気になってしまって]

（『水』p.361)

(17) 妻：珍しい事もあるものやさ

[標準語 珍しい事もあるものね]　　　　　　　（『水』p.361)

(18) 妻：何でこんな哀れをしないといけんかね

[標準語 何でこんな哀れな思いをしないといけないのかしら]

(『水』p.361)

　(19)　妻：<u>ならんど</u>

　　　　[標準語 だめよ]　　（『水』p.361）

　　例(13)(17)で妻の言葉の表現が語尾に'ど''れ''やさ'の使用で沖縄方言で
も柔らかい表現であることから、夫に対しての愛情を感じられる。それに対して
例(14)'早く起きらんな'と例(15)'呆気<ruby>呆気<rt>あっき</rt></ruby>さみよう！ 此の足や何やが'例(16)'治
しきれんさ'例(19)'ならんど'の表現には足をケガして仕事のできない状態に
なっている夫に対して、妻の苛立ちと荒っぽさのある方言の使用で妻の状況
が言葉の節々に表れていることがわかる。例(13)'ええ'(14)'あね'(15)'は
あ'には作者の心理が冒頭に表現され、呆れて仕方がないとも言えるような
言葉である。例(18)'いけんかね'の表現には自分の哀れさの悲しさを方言
で吐き出す場面である。

　　このように家族関係においては方言が使われる。家族関係の対話文を考
察してみるとのその場面での状況が方言を使用することによって感情表現を
表れ、方言の使い方によって感情表現が違うことが読みとれる。

5. おわりに

　　本稿では、沖縄の文学作品に現れた登場人物の家族関係の対話文の役
割語として扱って分析した。

　　家族関係での対話においての沖縄方言の使用が多様であることもわかっ
た。沖縄方言は日本語の母音'e'と'o'が使用されていない音声的な面が

みられ、作品の中にこれらの要素が残っていた。このような表現を使用することにより沖縄出身ということを提示することができた。沖縄の文学においては言語の表現から特定の方言と結びつけられている語彙や言葉遣いに関するステレオタイプが現れるということがわかった。その方言を使用することによって感情表現の役割が語として表れていることがわかった。今後の研究に世代別・性別に分けて分析し、さらなる考察を進めたい思う。

| 参考文献 |

岡本恵徳,高橋敏夫(2003)『沖縄文学選-日本文学のエッジからの問い』勉誠出版、P.20、
岡本恵徳(1996)『現代文学にみる沖縄の自画像』高文研
恩塚千代(2011)「韓国の教科書に現れる役割語-教養科目から上級対話へ」、日本言語文
　　　化第15号、P.110
金水敏(2003)『ヴァ-チャル日本語役割語の謎』岩波書店、P.203
＿＿＿(2007)『役割語研究の地平』くろしお出版
＿＿＿(2011)『役割語研究の展開』くろしお出版
＿＿＿編(2012)『<役割語>小辞典』研究社、P.93
久保田淳他4名(1996)『岩波講座日本文学史第15巻-琉球文学、沖縄の文学』岩波書店、P.3
柴田武他7名(1977)『岩波講座日本語11方言』岩波書店、pp.72-83.
外間守善(1986)『日本語の世界9-沖縄の言葉』中央公論社
定延利之(2011)『日本語社会のぞきキャラくり』三省堂
小学館国語辞典編集部[1972)『日本国語大辞典第二版.』小学館、p413

제8장

The Portrayal of the Japanese
in the Hokusa Bunryaku[*]
─In Comparison to Portrayals in Russian Literature─

|Kadyrlyeyev V.

1. Introduction

Written during the end of the 18th century, the Hokusa Bunryaku was kept from the public during Japan's isolation period and as a result was not studied until the 20th century. Eventually, Kamei Takayoshi (1936[1], 1937[2]) published a research paper concerning Daikokuya Kodayu for the first time and the fates of the crew onboard the

* This article is english translation of "『北槎聞略』に描かれた日本人のイメージ―ロシア文献でのイメージと比較して―" published in 『日語日文学研究』#80-2巻 p.275－295.
1 亀井高孝(1936)「大黒屋光太夫の事」「鴨台史報」4, pp.25-33
2 亀井高孝校訂(1937)『北槎聞略』三秀舎

Shinso-maru boat became widely known. From the 1960s, Kodayu became a topic of study not only to Japanese researchers but also the (then) Soviet researchers of Japanese language and literature.

There is a paper in Petrova O.P. (1970)[3] written from the perspective of Russo-Japanese cultural relations. Konstantinov V.M.[4] translated the Hokusa Bunryaku and presented his own analysis in the afterword. Documents by Kodayu on distinct features, some handwritten, were also left to Iwai Noriyuki (1996)[5].

In Bondarenko I.P. (2000)[6] there are accounts of Japanese drifters, specific research on their grasp of the Russian language, and even references to Daikokuya Kodayu and the crew's knowledge of the language.

Ikuta Michiko (1993, 2001)[7] has published papers on studies about Daikokuya Kodayu's physical body, his views on Russia, and life in the Russian Empire. Much of the preceding studies include information about Kodayu and his crew's experience of life, culture

---

3 Петрова О.П.(1970) "Коллекция книг Дай кокуя Кодаю и ее значение для истории русско-японских культурных связей ". -М. :Наука, -С 51-58

4 Константинов В.М.(1978) "Краткие вести о скитаниях в северных водах (Хокуса монряку)".-М:Наука、472 с.

5 岩井憲幸(1996)「大黒屋光太夫書蹟資料一覧-附参考写真-」「明治大学教養論集」 292, pp.81-146

6 Бондаренко И.П(2000) "Русско-японские языковые взаимосвязи XVIII века. Историко-лингвистическое исследование." Одесса: АстроПринт、400 с.

7 生田美智子(1993)「身体表現と言語・文化--「北槎聞略」より」「ロシア・ソビエト研究」 (17), pp.107-128、(2001) "Санкт-Петербург - город и язык XVIII века - в восприятии Дай кокуя Кодаю" The bulletin of the International Institute for Linguistic Sciences Kyoto Sangyo University 22, pp.75-109

and language while in Russia.

As the main subject of discussion, taking into account all of the preceding research mentioned above, I will investigate 18th to early-19th century Russian literature for information pertaining to Russian attitudes towards the Japanese, including descriptions of character and how their actions were perceived. Subsequently I will examine the portrayal of Kodayu and his crew in the events related in the Hokusa Bunryaku, and bring in the Russian literature on their impressions of the Japanese, I will compare and contrast the portrayals in both instances.

2. Impressions of the Japanese in Russian Literature

From the start of the 18th century, Peter I of the Russian empire opened the 'window to the west' and actively began to implement policies against the outside world. Of course, not all of them were movements against the west but also those regarding countries in Asia. Specifically, when Peter I witnessed Denbei, believed to be the first Japanese castaway in Russia, he began to show curiosity towards Japan. Furthermore, The Tale of Denbei (Сказка Денбея)[8] written based on his stories, was the first piece of writing about Japan in the

---

8 "Первый японец въ Россіи.1701 − 1705 гг."(Оглоблин Н. Н. "Первый яп онец въ Россіи.1701-1705 гг..", РУССКАЯ СТАРИНА. 1891 pp.11-24)

Russian Empire at the time. In it, there are accounts of the Japanese people, their religion, daily lives and characteristics of trade, but because it was a book intended for government officials, it only became public in 1891.

In regards to literature, German geographer Bernhardus Varenius's book "Descriptio Regni Japoniae" (1649)[9] on Japanese culture and religion, translated to Russian by "Описание Японии" ("Description of Japan") in 1718 was probably the first time citizens came upon knowledge about Japan.

Francois Caron, considered the first French person to set foot in Japan in 1656, wrote a book titled "Beschryvinghe van het machtigh koningryk Japan"[10]. Almost 80 years later in 1734, a Russian translation was published and in it are thorough descriptions about the Japanese political system, the lives of the emperor and Daimyo (Japanese feudal lord), and religious practices including the history of Christianity in the country. That being said, actual individualistic descriptions of the Japanese don't seem to make much of an appearance.

In a book written by Abbot Milot of the Roman Catholic Church in 1784 on the other hand, not only are there descriptions of Japan's history and culture, but also of the characters of the people. From the Russian translation[11] for this book we can see next description as:

---

9 Bernhardus Varenius(1649) "Descriptio Regni Japoniae"
10 François Caron(1656) "Beschryvinghe van het machtigh koningryk Japan"

① (The Japanese are) Arrogant, determined, and barbaric in their attitudes towards suicide as though it were a joke[12].

Thus, these impressions of the Japanese from the perspective of Russians published in 1891 and sporadically resurfacing since, were hugely influenced by European attitudes. Back then, direct relations between the Russian Empire and Japan didn't exist, so books on Japan and its people were brought into the country from Europe. Just looking at the example ①, the descriptions "arrogant" and "barbaric in their attitudes towards suicide as though it were a joke" indicate a negative impression of the Japanese. The original text was written in the mid-17th century, so it is possible that this particular image of the Japanese was born out of the circumstances of Japan's isolation policy, persecution of Christians and simply lack of information in general.

On the other hand, "Новые ежемесячные сочинения"[13] ("New monthly essays"), a magazine published in 1787, portrays the Japanese people's sensibilities, customs and livelihood in a favorable manner.

---

11 Иван Иконников(1784) "О состоянии Азии и новей ших переменах Китая, Японии, Персии и Мунгалии в последнее время" (The original book's publishing year is unknown)

12 "горды, храбры, неуклонны, и зверонравны,- даже до того, что почти за за баву почитают самоубий ство." Ермакова Л.М.(2003) "Образ Японии в Рос сии XVIII-начала XIX века" 「神戸外大論叢」 54(7), pp.5-36

13 "Новые ежемесячные сочинения" ежемесячные издание.(ноябрь 1787)

② They (the Japanese) are intelligent, foresighted, courteous, warm-hearted, curious, diligent, unwasteful, composed, honest and superstitious people.

These are words that are often used to this day when describing the image of Japanese people. The word 'diligent' was used not only in this instance, but also in newspaper articles and travelers' journals back then about the Japanese people, alongside other expressions such as 'dedicated scientists' and 'virtuous'[14].

① Provides an example of a negative impression of the Japanese originally written by a European, whereas ② is taken from an account of direct observations by the Russians themselves. The two allow us to discern the polarizing images of the Japanese people made during that time.

After the Russians first traveled to Japan at the end of the 18th century, they began to write about what they saw with their own eyes of Japan and its people. In order to bring Daikokuya Kodayu and his crew back to Japan, in 1792 Adam Laxman(Адам Кириллович Лаксман) became the first to visit Japan, as an envoy of Russia. When Laxman returned to Russia, he gave a thorough account of his trip to Catherine II. Moreover, in 1805 he published a simple 30-page

---

14 "природное имъ свой ство есть, что они разумны, предусмотрительны, во льны, учтивы, приветливы, любопытны, трудолюбивы, переимчивы, бережливы, трезвы, работны, чистоплотны, искренни, честны, верны, подозревающи, суеверны..."

booklet titled "Известие о первом Россий ском посольстве в Японию под начальством поручика Адама Лаксмана"("Journal of Laxman's Embassy to Japan")[15] based on his original report, but it never gained much attention from the public. 13 years after Laxman's visit, Nikolai Petrovich Rezanov(Николай Петрович Резанов) made a second embassy to Japan and docked in September of 1804, however, half a year later he returned to Russia with no results. At the time as Laxman, an expedition journal was published. However, a more detailed record about Japan and its people can be found in Vasilii Mikhailovich Golovnin (Василий Михай лович Головнин)'s book[16] Captivity in Japan During the Years 1811, 1812, 1813. He came to know and understand the Japanese people's temperament through his interactions with Japanese officials as a captive for over 2 years. The accounts written by the three Russians, Laxman, Rezanov and Golovnin's in regards to the impressions of the Japanese were nearly identical. Their impressions are as follows. Firstly, all three of them make frequent comments on the Japanese people's enthusiasm for research. When the Russians met the Japanese, they would often inquire about Russia, its culture, customs and even personal matters. Of course, the specific questions were not just out of personal curiosity but under the orders of the

---

15 «Известие о первом Россий ском посольстве в Японию под начальством по ручика Адама Лаксмана». — М.: Тип. Бекетова, 1805. — 30 с.

16 Головнин В. М. «В плену у японцев в 1811, 1812 и 1813 годах». «Головнин В. М. Сочинения»: Издательство Главсевморпути; Москва Ленинград; 1949. -506с

Shogunate. They also portray the Japanese to have a strong sense of duty, honest, warm, and diligent. Golovnin's account also notes that the Japanese were very suspicious, however, that was because after the Khvostov / Davydov incident, the Japanese government felt suspicion towards the Russian Empire.

The Russian Empire's view of Japan in the 18th century was largely based a the book written in Europe during the 17th century, which at the time focused on the persecution of Christians in Japan and their isolationist policy, creating an overall negative portrayal of the country.

From the latter half of the 18th century, things began to change. Impressions of the Japanese as 'diligent', 'honest' and 'curious' made by Russians themselves through direct contact began to appear and the previously held image of the Japanese began to change.

3. The Portrayal of Daikokuya Kodayu in the Hokusa Bunryaku

In order to examine the portrayal of the castaways aboard the Kamiakiramaru boat, I will consider their behaviors as seen in the Hokusa Bunryaku.

In the second volume, there is a part where the Japanese people express their wishes to the gods.

③ An unexpected northern wind meets the wind from the northeast, sharply pulverizing the rudder. The winds and the waves grow rougher, and though the boat should already have turned into its watery grave, its men sever their hair to the gods of the mast and call their prayers. And as they work away the ends of their lives, the winds gradually blow over[17].

This passage describes the moment when the Shinsho-maru, carrying Kodayu and his 17 shipmates, encountered a storm after setting out of Shiroko port.

The crew calls their prayers to the gods. The word used here for 'gods' in Japanese includes gods as well as the Buddha. Onboard the ship, followers of Shintoism and Buddhism weren't distinct but rather a combination of the two, which had become a part of the Japanese custom. It is probable therefore, that the men were praying both to the gods of Shintoism and the Buddha. During the Meiji period there was an anti-Buddhist movement in which the Buddha was rejected altogether, however, the act of praying for both religions is still seen today in Japan.

There are other instances in the text where the Japanese pray to the gods.

17　略)俄に北風ふき起こり西北の風もみ合て忽柁を摧き、それより風浪ますます烈敷、すでに覆溺すべきありさまなれば、船中の者ども皆々髻を断、船魂に備へ、おもひ[おもひ]に日頃念ずる神仏に祈誓をかけ、命かぎりに働けども、風は次第に吹しきり、(略)
　　亀井高孝(1990)校訂、桂川甫周著『北槎聞略』岩波文庫 p.23

④ The bodies on board, withered by their adversity, none quarreling but performing cold-water ablution three times a day in plea to the gods. Their vitality abates, turning into Passerines before long, everything indistinguishable at nighttime[18].

A few months after the boat began to drift on its own, food supplies began to run low and Kodayu and his men started to lose strength, with a majority getting night blindness due to malnutrition and no hope in sight. During this, it is said that they 'performed water ablution three times a day in plea to the gods.' To perform water ablution would normally mean soaking in cold water in order to remove the impurities of the body. It cannot be known exactly what, and to what extent, took place on the boat, however, it is probable that the men inflicted pain upon themselves in some manner.

Thus, Daikokuya Kodayu and his men are portrayed in this urgent manner, asking for help from the gods as their bodies reached their limits. This portrayal relates to the description of the 'superstitious people' mentioned in "New monthly essays" in example ②.

There are other instances where the men depend on their gods:

⑤ They moved a shrine from the Dai Jingū (shrine) (this was returned

---

18 (略)合船の者ども、艱苦に身体もよはりつかれ、そのうへ誰言合するとはなけれども、神仏へ礼願のため日々に三度垢離をとりける故、精力も衰へたるにや、いづれも雀目になりて夜分は物のあいろも見えざる故、(略)
Same, p.25

with no harm) along with two sacks of rice, four bundles of firewood, pots[19].

When the boat drifted ashore after seven months on the shore of Amchitka in the Aleutian Islands, they loaded food supplies, tools and even a shrine from their homeland. The Dai Jingu is a shrine located in Ise city in Mie prefecture, known today as the Ise Jingu (shrine). Within that shrine there exists the Koutai Jingu to worship the god Amaterasu Omikami, and the Toyoukedai Jingū for the god Toyouke Omikami. The castaways were born in Ise City, so they undoubtedly visited the Ise Jingu to worship the gods. It is possible that the shrine in Ise Jingu was dedicated to Amaterasu Omikami, the deification of the sun, and/or the protector of food, clothing and housing, Toyouke Omikami.

Moreover, as the passage says, "this was returned with no harm", approximately ten years later when Daikokuya Kodayu returned to Ise with Isokichi and Koichi, the shrine was brought back with them. During their time in Russia, they had kept it safely hidden, coming back again to the portrayal in ② as "superstitious people".

There is also an account that describes how even on the verge of starvation, at first, Daikokuya Kodayu and his men refused to eat cow

---

19 太神宮の宮居を遷し(此宮居は今度恙なく持還りしなり)粮米二俵、薪四束、鍋釜衣服臥被までも積のせ、(略)
Same, p.27

meat.

⑥ [The Russian officials] provide wheat, dried fish, and cow meat but the men consistently send back the cow meat, claiming they must not. They eat the wheat and fish clean, and wait in hunger for two days. But rather, a death from starvation is much to grieve[20].

The drifters accepted the wheat flour and fish from the food given to them by the Russian officials but did not eat any of the cow meat, as in Buddhist teaching it was not allowed to eat the meat of beasts, or four legged animals. This teaching had become a custom for the men, and so for a few months, they lived off solely on wheat and fish. Even when the food supply was gone, they refused to eat the meat. The consumption of meat as taboo first appeared during emperor Tenbu's period in 675 when a ban against eating meat was established. The animals included cows, horses, monkeys, dogs, and birds. The notion also came from religious precepts; meaning living things absolutely could not be killed and that all life must be cared for.

When the Edo period began people began to eat the meat of fish and birds, but the meat of 'beasts' was still avoided. During the latter half of the Edo period, Confucianism began to permeate in Japan,

20 郡官よりも麦粉、乾魚、牛肉などを贈りけれども肉食はせざる由を断わりて、牛肉をば
    いつも返しける。(略)麦はもちろん魚も残らず食ひ尽しける故、(略)二日が間粮を絶て
    居りける。(略)却て餓死に及ぶ事こそ悲しけれ。
    Same, p.39

however, every citizen had to be entered in a registry that proved faith to the Buddhist temple and since the consumption of meat was a taboo in the faith and largely adhered to, Daikokuya Kodayu and his men chose not to eat the meat. Furthermore, cows were considered previous animals because they were used for agriculture, so it was difficult for the Japanese drifters to understand the concept of breeding cows for food stock in Russia. Therefore, it can be said initially they avoided eating the meat.

However, in their challenging circumstances, although Daikokuya Kodayu and his men held these customs, they began to feel a change of heart. This was recorded as the following:

⑦ One day the men heard from a low official of some cows nearby and so slaughtered and brought back two shanks, and decided that having obeyed the faith thus far being born in Ise, had no choice apart from dying of starvation. He [Russian official] lays out the advantages and disadvantages, detailing how with food supplies run out, they must do all they can by eating cow meat, to survive. And whilst they ponder over the truth of the matter, Isokichi cuts himself off a piece with a small knife, and seeing this the rest begins to follow[21].

---

21 或日郡官の属吏、近在に牛ある事を聞出し、早速に屠り股二ツもち来り、何れもは伊勢とやらんの生まれなりとて、日頃獣の肉をば食せざれども、此期に至り左様の禁忌を守り居らば、餓死するより外はなし。先此牛肉を食ひて一命を繋ぎ食糧の足たる時にこそ兎も角も有べき事なりと細々と利害を説しめしける故、皆々実もとおもひしうちにも、磯吉は人よりさきに小刀をもちて一塊きり食ひければ、是を見て残る者ども手ん手に切

When faced with the decision of keeping the choice to not eat something they had never eaten before because of a societal ban or to eat it in order to save their own lives, starting with Isokichi, one by one the drifters began to eat the cow meat, acting against the teachings of their home town. However, because they did as the Russian official told them, they were able to live on survive until the spring. Perhaps in the eyes of the Russians, the actions of the Japanese such as this appeared to be a foolish custom that endangered their lives. The drifters had a change of mind when the Russian official persuaded them: "He lays out the advantages and disadvantages, detailing how by eating cow meat in order to survive as food supplies run out, even rabbits and deer must also be considered." Moreover, paying attention to the phrasing "having obeyed the faith thus far", it appears to be that the drifters do not eat the cow meat because they did not believe it to be food to be eaten, however, the Shogunate were aware from Dejima island in Nagasaki that Europeans ate meat, and Kodayu and his men returned to Japan alive, so it should be speculated that they consumed the meat. Both the accounts in the Hokusa Bunryaku of the men's decision to eat the meet on the verge of death as an excuse for breaking the taboo, and how they in the beginning they avoided the meat until they were persuaded by the Russian man, point to the description of the "superstitious people" observed in "New monthly essays".

て食ひける。
Same, pp.39-40

The Edo Shogunate during this period had established a law that prevented foreign passage as part of their isolationist policy. Furthermore, in 1612 the Shogunate exiled missionaries in order to eliminate Christianity and enforce trade control. Later in 1633, foreign passage of Japanese ships with the exception of ships carrying official documents from the governments became prohibited, and in 1635, foreign passage and return of Japanese people residing overseas became completely forbidden. As a result, Japanese passage overseas and the return of those staying overseas became prohibited, and in persecution against Christianity, returning to Japan after a baptism was also impossible.

However, in Japan there were formal followers who had received baptisms for different reasons. The first is Shouzou and the second is Shinzou. These men underwent baptisms knowing that converting to foreign religions was considered a taboo in Japan and that a baptism would ensure that they could not return to their homeland.

Why Shouzou chose to receive a baptism is related as the following:

⑧ Shouzou suffers from disease and injuries on foot, harshened further by the sharp coldness of the weather. Beneath his knees, his skin and flesh gradually rot, making way for the bones just underneath. With an axe his knee joints are severed, rendering him a cripple on one foot with hopes to return home to vanish. The same winter, under the teachings of their countrymen, he embraces a new name, Phyodor Stepanovich

Stevkov[22].

Shouzou got his leg amputated due to severe frostbite, rendering him incapable of returning home. Thinking he would never see Japan again, in order to live in the Russian Empire he received a Baptism along with a Russian name. Shinzou also received the Russia's orthodox teaching due to illness. This is described as the following:

⑨ Despite his need to recover his recently afflicted body, in consideration for his future he joined the Empire's religion, renamed himself Nicholas Petrovich Konotegin, and made an unexpected recovery[23].

It is believed that he was baptized under a Russian name knowing that, in his critical fever condition, if he died he would be buried under a Russian Orthodox Church ceremony. Perhaps he accepted the faith because if he died without it, a non-believer such as he may have just been thrown into a hole like a dead animal. Later on, the two men heard that they were able to receive permission for entry back to Japan, but

---

22 其内に庄蔵はかねて湿毒にて足に患所ありけるが、沍寒に傷られたる故にや、(略)膝より下漸[漸]に腐りて皮肉爛れ脱て骨を露しける故、(略)大鋸にて膝の節より截すて、(略)一足脱落たれば一向の癈人となり、所詮帰国も叶はねばとて、同年の冬彼邦の教法をうけ、姓名をヒョドロ・ステッパノウィチ・ソテフコフと改め(省略)
亀井高孝(1990)校訂、桂川甫周著『北槎聞略』岩波文庫　p.48
23 先頃の病気とても本復すべき躰にもあらざりし故、後世のためにとて彼邦の教門に入、名もニコライ・ペトロウィチ・コノテギンと改めしに存の外に平癒したり。
Same, p.51

to their grief it was impossible for drifters who had converted to return.

Looking at the examples ③ to ⑨ and how Daikokuya Kodayu and his men, when faced with hardship, prayed to the gods and took great care of the shrine on their boat, it is plausible how to the Russians, the Japanese seemed to be superstitious. The worship detailed in the Hokusa Bunryaku was probably intended to show the Shogunate that the Japanese men who returned did not convert to the Orthodox Church, but lived like Japanese people while living in Russia. Shouzou and Shinzou's conversion to the Russian orthodox because they had to live in Russia as well as their inability to return home are both, in a way, an excuse for the religious ban. The two men did not return because they converted. That provides an emphasis on how Kodayu and his men tried to return to Japan because they did not accept the teachings of the orthodoxy.

The drifters' strong desire to go home is conveyed in the Hokusa Bunryaku. Because Japan had an isolationist policy during that time, it was prohibited for those who went overseas to come back, and even those that did could not return to their normal lives and were instead quarantined and exiled, or in some cases even executed. Daikokuya Kodayu and his men must have been fully aware of this, however, they continued their efforts until the end and with a few years, having received permission from Russian authorities to return, headed back to Japan. Their fervor in their endeavor to return to Japan moved the Russians, and the efforts of Kodayu and Laxman (Кирилл Лаксман)

491

who became a familiar presence, are highlighted.

In the Hokusa Bunryaku, Laxman's aid in helping Daikokuya Kodayu is described as such:

⑩ He [Laxman] knows the language of seventeen countries, is rich in knowledge of many fields, well-read and retentive, and further warm and sincere. Like recalling a previous fated connection, he kindly nurtures Kodayu as though he were his own child, and sends a formal request for return for Kodayu to officer of General-Poruchik, Ivan Pier[24].

Kodayu's savior Laxman was indeed a speaker of many languages and widely learned. It was because of their meeting and the multiple letters of request that permission to leave Russia for Japan was finally given. Their encounter was nothing short of a miracle. Moved by the drifter's longing to return home, Laxman even brought him to Russia's capital Petersburg to gain him an audience with Catherine II. This is related in the following:

⑪ Man by the name of Kirilo shows distrust in what delays his

---

24　十七国の言語文字に通じ、兼て多識の学に委しく、もつとも博覧強記にして、しかも、温厚篤実の人成よし。隔世の因縁あいけるにや、幸太夫を一かたならず、深切に撫育し、子弟のごとくに憐れみて、此地の国司イワン・エレヘウィチ・ピイリといふエネラル・ポロッチカの官人まで帰国の願状を出さしむ。
　　Same, p.48

wishes. Beware of fraud, he shows interest when he realizes he is unable to get the attention of the queen. With their belongings they climb to the city with their lives at risk, on the same path towards Petersburg to gain an audience with the queen[25].

What specifically moved Laxman to help was the drifters' relentless effort to receive permission to return to Japan. The following passage portrays this moment.

⑫ In August of the same year, he received an official letter requesting him to withdraw his petition to return home and to instead take a position as an official in the country. However, Kodayu repeatedly continued to send his petitions asking for permission, and on the second of February he received another letter, stating that if he accepts to become a merchant even against his wishes, that he would be provided with capital, exemption from tax, a house, and if he so wishes to become an official, that he would receive an official recommendation. Kodayu responded gratefully, but that he had no desire to become an official. And so on the seventh of July, he wrote another petition stating that he needed only permission to return, and that doing so would be

---

25 キリロといふ様、かく願の遅遷する事さりとては不審なり。いかさま中途に碍るものヽありて、国王の聴に達せざると見ゆるなり。幸某花木薬石を齎て都に上るべしとの命を蒙り、遠からず、起程するなれば、足下をも同道し、ペートルボルグの都に至りて越訴するに若は有まじ。
亀井高孝(1990)校訂、桂川甫周著『北槎聞略』岩波文庫 p.48

of great benefit to them instead of appointing him as a high ranking official or a wealthy man[26].

As seen in the above passage, despite the wishes of the Russian government for Kodayu to become an official for the Russian Empire, or a merchant, in exchange for capital and various benefits, Daikokuya Kodayu kept sending in his letters of request, not just for himself, but for his men to be granted permission to leave.

These portrayals reveal Daikokuya Kodayu's resolute personality. He was continually denied permission, and even after having the government stopped providing funds and living situations became tough, he and his men never accepted the government's suggestion, and this determination they showed until they finally received approval attests to their strength and endurance.

Additionally, when comparing the Japanese drifters' attitudes toward their home country to that of the drifters aboard an English trading ship, it is evident that the Japanese had a much stronger desire to return. This is seen in the following example:

---

26 同年八月都より官牒来りし由にて、帰国の義は思ひとまり、此邦にて仕官致べき旨を申渡さる。されど、幸太夫等幾重にも帰国いたし度・段押返して願状を指出しければ、戌二月三日再び官牒到来して幸太夫仕官の望なく商人ともなるべきならば、本銭を与へ租税をもゆるし家作をも致し遣はすべし、もし仕官せば先軽卒となし加比丹（カピタン）までには薦挙あるべき旨申来る。幸太夫申様は、ありがたき御事ながら仕官も望なし、帰国をだに御許あらば如何様の高官又は富貴の身に御とり立あらんよりも莫大の御恩恵なるべきと、同月七日に又々願状を出しける。
同上、pp.48-49

⑬ Outside, one Portuguese man and one Bengali, who not long ago shipwrecked in Nejnoi ostrov. Both changed their changed their names in Irkutsk, the Portuguese now Fyodor Osipovich Sebiryakov and the Bengali, Fyodor Ivanovich Keditov, becoming merchants to settle on the land[27].

As portrayed here, the Portuguese and Bengalis did not return home to England and instead converted to the Russian orthodoxy, changed their names, and became merchants. They too, must have been given the offer to stay in Russia as officers or merchants, with various benefits provided by the government. Here, the same desire to return home like that of Daikokuya Kodayu and his men cannot be seen. That being said, unlike the Japanese, it must have been easier for the Westerner drifters to adjust to life in Russia.

The next example also highlights the Japanese drifters' desire to return to their homeland. It is an account of when the two men remaining in Russia hear that the drifters excluding them have received permission to leave the country to return home to Japan.

27　略)外にポルトカリツ(波爾杜瓦爾国なり)の人一人、ベンガリツ(榜葛利国なり)の人一人、是は先頃メズノイ・ヲストロフにて破船せし者どもなり。
此両人は後にイルコツカにて姓名を改め、波爾杜瓦爾国の人はヘヲドロ・ヲシポウィチ・シビリコーフ、榜葛利の人はヒョドロ・イワノウィチ・ケヂシツーフと名のり、商人となりて永くかの地に留りしと也。
Same, pp.43-44

⑭ In the month of May, with the boat in order, they aimed to leave on the morning of the 20th for Irkutsk. Although Shouzou should have called Isokichi from the hospital to his lodging to tell him of their departure, he purposefully hid their plan to leave so that Shouzou was left with an unexpected farewell. Off to the side, Shouzou got up on his leg and in a loud voice began to howl like a child and broke down in despair[28].

The grief of Shouzou realizing he will be left in Russia is described, "[He] began to howl like a child and broke down in despair" in an utterly tragic account.

It can be said that from the examples ⑩-⑭, Daikokuya Kodayu and his men's strong urge to return to their home country can be perceived. Their desire can be understood through their efforts, their patience, and their courage to endure dangerous journeys in order to receive permission.

The Hokusa Bunryaku provides further proof of Daikokuya Kodayu and his men's diligence.

⑮ 6 months on the island, the men spoke nothing of Russian, and

---

28 さて五月に至り漸々舶よそほひも調しよしにて、二十日の巳の刻計にイルコツカを発足す。かねて療病院より庄蔵を磯吉が旅宿へびよせおきしが、わざと発足の事をばかくしおき、立ぎはに俄にいとまごひをなしければ、(略)庄蔵は叶はぬ足にて立あがりこけまろび、大声をあげ、小児の如くなきさけび悶へこがれける。
Same, p.61

now and then the Russians would look at their clothing and say "What is it?"(Это что?). Isokichi could not communicate as he wished, and when he did not understand he would point to the point to a pan and say What is it?" to which he would receive the response kettle (котёл). Wondering why, he began to write down the words as he heard them and gradually started to learn and understand the language[29].

Six months after the men drifted ashore, there was still no sign that they had any intention of learning the Russian language. They communicated with hand gestures and symbols written on dirt. However, after half a year of living in Russia without speaking the language the men realized that returning to Japan would not be an easy task, and understanding that they would have to learn to live with the Russians they began to study the language. In the Hokusa Bunryaku as a whole, the drifters' particularly Daikokuya Kodayu's diligence can be ascertained. Daikokuya Kodayu did not just learn enough Russian to live a normal life but studied it to the extent that he could conduct academic debates. Because of Laxman, his knowledge of the

---

29 此嶋に半年余りも居けれども、とかくに言語通ぜざりしが、魯西亜人等おりおりに、漂人等が衣服調度などを見ては、エト・チョワといふ事、耳にとまりける。(略)、磯吉思ふやう、何れにもこなたよりもいふて見ば分る事もあらんと、をりふし側に鍋の有けるをゆびさして、エト・チョワとひければ、コチョウと答える故、さては何ぞと問事よと心得て、夫よりは聞くままに書記しける程に、言語もよほどおぼえ、少しの事は弁ずる様に成りけるまゝ、(略)
Same, p.36

Russian Empire continued to deepen. The diligence of the drifters was what made it possible to spread Kodayu and Isokichi's various knowledge of the Russian Empire once they returned to Japan, and for Shogunate officers such as Katsuragawa Hoshu and Gentaku Otsuki to produce not only the Hokusa Bunryaku but texts such as the Hyoumin Goran Noki, Roshia (Russia) Kokorozashi, and Roshia (Russia) Ryukki. Furthermore, Daikokuya Kodayu's study of Russian over ten years culminated in precious Japan's first Russian-Japanese dictionaries titled Roshiago Ransho, Roshiago Rui, and Roshia Gengoshu. The dictionaries, based on his knowledge of the language, include numerous expressions that exceed the vocabulary required for daily life. In addition to language, he also possessed extensive knowledge of the history of the Russian Empire, its culture and customs. The view of the Japanese as diligent was also mentioned in example ②, so the description is not an exaggeration towards Kodayu exclusively, but a frequent impression from the Russians' perspective.

Diligence, not towards study, but as an attitude toward daily life can be seen in the following passage:

⑰ Instead of spending their months and days uselessly, they worked with the islanders to go to the islands of Nakiris, Nakiska, Chek, Uniyaki in order to help gather food to sustain a living[30].

30 束ねて徒に月日を送んよりはと、嶋人にうちまじり、ナキリイシ、ナッキスカ、チェク、ウニヤキなどいふ島々に渡り、[らつこ]を捕る手伝をなして糊口し居けるが、(略)

A few months after arriving in Russia, the drifters gave up waiting for a rescue boat and accepted that they would have to stay and live together with the Russians. Thus, in order to survive and become more familiar with the Russians, the drifters went fishing with the Russians and islanders, and hunted for furred animals. By hunting for beasts, they not only increased their livelihoods and made a living but they grew familiar with the Russians.

There are other examples of moments of collaborative efforts between the Russians and the Japanese.

⑱ Three years past in July, a Russian boat arrives but a great storm appears and the boat enters the harbor further down than intended. The rough winds and waves cut off the anchor, and finally tears down the ship. They waited for years, and even their hopes of reaching the mainland suffered a shipwreck. With no work, lowering energy, and their first boat wrecked, they remained hopeless in despair.

Soon after, Nevedimov told Kodayu and the other men that they did not know when another boat would arrive, and that their priority should be to build another boat to reach the land called Kamchatka in order to try to get to their destination on foot. He said that they must work together, using the Russians' boat tools, the nails from Kodayu's boat and gather the driftwood; and in a year they had built a boat able hold over one

亀井高孝(1990)校訂、桂川甫周著『北槎聞略』岩波文庫 p.36

hundred cubic meters for the 25 Russians and 9 Japanese men[31].

As described in this passage, four years after being adrift a Russian boat finally came, but a sudden storm shipwrecked the boat. The Japanese drifters, shipwrecked Russians and Nevedimov's group ニビチモフたち, were incredibly discouraged stranded on the island, but one day, ニビチモフ expressed how if everybody cooperated, they could build a new boat if only just a day faster. He said they did not know when another boat would come, and if they didn't work together Daikokuya Kodayu and his men may never return home. Daikokuya Kodayu understood the situation and cooperated with the Russians. As a result, they were able to build a new boat in a year and headed to the mainland.

In this way, because of the teamwork between the Russians and Daikokuya Kodayu and his men, the drifters were able to cross over to Russia. It is in examples of attitudes like this that the willingness of the Japanese to work together can be perceived.

31　未より三年といふ七月に、魯西亜の船来けるが、(略)又大風吹おこり、目当の港よりは一里許下の方へ入津せしに、風浪にて錨纜をすり切、遂に破船しける。(略)さても此年月まちくらせし迎の船さへ破船せしかば、此末いかが成行事やらんと力も落、初に我ふねの破船せし時よりもかなしかりしとぞ。
其後にニビヂモフ、幸太夫等に云けるは、此後また幾時船の来できも計り難し、我々とても数年の在嶋にて此度は帰国と心掛たるに、かく破船せしうへは、兎も角もして舶を造りカムシヤツカといふ地まで渡りなば、未よりは地続なればいくようともなるべきなり、いづれも力を併せ給へと、魯西亜人の船具、幸太夫等が船の古釘、又は此嶋にうちよする漂木共をとりあつめ、一年計にて六百石程も積べき船をうち立、魯西亜人二十五人、幸太夫等九人乗組(略)
Same, p.36-37

Daikokuya Kodayu's modesty is also portrayed in several instances. In the Hokusa Bunryaku, it is stated as the following:

⑯ During his stay, Kodayu frequently saw her in the park. When she took her stroll, he hid in the shadows, and when there were no shadows to be found, he stood on the side of the path with his hands together in front of him[32].

While waiting to be granted an audience with Catherine II he had seen her walking in the park a few times, and even though he had the chance to ask her about it, he intentionally did not call out to her and silently looked by. Unlike the emperor in Japan, back then the ruler of the Russian Empire had not isolated itself from the commoners. If anything, the relationship between the ruler and the commoners were deeper than Daikokuya Kodayu could fathom. The relationship between Catherine II and the general public is described as the following:

"The Queen made discreet visits into town in her carriage led by two horses. She listened to the talk of the town, of corruption and welfare of politics. Knowingly, the commoners shamelessly throw petitions

---

32　幸太夫も逗留の中度々園中をも行て見たりしなり。園中にて駕[おなり]に逢たる時はそのまゝ小陰に隠るゝなり。もしかくるべき所なき時は、路の傍によりて手を挟き立居なり。Same, p.52

into the carriage. Outside, enjoying leisure of the mountains and viewing the farms she allows interruptions for appeals, and the falsely accused wait for this opportunity to petition their case[33]."

When Catherine II went out to the market, interactions with the commoners or receiving various complaints and requests was not against the law. The public was even allowed to call out directly to the queen. Of course, a foreigner such as Daikokuya Kodayu living on Catherine II's residence could have bowed and spoken with her when he saw her in the garden, but he chose not to. Even though Kodayu acted in that manner due to the Japanese custom and manner, it appeared to be a modest gesture on his part in the eyes of the Russians.

While traveling through Russia with Laxman, Kodayu stayed at many people's homes, and he always received a gift at the end from the owner of the house. When this happened, Kodayu would politely decline, but in the end he would always humbly receive the gift. It is in instances like this that Russians perceived him to be modest.

Daikokuya Kodayu was Japanese, so the 'modest' behavior was a cultural behavior, however, having lived in the Russian Empire for ten years he definitely knew the customs in Russia, and so he must have

---

33 「国王時々二馬の車にて微行あり。市中の風俗また政事の得失等の風説を聞かるゝなり。(略)若これをさとり知たる者ありて、訴状等を直に車の内に投入るに、少しもとがめなし。其外山水の遊賞、園囿の覧行等には、途中の直訴をゆるしおかるゝ故、冤あるものはこの時をまちて訴訟する事なりとぞ。」
Same, p.246

known that it would have been normal to start a conversation with Catherine II and receive a gift at the end of a stay at people's homes. Yet, how he never talked to Catherine II and instead stood quietly out of her way, and how he always seemed uncomfortable when receiving gifts must have been considered from the Russian perspective as modest and polite.

Thus, I have outlined the portrayal of Daikokuya Kodayu and his men in the Hokusa Bunryaku, through examples ③ through ⑱.

Back then, in Russian literature there were translations of European literature included that expressed an unfavorable impression of the Japanese, however, in the Hokusa Bunryaku there are moments that relate to the text in ②"New monthly essays". Written through Russian observations, the text describes the Japanese as "intelligent, foresighted, courteous, warm-hearted, curious, diligent, unwasteful, composed, honest and superstitious people."

The most remarkable difference appears in how the Hokusa Bunryaku does not provide a single negative description about the Japanese. This is because soon after Daikokuya Kodayu returned to Japan he had a conference with Shogun Tokugawa Ieyasu, and then went on to have interactions with Shogunate officers and Dutch Scholars. Some of the accounts and writings were to be handed in to the Shogunate, so it is probable that he did not speak or write much about any adverse events or actions taken by the drifters. Furthermore, it is plausible that he did not want to defame the names of the drifters.

503

4. Conclusion

In this paper, I examined the portrayal of Daikokuya Kodayu and his men in the Hokusa Bunryaku, and compared it with the portrayal of Japanese people in 18th to early 19th century Russian literature.

The investigation yielded the following conclusions.

The impression of Japanese people in the Russian Empire in the 18th century first received influence from Europe. In 1784, the first book was published on the Japanese people's character. In the book "Latest description of China, Japan, Persia and Mongolia" ("О состоя нии Азии и новей ших переменах Китая, Японии, Персии и Мунга лии в последнее время"), the Japanese people are described as arrogant, resolute and barbaric. However, in a 1787 article "New monthly essays" written by a Russian, the Japanese are characterized as intelligent, foresighted, polite, and diligent, in a rather favorable view. From the early 19th century, the Russians and Japanese began to interact. Laxman's Journal of Laxman's Embassy to Japan, Rezanov's Journal of Days Spent in Japan, and Golovnin's Captivity in Japan During the Years 1811, 1812, and 1813 were published by the respective ambassadors, and provided a favorable account of the Japanese people's sense of duty, honesty and diligence. Thus, the literature written as a result of direct contact between the Russians and the Japanese from the start of the 19th century gradually shifted the portrayal of the Japanese from critical to commending.

In the Hokusa Bunryaku, we can see the portrayal of Daikokuya Kodayu and his men as deeply superstitious, modest, relentless in their mission to return home, and diligent. This portrayal is nearly identical to that of what we see in "New monthly essays". While there seems to be no negative portrayal of the drifters in the Hokusa Bunryaku, the text was produced for the Shogunate, so it would make sense that Daikokuya Kodayu did not speak ill of the drifters to the Shogunate officials.

In the future, I would like further investigate texts not only related to Daikokuya Kodayu but ones that provide an insight into the Japanese impression of the Russians and the Russian Empire.

| Reference material |

<Research papers>
岩井憲幸(1996)「大黒屋光太夫書蹟資料一覧-附参考写真-」「明治大学教養論集」292, pp.81-146

Ермакова Л.М.(2003) "Образ Японии в России XVIII-начала XIX века"「神戸外大論叢」54(7), pp.5-36

Петрова О.П.(1970) "Коллекция книг Дай кокуя Кодаю и ее значение для истории русско-японских культурных связей". -М. :Наука, -С 51-58

<Books and magazines>
亀井高孝(1964)『大黒屋幸太夫』吉川弘文館

亀井高孝(1990) 校訂、桂川甫周著『北槎聞略』岩波文庫

Болховитинов Е. А«Известие о первом Россий ском посольстве в Японию под начальством поручика Адама Лаксмана». — М.: Тип. Бекетова, 1805. — 30 с.

Головнин В. М. «В плену у японцев в 1811, 1812 и 1813 годах». «Головнин В М. Сочинения»: Издательство Главсевморпути; Москва Ленинград; 1949. -506с

Константинов В.М.(1978) "Краткие вести о скитаниях в северных водах (Хоку са монряку)".-М:Наука

Оглоблин Н. Н. "Первый японец въ Россіи.1701 – 1705 гг.", РУССКАЯ СТАР ИНА. 1891 pp.11—24

"Лекарство от скуки и забот", еженедельное издание. Ч-1 (июль 1786- январь1787)

제4부

자료

담론과 표현의 일본학

제1장

翻刻 毎日記 元禄十六年正月至三月(稿)

|安代洙

[凡例][1]

一 日本国立国会図書館デジタル化資料『毎日記.[53]』([WA1-6-34])の翻刻
　　である。書名は日本国立国会図書館による保護表紙の題簽の表記に従った。

一 編集の都合上、横書きとした。

一 助詞の「者」、「茂」、「与」、「江」、「二」などはやや小さな文字、あるいは右
　　に寄せて表示すべきだが、横書きであること、及び、編集が困難なため、本
　　文他の文字と同じ位置、同じ大きさとした。

一 読点「、」のみを私意に書き入れた。但し、段落の最後には「、」を記さな
　　かった。

一 未判読文字は■で記した。

1　경희대학교 箕輪吉次·이재훈 선생님이 미판독 문자를 해결하는데 많은 도움을
　　주셨다. 감사의 뜻을 전한다.

保護表紙

毎日記　元禄十六年正月至三月

原表紙

元禄十六癸未年
拾一番　　八冊之内

毎日記 五

再勤館守
正月ヨリ三月迄　嶋雄八左衛門

元禄十六癸未年
拾壱番　　八冊之内

毎日記 五

再勤
正月ヨリ三月迄　嶋雄八左衛門

一癸未正月元日、晴天、西風

〃 三善丸梶取又兵衛遠見案内付、辰刻札出之

〃 年頭之為祝詞御僉官中御代官中御横目中御元方役中、并、諸請負馬乗中布
　　上下着被罷出候付、対面仕

〃 御横目夜廻山本平蔵、組下横目御持筒与七兵衛案内

〃 浜番組下横目御草り取利右衛門案内

〃 小田七左衛門夜廻案内

一同二日、晴天、西風

〃 早船五拾挺上乗折右衛門遠見案内付、辰刻札出之

〃 在館之侍中此方江罷出、心次第鉄砲初仕終而後、僉官中御代官中御横目中
　　御元方役中、并、諸請負此方へ寄合謡初仕

〃 御横目夜廻森橘右衛門、組下横目御駕籠与一兵衛案内

〃 浜番組下横目御厩伝左衛門案内

〃 阿比留半左衛門夜廻案内

一同三日、晴天、西風

〃 小早梶取小右衛門遠見案内付、辰刻札出之

〃 訓導別差、并、下合居候訳官不残為年礼入館仕候付、納礼吸物酒、
　　并、菓子出之、通詞加勢藤五郎、諸岡助左衛門布上下着勤之

〃 御横目夜廻永留弾平、組下横目御はた与五右衛門案内

〃 浜番組下横目御道具伝右衛門案内

〃 服部安兵衛夜廻案内

一同四日、晴天、西風

〝大福丸梶取長右衛門遠見案内ニ付、辰刻札出之

〝両判事方より申聞候付、新別差呉判事、幷、平田主計殿御返簡引判事金判
　事、昨日東莱迄下府仕候由案内

一同五日、晴天、北東風

〝楊柳丸船頭儀兵衛遠見案内ニ付、辰刻札出之

〝大福丸今日船仕舞仕候由、三代官より案内

〝平田主計殿より被仰聞候旨、御返翰一昨日致下府候、依之明六日請取被申
　筈ニ候故、今日御返簡之写し持来候付、讃首座為致内見候処、先例之通別
　条無之由申候付、弥明日御返翰入来候様ニと両判事、幷、馳走判事江申渡
　候由被仰聞ル

〝御横目夜廻桟原十蔵、組下横目御駕籠与一兵衛案内

〝浜番組下横目御持筒与七兵衛案内

〝中原伝四郎夜廻案内

一同六日、雨天、東風

〝三善丸梶取又兵衛遠見案内ニ付、辰刻札出之

〝平田主計殿御返翰入来候付、宴席門明関組下横目御持筒与七兵衛案内

〝平田主計殿御返簡今日入之候処、別条無之御書面茂宜候由主計殿より被仰
　聞ル、尤両判事方より茂右之通案内

〝右同断ニ付、例之通膳部等入之

〝両判事より申聞候者、今日より新別呉判事相勤、崔僉知儀者交代仕候由案内

〝御横目夜廻中原孫三郎、組下横目御鉄砲崎右衛門案内

〃 浜番組下横目御道具伝右衛門案内

〃 吉野五郎七夜廻案内

一同七日、晴天、西風

〃 八幡丸梶取五兵衛遠見案内付、辰刻札出之

〃 一代官吉野五郎七罷出申聞候ハ、例之通馬乗中上挙仕度由願出候由二付、
　　弥例之通被申付候様二与申渡ス

〃 大福丸二積渡候御米結仕候由、三代官方より案内

〃 御横目夜廻浜崎茂兵衛、組下横目御道具伝右衛門案内

〃 浜番組下横目御旗与五右衛門案内

〃 梯靖庵夜廻案内

一同八日、曇天、北東風

〃 早船五拾挺上乗折右衛門遠見案内二付、辰刻札出之

〃 例年之通馬乗中上挙今日迄有之

〃 参判江之御使者平田主計殿出宴席之儀、近日中被相整候由被仰掛候処、来
　　十六日相極候由両判事方より案内、尤主計殿より茂右之通被仰聞ル

〃 御横目夜廻小田八郎左衛門、組下横目御鉄砲崎右衛門案内

〃 浜番組下横目御厩伝左衛門案内

〃 小茂田仙左衛門夜廻案内

一同九日、曇天、東風

〃 小隼梶取小右衛門遠見案内二付、辰ノ刻札出之

〃 大福丸二積渡候脇米結仕候由、三代官方より案内

〃右大福丸便ニ此程罷渡候漂民警固足軽崎右衛門、関右衛門、并、漂民駕船
為案内者罷渡候鰐浦村人弐人帰国仕候様ニ与申付ル

〃右之便ニ先比御銀為宰領罷渡候御勘定方下代六左衛門帰国申付候由、御代
官方より案内

御元方役書手

巻米五ツ　　　　　　　金子九右衛門

右者前以稽古通詞被仰付置候ニ付、当役之内御用之節無油断相勤候、然
者此程御元方役書手被仰付今度致帰国候、依之右稽古通詞之内御用之節
ハ無恙相務致苦労候付、右之通差免候、尤九右衛門召寄申付、御代官へ
も手紙を以申遣ス、朝鮮御用支配平田直右衛門殿方へも右之通差免候段、
以書状申遣ス

〃両判事方より通事を以申聞候者、渡海之訳官韓同知儀唯今釜山浦迄致下府
候、朴僉正儀者大丘郡ニ而病差出、未下着不仕候、明日明後之内下府被仕
候由案内、尤韓同知方より茂右之通案内

一同十日、曇天、東風、時々雨降

〃楊柳丸船頭儀兵衛遠見案内付、辰刻札出之

〃渡海之■訳韓同知致入館申聞候ハ、此度裁判使山川作左衛門被差渡候節、
裁判役交替之御書簡一通、并、訳官迎之御書簡一通被差渡候処、於都表朝
廷ニ被申候ハ、裁判役藤直良為代橘全賢被差渡候而之御書翰別紙ニ被差添
候ニ者及不申儀与被存候、訳官迎之御書翰計ニ而相済申事ニ候を交代之御
書翰別紙ニ被差添候段如何ニ候間、裁判交替之御書翰之儀者被差返之由、
朝廷方被申候由申聞候付、此方より返答申聞候ハ、此度者(闕字)御代初ニ新
裁判役被差渡候ニ付、対州より茂別而被入御念裁判役交替之御書翰別紙ニ為

被差渡儀二候、然処二於都表朝廷方之御了簡難得其意候間、右之趣早々致
注進、弥裁判役交替之御書翰御請被成、御返翰被差下候様二注進仕候様二
与申渡候へ者、韓同知被申聞候ハ、被仰聞候趣承知仕御尤二存候、御代初
新裁判被差渡儀二候故、対州より茂別而被入御念別紙之御書翰被指添候段、
至極御尤奉存候、此段早速東莱江申達、東莱より都表江早々注進被致候様
可仕由申聞、其節此方より又々申聞候者、右裁判交替之御返簡自然下府延
引仕候而ハ、此儀二付訳官渡海相延候様二有之候而ハ御参府■■込之御時
節段々延引之上、猶又及遅滞而者不宜候間、万一右之通御返翰延引仕様子
二候ハ、其節者訳官之儀者作左衛門召連、一刻も早々渡海仕可然存候、
御返翰之儀者跡二而拙子方へ請取之候而、拙子より対州江者可差越候間、弥
出船之儀差急キ、何とそ来ル廿二三日比極而乗船仕候様二与申渡ス、右之通
詞加勢藤五郎勤之、但右之段段山川作左衛門方へ申遣ス、尤右交替之御書
翰之儀都江注進仕候而茂爰許之儀二候得者、都表二而何分二及違隔可申茂
難計存候、万一其首尾二及候而訳官出船二差支申候ハ、訳官之儀者一刻
茂早々被召連渡可然存候、右交替之御返翰之儀者跡二而拙子請引仕、委細
追而御国元江茂申上候様二可仕与存候、弥御同意候ハ、出船之儀被差急
可然由申遣候処、作左衛門方より返答二申来候者委細承届候、弥其通二仕、
出船差急キ可申由申来ル

〃御横目夜廻村江弥三右衛門、組下横目御草り取利右衛門案内

〃浜番組下横目御㲡伝左衛門案内

〃橋部伊右衛門夜廻案内

〃五嶋江之漂民送り之御使者江嶋興右衛門、封進大浦伊介、接慰官梁山之地
　頭二相極候由、両判事方より案内

〃右同断二付、近日中二茶礼之日限等申掛候様二与御使者江嶋興右衛門方へ

以手紙申遣ス

一同十一日、晴天、北東風

〝順市丸梶取善兵衛遠見案内付、辰刻札出之

〝両判事方より申聞候者、渡海之訳官朴僉正儀唯今下着仕候由案内、尤朴僉
　正方よりも右之通申聞ル

〝御米漕船大福丸船頭平山伝左衛門荷物等相済、今日乗船、嶋ヘ乗浮

〝右之便ニ漂民警固之足軽崎右衛門、関右衛門、并、旧臘御銀為宰領罷渡候
　御勘定所下代六左衛門帰国仕ル

〝右之便ニ稽古通詞金子九右衛門帰国仕候付、為行規大小姓横目国部市兵
　衛、御歩行横目大森橘左衛門、山本平蔵罷出、例之通行規仕

〝為嶋番永留弾平、組下横目御かこ与一兵衛罷越候由案内

〝先比朝鮮御支配平田直右衛門殿より被仰下候者、渡海之訳官下着仕候ハ、
　鰐浦御横目方江申越候様、其儀申越次第ニ鰐浦御横目中佐須奈江引越候様
　被仰付置候由、尤其以後帰国仕候船者佐須奈江乗参候様船頭共ヘ堅く申付
　候様、爰許御横目中江申渡候様ニ与之御事ニ付、右訳官下着之段鰐浦御横
　目方ヘ今度申遣ス、尤此已後帰国之船佐須奈ヘ乗参候様船頭共ヘ堅く被申渡
　候様ニと、御横目頭中原伝四郎召呼申渡ス

〝御横目夜廻大森橘右衛門、組下横目御持筒与七兵衛案内

〝浜番組下横目御厩伝左衛門案内

〝村田増右衛門夜廻案内

〝(ママ一)同十二日、晴天、東風、夜ニ入雨天

〝三善丸梶取又兵衛遠見案内付、辰刻札出之

〃嶋江乗浮居候大福丸不順ニ付、出帆不仕

〃五嶋江之漂民送之御使者江嶋興右衛門、封進大浦伊助茶礼来ル廿一日、封
　進宴席同廿二日、万松院封進宴席同廿五日、副特送使封進宴席同廿九日相
　極候由、両半事方より案内、尤右僉官中茂罷出案内

〃御横目夜廻黒岩杢右衛門、組下横目御持筒与七兵衛案内

〃浜番組下横目御厩伝左衛門案内

〃桟原惣七案内

〃今日訓別召寄申渡候者、先比より毎々申渡候茶碗之儀如何何比より入来申候
　哉、何とぞ近日中ニ入来候様能々東萊江申達候様ニ与申渡候処、訓別申聞候
　者、都より之返事一両日中ニ参り可申候、又々被仰聞候趣東萊へ宜く可申達由
　申聞ル

一同十三日、雨天、南風

〃八幡丸梶取五兵衛遠見案内付、辰刻札出之

〃嶋江乗浮居候大福丸雨天ニ付、出帆不仕

〃御横目夜廻山本平蔵、組下横目御道具伝右衛門案内

〃浜番組下横目御持筒与七兵衛案内

〃後藤兵左衛門夜廻案内

一同十四日、晴天、北空西風

〃楊柳丸船頭儀兵衛遠見案内付、辰ノ刻札出之

〃嶋乗浮居候大福丸風強く候付、出帆不仕

〃訳官渡海ニ付、訳官駕船為警固、先例之通御徒横目之内より弐人乗渡仕候様
　ニ与、先比朝鮮御支配平田直右衛門殿より被仰付置候付、今日御横目中乗渡

517

之闘取仕候処、黒岩杢右衛門、中原孫三郎闘取当り候由、御横目頭中原伝
四郎罷出案内

〵嶋番為代中原孫三郎、組下横目御持筒与七兵衛罷越候由案内

〵告計之御使者ニ被指添渡候(闕字)天竜院様御遺物之品々、先比御使者封進
宴之節無別条相渡候付、早速都江差登候由候処、先比訓遵別差通詞共江
内々ニ而申候者、御遺物之儀先例之通被指渡候得共、御遺物之内白銀五百
枚者新銀ニ而候哉、古銀ニ而候哉之由、内々ニ而ハ相尋申由ニ候得共、屹
度此方ヘハ不申聞候、然者今朝訓遵別差入館申聞候者、先比被差渡候付、
朝鮮国より之別幅物之内人蔘五拾斤、木綿五百疋差遣候先例ニ御座候得共、
右之新銀ニ付、致減少、此度者人蔘四拾斤、木綿四百疋差遣候様ニと都表よ
り申参候由申聞候付、則東莱江此方より返答ニ申遣候ハ、都表より之御差図と
御座候得共、曾而難得其意、対州より之御遺物之儀先例ニ相違無之候、尤日
本ニ新銀と申候而両様ニ候銀無御座候、先規之通白銀五百枚為遺物被送
之候、然処ニ其元より之別幅物之内人蔘拾斤、木綿百疋御減少可被成之由、
承届候、此段ゟ都表より之御指図可有之儀共不被存候、何ぞ商売之利潤双方
申談候同前成被仰聞、曾而ヶ様ニ可在之儀と不奉存候、此段能々思案仕候ニ
都表朝廷方之儀者不及申、東莱ニ至り而茂右之通之御了簡可有之儀共不被
奉存候、定而此儀者訳官共存寄ニ而可申聞様ニ存候、乍此上万一都表より之
御指図ニ而御座候ハ、何分ニ茂宜く御注進被成候而、弥先例之通首尾能相
渡候様ニ一刻も早々御注進被成被下候、兎角只今之通ニ被仰聞候而ハ決而
難得其意候間、其節ハ幾重ニ茂申談候覚悟ニ候間、偏ニ御了簡被成、都表
へも宜く御注進被成被下候様ニと申遣ス、通弁加勢藤五郎勤之

〵此度渡海之訳官韓同知、朴僉正持渡之朝鮮国より之書契、(闕字)殿様初而御
入国御祝辞之御書翰一通、并、(闕字)天竜院様御逝去弔礼之御書翰壱通、

右両通之写し、今日訓導別差致持参候付、右之御書簡之写、并、別幅之写
東向寺控ニ在之

〃 渡海之訳官朴僉正儀病気ニ付、道中ヘ滞留仕、今日下府之由、両半事方より
案内、尤朴僉正方より茂右之通案内

〃 御横目夜廻永留弾平、組下横目御草り取利右衛門案内

〃 浜番組下横目御厩伝左衛門案内

〃 大束清右衛門夜廻案内

一同十五日、晴天、北風

〃 早船五拾挺上乗折右衛門遠見案内、辰刻札出之

〃 嶋江乗浮居候大福丸今朝出帆仕候由、嶋番之中原孫三郎罷帰案内

〃 東莱より訓導卞知事を以申来候者、昨日被仰下候趣具ニ承届、御尤存候、都
表より一昨日申来候付、則昨日訓導を以申達候処、其許より御返答被仰聞候趣
致承知、千万御尤存候、此上ハ何角与申募候ニハ及不申候間、弥先例之通
別幅物無別条、明日ニて茂相渡可申候間、左様御心得被成候、尤都表江此
方より注進可申遣候者、右別幅物減少仕相渡候様ニ与之飛脚到着不仕前ニ告
訃之御返簡、并、別幅物、先例之通相渡候由申遣候得者相済申事ニ候由ニ
申聞候付、此方より返答申遣候ハ、早速無別条御渡被成候由忝奉存候、被入
御念、都江之御注進之様子迄委細被仰聞、千万辱奉存候由申遣ス、通弁加
瀬藤五郎勤之

〃 右之通東莱より申来候付、則告訃御使者中庭茂左衛門召寄申渡ス、尤明日御
返翰、并、別幅物請取之候様ニ、但定之日数之外ニ右之違隔ニ付、日数五
日相延候ニ付、此五日分乗越之儀申掛請取之候様ニと是又申越ス

〃 御横目夜廻大浦庄兵衛、組下横目御かご与一兵衛案内

519

〝浜番組下横目御鉄砲崎右衛門案内

〝小田七左衛門留守居夜廻案内

〝一代官吉野五郎七罷出申聞候者、通辞諸岡助左衛門願出申候者、今度同役
加瀬藤五郎儀訳官ニ相附致帰国候、然者私儀壱人罷在候而ハ御用之節何分
ニ可有御座候哉、千万無心元奉存候、何とそ御了簡を以藤五郎儀滞留被仰
付、私儀帰国被仰付被下候ハ千万辱可奉存由、願申候由ニ而、則助左衛
門儀も五郎七同道仕罷出候ニ付、拙者申聞候者、御用之節壱人ニ而ハ大切ニ
存候与之義尤ニ候、併貴殿儀帰国申付候得者、藤五郎迚も壱人相勤候、何
之道ニ茂壱人者今度訳官ニ相附不罷渡候而ハ難叶儀ニ候、然者藤五郎義帰
国前之仁ニ候間、乍太儀今暫く間之儀候故、貴殿壱人ニ而可被相勤候、押而
藤五郎又々訳官江相附可罷渡候間、其内ハ弥一人ニ而相勤候様ニ与申渡ス

一同十六日、晴天、西風

〝小早梶取小右衛門遠見案内付、辰ノ刻札出之

〝御印替之三判使江之御使者平田主計殿、都船主加城狩野介、封進船橋又兵
衛出船宴席今日在之、但東莱ハ病気ニ付、断被申不被罷出、接慰官計ニ而
相済

〝右同断ニ付、大庁為行規大小姓横目国部市兵衛、高木団助、御徒目付福嶋
源兵衛、和滝藤右衛門、御徒横目福田弥次左衛門、桟原十蔵、浜崎茂兵
衛、小田八郎左衛門、大浦庄兵衛、永留弾平、村江深三右衛門、組下横目
御持筒与七兵衛、御鉄砲崎右衛門、御籏与五右衛門、御道具伝右衛門、御
草り取利右衛門、御厩伝左衛門、下目付左市、加左衛門罷出、常之通行規
仕、尤勤所委細記録ニ有之

〝右同断ニ付、御代官中、并、細物請負大束清右衛門、田中伝右衛門詰所小

屋掛封進宴席二同し

〃 右小屋掛之頭二薄縁敷之供二罷出候馬乗此所二罷有ル

〃 宴席門之内北ノ方二建之候仮番所、并、番人等封進宴席二同し

〃 接慰官大庁へ被罷越候段、馳走半事呉正入館仕申聞候而、早速主計殿、
并、御使者中侍奉伴人大庁江被罷出ル、尤例之通膳部等出之、居酒盛有之
相済

　　但女楽之儀者先比彼方より断二付無之、委細者午ノ十月廿二日之日帳二有之

〃 侍奉一人伴人拾六人相附、尤罷出候面々委細記録二有之

〃 供之馬乗弐拾人布上下着罷出ル

〃 右宴席二付、通弁加瀬藤五郎、諸岡助左衛門布上下着罷出ル

〃 右同断二付、留館之面々主計殿江罷出候付、家々火用心等無心元候付、手
明之御横目、并、組下横目無油断館中立廻候様二被申付候様、御横目頭中
原伝四郎方へ以手紙申渡ス

〃 右同断二付、例之通主計殿乗船、并、小早飾之御代官方より支配之

〃 右宴席相済候由、両半事方より案内、尤主計殿馳走半事方よりも右之趣案内

〃 右宴席二付、先例之通礼曹、并、接慰官より御使者中、并、侍奉伴人江之祝
儀物、右御使者居酒盛之内馳走半事東莱書役之人壱人相添、右之祝儀物通
事持出、大庁入口縁側二而、封進船橋又兵衛役人二相渡ス、尤祝儀物委細
記録二有之

〃 東莱より訓導を以被申聞候者、茶碗土之儀二付、先比大守公より御直書被差
渡、其外毎度其許より茂御催促被仰聞候段、具二致承知候、御尤存候、此儀
私了簡二而ハ不相済儀二候故、先比都表へ注進仕候処、今度返答二申参候
者、茶碗土之儀決而難成事二候間、其旨宜く館守迄返答申候様二与申来候
間、左様二相心得候様二と申来候付、早速此方より申遣候者、被仰聞候段承

521

届候、併以前より唯今迄仕来之儀ニ候得者、今更左様ニ被仰聞候段、難心得
儀ニ候、仮令一応都より何分ニ申来候とも、兎角何れ道ニ茂相叶、土木等入来
候様此上ハ御了簡奉頼候、殊去年家老中より差渡候書簡之儀、宰臣両令公之
儀ニ付、任御望、右之家老中より之書翰対州江差返、其上ニ而(闕字)大守より
直書を相渡候、此段能々御裁許ニ而御注進被成、早々入来候様被成被下候
様堅申達候様ニ与申渡ス

〃 告訃之御使者中庭茂左衛門、封進神宮与右衛門御返簡、幷、別幅今日入
之、尤膳部等例之通入来候由、御使者罷出案内、尤両半事方より茂右之通
案内

〃 右御返翰例之通讃首座為致内見候処、弥無別条由申候ニ付請取之由、中庭
茂左衛門右之御返翰致持参候付、為之念此方ニ而も讃首座召寄為致内見候
得共、弥無別条由申聞候ニ付、則御返簡茂左衛門方へ相渡置く

〃 御横目夜廻山崎清右衛門、組下横目御持筒与七兵衛案内

〃 浜番組下横目御草り取利右衛門案内

〃 阿比留半左衛門夜廻案内

一同十七日、晴天、西風

〃 順市丸梶取善兵衛遠見案内、辰ノ刻札出之

〃 渡海之訳官韓同知致入館候付、通辞加瀬藤五郎を以申渡候者、渡海段々及
延引候、急度近日中ニ乗船仕可然由申渡候処、韓同知申聞候者、来ル廿九
日極而乗船可仕由申聞ル

　　　　　　　　通詞
　　　巻米拾ヲ　　　加瀬藤五郎
　　右者今度訳官渡海ニ付、相附帰国申付、尤永々相務苦労仕候付、右之通

臨時二差免、御代官方へも申遣ス、御支配平田直右衛門殿江茂以書状申
遣也

〃御横目夜廻大浦庄兵衛、組下横目御駕籠与一兵衛案内

〃浜番組下横目御厩伝左衛門案内

〃服部安兵衛夜廻案内

一同十八日、曇天、時々雨降、巳ノ刻より晴天、北風

〃八幡丸梶取五兵衛遠見案内、辰ノ刻札出之

〃御米漕船三善丸今日船仕舞仕候由、三代官方より案内

訓導

御銀五拾枚　　　　　　　卞知事

別差

御銀三拾枚　　　　　　　崔僉知

　但定ハ二十枚

主計殿馳走判事

御銀三拾枚　　　　　　　李僉知

同断

御銀拾枚　　　　　　　　呉正

御銀拾枚　　　　　　　　通事中

右者今度御印替之御使者平田主計殿被差渡候付、先例之通訓導別差馳走
半事へ御銀右之通被成下、則主計殿江右之面々被召寄、都船主加城狩野
介目録相渡、但別差崔僉知儀裁判役山川作左衛門、一代官吉野五郎七、
并、此方へ内々二而申聞候者、今度御印替之御使者御渡候付、先例之通
当役之訳官へ御銀被成儀二御坐候ハ、別差役之儀御銀弍拾枚被成下格

523

ニ候得共、以前御印替之御使者御渡之節ハ位半事別差役相勤居不申候、
今度者私儀別差役之内官位仕居申儀ニ御坐候間、以前之並訳官与今度私
儀茂同前ニ廿枚被成下候而ハ私身分ニ至、殊外難儀千万奉存候、何とそ御
了簡を以御馳走位半事同格ニ三十枚被成下候ハ、難有可奉存よし申聞候
付、此方より申聞候者、其方申分難得其意候、御印替之御使者被差渡候
付、当役之訳官中江如先例御銀被成下候、然者別差役之儀以前者並半事
より相勤候故、廿枚被成下格候、今度者貴殿位仕候付、今拾枚御増被仰
付被下候様ニ与申聞候段、曾而不当申分ニ候、此御銀之儀者何そ位ニ応し
多少在之儀ニ而ハ聊無之候、訓導役別差役馳走役之訳官中ヘ被成下儀ニ
候得者、夫々之役ニ当、多少相定居申事ニ候故、此段者極而御増被成下
かたき儀ニ候間、左様ニ相心得候様ニ与申渡置候処、裁判役一代官被申聞
候者、崔僉知江被仰付候趣至極御尤ニ存候得共、何とそ此度之儀者了簡を
以相増候様ニ主計殿へも申談間敷哉之由申聞候付、則右之趣主計殿江申
達候処、弥拾枚御増被成、卅枚被成下之由ニ而、右之通被仰付、但通事
中ヘ之目録者主計殿寄附ニおゐて通事頭召呼、通辞諸岡助左衛門相渡ス

〝告訴之御使者封進神宮与右衛門申聞候者、私儀先比より病気ニ罷有候処、此
程ニ至差重候、然ハ御僉官家ヘ罷有候而ハ医者手遠く罷有難儀仕候、尤梯靖
庵義不施見舞申候得共、病人之儀ニ候得者、若夜中ニ至り、与風病気差重
申様子ニ御座候而ハ、靖庵房内手遠く御座候故、此段殊外難儀奉存候、然
者僉官之儀留館屋ヘ被召置候儀者難被仰付段、兼而承居候得共、右之首尾
ニ而千万難儀仕居候間、何とそ御代官屋空屋ヘ被召置候様被仰付被下間鋪哉
之由出候、惣而僉官之儀留館屋ヘ召置候段決而難成儀ニ候得共、与右衛門
儀病人ニ而、無拠願ニ付、弥御代官屋空キ房内江移候様ニ与申渡ス、尤御代
官方江茂申遣ス

〵 御横目夜廻桟原十蔵、組下横目御持筒与七兵衛案内

〵 浜番組下横目御鉄砲崎右衛門案内

〵 桟原惣七夜廻案内

一同十九日、晴天、西風

〵 楊柳丸船頭儀兵衛遠見案内

〵 告訃之御使者中庭茂左衛門、封進神宮与右衛門出船宴席下行ニ而、今日請
　取之候由案内、尤両半事方よりも入之候由案内

〵 右同断ニ付、宴席門明関組下横目御草り取利右衛門案内

〵 御横目夜廻浜崎茂兵衛、組下横目御鉄砲崎右衛門案内

〵 浜番組下横目御持筒与七兵衛案内

〵 国部市兵衛夜廻案内

一同廿日、晴天、西風

〵 小隼梶取小右衛門遠見案内付、辰刻札出之

〵 御横目夜廻福田弥次左衛門、組下横目御草り取利右衛門案内

〵 浜番組下横目御道具伝右衛門案内

〵 中原伝四郎夜廻案内

〵 漂民送之御使者江嶋興右衛門罷出申聞候ハ、我々茶礼明廿一日、封進宴席
　同廿二日仕筈ニ御座候処、接慰官病気ニ付、差延呉候様ニと今日両半事方よ
　り申来候付、差延其内接慰官快気次第可仕由返答申遣候由申聞ル、尤右之
　趣、両半事方より茂案内

〵 古別差崔僉知今日入館仕申聞候者、私儀役儀無恙交代仕候、依之助羅浦与
　申所江私兄罷有候付、年礼暇乞旁ニ罷越、対面仕罷帰、早々都江罷登候、

525

兄罷有候処へ近日罷越候由申聞候付、此方より申聞候ハ、訓導卜知事別差呉

半事両人共ニ無筆一文不通ニ而、書簡写候節茂別人を召連罷出候、其上日

本辞不通之仁共之儀ニ御座候得者、両国之取次をも仕候訓別両人共ニ少茂日

本辞不通、殊ニ一文不通之面々相務居候而ハ、双方之御用向極而不埒ニ可

有之与存候間、貴殿儀今暫く可被差控候、殊卜知事儀茂毎度病気由申候

而、茶碗土など之儀茂于今憺埓明不申候、右茶碗焼之一件相済候迄ハ助羅

浦江被罷越候儀も無用ニ候、尤都表へ罷登候儀ハ猶以差留候、此段貴殿計

ニ申聞候而も難成可有之候間、右之段々東莱江も此方より申達候、兎角貴殿

儀暫くハ滞留被致候様ニ無之候而ハ難叶、色々申聞候処、如何様共御指図

次第可仕候、然者助羅浦江罷越候儀茂弥差扣可申由申聞ル

〃右之趣東莱江短簡を以則今日申遣ス

一同廿一日、晴天、西風

〃三善丸梶取又兵衛遠見案内付、辰ノ刻札出之

〃裁判山川作左衛門罷出申聞候者、此度訳官召連渡海仕候処ニ、私乗船壱艘

計ニ而、引船相附不申様承知仕候、然者以前者訳官渡海之節ハ裁判引船相

添、都合弐艘ニ而、訳官乗船を挟之候而警固仕渡海被致候由承伝候間、此

度之儀茂弥引船壱艘相添候様ニ、御代官方へ被仰渡被下候様ニ与被申聞候

付、拙子返答ニ申候ハ、委細承届候、先例も可有之候間、右之趣其許より一

代官吉野五郎七江被申談、其後五郎七方より如何様共此方へ被申聞候様有之

可然候間、五郎七被申談候様ニと申渡ス

〃東莱より以訓別申来候者、昨日短簡を以被仰下候趣御尤存候、弥被仰聞候通

得其意候由申来ル

〃裁判山川作左衛門乗船御手荷船楊柳丸今日船仕舞仕候由、三代官方より案

内

〝御横目夜廻村江弥三右衛門、組下横目御道具伝右衛門案内

〝浜番組下横目御駕籠与一兵衛案内

〝山川作左衛門夜廻案内

一同廿二日、晴天、西風昼比より南風

〝八幡丸梶取五兵衛遠見案内付、辰刻札出之

〝訓別方より申聞候者、巡察使今日東莱迄被致下府候、明日明後日両日、此
　近辺為見分被罷通候間、右両日日本人外へ不罷出様被仰付被下候様ニ与申
　聞候付、則被相触候様ニと一代官吉野五郎七、御横目頭中原伝四郎方へ手
　紙を以申遣ス

〝一特送使御返翰洪半事、并、裁判山川作左衛門御返簡鄭半事今日持下候
　間、両半事方より案内

〝御横目夜廻小田八郎左衛門、組下横目御駕籠与一兵衛案内

〝浜番組下横目御草り取利右衛門案内

〝吉野五郎七夜廻案内

一同廿三日、晴天、南風

〝小早梶取小右衛門遠見案内、辰刻札出之

〝三善丸江積渡候脇米結仕候由、三代官方より案内

〝平田主計殿より被仰聞候者、来月二日定之日数相満候付、同八日ニ乗船可被
　成之由被仰聞ル

〝御横目夜廻山本平蔵、組下横目御持筒与七兵衛案内

〝浜番組下横目御厩伝左衛門案内

〃梯靖庵夜廻案内

〃訓導卜知事儀病気ニ付、為仮訓導崔僉知被申付候由、卜知事方より案内、尤
　崔僉知も罷出、右之通案内

一同廿四日、晴天、北東風

〃早船五拾挺上乗志賀右衛門遠見案内、辰刻札出之

〃三善丸今日前改仕候処、別条無之由、御横目頭中原伝四郎方より案内

〃遠見之者午ノ刻罷帰申候ハ、上ノ口より日本船弐艘相見候由案内

〃両半事方より申聞候者、日本船弐艘昨日機張へ致着船候段、只今相知候、則
　今日漕廻候由案内

〃仮訓導崔僉知儀用事ニ付、大丘郡へ罷越候付、代之為仮訓導大材金半事被
　申付候由案内

〃平戸之内生属江之漂民送之御使者佐治勘介、封進御料理人平山近作乗船御
　米漕灘吉丸、漂民十七人、幷、警固足軽戸左衛門、御かご利五左衛門乗船
　御米漕船虎福丸、昨廿三日鰐浦出帆仕候処、洋中より風波強く館着難仕艮日
　機張江着船仕候由ニ而、今未之刻廻着仕、但漂民駕船之儀者生属ニ而致破
　船候付、右虎福丸ニ乗せ被送返候、尤船滓之儀茂取揚候分不残被送渡

〃右勘介、近作、為行規大小姓御横目高木団助、御徒横目山本平蔵、大森橘
　右衛門罷出、例之通行規仕ル

〃右漂民十七人相改、先例之通於一代官屋ニ訓導別差召寄、一代官吉野五郎
　七、御使者佐治勘介、封進平山近作、通辞加瀬藤五郎立合引渡相済而後、
　右之漂民十七人訓別召連、此方へ罷出候付、致見分、則訓別へ相渡、但漂
　民請取手形、例之通両半事へ為仕置く

〃漂民護送之御書翰一箱

〃漂民護送東莱釜山江之副書一箱

　　右之通御書翰相達、則訓別罷出写之、尤漂民御書翰之和文一通、并、漂

　　民口書一通相達、口書之通両半事ヘ申渡ス

〃漂民駕船之吹嘘壱本

　　右ハ別差江相渡ス

〃右灘吉丸虎福丸弐艘共ニ今晩暮ニ及候付、荷改無之候故、例之通船番浜番

　　等油断なく申付候由、御横目頭中原伝四郎方より案内

〃裁判役山川作左衛門方より申聞候者、今日着船之便ニ実父増右衛門相果候段

　　承之候、然者明日御返翰、并、出船宴席下行請取之申筈ニ相極置候、然処

　　忌中之儀ニ候故、御返簡、并、出船宴席下行共ニ請取候段不遠慮奉存候、

　　併来ル廿八日乗船仕筈ニ兼而渡海之訳官ヘも申談置候故、明日ならては余日

　　茂無之候、如何可仕候哉、将亦実父忌中之儀ニ候故、今度訳官召連渡候段

　　苦ヶ間鋪候哉、尤増右衛門相果候已後平田直右衛門殿、樋口佐左衛門殿より

　　当月十八日之御状ニ、弥指急訳官召連候様ニ被仰下候得共、為指当忌中之

　　儀ニ候故、其侭ニ召連渡候段不遠慮奉存候、是又如何可仕候哉と申聞候

　　付、此方より返答ニ申遣候者、乗船余日茂無之、其上御返簡之儀者作左衛門

　　身分ニ抱り不申事候得共、穢之儀ニ候間、御返簡ハ明日入来次第ニ拙者方ニ

　　而請取可申候、出船宴下行之儀者作左衛門身分ニ為抱り儀ニ候故、明日被

　　相請取候段被致用捨、重而被請取之可然存候、将亦訳官被召連候警固之儀

　　者幸平田主計殿も御渡居被成事ニ候間、主計殿江御内意申談、追而如何様

　　共可申談由申遣ス

〃右之儀ニ付、主計殿江罷出御内談申候者、作左衛門義今日之便ニ実父増右

　　衛門相果候段承之候、然処訳官渡海之儀も近々与申、御慶之訳官之儀ニ候

　　得ハ、忌中之作左衛門警固仕罷渡候段如何ニ候間、訳官警固之儀者一特送

529

使正官人三浦内蔵允警固致被罷渡候様ニ申渡可然存候、尤作左衛門義茂同前ニ帰国ハ仕、警固之儀者内蔵允被相務可然由御内談申候処、弥其通ニ仕候様ニ与被仰聞、其後封進船橋又兵衛を以被仰聞候者、増右衛門死後、当月十八日之御状ニ、弥作左衛門訳官召連候様ニと御国許より御差図在之上ハ、此元ニ而我々了簡仕、作左衛門儀此度警固用捨仕候様ニとも難申渡候間、弥作左衛門召連渡可然由被仰聞候付、弥作左衛門召連罷渡候様ニと申渡ス、尤御返翰之儀者忌中ニ候故、作左衛門へ難相渡候付、大小姓横目之内国部市兵衛ニ右御返翰相渡、作左衛門同然ニ差渡候様ニ有之候ハヽ可然由、是又主計殿江御内談申入、則市兵衛儀召寄申渡ス

〝山川作左衛門引船之儀被願置候、然処入船も在之船茂差支不申候間、弥作左衛門引船用ニ御米漕船壱艘相附し仕出被申候様ニと吉野五郎七へ申渡、作左衛門方へも申遣ス

〝御横目夜廻大森橘右衛門、組下横目御持筒与七兵衛案内

〝浜番組下横目御駕籠与一兵衛案内

〝小茂田仙左衛門夜廻案内

一同廿五日、晴天、西風

〝八幡丸梶取五兵衛遠見案内付、辰刻札出之

〝昨日廻着之灘吉丸虎福丸今日荷改相済候由、御横目頭中原伝四郎方より案内

〝裁判山川作左衛門訳官迎之御返簡之儀作左衛門忌中ニ付、今日此方ニ而請取之置、尤讃首座召寄為致内見候処、別条無之由申聞候付、請取之

〝右同断ニ付、仮訓導大材金半事別差呉半事、幷、裁判引半事鄭半事罷出ル

〝右同断ニ付、例之通膳部此方江入来ル、

〃 右同断ニ付、別幅物御返翰之通町御代官桟原惣七罷出請取之

〃 右御返簡別条無之由讃首座申聞候付、請取之候由山川作左衛門方へ申遣ス

〃 御横目頭中原伝四郎、大小姓横目国部市兵衛、高木団助罷出申聞候ハ、昨
　日着船之荷改今日仕候処、灘吉丸水夫之内市兵衛と申者、銀子六百八拾匁
　程持渡、おも梶戸袋之下ニ仕込置候間、改出し申候、依之役中差寄、船中之
　者共召寄遂吟味候処、別而同類とても無之、尤銀主も無御座候、市兵衛所持
　仕居候銀、連々商売等仕取集置候銀之由申聞候、同水夫之内善四郎与申
　者、右之銀仕込候段能存罷有由申聞、乱盞ニ存候、此外疑敷者無之様ニ相
　見へ候、尤銀子之員数大分之儀ニ候ゆへ、其侭ニ仕置かたく候、如何可仕哉
　之由申聞候付、先今晩者右市兵衛、善四郎両人共ニ船頭、并、船中之者共
　へ急度被預置、明日得与遂吟味同類ニ而茂、又ハ銀主ニても有之候哉、被致
　詮儀候様ニと申渡ス

〃 裁判山川作左衛門方より申聞候者、私引船之儀願之通被相附由被仰付候得
　共、乗船余日茂無之、引船相仕舞候儀日数差詰り難成由御坐候、左様御坐
　候而ハ訳官出帆一日ニ而茂相延候段如何ニ候間、昨日前改相仕舞居候告計
　之御使者中庭茂左衛門乗船三善丸を私引船ニ被仰付、茂左衛門儀跡便ニ帰
　国被仰付被下間鋪哉之由申聞候、依之茂左衛門儀前改迄相仕舞居ニ三日も
　逗留仕候ハ者難儀ニ茂可有之候得共、段々訳官出船相延候而者御参勤前ニ
　罷渡可申も難計候付、弥作左衛門願之通三善丸を作左衛門引船ニ被致、茂
　左衛門義者後便ニ帰国仕候様ニと一代官吉野五郎七、并、中庭茂左衛門方
　へ右之通以手紙申渡、作左衛門方へも弥三善丸引船ニ申付候間、早々被致
　指急候様ニと申遣

〃 万松院送使封進宴席今日有之
　　但東莱ハ病気ニ付、兼而断被中不被罷出、釜山浦計ニ而相済

531

〃右同断ニ付、坂ノ下粛拝所、并、大庁為行規御徒横目桟原十蔵、大森橘右衛門、組下横目御駕籠与一兵衛罷出、例之通行規仕

〃右同断ニ付、伴人三人相附

〃右同断ニ付、供之馬乗七人布上下着罷出ル

〃右同断ニ付、例之通今朝封進物於大庁都船主持参仕、釜山浦江相渡申筈ニ候処、釜山浦坂下ニ而与風病気指出、封進物請取ニ大庁迄被罷出候儀難成候間、何とそ於大庁両半事へ御渡被下候様ニ、尤相繕候而後程接待之節者可罷出由、釜山浦方より達而断被申候、如何可仕哉之由、封進上原作右衛門罷出申聞候付、尤釜山浦江相渡例ニ候得共、病気差出難罷出由ニ而達而断被申候ハ、今度ニ而古例之障ニ罷成候事ニ而ハ無之候間、弥両半事江於大庁都船主持出被相渡候様ニと申渡ス

〃右宴席ニ付、常ハ女楽有之候得共、去年后薨去ニ付、国忌之内故無之、尤委細ハ午ノ十月廿二日之日帳ニ有之

〃右宴席相済候由、両半事方より案内、尤万松院僉官中も罷出、右之通案内

〃御横目夜廻大森庄兵衛、組下横目御厩伝左衛門案内

〃浜番組下横目御鉄砲崎右衛門案内

〃高木団助夜廻案内

一同廿六日、雨天、南風

〃小早梶取小右衛門遠見案内付、辰刻札出之

〃山川作左衛門方より封進斎藤惣左衛門を以申聞候ハ、昨日裁判御返翰其元ニ而被相請取候節別条無之由、讃首座申候付、御請取被置候由、則御返簡之写讃首座此方へ致持参候ニ付、遂吟味候処、訳官迎之御返翰与申儀得与書載無之候、尤別而障ニ罷成御書面ニ而者無之由ニ候得共、訳官迎之御返翰

之趣ニ得与書載無之由讃首座申聞候間、其侭ニ仕請取候而持渡候儀如何ニ
存候、依之訓諭、并、渡海之訳官韓同知召寄、右之御返翰認直参候様ニと
東莱江指返可申候間、其許江被請取被置候御返翰此方へ御渡被成被下候様
ニと申聞候付、則御返翰二夕箱斎藤惣左衛門へ相渡、作左衛門方へ遣之候
処、弥訓諭、并、韓同知江其趣申渡東莱江差返し候由、又々作左衛門方より
申聞ル、尤委細之儀者作左衛門方ニ而申談候付、此方江者具ニ不相知候
故、不記之、但別幅物之儀者先比御代官方へ請取置候付、右御返翰認直参
候迄其侭ニ御代官方へ預り置候也

〻右御返簡認直参候様ニと作左衛門方より差返候、然者右之御返簡之儀作左衛
門帰国之節取渡申筈ニ候処、作左衛門義忌中故、大小姓横目国部市兵衛ニ
右之御返簡相渡、作左衛門同然ニ差越申筈ニ而、兼而市兵衛ニ茂申渡置候
得共、御返簡認置参候迄訳官出船相延候而ハ難成候付、作左衛門儀御返簡
ニ不相拘、弥訳官召連先達而渡海可仕之由申聞候付、左様候ハ御返翰之
儀此度不相渡候付、市兵衛儀作左衛門ニ相添差渡候ニ者及不申候故、右之
趣平田主計殿江申達候処、市兵衛儀者弥被差渡候ニ者及不申間、御国渡
之儀差留候様ニと被仰聞候付、則市兵衛召寄申渡ス、尤山川作左衛門方江
茂右之趣申遣ス

〻御横目頭中原伝四郎、大小姓横目国部市兵衛、高木団助罷出申聞候者、灘
吉丸水夫市兵衛、善四郎儀再三遂吟味候得共、昨日申聞候通相違無之別而
銀主同類也も無之様申候、依之右市兵衛、善四郎、并、船頭小嶋九郎右衛
門、梶取平右衛門、船添五兵衛、水夫中へ口上書為仕候、如何可被仰付哉
之由申聞候ニ付、御時節も違、殊ニ訳官等茂渡海仕折節ニも候得共、壱人ニ
者過分之銀高故、難差置候、弥召捕、御国許へ差渡候間、右市兵衛、并、
善四郎義縄掛候而水夫小屋へ召置、組下横日之内より一人、并、船頭梶取昼

夜不寐番被申付候様ニと申渡、尤善四郎儀同類とも不相見候得共、御法度相
背キ候者ハ同類とても申出候様ニ兼々被仰付置候処、其儀を乍存不申出候
段、同類同然之者ニ候間、市兵衛同然ニ召捕候様ニと申渡、尤口書委細控ニ
有之

〻御横目夜廻永留弾平、組下横目御持筒与七兵衛案内

〻浜番組下横目御駕籠与一兵衛案内

〻橋辺伊右衛門夜廻案内

一同廿七日、雨天、南風

〻八幡丸梶取五兵衛遠見案内付、辰刻札出之

〻御横目夜廻山崎清右衛門、組下横目御鉄砲崎右衛門案内

〻浜番組下横目御草り取利右衛門案内

〻村田増右衛門夜廻案内

一同廿八日、雪天昼より晴天、北風

〻早船五拾挺上乗折右衛門遠見案内付、辰刻札出之

〻告訃之御使者中庭茂左衛門御返簡上ハ封、今日訓別致入館認之

〻御横目夜廻桟原十蔵、組下横目御道具伝右衛門案内

〻浜番組下横目御簱与五右衛門案内

〻桟原惣七夜廻案内

〻告訃之御使者中庭茂左衛門罷出申聞候ハ、我々乗越五日分今日迄催促仕候
得共、入来不申候、出船之儀茂近々之儀御座候、何分ニ可仕哉と申聞候
付、左様候ハ訓別ニ被成下候御銀之内五日分之五日次算用仕引之請取候
様ニ仕可然候間、委細御代官方へ罷出、右之段申達候様ニ尤右之趣此方より

茂御代官吉野五郎七方へ可申遣由申渡ス、則五郎七方へ以手紙申遣ス

一同廿九日、晴天、西風

〃灘吉丸梶取平右衛門遠見案内、辰刻札出之

〃副特送使封進宴席今日在之

　　但東莱者病気ニ付、兼而断被申不被罷出、釜山浦ニて相済

〃右同断ニ付、坂下粛拝所、并、大庁為行規御横目大浦庄兵衛、浜崎茂兵衛、小田八郎左衛門、組下横目御道具伝左衛門、御草り取利右衛門罷出、例之通行規仕

〃右同断ニ付、封進物例之通宴席前ニ都船主封進大庁江罷出、釜山浦江相渡ス

〃右同断ニ付、侍奉二人伴人七人相附

〃右同断ニ付、供之馬乗拾人布上下着罷出ル

〃右同断ニ付、通辞諸岡助左衛門罷出ル

〃右同断ニ付、常者女楽有之候得共、去々年后薨去ニ付、当八月迄ハ無之、尤委細ハ午ノ十月廿二日之日帳ニ有之

〃右宴席相済候由両半事方より案内、尤副特送使僉官中も罷出、右之通案内

〃一特送使御返簡今日入之候処、先例之通別条無之候付、弥請取候由都船主平田繁之允罷出申聞ル、尤両半事方よりも右之通案内

〃右同断ニ付、膳部等例之通入之

〃讃首座罷出申聞候者、右御返簡内見仕候処、先例之通別条無之候由申聞ル

〃楊柳丸三善丸今日前改仕候処、別条無之由御横目頭中原伝四郎方より案内

〃渡海之訳官今日乗船仕筈ニ候得共、少々手前相仕舞兼候付、明日乗船可仕由申候由、裁判山川作左衛門方より申聞ル

535

〝裁判山川作左衛門方より封進斎藤惣左衛門を以申聞候者、訳官迎之御返簡之
儀書面不慥二付、去ル廿六日東莱江指返候処、今日東莱より申来候者、訳官
迎之御返簡之儀訳官迎被差渡候与申儀書面不慥候付、認直し候様二と被仰聞
委細承届候、早速都江注進可致候、認直し参候迄ハ訳官渡海差扣候哉、若
差扣不申候ハ、作左衛門儀者訳官同然二渡海故、跡二而認直し参り次第館
守方へ相渡可申候、并、裁判交代之御書簡之儀未都表へも注進不仕候、此
儀者追而可致注進由申参候二付、此方より返答二申遣候者、被仰聞候趣承届
候、訳官迎之御返簡相改参候迄ハ訳官渡海差扣申儀者難成候間、左様候
ハ私儀ハ訳官致同道明日二而茂致渡海儀二候間、相認直参次第二館守方
へ御渡可被下候、且又交代之御書簡之儀未都江も御注進不被成候由被仰聞
候、段々延引仕候而ハ千万気毒二御座候間、是又右訳官迎之御返翰之儀御
注進被成候節、一所二宜く御注進被成御返簡参候様二被成被下候様二と申遣
候由申聞候付、委細承届、書改参次第拙子方へ請取之、追而差渡可申由申
遣ス

〝右作右衛門方より申聞候ハ、封進斎藤惣左衛門儀跡二残し置候、右御返簡入
来候而、跡より御国許江被差越候節、惣左衛門儀帰国被仰付被下候様二と申
聞候間、委細是又承り届候、御返翰入来次第二惣左衛門義も帰国可申付由申
遣ス

〝御横目夜廻浜崎茂兵衛、組下横目御駕籠与一兵衛案内

〝浜番組下横目御持筒与七兵衛案内

〝後藤兵左衛門夜廻案内

一二月朔日、晴天、西風

〝順市丸梶取善兵衛遠見案内付、辰刻札出之

〃 渡海之訳官韓同知朴僉正今日乗船仕候由ニ而、為暇乞入館仕

〃 渡海之訳官為警固乗渡之御横目黒岩杢右衛門、中原孫三郎、并、通詞加瀬
藤五郎、誓旨血判今日此方ニ而仕、尤大小姓横目国部市兵衛、御徒目付福
嶋源兵衛同道仕罷出ル、尤訳官駕船上乗市左衛門、仁兵衛儀ハ御横目頭中
原伝四郎方ニ而誓旨血判申付ル

〃 渡海之訳官韓同知朴僉正駕船一艘ニ而今日上船仕、尤上官廿八人、中官五
拾四人、下官弐拾四人、都合上下百八人ニ而渡海仕

〃 裁判山川作左衛門乗船御手荷船楊柳丸、并、引船御米漕船三善丸荷改相
済、今日乗船、但風波強く嶋江乗浮申儀難成、今晩ハ船澹ニ掛浮置く

〃 裁判山川作左衛門、并、訳官警固御横目黒岩杢右衛門、中原孫三郎、通辞
加瀬藤五郎為行規大小姓横目国部市兵衛、御徒横目小田八郎左衛門、山本
平蔵罷出、例之通行規仕

〃 為嶋番福田弥次左衛門、大森橘右衛門、組下横目御駕籠与一兵衛罷越候由
案内

〃 御横目夜廻小田八郎左衛門、組下横目御道具伝右衛門案内

〃 浜番組下横目御旗与五右衛門案内

〃 大束清右衛門夜廻案内

一同二日、晴天、北東風

〃 小早梶取小右衛門遠見案内付、辰刻札出之

〃 訳官駕船、并、山川作左衛門乗り船引船今日嶋江乗浮、不順ニ而出帆不仕

〃 警固之御横目黒岩杢右衛門、中原孫三郎、并、上乗御船手弐人、今日訳官
駕船ニ乗移ル

〃 御米漕船八幡丸今日船仕舞仕候由、三代官方より案内

537

〃右八幡丸便ニ告訃之御使者中庭茂左衛門、封進神宮与右衛門帰国仕候様ニ
と申渡ス、尤御代官方江茂以手紙申遣ス

〃此程召捕置候囚人市兵衛、善四郎儀右八幡丸便ニ差渡候様ニと御横目頭中
原伝四郎、并、御代官方へも申渡ス

〃右囚人警固之儀此程被差渡候漂民警固之御足軽戸左衛門、御駕籠利五左衛
門相附、帰国仕候様ニと申付ル

〃五嶋へ之漂民送之御使者江嶋興右衛門、封進大浦伊介茶礼来ル五日、封進
宴席同六日ニ仕筈ニ申談候由、両半事方より案内、尤御使者江嶋興右衛門罷
出、右之通案内

〃茶碗作り之朝鮮人之儀先比用事有之よしニて在所江罷帰候、其後入来候儀及
延引候ニ付、早々入館為仕候様ニ与訓別へ申渡候処、今日右之細工人入来
候由、両半事方より案内、尤御茶碗焼松村弥平太方より茂右之通申聞ル

一同三日、晴天、南風

〃早船五拾挺上乗志賀右衛門遠見案内、辰刻札出之

〃嶋江乗浮居候訳官駕船、并、楊柳丸三善丸不順ニ付、出帆不仕

〃島番為代小田八郎左衛門、山崎清右衛門、組下横目御持筒与七兵衛罷越候
由案内

〃訓導卜知事儀病気ニ付、為仮訓導大材金半事相勤居候得共、今日より仮訓導
崔僉正被申付候由申聞ル
御横目夜廻福田弥次左衛門、組下横目御道具伝右衛門案内

〃浜番組下横目御駕籠与一兵衛案内

〃夜廻阿比留半左衛門案内

〃今晩人改仕候様ニと御横目頭中原伝四郎方へ申遣ス

一同四日、曇天、南風

〃 順市丸梶取善兵衛遠見案内付、辰刻札出之

〃 島江乗浮居候訳官駕船、并、楊柳丸三善丸不順ニ付、出帆不仕

〃 平戸生属江之漂民送之御使者佐治勘介接慰官蔚山之地頭ニ相極候段、両半
　　事方より案内

〃 告訃之御使者中庭茂左衛門、封進神宮与右衛門乗船御米漕八幡丸船頭杳川
　　伝右衛門荷改等相済、今日乗船、但風波強く候付、今晩ハ船滄之内ニ掛浮ル

〃 右茂左衛門、与右衛門為行規大小姓横目高木団助、御徒横目永留弾平、浜
　　崎茂兵衛罷出、例之通行規仕

〃 礼曹より之御遺書御返簡 ─────┐

　　　　　　　　　　　　　　　　　　│ 一箱

〃 礼曹より之告訃使之御返簡 ─────┘

〃 東莱より告訃使之御返簡壱箱

〃 釜山より告訃使之御返簡一箱
　　右之御返簡三箱、則茂左衛門へ相渡ス

〃 此程召捕置候囚人市兵衛、善四郎儀右八幡丸便ニ差渡ス、尤佐須奈より村船
　　を以被差登候様ニと佐須奈御横目方へ以書状申遣ス

〃 右囚人為警固此程漂民警固ニ罷渡候御足軽戸左衛門、御駕籠利五左衛門相
　　附差渡、今晩乗船仕

〃 右八幡丸為嶋番山本平蔵罷越候由案内

〃 今晩人改被仕候様ニと御横目頭中原伝四郎方へ以手紙申遣ス

一同五日、曇天、中西空西風、巳刻より南西風

〃 虎福丸梶取又右衛門遠見案内付、辰ノ刻札出之

〝島ヘ乗浮居候訳官駕船、并、楊柳丸三善丸今朝出帆仕候由、嶋番之御横目
　小田八郎左衛門、山崎清右衛門罷帰案内

〝昨日船滄ニ乗浮候八幡丸今日嶋ヘ漕廻し候よし、御横目頭中原伝四郎方より案
　内、但今朝出帆可仕之処、潮行悪候而船滄漕出候義及延引、段々日茂長候
　付、今日ハ出帆不仕候由は又案内

〝五嶋江之漂民送り之御使者江嶋興右衛門、封進大浦伊助茶礼今日有之

〝右同断ニ付、大庁為行規福田弥次左衛門、村江弥三右衛門、組下横目御道
　具伝右衛門罷出、例之通行規仕ル

〝右同断ニ付、伴人三人相附

〝右同断ニ付、供之馬乗五人布上下着罷出ル

〝右同断ニ付、通詞諸岡助左衛門罷出ル

〝右茶礼相済候由、両半事方より案内、尤御使者江嶋興右衛門、大浦伊助罷
　出、右之通案内

〝御米漕船順市丸今日船仕舞仕候由、三代官方より案内

〝御横目夜廻桟原十蔵、組下横目御駕籠与一兵衛案内

〝浜番組下横目御道具伝右衛門案内

〝国部市兵衛夜廻案内

一同六日、晴天、空西風

〝灘吉丸梶取平右衛門遠見案内付、辰刻札出之

〝島江乗浮候八幡丸今朝出帆仕候由、嶋番之御横目山本平蔵罷帰案内

〝五嶋江之漂民送之御使者江嶋興右衛門、封進大浦伊助封進宴席今日有之

〝右同断ニ付、坂下粛拝所、并、大庁為行規小田八郎左衛門、山崎清右衛
　門、大浦庄兵衛、組下横目御鉄砲崎右衛門、御草り取利右衛門罷出、例之

　通行規仕ル

〃右同断ニ付、伴人参人相附

〃右同断ニ付、供之馬乗七人布上下着罷出ス

〃右同断ニ付、通辞諸岡助左衛門罷出ル

〃右宴席相済候由、両半事方より案内、尤御使者江嶋興右衛門、封進大浦伊
　助罷出、右之通案内

〃御横目夜廻村江弥三右衛門、組下横目御簱与五衛門案内

〃浜番組下横目御厩伝左衛門案内

〃中原伝四郎夜廻案内

一同七日、晴天、西風

〃早船五拾挺上乗折右衛門遠見案内ニ付、辰刻札出之

〃順市丸ニ積渡候脇米結仕候由、三代官方より案内

〃漂民送り之御使者江嶋興右衛門、封進大浦伊助早飯ニ付、宴席門明閔組下
　横目御道具伝右衛門案内

		御横目頭
俵数八俵	中原伝四郎	
		大小姓横目
同六俵宛	国部市兵衛、高木団助	
		御徒目付
同五俵ツヽ	福嶋源兵衛、和滝藤右衛門	
同四俵ツヽ	御横目中	
同六俵ツヽ	讃首座	
		通詞

　　　　　　　加瀬藤五郎、諸岡助左衛門
　右者当役ニ付、苦労仕候付、平田主計殿より先例右之通俵数臨時ニ被指免
候間、面々召寄申渡ス、尤御代官方江茂書付申遣ス、但加瀬藤五郎儀ハ
此程帰国仕候付、同役助左衛門へ申渡ス

一同八日、曇天、南風
〝虎福丸梶取又右衛門遠見案内付、辰刻札出之
〝漂民送り之御使者江嶋興右衛門、封進大浦伊助早飯ニ付、宴席門明閞組下
　横目御厩伝左衛門案内
〝糀請負札左兵衛与申者夜前病死仕候由、酒屋請負塩津伊右衛門罷出案内
〝五拾丁、幷、小隼御米漕船灘吉丸今日船仕廻仕候由、三代官方より案内
〝御横目夜廻小田八郎左衛門、組下横目御持筒与七兵衛案内
〝浜番組下横目御駕籠与一兵衛案内
〝梯靖庵夜廻案内

一同九日、晴天、西風
〝灘吉丸梶取平右衛門遠見案内付、札出之
〝順市丸ニ積渡候御米結仕候由、三代官方より案内
〝平戸江之漂民送之御使者佐治勘介、封進平山近作茶礼来ル十一日、封進宴
　席同十二日ニ相極候由、両半事方より案内、尤佐治勘介罷出、右之通案内
〝御横目夜廻山本平蔵、組下横目御道具伝右衛門案内
〝浜番組下横目御厩伝左衛門案内
〝小茂田仙左衛門夜廻案内

一同十日、晴天、北東風

〃 小早梶取小右衛門遠見案内ニ付、札出之

〃 平戸江之漂民送之御使者佐治勘介、封進平山近作茶礼明十一日、封進宴席
　　明後十二日ニ相極居候得共、接慰官方へ差合之儀有之候付、相延、来ル十
　　六日ニ茶礼、同十七日封進宴席相極候由、両半事方より案内、尤御使者佐治
　　勘介罷出、右之通接慰官方より断被申聞候付、弥相延候由案内

〃 御米漕順市丸船頭佐伯五左衛門荷改相済、今日嶋へ乗浮ル

〃 右為嶋番福田弥次左衛門、組下横目御道具伝右衛門罷越候由案内

〃 御横目夜廻大浦庄兵衛、組下横目御厩伝左衛門案内

〃 浜番組下横目御草り取利右衛門案内

〃 高木団助夜廻案内

一同十一日、晴天、南風、未刻より雨天

〃 虎福丸梶取又右衛門遠見案内、札出之

〃 嶋江乗浮居候順市丸不順ニ付、出帆不仕

〃 灘吉丸ニ積渡候脇米結仕候由、三代官方より案内

〃 遠見之者未刻罷帰申聞候者、飛船壱艘相見候由案内、尤両半事方より案内

〃 鰐浦村船之頭六右衛門今未ノ中刻着船仕

〃 渡海之訳官韓同知朴僉正乗船去ル五日爰許出帆仕候処、大風波ニ而破船仕
　　候付、此段被仰渡候為御使御徒和滝藤九郎右飛船を以被差渡着船仕、尤委
　　細者記録ニ有之

〃 右藤九郎為行規大小姓横目国部市兵衛、御徒横目山本平蔵罷出、例之通行
　　規仕

〃 飛船吹嘘壱本

543

右ハ別差江相渡ス

〝御横目夜廻山崎清右衛門、組下横目御持筒与七兵衛案内

〝浜番組下横目御厩伝左衛門案内

〝橋辺伊右衛門夜廻案内

一同十二日、晴天、南風

〝虎福丸梶取又右衛門遠見案内、札出之

〝嶋江乗浮居候順市丸不順ニ付、出帆不仕

〝五拾丁、并、小早御米漕船灘吉丸前改今日仕候処、別条無之由、御横目頭
　中原伝四郎方より案内

〝嶋番為代浜崎茂兵衛、組下横目御簱与五右衛門罷越候由案内

〝昨日和滝藤九郎乗渡候鰐浦村船明朝帰帆被申付候様ニと御代官方へ申遣ス

〝御横目夜廻永留弾平、組下横目御鉄砲崎右衛門案内

〝浜番組下横目御草り取利右衛門案内

〝村田増右衛門夜廻案内

一同十三日、晴天、南西風

〝虎福丸梶取又右衛門遠見案内付、札出之

〝鰐浦村船今朝帰帆申付候得共、不順ニ付、欠戻ス

〝早船五拾挺、小早御米漕船灘吉丸今日茂前改仕、則今晩掛浮候由、御横目
　頭中原伝四郎方より案内

〝御横目夜廻桟原十蔵、組下横目御道具伝右衛門案内

〝浜番組下横目御持筒与七兵衛案内

〝桟原惣七夜廻案内

一同十四日、晴天、南風

〃 虎福丸梶取又右衛門遠見案内付、札出之

〃 島江乗浮居候順市丸不順ニ付、出帆不仕

〃 鰐浦村船今朝泙風故、出帆仕

〃 右飛船為送書大浦庄兵衛罷越候由案内

〃 平田主計殿御返簡為上封訓別入館仕、例之通上ハ封仕

〃 御印替之御使者平田主計殿、加城狩野介、船橋又兵衛、外科飯田自斎今日
　　上船

〃 右為乗船五拾丁引船小早壱艘御米漕船灘吉丸、并、引伝間一艘嶋ヘ乗浮

〃 右狩野介、又兵衛、自斎、并、主計殿附人給人高木団介、御徒横目大浦庄
　　兵衛、山崎清右衛門、山本平蔵、大森橘右衛門罷出、例之通行規仕

〃 自分より内治為稽古罷渡居候目医師笠原養吟、此度帰国之儀願出候付、則
　　右灘吉丸便ニ帰国申付ル

〃 右養吟為行規則右之御横目例之通行規仕

〃 三判より之御返簡壱箱

〃 三儀より之御返簡壱箱

〃 東莱より之副書一箱

〃 釜山より之副書壱箱

　　　右者此方ニ而上ハ封仕、則主計殿江相渡ス

〃 主計殿乗船ニ付、馳走判事、并、訓導別差、其外下り合居候訳官為見送札ノ
　　辻迄罷出ル

〃 右同断ニ付、僉官中、并、役々諸請負馬乗中布上下着浜江罷出ル

〃 右同断ニ付、為見送大小姓横目国部市兵衛、御徒目付福島源兵衛布上下着
　　伝間より嶋迄罷越ス

545

〃 為嶋番永留弾平、桟原十蔵、福田弥次左衛門、組下横目御鉄砲崎右衛門罷
越候由案内

〃 御横目夜廻小田八郎左衛門、組下横目御持筒与七兵衛案内

〃 浜番組下横目御簱与五右衛門案内

一同十五日、晴天、西風

〃 虎福丸梶取又右衛門遠見案内付、札出之

〃 嶋江掛浮居候五拾挺、并、小早灘吉丸順市丸不順ニ付、出帆不仕

〃 一特送使出宴席下行今日請取之候由僉官中罷出案内、尤両判事方よりも案内

〃 平戸江之漂民送り之御使者佐治勘介、封進平山近作茶礼明十六日ニ有之筈
ニ候処、此程渡海之訳官乗船破船ニ付、朝鮮人死骸揚次第近日中ニ被差渡
候間、死骸被差送候迄ハ宴席等之儀彼方より達而断申聞候付、依之明日之茶
礼相延、尤委細ハ破船記録ニ有之

〃 平田主計殿嶋江滞留ニ付、為見廻御横目小田八郎左衛門差遣ス

〃 平田主計殿接慰官、并、馳走半事李僉知呉正今日都江発足之由、両判事方
より案内

一同十六日、晴天、南風、未ノ下刻より雨天

〃 虎福丸梶取又右衛門遠見案内付、札出之

〃 遠見之者午ノ下刻罷帰申聞候者、入船之大船弐艘小船一艘相見候由案内、
尤両判事方より茂右之通案内

〃 御米漕船亀吉丸琴崎丸今未ノ下刻着船仕

〃 三代官高雄治五左衛門、并、組下横目代御持筒茂左衛門、御鉄砲喜右衛
門、御簱与兵衛、御道具藤兵衛、御草り取弥左衛門、御厩九兵衛、御駕籠

甚右衛門着船仕

〃 右治五左衛門為行規大小姓横目国分市兵衛、御徒横目永留弾平罷出、例之
通行規仕

〃 壬午条副特送使水木船吹噓壱本

〃 己卯条以酊庵送使再渡之吹噓壱本
右之吹噓、則訓導江相渡ス

〃 爰許之嶋枝船為代枝船壱艘被差渡、今申ノ中刻着船仕

〃 右之便ニ御元方役小田七左衛門被差渡着船仕

〃 右七左衛門為行規大小姓横目高木団助、御徒横目永留弾平罷出、例之通行
規仕

〃 飛船吹噓壱本
右者訓導江相渡

御元方帳元役

小柳仁左衛門

細物請負

大束清右衛門

右両人之儀御用有之候間、早々帰国申付候様ニ与御支配大浦忠左衛門殿
より御状を以被仰越候付、則右両人召寄、近々帰国仕候様申渡、尤乗船之
儀御代官方江申遣ス

〃 小田七左衛門乗船飛船相改候処、別条無之由、御横目頭中原伝四郎方より
案内

〃 先比渡海之訳官へ相附渡相果候者共之一類ども今晩入館仕、非法之働仕候
次第、委細訳官破船記録ニ有之

大小姓横目

547

　　　　　高木団助

　右ハ先比渡海訳官ニ相附渡相果候朝鮮人之一類共今日入館仕、非法之働
　仕及騒動候、然処委細書状ニ者難申述候付、団助儀急ニ御国許江差渡、
　尤乗浮居候灘吉丸ニ乗、帰国仕候様ニと申渡、但委細破船記録ニ有之
〃通辞諸岡助左衛門申聞候者、訳官乗船破船ニ付、御用茂繁く、殊今晩朝鮮
　人非法之働仕及騒動候得者、一入御用之儀何程ニ入組可申茂無心元奉存
　候、此時節私壱人ニ而ハ千万難相勤奉存候間、御国許江被仰越、通辞今一人
　早々被差渡御加へ被遊被下候様ニ奉願候、無左候ハ難ぞ馬乗之内朝鮮辞
　大概之仁多候間、当時御用之節計り被差添被下候様ニと成共、兎角一人ニ而
　ハ千万無心元奉存候由申聞候付、願之趣尤ニ候、則今度御国許江可申越候
　間、其内随分頼ニ入相勤候様ニ申渡ス

一同十七日、雨天、南風

〃虎福丸梶取又右衛門遠見案内ニ付、札出之
〃御国許江差渡候高木団助儀明朝ニ而も順有之嶋之船出船之朝乗候様ニ、其
　内ハ御用も有之候間、差扣候様ニ与申渡ス
〃今日雨天ニ付、昨日着船之亀吉丸琴崎丸御改無之
〃高木団助儀御用ニ付、急ニ御国元江差渡候付、嶋江掛浮居候灘吉丸ニ乗渡
　候様ニと申渡置候得共、明日ニ至り風沵、大船出帆不仕日吉利ニ而飛船押渡
　申程ニ候ハ、嶋枝船を以差渡可申由申渡、尤御代官方へも御横目頭方へも
　右之趣以手紙申渡ス

一同十八日、晴天、北空西風

〃虎福丸梶取又右衛門遠見案内ニ付、札出之

〃 島江乗浮居候五拾挺、并、小早灘吉丸順市丸五拾丁引伝間今朝出帆仕候
　由、嶋番之小田八郎左衛門、山崎清右衛門、大森橋右衛門、山本平蔵罷帰
　案内
〃 高木団助儀右灘吉丸ニ今朝乗候而出帆仕
〃 右団助急ニ嶋江乗浮居候灘吉丸乗せ差渡候付、身分之行規浜御番所ニて例
　之通行規仕、則船ニ乗ル
〃 一昨日着船之亀吉丸琴崎丸今日荷改仕候処、別条無之由、御横目頭中原伝
　四郎方より案内
〃 古組下横目今日交代仕、新組下横目今日より相勤候由、御横目頭中原伝四
　郎罷出案内、尤新古組下横目共も罷出案内

一同十九日、曇天、北風
〃 琴崎丸梶取太左衛門遠見案内ニ付、札出之
〃 御徒目付福嶋源兵衛儀今度渡海之訳官駕船破船之御用ニ付、御国許江急ニ
　差渡ス、明後廿一日ニ出帆仕候様ニ立帰渡海仕候様ニと召寄申渡ス、但嶋
　枝船を以指渡候間、水夫之儀者右此程嶋枝船着船之節、乗渡候佐須奈之者
　乗せ渡候様ニと御代官方へ申渡ス、尤委細破船記録ニ有之

一同廿日、晴天、北空西風
〃 亀吉丸梶取市右衛門遠見案内付、札出之
〃 御米漕虎福丸今日船仕廻仕候由、三代官方より案内
〃 今日より新三代官高雄治五右衛門相勤、古三代官小茂田仙左衛門交代仕候
　由、両人共ニ罷出案内

一同廿一日、曇天、南西風

〃虎福丸梶取又右衛門遠見案内付、札出之

〃御国許江差渡候福嶋源兵衛乗船嶋枝船今朝出帆仕、但源兵衛身分之行規之
儀浜於御番所例之通行規仕、直ニ出帆仕

〃右送り番大浦庄兵衛、組下横目御かこ甚右衛門罷越候由案内

一同廿二日、曇天、南風

〃琴崎丸梶取太左衛門遠見案内付、札出之

〃御横目夜廻小田八郎左衛門、組下横目御鉄砲喜右衛門案内

〃浜番組下横目御持筒茂左衛門案内

〃梯靖庵夜廻案内

一同廿三日、雨天、南風

〃亀吉丸梶取市右衛門遠見案内付、札出之

〃御横目夜廻大浦庄兵衛、組下横目御駕籠甚衛門案内

〃浜番組下横目御鉄砲喜右衛門案内

〃小茂田仙左衛門夜廻案内

一同廿四日、晴天、西風

〃虎福丸梶取又右衛門遠見案内ニ付、札出之

〃此程為御使罷渡候和滝藤九郎儀近日仕出之虎福丸便ニ帰国仕候様ニと召寄
申渡ス、尤御代官方江茂申遣ス

〃自分より医師為稽古罷渡居候町医師梅井玄通此度仕出し之虎福丸便ニ中戻仕
度由願出候付、願之通申付ル、尤便船之儀者自分より御代官方へ罷出申達候

様ニと是又申付ル

一同廿五日、曇天、北東風

〃琴崎丸梶取太左衛門遠見案内ニ付、札出之

〃御横目夜廻永留弾平、組下横目御鉄砲喜右衛門案内

〃浜番組下横目御厩九兵衛案内

〃橋部伊右衛門夜廻案内

〃万松院送使御返簡翌之李判事与申訳官今日持下候由、両判事方より案内、
　尤李判事方より茂以使右之通案内

一同廿六日、晴天、北東風

〃亀吉丸梶取市右衛門遠見案内付、札出之

〃遠見之者未刻罷帰申聞候者、飛船壱艘相見へ候由案内、尤両判事方より茂案
　内

〃嶋枝船壱艘船頭源兵衛今申ノ中刻着船

〃御国許より御使として足軽勘兵衛被差渡着船仕、委細ハ破船記録ニ有之

〃飛船吹嘘壱本
　　右ハ別差江相渡ス

〃右嶋枝船改無別条相済候由、御横目頭中原伝四郎方より案内

〃今日致着船候嶋枝船就御用明朝御国へ差渡候間、被申付候様御代官方へ申
　遣ス

一同廿七日、晴天、北東風

〃琴崎丸梶取太左衛門遠見案内付、札出之

〃夜前申付候島枝船今朝出帆仕ル

〃右送番福田弥次左衛門、組下横目御駕籠甚衛門罷越候由案内

〃飛船壱艘相見候由、遠見之者罷帰案内

〃鰐浦飛船一艘船頭市兵衛今未ノ下刻着船仕

〃右之便先比御国許江差渡候高木団助被差返着船仕、尤委細破船記録ニ有之

〃右団助身分之行規浜於御番所相仕廻罷出ル

〃右飛船相改候処、別条無之由、御横目頭中原伝四郎方より案内

〃飛船吹嘘壱本

　　右者別差江相渡ス

一同廿八日、晴天、北東風

〃亀吉丸梶取市右衛門遠見案内ニ付、札出之

〃頃日御使として罷渡候足軽勘兵衛義近日仕出之虎福丸便ニ帰国仕候様ニと申付ル、尤御代官方へも申遣ス

〃醬油請負栗谷増兵衛、村松勝兵衛儀爰元ニ而御預り地之儀先比於御国許願上置候、然処弥願之通被仰付候間、於爰許所柄見合願出候ハ、其節役々為致見分見合ニ相渡候様ニ与、去年樋口佐左衛門殿御渡之節被仰聞置、尤右両人方より之願書御渡被置候、然者右両人方より願出候ハ、七軒屋水夫小屋之西ノ方空地有之候、此所御見合被仰付被下候様ニと願出候付、則一代官吉野五郎七、御徒目付和滝藤右衛門江申渡ス、為致見分候処、別而障ニ罷成所ニ而ハ無之由申聞候付、則右之所三間口相渡候様ニと右五郎七、藤右衛門江申渡ス

〃茶碗竃家守請負之儀於爰許御預地之儀願上、願之通被仰付候間、所柄見合相渡候様ニと先比杉村三郎左衛門殿、樋口佐左衛門殿より以御状被仰越候、

然処水夫小屋東之方空地望之由願出候付、則御代官吉野五郎七、御徒目付
和滝藤右衛門申渡為致見分候処、別而障ニも罷成所ニ而無之由申候ニ付、右
之所三間角相渡候様ニ与則御代官吉野五郎七江申渡ス

〃古組横目之者共帰国間も有之幸手透ニ罷有事ニ候故、館中火用心之為メ今晩
より組之者壱人下番水夫壱人ヽ手木を打、夜中不寐番格ニ館中、并、館守
家裏より中山近辺鷹部屋東向寺先キ辺迄無油断夜廻仕候様ニ被申渡候様、御
横目頭中原伝四郎方へ申渡ス

一同廿九日、曇天、北東風
〃琴崎丸梶取太左衛門遠見案内ニ付、札出之
〃虎福丸積渡候御米結仕候由、三代官方より案内
〃副特送使引半事洪半事与申訳官御返簡今日持下候由、両半事方より案内

一同晦日、晴天、北東風
〃亀吉丸梶取市右衛門遠見案内付、札出之
〃虎福丸ニ積渡候御米結仕候由、三代官方より案内
〃御横目夜廻大森橘右衛門、組下横目御持筒
〃浜番組下横目御厩九兵衛案内
〃小田七左衛門夜廻案内

一三月朔日、曇天、北東風
〃琴崎丸梶取太左衛門遠見案内付、札出之
〃虎福丸今日前改仕候処、無別条相済候由、御横目頭中原伝四郎方より案内
〃御横目夜廻山木平蔵、組下横目御鉄砲喜衛門案内

〃浜番組下横目御持筒茂左衛門案内

〃阿比留半左衛門夜廻案内

一同二日、晴天、北東風

〃亀吉丸梶取市右衛門遠見案内付、札出之

〃虎福丸前改等相済、今日嶋江乗浮

〃御元方帳本役小柳仁左衛門、細物請負大束清右衛門儀御用ニ付、御国元より
　被召寄候ニ付、右虎福丸便ニ帰国申付乗船仕ル

〃先比為御使罷渡候和滝藤九郎、并、御足軽勘兵衛右虎福丸便ニ帰国申付乗
　船仕

〃自分より為稽古罷渡居候町医梅井玄通帰国願出候付、右虎福丸便ニ帰国申付
　乗船仕

〃右藤九郎、仁左衛門、清右衛門、玄通為行規大小姓横目高木団助、御徒横
　目小田八郎左衛門、大浦庄兵衛罷出、例之通行規仕

〃為嶋番福田弥次左衛門、組下横目御持筒茂左衛門罷越候由案内

一同三日、晴天、南風、申ノ中刻より雨天

〃琴崎丸梶取太左衛門遠見案内付、札出之

〃御横目夜廻永留弾平、組下横目御鉄砲喜右衛門案内

〃浜番組下横目御厩喜右衛門案内

一同四日、雨天、南風

〃亀吉丸梶取市右衛門遠見案内付、札出之

〃御横目夜廻大浦庄兵衛、組下横目御厩九兵衛案内

〃浜番組下横目御駕籠甚右衛門案内

〃中原伝四郎夜廻案内

一同五日、雨天、北東風

〃琴崎丸梶取太左衛門遠見案内ニ付、札出之

〃御横目夜廻浜崎茂兵衛、組下横目御持筒茂左衛門案内

〃浜番組下横目御厩九兵衛案内

〃吉野五郎七夜廻案内

一同六日、雨天昼より晴天、北風

〃亀吉丸梶取市右衛門遠見案内ニ付、札出之

〃御横目夜廻桟原十蔵、組下横目御かこ甚右衛門案内

〃浜番組下横目御持筒茂左衛門案内

一同七日、晴天、泙風未刻より東風

〃琴崎丸梶取太左衛門遠見案内付、札出之

〃嶋番為代浜崎茂兵衛、組下横目御かこ甚右衛門罷越候由案内

〃御横目夜廻小田八郎左衛門、組下横目御持筒茂左衛門案内

〃浜番組下横目御鉄砲喜右衛門案内

〃小も田仙左衛門夜廻案内

一同八日、晴天、南風

〃亀吉丸梶取市右衛門遠見案内ニ付、札出之

〃御横目夜廻村江弥三右衛門、組下横目御厩九兵衛案内

〃浜番組下横目御持筒茂左衛門案内
〃高木団助夜廻案内

一同九日、晴天、北東風
〃琴崎丸梶取太左衛門遠見案内付、札出之
〃嶋江乗浮居候虎福丸今朝出帆仕、七八里も走り候処、風波強く欠戻し、漸く上
　加徳へ未ノ刻乗込候由、遠見之者罷帰案内、尤両判事方より茂右之通案内

一同十日、晴天、北東風
〃亀吉丸梶取六右衛門遠見案内ニ付、札出之
〃遠見之者午ノ下刻罷帰申聞候ハ、大船弐艘小船五艘相見候由案内、尤両判
　事方よりも右之通案内
〃未ノ刻遠見之者罷帰申聞候ハ、右之入船風波強く館着難成様子ニ而、右大船
　壱艘小船三艘ハ太多浦之方へ乗り候、残り大船壱艘小船弐艘者上ミ加徳之方
　へ乗込候由案内、右同断ニ付、今晩ニも両判事方より右之船着船案内申聞次
　第、早々太多浦迄迎番被差越候様ニと御横目頭中原伝四郎へ申渡ス
〃吉野五郎七申聞候者、先比高木団助乗渡候村船壱艘有之候、御急用之照布
　差渡申度候御用ニ被差留置候村船之儀ニ御坐候得共、一両日中ニ帰帆被仰
　付被下間敷哉之由申聞候付、弥以次第ニ照布積渡可被申候、殊今日入船下
　乗之内ニ御急用茂候ハ、幾重ニ茂仕様可有之候間、弥此中団助乗渡候村
　船之儀者照布積渡被申候様ニと申渡ス

一同十一日、晴天、東風、未刻より雨天
〃琴崎丸梶取太左衛門遠見案内付、札出之

両判事方より申聞候者、昨日下乗之大船一艘小船三艘太多浦江乗取、
残大船壱艘小船弐艘ハ上加徳へ乗取候由案内

〃 右同断ニ付、太多浦江為迎番山本平蔵、山崎清右衛門、組下横目御厩九兵
衛罷越候由案内

〃 巳ノ刻遠見之者罷帰申聞候者、昨日下乗之大船弐艘小船五艘、并、一昨日
爰許より出帆仕下乗仕候大船壱艘、今日漕廻し候由案内

〃 先比渡海之訳官乗船破船仕候付、死骸送之御使者幾度六右衛門乗船小早一
艘、并、河内益右衛門、其外朝鮮人死骸、諸道具、船滓乗船御米漕船撰宮
丸、并、小早撰宮丸為頭漕村船四艘嶋枝船壱艘、都合船数七艘、今未ノ刻
廻着仕ル

〃 先比爰許より差渡候御徒目付福嶋源兵衛、右撰宮丸便被差渡着船仕

〃 爰許御横目之内黒岩杢右衛門、中原孫三郎儀先比渡海之訳官警固仕罷渡途
中ニ而訳官乗船破船ニ付、右杢右衛門、孫三郎儀も相果候、依之右両人為
代山下与一兵衛、中原五左衛門右村船便ニ被指渡着船仕、但朝鮮人死骸、
船滓、諸道具被差渡候付、右両人船中警固被仰付罷渡、但与一兵衛、五左
衛門儀幸爰元御横目役ニ罷渡儀ニ候故、右村船ニ乗分し乗渡仕候様ニと被仰
付候由ニ而鰐浦御横目ニ相加乗り渡仕ル

〃 通辞山城弥佐衛門右撰宮丸便ニ被指渡着船仕

〃 右小早撰宮丸、并、小船五艘乗渡被仰付候由ニ而鰐浦御横目佐護茂左衛
門、内野武左衛門、渡辺権右衛門、末松平四郎、組下横目御鉄砲瀬戸右衛
門、御簱清左衛門乗渡仕、右幾度六右衛門為附人御足軽又左衛門、并、朝
鮮人死骸為警固御足軽増兵衛、七蔵着船仕

〃 幾度六右衛門儀身分之行規被指免与之御事、朝鮮御支配平田直右衛門殿より
御状を以被仰越ル

557

〃 河内益右衛門、山下与一兵衛、中原五左衛門、福島源兵衛、佐護武左衛
　門、内野武左衛門、末松平四郎、渡辺権右衛門、山城弥左衛門為行規大小
　姓横目国部市兵衛、御徒横目福田弥次左衛門、浜崎茂兵衛、大森橘右衛門
　罷出、例之通行規仕ル

〃 遣礼曹送還鰐浦溺屍書一箱

〃 遣礼曹送還鰐浦溺屍書一箱

〃 遣礼曹告訳使溺船書一箱

〃 遣東莱釜山告訳使溺船書一箱

〃 遣東莱釜山送還鰐浦溺屍書一箱

〃 遣東莱釜山送還鰐浦溺屍書一箱

〃 贈物給物之書付入一箱

　　右御書翰常ニ訓導別差入館仕、写之、御使者茶礼之刻彼方江相渡格ニ候
　　得共、今度者格別之御書翰之儀ニ候故、写不仕、直ニ右之御書翰、并、
　　贈物書付入候箱共ニ幾度六右衛門申談、直ニ相渡ス、尤此方江者讃首座
　　召寄写之置く

〃 訓別申聞候者、東莱被申候茂今度之御書翰常之通写を仕、指登候而者御使
　者館守へ訓別申談、御書面之内不宜所茂宜キ様ニ致注進、書面茂削り候儀も
　可有之候などヽ都表之疑有之候而者至而大切成儀ニ御座候間、願候ハ御本
　書を直ニ東莱江持越候而、彼方ニ而写を被仕候而被差登候とか、又ハ東莱了
　簡ニて御本書を被差登成とも、兎角両国大変之時節御座候間、少も疑無之様
　ニと内々東莱ニ茂被存候間、弥御本書直ニ持越申度候、殊ニ破船之一件御届
　及延引候迚殊外東莱茂被待兼、御書面も至極結構ニ御座候間、不及写、御
　本書直ニ拝見被致候ハヽ不差置、都江注進可有之候間、直ニ持登申度達而
　望申聞ル

〃右同断ニ付、六右衛門江拙子申入候者、今度之御書簡格別之儀ニ候、彼方請方も重く可有之儀と存候、然共三判江御宛不被成御書翰ニ候得者、常之通漂民送り之格ニ田舎接慰官罷出請取申ニて可有之候、将亦此度之御書面ニ都船主封進等も御書載無之、其上別幅茂御副不被遊候、此段ハ御国許ニ而何程ニ御伺候哉と相尋候得者、六右衛門申聞候者、尤其段御国許ニ而申上候得共、先其通ニ仕罷渡候様ニ与被仰付候由申聞候付、又々拙子申入候ハ、左候ハヽ極而接待難成儀ニ御座候、馳走方之儀茂万一軽く可有御座候哉、兎角被入御念候趣早々都江相達候ハヽ、馳走方も一入結構ニ可有御座与存候、田舎接慰官を以請取候ハヽ、必定漂民送り之格ニ少伴人なと相増可申候哉、馳走之格式も御国元へ被思召上候通ニハ罷成間敷哉と存し、午略儀訓別を以東萊江相渡候ハヽ、右之一件早々都江注進宜一入従此方被入御念候程相聞へ馳走方之儀此方より不申入候共、格式結構ニ了簡可参候哉、殊ニ訓別達而御本書直ニ請取東萊江持越度由、右之通願申事ニ候間、如何程ニ可被仕哉と申談候処、六右衛門申聞候者、成程尤ニ存候間、弥御本書相渡可申由申聞候付、則右之通相渡ス

〃朝鮮御支配平田直右衛門殿、樋口左衛門殿より二月廿七日之御状ニ被仰下候者、今度死骸送之御使者幾度六右衛門被指渡候付、若彼方より馳走可仕由申候共、達而断申、受用無之様ニと六右衛門江申含候得共、同役中其外江得与内談いたし候得者、今度之儀随分被尽御心厚く被入御念御事ニ候、其上江戸表江茂御使者を以早速被仰上候、朝鮮江ハ御使者被遣候段々茂具ニ御案内被仰上候之処、使者江馳走も不仕候様ニ沙汰等有之候而者朝鮮国ニ誠信之心も薄く不義成仕形ニ候様ニ相聞可申候段、纔々成事ニ如何敷候、不心付候て少々者此方より気を付候而成共、今度者馳走有之様ニ仕度事ニ候、夫ともに彼方不同意ニ候ハヽ、強而此方より被申掛候ニ者及申間鋪候、気を付候程

559

之儀ハ苦ル間敷哉と被存候、貪り候訳ニ而ハ曾而無之候、此段貴殿ニ茂能々
落着候而、其上可被申談候

　右之通被仰越候付、則訓別江申達候者、此度之御使者之儀者江戸表ニ茂
　被仰上被差渡、其上貴殿達存候通被入御念至極被尽御心たる事ニ候故、
　万一例無之使者与申候而、馳走方之儀違隔ニ及候様ニ有之候而ハ宜ヶ間
　鋪候、殊此度之使者家老次之人柄ニ而候間、馳走方之儀茂格式違不申候
　而ハ難叶事ニ候間、此段能々了簡被致候而、兼而東莱ニ茂被申達置候様
　ニ与申渡候処、訓別申聞候者、被仰聞候段御尤ニ存候、則東莱江申達、
　都江其之通注進被致候様ニ可仕由申聞ル、通辞諸岡助左衛門勤之

〵飛船吹噓三本

〵鰐浦溺死駕船吹噓壱本

　右之通則訓導ニ相渡ス、但飛船五艘渡海仕候得共、吹噓之儀者府内より出
　来参候儀及延引候付、弐艘者吹噓なしニ渡海申付候由、幾度六右衛門則
　訓別江挨拶有之、尤此方江茂右之通六右衛門申聞ル

〵朝鮮人死骸ハツ　但し壱人ツヽ箱ニ入、木綿綿子入、ふとんニ而包有之

〵黒塗錠おとしの小箱壱り

　但し此外船淬、諸道具ハ委細記録ニ有之

　右之通今度被送渡候、依之訓別、并、韓同知弟韓僉知朴僉正悴、其外相
　果候軍官共之悴一両人入館仕、御使者ニ対面仕、破船之次第様子具ニ承
　之、右小箱之儀則於館守家訓別へ御使者相渡ス、死骸、并、諸道具之儀
　者浜御番所前波戸ニ而、訓別、并、韓僉知江河内益右衛門、并、通辞諸
　岡助左衛門、山城弥左衛門、其外鰐浦より乗渡之御横目相加り立合相渡、
　但雨天ゆへ、陸より坂ノ下へ取帰候儀難成候間、何とぞ此方之小船ニ右死骸
　入箱計御積被成、坂下迄船より御遣被下候様ニと訓別願候付、則御横目頭

中原伝四郎召寄、今日着船之村船積分、雨に濡レ不申様ニとまなとて能囲、
坂下迄漕廻し被申候、尤上船之儀此方より乗せ申ニ及不申候、朝鮮人方より
上乗のせ申筈ニ候間、左様ニ被相心得候様ニと申渡ス、船滓之儀者明日請
取可申由訓別申聞候付、今晩ハ船ニ積被置候様是又申渡ス

〃 右死骸、并、諸道具、船滓等引渡候刻波戸之左右ニ組下横目四人棒為持警
固申付ル

〃 御横目頭中原伝四郎罷出申聞候者、死骸之儀村船四艘ニ積分、雨ニ濡不申
様ニ能囲候而、壱艘ニ朝鮮人弐人宛上乗ニ乗候而、坂下江漕廻無恙坂下浜
ニ而揚ケ候而、上乗之朝鮮人共ニ引渡、村船罷帰候由案内

〃 右之通委細者訳官乗船破船記録ニ有之

〃 幾度六右衛門居所三判房内と名附居候房内江罷有、河内益右衛門儀三判封
進房内へ罷有ル

一同十二日、晴天、北東風
〃 亀吉丸梶取市右衛門遠見案内付、札出之
〃 東萊より訓別を以被申聞候者、昨日者御使者を以死骸、并、船滓、諸道具御
取揚之分御送被成、則御使者着船之由ニ而夫々ニ御渡被成、殊ニ相果候者
共之一類中江夫々ニ贈物給物被成下之由ニ而、御書付致披見段々被入御念
之段感入申候、殊更御書翰御本書御渡被下、是又致拝見候処、御書面至極
結構ニ有之候付、則御本書を都へ差登申候、贈物給物之書付も同然ニ差登申
候、都表より返答来次第贈物給物之儀ハ御渡被下候、夫迄ハ御控置被下候
様ニ別而御断申受用不仕抔と申事ニ而者無之候得共、一応都江申越、都より
之返答不承候而者難申請由、其外訓別江被仰聞候通具ニ承申候間、弥都江
可致注進被申聞候付、此方より返答ニ申遣候者、被仰聞候通具ニ致承知候、

561

何分ニ茂宜く御注進被成被下候様ニと申遣ス、通辞諸岡助左衛門勤之

〵中原五左衛門、山下与一兵衛罷出申聞候ハ、船滓八枚被送渡候内、六枚今
日訓別方より通事ニ相渡呉候様ニ尤八枚被差渡由ニ御座候得共、船滓之儀訓
別承違、六枚送参候由東萊江注進致置候間、弥六枚今日相渡呉候様ニ残弐
枚之儀者追而相請取可申由、訓別方より申聞候付、則六枚相渡、残弐枚者
御横目方へ預置候由申聞ル

〵右同断ニ付、残居候弐枚之船滓追而相渡可申候間、其間紛失、亦者麁相ニ
不仕様ニ御蔵之内ニ成候共入置候様ニと御横目頭中原伝四郎ニ申渡

〵一特送使僉官中罷出申聞候者、我々儀日数も疾相満、渡海粮米請取申迄ニ
御坐候、然共今度破船之一件ニ付、死骸被差送候迄ハ御米等も不入来候
付、渡海粮之儀茂于今請取不申候、其上船指支居候付、我々之儀も
段々滞留仕居候、然処ニ昨日死骸等も送参候故、渡海粮之儀も申掛、近日中
ニ相請取可申候、殊入船も為有之儀ニ候間、我々儀何とぞ近々出帆被仰付被
下候様ニと被申聞候付、則一代官吉野五郎七召寄申談候処、御米積候而
近々出船可申付と御代官中も存罷有候得共、一特送使日数も疾相満居、長々
滞留之儀ニ候間、御米之儀者差控、弥近々御米漕船弐艘一特送使乗船仕出
し候様ニ可仕候哉、如何様共御差図次第ニ可仕由五郎七申聞候付、弥御米
被差控、一特送使乗船ニ被申渡候様ニと申渡ス、尤急々被相仕廻、近々出船
被致候様ニと則正官人三浦内蔵允、都船主平田繁之允江申渡ス

〵五嶋江之漂民送之御使者江嶋興右衛門、封進大浦伊助引半事汝揖金半事与
申訳官御返簡持下り候由、両半事方より案内

〵昨日廻着之小早、幷、撰宮丸今日荷改無別条相済候由、御横目頭中原伝四
郎方より案内

一同十三日、晴天、北東風、申ノ刻より雨天、南風

〃 琴崎丸梶取太左衛門遠見案内付、札出之

〃 辰ノ中刻遠見之者罷帰申聞候者、去ル九日爰元より出帆之刻下乗仕、一昨日
太多浦迄廻り居候虎福丸唯今漕廻候由案内

〃 去ル九日爰許より出帆之刻逆風ニ逢、下乗仕候虎福丸今日廻着嶋江乗浮

〃 右同断ニ付、御横目中罷越虎福丸上ハ廻り荷物可仕由、御横目頭中原伝四
郎罷出申聞候付、弥念入被相改候様ニと申渡ス

〃 御横目頭中原伝四郎、御徒目付福嶋源兵衛、和滝藤右衛門罷出申聞候者、
虎福丸追改仕候処、別条無之由案内

〃 右虎福丸為嶋番永留弾平、組下横目御旗与兵衛罷越候由案内

〃 先比高木団助乗渡候鰐浦村船一艘、并、一昨日罷着候村艘四艘之内弐艘、
都合三艘、明日明後日両日之内ニ帰帆被申聞候様御代官方へ申遣ス

〃 一昨日乗渡仕致着船候鰐浦御横目佐護武左衛門、内野武左衛門、末松平四
郎、渡部権右衛門、組下横目御鉄砲瀬戸右衛門、御旗清左衛門罷出申聞候
者、御関所之儀茂人少ニ有之候故、我々之儀飛船帰便江差返被下候様ニと
願出候付、弥願之通右村船三艘ニ乗分、明日明後日之内ニ帰国仕候様ニと申
渡ス、尤御代官方江茂申遣ス

〃 御横目山下与一兵衛、中原五左衛門今日より役目相勤候由、御横目頭中原
伝四郎罷出案内

一同十四日、雨天、南風

〃 亀吉丸梶取市右衛門遠見案内付、札出之

〃 御横目夜廻桟原十蔵、組下横目御道具藤兵衛案内

〃 浜番組下横目御持筒茂左衛門案内

563

〝小田七左衛門夜廻案内

一同十五日、雨天昼より晴天、北東風

〝琴崎丸梶取太左衛門遠見案内付、札出之

〝渡海之訳官乗船破船ニ付、先比より御米市入方、并、御使者僉官宴席等東萊
　より被差留置候処、此程死骸等被送渡候付、御米市入方、并、御使者僉官
　宴席等有之様ニ被成被下候様ニと東萊江訓別を以申遣候処、唯今東萊より訓
　別を以弥御米市之儀も近々入之、御使者僉官宴席等茂心次第ニ仕候様ニと申
　来ル

〝右同断ニ付、一代官吉野五郎七、御元方役服部安兵衛、阿比留半左衛門、
　小田七左衛門召寄、右東萊より申来候通申渡ス

〝右同断ニ付、御使者僉官中之儀も心次第ニ宴席等之儀被申掛候様ニと何れも
　召寄申渡ス

〝嶋番為代小田八郎左衛門、組下横目御厩九兵衛罷越候由案内

〝御元方役中より願出候者、嶋江乗浮居候小柳仁左衛門、大束清右衛門江御
　用之儀申談度儀候間、船揚為仕呉候様ニと申聞候付、則願之通船揚申付ル

〝右仁左衛門、清右衛門儀御元方役中より之御用仕舞候而、又々嶋江乗浮居
　候虎福丸ニ乗船仕ル、尤行規之儀直ニ於浜御番所行規仕

〝右仁左衛門、清右衛門江此方より御用之儀申含候付、鰐浦江着船仕候ハ、
　村船を以上府仕候様ニと申渡ス、尤鰐浦御横目方江も右之段書状を以申遣ス

〝仮訓導崔僉知別差呉判事今朝入館仕候而申聞候者、卞知事、并、我々両人
　之儀近日中ニ都より書史(ママ吏)罷下、都江連登筈ニ御座候由、先達而都より
　内証之通路承り申候由申聞候付、如何様之儀ニ而書史(ママ吏)罷下り、其方
　達を連登申候哉と相尋候処、右両人申聞候者、先比告訴之御使者被差渡候

節、御遺物之内新銀を五百枚被差渡候付、御返物之内人蔘拾斤、木綿百疋
指控相渡候様ニと都表より差図在之候処ニ、其儀を不得申募候而、先規之通
人蔘五拾斤、木棉五百疋相渡候一科、并、茶碗土之儀都表より差留有之
処、毎度致注進候与之一科、右両品共ニ王命を相背キ、其上先比致破船相
果候者之一類共大勢入館為致非法之働為仕候段旁無調法之由、依之書史
(ママ吏)罷下連登申筈ニ御坐候由申聞ル

〃東莱之儀も右之科を以交代被致筈ニ候由、是又右両人申聞ル

〃弐艘残し置候村船之内一艘明日ニも帰帆被申付候様ニと御代官方へ申渡ス

一同十六日、晴天、南風

〃小早船添吉兵衛遠見案内付、札出之

〃崔僉知呉判事入館仕申聞候ハ、東莱被申候も刑部大輔様旧印之儀最早被送
　返儀と存候、常々御印替之節者訳官渡海仕候刻、旧印請取帰国仕儀ニ御坐
　候得共、今度者渡海訳官破船仕相果為申儀ニ候故、対州より御使者を以被送
　返候歟、又ハ御僉官ニ順附被成被送返候共、兎角早々可被送返儀と存候、
　此段都表より之指図と申儀ニ者曾而無之候、東莱一分之了簡故、館守迄御内
　意申達候様ニと被申候由申聞候付、此方より返答被申遣候ハ、東莱御了簡之
　通御内意被仰聞承届候、対州も今度訳官乗船破船之一件、家老中ニ至而も取
　込居候時節与申、殊更対馬守殿ニハ今程参勤為被致ニ而可有之与存候、然
　者御内意之段、只今対州江申越候而も対馬守殿留守之儀ニ候ヘハ、何程ニ
　可有御座候哉、先御内意之段ハ具ニ承届候由返答申遣ス、通詞諸岡助左衛
　門、山城弥左衛門勤之

〃崔僉知呉半事申聞候ハ、昨日申候通書史(ママ吏)今朝罷下候故、弥近日中
　ニ我々都へ連登り申筈ニ御座候、并、今度書史(ママ吏)罷下連登候而も重キ

科ニハ逢申間敷哉と存候、尤書史(ママ吏)ハ罷下候得共、暫五七日者手前之
仕舞等心静ニ仕罷登申候由申聞ル、且又我々為代訓導役伯玉韓僉知別差役
而善鄭半事被申付、追付罷下り候由是又申聞ル

〃右両人申聞候者、東莱儀茂弥書史(ママ吏)罷下、追付都江被罷登筈ニ御座
候、此段館守ヘ序次第申達候様ニと東莱申候由申聞候付、何とも千万気毒成
儀ニ候、兎角其内此方より可申遣候間、宜く相心得置給候様ニと申遣ス

〃右両人申聞候者、御使者僉官宴席之儀、并、御返簡入之候日限相極メ可申
由申候ニ付、則御使者僉官中召寄、両判事江相対ニ而相究候通左記之

〃漂民之御使者江嶋興右衛門、大浦伊助御返簡来ル十八日

〃万松院送使御返簡右同日

〃漂民送之御使者佐治勘介、平山近作茶礼同十九日

〃万松院送使出宴席下行同廿日

〃漂民送之御使者江嶋興右衛門、大浦伊助出宴席下行右同日

〃副特送使御返翰同廿二日

　　右之通相極ル

一同十七日、晴天、南西風
〃撰宮丸梶取市右衛門遠見案内付、札出之
〃鰐浦村船四艘今朝出帆仕
〃右之便ニ此程乗渡仕候鰐浦御横目佐護武左衛門、内野武左衛門、末松平四
郎、渡部権右衛門、組下横目御鉄砲瀬戸右衛門、御籏清左衛門帰国仕
〃右侍中身分之行規之儀未明ニ出帆仕候故、浜於御番所行規仕、直ニ乗船仕
〃右飛船為送番村江弥三右衛門、組下横目御鉄砲喜右衛門罷越候由案内
〃嶋江乗浮居候虎福丸不順ニ付、出帆不仕

〃 島番為代大浦庄兵衛、組下横目御厩九兵衛罷越候由案内

〃 訓導卞知事仮訓導崔僉知別差呉半事儀書吏罷下候付、近々都江罷登、依之
仮訓導大受鄭半事仮別差翌之李半事被申付候由、則鄭半事李半事入館仕申
聞ル

一同十八、曇天、西風

〃 琴崎丸梶取太左衛門遠見案内付、札出之

〃 万松送使、并、漂民送之御使者江嶋興右衛門、大浦伊助御返簡今日入来候
間、例之通為内見讃首座、并、通辞山城弥左衛門今朝坂下へ差遣内見為仕
候処、弥先例之通別条無之由罷帰案内

〃 今度渡海之訳官乗船破船之一件ニ付、御米市等之入方差扣有之候処、今日
より市入来候由、御元方役中罷出申聞ル

〃 万松院送使、并、漂民送之御使者江嶋興右衛門、大浦伊助御返簡別条無之
候付、弥今日請取之由、万松院正官人杉村五郎兵衛、漂民送之正官人江嶋
興右衛門罷出案内、尤両半事方よりも右之通案内

〃 右同断ニ付、宴席門明関組下横目御駕籠甚右衛門案内

〃 漂民送之御使者佐治勘介茶礼明十九日有之筈ニ候処、接慰官梁山之地頭病
気ニ付、相延候、来廿五日ニ仕筈ニ申極候由、勘介罷出案内、尤両半事方よ
り茂右之通案内

〃 裁判山川作左衛門訳官迎之御返翰、并、裁判交代之御返簡先比作左衛門帰
国之刻訳官迎之御返翰者文字悪鋪所有之ニ付、書改ニ指返、交代之御書翰
東莱より都江難差登由被申候付、作左衛門方より段々申達、尤拙子方より茂何
兎と申遣候而東莱方江差越候処、弥都江差登可申由ニ而彼方江相請取被置
候得共、是又作左衛門帰国之刻御返翰参合不申候ニ付、請取帰国不仕候、

567

依之右両御返翰之儀拙子方へ相受取、御国江差越筈ニ候故、右両御返簡如
何未出来参不申哉、早々出来入之候様ニと今日訓導卞知事方江申遣候処、
卞知事方より返答ニ申聞候者、訳官迎之御返簡之儀者追付致出来下り可申
候、裁判交代之御書翰之儀先比作左衛門持渡之刻、東莱より被申候通別紙ニ
交代之御書簡被差添ニ及不申事ニ候故、都江茂難致注進由ニ而差返被申候
得共、今度者(闕字)当殿様御代初而新裁判被差渡候由、依之裁判交代之御
書簡別紙ニ被差添候間、弥都江注進有之候様ニと又々東莱江被仰遣候付、
則東莱江請取置被申、都江指越可申由東莱も其節被申聞候、然処此程承候
得者、先比作左衛門同道之訳官韓同知へ右交代之御書簡被相渡、対州江持
越候而交代之御書翰被指添候ニハ及不申候間、御家老中江宜く申上御返上
仕候様ニと被申付、則韓同知持渡由ニ候得共、只今之通破船仕相果たる事ニ
候得者、何とも気毒千万ニ東莱ニも被存候、弥韓同知持渡候ニ其紛無之由
聞候付、此方より亦々申遣候者、段々被申分難落着候、弥韓同知為持渡儀ニ
候ハ其節此方へ成り共、又ハ作左衛門方へ成とも、其段可申聞儀ニ候得
共、如何様共此方江者不申聞候而、唯今ニ至り右之通申候儀難心得候、如
何作左衛門方へ其段申届候哉と申遣候処、訓導方より申聞候ハ、私儀者漸く
右之首尾此程致承知候、韓同知方より作左衛門へ申達候哉、其段ハ存不申由
申聞候付、又々此方より申遣候ハ、右此方より申遣候通急度東莱江申達、東
莱心入承申聞候様ニと申遣ス

一同十九日、晴天、南風
〵撰宮丸梶取市右衛門遠見案内付、札出之
〵御元方役服部安兵衛、阿比留半左衛門、小田七左衛門罷出申聞候ハ、御元
　方帳本役小柳仁左衛門、町人大束清右衛門儀就御用御国許より被召寄候ニ

付、去ル二日乗船仕、嶋へ乗浮居候得共、不順ニ付、今日迄滞留仕候、仁
左衛門御用之儀も申含、其上人蔘弐櫃早々指渡申度く幸村船参合居申事ニ御
座候間、飛船を以人蔘、并、右仁左衛門、清右衛門を明日ニ而も渡海仕候様
ニ、但明日大船出帆仕順在之候ハ、人蔘之儀者後便差渡可申候間、飛船
帰国被仰付ニ者及不申候、第一者仁左衛門儀早く差渡度奉存候由申聞候
付、則願之通飛船を以差渡候様、尤明朝此方より飛船荷改等相済候而、嶋へ
乗浮居候虎福丸ニ漕寄、仁左衛門、清右衛門乗せ移出帆仕候様ニと申渡ス
〃 此程致渡海候鰐浦村船一艘明日ニて茂順次第ニ帰帆被申付候様ニ、尤小柳
仁左衛門、大束清右衛門乗移帰国仕候由も則御代官方へ申遣ス
〃 嶋番為代山下与一兵衛、組下横目御草り取弥左衛門案内

一同廿日、晴天、大北風
〃 小早船添吉兵衛遠見案内付、札出之
〃 万松院送使出宴席下行今日請取之候由、僉官中罷出案内、尤両半事方よりも
下行入之候由案内

一同廿一日、晴天、大北風
〃 撰宮丸梶取市右衛門遠見案内付、札出之
〃 一特送使正官人三浦内蔵允罷出申聞候者、我々乗船之儀来ル廿五日ニ相極
申候、就夫我々方渡海粮、并、五日次米残未入来不申候、左様之催促取集
候為メニ荷押物役人跡へ残置申度よし申聞候付、其段ハ先例も可有之候間、
右之趣一代官吉野五郎七方へ被申談宜様ニ被致相談候様ニと申渡、則五郎
七へ申談候由ニ而亦々罷出申聞候者、五郎七申候者、廿五日前ニハ迎茂入
来申間敷候、其上米茂濡居申候得ハ、弥隙取申事ニ候間、弥役人残し置候

569

様ニ願候様ニと申聞候間、弥役人跡残被仰付被下候様ニと申聞候付、則願之通申渡ス

〵嶋番代として永留弾平、組下横目御簱与兵衛罷越候由案内

〵万松院送使出宴席下行今日入之候よし、歛官中罷出案内、尤両半事方よりも右之通案内

一同廿二日、晴天、大北風

〵小早船添吉兵衛遠見案内付、札出之

〵今日副特送使御返簡入之申筈ニ付、例之通為内見讃首座、并、通詞諸岡助左衛門坂下江差越、則内見仕候処、先例之通別条無之由、右両人罷帰申聞ル

〵副特送使御返簡今日入来無別条相受取候由、歛官中罷出案内、尤右之通両判事方より茂案内

〵同廿三日、晴天、西風昼より南風、雪雨天

〵撰宮丸梶取市右衛門遠見案内、札出之

〵嶋へ乗浮居候虎福丸今日出帆仕、四五里程乗出し候迄者相見候得共、其後者雪掛候而相見不申、御国地江乗取候共、又ハ途中ニ罷有候共、無心元候由、嶋番之御横目永留弾平罷帰申聞ル

〵御元方役中より申聞候者、小柳仁左衛門、大束清右衛門儀今朝右虎福丸より出帆仕候付、則虎福丸帰国仕候付、飛船之儀者被差留御心次第帰帆被仰付候様ニと申聞候付、則飛船之儀今暫く被差留候様ニと御代官方へ申遣ス

一同廿四日、雨天、南風未ノ刻より北東風

〵小早船添吉兵衛遠見案内付、札出之

〃 遠見之者辰ノ刻罷帰申聞候ハ、上ノ口より入船之大船壱艘飛船一艘参候由案
　　内、尤両半事方よりも右之通案内

〃 御手荷船照久丸、并、鰐浦村船一艘今辰ノ下刻着船仕、但第一船僉官中乗
　　船神護丸朝鮮人死骸弐、船澪積、宰領鰐浦御横目近藤喜右衛門乗り船三社
　　丸、右照久丸村船都合四艘、昨廿三日鰐浦出帆仕候処ニ途中より雨霧降、前
　　後少も難見分、其上南風強く館ヘ難乗取候、然処漸く右照久丸村船者牧之嶋
　　隈之所ニ乗取、唯今着船仕候由申聞ル、神護丸三社丸ハ何方江乗候共不
　　相知候由

〃 右照久丸ニ第二船国部利兵衛、三船加勢牧右衛門、并、書役之僧讃首座代
　　り陸蔵司被差渡、着船仕

〃 右村船ニ朝鮮人死骸弐積為宰領鰐浦御横目中村庄六、組下横目御厩比佐右
　　衛門着船

〃 右利兵衛、牧右衛門、庄六、陸蔵司為行規大小姓横目国部市兵衛、御徒横
　　目山下与一兵衛、大森橘右衛門罷出、例之通行規仕

〃 癸未条第二船御書翰一箱

〃 癸未条第三船御書翰一箱
　　右者訓別入館仕、写之候付、則利兵衛、牧右衛門召寄相渡ス

〃 遣礼曹送還鰐浦溺屍書一箱

〃 遣東莱釜山送還鰐浦溺屍書一箱
　　右御書翰弐箱死骸ニ相添被差渡相達、然ル処ニ先比死骸被差渡候時之御
　　書簡も写し不仕、直ニ御本書を東莱ニ持越候間、今度も弥御本書直ニ東莱
　　江持登度由訓別申聞候付、右之御書翰此方ヘ写仕置、則御本書弐箱共ニ
　　訓別江相渡、東莱江差越ス

〃 右死骸弐、例之通浜於御番所前宰領中村庄六、并、通詞諸岡助左衛門、山

　城弥左衛門訓別江立会、無別条引渡ス、尤例之通訓別ニ請取手形為仕置く
〃右死骸引渡候節組下横目警固申付ル
〃右死骸之儀両半事依願、村船積、先比之通坂下迄差越ス、上ハ乗朝鮮人弐
　人彼方より乗せ候、此方より者別而上乗之人不乗之
〃今日之便ニ朝鮮御支配平田直右衛門殿、樋口佐左衛門殿より御状を以被仰越
　候者、先比渡海之刻破船仕致溺死候韓同知朴僉正、并、従者之一類中江被
　成下候御米之儀館内江入来居候御米を以夫々ニ引渡候様、尤都表遠境之者
　訓別江相渡候而成共、何とぞ槢相届候様、将亦御昨節柄之事ニ候故、若御
　為〆などゝ奉存未収米之内を以手形前ニ而差引等有之候而者爰元之様子宜ヶ
　間鋪候間、此節之儀者格別之訳ニ候間、下々江能相達候様、今度之一件
　(闕字)上ニ茂御難儀千万ニ被思召上、責而者下々を茂恤可被遊与之御事候
　間、諸事右之御心ニ相叶候様ニ可仕旨被仰越候付、右被成下候御米之儀被
　相渡候節、入来居候御米之内を以夫々引渡被申候様ニと、則一代官吉野五郎
　七へ申渡ス
〃致溺死候朝鮮人之祭之儀来ル廿七日ニ可相調候間、備物等用意仕候様ニと
　備物等之賄役申付置候諸岡助左衛門、山城弥左衛門へ申渡ス
〃右助左衛門、弥左衛門申聞候者、祭之刻備物入候而備候諸道具御代官方より
　致才覚被相渡候様と、将亦備物等調用ニ当時御銀五百目是又被相渡候様ニ
　被仰付被下候様ニと申聞候付、則御銀五百目、并、備物入候而備候諸道具
　被致才覚、助左衛門、弥左衛門へ被相渡候様ニと一代官吉野五郎七へ申渡ス
〃糀請負札長右衛門与申者今朝病死仕候由、糀請負塩津伊右衛門罷出案内
〃今朝致着候飛船相改候処、別条無之由、御横目頭中原伝四郎方より案内、
　尤照久丸者雨天ニ付、今日ハ改不仕候由是又案内
〃両半事方より申聞候者、昨夜入船之日本船弐艘蔚山之西生浦へ着船仕候由

案内

〝崔僉知儀当三月初比代り之別差呉半事致下府候付、早速交代仕候而、正月
廿二日入館仕申聞候ハ、私儀役儀無恙交代仕候、依之助羅浦与申所へ私兄
罷在候付、年礼暇乞旁二罷越対面仕罷帰、早々都江罷登候、兄罷有候所へ
近々罷越候由申聞候付、私申聞候者、訓導卜知事別差呉半事両人共二無筆
一文不通二而、書簡写候節も別人を召連罷出候、其上日本詞決而不通仁共
之儀二候へハ、両国之取次を茂仕候訓別両人共二、少も日本辞も不通、殊二
一文不通之面々相勤居候而ハ双方之御用向極而不埒二可有之候間、貴殿儀
今暫く被差扣候、殊二卜知事儀毎度病気之由申候而、茶碗焼之一件も于今慥
埒明不申、右茶碗焼之一件相済候迄者助羅浦江被罷越候義も無用、尤都江
被罷登候儀者猶以指留候、此段貴殿計二申聞候而も難成可有之候間、右之
段々東莱二も此方より申達、兎角貴殿儀暫くハ滞留被致候様無之候而ハ難叶
由、色々申聞せ、尤右之訳東莱へ茂申達候而差留滞留仕らせ置候処、卜知
事儀病気二付、正月廿六七日比より引込候付、早速為仮訓導崔僉知被申付相
勤居候処、二月十一日二訳官乗り船破船仕候御左右致到来候、然処右之一
件二付、科を受、急々二都へ罷登候段千万不便二存候、殊に右二書載仕候通
先比当役首尾能交代仕、都へ罷登筈之仁二候得共、右之訳を以私達而差留
置候而、只今之不首尾二罷成候、其上此度之一件二付候而も至極苦労仕、
去年已来よりも取分御用之為メ二罷成候二付、御代官御元方役迚も私同前二存
候、依之御銀弐貫目内借為仕候、尤崔僉知江申聞候ハ、連々御用之為メ二も
罷成苦労仕候付、急難を救申為二我々了簡を以御銀弐貫目内借為仕候、此
銀之儀御内意申上候御方江申上候而、右之銀被下切被成共、又者内借与成
共、其程之儀ハ重而相極メ可申候、先此度之急難を救為可申、右之通内借
為仕候間、左様二相心得候様、銀子之儀者御代官吉野五郎七方より請取候様

573

申渡ス、尤五郎七方へも右之銀二貫目被相渡候様ニと申遣ス、尤朝鮮御支配
平田直右衛門殿、樋口佐左衛門殿江右之次第委細申遣ス、何とそ被下切
ニ被仰付被下候様ニと申越ス

〝卞知事崔僉知方より申聞候者、先比より被仰聞候茶碗土之儀東莱より随分都江
被申越候得共、右之御用不相叶候由申来候由申聞ル

一同廿五日、曇天、南風

〝撰宮丸梶取市右衛門遠見案内付、札出之

〝漂民送之御使者佐治勘介、封進平山近作茶礼今日有之

〝右同断ニ付、大庁為行規福田弥次左衛門、山下与一兵衛、組下横目御持筒
茂左衛門、御鉄砲喜右衛門罷出、例之通行規仕ル

〝右同断ニ付、伴人三人相附

〝右同断ニ付、供之馬乗五人布上下着罷出ル

〝右茶礼相済候由、佐治勘介、平山近作罷出案内、尤両半事方より茂右之通
案内

〝昨日着船之照久丸荷改今日無別条相済候由、御横目頭中原伝四郎方より案
内

〝書役之僧讃首座為代陸蔵司昨日着船仕候付、今日より陸蔵司相務、尤讃首
座儀者交代仕、鷹部屋へ移候由、右両人罷出案内

〝訓導卞知事、并、崔僉知別差呉半事今日書吏相附、坂下発足仕候由、仮訓
導より案内

〝一特送使僉官中乗り船琴崎丸亀吉丸今日脇米結仕候由、三代官方より案内

〝先比渡海之刻破船仕致溺死候訳官韓同知朴僉正、并、従者中之姓名之書付
今日訓導持参候付、則陸蔵司へ為写之置、尤右姓名之書付御国元より茂差越

候様ニ先比被仰下候付、御国許江茂便次第遣之筈也、姓名之書付委細記録
有之

〃右致溺死候朝鮮人之祭近日中ニ執行仕候付、備物等朝鮮国法ニ相備不申候
間、常ニ朝鮮国ニ而吊之節相備候物を書付差遣候様ニと、兼而訓別江申渡置
候処ニ、今日書付出之、委細記録ニ有之

一同廿六日、晴天、西風

〃小隼船添吉兵衛遠見案内付、札出之

〃去ル廿三日爰許出帆仕候虎福丸不順ニ而御国地ニも難乗取、館ニも欠戻しかた
き由ニ而、機張ヘ内武知浦ヘ着船仕候由、両半事方より案内ニ付、漕船数艘
相附し候而、早々此方ヘ漕廻候様ニと訓別方ヘ申遣ス

一同廿七日、晴天、西風

〃撰宮丸梶取市右衛門遠見案内付、札出之

〃今日於守門外致溺死候朝鮮人之祭執行仕筈ニ候得共、備物等難相調候付、
今日者差延、来ル晦日ニ執行可仕候間、其内備物等早々相調候様ニと諸岡
助左衛門、山城弥左衛門ヘ申渡ス

〃一特送使僉官中乗り船琴崎丸亀吉丸今日前改仕候処、別条無之由、御横目
頭中原伝四郎方より案内

一同廿八日、雨天、南風

〃今朝一代官吉野五郎七方より三代官高雄治五右衛門を以申聞候ハ、夜前夜半
過ニ御代官方御蔵江盗人入候而、人蔘壱斤入之袋一ツ盗取候、其夜之御元
方内蔵与御代官方内蔵之間ニ相勤候不寐番弐拾六挺立之小隼水夫伊兵衛、

575

御米漕船撰宮丸水夫市兵衛与申者両人相勤罷有候処、伊兵衛儀者瘧相煩未
病後与無之候付、番所臥居候処ニ、御蔵之方ニ物音仕候付、市兵衛立出
御蔵を見候処ニ、御蔵之戸前明居候而内江人音仕候付、如何様盗人入居候
与相心得、戸前を〆候而捕可申与存立寄候処、御蔵之内より盗人出掛ニ斧を
以市兵衛頭を打破り申候得共、何卒捕可申与市兵衛取付候へヽ、段々斧を打
掛候而、所々疵を負候ニ付、疵も痛、血も流、眼くらみ、捕留申体無之候故、
盗人入候而者番之者出合候様ニと呼申候処ニ、相番伊兵衛警キ出合同然ニ追
掛候得共、市兵衛疵を負、伊兵衛儀ハ病人ニ而追付候義難成、細物屋前辺
迄ハ少々見掛候得共、見失申候由、尤盗人入候段道々呼り、追掛候得共、
行方相知不申候由、右市兵衛罷出中間候由申聞ル

﹅右同断ニ付、盗人吟味可仕与存候得共、夜中之儀ニ而盗人ニ入候者誰とも少
し之見知も無之、右番人申聞候由ニ付、脇々を吟味仕儀難成候付、右市兵衛
疵療治仕候橋倉三右衛門召寄、弥斧疵ニ而候哉之由相尋候処、三右衛門申
聞候ハ、斧之疵ニ而ハ曾而無之候、庖丁なとを以切り候軽キ疵之由申候、然者
市兵衛申分と相違仕、其上盗人入候則限此方へ御代官方より申聞候通時刻前
ニ、御代官方請取之蔵御元方役請取之蔵之間ニ夜半時分ニ男弐人立留り、人
通之様子を相伺候体、橋倉三右衛門、并、金子九右衛門同道仕通合見届候
由承り候付、則右両人ニ其旨相尋候処、成程両蔵之間ニ男弐人立留り居候
付、其弐人之者を承立候処、其夜之番人市兵衛、伊兵衛番所を明け外へ立
出罷有候由、三右衛門、九右衛門申聞候、然者市兵衛右之申分虚言を申
候、其外様子承立候処、段々不審成仕形有之、殊ニ吉野五郎七罷出申聞候
者、伊兵衛弟権七与申者右市兵衛同船之水夫仕罷渡居候処ニ、御代官方之
走番相務居、御蔵之内様子も存知罷有疑敷由申聞候付、弥以胡盞ニ存候
間、今晩御横目中、并、吉野五郎七立会、右市兵衛、権七口を問イ被申候

様ニと御横目頭中原伝四郎、一代官吉野五郎七召寄申渡ス

〃 夜ニ入、御横目中、幷、吉野五郎七罷出申聞候者、今日被仰付候伊兵衛、
市兵衛、権七口を問イ候処、申分不慥候、然共先申聞候通口書為仕候由ニ
而、口書三通持参、口書ハ別紙扣ニ有之

〃 右口書申分ニ而者不慥候間、先三人共縄掛、別々ニ水夫小屋へ召置、船頭
梶取中江預置被申候様ニと則中原伝四郎江申渡ス

一同廿九日、雨天、南風

〃 撰宮丸梶取市右衛門遠見案内付、札出之

〃 今日東莱より訓別を以被申聞候ハ、明日致溺死候朝鮮人之祭御執行被成下候
由、段々被入御念祭等迄被仰付辱次第奉存候、然者祭之刻ハ御使者ハ不申
及、館守ニも弥祭之場所迄御出被下、其外在館之侍衆馬乗ニ至迄罷出候様ニ
被仰付被下候ハヽ、一入被為入御念段都江茂相聞江大悦可被奉存候、且又
祭之節祭文御書載御備被下候様ニと被申聞候付、委細被仰聞候趣得其意存
候由申遣ス

〃 右祭文之儀仮別差李半事ヶ様之文字相心得居候仁ニ而、則祭文之下書を
仕、通辞諸岡助左衛門方迄差出候付、讃首座、陸蔵司へ右之下書為致吟
味、則陸蔵司へ祭文為相認置く

〃 明晦日於守門外朝鮮人祭執行有之候間、僉官中御代官中御横目中御元方役
中其諸請負馬乗中布上下着罷出、拝礼被仕候様ニ被相触候様、御横目頭中
原伝四郎、一代官吉野五郎七方へ以手紙申遣ス

〃 祭之場所仏殿小屋掛等之儀、兼而御横目之内中原五左衛門下知人申付置候
付、弥明日祭執行仕候間、諸事小屋掛、其外在館之面々堪忍所等無滞拵候
様ニと則五左衛門へ召寄申渡ス

577

〝 右祭ニ付、供物相備候通イ人御代官方御元方ヘ罷有候子供布上下着、通イ仕
候様ニ被申付候様ニと、則五郎七方江申遣ス

〝 明日祭ニ付、守門外場所之近辺為行規、組下横目羽織袴ニ而警固被申付候
様ニ与御横目頭中原伝四郎江申渡ス

一同晦日、晴天、南風

〝 小隼船頭吉兵衛遠見案内付、札出之

〝 先比渡海之刻破船仕致溺死候訳官韓同知朴僉正、并、従者中之祭於爰許執
行仕候様ニ与、先比御国許より御指図ニ付、則今日於守門外執行仕ル

〝 右同断ニ付、仏殿絵図、其外小屋掛備物諸事之儀委細記録有之

〝 右同断ニ付、御使者幾度六右衛門喪服着、拙子ハ青襖袴烏帽子着、并、御
使者六右衛門相添被差渡候河内益右衛門青襖袴烏帽子着、其外者布上下着
罷出ル、但馬廻中ハ鑓為持罷出ル

〝 右同断ニ付、仮訓導鄭半事仮別差李半事、其外下合居候訳官、并、致溺死
候韓同知弟韓僉知、其外通事中罷出ル、但拝礼等相済候而、右之面々江煮
花ニ御酒御振舞被成ル、尤今度祭之賄役諸岡助左衛門、山城弥左衛門方より
賄之

〝 右之外一類とても壱人も不罷出候、尤先比入館仕、非法之働仕候由ニ而、従
者中之一類不残入館之儀堅く東萊より制し被申候由ニ而、今日壱人も不罷越候
由訓導別差申聞ル

〝 右相備候供物等之儀、祭相済、早速通事中ヘ成共給候様ニと、一色も不残訓
別方ヘ諸岡助左衛門、山城弥左衛門方より遣候様ニと申渡ス

〝 讃首座、陸蔵司罷出、祭相済迄仏殿北ノ方ニ立候而罷在ル

〝 供物相備候而後訓鄭半事立出、仏殿ニ向イ祭文読之、但祭文之儀前方ニ諸

岡助左衛門を以鄭半事江相渡置く

〃 拙子、幾度六右衛門、河内益右衛門、其外在館之御馬廻大小姓御歩行諸請
負馬乗中段々拝礼仕、但拙子、六右衛門儀ハ右祭文読居候内ニ拝礼仕、其
外者祭文相済而後罷出拝礼有之、馬廻大小姓者一人ツヽ、御歩行弐人
ツヽ、町人ハ四五人宛罷出拝礼仕

〃 右在館之面々町人迄拝礼相済而後、韓同知弟韓僉知訳官中小通事中、此通
ニ段々ニ並居、一統ニ拝礼仕相済

〃 右祭ニ付、入目等賄仕候諸岡助左衛門、山城弥左衛門方より御代官方へ算用
相立候様ニと右両人ニ申渡、備物煮焼等迄助左衛門、弥左衛門方より仕、尤
入目委細記録ニ有之

〃 右備物之通イ御代官方御元方役方へ罷有候子供、布上下着罷出相勤

〃 右祭相済候而、早速両半事訳官中入館仕、今日ハ被為入御念祭御執行被仰
付、我々ニ至忝奉存候由申聞ル

〃 午ノ刻両半事方より申聞候者、此程武知浦西生浦へ乗候船三艘共ニ今日漕廻
候由案内、尤遠見之者も罷出、右之通案内

〃 御横目頭中原伝四郎罷出申聞候ハ、去ル廿三日爰許出帆仕候虎福丸武知浦
へ乗候而、今日漕廻候由、両半事方より申聞候、然者直ニ船滄ニ漕込せ、荷
改致し直し可申哉、又ハ直ニ嶋へ掛浮させ置候而、明日ニても追改可仕哉之由
申聞候付、段々ニ特送使出船も近々有之、殊入船も在之候ヘヽ、御横目方差
支可申候、然者明日ニても順在之候而も出船不罷成候故、数日逗留之儀ニ候
得者、乗居候面々茂別而難儀ニ可有之候間、直ニ嶋へ掛浮させ候而、幸鰐
浦御横目中村庄六此程死骸宰領ニ罷渡居候間、庄六、并、鰐浦組下横目御
屈比佐右衛門乗渡申付、今晩早速乗せ候様ニ仕候而ハ如何可有之候哉、尤
上乗仕候得共、右之訳を以追改も不仕、庄六乗渡仕候段鰐浦御関所江茂被

中越可然由申候ハハ、伝四郎申聞候ハ、如仰御尤存候、弥其通可仕候間、

庄六、組下横目今晩乗候様ニ被仰付被下候様ニと申聞ル

〃此程死骸為宰領罷渡候鰐浦御横目中村庄六、組下横目御厩比佐右衛門、今

日漕廻候虎福丸ニ今晩乗り候而帰国仕候様ニ、尤右之訳委細ニ申聞せ乗渡仕

候様ニと申渡ス

〃去ル廿三日爰元出帆仕候虎福丸途中ニ而及逆風、此方ヘ茂欠戻し申儀難

成、漸く機張ヘ之内武知浦江乗取候由ニ而、今日漕廻し直ニ嶋ヘ乗浮

〃鰐浦御横目中村庄六、并、御厩比佐右衛門儀虎福丸島ヘ漕廻し候付、則庄

六儀浜於御番所身分之行規仕、直ニ乗船仕ル

〃第一船僉官中乗船神護丸朝鮮人死骸弐、并、船滓廿六枚積、宰領鰐浦御横

目近藤喜右衛門、下目付甚兵衛乗船三社丸、去ル廿三日致渡海候処、途中

ニ而南風強く館着難仕、蔚山西生浦ヘ着船之由にて今日廻着仕

〃第一船正官人原宅右衛門、都船主国部小四郎、封進中村伊左衛門、并、鰐

浦御横目近藤喜右衛門為行規大小姓横目高木団助、御徒横目山崎清右衛

門、中原五左衛門罷出、例之通行規仕

〃第一船御書翰一箱

右ハ訓別入館仕、写之候付、則右之御書翰宅右衛門ヘ相渡ス

〃遣礼曹送還鰐浦溺死書一箱

〃遣東莱釜山送還鰐浦溺屍書一箱

右之御書簡弐箱死骸ニ相添被差渡相達候、然処先比死骸被差渡候時之御

書翰も写不仕、直ニ御本書を東莱ヘ持越候間、今度も弥御本書直ニ東莱江

持登度由訓別申聞候付、右之御書翰此方江ハ写し置、則御本書弐箱共

ニ訓別江相渡、東莱江差越ス

〃右死骸弐、并、船滓廿六枚、例之通浜於御番所前宰領近藤喜右衛門、并、

通詞諸岡助左衛門、山城弥左衛門、訓別■(虫損)立会引渡ス

〃 右死骸之儀訓別依願参合居候村船ニ積候而、先比之通坂下迄差越ス、上乗
　朝鮮人弐人彼方より乗せ候、此方よりハ上乗之人不相附候

〃 一二三特送使御返簡今日訓別召寄上封為仕置く

〃 訓別江申渡候者、第一船僉官中今日着船候間、茶礼之儀近々有之候様東莱
　江可被申達候、僉官中之儀ハ入船取込居候付、此段申渡候由申渡ス

〃 御代官御元方役中罷出申聞候ハ、我々方より御急用之御物差渡度候間、此程
　致渡海候村船弐艘共ニ明日ニても順次第ニ帰帆被仰付被下候様ニ与申聞候
　付、弥其通被申付候様ニと、則御代官吉野五郎七へ申渡ス

〃 御元方役中申聞候ハ、御元方帳元役小柳仁左衛門、町人大束清右衛門儀御
　用之由ニ而帰国被仰付、去ル二日乗船仕、同廿三日致出帆候得共、逆風ニ
　逢、武知浦江乗候而、今日漕廻し、嶋江乗浮居候、然者先比も申上候通仁
　左衛門江御用之儀共申含置候間、仁左衛門、清右衛門両人者何卒明日之飛
　船ニ御乗せ被成候而、帰国被仰付被下候様ニと申聞候付、弥其通ニ被仕候様
　ニと申渡ス、依之嶋江乗浮居候虎福丸江乗居候小柳仁左衛門、大束清右衛
　門儀明日飛船を以差渡候間、今晩船揚被申付候様ニと御横目頭中原伝四郎方
　へ以手紙申遣ス

〃 右同断ニ付、小柳仁左衛門、大束清右衛門船揚仕候付、御元方役中依願明
　日飛船を以差渡候段申渡ス、尤御国許朝鮮御支配平田直右衛門殿、樋口
　佐左衛門殿方へ右之段書付を以申遣ス

〃 御横目夜廻村江弥三右衛門、組下横目御駕籠甚右衛門案内

〃 浜番組下横目御道具藤兵衛案内

〃 服部安兵衛夜廻案内　　　　　　　　　　　　(全　終わり)

581

담론과 표현의 일본학

제2장

小倉文庫本「聖教」해제와 탈초

┃정영아

1. 해제

「聖教」는 1932년에 나카무라 쇼지로(中村庄次郎, 1855~1932)가 오구라 신페이(小倉進平, 1882~1944)에게 기증한 27권[1]의 책 중 한 권으로 동경대학교 오구라문고(小倉文庫)에 소장되어 있다. 이들 기증본에 관한 연구는 현재 후쿠이(2002, 2006, 2007)[2]와 정승혜

---

1 註解千字文, 古來交隣事考, 北京路程記, 明月順字訣, 朝鮮策略, 朝鮮沿革論, 朝鮮服制法, 建國沿革, 朝鮮官品並李姓ヨリノ歷史記, 古今奇觀, 酉年工夫, 日鮮日常會話, 朝鮮語彙, 醫學語彙, 諺文, 隣語大方, 復文錄, 居昌別曲, 天主十戒, 聖教, 代疑論, 韓語, 林慶業傳, 倭語類解 上, 啓蒙篇諺解, 別淑香傳, 崔忠傳 등 총 27권.
2 福井玲(2002)「小倉文庫目録其一新登録本」『朝鮮文化研究』第9号, 東京大学大学院人文社会系研究科・文学部 朝鮮文化研究室紀要, pp.124-182. (2006)「나카무라 쇼지로가 남긴 한국어 학습서에 대하여」『이병근선생퇴임기념 국어학론총』, 태

(2008)[3] 등에 의해 이루어지고 있다.

후쿠이(2006)에서는 이들 27권의 책을 총 4가지 항목으로 나누고 있는데 첫 번째 항목은 역사, 지리, 사회 관련이고 두 번째는 천주교 관련 항목, 세 번째는 교과서, 문법, 문자, 작문, 기타로 이루어진 어학 관련 항목이며 마지막 네 번째 항목은 소설, 설화집, 가사 등 문학 관련이다(후쿠이:1599-1609)[4]. 「聖教」는 천주교 관련 항목에 포함이 되고 메이지11(1878)년에 필사된 자료인데 이 시기로 미루어보아 나카무라 쇼지로가 부산에서 지냈을 당시에 필사했을 가능성이 높다고 볼 수 있다.

「聖教」의 내용은 성호경을 시작으로 하여 마지막 부분의 영광경까지 총 14개 항목의 기도문으로 이루어져 있다. 이들 기도문은 십이단 등 천주교의 주요 기도문들로 이루어져 있어 천주교 주요 기도문 모음집의 형태[5]를 띄고 있다고 할 수 있다.

「聖教」의 서지적 사항은 후쿠이(2002)에 의하면 다음과 같다.

中村庄次郎 / 明治11년(1878)写本 / 1冊(11丁). / 16.2x12.2cm. / 仮綴. / [中村翁遺書].

학사, pp.1595-1610. (2007) 「小倉文庫目録其二旧登録本」『朝鮮文化研究』第10号, 東京大学大学院人文社会系研究科·文学部 朝鮮文化研究室紀要, pp.105-130.

3　정승혜(2008) 「小倉文庫所藏 나카무라쇼지로 資料의 國語學的 考察」『일본문화연구』제26집, 동아시아일본학회, pp.101-130.

4　졸고(2010) 「小倉文庫本「天主十戒」필사의 배경-「성찰긔략」을 중심으로-」, p.362.

5　졸고(2014) 「東大小倉文庫本「聖教」에 대하여-조선후기 한국 천주교 십이단 기도서를 중심으로-」, p.278.

2. 「聖敎」 탈초

2.1. 범례

一, 원본 쪽수는 해당쪽 맨 끝에 'ㄴ(1a)'와 같이 표시했음.

一, 띄어쓰기를 하여 마침표를 찍었음.

표지

聖敎

속지

阿孟	允許之譯
	敬尊之意
天主吾輩	愛々之荅

본문

聖號經

성부와 셩ᄌ와 성신의 일홈을 인ᄒ
야ᄒᄂ이다 아멘

三鐘經 히모을 써와 오시와
　　　　히 진 후에 ᄒ라

　　一鐘

쥬의 텬신이 마리아쎠 보ᄒ매 이에 셩

신을 인ᄒ야 잉ᄐㅣ하시도다 ^{셩모경}
　　　　　　　　　　　　　　　　　　_{흔 번}

　　二鐘 」(1a)

쥬의 종이 여긔 ᄃㅣ령ᄒ오니 네 말삼

ᄀ치 내게 일우여지이다 ^{셩모경}
　　　　　　　　　　　　　_{흔 번}

　　三鐘

이에 텬쥬 셩ᄌ-강싱ᄒ야 사름이 되

샤 우리 ᄉ이에 거쳐ᄒ셧도다 ^{셩모경}
　　　　　　　　　　　　　　　　_{흔 번}

빌지어다 오 쥬여 네 셩총을 우리 령

혼에 ᄐㅣ와주샤 우리로ᄒ여곰 임의

텬신의 보홈으로 네 아돌 그리스도의 」(1b)

강잉ᄒ심을 알앗시니 그 고난과 십ᄌ가

를 인ᄒ야 부활ᄒᄂ 영복에 니르게

ᄒ시ᄃㅣ 우리 쥬 그리스도를 위ᄒ야 ᄒ소셔

아멘

　　天主經

하ᄂᆯ에 계신 우리 아비신 쟈여 네 일홈의

거룩ᄒ심이 나타나며 네 나라히 림ᄒ시

며 네 거룩ᄒ신 ^意뜻이 ^天하ᄂᆯ에셔 일움갓

치 따희셔 ^又ᄯᅩᄒᆫ ^成일우여지이다 ^{今日}오ᄂᆞᆯ날」(2a)

우리게 일용홀 ^{日用}냥식을 ^{糧食}주시고 우리 죄

를 면ᄒ야 주심을 ^{罪免}우리가 우리게 득

죄ᄒᆫ 쟈를 면ᄒ야 줌 갓치ᄒ시고 우리

를 유감에 ᄲᅡ지ᄉ말게 ᄒ시고 ᄯᅩᄒᆫ 우

리를 흉악에 ^{凶惡}구ᄒ소셔 ^求아멘

　聖母經

셩튱을 ^{聖聰}가득히 닙으신 ^彼마리아여 ^{瑪利亞}네게 ^爾하

례ᄒᄂ이다 ^賀쥬-너와 ^主ᄒᆫ ^同가지로 계시니」(2b)

녀인 ^{女人中}즁에 네 ^爾튱복을 ^{聽福}밧으시며 네 ^{腹中}복즁에

나신 예수-ᄯᅩᄒᆫ 튱복을 밧아계시도소

이다 텬쥬의 셩모 마리아ᄂᆫ ^今이졔와 우리

죽을 ᄡᅵ에 우리 ^{罪人}죄인을 위ᄒ야 비ᄅᆞ소

셔 아멘

　宗徒信經

나-텬지를 조셩ᄒ신 젼능 텬쥬셩부를

빗으며 그 외아달 우리 쥬 예수그리스도」(3a)

를 밋으며 뎌-셩신을 인ᄒ야 강잉ᄒ사

마리아 동션ᄭᅴ 나심을 밋으며 본시오 _비

라도-벼살에 잇슬 ᄡᅵ에 난을 밧으샤 십

ᄌᆞ가에 못 박혀 쥬으시고 뭇치심을 밋
으며 디옥에 ^{림보}_{라말}ᄂᆞ리샤 사흔날에 죽은
쟈 가온대로 조차 다시 살으심을 밋으며
하늘에 올ᄅᆞ샤 젼능ᄒᆞ신 텬쥬 셩부의
우편에 좌뎡ᄒᆞ심을 밋으며 뎌리로 조」(3b)
차 산 이와 죽은 이를 심판ᄒᆞ려 오실 줄
을 밋ᄂᆞ이다 나-셩신을 밋으며 거룩
ᄒᆞ고 공변된 회와 모든 셩인의 셔로 통
공홈을 밋으며 죄의 샤홈을 밋으며 육
신이 다시 살믈 밋으며 영원이 살믈
밋ᄂᆞ이다 아멘

告罪經

오쥬-젼능ᄒᆞ신 텬쥬와 평싱 동졍이」(4a)
신 셩마리아와 셩밋가엘 디텬신과 셩
요안세쟈와 종도셩버므루 셩바오루
와 모든 셩인셩여끠 고ᄒᆞᄂᆞ이다-과연
싱각과 말과 힝홈에 죄를 심이 만히
엇ᄊᆞᄂᆞ이다 내 톳시오 ^{가슴을}_{치라} 내 탓시오
_{가슴}_{텨라} 내 큰 톳시로소이다 ^{가슴을}_{치라} 이러므로
평싱 동졍이신 셩마리아와 모든 텬신
과 셩인셩녀끠 나를 위ᄒᆞ야 오쥬 텬」(4b)
쥬끠 젼구ᄒᆞ심을 비옵ᄂᆞ이다

消悔罪經

텬쥬 예수 그리스도여 나중 죄인이 우리

텬쥬씌 죄를 엇은지라 이제 네 지션ᄒ심

을 위ᄒ고 ᄯᅩ 너를 만유 우회ᄉ롱홈

을 인ᄒ여 일심으로 내 죄과를 통회

ᄒ고 ᄆᆞ음을 졍ᄒ야 다시 감히 네게 죄

를 엇지 아니려 ᄒ오니 바라건듸 텬쥬」(5a)

ᄂᆞ 내 죄를 샤ᄒ쇼셔 아멘

天主十戒

一은 ᄒ나히신 텬쥬를 만유 우히공경

　　ᄒ야 놉히고

二ᄂᆞ 텬쥬의 거룩ᄒ신 일홈을 블너 헛

　　밍셰를 발치 말고

三은 쥬일을 직희고

四ᄂᆞ 부母를 효도ᄒ야 공경ᄒ고」(5b)

五ᄂᆞ 사름을 죽이지 말고

六은 샤음을 힝치 말고

七은 도적질 말고

八은 망녕된 증참을 말고

九ᄂᆞ 눔의 안히를 원치 말고

十은 눔의 직믈을 탐치 말나

589

聖教四規

一은 므릇 쥬일과 모든 쳠예에 미사를 참」(6a)

　예ᄒ고

二ᄂᆞᆫ 셩회의 령ᄒᆞᆫ 디ᄌᆡ와 소지를 직희고

三은 고히ᄒᆞ기를 지극히 젹계ᄒᆞ여도 미년

　에 ᄒᆞᆫ 번은 ᄒᆞ고

四ᄂᆞᆫ 령셩톄ᄒᆞ기를 지극히 젹계ᄒᆞ여도

　미년의 ᄒᆞᆫ 번은 ᄒᆞ라

信德誦

우리 텬쥬여 나 이졔 거륵ᄒ고 공번된 회의」(6b)

밋고 젼ᄒᆞᆫ 바 모든 도리를 확실이 밋ᄂᆞ니

이ᄂᆞᆫ 다 진실ᄒᆞᆫ 텬쥬의 ᄇᆞ리이 뵈신 배니

가히 의심홀 ᄯᅳᆺ치호발도 업슴이라 또 텬

쥬셩에 부와 ᄌᆞ와 셩신 삼위 계심을 밋고

삼위 ᄒᆞᆫ 가지로 ᄒᆞᆫ 셩이시오 ᄒᆞᆫ 톄시오

ᄒᆞᆫ 톄 쥬심을 밋고 뎨이위 텬쥬 셩ᄌᆞ-

셩신의 긔묘ᄒᆞᆫ 공을 인ᄒᆞ야 동졍녀 마

리아ᄭᅴ 강잉ᄒᆞ샤 사름이 되심을 밋고」(7a)

뎌-우리를 구쇽ᄒᆞ기를 위ᄒᆞ야 난을

밧ᄋᆞ샤 십ᄌᆞ가 상에 못 박혀 죽으심을

밋고 그 죽으신 후 사흔 날에 부활ᄒᆞ시믈

밋고 그 승텬ᄒᆞ심을 밋고 뎨셰샹 못 츨 ᄯᅥ

에 하늘노조차보셔 만민을 심판ᄒᆞ랴

으샤 션쟈ᄂ 샹주샤 텬당에 올녀 긴

복을 누리게 ᄒ시고 악쟈ᄂ 별ᄒ샤 디

옥에 나리워 긴 형별을 밧개 ᄒ실 줄」(7b)

을 밋ᄂ이다 나-ᄒᆞᆼ상 이 도리를 밋어 빈

궁 고난과 살고 죽음에 조곰도 감히 빅반

치 아니려 ᄒ오니 쥬의 구ᄒ건뒤 내 신

덕을 더으소셔

　望德誦

우리 텬쥬여 나-이졔 인ᄌᄒ신 쥬의 긋이

바라ᄂ니 너ᄂ 무흔이 지비ᄒ시고 온젼

이 능ᄒ시고 지극히 셩실ᄒ심을 위」(8a)

흠이라 오 쥬 예수의 나를 구ᄒ신 공노

를 의지ᄒ야 내 죄를 온젼이 샤ᄒ시기를

ᄇ라고 나를 도으샤 셰샹에서 ᄒᆞᆼ상 은총

을 밧게ᄒ시고 ᄉ후에ᄂ 너-션을 ᄒᆡᆼ

ᄒ 쟈의계 혀락ᄒ여 계심과 ᄀᆞ치 텬당에

올ᄅ개 ᄒ심을 바라ᄂ이다 나-이졔 ᄯᆞᆺ

을 셰워 네 혀락ᄒ신 바를 엇기를 위

ᄒ야 네 도으심으로 션을 ᄒᆡᆼ하기를 원ᄒ」(8b)

오니 구ᄒ건뒤 죽ᄂ 내 망덕을 더으쇼셔

　愛德誦

우리 텬쥬여 내 이졔 젼심으로 쥬를 만유 우

591

희ᄉ랑ᄒᄂ니 쥬ᄂ 본ᄃᆡ 무흔이 아름다오

시고 무량히 인이ᄒ시고 만셔만덕이 가

ᄌ시고 모든 복의 근원이 되샤 지극히 공경

ᄒ고 ᄉ랑ᄒ오신 쥬심을 인홈이오 ᄯᅩ

너를 위ᄒ야 사름을 ᄉ랑ᄒ기를 ᄌ긔 ᄀᆺ」(9a)

치ᄒᄂ니다 쥬ᄭᅴ 구ᄒᄂ니 내 ᄋᆡ덕을

더으쇼셔

　　奉獻經

텬쥬여 너-너를 위ᄒ야 나를 내셧시니 내

나를 가져 너를 ᄇ드러 셤기기를 원ᄒᄂ지라 그러

므로 이제 내 령혼과 육신 슝명과 내 능력

을 도모지 너게 밧드러 드리ᄂ니 내 명으

를 드림을 너를 알기를 위홈이오 내 긔」(9b)

함을 드림은 흥샹 너를 긔억ᄒ기를 위홈

이오 내 ᄋᆡ욕을 드림은 너를 ᄉ랑ᄒ고 감ᄉ

ᄒ기를 위홈이오 내 눈을 드림은 네 긔묘

흔 공부 보기를 위홈이오 내 긔를 드림은

네 도리 드림을 위홈이오 내 혜를 드림은 네

거륵흔 일홈을 찬송홈을 위홈이오 내

소ᄅᆡ를 드림은 네 아름다옴을 노ᄅᆡᄒ기

를 위홈이오 내 손을 드림은 갓가지 션」(10a)

공ᄒ기를 위홈이오 내 발을 드림은 텬

당 좁은 길노 닷기를 위홈이니 므릇 내

마음의 싱각과 내 입에 발과 내 몸의 흥위
와 나의 만내는 고로 몸과 밧는 바 경천이
넉이며 능욕흠과 내 싱명에 잇는 바 년
월일시와 내 싱수화복을 도모지 네게
밧드러 드려 일졀 네 영광에 도라가기를
근졀이 바라며 텬쥬 셩의를 합흐고 텬」(10b)
쥬의 명을 슌히흐고 도모지 나와 모든 사름
의 령혼 구흠에 유익흐기를 지극희 원
흐ᄂ니다 우리 텬쥬여 죄인이 죄가 크
고 악이 즁흐야 드리는 바 당치 못흐오나
네 블샹이 넉이심을 바ᄅ고 네 인ᄌ흐심
을 의지흐야 비ᄂ니 내 드리는 거슬 밧아
드리쇼셔 아멘

　英光經」(11a)
영광이 부와 ᄌ와 셩신ᄭ 쳐음과 ᄀ
치 쏘흔 이졔와 흥상 무궁셰에 잇셔지
이다 아멘」(11b)

　中村庄次郎翁より寄贈
　昭和七年八月　　進平」(12a)

593

뒷표지 속지

明十一年

百写　　栢景蔵

| 참고문헌 |

[필사본]
中村庄次郎(1878)「聖教」

[논문]
福井玲(2002)「小倉文庫目録其一新登録本」『朝鮮文化研究』第9号, 東京大学大学院人文
　　社会系研究科・文学部 朝鮮文化研究室紀要, pp.124-182.
_____(2006)「나카무라 쇼지로가 남긴 한국어 학습서에 대하여」『이병근선생퇴임
　　기념 국어학론총』, 태학사, pp.1595-1610.
_____(2007)「小倉文庫目録其二旧登録本」『朝鮮文化研究』第10号, 東京大学大学院人
　　文社会系研究科・文学部 朝鮮文化研究室紀要, pp.105-130.
정승혜(2008)「小倉文庫所蔵 나카무라쇼지로 資料의 国語学的 考察」『일본문화 연구』
　　제26집, 동아시아일본학회, pp.101-130.
정영아(2010)「小倉文庫本「天主十戒」필사의 배경-「셩찰긔략」을 중심으로-」『일어일
　　문학연구』75집 제2권 pp.361-378.
_____(2014)「東大小倉文庫本「聖教」에 대하여-조선후기 한국 천주교 십이단 기도
　　서를 중심으로-」『일어일문학연구』제91집 2권 pp.275-292.

저자약력

이창수 李昌秀

경희대학교 일어일문학과를 졸업하고 동 대학원에서 일본상대문학을 전공하여 박사학위를 받았다. 주요 논저로 『동해의 재인식과 환동해학의 모색』(공저), 『일본학 연구의 지평과 재조명』(공저), 「일본신화의 변용과 체계화 : 국토창생신화를 중심으로」, 「일본상대문헌 속의 게이타이천황과 고대 환동해 교류에 관한 고찰」외 다수가 있다. 현재 경희대학교 일본어학과 교수이며, 국제지역연구원 HK연구사업 공동연구원이다.

노희진 盧熙眞

일본 도시샤대학 국문과를 졸업하고, 경희대학교 대학원에서 일본 고전문학을 전공하여 석·박사학위를 받았다. 박사 논문 테마인 여우와 관련된 일본 아동문학에 관심을 갖고 있으며, 저서로는 『일본문학의 이해』(공저)와 『일본어 고전문법의 이해』가 있다. 현재 경희대학교 및 서울신학대학교에서 강의와 한일청소년문화교류를 담당하고 있다.

한정미 韓正美

경희대학교 일어일문학과를 졸업하고, 한국외국어대학교 대학원과 도쿄대학 대학원에서 석사학위, 일본고전문학으로 박사학위를 받았다. 주요 연구 테마는 일본고전문학에 나타난 신(神)들의 변모상이며, 대표 논저로는 「変貌する厳島神―古代・中世文芸を中心に―」, 「『春日権現験記絵』に現れている春日神の様相―巻十六から巻二十までの詞書を中心に―」, 『源氏物語における神祇信仰』 등이 있다. 현재 조치(上智)대학 그리프케어연구소 객원교수로 재직 중이다.

이재훈 李在焄

경희대학교 일본어학과를 졸업하고, 동 대학원에서 일본근세문학을 전공하여 석·박사학위를 받았다. 조선 측 기록 및 쓰시마번 종가문서에 관심을 갖고 있으며, 1719년 기해통신사 관련 연구를 진행하고 있다. 주요 논문으로는 「호소이 하지메 초역본 『海游錄』」, 「기해사행의 당상역관」 등이 있다. 현재 경희대학교 일본어학과 시간강사로 재직 중이다.

다사카 마사노리 田阪 正則

일본 아오야마가쿠인 대학교 영어영문학과를 졸업하고 경희대학교에서 일본고전문학을 전공하여 석사학위를, 고려대학교에서 한일비교문학을 전공하여 박사학위를 받았다. 최근에는 쓰시마 종가문서 및 관련 고문서 읽기와 한일문화교류에 관심을 두고 연구를 진행하고 있다. 주요 저서로는 『일본고전문학선(상대/중고)』(공저) 등이 있다. 현재 선문대학교 국어국문학과 부교수로 재직 중이다.

손지연 孫知延

경희대학교 일어일문학과를 졸업하고, 동 대학원과 가나자와대학 대학원에서 석사학위를, 나고야대학 대학원에서 박사학위를 받았다. 전공은 일본근현대문학이며, 최근에는 동아시아 젠더스터디와 오키나와 문학에 관심을 두고 연구를 진행하고 있다. 주요 저역서로는 『오키나와 문학의 힘』(공저), 『동아시아 근대 한국인론의 지형』(공저), 『전쟁이 만들어낸 여성상』(역서) 등이 있다. 현재 경희대학교 일본어학과 부교수로 재직 중이다.

고영란 高榮蘭

전남대학교 일어일문학과를 졸업하고, 경희대학교 대학원과 니혼대학 대학원에서 석·박사학위를 받았다. 최근에는 미일안보, 베트남전쟁, 한일국교정상화와 문학－문화정치에 대한 연구를 진행 중이다. 주요 저서에 『전후라는 이데올로기』가 있고, 공저에 『검열의 제국』, 『1905년 러시아혁명과 동아시아 3국의 반응』, 『두 번째 '전후'』 등이 있다. 현재 니혼대학 국문학과 교수로 재직 중이다.

박신영 朴信映

경희대학교와 동 대학원에서 일본고전문학을 전공하여 석·박사학위를 받았다. 일본 상대 문헌에 나타난 신화 및 전승 연구, 신화와 일본 문화의 관련성에 대한 연구를 진행 중이다. 주요 논문으로 『『古事記』 및 『日本書紀』에 나타난 바다와 미소기(禊)』 등이 있다. 현재 경희대학교 일본어학과 시간강사로 재직 중이다.

이지연 李智蓮

경희대학교 대학원에서 석사학위를 받고 동 대학원 박사과정을 수료하였다. 일본 고전문학이나 신화, 영화 등을 문화코드로 읽어내는 작업에 관심을 두고 있다. 주요 논문으로『영화에 나타난 일본신화와 시대성』, 『<나루토>와 일본신화라는 문화코드』 등이 있다. 현재 경희대학교 일본 어학과 시간강사로 재직 중이다.

마쓰모토 신스케 松本 真輔

일본 와세다대학 제1문학부를 졸업하고. 동 대학원에서 박사학위를 받았 다. 쇼토쿠 태자 관련 연구를 진행 중이며, 주요 논문으로「通度寺の仏書 刊行と聖宝博物館(日韓の書誌学と古典籍)」,「韓国の予言書『鄭鑑録』と東アジア を駆けめぐった鄭経の朝鮮半島侵攻説」 등이 있다. 현재 나가사키 외국어대 학 국제커뮤니케이션학과 준교수로 재직 중이다.

한경자 韓京子

덕성여자대학교 화학과를 졸업하고, 한국외국어대학교에서 석사학위, 도쿄대 대학원에서 석사, 박사학위를 받았다. 관심 분야는 일본근세희곡 및 문화이다. 주요 논문으로는「근대 가부키의 개량과 해외 공연」,「식민 지조선에 있어서의 분라쿠공연」,「佐川藤太の浄瑠璃 : 改作·増補という方法」 등이 있다. 현재 경희대학교 일본어학과 부교수로 재직 중이다.

토가사키 유이치 東ヶ崎 祐一

도호쿠대학을 졸업하고, 동 대학원에서 석사학위와 박사과정을 수료하 였다. 전공은 일본어학, 언어학, 중국어학이고, 현재는 일본어 표기에 관 한 연구를 진행하고 있다. 주요 논문으로「『説文解字繋伝』にみられる反切 下字混用―梗摂入声と曽摂入声、および外転一等韻と二等韻の間の―」,「『隣語 大方』朝鮮刊本頭註の片仮名表記について」 등이 있다. 현재 경희대학교 일본 어학과 조교수로 재직 중이다.

박정자 朴貞子

국제대학교(현, 서경대학교) 일어일문학과를 나와, 관동대학교 교육대학 원에서 석사학위를, 경희대학교 일어일문학과에서 박사학위를 받았다. 근세 일본측 문헌 속에 드러난 조선관과 조선어를 중심으로 연구를 진행 하고 있고, 주요 논문으로는「『朝鮮物語』에서 표류 일본인들에게 비쳐진 조선사정」,「『朝鮮物語』에 대한 고찰―권1을 중심으로」 등이 있다. 현재 한중대학교 국제관광문화학과 겸임교수로 재직 중이다.

송경주 宋敬珠

경희대학교를 졸업하고, 동 대학원에서 석사학위와 박사과정을 수료하였다. 일본 고전문학을 전공하였고, 최근에는 첩해신어의 어휘에 관심을 두고 박사논문을 준비중이다. 주요 논문으로 「『첩해신어』원간본에 있어서 '는'와 'が' ‒ '는'와 'が'의 한국어대역을 중심으로‒」 등이 있고, 저서에는 JPT1000제 독해편과 New Success 문법 일본어 1과 2등이 있다. 현재 경희대학교와 서일대학에서 강의를 맡고 있다.

김은숙 金恩淑

경희대학교 대학원에서 『조선후기 문헌에 나타난 일본어』로 박사학위를 받았다. 전공은 일본어학이며, 주요 논저로는 『기초일본어강좌』, 『아라카이 건강캠프촌』(역서), 「『扶桑錄』과 『癸未隨槎錄』의 일본지명표기」, 「일본지명의 표기에 대하여 ‒『海行摠載』 수록 4개 기록의 경우」 등이 있다. 현재 경희대학교 일본어학과 시간강사로 재직 중이다.

양정순 梁廷旬

경희대학교 일어일문학과를 졸업하고, 동 대학원에서 일본어학을 전공하여 석·박사학위를 받았다. 최근에는 한일영 번역양상을 통한 대조연구와 일본어 교육에 관심을 두고 연구를 진행하고 있다. 주요 논저로 「소설 속의 "もらう類"동사의 번역양상 ‒夏目漱石의『こころ』를 중심으로」, 『JPT 한권에 끝내기 450, 600, 800』(공저), 『JPT청해 1000제』 등이 있다. 현재 경희대학교 일본어학과 시간강사로 재직 중이다.

사토 요코 佐藤 揚子

일본 쇼와여자대학교 대학원에서 일본어교육으로 석사학위를 받았고, 경희대학교 일어일문과에서 박사학위를 받았다. 일본어 교수법에 관심을 갖고 있으며, 일본어 교과서 및 일본어 자격증 문제집 등을 다수 집필하였다. 주요 논문으로 「オンラインでのピアレスポンス活動の実態─中級日本語学習者のケーススタディ─」 등이 있다. 현재 한양여자대학교 호텔관광과 강의전담교수로 재직 중이다.

니시노 에리코 西野 恵利子

경희대학교 일본어학과 및 한국어학과를 졸업하였다. 동 대학원에서 석사학위 및 박사과정을 수료하였다. 전공은 일본어학이며, 오키나와 문학

속에 나타난 역할어를 연구하고 있다. 최근 학회 등에서 「오키나와 문학 작품에 나타난 오키나와 방언의 문말표현」, 「『오키나와 소년』·『구넨보』·『물 방울』에 나타난 역할어」 등을 발표하였다. 현재 경희대학교 일본어학과 강사로 재직 중이다.

카디릴예예프 보로데메르 Kadyrlyeyev V.

우크라이나 국립 키예프대학교 및 동 대학원에서 일본어문학과 영어통 번역학을 전공하였고, 대한민국정부초청 국비장학생으로 경희대학교 대 학원 동양어문학과에서 박사학위를 취득하였다. 주요 연구 분야는 일본 에도시대에 간행된 러시아어 사전 및 러시아 관련 문헌 분석이다. 주요 논문으로는 「『魯西亞覺書』における語中子音の片假名表記—語中二、三、四重 子音の片假名表記—」 등이 있다. 현재 법무부 주관 이민자 조기적응프로 그램에서 강의를 맡고 있다.

안대수 安代洙

안동대학교 사학과와 경희대학교 일본어학과를 졸업하였다. 동 대학원 에서 『최천종 살해사건을 소재로 한 실록체 소설 연구』로 박사학위를 받 았다. 최근에는 대마도 종가문서 중 관수일기를 번각하는 일을 하고 있 고, 「화한습유(和漢拾遺)」 계열 실록체 소설에 보이는 가등청정(加藤淸正) 의 조복제전(調伏祭典)에 관한 고찰」 등의 논문을 집필하였다. 현재 경희 대학교 일본어학과 객원교수로 재직 중이다.

정영아 鄭英兒

경희대학교 일어일문학과를 졸업하고, 동 대학원에서 석사학위와 박사 과정을 수료하였다. 최근에는 일본 근세시대 천주교 자료에 관심을 두고 연구를 진행 중이다. 주요 논문으로 「小倉文庫本「天主十戒」필사의 배경 −「성찰긔략」을 중심으로−」, 「東大小倉文庫本「聖敎」에 대하여−조선후 기 한국 천주교 십이단 기도서를 중심으로」 등이 있다. 경희대학교 일본 어학과 시간강사로 재직 중이다.